HEYNE
BÜCHER

W0058832

Leidenschaft, Liebe, Eros und Grauen. Grauen in seiner diffizilsten Form, angesiedelt in jener Zone, wo menschliche Gefühle sich in etwas verwandeln, das jenseits von Liebe und Haß liegt, im Bereich, in dem sich die dunkelsten Seiten menschlicher Psyche offenbaren.

Die Meister des Grauens haben sich versammelt – getragen von den Schwingen der Finsternis, um ihre Leser zu schocken. Allen voran Stephen King mit einer bisher nicht veröffentlichten Erzählung.

SCHWINGEN DER FINSTERNIS

Neue Stories von
Stephen King, Ramsey Campbell
John Shirley, John Lutz

Herausgegeben
von
NANCY A. COLLINS,
EDWARD E. KRAMER und
MARTIN H. GREENBERG

Aus dem Amerikanischen
von Sepp Leeb

Deutsche Erstausgabe

WILHELM HEYNE VERLAG
MÜNCHEN

HEYNE ALLGEMEINE REIHE
Nr. 01/10344

Titel der Originalausgabe
DARK LOVE
erschien 1995 bei Hodder & Stoughton
a division of Hodder Headline PLC., London

Redaktion: Werner Heilmann
Copyright © 1995 by Nancy A. Collins, Edward E. Kramer
und Martin H. Greenberg
Copyright © 1997 der deutschen Ausgabe
by Wilhelm Heyne Verlag GmbH & Co. KG, München
Quellennachweis: S. 459
Printed in Germany 1997
Umschlagillustration: Steven Crisp/Agentur Luserke, Stuttgart
Unschlaggestaltung: Atelier Ingrid Schütz, München
Satz: Schaber Satz- und Datentechnik, Wels
Druck und Bindung: Ebner Ulm

ISBN: 3-453-12700-5

Dieses Buch ist gewidmet

Jim Thompson (1906–1977)
&
Robert Bloch (1917–1994)

Beide haben den Weg bereitet

DIE HERAUSGEBER

DANKSAGUNG

Ich möchte Bill Malloy von Mysterious Press
für seine wertvolle Hilfe danken,
und Joe R. Lansdale, daß er uns die Zusammenarbeit
mit Bill ermöglichte.

N. A. C.

Inhalt

EINFÜHRUNG

Es gibt eine Frage – nur eine –, die ich den Autoren in diesem Buch gern stellen würde:

Geben Sie diese Erzählungen wirklich Ihren Eltern zu lesen?

Ich frage deshalb, weil die Autoren selbst durchwegs sympathisch sind – jedenfalls die meisten, wenn man sie an einem guten Tag erwischt. Von ihren Geschichten läßt sich das allerdings nicht gerade behaupten. Zum Teil sind sie blutrünstig, zum Teil krankhaft, und keine spendet auch nur einen Funken Trost.

Im Gegenteil, die Stories in diesem Buch wagen sich in Gefilde vor, die in den zwanziger Jahren ein anderer umstrittener Autor als ›sehr seltsame Regionen der Psyche‹ bezeichnet hat. Dieser Autor war der Altmeister Arthur Machen, und er bezog sich dabei auf eine seiner frühen Geschichten mit dem Titel ›The White People‹, vermutlich das Gewagteste, was er je geschrieben hatte, und nach wie vor eine der besten Schauergeschichten der englischsprachigen Literatur. »Sie enthält«, erklärte er mit augenzwinkerndem Understatement, »einige der ungewöhnlichsten Dinge, die ich je getan habe – oder je tun werde. Sie begibt sich, wenn ich das mal so sagen darf, in sehr seltsame Regionen der Psyche.« Und später sprach er nie mehr darüber, als sei ihm die Erzählung selbst nicht ganz geheuer.

Diese zweiundzwanzig Geschichten über die Schattenseiten der Liebe tasten sich in ähnlich seltsame Regionen vor, nur auf krassere und wesentlich weniger subtile Art; und obwohl meines Wissens noch nie eine Tapferkeitsmedaille an einen Autor verliehen wurde, verdienen die zweiundzwanzig Autoren, die hier vertreten sind, irgendeine Form der Anerkennung für den Wagemut, mit dem sie ihren persönlichen Visionen in erwiesenermaßen gefährliche Gefilde gefolgt sind. Die Geschichten in diesem Band nehmen weder auf Tabus noch auf guten Geschmack Rücksicht; viele von ihnen wollen ganz bewußt schockieren, und den allermeisten gelingt das auch. Egal, wie die Reaktionen darauf ausfallen werden, eines steht jetzt schon fest: Sie werden nicht als Vorlage für irgendeine Fernsehserie enden.

Allerdings steht bei allen eindeutig die Liebe im Mittelpunkt. In gewisser Weise sind sie sogar romantisch – vorausgesetzt natürlich, Nekrophilie, Pyromanie und eine unerwiderte Leidenschaft für ein zweieinhalb Meter langes Insekt (um nur drei Beispiele zu nennen) tragen romantische Züge.

Doch warum eigentlich nicht? Auch im realen Leben kann die Liebe ziemlich seltsame Formen annehmen.

Wenige Minuten, nachdem ich diese Stories zu Ende gelesen hatte, kam zum Beispiel im Radio eine Meldung über einen Mann aus Ohio, der 1964 beim Trampen von einem achtzehnjährigen Mädchen im Auto mitgenommen worden war. Anscheinend verliebte er sich während der Fahrt in sie.

Romantisch? Will ich doch meinen!

Der Mann sah das Mädchen nie wieder – einunddreißig Jahre lang. Doch letzte Woche las er in der Zeitung in der Todesanzeige ihrer Mutter zufällig ihren Namen und bekam ihre Adresse heraus. Inzwischen ist sie natürlich eine neunundvierzigjährige Frau. Der Nachrichtenmeldung zufolge schickte er ihr vier Dutzend Rosen und einen Packen Briefe – Briefe aus einunddreißig Jahren, um genau zu sein. Und als die Polizei seine Wohnung durchsuchte, fand sie Weihnachts- und Geburtstagsgeschenke aus einunddreißig Jahren, die er ihr in unverbrüchlicher Treue Jahr für Jahr gekauft hatte.

Wieso die Polizei, werden Sie vielleicht fragen. Anscheinend hat sich die Frau mit der Bitte an sie gewandt, Schutz vor ihrem Verehrer zu erhalten; jedenfalls befindet er sich gegenwärtig wegen ›unerlaubter Nachstellungen‹ in Haft.

Trotzdem ist es, wie bereits gesagt, eine romantische Geschichte. Zutiefst menschlich. Wir können uns alle damit identifizieren – einige von uns mit der Frau, einige von uns, zugegebenermaßen, mit dem Mann.

Oder nehmen Sie, wenn Sie wollen, ein sublimeres Beispiel: Erinnern Sie sich an den Verfasser der *Göttlichen Komö-*

die. Dante war kaum neun Jahre alt, als er Beatrice zum erstenmal auf der Straße sah – »In diesem Moment«, schrieb er später, »das kann ich ohne Übertreibung sagen, begann der Geist des Lebens, der in der geheimsten Kammer des Herzens wohnt, sich so heftig zu rühren, als läge er in den letzten Zügen ...« usw., usw. – dann vergingen weitere neun Jahre, bevor er auch nur das erste Wort mit ihr wechselte! Doch die wenigen Zufallsbegegnungen waren alles, was er brauchte; er verbrachte den Rest seines Lebens damit, seine Liebe für diesen ›schönsten der Engel im Himmel‹, mit dem er kaum gesprochen hatte, zu zelebrieren.

Zur Einstimmung noch ein Romantiker: der Künstler Rockwell Kent. 1929 spazierte er durch ein ärmliches kleines Fischerdorf in Neufundland, als er »... an einem Fenster das Gesicht eines Mädchens sah – nur einen Augenblick. Ich schämte mich, hinzusehen. Und ach, ich dachte, wie schön wäre es, hier zu leben und nie wegzugehen – für immer!« Als er am nächsten Tag in See stach, dachte er, daß er »... das Mädchen in dem Haus an der Wegbiegung nie mehr sehen würde.«

Und, bei Gott, das sollte er auch nicht. Aber noch Jahre danach träumte er von ihr.

Nun könnte der einzige Unterschied zwischen diesen Geschichten und den romantischen Stories in diesem Buch der sein, daß in letzteren das Mädchen am Fenster eine verstörte Miene und ein Messer zwischen den Zähnen hätte; Dante bekäme einen Orgasmus, wenn er Beatrice blutig peitschte, und die neunundvierzigjährige Flamme des Mannes aus Ohio wäre inzwischen tot. Tot? Die Teile ihrer Leiche wären wahrscheinlich irgendwo zwischen Toledo und Tacoma verstreut.

Aber natürlich trifft nichts dergleichen zu. Jede Geschichte hat ihren eigenen Charakter und einen zutiefst menschlichen überdies. Es gibt keine Liebe ohne Besessenheit, scheint dieses Buch zu sagen, und Besessenheit ist das zentrale Motiv jeder Erzählung. Kann da, wo Liebe ist, fragen diese Stories, der Wahnsinn weit sein? Und sagen Sie ruhig *mörderischer* Wahnsinn; denn wenn es etwas gibt, woran diese Stories keinen Zweifel lassen, dann ist es die

Einsicht, daß tief, wirklich *sehr* tief in unserem Innersten Liebe und Gewalt genauso unauflöslich miteinander verbunden sind wie Mutter und Apfelkuchen. (Und ich spreche als Sohn, dessen Mutter ihr ganzes Leben lang keinen gescheiten Apfelkuchen gebacken hat.)

Die Quelle der Angst in diesen Geschichten ist im wesentlichen die Quelle der Angst in *allen* Schauergeschichten: die Angst vor dem *Anderen*. Nur sieht dieser *Andere* in diesem Fall, in den folgenden zweiundzwanzig Stories, bedenklich ähnlich wie wir selbst aus. Er oder sie kann eine Anhalterin, eine Eroberung in einer Bar oder ein Kellner mit einer schiefsitzenden Fliege sein; er oder sie kann ein Arbeitskollege sein, vielleicht einer, für den wir heimlich schwärmen, oder unser Nachbar, ob nun auf der anderen Seite der Straße oder lediglich durch hauchdünne Wände von uns getrennt. Er oder sie kann unsere Geliebte oder unsere Angetraute sein.

Das ist ein beunruhigender Gedanke, obgleich auf bedrucktem Papier ein durchaus reizvoller. Vor etwa zwanzig Jahren war ich einmal mit der Zusammenstellung eines Magazins mit Schauergeschichten für Frauen beschäftigt (nur der Vollständigkeit halber sei erwähnt, es nannte sich ›Rosebud‹ und wurde bereits vor seiner Veröffentlichung wieder eingestellt). Bei dieser Gelegenheit stieß ich auf eine wissenschaftliche Arbeit, die sich mit den Gründen für die Popularität dieses Genres befaßte. Sie hatte, so kann ich mich noch genau erinnern, einen fantastischen Titel, der den grundsätzlichen Reiz nicht nur von Schauergeschichten, sondern auch von Spannungsliteratur generell auf den Punkt brachte: »Jemand versucht mich umzubringen, und ich glaube, es ist mein Mann.«

Und wer weiß, vielleicht versucht er es ja tatsächlich. Ehemänner ermorden ständig Ehefrauen (und Ex-Ehefrauen); Ehefrauen machen es umgekehrt genauso. Selbst ein gutaussehender Ex-Footballstar, der sich zum Schauspieler gemausert hat – Ähnlichkeiten mit lebenden Personen sind selbstverständlich rein zufällig – kann sich vor lauter Eifersucht zu einem rasenden Psychopathen entwickeln. Die Stories in diesem Buch führen uns eine beängstigende fundamentale Wahrheit vor Augen: daß wir unsere Mitmenschen nur sehr oberflächlich kennen. Wir wissen nie wirklich, was im Kopf eines anderen Menschen vor sich geht; wir wissen nie, welche Dämonen hinter seinen Augen lauern. Es brauchen nur die richtigen seelischen Belastungen gegeben zu sein, die richtigen familiären Hintergründe, die richtige Mischung aus gebrochenem Herzen und Hoffnung – oder vielleicht auch nur die richtige Kombination von Herausforderungen, mit denen das moderne Großstadtleben gewiß nicht geizt –, jeder von uns kann diesen einen verhängnisvollen Schritt zu weit gehen und in die Klauen einer Psychose geraten.

Mir ist das jedenfalls schon passiert. Ich kann mich noch gut erinnern, wie ich eines Morgens, kurz nach Tagesanbruch, allein durch die Straßen irrte, nachdem ich die ganze Nacht aus Kummer über eine gescheiterte Beziehung wachgelegen hatte. Ich merkte, daß mich eine Frau, an der ich vorbeiging, etwas seltsam ansah. Erst in diesem Moment wurde mir bewußt, daß ich mit mir selbst gesprochen hatte – *aber es war mir egal.* Es war mir nicht im geringsten peinlich; die Probleme, die mich in diesem Moment beschäftigten, erschienen mir wesentlich wichtiger als das, was eine fremde Frau von mir denken könnte.

Rückblickend ist mir klar, daß ich in diesem Moment verrückt war. Durchgedreht. Unzurechnungsfähig.

Könnte mir das wieder passieren? Natürlich.

Und es könnte – allerdings mit erheblich ernsteren Konsequenzen – den harmlos aussehenden Mitbürgern passieren, denen wir Tag für Tag auf der Straße begegnen. Sie können durchaus schon einen Sprung in der Schüssel haben; sie können durchaus, wie Machen einmal andeutete, »in unserer Mitte lauern und sich mit befrackter und festlich herausgeputzter Menschlichkeit umgeben, während sie in ihrem Innern geifern wie die Wölfe und von den verdorbenen Leidenschaften des Sumpfs und der Finsternis verzehrt werden«.

Noch todbringender – zumindest potentiell – sind die Menschen, die wir bestens zu kennen glauben; denn Vertrautheit macht uns verletzlich. Die Therapeuten reden uns ein, das sei etwas Positives; viele von uns sind sich da nicht so sicher. Verletzlichkeit ist beängstigend. In einer Besprechung des Films *Psycho* schrieb ein Kritiker einmal, die Szene in der Dusche sei deshalb so wirkungsvoll, weil sie sich ›eines archetypischen Moments menschlicher Verletzlichkeit‹ bediene. Allerdings gibt es noch viele andere solcher Momente. Mit einem Fremden im Lift zu fahren, zum Beispiel. Eine öffentliche Toilette zu benutzen. Einen Anhalter mitzunehmen. Und ganz besonders – mit einem anderen Menschen nackt ins Bett zu steigen, selbst wenn man glaubt, ihn gut zu kennen.

Es ist dieser zwiespältige Aspekt sexueller Begegnungen – die extreme Verletzlichkeit, die damit einhergeht –, die das Grauen in diesem Buch schürt. Ich wollte schon leichthin sagen, daß das Grauen seltsame Bettgefährten zusammenführt; aber zeigen uns diese Stories nicht gerade, daß letztlich *alle* Bettgefährten seltsame Bettgefährten sind?

Natürlich lauern im Schlafzimmer auch andere Gefahren. Als Ausprägungen der Welt, in der wir leben, spielen die meisten dieser Geschichten auf die eine oder andere Art auf die fortwährende Bedrohung durch Aids an. Aber letztlich geht es hier trotzdem nicht um Viren. Neben vielem anderen zeigen diese Stories, daß Sex, ob mit Kondom oder ohne, nie sicher ist. Und nie war.

Und er ist auch nicht schön. Ich möchte Sie jetzt schon warnen, daß in den folgenden Stories die Beschreibungen des Geschlechtsakts und der daran Beteiligten – mit ihren Ängsten und Wünschen, ihren Träumen und Sehnsüchten, ihren vergänglichen Körpern und gnadenlos beschriebenen Fortpflanzungsorganen – mit wenigen Ausnahmen so beunruhigend und so verheerend unschmeichelhaft sind, und zwar von männlichen und weiblichen Autoren gleichermaßen, daß sie durchaus dazu angetan sein könnten, jeden zum Eintritt ins Kloster zu bewegen. Da sind keine kalten Duschen und keine Salpetergaben nötig; die Geschichten in diesem Buch sind ein überzeugenderes Argument für sexuelle Enthaltsamkeit als alles, was Sie von Ihrem Arzt, Ihrem Lehrer oder Ihrem Geistlichen zu hören bekommen mögen.

Mit seiner Mischung aus Nervenkitzel und schierem Ekel könnte sich dieses Buch sogar positiv auf das Bevölkerungswachstum auswirken. Sie werden darin Stories finden, die auf ein Stirnrunzeln, auf eine Gänsehaut oder selbst auf den einen oder anderen Lacher abzielen – aber schwerlich auf eine Erektion. (Ja, hier ist durchaus auch Platz für Humor, allerdings für Humor von der schwärzesten Sorte; und das Lachen, das man vor allem hört, ist das hämische Gelächter der Autoren.) Ganz ähnlich wie eine zweite Ehe schalkhaft als ein ›Triumph der Hoffnung über die Erfahrung‹ bezeichnet wird, verhält es sich auch in diesem Fall: Wenn Ihnen nach dem Lesen dieser Geschichten immer noch danach ist, mit einem anderen Menschen das Bett zu teilen, ist das eindeutig ein Triumph der Biologie über die Fantasie.

Falls Sie jetzt immer noch entschlossen sind, weiterzulesen (was ich inständig hoffe), darf ich Ihnen als jemand, der sich vorbehaltlos auf dieses Buch eingelassen hat, noch eine letzte Warnung mit auf den Weg geben. Halten Sie sich an die berühmten letzten Worte aus *Das Ding* – »Behalten Sie den Himmel im Auge!« – und tun Sie sich keinen Zwang an, nachts unters Bett zu schauen. Bis dahin beobachten Sie jedoch sicherheitshalber etwas, das Ihnen sogar noch näher ist, etwas, das sich zwischen Himmel und Fußboden befindet: das ewige Rätsel im Bett neben Ihnen.

T.E.D. KLEIN

STEPHEN KING

Lunch im Gotham Café

Eines Tages kam ich von der Brokerfirma, in der ich arbeitete, nach Hause und fand auf dem Eßzimmertisch einen Brief – eigentlich bloß einen Zettel – von meiner Frau. Darauf stand, sie werde mich verlassen, sie brauche etwas Zeit für sich allein, und ich würde von ihrem Therapeuten hören. Ich setzte mich auf den Stuhl an der Seite des Tisches, wo es in die Küche geht, und las die kurze Mitteilung immer und immer wieder, weil sie mir einfach nicht glaubhaft schien. Soviel ich mich erinnern kann, war der einzige klare Gedanke, den ich in der nächsten halben Stunde fassen konnte: *Ich wußte nicht mal, daß du einen Therapeuten hattest, Diane.*

Nach einer Weile stand ich auf, ging ins Schlafzimmer und sah mich um. Alle ihre Kleider waren weg (außer einem Witz-T-Shirt, das ihr mal jemand geschenkt hatte und auf dem vorne mittels Pailletten REICHE BLONDINE zu lesen war). Im Zimmer herrschte ein so eigenartiges Durcheinander, als hätte sie es nach etwas Bestimmtem durchsucht. Ich sah bei meinen Sachen nach, ob sie etwas mitgenommen hatte. Während ich das tat, fühlten sich meine Hände kalt und weit weg an, so, als wäre ihnen ein Betäubungsmittel injiziert worden. Soweit ich feststellen konnte, war alles da, was da sein sollte. Etwas anderes hatte ich auch gar nicht erwartet, und doch sah das Zimmer komisch aus – irgendwie so, als ob sie daran *gerissen* hätte, wie sie auch manchmal an ihren Haaren riß, wenn sie sich ärgerte.

Ich kehrte zum Eßzimmertisch zurück (der eigentlich auf einer Seite des Wohnzimmers stand; es war nur eine Zweizimmerwohnung) und las die sechs Sätze, die sie zurückgelassen hatte, noch einmal. Es waren immer noch dieselben, aber nachdem ich das seltsam durcheinandergebrachte Schlafzimmer und die halb leere Ankleide gesehen hatte, war ich etwas eher geneigt zu glauben, was sie aussagten. Sie war ganz schön eiskalt, diese Nachricht. Kein ›In Liebe‹ oder ›Viel Glück‹ oder wenigstens ein ›Alles Gute‹ an ihrem

Ende. ›Paß gut auf dich auf‹ war alles an Wärme, was sie aufgebracht hatte. Unmittelbar darunter hatte sie ihren Namen geschrieben.

Therapeut. Immer wieder kehrten meine Blicke zu diesem Wort zurück. *Therapeut.* Vermutlich hätte ich froh sein sollen, daß es nicht *Anwalt* war, aber ich war es nicht. *Du wirst von William Humboldt, meinem Therapeuten, hören.*

»Und du wirst von dem da hören, Schnuckelchen«, sagte ich zum leeren Zimmer und faßte mir an den Sack. Es hörte sich nicht abgebrüht und komisch an, wie ich gehofft hatte, und das Gesicht, das ich im Spiegel an der Wand sah, war weiß wie Papier.

Ich ging in die Küche, goß mir ein Glas Orangensaft ein und stieß es zu Boden, als ich es in die Hand zu nehmen versuchte. Der Saft spritzte die unteren Küchenschränke voll, und das Glas zerbrach. Ich wußte, ich würde mich schneiden, wenn ich das Glas aufzuheben versuchte – so heftig zitterten meine Hände –, aber ich hob es trotzdem auf – und schnitt mich prompt. An zwei Stellen, an keiner tief. Ständig dachte ich, das Ganze wäre ein Witz, aber dann merkte ich, es war keiner. Diane hatte selten Witze gemacht. Die Sache war nur, ich hatte überhaupt nicht damit gerechnet. Es gab keinen Hinweis. Was für ein Therapeut? Wann ging sie zu ihm? Worüber sprach sie mit ihm? Na ja, worüber sie sprach, konnte ich mir denken – über mich. Wahrscheinlich lauter solches Zeugs wie daß ich nie daran dachte, nach dem Pinkeln die Klobrille wieder runterzuklappen, daß ich lästig oft oralen Sex wollte (wie oft war lästig? Ich hatte keine Ahnung) und daß ich mich nicht genug für ihre Arbeit im Verlag interessierte. Eine andere Frage: Wie konnte sie mit einem Mann, der William Humboldt hieß, über die intimsten Einzelheiten ihrer Ehe sprechen? Der Name hörte sich an, als müßte er Physiker am CalTech oder Hinterbänkler im House of Lords sein.

Schließlich war da noch die große Preisfrage: Warum hatte ich nicht gewußt, daß etwas im Busch war? Wie war es möglich, daß ich da reingetappt war wie Sonny Liston in Cassius Clays berühmten Wunder-Uppercut? War es Blödheit? Mangelndes Einfühlungsvermögen? Je mehr ich im

Lauf der nächsten Tage über die letzten sechs oder acht Monate unserer zwei Jahre dauernden Ehe nachdachte, desto mehr gelangte ich zu der Überzeugung, es sei beides gewesen.

Am Abend rief ich bei ihren Eltern in Pound Ridge an und fragte, ob Diane da sei. »Ja«, sagte ihre Mutter, »aber sie will nicht mit dir sprechen. Und ruf nicht wieder an.« Ein Klicken drang aus dem Hörer an meinem Ohr.

Zwei Tage später bekam ich in der Arbeit einen Anruf von dem berühmten William Humboldt. Nachdem er sich vergewissert hatte, daß er tatsächlich mit Steven Davis sprach, begann er mich prompt Steve zu nennen. Es mag Ihnen vielleicht schwer fallen, das zu glauben, aber trotzdem ist es genau das, was passierte. Humboldts Stimme war einschmeichelnd, leise und vertraulich. Sie erinnerte mich an eine Katze, die schnurrend auf einem Seidenkissen lag.

Als ich mich nach Diane erkundigte, versicherte mir Humboldt, es gehe ihr ›erwartungsgemäß gut‹, und als ich fragte, ob ich mit ihr sprechen könne, sagte er, das halte er ›vorerst noch für kontraproduktiv für ihre Sache‹. Dann fragte er, was (zumindest in meinen Augen) noch unglaublicher war, in einer absurd besorgten Tonlage, wie es mir gehe.

»Mir geht es prächtig«, sagte ich. Ich saß mit gesenktem Kopf an meinem Schreibtisch und hielt meine linke Hand an die Stirn. Die Augen hatte ich geschlossen, damit ich nicht in die hellgraue Tiefe meines Computerschirms sehen mußte. Ich hatte viel geweint, und meine Augen fühlten sich an, als wären sie voller Sand. »Mr. Humboldt ... Mister ist doch richtig und nicht Doktor?«

»Ich nenne mich Mister, obwohl ich mehrere Titel ...«

»Mr. Humboldt, wenn Diane nicht nach Hause kommen und nicht mit mir sprechen will, was will sie *dann*? Warum rufen Sie mich an?«

»Diane möchte Zugang zu Ihrem Bankschließfach«, sagte er mit seinem glatten, schnurrenden Stimmchen. »Ihrem *gemeinsamen* Bankschließfach.«

Plötzlich verstand ich, warum das Schlafzimmer so unordentlich und durcheinandergebracht gewirkt hatte, und zum erstenmal regte sich so etwas wie Wut in mir. Sie hatte natürlich nach dem Schließfachschlüssel gesucht. Ihr Interesse hatte nicht meiner kleinen Sammlung von Silberdollars aus der Zeit vor dem Zweiten Weltkrieg oder dem Onyxring gegolten, den sie mir zu unserem ersten Hochzeitstag geschenkt hatte (insgesamt hatten wir nur zwei erlebt) … aber im Schließfach lagen das Diamantenhalsband, das ich ihr gegeben hatte, und veräußerliche Wertpapiere im Wert von etwa dreißigtausend Dollar. Der Schlüssel war in unserem Wochenendhäuschen in den Adirondacks, fiel mir ein. Nicht aus Absicht, sondern aus purer Vergeßlichkeit. Ich hatte ihn auf der Kommode liegengelassen, weit hinten, zwischen dem Staub und den Mäuseköteln.

Schmerzen in meiner linken Hand. Ich sah auf sie hinab, stellte fest, daß sie zur Faust geballt war, und öffnete sie. Die Nägel hatten gerundete Vertiefungen in den Handballen gegraben.

»Steve?« schnurrte Humboldt. »Steve, sind Sie noch dran?«

»Ja«, sagte ich. »Und ich möchte Ihnen zwei Dinge sagen. Hören Sie?«

»Natürlich«, entgegnete er mit seinem schnurrenden Stimmchen, und einen Augenblick lang hatte ich eine verrückte Vision: Umringt von einer Horde Hell's Angels donnerte William Humboldt auf einer Harley-Davidson durch die Wüste. Auf dem Rücken seiner Lederjacke stand: ZUM TRÖSTEN GEBOREN.

Erneut Schmerzen in meiner linken Hand. Wie eine Muschel hatte sie sich von selbst wieder geschlossen. Als ich sie diesmal öffnete, sickerte aus zwei der vier kleinen Einkerbungen Blut.

»Erstens«, sagte ich, »dieses Schließfach bleibt zu, es sei denn, es ergeht eine scheidungsrichterliche Verfügung, daß es in Anwesenheit von Dianes Anwalt und meinem geöffnet werden soll. Aber vorerst wird es niemand plündern, darauf können Sie Gift nehmen. Weder ich noch Diane.« Ich machte eine Pause. »Und Sie auch nicht.«

»Ich finde Ihre aggressive Haltung kontraproduktiv«,

sagte er. »Und wenn Sie Ihre letzten Äußerungen mal analysieren, Steve, werden Sie vielleicht langsam verstehen, warum Ihre Frau emotional so mitgenommen, so ...«

»Zweitens«, fiel ich ihm ins Wort (das ist etwas, was aggressive Leute wie ich gut können), »finde ich es herablassend und taktlos, daß Sie mich mit meinem Vornamen ansprechen. Machen Sie das am Telefon noch einmal, und ich lege einfach auf. Sollten Sie es tun, wenn Sie vor mir stehen, dann können Sie mal erleben, wie aggressiv ich wirklich werden kann.«

»Steve ... Mr. Davis ... ich glaube nicht ...«

Ich legte auf. Das war das erste, was mir eine gewisse Genugtuung bereitete, seit ich diesen Zettel mit ihren drei Wohnungsschlüsseln als Beschwerung oben drauf auf dem Eßzimmertisch gefunden hatte.

Am Nachmittag sprach ich mit einem Freund aus der Rechtsabteilung, und er empfahl mir einen Freund von sich, der auf Scheidungen spezialisiert war. Ich wollte mich nicht scheiden lassen – zwar war ich stinksauer auf sie, hatte aber nicht den geringsten Zweifel, daß ich sie noch liebte und zurückhaben wollte –, aber ich mochte Humboldt nicht. Ich mochte den bloßen *Gedanken* an Humboldt nicht. Er machte mich ganz kribbelig, er und sein schnurrendes Stimmchen. Wahrscheinlich wäre mir irgendein knallharter Rechtsverdreher lieber gewesen, der angerufen und gesagt hätte: »*Sie geben uns heute noch vor Kanzleischluß einen Schlüssel für dieses Schließfach, Davis, und* vielleicht *läßt sich meine Klientin dann breitschlagen, Ihnen noch etwas mehr zu lassen als zwei Unterhosen und Ihren Blutspenderausweis – kapiert?*«

Das hätte ich verstanden. Humboldt dagegen war mir unheimlich. Der Scheidungsanwalt hieß John Ring, und er hörte sich meine traurige Geschichte geduldig an. Ich schätze, den größten Teil davon hatte er schon zuvor gehört.

»Wenn ich ganz sicher wäre, daß sie eine Scheidung will, wäre mir, glaube ich, wohler zumute«, schloß ich.

»Sie *können* ganz sicher sein«, sagte Ring sofort. »Humboldt ist ein Strohmann, Mr. Davis, und ein potentiell schädlicher Zeuge, wenn diese Sache vor Gericht kommt. Für mich steht völlig außer Zweifel: Ihre Frau hat sich zuerst an einen Anwalt gewandt, und als der Anwalt von dem fehlenden Schließfachschlüssel erfuhr, machte er den Vorschlag, Humboldt vorzuschicken. Ein Anwalt könnte nicht sofort an Sie herantreten; das verstieße gegen sein Berufsethos. Sobald Sie den Schlüssel rausrücken, mein Bester, verschwindet Humboldt von der Bildfläche. Darauf können Sie Gift nehmen.«

Das meiste davon rauschte einfach an mir vorbei. Ich konzentrierte mich auf das, was er als erstes gesagt hatte.

»Sie glauben also, sie möchte sich scheiden lassen«, sagte ich.

»O ja«, erwiderte er. »Sie möchte sich scheiden lassen. Auf jeden Fall. Und sie hat nicht vor, danach mit leeren Händen dazustehen.«

Ich vereinbarte für den nächsten Tag einen Termin mit Ring, um weitere Fragen mit ihm zu klären. Vom Büro aus fuhr ich dann, so spät es ging, nach Hause, wanderte eine Weile in der Wohnung herum, beschloß, ins Kino zu gehen, konnte aber keinen Film finden, den ich mir ansehen wollte, versuchte es mit Fernsehen, fand auch dort nichts, was mich interessierte, und wanderte schließlich weiter durch die Wohnung. Irgendwann landete ich wieder im Schlafzimmer und ertappte mich dabei, wie ich vor dem offenen Fenster stand, das sich vierzehn Stockwerke über der Straße befand, und alle meine Zigaretten hinauswarf, sogar das uralte Päckchen Viceroys aus dem hinteren Teil meiner obersten Schreibtischschublade, ein Päckchen, das dort wahrscheinlich schon zehn Jahre oder länger gelegen hatte – mit anderen Worten: schon zu einer Zeit, als ich noch keine Ahnung gehabt hatte, daß es ein Wesen wie Diane Coslaw auf der Welt gab.

Obwohl ich zwanzig Jahre lang zwischen zwanzig und vierzig Zigaretten am Tag geraucht hatte, kann ich mich nicht an einen plötzlichen Entschluß erinnern, damit aufzuhören, oder auch nur an irgendeine Form von innerem Dissens – nicht einmal an den Gedanken, zwei Tage, nachdem man von seiner Frau verlassen worden ist, wäre vielleicht nicht unbedingt der ideale Zeitpunkt, um mit dem Rauchen Schluß zu machen. Ich warf einfach die ganze Stange, die halbe Stange und die zwei oder drei halbleeren Packungen, die noch herumgelegen hatten, aus dem Fenster und in das Dunkel hinaus. Dann machte ich das Fenster zu (mir kam kein einziges Mal der Gedanke, es könnte schlauer sein, statt des Produkts den Benutzer hinauszuwerfen; *so* weit war es doch nicht gekommen) legte mich aufs Bett und schloß die Augen.

Die nächsten zehn Tage – die Zeit, in der ich die schlimmsten körperlichen Nikotinentzugserscheinungen durchmachte – waren schwierig und oft unangenehm, aber wahrscheinlich nicht so schlimm, wie ich befürchtet hatte. Und obwohl ich dutzende – nein, hunderte Male davorstand zu rauchen, tat ich es nicht. Es gab Momente, in denen ich dachte, ich würde verrückt, wenn ich keine Zigarette rauchte, und wenn ich auf der Straße an jemandem vorbeikam, der rauchte, hätte ich am liebsten geschrien: *Gib das mir, du Saukerl, das gehört mir!*, tat es aber nie.

Die schlimmsten Phasen waren spät nachts. Ich glaube (aber ich bin nicht sicher; ich habe alle meine Gedankengänge aus der Zeit, als mich Diane verließ, nur sehr verschwommen in Erinnerung), ich bildete mir ein, ich würde besser schlafen, wenn ich aufgab, aber ich tat es nicht. In manchen Nächten lag ich bis drei Uhr wach. Die Hände unter dem Kopfkissen ineinander verschränkt, starrte ich an die Decke und lauschte den Sirenen und dem Rumpeln der Lkws auf dem Weg in die Innenstadt. In diesen Momenten dachte ich häufig an das 24 Stunden geöffnete koreanische Geschäft fast direkt gegenüber. Ich dachte an das weiße Neonlicht in dem Laden, so hell, daß es fast wie eine Kübler-Ross'sche Beinahe-Todeserfahrung war, und wie es auf den Gehsteig hinausfiel, zwischen den Auslagen hindurch, die eine Stunde später zwei junge Koreaner mit weißen Papiermützen mit Früchten auffüllen würden. Ich dachte an den älteren Mann hinter dem Ladentisch, ebenfalls Koreaner, ebenfalls mit einer Papiermütze, und an die gewaltigen Zigarettenregale hinter ihm, so groß wie die Steintafeln, die

Charlton Heston in *Die zehn Gebote* vom Berg Sinai herunter-gebracht hatte. Ich spielte mit dem Gedanken, aufzustehen, mich anzuziehen, rüberzugehen, mir ein Päckchen Zigaretten zu kaufen (oder vielleicht auch nur neun oder zehn Stück) und mich ans Fenster zu setzen und eine Marlboro nach der anderen zu rauchen, während sich im Osten der Himmel lichtete und die Sonne aufging. Ich tat es nie, aber ich schlief oft frühmorgens ein und zählte Zigarettenmarken statt Schafe: Winston ... Winston 100 ... Virginia ... Slims ... Doral ... Merit ... Merit 100 ... Camel ... Camel Filter ... Camel Lights ...

Später – etwa zu der Zeit, als ich die letzten drei, vier Monate unserer Ehe tatsächlich in etwas klarerem Licht zu sehen begann – wurde mir langsam klar, daß mein Entschluß, zu eben dem Zeitpunkt mit dem Rauchen aufzuhören, zu dem ich damit aufgehört hatte, vielleicht gar nicht so unüberlegt gewesen war, wie es zunächst geschienen hatte, und alles andere als schlecht bedacht. Ich bin nicht besonders intelligent und auch nicht tapfer, aber dieser Entschluß könnte beides gewesen sein. Es ist auf jeden Fall möglich; manchmal wachsen wir über uns selbst hinaus. Zumindest verhalf er mir zu etwas Konkretem, womit ich mich in den Tagen nach Dianes Auszug gedanklich beschäftigen konnte; er verhalf meinem Elend zu einem Vokabular, das ihm sonst nicht zur Verfügung gestanden hätte, wenn Sie verstehen, was ich meine. Höchstwahrscheinlich verstehen Sie es nicht, aber ich weiß nicht, wie ich es sonst ausdrücken sollte.

Habe ich die Möglichkeit ins Auge gefaßt, der Umstand, daß ich genau zu dem Zeitpunkt aufhörte, zu dem ich es tat, könnte sich auf das ausgewirkt haben, was im Gotham Café passierte? Natürlich habe ich das ... aber ich hatte deswegen keine schlaflosen Nächte. Schließlich kann niemand von uns die Folgen seiner Taten vorhersagen, und nur wenige versuchen es überhaupt; die meisten von uns tun, was sie tun, nur um einen kurzen Moment der Freude zu verlängern oder für eine Weile den Schmerz zu betäuben. Und selbst wenn wir aus den edelsten Gründen handeln, tropft das letzte Glied der Kette nur allzu oft vom Blut eines anderen.

Zwei Wochen nach dem Abend, an dem ich die West 83ste mit meinen Zigaretten bombardiert hatte, rief mich Humboldt wieder an, und diesmal hielt er sich an die Anrede Mr. Davis. Er fragte mich, wie es mir gehe, und ich sagte ihm, es gehe mir gut. Nachdem dieser Punkt geklärt war, teilte er mir mit, er rufe in Dianes Auftrag an. Diane, sagte er, wolle sich mit mir treffen und über ›bestimmte Aspekte‹ unserer Ehe sprechen. Ich vermutete, daß mit diesen ›bestimmten Aspekten‹ der Schließfachschlüssel gemeint war – nicht zu reden von verschiedenen anderen finanziellen Fragen, die Diane vermutlich klären wollte, bevor sie ihren Anwalt anrücken ließ –, aber was mein Kopf wußte und was mein Körper tat, waren zwei vollkommen verschiedene Dinge. Ich konnte fühlen, wie sich meine Haut rötete und mein Herz schneller schlug; ich konnte im Handgelenk der Hand, die den Hörer hielt, den Puls klopfen spüren. Sie dürfen nicht vergessen, ich hatte sie seit dem Morgen des Tages, an dem sie verschwunden war, nicht mehr gesehen, und selbst da hatte ich sie nicht wirklich gesehen; sie hatte das Gesicht im Kopfkissen vergraben gehabt und noch geschlafen.

Trotzdem verfügte ich noch über genug Verstand, ihn zu fragen, von welchen Aspekten denn hier die Rede sei.

Humboldt gluckste fett in mein Ohr und sagte, das würde er sich lieber für unser Treffen aufsparen.

»Meinen Sie wirklich, daß das eine gute Idee ist?« fragte ich. Als Frage diente das keinem anderen Zweck, als Zeit zu gewinnen. Ich *wußte*, es war keine gute Idee. Ich wußte auch, daß ich es tun würde. Ich wollte sie wiedersehen. Spürte, daß ich sie wiedersehen mußte.

»O ja, ich finde schon.« Sofort, ohne Zögern. Jeder Zweifel, Humboldt und Diane könnten das alles genauestens abgesprochen haben (und ja, höchstwahrscheinlich im Beisein eines Anwalts), verflog. »Es ist immer das Beste, erst etwas Zeit verstreichen zu lassen, bevor man die beiden Parteien zusammenbringt, eine Phase, in der sich die Wogen etwas glätten können; trotzdem finde ich, daß ein persönliches Treffen zu diesem Zeitpunkt vieles erleichtern würde ...«

»Damit wir uns nicht mißverstehen«, unterbrach ich ihn. »Sprechen Sie hier von einem ...«

»Mittagessen«, unterbrach er mich. »Übermorgen? Können Sie das terminlich so einrichten?« *Natürlich können Sie es,* sagte seine Stimme. *Nur um sie wiederzusehen ... um die leiseste Berührung ihrer Hand zu spüren. Hm, Steve?*

»Am Donnerstag habe ich zum Lunch noch keinen Termin, das wäre also kein Problem. Und soll ich meinen ... meinen eigenen Therapeuten mitbringen?«

Wieder dieses fette Glucksen, das in meinem Ohr herumwabbelte wie etwas, das gerade aus einer Götterspeiseform gekommen war. »Haben Sie denn einen, Mr. Davis?«

»Nein, eigentlich nicht. Hatten Sie an einen bestimmten Ort gedacht?« Ich überlegte kurz, wer wohl dieses Mittagessen bezahlen würde, und mußte dann über meine eigene Naivität grinsen. Automatisch langte ich nach einer Zigarette in meine Tasche und stieß mir statt dessen die Spitze eines Zahnstochers unter den Daumennagel. Ich zuckte zusammen, holte den Zahnstocher heraus, untersuchte seine Spitze nach Blutspuren, entdeckte keine und steckte ihn in den Mund.

Humboldt hatte etwas gesagt, aber ich hatte es nicht mitbekommen. Der Anblick des Zahnstochers hatte mich nur wieder einmal daran erinnert, daß ich zigarettenlos auf den Wogen der Welt trieb.

»Wie bitte?«

»Ich habe gefragt, ob Sie das Gotham Café in der 53sten kennen«, sagte er, zum erstenmal mit einem Anflug von Ungeduld. »Zwischen Madison und Park Avenue.«

»Nein, aber ich finde es sicher.«

»Zwölf Uhr?«

Ich wollte ihm schon sagen, er solle Diane ausrichten, daß es mir lieber wäre, wenn sie das grüne Kleid mit den schwarzen Tüpfchen und dem langen Schlitz an der Seite anziehen würde, fand dann aber, das wäre wahrscheinlich kontraproduktiv. »Zwölf Uhr geht in Ordnung«, bestätigte ich statt dessen.

Wir sagten die Dinge, die man sagt, wenn man ein Gespräch mit jemandem beendet, den man nicht mag, mit dem man sich aber auseinandersetzen muß. Als es vorbei war, ließ ich mich in den Sessel vor meinem Computer-Terminal zurücksinken und fragte mich, wie ich es schaffen sollte, mich wieder mit Diane zu treffen, ohne vorher nicht wenigstens eine Zigarette geraucht zu haben.

John Ring war nicht gerade begeistert, ganz und gar nicht.

»Er stellt Ihnen eine Falle«, sagte er. »Beide stellen Ihnen eine Falle. Bei diesem Arrangement ist Dianes Anwalt sozusagen per Fernsteuerung immer mit dabei, und ich stehe völlig im Abseits. Das Ganze stinkt zum Himmel.«

Kann schon sein, aber Ihnen hat sie ja auch nie die Zunge in den Mund gesteckt, wenn sie gemerkt hat, daß Sie gleich kommen, dachte ich. Aber da man so was einem Anwalt, den man sich gerade erst genommen hat, schlecht erzählen kann, entgegnete ich bloß, ich wolle sie wiedersehen, einfach um herauszubekommen, ob es noch eine Chance gebe zu retten, was zu retten sei.

Er seufzte.

»Seien Sie doch nicht blöd. Sie treffen ihn in diesem Restaurant, Sie treffen *sie,* Sie brechen Brot, Sie trinken einen Schluck Wein, sie schlägt die Beine übereinander, Sie kriegen Stielaugen, Sie unterhalten sich, sie schlägt die Beine wieder übereinander, Sie kriegen wieder Stielaugen, vielleicht überredet man Sie, einen Zweitschlüssel für das Bankschließfach ...«

»Nie.«

»... und wenn Sie Ihre Frau das nächste Mal sehen, ist es vor Gericht, und alles Belastende, was Sie gesagt haben, während Sie auf Ihre Beine geglotzt und sich vorgestellt haben, wie sie die um Sie schlingt, wird im Protokoll stehen. Und Sie werden wahrscheinlich eine Menge belastende Dinge sagen, weil die beiden sicher gut vorbereitet ankommen und genau die richtigen Fragen stellen werden. Ich kann gut verstehen, daß Sie Ihre Frau sehen wollen, für so was habe ich durchaus Verständnis, *aber nicht so.* Sie sind nicht Donald Trump, und sie ist nicht Ivana, aber das hier ist auch keine Scheidung in gegenseitigem Einvernehmen, mein Bester, und Humboldt weiß das ganz genau. Diane übrigens auch.«

»Bisher hat niemand irgendwelche schriftlichen Zugeständnisse gemacht, und wenn sie einfach nur reden will ...«

»Ich bitte Sie. Wenn es mal so weit gekommen ist, will niemand mehr einfach nur reden. Man will entweder ficken, oder nach Hause gehen. *Die Scheidung ist bereits passiert, Steven.* Dieses Treffen dient einzig und allein dem Zweck, belastendes Material für einen Scheidungsprozeß zu sammeln, nicht mehr und nicht weniger. Sie haben dabei nichts zu gewinnen und alles zu verlieren. Es ist absolut idiotisch.«

»Trotzdem ...«

»Sie haben doch ganz gut verdient, vor allem in den letzten fünf Jahren ...«

»Ich weiß, aber ...«

»... und in drrreien dieser Jahre«, redete mich Ring nieder, indem er sich seinen Gerichtstonfall überstreifte wie ein Jackett, »war Diane Davis nicht Ihre Frau, nicht Ihre Lebensgefährtin und auch nicht nur annähernd so etwas wie Ihre Gehilfin. Sie war lediglich Diane Coslaw aus Pound Ridge, und sie ist nicht vor Ihnen hergegangen und hat Blumen gestreut oder Trompete geblasen.«

»Nein, aber ich will sie sehen.« Und was ich dachte, hätte ihn wahnsinnig gemacht: Ich wollte sehen, ob sie das grüne Kleid mit den schwarzen Tüpfchen trug, weil sie haargenau wußte, daß ich das am liebsten mochte.

Er seufzte wieder. »Wenn dieses Gespräch noch länger so weitergeht, kommt es so weit, daß ich mein Mittagessen trinke statt esse.«

»Dann gehen Sie und essen Sie Ihr Mittagessen. Diätteller. Cottage Cheese.«

»Na schön, aber vorher werde ich noch einen letzten Versuch unternehmen, Sie zur Vernunft zu bringen. So ein Treffen ist wie ein Ritterturnier. Ihre Frau erscheint dazu in voller Rüstung. Sie werden mit nichts als einem Lächeln ankommen, nicht mal mit einem Suspensorium, das Ihre Eier schützt. Und das ist genau der anatomische Bereich, auf den sie es vor allem abgesehen hat.«

»Ich will sie sehen«, sagte ich. »Ich will sehen, wie es ihr geht. Tut mir leid.«

Er ließ ein kurzes, zynisches Lachen hören. »Ich kann es Ihnen also nicht ausreden, wie?«

»Nein.«

»Na schön, dann möchte ich, daß Sie sich wenigstens an bestimmte Richtlinien halten. Wenn ich merke, daß Sie das nicht getan haben, daß Sie Mist gebaut haben, werde ich mir möglicherweise überlegen, ob es nicht einfacher wäre, den Fall einfach abzugeben. Haben Sie verstanden?«

»Ja.«

»Gut. Schreien Sie Ihre Frau nicht an, Steven. Möglicherweise werden die beiden es regelrecht darauf anlegen, daß Sie sie anbrüllen, aber tun Sie das *auf keinen Fall.* Okay?«

»Okay.« Ich würde sie nicht anschreien. Wenn ich zwei Tage, nachdem sie verschwunden war, mit dem Rauchen hatte aufhören können – ohne wieder damit anzufangen –, würde ich auch hundert Minuten und drei Gänge überstehen, ohne sie ein Miststück zu nennen.

»Schreien Sie auch *ihn* nicht an, das ist Punkt zwei.«

»Okay.«

»Sagen Sie nicht einfach okay. Ich weiß, Sie mögen ihn nicht, und er mag Sie auch nicht besonders.«

»Er ist mir bisher kein einziges Mal begegnet. Er ist ein … ein Therapeut. Wie sollte er da eine Meinung über mich haben, ob so oder so?«

»Jetzt hören Sie aber mal! Er wird dafür *bezahlt,* eine Meinung über Sie zu haben. Wenn sie ihm erzählt, Sie hätten sie aufs Bett geschmissen und mit einem Maiskolben vergewaltigt, sagt er nicht, ›können Sie das beweisen‹; nein, er sagt, ›ach, Sie Arme, wie oft?‹ Sagen Sie also so okay, als würden Sie es auch meinen.«

»Okay, als würde ich es so meinen.«

»Schon besser.« Aber *er* sagte es nicht so, als ob er es wirklich meinte; er sagte es wie jemand, der endlich mittagessen gehen und nichts mehr mit der Sache zu tun haben wollte.

»Lassen Sie sich auf keine wichtigen Themen ein«, fuhr er fort. »Sprechen Sie nicht über Fragen einer finanziellen Regelung, auch nicht auf einer Basis von ›Was hältst du von folgendem Vorschlag‹. Lassen Sie sich keinesfalls auf irgendwelche konkreten Zusagen ein. Wenn die beiden sauer werden und fragen, warum Sie überhaupt zu diesem Termin erschienen sind, wenn Sie keine Nägel mit Köpfen machen wollen, erzählen Sie ihnen das gleiche, was Sie mir erzählt haben, daß Sie Ihre Frau wiedersehen wollten.«

»Okay.«

»Und können Sie damit leben, wenn sie dann abziehen?«

»Ja.« Ich wußte nicht, ob ich es könnte oder nicht, aber ich dachte, ich könnte es, und ich hatte das untrügliche Gefühl, daß Ring dieses Gespräch hinter sich bringen wollte.

»Als Anwalt – als Ihr Anwalt – muß ich Ihnen sagen, das ist ein vollkommen idiotischer Schritt, und wenn das Ganze vor Gericht auf Sie zurückfällt, werde ich eine Pause beantragen, bloß um Sie mit nach draußen auf den Flur zu nehmen und Sie zu fragen: ›Hab ich Ihnen das nicht gleich gesagt?‹ Also, haben Sie verstanden?«

»Ja. Grüßen Sie diesen Diätteller schön von mir.«

»Was haben Sie eigentlich ständig mit Ihrem Scheiß-Diätteller«, sagte Ring mürrisch. »Wenn ich mir zum Mittagessen auch keinen doppelten Bourbon on the rocks mehr genehmigen darf, dann wenigstens noch einen doppelten Cheeseburger bei Brew 'n Burger.«

»Leicht *angebraten*«, sagte ich.

»Ganz genau, leicht angebraten.«

»Wie es sich für einen richtigen Amerikaner gehört.«

»Ich hoffe, sie versetzt Sie.«

»Ich weiß.«

Er stand auf und ging los, um sich seinen Alkoholersatz zu holen. Als ich ihn ein paar Tage später das nächste Mal sah, stand ein Punkt zur Diskussion an, den wir dann aber doch nicht anschnitten, obwohl ich glaube, daß wir darüber gesprochen hätten, wenn wir uns nur eine Spur besser gekannt hätten. Ich sah es in seinen Augen, und ich nehme an, er sah es genauso in meinen – das Wissen, daß er, John Ring, an unserem Treffen teilgenommen hätte, wenn Humboldt ein Anwalt und kein Therapeut gewesen wäre. Und in diesem Fall hätte ihn das vielleicht genauso das Leben gekostet wie William Humboldt.

Ich ging zu Fuß von meinem Büro zum Gotham Café; brach um Viertel nach elf auf und traf um Viertel vor zwölf vor dem Lokal ein. Ganz bewußt war ich etwas früher gekommen – um sicherzugehen, daß das Lokal auch tatsächlich dort war, wo Humboldt gesagt hatte. So bin ich nun mal, und so bin ich eigentlich immer schon gewesen. In der Anfangsphase unserer Ehe nannte Diane diesen Zug immer meine ›zwanghafte Ader‹, aber ich glaube, gegen Ende zu merkte sie, daß es nicht so war. Ich habe einfach grundsätzlich kein großes Vertrauen in die Zuverlässigkeit anderer, mehr nicht. Mir ist klar, daß das ein ziemlich lästiger Wesenszug ist, und ich weiß, er machte sie verrückt, aber was sie nie zu begreifen schien, war, daß ich ihn auch nicht besonders an mir mochte. Manche Dinge brauchen allerdings länger als andere, um sich zu ändern. Und manche Dinge kann man gar nicht ändern, egal, wie sehr man sich anstrengt.

Das Restaurant war genau da, wo Humboldt gesagt hatte, gekennzeichnet durch eine grüne Markise mit der Aufschrift GOTHAM CAFÉ. Über die Fensterscheiben zog sich die weiße Skyline einer Stadt. Es sah wie ein typisches New Yorker In-Lokal aus. Es sah auch ziemlich durchschnittlich aus, noch eines von den achthundert oder so überteuerten Restaurants, die es in Midtown an jeder Ecke gab.

Nachdem ich den Treffpunkt gefunden und mich vorübergehend wieder etwas beruhigt hatte (was das angeht: ich war höllisch aufgeregt, Diane wiederzusehen, und gierte förmlich nach einer Zigarette), ging ich zur Madison hoch und stöberte fünfzehn Minuten in einem Koffergeschäft. Ein bloßer Schaufensterbummel hätte es nicht getan; wenn Diane und Humboldt aus Richtung Uptown kamen, sahen sie mich vielleicht. Diane hätte mich wahrscheinlich allein an meiner Schulterhaltung und am Sitz meines Sakkos schon von hinten erkannt, und das wollte ich nicht. Ich wollte nicht, daß sie wußte, daß ich früher gekommen war. Ich dachte, das könnte ein bißchen jämmerlich, wenn nicht sogar erbärmlich wirken. Darum ging ich in den Laden.

Ich kaufte einen Regenschirm, den ich nicht brauchte, und verließ das Geschäft, als es auf meiner Uhr Punkt zwölf war. Ich wußte, fünf Minuten nach zwölf könnte ich das Gotham

Café betreten. Eine Maxime meines Vaters: Wenn *du* da sein mußt, komm fünf Minuten früher. Wenn die *anderen* darauf angewiesen sind, daß du da bist, komm fünf Minuten später. Ich war an einem Punkt angelangt, an dem ich nicht mehr wußte, wer was oder warum oder wie lange brauchte, aber die Regel meines Vaters erschien mir die sicherste Möglichkeit. Wäre nur Diane allein gekommen, hätte ich mich wahrscheinlich bemüht, auf die Minute pünktlich zu erscheinen.

Nein, das ist vermutlich nicht ganz richtig. Ich schätze, wenn ich nur Diane erwartet hätte, wäre ich schon um Viertel vor zwölf, dem Zeitpunkt, als ich ankam, in das Lokal gegangen und hätte auf sie gewartet.

Einen Moment blieb ich unter der Markise stehen und sah nach drinnen. Das Lokal war hell, und ich rechnete ihm das als Plus an. Ich habe eine ausgeprägte Abneigung gegen dunkle Restaurants, in denen man nicht sehen kann, was man ißt oder trinkt. Die Wände waren weiß und mit farbenfrohen impressionistischen Zeichnungen behängt. Man konnte nicht erkennen, was sie darstellten, aber das machte nichts; mit ihren Primärfarben und den kräftigen, überschwenglichen Strichen, wirkten sie auf das Auge wie visuelles Koffein. Ich hielt nach Diane Ausschau und sah etwa in der Mitte des langgezogenen Raums an der Wand eine Frau sitzen, die sie hätte sein können. Es war schwer zu sagen, da sie mir den Rücken zugekehrt hatte und ich nicht über ihre Gabe verfüge, andere auch unter schwierigen Umständen zu erkennen. Doch der untersetzte Mann mit dem schütteren Haar, der bei ihr saß, sah eindeutig nach Humboldt aus. Ich holte tief Luft, öffnete die Tür des Restaurants und trat ein.

Es gibt zwei Phasen des Tabakentzugs, und ich bin überzeugt, es ist die zweite, die zu den meisten Rückfällen führt. Der körperliche Entzug dauert zwischen zehn und vierzehn Tagen und dann verschwinden die meisten Symptome – Schweißausbrüche, Kopfschmerzen, Muskelzucken, Augenpochen, Schlaflosigkeit, Gereiztheit. Was folgt, ist eine wesentlich längere Phase psychischer Entwöhnung. Zu deren

Symptomen gehören leichte bis mittelschwere Depressionen, Trauer, ein gewisses Maß an Anhedonie (mit anderen Worten: eine allgemeine Lustlosigkeit), Vergeßlichkeit, sogar eine bestimmte Art von vorübergehender Dyslexie (also die Schwierigkeit, Geschriebenes zu erfassen). Ich weiß das alles, weil ich darüber nachgelesen habe. Nach dem, was im Gotham Café passierte, schien es mir sehr wichtig, das zu tun. Vermutlich müßte man sagen, mein Interesse für dieses Thema fiel irgendwo in den Bereich zwischen dem Land der Hobbies und dem Reich der Obsessionen.

Das gängigste Symptom in Phase zwei des Entzugs ist das Gefühl, als haftete allem etwas leicht Unwirkliches an. Nikotin fördert die synaptische Übertragung und die Konzentrationsfähigkeit – anders ausgedrückt, es verbreitet die Datenautobahn im Gehirn. Das bedeutet keine nennenswerte Verbesserung und ist nicht wirklich nötig für erfolgreiches Denken (obwohl die meisten eingefleischten Zigarettensüchtigen anderer Meinung sind), aber wenn man es nicht mehr konsumiert, hinterläßt es in einem ein Gefühl – in meinem Fall ein sich auf alles erstreckendes Gefühl –, daß die Welt entschieden traumartige Züge angenommen hat. Es gab viele Momente, in denen es mir so schien, als zögen Menschen und Autos und die kleinen Gehsteigvignetten, die ich beobachtete, tatsächlich auf einer abrollenden Leinwand an mir vorbei, einer Vorrichtung, die von versteckten Bühnenarbeitern bedient wurde, die mit riesigen Kurbeln riesige Walzen drehten. Ein bißchen war es auch, als wäre man ständig ein wenig high, denn dieser Eindruck wurde begleitet von einem Gefühl der Hilflosigkeit und moralischen Erschöpfung, einem Gefühl, daß die Dinge einfach ihren Lauf nehmen mußten, zum Guten oder Schlechten, weil man (außer daß ich hier natürlich von mir rede) einfach zu sehr damit beschäftigt war, *nicht zu rauchen,* und nicht mehr in der Lage, noch viel anderes tun zu können.

Ich weiß nicht, wie weit das alles Einfluß auf das hatte, was passierte, aber ich weiß, es hatte einen Einfluß, weil ich fast im selben Moment, in dem ich den Oberkellner sah, ziemlich sicher war, daß etwas nicht mit ihm stimmte, und sobald er mit mir sprach, war ich mir absolut sicher.

Er war groß, Mitte vierzig, schlank (zumindest in seinem Smoking; in normaler Kleidung wäre er mager gewesen) und hatte einen Schnurrbart. In einer Hand trug er eine ledergebundene Speisekarte. Mit anderen Worten, er sah aus wie massenweise Oberkellner in massenweise schicken New Yorker Restaurants. Das heißt, bis auf seine Fliege, die schief war, und etwas auf seinem Hemd. Ein Fleck direkt oberhalb der Stelle, wo sein Jackett zugeknöpft war. Es sah wie Soße oder ein Klümpchen irgendeiner dunklen gallertartigen Masse aus. Außerdem standen an seinem Hinterkopf mehrere trotzige Haarsträhnen hoch, die mich an Alfalfa aus den alten *Die kleinen Strolche*-Filmen erinnerten. Fast hätte ich schallend losgelacht – Sie dürfen nicht vergessen, ich war sehr angespannt –, und ich mußte mir auf die Lippen beißen, um es nicht zu tun.

»Ja, Sir?« fragte er, als ich mich der Rezeption näherte. Es kam raus wie *Chjaa, Söir?* Alle New Yorker Oberkellner haben einen Akzent, aber es ist nie einer, den man eindeutig bestimmen kann. Ein Mädchen, mit dem ich Mitte der achtziger Jahre öfter ausging und das Sinn für Humor hatte (und bedauerlicherweise auch eine ausgeprägte Schwäche für Drogen), erzählte mir mal, sie wüchsen alle auf derselben kleinen Insel auf und sprächen daher alle dieselbe Sprache.

»Was für eine Sprache ist das?« fragte ich sie.

»Hochnäsisch«, sagte sie, und ich lachte schallend.

Dieser Gedanke kam mir gerade wieder, als ich an der Rezeption vorbei zu der Frau schaute, die ich von draußen gesehen hatte – ich war fast sicher, es war Diane –, und ich mußte mir wieder auf die Innenseiten meiner Lippen beißen. Infolge dessen kam Humboldts Name heraus wie ein halb unterdrücktes Niesen.

Die hohe, blasse Stirn des Oberkellners legte sich in Falten. Seine Augen bohrten sich in meine. Als ich mich der Rezeption näherte, hatte ich sie für braun gehalten, doch jetzt sahen sie schwarz aus.

»Pardon, Sir?« fragte er. Es hörte sich an wie *Pardong, Söir* und mir kam es vor wie *Verpiß dich, du Penner.* Seine langen Finger – sie waren so blaß wie seine Stirn und sahen aus wie Konzertpianistenfinger – klopften nervös auf den Einband der Speisekarte. Die Quaste, die daraus hervorstand wie ein halbherziges Lesezeichen, schwang hin und her.

»Humboldt«, sagte ich. »Ein Tisch für drei Personen. Ich stellte fest, daß ich den Blick nicht von seiner Fliege losreißen konnte, die so schief war, daß ihre linke Seite fast die Unterseite seines Kinns streifte. Meine Augen wanderten ständig zwischen ihr und dem Fleck auf seinem schneeweißen Hemd hin und her, der aus der Nähe weder wie Soße noch wie Gelee aussah; er sah aus wie halb getrocknetes Blut.

Er warf einen Blick in das Buch mit den Reservierungen, wobei das widerspenstige Haarbüschel an seinem Hinterkopf über dem Rest seines angeklatschten Haars hin und her schwankte. Durch die Furchen, die sein Kamm gezogen hatte, konnte ich seine Kopfhaut erkennen, und die Schultern seines Smokings waren mit Schuppen gesprenkelt. Unwillkürlich dachte ich, daß ein guter Oberkellner einen Untergebenen in einer derart schlampigen Aufmachung vermutlich gefeuert hätte.

»Ah, ja, Monsieur.« *(Ah, chjaa, Missjöh.)* Er hatte den Namen gefunden. Ihr Tisch ist ...« Er sah auf. Im selben Moment erstarrte er und schaute an mir vorbei zum Eingang; sein Blick wurde, falls das überhaupt möglich war, noch durchdringender. »Sie können den Hund hier nicht mitbringen«, sagte er scharf. »Wie oft soll ich Ihnen noch sagen, daß Sie *diesen Hund* nicht hier mitbringen können!«

Er schrie zwar nicht gerade, sprach aber doch so laut, daß mehrere Gäste in unmittelbarer Nähe seines kanzelartigen Schreibtisches zu essen aufhörten und sich neugierig umschauten.

Auch ich sah mich um. Er hatte mit solchem Nachdruck gesprochen, daß ich erwartete, jemanden mit einem Hund zu sehen, aber es war niemand hinter mir und schon gar kein Hund. In diesem Moment kam mir, ich weiß nicht warum, der Gedanke, er könnte meinen Regenschirm meinen, den ich abzugeben vergessen hatte. Vielleicht war auf der Insel der Oberkellner *Hund* ein Slangausdruck für Regenschirm, insbesondere, wenn ihn ein Gast an einem Tag bei sich hatte, an dem es nicht nach Regen aussah.

Ich wandte mich wieder dem Oberkellner zu und bemerkte, daß er sich bereits mit der Speisekarte in der Hand von seinem Schreibtisch entfernt hatte. Er mußte gespürt haben, daß ich ihm nicht folgte, weil er mit leicht hochgezogenen Augenbrauen über seine Schulter zurücksah. Aus seiner Miene sprach jetzt nichts außer der höflichen Frage: »Würden Sie bitte mitkommen, *Missjöh?*« Und ich kam mit. Ich wußte, etwas stimmte nicht mit ihm, aber ich kam mit. Ich hatte nicht die Zeit und die Muße, um mir darüber Gedanken zu machen, was mit dem Oberkellner eines Restaurants, in dem ich bis dahin nie gewesen war und wahrscheinlich auch nie wieder sein würde, nicht stimmen könnte; schließlich mußte ich mich mit Humboldt und Diane herumschlagen, mußte es tun, ohne zu rauchen, und der Oberkellner des Gotham Café würde allein mit seinen Problemen zurechtkommen müssen, Hund inklusive.

Diane drehte sich um, und zuerst sah ich in ihrem Gesicht und in ihren Augen nichts als eine Art gefrorener Höflichkeit. Dann, direkt dahinter, entdeckte ich Wut ... oder bildete es mir zumindest ein. Wir hatten in den letzten drei, vier Monaten viel gestritten, aber ich konnte mich nicht erinnern, jemals diese Art von verdeckter Wut gesehen zu haben, die ich jetzt in ihr spürte, eine Wut, die durch das Make-up, das neue Kleid (blau, ohne Tupfen, ohne Schlitz an der Seite, weder einem kleinen noch einem großen) und die neue Frisur kaschiert werden sollte. Der gedrungene Mann in ihrer Begleitung sagte etwas, und sie streckte die Hand aus und berührte ihn am Arm. Als er sich mir zuwandte und sich anschickte aufzustehen, sah ich noch etwas in ihrem Gesicht. Sie war nicht nur wütend auf mich, sie hatte auch Angst vor mir. Und obwohl sie noch kein einziges Wort gesagt hatte, war ich bereits stinksauer auf sie. Aus ihren Blicken sprach totale Ablehnung; genausogut hätte sie ein Schild mit der Aufschrift BIS AUF WEITERES GESCHLOSSEN auf der Stirn tragen können. Ich fand, ich hatte Besseres verdient. Vielleicht ist das aber auch nur eine andere Art zu sagen, ich bin auch nur ein Mensch.

»Monsieur«, sagte der Oberkellner und zog den Stuhl

links neben Diane heraus. Ich hörte ihn kaum und vergeudete mit Sicherheit keinen Gedanken mehr an sein exzentrisches Verhalten und seine schiefe Fliege. Ich glaube, sogar das Thema Tabak ging mir zum erstenmal, seit ich mit dem Rauchen aufgehört hatte, vorübergehend nicht mehr durch den Kopf. Ich konnte nur an ihre extrem gefaßte Miene denken und mich wundern, wie ich wütend auf sie sein und sie gleichzeitig so heftig begehren konnte, daß ich nur noch den Wunsch hatte, sie anzusehen. Ob es die Abwesenheit einer Person vermag, daß sie einem stärker ans Herz wächst, mag dahingestellt sein, aber mit Sicherheit intensiviert sie den Blick, mit dem man sie betrachtet.

Ich fand auch Zeit, mich zu fragen, ob wirklich alles so war, wie es mir geschienen hatte. Wut? Ja, das war möglich, sogar wahrscheinlich. Wenn sie nicht zumindest bis zu einem gewissen Grad wütend auf mich gewesen wäre, hätte sie mich wohl kaum verlassen, nahm ich an. Aber Angst? Warum in Gottes Namen sollte Diane vor mir Angst haben? Ich hatte ihr nie ein Haar gekrümmt. Gewiß, ich hatte bei einigen unserer Auseinandersetzungen vermutlich etwas lautere Töne angeschlagen, aber das hatte sie auch.

»Ich hoffe, das Mittagessen wird Ihren Erwartungen entsprechen, Monsieur«, sagte der Oberkellner aus einer anderen Welt – aus der, in der sich Bedienungen normalerweise aufhalten, um ihre Köpfe nur in die unsere zu stecken, wenn wir sie rufen, weil wir entweder etwas brauchen oder weil wir uns beschweren wollen.

»Mr. Davis, ich bin Bill Humboldt«, stellte sich Dianes Begleiter vor. Er streckte eine große Hand aus, die gerötet und aufgesprungen aussah. Ich schüttelte sie kurz. Der Rest von ihm war genauso groß ausgefallen wie seine Hand; sein breites Gesicht wies die Sorte von Röte auf, die Gewohnheitstrinker oft nach dem ersten Schluck des Tages zeigen. Ich schätzte ihn Mitte vierzig, etwa zehn Jahre von dem Zeitpunkt entfernt, zu dem er Hängebacken bekäme.

»Angenehm«, sagte ich, ohne mehr Gedanken an das zu verschwenden, was ich sagte, als an den Oberkellner mit dem Fleck auf dem Hemd. Ich wollte nur das Händeschütteln hinter mich bringen, damit ich mich wieder der hübschen Blondine mit dem rosigen Teint, den zart rosa Lippen und der sportlich-schlanken Figur zuwenden konnte. Der Frau, die mir vor noch nicht allzu langer Zeit »Mach's mir mach's mir mach's mir« ins Ohr gehaucht hatte, während sie sich an meinen Arsch klammerte wie an einen Sattel mit zwei Knäufen.

»Sehen wir erst mal zu, daß Sie was zu trinken bekommen«, sagte Humboldt und sah sich wie jemand, der das häufig tut, nach einem Kellner um. Dianes Therapeut wies alle Kennzeichen eines angehenden Alkoholikers auf. Großartig.

»Ein Perrier mit Limone wäre gut.«

»Wofür?« erkundigte sich Humboldt mit einem breiten Grinsen. Er nahm den halbvollen Martini, der vor ihm auf dem Tisch stand, und leerte ihn, bis die Olive mit dem Zahnstocher darin gegen seine Lippen zu liegen kam. Er spuckte sie zurück, dann stellte er das Glas ab und sah mich an. »Also, vielleicht sollten wir besser gleich zur Sache kommen.«

Ich schenkte ihm keine Beachtung. Ich *war* bereits voll bei der Sache; von dem Augenblick an, in dem Diane zu mir hochgesehen hatte. »Hi, Diane«, sagte ich. Es war wirklich erstaunlich, aber sie sah tatsächlich attraktiver und hübscher aus als zuvor. Auch begehrenswerter als zuvor. Als ob sie Dinge gelernt hätte – ja, nach lediglich zwei Wochen Trennung, die sie bei Ernie und Dee Dee Coslaw in Pound Ridge verbracht hatte –, die ich nie in Erfahrung bringen würde.

»Wie geht es dir, Steve?« fragte sie.

»Gut«, sagte ich. Und dann: »Eigentlich nicht so besonders. Du hast mir gefehlt.«

Seitens der Dame wurde das nur mit wachsamem Schweigen erwidert. Diese großen, blaugrünen Augen sahen mich an, mehr nicht. Ganz sicher kein Aufschlagreturn, kein *Du hast mir auch gefehlt.*

»Und ich habe mit dem Rauchen aufgehört. Das hat mir auch ganz schön zu schaffen gemacht.«

»Hast du dich endlich durchgerungen. Das freut mich für dich.«

Ich spürte ein neuerliches Aufwallen von Wut, diesmal

ein wirklich übles. Der Grund war ihr höflich herablassender Ton – so, als ob ich vielleicht gar nicht die Wahrheit gesagt hätte und als ob es auch nichts zur Sache täte, wenn doch. Zwei Jahre lang hatte sie wegen der Zigaretten jeden Tag auf mir herumgehackt – daß ich davon Krebs bekäme, daß *sie* davon Krebs bekäme, daß sie nicht mal im Traum daran dächte, schwanger zu werden, solange ich nicht aufhörte, damit ich erst gar nicht auf die Idee käme, auch nur ein Wort zuviel über *dieses* Thema zu verlieren –, und jetzt zählte das auf einmal alles nicht mehr, weil ich nicht mehr zählte.

»Steve – Mr. Davis«, sagte Humboldt, »ich dachte, wir könnten damit beginnen, daß Sie sich mal die Liste mit Beschwerden ansehen, die Diane in den letzten paar Wochen während unserer Sitzungen – unserer anstrengenden Sitzungen, wie ich vielleicht hinzufügen sollte – erarbeitet hat. Sie ist vielleicht der beste Einstieg, um zum eigentlichen Zweck unseres Treffens zu kommen, der darin besteht, uns auf eine Trennungsphase zu einigen, die Ihnen beiden den Prozeß der Selbstfindung erleichtern soll.«

Auf dem Boden neben ihm stand ein Aktenkoffer. Mit einem Brummen hob er ihn hoch und stellte ihn auf den einzigen leeren Stuhl am Tisch. Humboldt begann die Schlösser zu öffnen, aber an diesem Punkt hörte ich auf, aufzupassen. Mich interessierte kein Einstieg in eine Trennung, egal, was das bedeutete. Ich verspürte eine Mischung aus Panik und Wut, die in mancher Hinsicht das eigenartigste Gefühl war, das ich je verspürt hatte.

Ich sah Diane an und sagte: »Ich will es noch einmal versuchen. Können wir uns nicht versöhnen? Besteht dazu denn keine Chance?«

Der Ausdruck absoluten Entsetzens auf ihrem Gesicht zerstörte Hoffnungen, von denen mir nicht einmal bewußt gewesen war, daß ich mich an sie geklammert hatte. Dem Entsetzen folgte Wut. »Das sieht dir wieder mal ähnlich!« stieß sie hervor.

»Diane ...«

»Wo ist der Schließfachschlüssel, Steven? Wo hast du ihn versteckt?«

Humboldt wirkte beunruhigt. Er streckte die Hand aus und berührte sie am Arm. »Diane ... ich dachte, wir hätten uns darauf geeinigt ...«

»Worauf wir uns geeinigt haben, ist, daß dieser Scheißkerl alles unter dem nächstbesten Stein versteckt und dann auf Zahlungsunfähigkeit plädiert!«

»Du hast das Schlafzimmer danach durchsucht, bevor du weg bist, oder nicht?« fragte ich ruhig. »Du hast es wie ein Einbrecher auf den Kopf gestellt.«

Das ließ sie erröten. Ich weiß nicht, ob es Scham, Wut oder beides war. »Es ist genauso mein Schließfach wie deines! Meine Sachen genauso wie deine!«

Humboldt wirkte beunruhigter als je zuvor. Mehrere Gäste hatten sich nach uns umgeschaut. Die meisten schienen übrigens amüsiert. Die Menschen sind eindeutig Gottes bizarrste Geschöpfe. »Bitte ... bitte, lassen Sie uns nicht ...«

»Wo hast du ihn versteckt, Steven?«

»Ich habe ihn nicht versteckt. Ich habe ihn nie versteckt, Ich habe ihn aus Versehen im Wochenendhaus liegen gelassen, mehr nicht.«

Sie lächelte wissend. »Ach ja. Aus Versehen. Von wegen.« Ich sagte nichts, und das wissende Lächeln verflog. »Ich möchte ihn«, sagte sie, korrigierte sich aber rasch: »Ich möchte einen *Zweitschlüssel*.«

Die in der Hölle schmoren, wollen Eiswasser, dachte ich. Laut entgegnete ich: »Dein Entschluß steht also fest?«

Sie zögerte. Vielleicht hörte sie etwas aus meiner Stimme heraus, das sie eigentlich nicht hören – oder zur Kenntnis nehmen wollte. »Ja«, sagte sie. »Das nächste Mal, wenn du mich siehst, werde ich mit meinem Anwalt kommen. Ich möchte mich von dir scheiden lassen.«

»Warum?« Was ich jetzt in meiner Stimme hörte, war ein klagender Ton wie das Blöken eines Schafs. Das gefiel mir zwar nicht, aber ich konnte nicht das geringste dagegen tun. »*Warum?*«

»O Gott. Du glaubst doch nicht im Ernst, daß ich dich wirklich für so blöd halte?«

»Ich verstehe einfach nicht ...«

Ihre Wangen leuchteten mehr denn je. Die Röte stieg fast

bis zu ihren Schläfen. »Doch, wahrscheinlich denkst du, daß ich genau das glaube. Ist das nicht *typisch?*« Sie griff nach ihrem Wasserglas, und weil ihre Hand zitterte, verschüttete sie die oberen vier Zentimeter auf das Tischtuch. Ich fühlte mich schlagartig – ich meine *krachbumm* – an den Tag zurückversetzt, an dem sie mich verlassen hatte, und dachte daran, wie ich das Glas Orangensaft auf den Boden gestoßen und mich selbst gewarnt hatte, die Glasscherben nicht aufzuheben, solange meine Hände nicht ruhiger wären, und wie ich es trotzdem getan und mich prompt geschnitten hatte.

»Schluß damit, das ist kontraproduktiv«, fuhr Humboldt dazwischen. Er klang wie eine Spielplatzaufsicht, die eine Keilerei zu stoppen versucht, bevor sie richtig losgeht, und er schien die Liste mit Dianes Beschwerden völlig vergessen zu haben; seine Blicke wanderten durch den hinteren Teil des Lokals und hielten nach unserem Kellner Ausschau, oder nach sonst einem Kellner, dessen Blick er auffangen könnte. Er war in diesem speziellen Moment wesentlich weniger an seiner Therapie interessiert als an einem kräftigen Schluck zu trinken.

»Ich möchte bloß wissen ...« begann ich.

»Was Sie *wissen* wollen, hat nichts damit zu tun, warum wir *hier* sind«, sagte Humboldt, und einen Moment hörte er sich tatsächlich alarmiert an.

»Ganz richtig, *endlich*«, sagte Diane. Sie sprach in einem spröden, drängenden Ton. »Endlich geht es nicht mehr darum, was *du willst,* was *du brauchst.*«

»Ich weiß zwar nicht, was das heißen soll, aber ich bin bereit, zuzuhören«, sagte ich. »Wenn du es mit einer gemeinsamen Eheberatung versuchen willst anstatt mit einer ... äh ... Therapie ... oder was Mr. Humboldt sonst macht ... ich habe nichts dagegen, wenn ...«

Sie hob die Hände in Schulterhöhe, die Handflächen nach außen gekehrt. »O Gott, unser großer, starker Held versucht es plötzlich auf die softe Tour«, sagte sie und ließ die Hände in ihren Schoß zurücksinken. »Nachdem du die ganze Zeit den starken Macker markiert hast. Sag bitte, daß es nicht so ist.«

»Lassen Sie das«, sagte Humboldt zu ihr. Sein Blick wanderte von seiner Patientin zum angehenden Ex-Ehemann seiner Patientin (so weit würde es tatsächlich noch kommen; inzwischen konnte mich selbst das leichte Gefühl von Unwirklichkeit, das mit dem Nicht-Rauchen einhergeht, nicht mehr über die offensichtliche Richtigkeit dieser Tatsache hinwegtäuschen). »Noch ein Wort von einem von Ihnen beiden, und ich erkläre dieses Treffen für beendet.« Er bedachte uns mit einem Lächeln, das so offensichtlich künstlich war, daß ich es auf perverse Weise gewinnend fand. »Und das, obwohl wir noch nicht mal gehört haben, was heute auf der Tageskarte steht.«

Das – die erste Erwähnung von Essen, seit ich zu ihnen gestoßen war – war unmittelbar, bevor die schlimmen Dinge passierten, und ich erinnere mich noch, an einem der Tische in der Nähe Lachs gerochen zu haben. In den zwei Wochen, seit ich zu rauchen aufgehört hatte, war mein Geruchssinn unglaublich fein geworden, aber ich betrachtete das nicht als großen Segen, vor allem nicht, wenn es um Lachs geht. Ich mochte ihn mal, aber inzwischen kann ich den Geruch nicht mehr ausstehen, von dem Geschmack gar nicht zu reden. Er riecht für mich nach Schmerz und Angst und Blut und Tod.

»Er hat damit angefangen«, sagte Diane eingeschnappt.

Du *hast damit angefangen*, du *warst diejenige, die die Bude auf den Kopf gestellt hat und abgehauen ist, als du nicht finden konntest, wonach du gesucht hast,* dachte ich, behielt es aber für mich.

Humboldt meinte eindeutig, was er sagte; er würde Diane bei der Hand nehmen und aus dem Restaurant führen, wenn wir wieder mit dieser Schulhofscheiße *nein, hab ich nicht, das warst du* anfingen. Nicht einmal die Aussicht auf einen weiteren Drink hätte ihn noch zum Bleiben bewegen können.

»Na schön«, meinte ich nachgiebig … und glauben Sie mir, ich mußte mich gewaltig anstrengen, um einen nachgiebigen Ton anzuschlagen. »Ich habe damit angefangen. Wie soll's jetzt weitergehen?« Natürlich wußte ich es: mit den Beschwerden. Mit anderen Worten: mit Dianes Kack-Liste. Und mit einer Menge mehr über den Schlüssel zum

Bankschließfach. Vermutlich das einzig Positive, was ich dieser leidigen Situation abgewinnen könnte, wäre ihnen klarzumachen, daß keiner von ihnen einen Zweitschlüssel zu sehen bekäme, solange mir kein Gerichtsbeamter ein Schreiben vorlegte, das mich dazu aufforderte, einen herauszurücken. Ich hatte den Krempel im Schließfach nicht angerührt, seit sich Diane aus meinem Leben verabschiedet hatte, und ich hatte nicht vor, in nächster Zukunft irgend etwas davon anzurühren... aber sie würde auch nichts davon in die Finger bekommen. Sollte sie meinetwegen Cracker essen und versuchen, dabei zu pfeifen, wie meine Großmutter immer sagte.

Humboldt nahm einen Packen Papiere heraus. Er wurde von einer dieser Designer-Papierklammern zusammengehalten, die es in allen Farben gibt. Mir wurde klar, daß ich entsetzlich unvorbereitet zu diesem Treffen erschienen war, und dies nicht nur, weil sich mein Anwalt gerade irgendwo heißhungrig über einen Cheeseburger hermachte. Diane hatte ihr neues Kleid; Humboldt hatte seinen Designer-Aktenkoffer, einschließlich Dianes mit einer farbkodierten Designer-Papierklammer zusammengehaltenen Kack-Liste; alles, was ich hatte, war ein neuer Regenschirm an einem sonnigen Tag. Ich sah auf die Stelle hinab, wo er neben meinem Stuhl lag, und stellte fest, daß immer noch das Preisschild vom Griff baumelte. Mit einem Mal kam ich mir vor wie Minnie Pearl.

Im Lokal roch es fantastisch, wie das in den meisten Restaurants der Fall ist, seit dort das Rauchen verboten wurde – nach Blumen und Wein und frischem Kaffee und Schokolade und Gebäck –, aber was ich am deutlichsten roch, war Lachs. Ich kann mich erinnern, gedacht zu haben, daß er sehr gut roch und daß ich mir wahrscheinlich welchen bestellen würde. Ich erinnere mich auch, gedacht zu haben, daß ich wahrscheinlich überall essen könnte, wenn ich bei einem Treffen wie diesem zu essen in der Lage wäre.

»Die schwerwiegendsten Vorwürfe«, begann Humboldt, »die Ihre Frau – zumindest bisher – zur Sprache gebracht hat, sind Ihr Desinteresse, was ihre Arbeit angeht, und Ihr mangelndes Vertrauen in persönlichen Angelegenheiten.

Was letzteren Punkt angeht, würde ich sagen, zeigt sich dieses mangelnde Vertrauen sehr schön in Ihrer Weigerung, Diane Zugang zu dem Schließfach zu gewähren, das Ihnen gemeinsam gehört.«

Ich öffnete schon den Mund, um ihm zu sagen, für dieses mangelnde Vertrauen gäbe es meinerseits berechtigte Gründe, und zwar die, daß ich Diane durchaus zutrauen würde, daß sie sich alles unter den Nagel reißen und es dann nicht mehr herausrücken wolle. Bevor ich jedoch etwas sagen konnte, wurde ich vom Oberkellner unterbrochen. Einerseits schrie er, andererseits redete er, und ich versuche zwar, diesen Laut zu beschreiben, aber ein paar aneinandergereihte Is können seinen Charakter wirklich nicht wiedergeben. Es war, als hätte er den Bauch voll Dampf und eine Teekesselpfeife in der Kehle stecken.

»Dieser Hund ... Iiiiii ...! Wie oft soll ich Ihnen das mit diesem Hund noch sagen ... Iiiiii ...! Ich kann die ganze Zeit nicht schlafen ... Iiiiii ...! Sie sagt, leck mich doch, diese Fotze ... Iiiiii ...! Sie machen mich noch wahnsinnig ...! Iiiiii ...! Und jetzt bringen Sie auch noch diesen Hund hier an ... Iiiiii!«

Im Lokal wurde es natürlich sofort still, und die Gäste sahen von ihrem Essen oder ihren Gesprächen auf, als die dünne, blasse, schwarzgekleidete Gestalt mit vorgerecktem Gesicht und säbelnden Storchenbeinen durch das Lokal stakte. Inzwischen keine Erheiterung mehr auf den Gesichtern ringsum; nur noch Verwunderung. Die Fliege des Oberkellners war um ganze neunzig Grad verrutscht, so daß sie jetzt aussah wie die Zeiger einer Uhr, die sechs Uhr anzeigten. Er hatte die Hände beim Gehen hinter dem Rücken verschränkt, und in seiner leicht vorgebeugten Haltung erinnerte er mich an eine Zeichnung in meinem Sechste-Klasse-Lesebuch, eine Darstellung von Washington Irvings armem Lehrer Ichabod Grane.

Ich war es, den er ansah, ich, auf den er zukam. Ich starrte ihn an, fast wie hypnotisiert – es war wie einer dieser Träume, in denen man merkt, daß man nicht für das juristische Staatsexamen gelernt hat, das man gleich ablegen soll, oder daß man ohne Kleider an einem Festessen im Weißen Haus teilnimmt – und möglicherweise wäre ich in diesem

Zustand verharrt, wenn Humboldt nicht eingeschritten wäre.

Ich hörte seinen Stuhl zurückrutschen und sah ihn an. Seine Serviette lose in einer Hand haltend, stand er auf. Er wirkte überrascht, aber er wirkte auch wütend. Plötzlich wurden mir zwei Dinge klar: daß er betrunken war, ziemlich betrunken sogar, und daß er das Ganze als einen Makel auf dem Schild seiner Gastfreundschaft und seiner Kompetenz betrachtete. Schließlich hatte er das Restaurant ausgesucht, und jetzt sehen Sie sich das mal an – der Zeremonienmeister hatte einen Sprung in der Schüssel.

»Iiiiii ...! Ihnen werde ich es zeigen! Das ist das letzte Mal, daß ich ...«

»O mein Gott, er hat in die Hose gemacht«, flüsterte eine Frau an einem Tisch in der Nähe. Ihre Stimme war zwar leise, aber deutlich zu verstehen in dem Moment der Stille, in dem der Oberkellner Atem holte, um wieder loszuschreien, und ich sah, sie hatte recht. Die schwarze Hose des mageren Mannes tropfte im Schritt vor Nässe.

»Sehen Sie mal her, Sie Idiot«, sagte Humboldt und wandte sich dem Oberkellner zu, worauf dieser seine linke Hand hinter dem Rücken hervornahm. Darin hielt er das größte Metzgermesser, das ich je gesehen habe. Es muß über einen halben Meter lang gewesen sein, mit einer leichten Krümmung im vorderen Teil der Schneide, wie ein Krummsäbel aus einem alten Piratenfilm.

»Vorsicht!« rief ich Humboldt zu. An einem der Wandtische schrie ein schmächtiger Mann mit einer randlosen Brille auf und spuckte einen Mundvoll gekauter brauner Essensbestandteile auf das Tischtuch vor ihm.

Humboldt schien weder meine Warnung noch den Schrei des anderen Mannes zu hören. Er sah den Oberkellner mit finster gerunzelter Stirn an. »Denken Sie bloß nicht, ich komme noch einmal hierher, wenn Sie Ihre Gäste ...«, begann Humboldt.

»Iiiiiii! IIIIIIII!« kreischte der Oberkellner und fuhr mit dem Metzgermesser quer durch die Luft. Es machte ein sausendes Geräusch, wie ein geflüsterter Satz. Der Schlußpunkt war das Geräusch, mit dem sich die Klinge in William Humboldts rechte Backe grub. In einem explosionsartigen Schwall winziger Tröpfchen spritzte Blut aus der Wunde. Sie überzogen das Tischtuch mit einem fächerförmigen Tupfenmuster, und ich sah ganz deutlich (das werde ich nie vergessen) einen leuchtend roten Tropfen in mein Wasserglas fallen und dann mit einem rosa Faden, den er wie einen Schwanz hinter sich herzog, auf den Boden tauchen. Der Tropfen sah aus wie eine blutige Kaulquappe.

Humboldts Wange platzte auf und gab den Blick auf seine Zähne frei, und als seine Hand an die blutspritzende Wunde fuhr, sah ich etwas rosafarben Weißes auf der Schulter seiner anthrazitgrauen Anzugjacke liegen. Erst als das Ganze vorbei war, wurde mir bewußt, daß das sein Ohrläppchen gewesen sein mußte.

»*Lassen Sie sich das mal gesagt sein!*« schrie der Oberkellner wütend auf Dianes blutenden Therapeuten ein, der dastand und sich die Hand an die Wange hielt. Bis auf das Blut, das zwischen seinen Fingern hervorfloß, sah Humboldt komischerweise wie Jack Benny aus, wenn er so tut, als könne er etwas nicht fassen. »*Erzählen Sie das Ihren widerwärtigen Klatschtanten von Freunden ... Sie elender ... Iiiiii ...! HUNDE-NARR!*«

Inzwischen fingen auch andere Leute zu schreien an, hauptsächlich wegen des Blutes, glaube ich. Humboldt war ein großer, kräftiger Mann, und er blutete wie eine gestochene Sau. Ich konnte es wie Wasser aus einer geplatzten Leitung auf den Boden plätschern hören, auch die Brust seines weißen Hemds war inzwischen rot. Seine Fliege, die rot gewesen war, schimmerte jetzt schwarz.

»Steve?« stieß Diane hervor. »*Steven?*«

An dem Tisch schräg links hinter ihr waren ein Mann und eine Frau beim Mittagessen gesessen. Jetzt sprang der Mann auf – er war etwa dreißig und hatte die Art von gutem Aussehen, wie es George Hamilton mal gehabt hatte – und rannte zum Eingang des Restaurants. »*Troy, geh nicht ohne mich!*« kreischte seine Begleiterin, aber Troy sah sich kein einziges Mal um. Er erweckte den Eindruck, als hätte er völlig vergessen gehabt und als würde er sich jetzt daran erinnern, daß er dringend ein Buch in die Bibliothek zurückbringen mußte oder daß er versprochen hatte, den Wagen zu putzen.

Falls bis dahin über dem ganzen Lokal eine Art Lähmung gelegen hatte – ich kann nicht mit Sicherheit sagen, ob es so war oder nicht, obwohl ich, scheint es, viel mitbekommen habe und mich an alles erinnere –, brach das den Bann. Plötzlich ertönten von allen Seiten Schreie, und andere Leute sprangen auf. Mehrere Tische wurden umgestoßen. Gläser und Teller zerbrachen auf dem Boden. Ich sah einen Mann, der den Arm um die Taille seiner Begleiterin gelegt hatte, hinter dem Oberkellner vorbeihasten; ihre Hand krallte sich wie eine Klaue in seine Schulter. Einen Moment trafen sich unsere Blicke, und der ihre war so leer wie die Augen einer griechischen Büste. Ihr totenblasses Gesicht hatte vor Entsetzen etwas Hexenartiges angenommen.

Das alles könnte in zehn Sekunden passiert sein; vielleicht waren es auch zwanzig. Ich erinnere mich daran wie an eine Fotoserie oder einen Filmstreifen, aber es umreißt keine Zeitspanne. Die Zeit hörte für mich von dem Moment an zu existieren auf, in dem Alfalfa, der Oberkellner, seine linke Hand hinter dem Rücken hervornahm und ich das Metzgermesser sah. In der Zwischenzeit fuhr der Mann im Smoking fort, in seiner speziellen Oberkellnersprache, die diese ehemalige Freundin von mir Hochnäsisch genannt hatte, wirres Zeug zu faseln. Einiges davon *war* in einer fremden Sprache, einiges war englisch, aber völlig ohne Sinn, und einiges war sehr treffend ... fast so, daß es einen nicht mehr losließ. Haben Sie mal etwas von der langen, wirren Erklärung gelesen, die Dutch Schultz auf dem Totenbett abgegeben hat? Genau so war es. An viel davon kann ich mich nicht mehr erinnern. Aber woran ich mich noch erinnern kann, werde ich wahrscheinlich nie vergessen.

Immer noch seine aufgeschlitzte Wange haltend, taumelte Humboldt zurück. Er stieß mit den Kniekehlen gegen die Sitzfläche seines Stuhls und ließ sich schwer darauf niedersinken. *Er sieht aus wie jemand, dem gerade mitgeteilt wurde, daß er Krebs hat,* dachte ich. Als er sich Diane und mir zuwandte, waren seine Augen vor Entsetzen weit aufgerissen. Ich konnte Tränen aus ihnen hervorquellen sehen, und dann packte der Oberkellner den Griff des Metzgermessers mit beiden Händen und hieb es in die Mitte von Humboldts Kopf. Es gab ein Geräusch, als schlüge jemand mit einem Rohrstock auf einen Stapel Handtücher.

»Potz!« entfuhr es Humboldt. Ich bin ziemlich sicher, daß das sein letztes Wort auf dieser Welt war – »Potz«. Dann verdrehte er seine tränennassen Augen, so daß nur noch das Weiße zu sehen war. Er kippte vornüber auf seinen Teller und fegte mit einer wegzuckenden Hand Gläser vom Tisch und auf den Boden. Währenddessen riß der Oberkellner – inzwischen standen ihm am Hinterkopf nicht mehr nur ein paar Haare hoch, sondern alle – das lange Messer aus seinem Kopf. In einer Art senkrechtem Vorhang spritzte Blut aus der Kopfwunde und ergoß sich über Dianes Kleid. Sie hob die Hände in Schulterhöhe und hatte die Handflächen wieder nach außen gekehrt, aber diesmal mehr vor Entsetzen als vor Ärger. Sie begann zu kreischen, und dann schlug sie ihre blutbespritzten Hände vors Gesicht, über die Augen. Der Oberkellner beachtete sie nicht. Statt dessen wandte er sich mir zu.

»Ihr Hund da«, sagte er in fast völlig normalem Gesprächston. Nichts an seinem Verhalten deutete darauf hin, daß er auch nur Notiz von den entsetzten Menschen nahm, die hinter ihm schreiend zum Ausgang stürmten. Seine Augen waren sehr groß, sehr dunkel. Sie sahen jetzt wieder braun aus, schienen aber Kreise um die Iris zu haben. »Ihr Hund da ist wirklich eine Zumutung. Nicht mal alle Radios von Coney Island zusammen sind so schlimm wie dieser Hund, Sie mieser Wichser.«

Ich hatte den Regenschirm in der Hand, und das einzige, woran ich mich selbst beim besten Willen nicht mehr erinnern kann, ist, wann ich ihn gepackt habe. Ich glaube, es muß gewesen sein, als Humboldt starr vor Staunen dastand, weil er merkte, daß sein Mund gerade um zwanzig Zentimeter größer geworden war, aber ich kann mich einfach nicht mehr daran erinnern. Ich erinnere mich, daß der Mann, der wie George Hamilton aussah, zur Tür rannte, und ich weiß, daß er Troy hieß, weil ihm das seine Begleiterin hinterherrief, aber ich kann mich nicht erinnern, den Re-

genschirm genommen zu haben, den ich in dem Koffergeschäft gekauft hatte. Er *war* jedoch in meiner Hand, und das
Preisschild stand unten aus meiner Faust hervor, und als
sich der Oberkellner vorbeugte und mit dem Messer herum-
fuchtelte – um es mir, glaube ich, in die Kehle zu stoßen –,
riß ich ihn hoch und schlug ihm damit wie ein Lehrer von
anno dazumal, der einen ungezogenen Schüler mit dem
Stock züchtigt, aufs Handgelenk.

»Ud!« ächzte der Oberkellner, als seine Hand abrupt nach
unten schnellte und die für meine Kehle bestimmte Klinge
durch das durchnäßte, rosa verfärbte Tischtuch ratschte. Er
gab jedoch nicht auf und zog das Messer wieder heraus.
Hätte ich die Hand, in der er das Messer hielt, noch einmal
zu treffen versucht, hätte ich sie sicher verfehlt, aber ich versuchte es erst gar nicht. Ich zielte auf sein Gesicht und verpaßte ihm einen gezielten Schlag seitlich gegen den Kopf –
einen so gezielten Schlag, wie man ihn eben jemandem mit
einem Regenschirm verpassen kann. Und im selben Moment ging der Regenschirm auf, sozusagen wie die visuelle
Pointe einer Slapstick-Nummer.

Ich fand es allerdings überhaupt nicht komisch. Die Blüte
des Regenschirms entzog den Oberkellner völlig meinen
Blicken, als er nach hinten taumelte und seine freie Hand an
die Stelle seines Gesichts hochriß, an der ich ihn getroffen
hatte, und es gefiel mir gar nicht, daß ich ihn nicht sehen
konnte. Es gefiel mir nicht? Es machte mir eine Heidenangst. Nicht, daß ich nicht schon eine Heidenangst gehabt
hätte.

Ich packte Diane am Handgelenk und zog sie hoch. Sie
ließ es ohne ein Wort geschehen und machte einen Schritt
auf mich zu; dann stolperte sie auf ihren hohen Absätzen
und sank unbeholfen in meine Arme. Ich spürte ihre Brüste,
die sich an mich drückten, und die feuchte, warme Klamm-
heit darauf.

»Iiiiii! Du Boinker!« kreischte der Oberkellner, oder vielleicht nannte er mich auch einen ›Boinger‹. Ich weiß, es ist
wahrscheinlich völlig egal, und doch scheint es mir ganz oft
so, als wäre es das nicht. Spät nachts beschäftigen mich die
kleinen Fragen genauso wie die großen. »Du *boinkender*

Scheißkerl! Diese ganzen Radios! Husch-du-baba! Cousin Brucie kann mich mal! DU kannst mich mal!«

Er kam jetzt um den Tisch herum auf uns zu (der Bereich hinter ihm war inzwischen völlig verlassen und sah aus wie ein Western-Saloon nach einer Schlägerei). Mein Regenschirm lag immer noch aufgespannt auf dem Tisch, und der Oberkellner stieß mit der Hüfte dagegen. Daraufhin fiel er ihm vor die Füße, und als er dagegentrat, half ich Diane auf die Beine und zog sie ins hintere Ende des Lokals. Zum Eingang zu fliehen hatte keinen Sinn; zum einen war er wahrscheinlich zu weit entfernt, und selbst wenn wir ihn erreicht hätten, war er noch mit kreischenden, verängstigten Menschen verstopft. Wenn er es auf mich abgesehen hatte – oder auf uns beide –, hätte er uns ohne weiteres einholen und wie zwei Truthähne tranchieren können.

»Ihr Irren! Ihr verdammten Irren …! Iiiiii …! So viel zu deinem Köter, häh? So viel zu deinem kläffenden Köter!«

»Sieh zu, daß er damit aufhört!« kreischte Diane. *»O mein Gott, er bringt uns beide um, sieh zu, daß er endlich aufhört!«*

»Ich mache euch fertig, ihr mieses Gesindel!« Immer näher. Der Regenschirm hatte ihn nicht lange aufgehalten, das stand fest. *»Ich mache euch alle fertig!«*

Ich sah drei Türen, zwei befanden sich in einer kleinen Nische, in der auch ein Münztelefon war. Herren- und Damentoilette. Das half nichts. Selbst wenn es Einzeltoiletten mit verschließbaren Türen waren, halfen sie nichts. Ein Irrer wie dieser Kerl hackte ein Toilettentürschloß mühelos auf, und dann saßen wir in der Falle.

Also zerrt ich Diane auf die dritte Tür zu und zwängte mich durch sie in eine Welt aus sauberen grünen Fliesen, hellem Neonlicht, blitzendem Chrom und dampfenden Essensdüften. Der Geruch von Lachs war vorherrschend. Humboldt war nie dazugekommen, sich nach den Tagesgerichten zu erkundigen, aber ich glaubte zu wissen, was zumindest eines von ihnen gewesen war.

Ein Kellner stand mit offenem Mund und weit aufgerissenen Augen da; auf seiner Handfläche balancierte ein beladenes Tablett. Er sah aus wie Gimpel, der Trottel, in dieser Erzählung von Isaac Singer. »Was …«, sagte er, und dann schob ich ihn zur Seite. Das Tablett flog durch die Luft, und Teller und Gläser krachten gegen die Wand.

»Ey!« Ein Mann brüllte. Er war riesengroß und trug einen weißen Kittel und eine weiße Kochmütze wie eine Wolke. Um den Hals hatte er ein rotes Tuch, und in einer Hand hielt er einen Schöpflöffel, von dem irgendeine braune Soße tropfte. »Ey, Sie können hier nicht einfach so reinkommen!«

»Wir müssen weg hier«, stieß ich hervor. »Er ist verrückt. Er ...«

Da kam mir eine Idee, eine Möglichkeit zu erklären, ohne zu erklären – ich legte kurz meine Hand auf Dianes linke Brust, auf den durchnäßten Stoff ihres Kleids. Es war das letzte Mal, daß ich sie intim berührte, und ich weiß nicht, ob es sich gut anfühlte oder nicht. Ich reckte dem Küchenchef meine Hand entgegen, so daß er die mit Humboldts Blut verschmierte Handfläche sehen konnte.

»Du meine Güte«, sagte er. »Da hinten ...!«

In diesem Moment flog die Tür, durch die wir gekommen waren, wieder auf, und der Oberkellner stürmte mit irrem Blick herein. Das Haar stand ihm wirr vom Kopf, wie die Stacheln eines Igels, der sich zu einer Kugel eingerollt hat. Er schaute sich um, sah den Kellner, zeigte kein Interesse, sah mich und stürzte auf mich zu.

Diane hinter mir herziehend, hetzte ich wieder los und schob die riesige, weichbäuchige Gestalt des Küchenchefs blindlings beiseite. Wir kamen an ihm vorbei, aber Dianes Kleid hinterließ einen Blutfleck auf seinem weißen Kittel. Ich sah, daß er nicht mit uns kam, sondern dem Oberkellner entgegentrat; ich wollte ihn warnen, ihm sagen, das brächte nichts und wäre eine denkbar schlechte Idee und höchstwahrscheinlich die letzte Idee, die er je haben würde, aber dazu war keine Zeit.

»Ey!« schrie der Küchenchef. »Ey, Guy, was soll das?« Er sprach den Namen des Oberkellners französisch aus, so daß er sich auf *nie* reimte, und dann sagte er nichts mehr. Es gab einen dumpfen Schlag, der mich an das Geräusch erinnerte, mit dem sich das Messer in Humboldts Schädel gegraben hatte, und dann schrie der Koch. Es war ein wäßriges Geräusch. Es wurde gefolgt von einem schweren, feuchten

Klatschen, das mich in meinen Träumen verfolgt. Ich weiß nicht, was es war, und will es auch nicht wissen.

Ich zerrte Diane einen schmalen Gang zwischen zwei Herden entlang, die eine wilde, dumpfe Hitze auf uns abstrahlten. Am Ende war eine Tür, die mit zwei massiven Stahlbolzen verriegelt war. Ich griff nach dem oberen, und dann hörte ich Guy, den Oberkellner aus der Hölle, wirres Zeug faselnd hinter uns herkommen.

Ich wollte weiter an dem Bolzen ruckeln, wollte glauben, ich könnte die Tür öffnen und mit Diane durch sie entkommen, bevor er uns erreichte, aber ein Teil von mir – der Teil, der unbedingt überleben wollte – wußte es besser. Impulsiv drückte ich Diane gegen die Tür, stellte mich aus einem Beschützerinstinkt heraus, der seinen Ursprung in der Eiszeit haben muß, vor sie und wandte mich ihm zu.

Er hatte das Messer mit der linken Hand über den Kopf gehoben und kam den schmalen Gang zwischen den Herden auf uns zugerannt. Sein Mund war offen und gab den Blick auf seine schmutzigen, verfaulten Zähne frei. Jede Hoffnung auf Hilfe, die ich von seiten Gimpels, des Trottels, bekommen könnte, war verflogen. Er kauerte neben dem Durchgang zum Restaurant an der Wand. Die Finger hatte er tief in den Mund geschoben und sah mehr denn je wie ein Dorftrottel aus.

»*Sie hätten mich lieber nicht vergessen sollen!*« kreischte Guy. Er klang wie Yoda in den *Krieg der Sterne*-Filmen. »*Ihr widerlicher Köter ...! Ihre laute Musik, so dissonant ...! Iiiii ...! Wie können Sie es ...*«

Auf einer der vorderen Gasflammen des linken Herds stand ein großer Topf. Ich griff danach und schleuderte ihn nach ihm. Es dauerte über eine Stunde, bis ich merkte, wie stark ich mir dabei die Hand verbrannt hatte; ich hatte eine Handfläche voll Blasen wie kleine Brötchen und weitere Blasen an den drei mittleren Fingern. Der Topf schlidderte von der Flamme und kippte im Flug, so daß er Guy von der Hüfte abwärts mit Mais, Reis und knapp zehn Litern kochendem Wasser übergoß.

Mit einem lauten Aufschrei wich er zurück und legte die freie Hand, in der er nicht das Messer hielt, auf den anderen

Herd, fast direkt in die blau-gelbe Gasflamme unter einer Bratpfanne, in der inzwischen verkohlte Pilze vor sich hinschmorten. Er schrie noch einmal auf, diesmal so hoch, daß es in den Ohren schmerzte, und hielt die Hand vor seine Augen, als könnte er nicht glauben, daß sie ihm gehörte.

Ich schaute nach rechts und sah ein kleines Sammelsurium von Putzutensilien neben der Tür – Glass-X und Clorox und Janitor In A Drum auf einem Bord, einen Besen, auf dessen Stiel wie ein Hut eine Müllschaufel gesteckt war, und einen Mop in einem Blecheimer mit einer Vorrichtung zum Ausdrücken an der Seite.

Als Guy wieder auf mich zukam – das Messer hielt er in der Hand, die nicht wie die andere rot war und anschwoll wie ein Schlauch –, packte ich den Griff des Mops, benutzte ihn, um den Eimer auf seinen kleinen Rollen vor mir herzuschieben, und stach dann damit nach ihm. Guy wich zwar mit dem Oberkörper zurück, ließ sich aber sonst nicht aufhalten. Auf seinen Lippen lag ein seltsames, zuckendes Lächeln. Er sah aus wie ein Hund, der, zumindest vorübergehend, vergessen hat, wie man knurrt. Das Messer hielt er vor sein Gesicht und machte damit eine Reihe mysteriöser Bewegungen. Blitzend brach sich das Neonlicht der Deckenlampen in der Klinge – das heißt, wo sie nicht mit Blut verschmiert war. Er schien keine Schmerzen in seiner verbrannten Hand oder in seinen Beinen zu spüren, obwohl sie mit kochendem Wasser übergossen worden waren und seine Smokinghose mit Reis bekleckert war.

»Du miese Sau«, zischte Guy und machte seine mysteriösen Bewegungen. Er glich einem Kreuzritter, der sich bereit macht, in die Schlacht zu ziehen. Das heißt, wenn Sie sich einen Kreuzritter in einem reisbekleckerten Smoking vorstellen können. »Ich bring dich genauso um wie deinen widerlichen kläffenden Köter.«

»Ich habe keinen Hund«, sagte ich. »Ich *darf* gar keinen Hund haben. Steht im Mietvertrag.«

Ich glaube, das war das einzige, was ich während des ganzen Alptraums zu ihm sagte, und ich bin nicht ganz sicher, ob ich es tatsächlich laut sagte. Es könnte auch nur ein Gedanke gewesen sein. Hinter ihm konnte ich sehen, wie sich der Küchenchef hochrappelte. Eine Hand hatte er um den Kühlschrank gelegt, die andere auf seinen blutigen Kittel gedrückt, der über der Wölbung seines Bauchs zu einem breiten roten Grinsen aufgeschlitzt war. Er gab sich redlich Mühe, seine Eingeweide in seinem Bauch zurückzuhalten, befand sich aber auf verlorenem Posten. Eine Schlinge Gedärme, glänzend und bluterguβfarben, war bereits herausgequollen und hing wie eine widerliche Uhrkette an seiner linken Seite.

Guy fuchtelte mit seinem Messer vor mir herum. Ich konterte, indem ich den Putzeimer auf ihn zuschob. Als er zurückwich, zog ich den Eimer wieder zu mir her und wartete. Den Holzstiel des Mops hatte ich mit beiden Händen gepackt und hielt mich bereit, den Eimer wieder auf ihn zuzuschieben, wenn er mir zu nahe kam. Doch die eine Hand pochte vor Schmerzen, und ich spürte, wie mir der Schweiβ wie heißes Öl über die Wangen lief. Inzwischen hatte es der Koch geschafft, ganz aufzustehen. Langsam, wie ein Kranker, der sich von einer schweren Operation erholt, begann er sich den Mittelgang entlang auf Gimpel, den Trottel, vorzuarbeiten. Ich wünschte ihm viel Glück.

»Zieh die Riegel zurück«, sagte ich zu Diane.

»Was?«

»Die Riegel an der Tür. Zieh sie zurück.«

»Ich kann mich nicht bewegen.« Sie weinte so sehr, daß ich sie kaum verstehen konnte. »Du *zerquetschst* mich.«

Ich rückte ein Stück nach vorn, damit sie mehr Platz hatte. Guy fletschte die Zähne, täuschte einen Stoß mit dem Messer vor, wich aber zurück und grinste sein nervöses, knurriges Grinsen, als ich den Eimer auf seinen quietschenden Rollen wieder auf ihn zuschob.

»Verlauster Stinkstiefel«, brummte er. Er klang wie ein Mann, der sich über die Aussichten der Mets in der nächsten Saison ausließ. »Mal sehen, ob du dein Radio jetzt immer noch so laut aufdrehst, du Stinker. Das bringt dich auf andere Gedanken, nicht? *Boink!*«

Er stach zu. Ich schob. Aber diesmal wich er nicht so weit zurück, und ich merkte, daß er sich innerlich auf einen Großangriff vorbereitete. Er war entschlossen, das Ganze zu

Ende zu bringen, und zwar bald. Ich konnte spüren, wie Dianes Brüste meinen Rücken streiften, als sie nach Luft schnappte. Zwar hatte ich ihr Platz gemacht, aber sie hatte sich nicht umgedreht, um die Riegel zurückzuziehen. Sie stand bloß da.

»Mach die Tür auf«, sagte ich und sprach dabei wie ein Knastbruder aus dem Mundwinkel. »Zieh die blöden Riegel zurück, Diane.«

»Ich kann nicht«, schluchzte sie. »Ich kann nicht, ich habe keine Kraft in den Händen. Sieh zu, daß er damit aufhört, Steven, steh nicht bloß rum und *rede* mit ihm, sieh zu, daß er *aufhört.*«

Sie machte mich wahnsinnig. Das dachte ich wirklich. »Du drehst dich jetzt um und ziehst diese Riegel zurück, Diane, oder ich trete einfach zur Seite und lasse ...«

»IIIIIIII!« brüllte er und stürzte sich mit dem Messer auf mich.

Ich stieß den Putzeimer mit aller Kraft nach vorn, so daß ihm die Beine unter dem Körper weggezogen wurden. Er schrie auf und schlug mit einem langen, verzweifelten Streich nach mir. Eine Spur näher, und er hätte mir die Nasenspitze abgesäbelt. Dann landete er in grotesk verdrehter Haltung auf seinen weit gespreizten Knien, so daß sein Gesicht direkt über der Ausdrückvorrichtung an der Seite des Eimers war. Perfekt! Ich stieß ihm den Mop in den Nacken. Seine Fransen schlackerten wie eine Hexenperücke über die Schultern seines schwarzen Jacketts. Sein Gesicht schlug gegen die Ausdrückvorrichtung. Ich bückte mich, packte mit meiner freien Hand den Griff und drückte ihn zu. Guy brüllte vor Schmerzen, aber der Schrei wurde durch den Mop gedämpft.

»ZIEH DIE RIEGEL ZURÜCK!« brüllte ich Diane an. »ZIEH DIE RIEGEL ZURÜCK, DU NICHTSNUTZIGE BLÖDE KUH! ZIEH ...«

Zack! Etwas Hartes und Spitzes bohrte sich in meine linke Pobacke. Japsend taumelte ich nach vorn – mehr aus Überraschung als vor Schmerz, glaube ich, obwohl es durchaus weh tat. Ich ging auf ein Knie nieder und mußte den Mop loslassen. Guy wich zurück und befreite sich gleichzeitig aus dem strähnigen Kopf des Mops. Sein Atem ging so laut, daß er sich wie ein Bellen anhörte. Aber das ganze Manöver hatte ihn nicht nennenswert bremsen können; sobald er sich von dem Eimer befreit hatte, schlug er wieder mit dem Messer nach mir. Im Zurückweichen spürte ich den Luftzug, mit dem die Klinge an meiner Wange vorbeisauste.

Erst als ich mich aufrichtete, merkte ich, was passiert war, was sie getan hatte. Ich sah mich kurz über die Schulter nach ihr um. Sie drückte sich mit dem Rücken gegen die Tür und starrte mich herausfordernd an. Da kam mir ein verrückter Gedanke: sie *wollte,* daß ich umgebracht wurde. Vielleicht hatte sie das Ganze sogar geplant. Sie hatte sich einen verrückten Oberkellner gesucht und …

Da riß sie die Augen auf. »*Paß auf!*«

Ich drehte mich gerade noch rechtzeitig um, sah gerade noch, wie er sich auf mich stürzte. Bis auf die großen weißen Flecken, die von den Abflußlöchern der Ausdrückvorrichtung herrührten, war sein Gesicht an den Seiten knallrot. Ich stieß mit dem Mop nach ihm, zielte auf die Kehle, erwischte ihn aber statt dessen an der Brust. Damit stoppte ich seinen Ansturm und drängte ihn sogar einen Schritt zurück. Was dann passierte, war reines Glück. Er rutschte im Wasser des umgestoßenen Eimers aus und schlug im Fallen mit dem Kopf auf die Fliesen. Ohne zu überlegen und ohne mir so recht bewußt zu werden, daß ich einen wilden Schrei ausstieß, riß ich die Pfanne mit Pilzen vom Herd und drosch sie ihm mit aller Kraft ins Gesicht. Es gab einen dumpfen Schlag, auf den ein grauenhaftes (aber zum Glück kurzes) Zischen folgte, als die Haut an seinen Wangen und auf seiner Stirn verbrutzelte.

Ich wirbelte herum, schob Diane beiseite und zog die Bolzen zurück, mit denen die Tür verriegelt war. Als ich die Tür aufstieß, traf mich das Sonnenlicht wie ein Hammer. Und der Geruch der Luft. Ich kann mich nicht erinnern, daß Luft je besser gerochen hat, nicht einmal in meiner Kindheit, am ersten Tag der Sommerferien.

Hastig packte ich Diane am Arm und zog sie in eine schmale Durchfahrt hinaus, in der mit Vorhängeschlössern abgeschlossene Mülltonnen standen. Am Ende dieses schmalen steinernen Spalts befand sich, wie eine Vision des

Himmels, die 53ste mit ihrem endlos auf und ab brandenden Verkehr. Ich sah über meine Schulter und durch die offene Küchentür. Guy lag auf dem Rücken, sein Kopf war von verkohlten Pilzen umringt wie von einem existentiellen Diadem. Die Pfanne war auf die Seite gerutscht und gab den Blick auf sein Gesicht frei, das rot und von Blasen übersät war. Eins seiner Augen stand offen, aber es blickte, ohne etwas zu sehen, zu den Neonlampen hoch. Die Küche hinter ihm war leer. Auf dem Boden breitete sich eine Blutlache aus, und auf der weißen Emailletür des begehbaren Kühlschranks sah man blutige Handabdrücke, aber sowohl der Küchenchef als auch Gimpel, der Trottel, waren verschwunden.

Ich schlug die Tür zu und deutete zum Ende der Durchfahrt.

»Geh.«

Sie rührte sich nicht, sah mich nur an.

Ich stieß sie leicht gegen die linke Schulter. »Geh!«

Sie hob wie ein Verkehrspolizist die Hand, schüttelte den Kopf und deutete dann auf mich. »Rühr mich nicht an.«

»Was willst du dann machen? Deinen Therapeuten auf mich hetzen? Ich glaube, er ist tot, Liebling.«

»Komm mir nicht auf die Tour. *Untersteh* dich. Und rühr mich nicht an, Steven, ich warne dich.«

Die Küchentür flog auf. Ich reagierte sofort, ohne zu überlegen, und schlug sie wieder zu. Gerade bevor sie zuschnappte hörte ich einen gedämpften Schrei – ob seine Ursache Wut oder Schmerz war, wußte ich nicht, und es war mir auch egal. Ich stemmte mich mit dem Rücken mit aller Kraft gegen die Tür. »Willst du etwa hier rumstehen und die Sache ausdiskutieren?« fragte ich sie. »So, wie sich der Kerl anhört, ist er noch ziemlich lebendig.« Im selben Moment warf er sich wieder gegen die Tür. Ich wurde kräftig durchgeschüttelt, drückte sie aber wieder zu. Ich wartete, daß er es noch mal versuchen würde, was er aber nicht tat.

Diane sah mich lange finster und unschlüssig an, dann ging sie die Durchfahrt hinunter. Sie hatte den Kopf gesenkt, und das Haar fiel ihr seitlich über den Hals. Ich stemmte mich weiter mit dem Rücken gegen die Tür, bis sie drei Viertel der Strecke zur Straße zurückgelegt hatte. Erst dann löste ich mich von der Tür und sah sie argwöhnisch an. Niemand kam nach draußen, aber mir kam es nicht so vor, als ob das bereits eine Entwarnung wäre. Ich schob eine der Mülltonnen vor die Tür, dann trabte ich Diane hinterher.

Als ich das Ende der Durchfahrt erreichte, war sie nicht mehr da. Ich schaute nach rechts, zur Madison, und sah sie nicht. Ich schaute nach links, und da war sie. Sie ging langsam über die 53ste. Den Kopf hatte sie noch immer gesenkt, und das Haar fiel ihr immer noch wie ein Vorhang seitlich ins Gesicht. Niemand schenkte ihr Beachtung; die Leute vor dem Gotham Café glotzten durch die Fenster ins Innere des Lokals, wie Besucher vor dem Haifischbecken des Boston Seaquarium zur Fütterungszeit. Sirenen näherten sich, eine ganze Menge.

Ich ging über die Straße, streckte die Hand nach ihrer Schulter aus, besann mich eines besseren und rief statt dessen ihren Namen.

Sie drehte sich um. Von dem Schock waren ihre Augen ganz stumpf. Die Vorderseite ihres Kleids sah wie ein grausig rotes Lätzchen aus. Sie stank nach Blut und verbrauchtem Adrenalin.

»Laß mich in Ruhe«, sagte sie. »Ich will dich nie wieder sehen.«

»Du hast mir da drinnen einen Arschtritt gegeben, du blöde Kuh. Du hast mir da drinnen in den Arsch getreten und mich um ein Haar umgebracht. Uns beide. Ich kann das einfach nicht glauben.«

»Ich wollte dir schon die ganzen letzten vierzehn Monate mal in den Arsch treten. Was die Erfüllung unserer Träume angeht, können wir uns nicht immer den optimalen Zeitpunkt aussuchen, oder etwa …«

Ich schlug ihr ins Gesicht. Ich überlegte nicht lange, ich holte einfach aus und tat es, und seit ich erwachsen bin, haben mir wenige Dinge solche Genugtuung bereitet. Natürlich schäme ich mich deswegen, aber ich bin mit dieser Geschichte schon zu weit gekommen, um noch eine

Lüge zu erzählen, und sei es nur in Form einer Unterlassung.

Ihr Kopf zuckte zurück. Vor Schock und Schmerz riß sie die Augen auf, und sie verloren dieses stumpfe, traumatisierte Aussehen.

»Du Schwein!« schrie sie und riß die Hand an ihre Wange. Jetzt traten ihr Tränen in die Augen. »Du mieses *Schwein!*«

»Ich habe dir das Leben gerettet«, sagte ich. »Ist dir das eigentlich klar? Hast du das noch nicht gemerkt? *Ich hab dir dein blödes Scheißleben gerettet.*«

»Du Dreckskerl«, zischte sie. »Du aufgeblasenes, wichtigtuerisches, kleinkariertes, eingebildetes, selbstherrliches Arschloch. Ich hasse dich.«

»Diese blöde Scheiße kannst du dir sparen. Wenn dein eingebildetes, kleinkariertes Arschloch nicht gewesen wäre, wärst du jetzt tot.«

»Wenn du nicht gewesen wärst, wäre ich erst gar nicht in diesem Lokal gesessen«, sagte sie, als die ersten drei Polizeiautos die 53ste entlanggerast kamen und vor dem Gotham Café hielten. Wie Clowns in einer Zirkusnummer purzelten Polizisten heraus. »Wenn du mich noch einmal anfaßt, Steve«, sagte sie, »kratze ich dir die Augen aus. Komm mir bloß nicht nahe.«

Ich mußte meine Hände in meine Achselhöhlen legen. Sie wollten sie umbringen, vorschießen, sich um ihren Hals legen und sie einfach erwürgen.

Sie ging sieben oder acht Schritte, dann drehte sie sich zu mir um. Sie lächelte. Es war ein schreckliches Lächeln, schrecklicher als jeder Ausdruck, den ich im Gesicht von Guy, dem dämonischen Kellner, gesehen hatte. »Ich hatte Geliebte«, sagte sie und lächelte dabei ihr schreckliches Lächeln. Sie log. Es stand ihr ins Gesicht geschrieben, daß sie log, aber deswegen schmerzte es nicht weniger. Sie *wünschte,* es wäre wahr; auch das stand ihr ins Gesicht geschrieben. »Insgesamt drei im letzten Jahr. Mit dir war es nicht gut, deshalb habe ich mir Männer gesucht, mit denen es gut war.«

Damit drehte sie sich um und ging die Straße hinunter, wie eine Frau, die nicht siebenundzwanzig war, sondern fünfundsechzig. Ich stand da und sah ihr nach. Unmittelbar bevor sie die Ecke erreichte, schrie ich noch einmal. Das war das einzige, worüber ich nicht hinwegkam; es war mir im Hals steckengeblieben wie ein Hühnerknochen. »Ich habe dir das *Leben* gerettet! Dein bescheuertes *Leben!*«

An der Ecke blieb sie stehen und drehte sich zu mir um. Das schreckliche Lächeln lag immer noch auf ihren Lippen. »Nein«, sagte sie. »Hast du nicht.«

Dann ging sie um die Ecke. Ich habe sie seitdem nicht mehr gesehen, obwohl ich annehme, daß ich sie noch sehen werde. Ich werde sie vor Gericht wiedersehen, wie es so schön heißt.

Einen Block weiter fand ich ein Geschäft und kaufte mir dort eine Packung Marlboro. Als ich zur Ecke Madison und 53ster zurückkam, war die 53ste mit diesen blauen Absperrungen verrammelt, mit denen die Cops Tatorte oder Paraden abriegeln. Aber ich konnte das Restaurant sehen. Ich konnte es sogar bestens sehen. Ich setzte mich auf den Randstein, steckte mir eine Zigarette an und sah mir das Ganze an. Ein halbes Dutzend Rettungsfahrzeuge kamen angefahren – wahrscheinlich wäre es nicht übertrieben, von einem richtigen Krankenwagengejaule zu sprechen. Der Koch kam in den ersten; er war bewußtlos, aber anscheinend noch am Leben. Seinem kurzen Auftritt vor seinen Fans in der 53sten folgte ein Leichensack auf einer Tragbahre – Humboldt. Als nächstes kam Guy. Er war fest auf eine Bahre geschnallt und blickte wild um sich, als er hinten in einen Krankenwagen geschoben wurde. Ich dachte, daß sein Blick für einen kurzen Moment auf mich fiel, aber wahrscheinlich bildete ich es mir nur ein.

Als Guys Krankenwagen losfuhr und durch eine Lücke in der Barrikade rollte, die zwei uniformierte Polizisten geöffnet hatten, warf ich die Zigarette, die ich geraucht hatte, in den Rinnstein. Ich habe diesen Tag nicht überlebt, sagte ich zu mir, nur um wieder damit anzufangen, mich mit Tabak umzubringen.

Ich sah dem sich entfernenden Krankenwagen nach und versuchte mir vorzustellen, wie der Mann darin wohl gelebt hatte – wo Oberkellner eben leben … in Queens oder Brooklyn oder vielleicht sogar in Rye oder Mamaroneck. Ich versuchte mir vorzustellen, wie sein Eßzimmer aussah, welche Bilder an den Wänden hingen. Es gelang mir nicht, aber ich stellte fest, daß ich mir relativ mühelos sein Schlafzimmer vor Augen führen konnte; allerdings nicht, ob er es mit einer Frau teilte. Ich konnte ihn vor mir sehen, wie er wach, aber vollkommen reglos dalag und in den frühen Morgenstunden, wenn der Mond wie das halb geschlossene Auge einer Leiche am schwarzen Firmament hing, an die Decke starrte; ich konnte mir vorstellen, wie er dalag und zuhörte, wie der Hund des Nachbarn die ganze Zeit monoton vor sich hin bellte und keine Ruhe gab, bis das Geräusch wie ein silberner Nagel wurde, der sich in sein Hirn bohrte. Ich stellte mir vor, wie er nicht weit von einem Schrank voller Smokings lag. In ihren Plastiküberzügen aus der Reinigung konnte ich sie dort im Dunkeln hängen sehen wie hingerichtete Verbrecher. Ich fragte mich, ob er eine Frau hatte. Wenn ja, hatte er sie umgebracht, bevor er zur Arbeit gegangen war? Ich mußte an den Fleck auf seinem Hemd denken und schloß diese Möglichkeit nicht aus. Ich dachte auch an den Hund des Nachbarn, der nicht still sein wollte. Und an die Familie des Nachbarn.

Aber hauptsächlich dachte ich an Guy, schlaflos in denselben Nächten, in denen auch ich wach gelegen war, und wie er dem Hund nebenan oder von der Straße her wie ich den Sirenen und dem Rumpeln der Lkws auf dem Weg in die Innenstadt zugehört hatte. Ich dachte an ihn, wie er dalag und zu den Schatten hochsah, die der Mond an die Decke heftete. Dachte an diesen Schrei – *Iiiiii!* –, der sich in seinem Kopf ausdehnte wie Gas in einem geschlossenen Raum.

»Iiiiii«, sagte ich … nur um zu sehen, wie es sich anhörte. Ich ließ die Packung Marlboro in den Rinnstein fallen und begann im Sitzen systematisch darauf einzustampfen. »Iiiiii. Iiiiii. Iiiiii.«

Einer der Polizisten, der bei den Absperrgittern stand, sah zu mir herüber und rief: »He, Chef, könnten Sie vielleicht mit dem Scheiß aufhören? Wir haben hier schon genug Ärger!«

Allerdings, dachte ich. Haben wir das nicht alle?

Ich sagte aber nichts. Ich hörte auf zu stampfen – mittlerweile war die Zigarettenpackung sowieso schon ziemlich platt –, und ich hörte auf, das Geräusch zu machen. Aber ich konnte es noch in meinem Kopf hören – und warum auch nicht? Es machte genauso viel Sinn wie alles andere.

Iiiiii.

Iiiiii.

Iiiiii.

MICHAEL O'DONOGHUE

Der Psychopath

VORSPANN
mit weißer Farbe auf schwarzen Hintergrund gesprüht
AUFBLENDEN
INNEN: SCHLAFZIMMER – MORGEN

SENKRECHTER BLICK NACH UNTEN AUF DEN PSYCHOPATHEN, der im Bett liegt und an die Decke starrt. Er ist blond, gutaussehend, großgewachsen und muskulös. Er trägt einen schwarzen Slip, und auf seinen Arm ist LOVE eintätowiert. WIR HÖREN das leise Ticken eines Weckers, der auf dem Nachttisch steht.

Der Wecker klingelt. Als sich der Mann aufsetzt und ihn abstellt, SEHEN WIR Tabletten auf dem Tisch liegen.

Das Zimmer ist schäbig und unordentlich. Die Einrichtung ist spärlich: Kochplatte, ein paar Möbel von der Wohlfahrt, kaputte Rollos, keine Vorhänge. Die Wände sind vollgeschmiert mit Zitaten über die Liebe. Es ist alles vertreten, von den Beatles (ALL YOU NEED IS LOVE) bis zu Robert Browning (O LYRISCHE LIEBE, HALB ENGEL, HALB VOGEL, UND ALLES EIN WUNDER UND EIN WILDES VERLANGEN!). Einige davon SEHEN WIR in SCHRÄGEN NAHAUFNAHMEN. An einer Wand hängt ein riesiger selbstgemachter Kalender mit durchgekreuzten Tagen. Es ist Mitte Februar.

Der Psychopath schlüpft in einen Kampfanzug, einschließlich Erkennungsmarke und polierter Armeestiefel. Als er auf der blitzenden Stiefelspitze einen nicht erkennbaren Staubfussel entdeckt, wischt er ihn sorgfältig weg.

Er reißt vom Bettlaken einen Streifen ab und bindet ihn sich um den Kopf.

Hastig zieht er einen Aluminiumkoffer mit Schußwaffen unter dem Bett hervor. Er befestigt eine kleine Pistole mit Klebstreifen an seinem Unterschenkel, versteckt eine abgesägte Schrotflinte unter seiner Jacke, verstaut Munition in seinen Taschen und nimmt ein Sturmgewehr in die Hand.

Es kann losgehen.

INNEN: FLUR — MORGEN

Als er die Tür abschließt, sieht der Psychopath am Ende des Flurs den MILCHMANN mit einem Milchkarton in jeder Hand. Er reißt die Flinte heraus und ballert los. Die Milchkartons zerplatzen, und der Milchmann sinkt zu Boden.

AUSSEN: STRASSE — MORGEN

Als der Psychopath die Eingangstreppe hinuntergeht, kommt eine hübsche schwarze HIGH SCHOOL-STUDENTIN auf Inline-Skates vorbei. Ihre Bücher hat sie an einem Riemen über die Schulter geworfen. Der Psychopath feuert eine Salve auf sie ab, so daß sie gegen die Mülltonnen am Straßenrand geschleudert wird. Die Schulbücher werden über den Gehsteig verstreut. Die Räder der Inline-Skates kommen langsam zum Stehen.

Der Psychopath schlendert an ihr vorbei und faßt ein hohes Bürogebäude auf der anderen Straßenseite ins Auge. Er geht auf den Eingang zu.

INNEN: EINGANGSHALLE DES BÜROGEBÄUDES — TAG

Der Psychopath geht durch die Eingangshalle und betritt einen leeren Lift. Nach ihm steigen EIN KLEINER JUNGE und EIN KLEINES MÄDCHEN ein. Das kleine Mädchen sieht zu ihm hoch und lächelt. Er lächelt zurück. Die Tür schließt sich, und WIR SEHEN die Zahlen der Stockwerkanzeige der Reihe nach aufleuchten.

INNEN: OBERSTES STOCKWERK – TAG

Die Tür geht auf, und ein Glockenton ertönt. Ohne einen Blick zurückzuwerfen, verläßt der Psychopath den Lift. Die Kinder liegen hingestreckt auf dem Boden.

Der Psychopath verschwindet durch eine Tür mit der Aufschrift DACH.

AUSSEN: DACH – TAG

Der Psychopath holt ein Zielfernrohr heraus und befestigt es am Gewehr. Er stützt sich auf der Dachbrüstung ab und visiert ein älteres Paar im Park an.

Im Fadenkreuz des Zielfernrohrs SEHEN WIR den ALTEN MANN Tauben füttern. Der Gewehrschuß scheucht die Tauben auf, und der alte Mann sinkt auf der Bank zusammen.

Das Zielfernrohr schwingt zu der ALTEN FRAU hinüber.

AUSSEN: STRASSE – TAG

ZWEI POLIZISTEN machen in ihrem Streifenwagen Kaffeepause, als der zweite Schuß kracht.

POLIZIST
»Los!«

Er fährt aus der Parklücke, während seine Partnerin die Sirene einschaltet.

AUSSEN: BÜROGEBÄUDE – TAG

Der Streifenwagen kommt schleudernd zum Stehen, und die zwei Polizisten rennen in das Haus. In der Ferne HÖREN WIR vereinzelte Gewehrschüsse.

INNEN: EINGANGSHALLE – TAG

Die Polizisten stürmen in die Eingangshalle. Ein geschockter SICHERHEITSBEAMTER kommt ihnen entgegen.

SICHERHEITSBEAMTER
»Er ist auf dem Dach.«
POLIZISTIN
»Wie kommen wir da rauf?«
SICHERHEITSBEAMTER
(deutet)
»Am besten nehmen Sie den Hinteraufgang.«

INNEN: TREPPE – TAG

Die Polizisten rennen mit gezogenen Pistolen die Treppe hinauf.

Das Geräusch vereinzelter Schüsse wird lauter. Sie kommen oben an und öffnen, gegen die Wand gedrückt, die Tür zum Dach.

AUSSEN: DACH – TAG

Umgeben von leeren Patronenhülsen feuert der Psychopath Schuß um Schuß auf die ahnungslose Stadt unter ihm ab. Er hört nicht, wie die Polizisten von hinten auf ihn zuschleichen.

POLIZIST
»Keine Bewegung! Lassen Sie die Waffe fallen!«

Der Psychopath läßt das Gewehr fallen.

Als sich ihm der Polizist nähert, um ihm Handschellen anzulegen, reißt er die Pistole vom Unterschenkel und schießt ihn nieder. Die Polizistin feuert, verfehlt ihn aber. Der Psychopath verpaßt ihr einen Streifschuß. Sie versucht, sich ins Treppenhaus zurückzuziehen, aber er trifft sie noch einmal, und sie fällt die Treppe hinunter.

INNEN: EINGANGSHALLE – TAG

Ohne von dem Sicherheitsbeamten Notiz zu nehmen, der sich auf dem Boden krümmt, verläßt der Psychopath das Gebäude.

AUSSEN: BÜROGEBÄUDE – TAG

Er geht an dem verlassenen Streifenwagen vorbei – die Türen stehen offen, das rote Licht auf dem Dach dreht sich.

AUSSEN: STRASSE – TAG

Auf dem Heimweg entdeckt er zwei Kaninchen, die im Schaufenster einer Tierhandlung herumhoppeln. Er feuert eine Salve auf das Fenster ab: die Scheibe zerspringt in tausend Stücke.

AUSSEN: MIETSHAUS – TAG

Müde steigt er die Eingangstreppe hinauf. Er hat einen anstrengenden Tag hinter sich.

INNEN: FLUR – TAG

Er steigt über den Milchmann und weicht dabei sorgfältig den Milchpfützen auf dem Linoleumboden aus.

INNEN: SCHLAFZIMMER – TAG

Der Psychopath schließt die Tür auf, betritt sein Zimmer und legt die Waffen beiseite. Er nimmt eine Spraydose und kreuzt einen Tag auf dem Kalender aus – den 14. Februar.

Verschwitzt und erschöpft, läßt er sich aufs Bett fallen. SENKRECHTER BLICK NACH UNTEN. WIR SEHEN ihn an die Decke starren.

WIR FAHREN LANGSAM auf den Psychopathen zu.

Er schließt die Augen. MUSIK setzt ein – eine knisternde alte Version von ›Funny Valentine‹.

INNEN: FLUR – TAG

Aus einem traumartig schwebenden HANDKAMERA-BLICKWIN-KEL SEHEN WIR den Milchmann zucken.

INNEN: BÜROGEBÄUDE, TREPPE – TAG

WIR SCHWEBEN auf die Polizistin zu. Sie beginnt sich krampf-haft zu bewegen und versucht aufzustehen.

AUSSEN: PARK – TAG

Das ältere Paar beginnt sich zu bewegen.

INNEN: SCHLAFZIMMER – TAG

WIR FAHREN NÄHER an den Psychopathen heran.

INNEN: FLUR – TAG

Der Milchmann steht auf. Er klingelt bei der NACHBARIN. Sie öffnet – eine kesse Frau Mitte vierzig – und gibt ihm einen herzhaften Kuß.

AUSSEN: STRASSE – TAG

Ein gutaussehender schwarzer HIGH SCHOOL-STUDENT in einer Universitätsjacke sammelt die Bücher der Inline-Skaterin auf. Sie sitzt leicht verärgert am Randstein und schnürt einen Skate-Schuh neu.

STUDENT
»Alles okay?«
STUDENTIN
»Nichts passiert.«

Er hilft ihr auf die Beine und hält immer noch ihre Bücher.

STUDENT
»Ich trag sie dir.«

INNEN: BÜROGEBÄUDE, EINGANGSHALLE – TAG

Die Lifttür geht auf, und der kleine Junge und das kleine Mädchen kommen händchenhaltend heraus.

AUSSEN: PARKBANK – TAG

Der alte Mann umarmt seine Begleiterin. Sie schmiegt den Kopf an seine Schulter.

AUSSEN: BÜROGEBÄUDE – TAG

Der Polizist langt unter den Autositz, holt eine herzförmige, satinbezogene Pralinenschachtel hervor und gibt sie seiner Partnerin.

INNEN: SCHLAFZIMMER – TAG

WIR FAHREN auf den Psychopathen zu. GROSSAUFNAHME. Er grinst.

AUSSEN: TIERHANDLUNG – TAG

Durch das unzerbrochene Fenster SEHEN WIR außer den zwei Kaninchen Dutzende von Kaninchenbabies.

INNEN: SCHLAFZIMMER – TAG

WIR FAHREN an die Erkennungsmarke um den Hals des Psychopathen heran, bis die Aufschrift darauf lesbar wird. Sie lautet: AMOR. MUSIK endet – »Jeder Tag ist Valentinstag ...«
AUSBLENDEN – SCHWARZ

KATHE KOJA

Pas de Deux

Sie mochte sie jung, junge Männer; Prinzen. Soweit man dabei überhaupt von ›mögen‹ reden konnte, mochte sie die jungen, weil sie inzwischen, in diesem Moment, genug hatte von älteren Männern, von erfahrenen Männern, von Männern, die immer wußten, was sie sagen sollten, und die ein ganz bestimmtes Lächeln aufsetzten, wenn sie von Leidenschaft sprach, vom Unterschied zwischen Gier und Liebe. Die jungen grinsten dann nicht, und wenn sie es taten, dann mit einem Ausdruck rührender Verwirrung, weil sie nicht recht verstanden, nicht sicher waren, nicht ganz begriffen: sie waren es, die am besten wußten, was sie noch nicht wußten und daß es noch so viel zu lernen gab.

»Was lernen?« kam Edwards Stimme aus dem Käfig der Erinnerungen. Eine tiefe Stimme. »Was gibt es noch zu lernen?« Dabei griff er nach der Flasche und dem Glas und schenkte sich ein. »Und wer bringt es mir bei? Du?« Dieses Lächeln, wie das Lächeln eines Insekts, wie das ausdruckslose Knopfauge einer Puppe, aus Blech hergestellt, aus einer Waffe, aus einem Messer entstanden, und schau ihn dir an, die fahlen Laken am Fußende des Betts achtlos zerwühlt, das riesige Himmelbett wie eine Galeone, eine Hinterlassenschaft seiner ersten Frau – genau wie die Laken eine Sonderanfertigung – alles ein Hochzeitsgeschenk der Mutter seiner ersten Frau: Adele hatte sie geheißen, und er erzählte gern, erweckte gern den Anschein – war es wirklich nur der Anschein? –, daß er auch sie gefickt hatte, daß er in einer Nacht, in einer Abfolge von Nächten, von der Mutter zur Tochter gegangen war, um seinen Samen zwischen vier gespreizten Beinen zu verspritzen, und die spröde Alice, sagte Edward, konnte der großen Adele nicht das Wasser reichen; Adele, der ehemaligen Ballettänzerin, Adele, die überall gewesen war, in Paris und Hongkong gelebt hatte, eine Biographie von Balanchine verfaßt hatte, Adele, die von dem Tag an, an dem sie einundzwanzig geworden war, nur noch Schwarz getragen hatte, »das verstehe ich nicht«, sagte er, den Kopf in den Nacken geworfen, die Knie angewinkelt, sein kurzer, dicker Schwanz wie eine zur Hälfte aufgegessene Wurst, »was glaubst du eigentlich, daß du mir beibringen könntest, machst du dir da nicht was vor?«

»Jeder von uns kann noch etwas lernen«, sagte sie, lachte und verließ das Zimmer, um mit einem Buch zurückzukommen, *Balanchine & ich*: Balanchine in Farbe auf dem Titel, auf der Rückseite ein winziges Schwarzweißfoto von Adele. »Lies das mal.« Drückte ihm das Buch in die Hand. »Versuche herauszufinden, wie viel du nicht weißt.« Whiskyfahne, er läßt sich aufs Bett zurücksinken, das Glas auf der Brust, ein mächtiger, behaarter Brustkorb, wie der eines Tiers; gern lag er bei offenem Fenster nackt da, lag da und sah sie an, und »Ist dir kalt?« fragte er sie dann immer, wohl wissend, daß sie fror, daß sich ihre Muskeln zusammenkrampften. »Stört dich der Luftzug?«

Nein, hätte sie sagen können, oder *ja*, oder *du kannst mich mal*, oder eine Million anderer Antworten, aber am Ende hatte sie ihm keine davon gegeben, hatte nichts gesagt, war nur aus dem Zimmer gegangen. Ließ ihn in seinem Himmelbett liegen und suchte sich einen eigenen Platz, ihren eigenen Raum, über ihrem Studio, wo sie wohnte: ein Tanzstudio, sie war lange weg gewesen, aber jetzt war sie zurück, und bald, in ein, zwei Monaten würde sie genug Geld haben, um vielleicht die Heizung die ganze Zeit anzulassen, die Lichter brennen zu lassen, weiterzumachen. *Weitermachen*, das war jetzt ihr Motto, ihre Welt, Bewegung um jeden Preis. Sie war zu alt, um eine Tänzerin zu sein? War zu lange weg gewesen, zu sehr in Vergessenheit geraten, hatte die faschistische Anmut des gequälten Körpers verloren, des Körpers als eines Instruments der Bewegung, des Willens? *Nein*. Solange sie Beine, Arme, einen Rücken zum Beugen und Biegen hatte, solange sie sich bewegen konnte, konnte sie auch tanzen.

Allein.

In der Kälte.

Im Dunkeln.

Manchmal, wenn es sogar ihr zu dunkel wurde, ging sie aus, in eine Disco, wo sie für den Preis eines Biers die ganze Nacht zu Thrash oder Steelcore tanzen konnte, einen Tanz, der nichts mit der Arbeit an der Stange zu tun hatte: bis zur Erschöpfung zuckend und zappelnd, das nasse Haar im Gesicht klebend, das Hemd an den Körper geklatscht, in der Toilette durch den Rauch und den Gestank rasch etwas Wasser an den Hals gespritzt, und dann wieder raus, mit gesenktem Kopf, die Augen geschlossen, der Körper wild und von der Bewegung gemartert; ein unglaublicher Anblick, wußte sie, Leute sagten es ihr; Männer sagten es ihr, wenn sie ihr folgten, sobald sie von der Tanzfläche ging, und sich neben ihrem Hocker an die Bar lehnten, und sie sagten, sie sei umwerfend, eine fantastische Tänzerin; und dann die unausweichliche Frage, ein weiterer Schritt in diesem Tanz der Geschlechter: warum tanzte sie allein? »Sie brauchen einen Partner«, aber das war natürlich nicht möglich, nicht wirklich, weil es niemanden gab, den sie wollte, niemanden, der tun konnte, was sie konnte, und deshalb zuckte sie immer nur mit den Schultern, manchmal lächelte sie sogar, aber meistens nicht, hob nur die Schultern, schüttelte den Kopf und »Nein«, wandte sie sich ab. »Nein danke.«

Manchmal luden die Männer sie auf einen Drink ein, manchmal trank sie ihn; manchmal, wenn sie jung genug waren, und nett genug, nahm sie sie mit nach Hause, am Studio vorbei in die Wohnung hoch, in die Wohnung mit den halb hochgezogenen Rollos und dem alten Futon, mit den Stapeln von Tanzzeitschriften, den alten Ballettschuhen und den blutigen Bandagen, und sie fickte sie, langsam oder schnell, lautlos oder mit leisen, keuchenden Atemstößen oder winselnd wie ein Hund, den Kopf im Dunkeln in den Nacken geworfen, und dazu das verschwommene Geräusch des Heizgebläses, wie ein laufender Motor, während sie sich verausgabte, atemlos, leer und ausgelaugt. Danach lag sie immer neben ihnen, stützte sich auf einen Ellbogen und redete, erzählte ihnen vom Tanzen, von der Leidenschaft, vom Unterschied zwischen Gier und Liebe, und dann, im Dunkeln, mit dem Steigen und Fallen ihrer Stimme, so fließend

wie Wasser, wie Musik, wenn sie in der feuchten Wärme dalagen, die von ihren Körpern ausging, waren sie ergriffen –
von ihren Worten, von ihrem Körper –, so daß sie es von
neuem entstehen ließen und von neuem die Brücke zwischen Liebe und Gier schlugen: sie waren jung, sie konnten
die ganze Nacht. Und dann sahen sie zu ihr auf und »du bist
schön«, sagten sie dann, alle sagten es. »Du bist so schön;
darf ich dich anrufen?«

»Sicher«, sagte sie. »Sicher kannst du mich anrufen«, und
sie beugte sich über sie, der Atem beruhigte sich, der
Schweiß auf ihren Brüsten trocknete zu einem dünnen
Prickeln, und sie schaute in ihre Gesichter, sah sie lächeln,
schaute ihnen beim Anziehen zu – Jeans und T-Shirt,
löchrige Westen und Tarnjacken, um den Kopf geschlun-
gene Halstücher, winzige Ohrringe aus Silber oder Gold –
und sie brachte sie zur Tür, gab ihnen, bevor sie gingen, ihre
Nummer, drückte sie ihnen in die Hand; es war die Nummer der Reinigung, in die sie Edwards Anzüge immer
brachte, aber wie konnte es gemein sein, fragte sie sich,
sagte sie sich, wie konnte es falsch sein, nicht zu geben, was
sie nicht hatte? Viel schlimmer war es, ihnen etwas vorzumachen, sie hinzuhalten, wo sie doch wußte, daß sie bereits
alles gegeben hatte, was sie geben konnte, eine Nacht, ihre
Unterhaltung, nie nahm sie denselben zweimal mit nach
Hause, und es gab immer so viele, so viele Clubs, so viele
Bars in dieser Stadt der Bars und Clubs, Lichter in der Dunkelheit, die Flasche so kalt wie die Erkenntnis in ihrem warmen und schlüpfrigen Griff.

Manchmal ging sie von den Bars und den Clubs zu Fuß
nach Hause; es machte ihr nichts aus, zehn, dreißig oder fünfzig Blocks zu Fuß zu gehen, niemand belästigte sie, sie ging
immer allein. Mit gesenktem Kopf, die Hände an den Seiten
wie ein Verbrecher, ein Kinokrimineller, *einfach immer weitergehen,* durch die Dunkelheit, vier Uhr früh, Regen oder ein
letztes höhnisches Schneegestöber, das Gesicht von Eis gepu-
dert, der Schweiß in ihren Haaren, ihren kurzen Haaren, die
von der Kälte fest geworden sind, Edward sagte, sie sähe aus
wie eine Lebenslängliche: »Wegen was hast du denn gesessen?«, während sie vor dem Badezimmerspiegel ihr Haar zer-

zauste und die losen Schnipsel, die toten Locken entfernte, und sein Gesicht seitlich im Glas, als wäre es verzerrt, unscharf, zerfließend. »Du hast nicht das Gesicht für so eine Frisur«, einhändig nimmt er ihr Gesicht und dreht es herum, hält es gegen das Licht über ihr wie gegen eine Schußwaffe; dieses Lächeln, wie das eines abgedankten Königs. »Einmal hat sich Alice die Haare abgeschnitten, alle Haare; nur, um mich zu ärgern. Sie stritt es zwar ab, sagte, sie wolle lediglich ihr Aussehen ändern, aber ich kannte sie, ich wußte, was sie damit bezwecken wollte. Adele«, der Name war immer Honig in seinem Mund, »wußte es auch, und sie schnitt sich *ihre* Haare ab, um Alice zu ärgern. *Ihr* stand es natürlich fantastisch, ungeheuer sexy und maskulin, aber sie hatte ja auch das Gesicht dafür. Die entsprechende Knochenstruktur.« Fast war er freundlich zu ihr, tätschelte ihr mit beiden Händen das Gesicht, backe-backe-Kuchen, Babygesicht, kniff ihr im Spiegel in die Wangen. »Das ist, was dir fehlt.«

Und jetzt dieser Spaziergang in der Kälte, jeder einzelne Knochen in ihrem Gesicht schmerzt, die Zähne schmerzen, und der Wind saust immer noch in ihren Ohren, obwohl sie längst in der Geborgenheit ihrer Wohnung ist, die Tür abgeschlossen, dazu das orangene Summen des Heizgebläses, und obwohl es schon spät ist, obwohl es kalt ist, zieht sie sich aus bis auf die Leggings, bloße Füße, nackte Brüste, und sie beginnt im Dunkeln zu tanzen, schwitzend, keuchend, mit einem brutalen Stechen in den Seiten, im Hals, im Herz, und dann läßt sie ein unsichtbares Hindernis stolpern, eine Hüfte schlägt fest gegen die Stange, das metallische Klatschen von Metall gegen Haut, Haut gegen Metall, wie ein Geschlechtsakt, wie Ficken, und sie wünscht, sie hätte jemanden mit nach Hause genommen, es wäre schön gewesen, im Dunkeln einen warmen Körper zu ficken, aber sie ist allein, und deshalb tanzt sie statt dessen, dreht sich und stolpert und schlägt gegen die Stange, schlägt gegen die Stange, schlägt gegen die Stange, bis sie sich im wahrsten Sinn des Wortes nicht mehr rühren kann, mit steifen Knien steht sie keuchend da, keuchend vor Angst vor dem Stillstand, während draußen, hinter den vergilbten Rollos, endlich die Sonne aufzugehen beginnt.

Adeles Buch lag da, wo sie es hingeworfen hatte, rechteckig und stumm auf dem Badezimmerboden, aber eines Nachts, sie war gerade vom Tanzen zurück, ihr war kotzübel – das Bier, irgend etwas war ihr nicht bekommen –, hob sie es auf, als sie auf der Toilette saß, und blätterte darin, sah sich die Bilder an, und obwohl es sehr schlecht geschrieben war – als Schriftstellerin war Adele anscheinend nicht so gut gewesen wie als Tänzerin –, hatte es doch etwas, eine Passage, packend wie eine Ohrfeige, ein Schlag ins Gesicht: *Für mich, schrieb Adele, war Balanchine ein Prinz. Man muß seinen eigenen Prinzen finden, man muß ihn für sich gewinnen.*

Finde deinen Prinzen: Prinz Edward! und sie lachte, die Hose auf die Fußgelenke hinabgerutscht, mit dünnem, gelbem Durchfall, und sie lachte und lachte, aber die Stelle ließ sie nicht mehr los, setzte sich wie die Erinnerung an die Bewegung in ihren Knochen fest, und sie begann, sich die jungen Männer in den Clubs anzusehen, sie anzusehen, zu taxieren, sich Gedanken zu machen, und manchmal, wenn sie nachts heftig atmend unter ihnen lag und von Gier und Liebe sprach, fragte sie sich, was ein Prinz war, wie man einen erkannte: wie man es wußte; war es etwas Körperliches, ein Brennen, ein nonverbales Signal? Der Körper lügt nicht: das wußte sie. Und wenn sie sich das kleine Schwarzweißfoto von Adele so ansah, mit der gekrümmten Adlernase und den vorstehenden Knochen, die, wie dem Leben zum Hohn, den Totenschädel unter der Haut sichtbar werden ließen, dann hatte es Adele aller Wahrscheinlichkeit nach auch gewußt.

Der Körper lügt nicht.

Mit zehn Jahren auf dem Weg zum Ballettunterricht, auf Betreiben ihrer Mutter: »Damit du dich richtig bewegen lernst, Liebling.« Ihre Mutter, klein und dick und fürsorglich, tätschelte der Tochter die Wangen, runde Wangen, kleines, knochiges Kinn, wie eine Faust am falschen Platz. »Damit du dich wohler in deinem Körper fühlst.«

»Aber ich fühle mich wohl«, die Lüge eines mürrischen Kinds, das Gesicht abgewandt, die Schläfe widerborstig gegen die heiße Scheibe des Autofensters gedrückt. »Und überhaupt würde ich lieber Fußball spielen, warum darf ich nicht in einen Fußballverein gehen?«

»Tanzen ist besser.« Der alte Wagen bog schwerfällig auf den Parkplatz des Einkaufszentrums, BALLETTSCHULE in stilisierter blauer Schnörkelschrift, billige Reispapierrollos zwischen MINDYS HUNDESALON und einem Discount-Werkzeugladen. Die Ballettschuhe innen kleiner, als sie von der Straße aus erschien, unerbittlich trockene, klimatisierte Kälte und drei lustlose Mädchen an der Stange, zwei älter als sie, eine viel jünger, alle in Bonbonfarben; von draußen Hundegebell. Die Frau an der Rezeption fragt: »Wollen Sie sich für das ganze Semester anmelden?« und die Unschlüssigkeit ihrer Mutter, »also, wir wollten erst mal eine Probestunde machen, damit sie sieht, ob es ihr gefällt und ob sie …«

»Ich will nicht tanzen«, ihre eigene Stimme, nicht laut, aber die Mädchen sahen auf, alle, Stare auf einem Zweig, Häftlinge in einer Zelle. »Ich will Fußball spielen.«

Der Blick der Frau; sie machte sich nicht die Mühe, zu lächeln. »O nein«, sagte sie. »Sport ist nichts für dich, du hast den Körper einer Tänzerin.«

»Bist du Tänzerin?« In ihr Ohr gebrüllt von einer lebendigen, jungen Stimme. »Ich meine, eine professionelle?«

»Ja«, sagte sie. »Nein.«

»Darf ich dich auf einen Drink einladen? Was möchtest du trinken?« und es war ein Bier, dann zwei, dann sechs, und sie machten auf dem Weg in ihre Wohnung kurz halt, machten halt und kauften eine Flasche V.O. – die Geste eines Prinzen? – und saßen dann im Dunkeln und nahmen kleine Schlucke, während er sie auszog, ihr den feuchten Stoff ihres T-Shirts abzog wie ein Stück Haut, ihren spartanischen weißen Slip, ihren schwarzen Baumwollrock, bis sie nackt und betrunken und fröstelnd dasaß, ihre Brustwarzen steif, alles Licht aus dem Raum geschwunden und: »Wie du dich bewegst«, sagte er, sagte es immer wieder, die Stimme angesichts flüchtig geschauter Wunder zu einem Flüstern erstorben. »Wahnsinn. So, wie du dich bewegst, habe ich gleich gewußt, du mußt Tänzerin sein, ich meine, daß du vom Tanzen leben mußt. Bist du beim Ballett? Bist du …«

76

»Hier«, sagte sie, »hier, ich zeig's dir«, und sie führte ihn nach unten, Hand in Hand und nackt im Dunkeln, der sinkende Winkel seiner Erektion, aber er war jung, und es ging ganz einfach, ein zwei- oder drei- oder sechsmaliges Auf und Ab mit der Hand, und er war steif wie ein Brett, wie eine Stange, steif und bereit, aber erst tanzte sie für ihn, tanzte um ihn herum, Salome ohne Schleier: streifte mit den Brüsten über seinen Rücken, umschlang seine Schenkel mit den ihren, und weil er betrunken war, dauerte es länger, aber nicht so besonders lange, überhaupt verging nicht viel Zeit, bis sie dalagen, in der Illusion von Wärme, und einander in den Mund atmeten, und sie ihm den Unterschied zwischen Liebe und Gier erklärte, zwischen dem, was man braucht, und dem, was man haben muß, und: »Du bist so schön«, sagte er, die Worte undeutlich und sein Lächeln von großer Schlichtheit, ein aufrichtiges und zärtliches Lächeln; es war fraglich, ob er etwas von dem gehört hatte, was sie gesagt hatte. Sein Penis an ihr wie ein Finger, die Berührung voller Vertrauen: »Kann ich, kann ich dich also anrufen?«

Staub, Schmutzpartikel, die an ihrer Haut klebten, an der Haut ihres Gesichts, das auf dem Boden lag. Kein Prinz: jedenfalls nicht für sie; ihr Körper sagte es. »Sicher«, sagte sie. »Sicher kannst du mich anrufen.«

Als er gegangen war, ging sie wieder nach oben, nahm Adeles Buch und begann es wieder Seite für Seite zu lesen.

Keine Ballettstunden mehr, Tänzerinnenkörper hin oder her, sie hatte aufgehört, und jetzt war es zu spät für Tap oder Modern Dance, zu spät für Fußball, und deshalb verbrachte sie den Sommer bei ihrem Vater, quälte sich die Treppe zu seiner Wohnung im vierten Stock hinauf und hinunter, Lift gab es in dem Haus keinen, und hockte stumm vor dem Fernseher: »Warum unternimmst du nicht was?« Er steckte sich eine Mentholzigarette an – er rauchte dreieinhalb Päckchen am Tag; bis sie achtzehn wurde, war er tot. »Triff dich mit ein paar Gleichaltrigen oder mach sonst irgendwas.«

»In diesem Haus wohnt niemand in meinem Alter«, sagte sie. Im Fernsehen ein Musical, auf dem *Arts in America*-Kanal; zwei Frauen, die von Zügen und Reisen sangen.

»Und um was zu unternehmen, ist es zu heiß.« Die Klima-anlage funktionierte, aber nicht besonders; der endlose Ge-ruch von Schimmel und Rauch, vom Rasierwasser ihres Va-ters, wenn er sich zum Ausgehen fertig machte: »Laß die Tür abgeschlossen«, wenn er ging, wem sollte sie denn öff-nen? So saß sie den ganzen Abend vor dem Fernseher, das Kinn im ständigen Luftzug in die Hand gestützt, draußen das Rauschen des Verkehrs. Im September schickte er sie zu-rück zu ihrer Mutter, zurück in die Schule; sie ging nie wie-der zum Ballettunterricht.

»Es ist eine Teilzeitstellung«, sagte die Frau. Sie könnte zwanzig gewesen sein, sehr dunkle Haut, sehr dunkle Augen; ernst, wie eine junge Martha Graham. »Die Schüler – der laufende Kurs ist voll belegt …«
»Wie viele?«
»Fünfzig.«
Fünfzig Tänzerinnen, alle wesentlich jünger als sie, alle ehrgeizig, engagiert, hochmotiviert. Ballettschuhe und eine Dusche, der Geruch von Handcreme, der Geruch warmer Körper: blitzende Böden und Spiegel, Spiegel überall, der härtere Glanz der Stange und *nein*, eine Stimme wie die Adeles in ihrem Kopf, *das kannst du nicht tun:* »Nein«, sagte sie, stand auf und stieß sich von dem Stuhl hoch, daß er fast umkippte, daß sie fast hinfiel. »Nein, das geht nicht, ich kann im Moment keine Klasse unterrichten.«
»Es ist keine Stellung als Lehrerin«, streng, »es ist eine *As-sistenten* …«
Dafür sorgen, daß die Dusche sauber war, sich um die Schallplatten kümmern, ihnen beim Aufwärmen helfen, beim Tanzen zusehen, nein, kommt nicht in Frage. »Kommt überhaupt nicht in Frage«, als sie nach Hause ging, die Hände an den Seiten, *Was wolltest du da?* Das Leben: eine Lebenslängliche. Edwards Nummer stand immer noch in ihrem Buch, stand dort immer noch in schwarzer Tinte. Sie konnte nicht das Studio *und* die Woh-nung behalten: das Futon, die Tanzzeitschriften, ihr nicht angeschlossenes Telefon, das alles kam nach unten, wurde in einer Ecke verstaut, weg von der Stange. Manchmal

ging die Klospülung nicht. Den jungen Männern schien es nichts auszumachen.

Adeles Buch lag unter ihrem Kopfkissen, Balanchines Gesicht nach unten gedreht wie ein ungewollter Bube, Herzensprinz, König des russischen Balletts: und aufgedeckt die schwarzweiße Adele, mit hochgezogener Nase und gleichbleibend strengem Blick, *Unsere liebe Frau von der endlosen Bewegung.*

»Du siehst verheerend aus«, sagte Edward, streng wie die junge Frau hinter ihrem Schreibtisch: doch sie saßen jetzt in einem Restaurant, und er sah sie prüfend an. »Wußtest du das? Total ausgezehrt.«

»Geld«, sagte sie. »Ich muß mir etwas Geld leihen.«

»Du bist nicht in der Lage, es zurückzuzahlen.«

»Nein«, sagte sie. »Bin ich nicht. Nicht im Moment. Aber wenn ich ...«

»Du mußt verrückt sein«, sagte er und bestellte für sie beide, Lauchcremesuppe mit Estragon, irgendeinen Fisch. Weißwein. Der Kellner bedachte sie mit einem eigenartigen Blick; Adeles Lachen war zu hören, ein kurzes, unmenschliches Lachen, wie ein verkehrt herum aufgezogenes Uhrwerk. »Wo wohnst du jetzt, in irgendeinem Loch?«

Sie würde es ihm nicht sagen; würde es ihm nicht zeigen. Hinterher, nach dem Abendessen, wollte er vögeln, aber auch dazu war sie nicht bereit, die Arme verschränkt und stumm und »Woher ist das hier alles überhaupt?«, die Laken zurückstoßend, scheinbar gut gelaunt, nicht enttäuscht; seine Erektion sah irgendwie kleiner aus, dick, aber schwach wie eine zahnlose Schlange, wie ein Wurm. In den Zimmern war es sehr warm, das Schlafzimmer so heiß wie ein schlagendes Herz; das große Bett sah immer noch aus wie eine Galeone, Laken und Vorhänge kirschrot, und: »Dieses ungeheure Engagement«, sagte er, »so für deine Kunst zu leiden. Als wir noch zusammen waren, lag dir doch nie viel am Ballett, am Tanzen.«

Das stimmt nicht, aber sie sagte es nicht, wie sollte sie ihm irgend etwas erklären? Und bei dem Wort Ballett kam natürlich die Rede auf Adele: »Du hast nicht mal ihr Buch über Balanchine gelesen.« Er kratzte sich an den Hoden. »Wenn dir was am Tanzen läge, hättest du es gelesen.«

Er war immer schon ein Trottel, Adele riet: *Suche dir deinen Prinzen* und »ich brauche das Geld sofort«, sagte sie. »Heute abend«, und zu ihrer Überraschung gab er es ihr, auf der Stelle, in bar; wie reich er sein mußte, um so viel Geld mit solcher Beiläufigkeit herzugeben. Drückte es ihr in die Hand, schloß ihre Finger darum und: »Jetzt blas mir einen«, sagte er. Wie er so nackt vor ihr stand, begann sich sein Schwanz endlich zu regen. »So ist es gut, sei ein braves Mädchen, blas mir einen.«

Sie sagte nichts.

»Oder ich will das Geld zurückhaben.«

Die Scheine waren warm, warm wie das Zimmer um sie herum, warm wie seine Hand um die ihre, und in einer kurzen, ruckartigen Bewegung riß sie ihre verschlungenen Hände, seine zuoberst, hoch, so daß sie schnell und fest gegen sein Kinn schlugen, mit solcher Wucht, daß seine Hand sich öffnete und die ihre losließ und die Scheine zu Boden fielen und im selben Augenblick war sie auch schon weg, zur Tür hinaus, mit stechenden, brennenden Fingern, brennend wegen der Kälte, die draußen herrschte.

Adele schwieg.

»Hast du ...« Einer von den jungen, er kauerte zwischen ihren Beinen, ihre gekanteten Knie auf dem Futon mit der einen zerwühlten Bettdecke, der Bezug zu einem Farbton wie Sand verblaßt »... hast du Kondome? Weil ich nämlich keine dabeihabe.«

»Nein«, sagte sie. »Ich habe auch keine.«

Wie ein betrogenes Kind, ein schmollendes Kind schob er die Unterlippe vor. »Tja, und was sollen wir jetzt tun?«

»Tanzen«, sagte sie. »Wir können tanzen.«

Sie bekam einen Job in einem Antiquariat, unregelmäßige Arbeitszeiten, die Stunden, die sonst niemand haben wollte, und jede Stunde, jede Minute wie eine wunde Stelle, ein unerträgliches Jucken, immer still stehen zu müssen, medizinische Lehrbücher und Liebesromane, Biographien berühmter

Persönlichkeiten und Sachbücher einmal sogar *Balanchine & ich*, das sie sofort, ohne zu überlegen, in ihren Rucksack stopfte; warum nicht? Es war bereits ihres und dieses eine bessere Ausgabe, das Foto schärfer, die Seiten nicht eselsohrig und weich und rissig – sie zweigte heimlich Geld ab, und sie wußte, es war nicht richtig, sie wußte, so etwas tat man nicht, aber manchmal verlangte sie zu viel für die Bücher, nicht viel, einen Dollar hier, einen Dollar da, und steckte das Geld ein, behielt den Rest, was hätte sie sonst tun sollen? Der Job brachte nichts ein und kostete sie so viel, stahl ihr die Zeit, die sie brauchte, haben mußte: kein Tanzstudio, keine Truppe würde sie anstellen, solange sie nicht gut genug war, professionell genug, um zu unterrichten, und sie hatte so viel versäumt, hatte so viel Zeit verloren: sie mußte viel wettmachen, aufholen, weiter an sich arbeiten, aber jeder Tag hatte nun mal nur eine bestimmte Anzahl von Stunden, sie stand schon um sechs auf, um vor der Arbeit zu tanzen, den ganzen Tag zu arbeiten und dann abends auszugehen, in die Clubs, zu dieser anderen Art von Tanzen, das sie, obwohl es sie anstrengte, auch irgendwie aufbaute, regenerierte, in die Lage versetzte, wieder zu tanzen, was hätte sie also anderes tun sollen?

Und manchmal – auch das gefiel ihr nicht, aber ihr Leben war inzwischen voll von Dingen, die ihr nicht gefielen – ließ sie sich von den jungen Männern Dinge kaufen, ein Frühstück, eine Tüte Doughnuts, Kaffee zum Mitnehmen, den sie später trank, kalten Kaffee in der Kälte, wenn sie zu Fuß zur Arbeit im Buchladen ging, und dann bekamen sie das mit ihren Unterschlagungen irgendwie heraus, sie sollte nie erfahren, wie, aber sie bekamen es heraus, und sie feuerten sie, behielten ihren letzten Wochenlohn als Entschädigung für das ein, was sie genommen hatte, und an diesem Abend tanzte sie, als müßte sie sterben, mit wild um sich schlagenden Armen und im Kreis schwingendem Kopf; sie fühlte sich, als würde gleich ihr Genick brechen, wollte, daß es bräche und ihren Kopf einfach davonfliegen ließe, damit er rot und grau gegen die Wand schlüge und verstummte: *Kein Prinz für dich*, nichts, nichts von Adele, obwohl sie fragte: *Was würdest du tun? Sag es mir, ich muß es wissen, ich muß un-*

bedingt wissen, was ich tun soll und danach, allein und schwer atmend an der Bar, an der sie sich keinen Drink leisten konnte, machte sich nicht einer von den jungen Männern an sie heran, kein Prinz, sondern jemand anderer, ein älterer Mann in schwarzen Jeans und Jackett, der ihr sagte, sie sei eine fantastische Tänzerin, wirklich sexy, und ob sie Interesse hätte, er wolle ihr einen Vorschlag machen.

»Nackt?«

»Auf Privatparties«, sagte er. Der Geruch von Mentholzigaretten, eine rote Ledercouch, über der mehrere Nagle-Akte hingen und: »Sie fassen Sie nie an, nie. Das steht nicht im Vertrag, dafür bezahle ich Sie nicht. Und sie bezahlen *mich* nicht dafür.« Sah sie an, als wäre sie bereits nackt. »Tragen Sie manchmal Make-up? Ein bißchen Lippenstift könnte nicht schaden. Und mit Ihrem Haar sollten Sie vielleicht auch was machen.«

»Wie viel?« fragte sie, und er sagte es ihr.

Schweigen.

»Wann?« fragte sie, und auch das sagte er ihr.

Zu laute Musik, sie brachte ihren eigenen Kassettenrecorder und eine Auswahl ihrer Bänder mit, zweiundzwanzig verschiedene von *The Stripper* bis zu Soft Rock und billigen Schnulzen, sie konnte auf alles tanzen, und es machte ihr nicht so viel aus, nackt zu sein, wie sie befürchtet hatte, es war nicht so schlimm, wie es hätte sein können, obwohl es zuerst furchtbar war; die Dinge, die sie sagten, und dann waren sie alle so völlig anders als die jungen Männer in den Clubs, vielleicht lag es auch daran, daß sie nackt war, aber nach einer Weile bemerkte sie den Unterschied nicht mehr, oder vielleicht hatte sie auch vergessen, wie man zuhörte, hatte alles vergessen außer dem Gefühl, das die Musik in ihr hervorrief, und das war etwas, was sich nicht geändert hatte, die Musik und der Schweiß und die Muskeln in ihrem Körper, Tänzerinnenmuskeln, und sie machte vier Parties pro Abend, an einem guten Abend sogar sechs; an einem Abend schaffte sie sogar zehn, aber das war zu viel, sie wäre fast vom Tisch gefallen, hätte sich fast an der ungepolsterten

Rückenlehne eines Stuhls den Arm gebrochen, und außerdem ließ ihr so viel Arbeit keine Zeit mehr für sich selbst, für das richtige Tanzen, allein an der Stange, allein im Dunkeln, und der Winter nahm, wie es schien, kein Ende, ihre Hände waren immer eiskalt, zerbrochene Fenster in ihrem Studio, und sie reparierte sie mit Pappe und Klebstreifen, reparierte sie mit zitternden Händen, und ihre Hände, dachte sie, wurden schmaler, oder vielleicht waren ihre Finger länger, es war schwer zu sagen, weil es hier drinnen immer so dunkel war, aber sie dachte, vielleicht hatte sie etwas abgenommen, ein paar Pfund, fünf oder zehn, und bei den Parties bezeichneten sie sie als mager oder dürr, *beweg deinen dürren Arsch, Mädchen* oder *hey, wo hast du deine Titten gelassen?* aber sie hatte schon längst aufgehört, hinzuhören, sich darum zu kümmern; hatte festgestellt, daß sie an Orten wie diesen nie ihren Prinzen finden würde, ihren Partner, denjenigen, den sie haben mußte: *Finde deinen Prinzen* und obwohl Adeles Äußerungen neuerdings nicht mehr sonderlich sinnvoll schienen, war sie doch die einzige, die sie verstand: die neue Ausgabe längst genauso zerfleddert wie die alte, man mußte zwischen den Zeilen lesen, und wenn sie auch sehr wenig über ihr eigenes Leben erzählte – schließlich war es eine Biographie Balanchines –, waren doch einige ihrer Einsichten, ihrer Mutmaßungen und Leiden in das Buch eingeflossen und wurden bei der Lektüre erkennbar: Sie ist wie *ich*, dachte sie, wenn sie bestimmte Passagen immer und immer wieder las; sie weiß, was es heißt, tanzen zu *müssen* und dieses Bedürfnis unterdrücken zu müssen wie ein hartnäckig Liebender, wie ein Prinz, nur um es mit gebrochenen Händen und gebrochenem Körper wieder zu suchen, es zu suchen, weil es das einzige war, was man wirklich brauchte: der Unterschied zwischen Liebe und Gier: *Finde deinen Prinzen* und finde einen Partner, denn niemand kann ewig allein tanzen.

Inzwischen andere Discos in diesem endlosen Winter, Clubs, in denen sie nie gewesen war, Straßen, die sie gemieden hatte, aber in einige der Clubs von früher konnte sie nicht mehr gehen, es gab dort zu viele junge Männer, deren

Gesichter sie kannte, deren Körper sie kannte, die nie ihr Prinz sein könnten, und irgend etwas trieb sie zur Eile: die Zeit verfloß und verbrannte, sie versickerte, und es war Adeles Stimme in ihrem Kopf, Fetzen aus dem Buch, Passagen, die sie so oft aus dem Gedächtnis vor sich hin gemurmelt hatte, daß sie die Intensität eines Gebets, eines Kirchenlieds bekamen, ein gregorianischer Choral, übertönt vom Hämmern des Bluts in ihrem Kopf, wenn sie tanzte, wenn sie tanzte, wenn sie tanzte: und die jungen Männer kamen nicht mehr so oft auf sie zu und nicht mehr mit solcher Begeisterung, obwohl sie immer noch großartig tanzte, sogar besser als je zuvor; manchmal ertappte sie die jungen dabei, wie sie sie heimlich beobachteten, und wenn sie von der Tanzfläche ging, wandten sie sich ab und sahen weg, glaubten sie etwa, sie hätte es nicht bemerkt? Auch mit geschlossenen Augen wußte sie es: *der Körper lügt nicht,* aber diejenigen, die mit ihr sprachen, auf sie zukamen, waren jetzt anders, eine tiefgreifende Veränderung: »Hey«, kein Lächeln, die Hand wachsam um das Glas gelegt. »Allein hier?«

Ich suche nach einem Prinzen. »Nein«, sagte sie dann immer, nach außen hin ruhig, und dann, in ihrer Wohnung – das war eine Grundbedingung, auf der sie bestand, sie kam nicht zu ihnen mit – die Unnachgiebigkeit ihrer Vision, sollte der Körper entscheiden …

»Hast du einen Gummi?«

»Nein.«

… und immer wieder dasselbe Ergebnis, kein Prinz und kein Partner, und jedesmal entzog sie sich ihnen gleichgültig, manchmal waren sie noch nicht einmal fertig geworden, waren noch am Strampeln und Keuchen, aber da sie nicht einmal einen Anflug von Freundlichkeit zeigten, war sie ihnen auch keine Freundlichkeit schuldig: gleichgültig schob sie sie von sich, stieß sie weg, und die meisten wurden wütend, ein paar drohten, sie zu schlagen, einer oder zwei taten es, aber zu guter Letzt zogen sie sich bloß schimpfend an und gingen, und sie blieb allein zurück, winzige Lichtpunkte im kalten Karton, der süße, unangenehme Geruch der Heizgebläseschlangen: sie beugte und streckte ihre Füße und Finger, alle längst bar jeden Fleisches, so daß nur noch das Anspannen und die Anmut der Sehne, die unerbittliche Struktur des Knochens zu sehen waren.

Ein Wochenende mit lauter Klassentreffen, bei einem kippten sie Bier über sie, bei einem anderen buhten sie, weil sie so mager war, und wollten sie nicht tanzen lassen, schickten sie einfach weg: das passierte jetzt immer häufiger, sie machte vielleicht noch zwei Parties pro Abend, manchmal eine, manchmal wollte man sie überhaupt nicht mehr haben. Im Büro mit den Nagle-Drucken: »Was ist los mit Ihnen? Sind Sie magersüchtig oder was? Wissen Sie, ich vermittle keine Freaks, mit dem Geschäft will ich nichts zu tun haben. Wenn Sie weiter tanzen wollen, essen Sie gefälligst mehr.«

Was er natürlich nicht verstand, was aber Adele um so besser verstand, war, daß das Fleisch nicht nötig war, im Gegenteil, es hinderte einen sogar in der Bewegung: Sahen sie denn nicht, wie viel leichter sie sich drehte, wie sie den Raum, die Vertikale beherrschte – *ballon* nannte man das in Tänzerkreisen, diese Luftigkeit, die auch Elevation hieß –, und wie sie ganz in der Bewegung aufging, wenn es weniger Körpermasse zu tragen gab? Warum sollte sie das dem Vergnügen von Banausen opfern?

»Sie können höchstens noch vierzig Kilo wiegen.«

Sie zuckte mit den Schultern.

»Aber Sie haben Glück. Nächstes Wochenende ist eine Party, eine Abschiedsfeier, der Kunde hat sie aus der Fotomappe ausgesucht. Er wollte unbedingt Sie haben.«

Wieder zuckte sie mit den Schultern.

»Er möchte, daß Sie etwas früher kommen, vielleicht einen kleinen Extra-Tanz – ohne Anfassen, das weiß er, sozusagen als Geschenk für den Ehrengast, verstehen Sie? Seien Sie also bis acht da.« Damit gab er ihr eine der Kundenkarten, acht auf zwölf Zentimeter, mit einer Adresse und einer Telefonnummer.

Edwards Adresse.

»Hey, ich brauche einen, ich brauche einen Gummi oder so was. Hast du einen?«

»Nein.«

»Hey, du – du *blutest* ja unten, hast du deine Tage oder was?«

Keine Antwort.

»Du hättest das Geld nehmen sollen«, sagte Edward und sah sie an, als sie hereinkam: die Pseudo-Bibliothek, die Bücher ungelesen, die Borde voller dämlicher Kristallfrösche, gedrungener Jadekrieger, rubinäugiger Mädchen. »Du siehst sogar noch schlechter aus als letztes Mal, sogar noch schlechter als auf diesem fürchterlichen Polaroidfoto in dem Prospekt ... Ich kann mir nicht vorstellen, daß du viele Aufträge kriegst; oder? Ist es das, was du dir unter professionellem Tanzen vorgestellt hast?«

Sie zuckte mit den Schultern.

»Hast du das Ballett aufgegeben?« Er schenkte Wein ein, ein Glas; dann schenkte er schulterzuckend noch eines ein, bitte, bediene dich. Die bezahlte Kraft. Wie ein Hausmädchen oder ein Botenjunge; eine Prostituierte. »Der Mann, mit dem ich gesprochen habe, sagte, du hättest keinen Sex mit deinen Kunden – stimmt das?«

»Ich tanze«, sagte sie. Der Raum sah noch genauso aus wie früher, das gleiche Licht, die gleichen Gerüche; im Schlafzimmer die Laken auf dem Bett waren bestimmt rot, und glatt, und weich. »Ich komme in die Wohnung, und ich tanze.«

»Nackt.«

»Mit einem G-String, einem Tanga.«

»›Air on a G-String.‹« Er nahm einen Schluck Wein. »Kannst du darauf tanzen? Hat das einen guten Rhythmus? *Mein Gott*«, mit echtem Abscheu, als sie den Mantel auszog, »sieh dich doch mal an. Du mußt unbedingt zum Arzt gehen, du bist nur noch Haut und Knochen.«

»Ist hier eine Party?« fragte sie. »Oder hast du das nur so gesagt?«

»Nein, ich gebe tatsächlich eine Party. Aber nicht hier, nicht heute abend. Heute abend kannst du für mich tanzen; wenn du gut bist, kriegst du sogar ein Trinkgeld ... sind Trinkgelder erlaubt? Oder werden sie auf die Rechnung gesetzt?«

Sie sagte nichts. Sie dachte an Adele, Adele hier in diesen Räumen, wie sie die Bettlaken aussuchte, das Bett aussuchte, auf dem die beiden sich, wie Edward sich rühmte, vor der Hochzeit geliebt hatten, bevor er und Tochter Alice auch nur formell verlobt waren: es *war unglaublich,* hatte er gesagt, *wie sich ihr Körper bewegte* und: »Erzähl mir von Adele«, sagte sie, das Stechen des Weins auf den Lippen, auf den wunden Stellen in ihrer Mundhöhle. Ein Blutfaden im hellen Wein. »Wann hast du sie zum letzten Mal gesehen?«

»Wieso interessiert dich das?«

»Ich will es einfach wissen«, sagte sie.

»Es war hier«, sagte er, »sie war in der Stadt, und wir trafen uns zum Abendessen, in einem schwedischen Restaurant, nur vier oder fünf Tische, das bestgehütete Geheimnis der Stadt, aber natürlich kannte sie es, sie wußte immer über alles Bescheid. Und nach dem Essen kamen wir nach Hause zurück«, sagte er. »In unser Bett.«

»Wie alt war sie damals?«

»Das tut doch überhaupt nichts zur Sache.«

»Weißt du, wenn ich dich jetzt so ansehe, kann ich kaum glauben, daß ich dich jemals angefaßt habe. Jedenfalls möchte ich dich jetzt nicht anfassen ... Wie alt war sie?« und er sagte es ihr, bestätigte, was sie bereits gewußt hatte: genau so alt wie sie und die jungen Männer, die potentiellen Prinzen, die Parallele war unübersehbar, und direkt vor ihrer Nase, auf einem der Regalborde – wie hatte sie es übersehen können? – ein Foto von Adele, Adele mit dreißig, vielleicht etwas älter, das verkniffene Starren jetzt zum Blick der wahren Medusa entspannt, Königin eines älteren Tanzes, sehnig und verzückt und: »Trink aus«, sagte Edward; seine Stimme schien aus weiter Ferne zu kommen, so wie die von Adele immer geklungen hatte. »Trink dein Glas aus, und dann kannst du gehen.«

Soll ich gehen? zu dem Foto von Adele, die, ohne ihre Lippen wahrnehmbar zu bewegen, *nein* sagte, *du darfst nicht gehen, das ist genau das, was du nicht tun darfst* und sie bückte sich und nahm das Buch, *Balanchine & ich,* aus dem Beutel mit den Tonbandkassetten, der Musik, sie hatte heute abend ihre eigene Musik, Adeles Stimme, die in ihrem Kopf summte, und: »Schau mal«, sagte sie zu Edward, aufgekratzt, fast lächelnd, »schau mal«, und sie begann sich auszuziehen, Schuhe und Strümpfe, Rock und Bluse, sie legte jedes Kleidungsstück so gezielt ab wie einen Schlag und: »Du bist krank«, sagte Edward; er wollte sie nicht ansehen. »Du bist sehr krank, du solltest zum Arzt gehen.«

»Ich brauche keinen Arzt.« Inzwischen hatte sie auch den BH ausgezogen, die flachen Brüste wie luftlose Pfannkuchen, wie die von hungernden Menschen im Fernsehen, und sie begann ohne Musik, ohne Geräusch zu tanzen: keinen dieser Partytänze, nicht einmal das, was sie allein an der Stange machte, etwas anderes, archaischer, näher am Kern der Sache, und während sie tanzte – keuchend, mit Schweiß an den Seiten und im Gesicht, mit Schweiß im Mund – stand Edward mit dem Glas in der Hand da und schaute und schaute und sie sprach vom Prinzen, vom Prinzen und vom Partner und von ihrer Suche, ihren mannigfachen vergeblichen Bemühungen: sprach sie es laut aus? Und dann an das Bild gewandt, an das Foto von Adele: Weiß er es? Kann er lernen, wird er es jemals begreifen?

Der Körper lügt nicht, sagte Adele. *Aber er ist in seinem Körper gefangen. Er war immer da, für mich, für dich, aber er ist in ihm gefangen, er muß ihm entfliehen. Ich konnte ihm nicht helfen zu entkommen, deshalb mußt du es tun. Hol ihn da raus …*

und: »Raus«, sagte er; ihr wirbelnder Körper, ein Bein hoch, sehr hoch, auf gleicher Höhe mit ihrer Schulter, sieh dir diese Sehnen an, wie sie sich beugen und strecken! Der Unterschied zwischen Blei und Luft, Fleisch und Federn, Gier und Liebe und: »Jetzt hör zu«, sagte sie. *Jetzt hör zu*, und das kleine Foto von Adele leuchtete auf, erblühte, als käme Licht aus seinem Innern, als strömte es von ihrem Herzen nach draußen, und sie griff mit beiden Händen nach den Figuren aus Jade und Kristall, nach Frosch und Soldat, und warf sie auf den Boden, an die Wände, nach oben und unten, daß sie zersprangen und blitzten, umstürzten und fielen, und schreiend versuchte er sie zu packen, ihre Hände zu ergreifen, bei dem Tanz mitzumachen, aber *er ist gefangen* und: »Ich weiß«, sagte sie zu Adele, dem leuchtenden Bild, »und wie gut ich es weiß«, und als er sie wieder zu packen versuchte, trat sie ihm, so fest sie konnte, in den Unterleib, ein Karatekick mit dem Fußballen, so fest und gezielt, daß er zu Boden ging und zusammengekrümmt auf der Stille des Bodens liegenblieb, um den roten Wurm seines Pimmels und die Wiege seiner Eier gekrümmt: wie ein auf dem Gehsteig gestrandeter Wurm, der sich in Ermangelung von Erde in panischer Angst auf dem Pflaster windet.

Der Körper lügt nicht, sagte Adele.

Edward schnappte nach Luft, ein feuchtes, schluchzendes Geräusch, und sie trat noch einmal nach ihm, fester diesmal, mit einem bedachten, gezielten Tritt: *En pointe,* sagte sie lächelnd zu dem Bild und hakte mit einem Finger den Tanga von dem sich wölbenden Beckenbogen.

BASIL COPPER

Blitzende Klingen

1

Montag

Ich bin dabei, mich einzuleben. Mein Zimmer macht nicht
viel her. – Es ist klein und schäbig und hat ein Bett mit einer
sehr klumpigen Matratze. Die zwei staubigen Fenster öffnen
sich auf eine enge Gasse, und die Giebel der gegenüberlie-
genden Häuser lassen das Zimmer noch dunkler und kleiner erscheinen, als es in Wirklichkeit ist. Im Hochsommer ist
es bestimmt stickig heiß, im Winter bitterkalt. Zum Glück
haben wir jetzt die Zeit dazwischen, und bis zum Winter bin
ich vielleicht längst weitergezogen. Die Hauswirtin, Frau
Mauger, hat nichts Gewinnendes an sich und macht einen
habgierigen Eindruck, aber sie scheint mir nicht übelgesinnt
und hat nicht sehr viel für das Zimmer verlangt. Vielleicht
ist hier etwas Schlimmes passiert. Wir werden sehen. Ich
muß die anderen Mieter fragen.

Bisher habe ich nur einen gesehen: ein großgewachsenes,
blasses Mädchen in einem dunklen Kleid, das ihr Haar zu
einem strengen Dutt hochgebunden hat, der die Unansehn-
lichkeit ihrer Züge nur noch stärker betont. Sie schleicht
durchs Treppenhaus wie ein Gespenst und bleibt immer
wieder stehen, um sich mit großen, erschrockenen Augen
umzublicken. Von mir hat sie nichts zu befürchten; dieser
Typ zieht mich überhaupt nicht an. Als ich mit Frau
Mauger, der Hauswirtin, die Bedingungen aushandelte, erzählte sie mir, das Mädchen arbeite in der Schneiderei
eines großen Damenbekleidungsgeschäfts als Näherin; allerdings sei sie vor kurzem krank geworden und müsse
deshalb zu Hause bleiben. Sie könne es sich nicht leisten,
einen Arzt aufzusuchen, und fürchte, ihre Stellung zu verlieren.

Nun, so ist heutzutage das Leben. Die wirtschaftliche
Lage ist überall schlecht. Da scheint sich Berlin nicht von an-

deren Städten zu unterscheiden, außer daß es größer und lauter ist. Heute nachmittag habe ich einige Zeit damit verbracht, meine Sachen auszupacken. Ich habe nur einen braunen Lederkoffer und eine große verschnürte Pappschachtel. Auch wenn er abgenutzt ist, war ersterer ursprünglich von guter Qualität, und das muß Frau Mauger aufgefallen sein, da sie mich argwöhnisch taxierte, als sie mich zum erstenmal sah. Es stimmt, ich habe nichts Einnehmendes und würde in einer Menschenmenge keine Aufmerksamkeit erregen, aber vielleicht ist das im Hinblick auf mein Vorhaben, auf das, was ich möglicherweise werde tun müssen, sogar von Vorteil. Mein Mantel ist schäbig und meine Schuhe abgetreten, aber vielleicht kann ich mir von einem Mitbewohner etwas Schuhcreme besorgen. Ich verfüge nur über begrenzte finanzielle Mittel und muß mit ihnen haushalten, so gut es geht.

Diese Aufzeichnungen führe ich, um meine Gedanken und Handlungen festzuhalten, denn das könnte später wichtig sein. Ich bin noch unschlüssig, ob ich an die Zeitungen schreiben soll. In Köln, wo ich drei Monate geblieben bin, hat das für einiges Aufsehen gesorgt. Zum Glück warnte mich jedoch ein Bekannter, daß sich die Polizei für meine aufrührerischen Ansichten zu interessieren beginne, und ich konnte meine Zelte gerade noch rechtzeitig abbrechen. Hier muß ich vorsichtiger sein und darauf achten, nicht unnötig Aufmerksamkeit auf mich zu lenken. Vorerst jedenfalls. Mein Vater sagte immer, ich hätte eine Art sechsten Sinn; ich könnte anscheinend bestimmte Dinge voraussehen, bevor sie passierten. Der arme Mann; er kam auf tragische Weise ums Leben. Und niemand hat herausbekommen, wie.

An der Wand neben meinem Bett hängt ein sehr schmuddeliger Kalender. Aus irgendeinem Grund sind die Blätter für die ersten Monate nicht abgerissen. Ich habe sie entfernt und werde die Rückseiten als Schreibpapier und für meine sporadischen Notizen verwenden. Inzwischen fühle ich mich schon viel besser; ich habe jetzt auch eines der Fenster geöffnet, um etwas Luft in die stickige Atmosphäre des Zimmers zu lassen. Das bringt einiges. Wenn ich auf einem der roßhaargepolsterten Stühle stehe, die es in dem Zimmer im Überfluß zu geben scheint, kann ich gerade noch die gepflasterte Gasse unten sehen, auf der vereinzelte Passanten vorbeigehen.

Inzwischen sitze ich wieder neben dem Bett, wo ich den Kalender mit Anmerkungen versehe und auf den neuesten Stand bringe. Ich habe die vorangegangenen Tage durchgekreuzt und um den Montag einen Kreis gemacht, damit ich weiß, wo ich bin. Ich frage mich, woran es liegt, daß man die Zeit nie festhalten und zum Stehenbleiben bringen kann; oder warum es nicht möglich ist, die Ereignisse noch einmal abspielen zu lassen, wie man das im Kopf tun kann? Sicher haben unsere Herren Wissenschaftler und Gelehrten dafür seichte und geschwätzige Erklärungen. Es scheint mir ganz einfach, und doch bekommen sie das Problem nicht in den Griff.

Ich habe gerade zu schreiben aufgehört. Es ist spät am Nachmittag, und der Geruch von Kohlsuppe durchdringt langsam die Luft. Er bringt mir zum Bewußtsein, daß ich sehr hungrig bin. Seit dem Frühstück, das aus zwei kleinen Brötchen und einer Tasse schwarzem Kaffee bestand, habe ich nichts mehr gegessen. Ich sehe in meiner Brieftasche und meiner Kunstledergeldbörse nach, schließe die Tür von innen ab und zähle meine Barschaft. Fürs erste habe ich genügend Geld, aber wie soll es dann weitergehen? Soll ich heute abend hier bleiben und mir die häusliche Küche zu Gemüte führen? Lieber nicht. Die Düfte, die die Treppe heraufziehen, sind für einen Feinschmecker wie mich keine besondere Versuchung. Aber ich muß vorsichtig sein. Ein kleines Lokal in einem diskreten Viertel und fürs erste einfache Kost, würde ich sagen.

Vielleicht sollte ich hier frühstücken, mich mit einem äußerst bescheidenen Mittagessen begnügen und mir erst am Abend etwas Gehaltvolleres gönnen. Wir werden sehen. Doch muß ich auf meine Gesundheit achten. Katrine sagte, ich sähe selbst für einen Medizinstudenten zu mager und unterernährt aus. Gerne wüßte ich, wo sie sich gerade aufhält. Ein nettes Mädchen, auch wenn sie selbst ein bißchen mager ist. Aber sie half mir in einer kritischen Phase und machte meinen Aufenthalt in Köln angenehmer, als er sonst gewesen wäre.

Mein Kopf schmerzt immer noch ein wenig. Vermutlich die Folgen des schlechten Weins, den ich gestern abend am Bahnhof getrunken habe. Gewiß, es war der billigste, den es gab, aber es ist immer falsche Sparsamkeit, bei Dingen wie Wein auf jeden Pfennig zu achten. Beim Essen spielt das keine so große Rolle, da bei jungen Menschen die Verdauung extrem belastbar ist, aber von schlechtem Wein bekommt man Kopfschmerzen und fühlt sich nicht mehr im Vollbesitz seiner Kräfte. Nachdem ich im Zimmer zu meiner Zufriedenheit aufgeräumt habe, mache ich die Lampe an und sehe mich noch zufriedener um. Die meisten meiner wenigen Habseligkeiten befinden sich jetzt an ihrem Platz, und es wirkt einigermaßen zivilisiert.

Als der Docht gleichmäßig brennt, schüttle ich die Lampe; der Ölbehälter ist fast leer; obwohl von draußen noch Helligkeit hereindringt, es hier drinnen sehr dunkel, und ich werde die Lampe später brauchen, um meine Aufzeichnungen zu machen und zu lesen. Ich muß Frau Mauger bitten, sie entweder nachzufüllen oder mir in einem dieser Blechkanister, die ich in ihrer Spülküche habe stehen sehen, einen kleinen Petroleumvorrat zur Verfügung zu stellen; die Nummern, mit denen sie alle in weißer Farbe gekennzeichnet waren, bezogen sich offensichtlich auf die einzelnen Zimmer. Insgesamt waren es zwölf. Wenn also jedes belegt ist, gäbe es insgesamt zwölf Mieter. Das zu wissen könnte wichtig sein.

Jetzt lege ich meinen Koffer auf das Bett, öffne ihn und inspiziere seinen Inhalt mit größter Gründlichkeit. Zum Glück verfügt er über sehr starke Schlösser von unüblicher Machart, so daß meine Habseligkeiten darin sicher sind, falls jemand in meiner Abwesenheit in mein Zimmer eindringen sollte. Frau Mauger hat natürlich einen Zweitschlüssel, aber darüber hinaus gibt es bestimmt auch noch ein Mädchen, das saubermacht; darum darf ich auf keinen Fall etwas von meinen schriftlichen Aufzeichnungen offen herumliegen lassen. Stabile Schlösser sind die beste Lösung. Sie gewährleisten Geheimhaltung und schützen vor neugierigen Blicken.

Für letztere sind Pensionen berüchtigt. Ich hatte einmal einen Freund ... doch ich schweife ab. Die Geschichte ist zu lang und nähme zu viel Zeit und Papier in Anspruch, wenn ich jetzt alles aufschriebe. Vielleicht werde ich sie eines Tages, wenn ich berühmt bin, sogar veröffentlichen. Sie ist es auf jeden Fall wert, erzählt zu werden, und könnte sogar als zu bizarr betrachtet werden, um im Druck zu erscheinen.

In einer Ecke des Zimmers habe ich einen kleinen Vorhang bemerkt. Ich gehe hin und ziehe ihn zurück. Etwas, womit ich nicht gerechnet hatte: eine kleine Nische mit einem fliegendreckübersäten Spiegel. Darunter ein steinernes Waschbecken mit Abfluß. Und darüber ein großer Messinghahn. Ich drehe ihn auf, und kaltes Wasser schießt heraus. Welch ein Luxus! Ich werde meine Toilette in der Abgeschiedenheit meines Zimmers verrichten können. Und wenn ich zum Rasieren heißes Wasser benötige, kann ich sicher unten welches bekommen. Ich brauche dafür heißes Wasser, weil mein Rasiermesser stumpf geworden ist und ich noch keinen dieser neuen Sicherheitsrasierapparate ausprobiert habe. Es heißt, die Haut braucht eine Weile, um sich an sie zu gewöhnen.

Ich setze mich wieder aufs Bett. Also, wenn ich sparsam bin, reicht meine Barschaft für die nächsten paar Wochen aus. Danach werden wir weitersehen. Ich weiß, wie ich mir mehr beschaffen kann, aber dieses Mal muß ich sehr vorsichtig sein. Die Geschichte in Köln hat mir einen gewaltigen Schrecken eingejagt, kann ich Ihnen sagen. Noch jetzt läuft es mir bei dem Gedanken daran kalt den Rücken herunter. Wäre diese alte Frau nicht gewesen, hätte niemand etwas gemerkt. Wer hätte gedacht, daß sie so scharfe Augen und ein so gutes Gehör hat? Aber mein ›sechster Sinn‹, wie es mein Vater immer nannte, half mir auch diesmal aus der Klemme. Nur darf ich nicht vergessen, daß mein Glück nicht von ewiger Dauer sein wird. Man muß die Dinge mit äußerster Vorsicht angehen.

Ich stehe noch einmal auf und halte die Lampe näher heran, um mich im Spiegel zu betrachten. Nein, das Bild, das ich biete, ist gar nicht so übel. Eine Schönheit bin ich sicherlich nicht, aber ich sehe ganz manierlich aus, und wenn ich mich rasch wasche, das Stück Seife in der Metallschale und das schmutzige Handtuch benutze, dürfte ich in einer Menschenmenge nicht weiter auffallen. Und Gott sei Dank wimmelt es in Berlin nur so von Menschen.

Das läßt mich stutzen, obwohl mir die Redewendung nur durch den Kopf geschossen ist. Warum meinen Schöpfer anrufen, wo ich doch nicht an ihn glaube? Wirklich eigenartig. Aber vielleicht nur die Macht der Gewohnheit; Dinge, die einem von klein auf von den Eltern eingebleut worden sind. Wie sehr die Welt doch einer Folterbank ähnelt! Je mehr man sich streckt und versucht, sich ihrem Zugriff zu entwinden, desto mehr wird man gestreckt, und die brennende, quälende Folter geht weiter.

Trotzdem muß ich ruhig Blut bewahren. Wenn ich mich von solchen Gedanken fortreißen lasse, neige ich manchmal dazu, sie laut zu äußern, und das ist gefährlich in einer Unterkunft wie dieser, in der die Bodendielen schlampig verlegt und die Wände dünn sind. Ich gehe zum Waschbecken, drehe das Wasser auf und tauche mein fiebriges Gesicht in die wohltuende Kühle. Ah, so ist es schon besser! Die Kopfschmerzen und der Nachgeschmack des billigen Weins sind fast völlig verflogen. Ich schicke mich an, meine Unterkunft zu verlassen, aber vorher vergewissere ich mich ein letztes Mal, ob alles seine Ordnung hat. Ich muß ein kleines Eßlokal in einer stillen Seitenstraße finden, wo ich keine Aufmerksamkeit errege.

Aber nicht zu abgeschieden, weil das wiederum genau die gegenteilige Wirkung hätte. Diese Entscheidung ist nicht einfach, aber sie muß getroffen werden, wenn ich das richtige Lokal gefunden habe. Doch ich werde es wissen. Das tue ich immer. Mein untrügliches Auge, wie meine Mutter immer sagte. Ich bücke mich, um mit einem Zipfel des Tischtuchs meine Schuhe zu polieren. Ein letzter Blick durch das Zimmer, dann öffne ich die Tür zum Flur mit dem ausgefransten Läufer und den verblaßten religiösen Drucken an den Wänden. Schnell gehe ich wieder nach drinnen, mache die Lampe aus, genieße den beißenden Geruch von Petroleum und heißem Metall und schließe dann sorgfältig die Tür ab. Bei dem Gedanken an Frau Mauger muß ich lächeln.

Sie hat mich nicht gefragt, womit ich meinen Lebensunterhalt verdiene. Das war eine Frage, die mich möglicherweise in Verlegenheit gestürzt hätte. Und sie auch.

Ich stecke den Schlüssel ein und steige die knarzende Treppe hinab. Niemand zu sehen, obwohl aus einem der Zimmer im Erdgeschoß leises Murmeln dringt. Durch einen Seiteneingang verlasse ich das Haus, gehe rasch die Gasse entlang und werde von den vorbeistrudelnden Menschenmassen Berlins verschluckt.

2

Ich habe das ideale Lokal gefunden, ein kleines Café, das, eingezwängt zwischen schmalbrüstigen Gebäuden, nicht weit von einer der großen Hauptverkehrsadern in einer Seitenstraße versteckt liegt. Es scheint wie geschaffen für meine Zwecke. Einerseits groß genug, um unter den anderen Gästen einigermaßen anonym zu bleiben, und zugleich klein genug, um sofort mitzubekommen, ob an den Nebentischen irgendwelche verdächtigen Gestalten sitzen. Es scheint vorwiegend von Familien mit Kindern und Handelsreisenden der erfolglosen Sorte frequentiert zu werden. Ich erkenne die Vertreter dieser Spezies sofort, hauptsächlich an der tiefen Hoffnungslosigkeit, die sie umgibt, und an den abgewetzten Musterkoffern, die sie mit lächerlicher Gewissenhaftigkeit unter ihren Stühlen abstellen. Keine weiblichen Wesen ohne Begleitung.

Die Handlungsreisenden mit ihrem Wissen um ihr Versagen und ihren eingesunkenen Augen führen mir zu Bewußtsein, wie glücklich ich mich schätzen kann, frei von solchen absurden Zwängen zu sein. Frei, meine Kunst auszuüben, frei, zu reisen – das heißt, wenn ich über das nötige Geld verfüge –, frei, mir meine Freunde auszusuchen, vor allem Frauen. Ich könnte mich weiter zu diesem Thema auslassen, aber ich habe mich entschlossen, dieses Tagebuch so sachlich und nüchtern abzufassen wie nur irgend möglich. Von meinem Fensterplatz kann ich das Treiben auf der Straße bestens beobachten. Ein nie abreißender Strom von

Menschen zieht an mir vorüber: junge und alte, Männer und Frauen, Kinder, Mädchen, Landstreicher und Obdachlose, alle branden sie in einer dichtgedrängten Flut an den Spitzengardinen des Fensters vorbei, durch das ich sie aus nächster Nähe beobachten kann, ohne selbst gesehen zu werden.

Da ist vor allem ein Mädchen, das mir ins Auge fällt; sie ist groß und gut gewachsen, und ihr langes, enges Kleid bringt ihre Büste sehr schön zur Geltung. Unter ihrem Hut hat sie langes, kastanienbraunes Haar, das ihre breite, glatte Stirn freiläßt. Sie kann nicht älter als zwanzig oder zweiundzwanzig sein, würde ich sagen. Von dem Menschenstrom, der an meinem Fenster vorbeizieht, wird sie mehrere Male an mir vorbeigetrieben, doch ist sie sich der aufmerksamen Blicke, die ich hinter dem Vorhang hervor auf sie werfe, nicht bewußt. Flaniert sie nur wie die meisten anderen Passanten hin und her? Oder verfolgt sie einen anderen Zweck? Vielleicht eine Verabredung mit einer Freundin oder einem Vertreter des anderen Geschlechts? Mit Sicherheit ist sie keine Prostituierte. Diesen Typ Frau kenne ich nur zu gut, doch sie weist alle Anzeichen eines anständigen Mädchens aus der Arbeiterklasse auf.

Mittlerweile ist mein Interesse geweckt, doch werde ich in meinen Betrachtungen durch den Kellner gestört, einen hohlwangigen jungen Burschen mit deutlich sichtbaren Fettflecken auf seiner weißen Hemdbrust. Mein Ärger nimmt zu, als das Mädchen nicht mehr vor meinem Fenster auftaucht. Aber ich verberge meine Gefühle, setze eine ausdruckslose Miene auf und bestelle meine Lieblingswurst, die mit einem Berg Kartoffelbrei kommt. Mutig geworden, ordere ich auch noch ein Glas Rotwein, dessen Herkunft durch frühere Erfahrungen bestätigt wird. Ich mache mich mit wahrem Heißhunger über mein Essen her, und als das nagende Gefühl in meinem Bauch gestillt ist und mich die Wärme des Weins bis ins Innerste durchdrungen hat, bin ich wieder in der Lage, meine Umgebung wahrzunehmen. Aber irgendwie hat sie ihren Reiz verloren. Durch die Abwesenheit des Mädchens, das meine ganze Aufmerksamkeit auf sich gezogen hat, ist alles anders geworden.

Statt dessen beginne ich nun die Leute an den angrenzenden Tischen zu beobachten. Ganz in meiner Nähe sitzen drei Männer mit derben Gesichtern, deren auffällig karierte Anzüge, deren feiste, wohlgenährte Gesichter und deren lederne Musterkoffer sie als Handlungsreisende der erfolgreicheren Sorte ausweisen. Ich beobachte sie aufmerksam, registriere die dicke Brieftasche, die einer hervorholt. Sie sind leicht beschwipst, und ich stelle fest, daß jeder eine Karaffe Rotwein vor sich stehen hat, deren Inhalt von dem hohlwangigen Kellner von Zeit zu Zeit nachgefüllt wird.

Ihre Unterhaltung dreht sich hauptsächlich um geschäftliche Dinge; die Einzelheiten lasse ich an mir vorbeirauschen, lausche aber um so aufmerksamer, wenn sie die Stimmen senken, um eine anzügliche Bemerkung über die eine oder andere Frau zu machen, die am Fenster vorbeikommt. Inzwischen habe ich längst die passenden Schubladen für das dubiose Trio gefunden und richte meine Mahlzeit so ein, daß es mir möglich sein wird, das Lokal zur gleichen Zeit wie sie zu verlassen. Mittlerweile haben sie mit ihren geröteten Gesichtern und ihren lauten Stimmen die Aufmerksamkeit der anderen Gäste auf sich gelenkt. Der Apfelstrudel ist köstlich, und in einem Anfall von Übermut bestelle ich mir zu meiner zweiten Tasse von dem starken, süßen Kaffee, für den dieses Lokal bekannt ist, eine zweite Portion.

Endlich bin ich mit dem Essen fertig, und während ich darauf warte, daß die Herren am Nebentisch gehen, verbringe ich einige Zeit damit, die Rechnung nachzuprüfen. Ich zähle aus meiner Börse den erforderlichen Betrag ab und lasse für den Kellner, der mich immerhin gut bedient hat, ein kleines Trinkgeld auf dem Tisch liegen. Morgen werde ich wieder herkommen. Jetzt sind die drei Männer aufgestanden und bahnen sich auf etwas wackligen Beinen zwischen den Tischen hindurch einen Weg zur Kasse, an der eine weißhaarige Matrone in einem strengen schwarzen Kleid mit einem Spitzenkragen mit steinerner Miene über ihrem Kassenbuch residiert, neben sich die bezahlten Rechnungen, die auf einem gefährlich aussehenden Metalldorn gekreuzigt sind.

Mein Freund hat jetzt seine dicke Brieftasche herausgeholt, und während er vor mir in der Schlange wartet, lacht er schallend über einen Witz seines Begleiters. Als er eine großspurige Geste macht, stoße ich scheinbar versehentlich gegen ihn und erwische ihn am Ellbogen. Das Ganze ist sehr gekonnt gemacht, ich halte mir auf meine Geschicklichkeit in solchen Dingen einiges zugute. Er stößt einen unterdrückten Schrei aus, als seine Brieftasche auf den Boden fällt und ein paar Geldscheine herausrutschen. Ich murmle eine Entschuldigung und bücke mich, um die Börse aufzuheben. Mit weiteren höflichen Worten gebe ich sie ihm zurück, und er nimmt meine Zerknirschung gutmütig zur Kenntnis. Dann wird es kurz spannend, denn er wendet sich dem Inhalt seiner Geldbörse zu. Aber er sucht nur nach ein paar passenden Scheinen, um die Rechnung zu zahlen.

Ich bezahle die meine und eile nach draußen. Dabei mache ich einen weiten Bogen um die drei Männer, die laut ihre weiteren Pläne für den Abend besprechen. Auch ich tauche in die vorbeiströmende Menschenmenge ein, obwohl ich im Gegensatz zu meinen Freunden erst dann auf der Straße weiterzugehen beginne, als ich sehe, daß sie sich in die andere Richtung entfernt haben. Doch jetzt lasse ich mich von der Strömung mitreißen, genieße den ungewohnten Luxus völliger Sorglosigkeit, sehe mir die Menschen an, vor allem die Frauen, und versuche ihre Berufe oder Beschäftigungen zu raten. Hier sind blasse Verkäuferinnen, deren fahle Gesichter vor Freude strahlen, daß sie vorübergehend den Zwängen des Berufslebens entronnen sind; schnurrbärtige Familienväter mit drallen Frauen und schlanken Töchtern; kleine Jungen, die zum Ärger der Passanten Eisenreifen durch die Menge treiben; und Bettler, überall Bettler, beiderlei Geschlechts, an kahlen Wänden aufgereiht, wo sie die Zwischenräume zwischen den Fassaden der Geschäfte ausfüllen; Streichholzverkäufer, Kriegsversehrte, von denen einer an Stelle der Beine nur noch Stümpfe hat, die zum Glück unter einer Decke verborgen sind, als er von einer älteren Frau, vermutlich seiner Mutter, auf einem notdürftig zusammengezimmerten Wägelchen durch die Menge geschoben wird.

Ich werfe eine kleine Münze in seine Kappe und eile weiter, um seinem beschämten Dank zu entgehen. Inzwischen kann ich es mir leisten, etwas großzügiger zu sein. Ich befingere das kleine Bündel knisternder Scheine in meiner Tasche und beschließe, meine Neugier so lange im Zaum zu halten, bis ich in meine Unterkunft zurückgekehrt bin. Als ich am Ende der Straße um die Ecke biege, steht das Mädchen da. Sie schaut sich hilflos um. Ich betrachte sie ruhig und tue so, als sähe ich in das Schaufenster einer Eisenwarenhandlung. Hinter einem riesigen Berg von Blecheimern befindet sich ein Spiegel, und darin kann ich sie von da, wo ich stehe, genau beobachten. Sie sieht sogar noch begehrenswerter aus als in dem Moment, in dem ich sie durch das Fenster des Lokals zum erstenmal gesehen habe.

Unschlüssig steht sie da und ballt während der drei bis fünf Minuten, die ich sie beobachtete, ihre kleinen, in weißen Handschuhen steckenden Hände immer wieder zu Fäusten, um sie jedoch gleich wieder zu öffnen. Dann dreht sie sich, als hätte sie plötzlich einen Entschluß gefaßt, auf dem Absatz herum und entfernt sich durch die dichte Menge.

Ich folgte ihr in sicherer Entfernung und achtete darauf, daß immer mehrere Passanten zwischen uns waren. Jedesmal, wenn sie stehen blieb, blieb auch ich stehen und tat so, als sähe ich in ein Schaufenster. Aber ich glaube nicht, daß meine Vorsichtsmaßnahmen wirklich nötig waren. Sie war sich meiner Anwesenheit ebensowenig bewußt wie der anderen Menschen um sich herum.

So müssen wir für mehr als eine Stunde umhergewandert sein, obwohl für mich die Zeit längst zu existieren aufgehört hatte. Als ich schließlich merkte, daß wir wieder einmal in der Nähe des Lokals waren, in dem ich gegessen hatte, dämmerte es bereits, und die Lampenanzünder steckten die Straßenlaternen an. Ich stand nur wenige Meter von ihr entfernt auf der anderen Straßenseite, aber der Aufmerksamkeit nach zu schließen, die sie mir schenkte, hätte ich ebensogut unsichtbar sein können. Dann kam plötzlich Bewegung in die dichte Menschenmenge, die sich in der hereinbrechenden Dunkelheit allmählich zu lichten begann; ein junger Mann ohne Hut, dessen dunkles Haar im Schein der Straßenlaternen glänzte, stürmte auf das Mädchen zu und umarmte es stürmisch. Die Leute sahen die beiden im Vorbeigehen neugierig an, aber das Paar schenkte ihnen keine Beachtung.

Es kam zu Tränen und abgehackten, um Verzeihung bittenden Worten; offensichtlich war der Geliebte mehrere Stunden zu spät zu der Verabredung erschienen. Dann entfernten sie sich in der sich träge dahinwälzenden Menge, und ich wandte mich mit einer Mischung aus Wut und Frustration ab. Aber ich zügelte meine Gefühle und bekam mich langsam wieder in den Griff. Es schien, als nähme ich das geschäftige Treiben auf der Straße wie durch einen Schleier wahr. Nach einer Weile fand ich mich auf einer der Prachtstraßen Berlins wieder, und wieder etwas später konnte ich in der Ferne das Brandenburger Tor aufragen sehen. Zu diesem Zeitpunkt wurde mir bewußt, daß ich schon eine Weile nichts mehr gegessen hatte. Deshalb machte ich an einem Imbißstand halt und kaufte mir zum Abendessen zwei große Buletten und zwei süße Brötchen, die ich in die Pension mitnahm.

Als ich das Haus durch den Seiteneingang betrat, war niemand zu sehen. Aus fernen Zimmern ertönte zwar wieder Stimmengemurmel, und unter den Türen fielen schmale Lichtstreifen durch, aber es war kein Mensch zu sehen. In der Spülküche brannten fahle Gasfunzeln, und ich nutzte die Gelegenheit, um einen der Petroleumkanister mit der Nummer meines Zimmers zu entwenden. Zum Glück war er halb voll, und ich trug ihn nach oben. Den Flur erhellte Gaslicht, so daß ich keine Schwierigkeiten hatte, das kleine Schlüsselloch in meiner Tür zu finden. Ich ließ sie offenstehen, während ich meine Lampe auffüllte und anzündete, und stellte den Kanister dann in einen Eckschrank, in dem es nach Schimmel und Feuchtigkeit roch.

Nachdem ich die Tür von innen wieder abgeschlossen und die Vorhänge zugezogen hatte, wusch ich mir in dem Becken in der Waschnische die Hände und setzte mich auf einen der gepolsterten Stühle, um meine Beute in Augenschein zu nehmen. Während ich die Scheine zählte, fiel mein Blick auf mein aufgeregtes Gesicht im Spiegel. Es waren mehr als viertausend Mark! Eine unglaubliche Summe, und das für höchstens fünf Sekunden Arbeit. Zusammen mit dem, was ich bereits hatte, würde mir das wochenlang zum Leben reichen. Nun konnte ich mich ganz auf meine große Aufgabe konzentrieren, ohne mir wegen der Kosten für Unterkunft und Verpflegung Gedanken machen zu müssen. Vielleicht blieb sogar etwas Zeit für das eine oder andere amouröse Abenteuer. Mir ging das bezaubernde Gesicht des wartenden Mädchens nicht mehr aus dem Kopf. Vielleicht sah ich sie morgen oder übermorgen wieder.

Ich steckte die Geldscheine in meinen ledernen Geldgürtel und ließ mich zu einem einsamen Abendessen nieder, das ich jedoch mit beträchtlicher Zufriedenheit verschlang. Als ich zu Ende gegessen hatte, legte ich mich auf das Bett und gab mich lange meinen aufwühlenden Gedanken hin. Erst nachdem die Glocke eines fernen Kirchturms Mitternacht geschlagen hatte, schrak ich hoch. Ich zog mich rasch aus, stellte die Lampe auf den Nachttisch, löschte sie und kroch unter die Decke. In drei Minuten war ich in traumlosen Schlaf gefallen.

3

Dienstag

An diesem Morgen probierte ich zum erstenmal das Frühstück bei Frau Mauger. Es war nichts, das ich mir so schnell noch einmal antun wollte. Selten habe ich eine heruntergekommenere und streitsüchtigere Ansammlung von Logiergästen gesehen. Aus einer riesigen Terrine in der Mitte des Tisches, der mit abgenutztem Wachstuch bezogen war, wurde wäßrige Suppe ausgeteilt, und das fettige Aroma von schalen Essensresten genügte, um einem für den Rest des Lebens den Appetit zu verderben. Harte Brötchen und irgendeine zuckrige Masse, bei der es sich um Marmeladehandeln sollte, vervollständigten das Mahl. Während ich diesen schlechten Tagesanfang verdaute, studierte ich meine Mitbewohner sehr genau. Zu meiner Enttäuschung war kein geeignetes Mädchen unter ihnen. Oder zumindest keines, das mein Herz schneller schlagen ließ.

Dann wurde fader Kaffee ausgeschenkt, und ich wurde

vorübergehend vom Studium meiner Leidensgenossen abgelenkt. Ein alter, graubärtiger Mann in einem dunklen, an einen Geistlichen erinnernden Gewand, der, soviel ich verstanden hatte, in einem der großen Museen der Stadt eine untergeordnete Stellung innehatte; zwei ältere Ministeriumsbeamte; ein Greis mit einem kerzengeraden Rücken, der das Band irgendeiner militärischen Auszeichnung am Revers trug und den verschiedene Leute am Tisch respektvoll mit Herr Hauptmann ansprachen. Er schien ein typisch dummer und selbstherrlicher alter Mann zu sein, der am Tisch des langen und breiten über lange zurückliegende Schlachten sprach, in denen er sich angeblich mit Ruhm bekränzt hatte, was ich jedoch sehr bezweifle. Solche Menschen sollten vom Angesicht der Erde getilgt werden. Sogar in Kriegszeiten sind sie nutzlos, da sie nur sinnlos das Leben einfacher Soldaten vergeuden. Seine harten Züge und sein blöder weißer Schnurrbart erregten meine Abscheu.

Außer den bereits Genannten gab es mehrere Mädchen, von denen keine mehr als einen flüchtigen Blick verdiente. Von derlei Gedanken werde ich durch die Erinnerung an das Mädchen vor dem Lokal abgelenkt. Vielleicht sehe ich sie heute wieder. Wer weiß? Der alte Militär versuchte mehrere Male, meinen Blick auf sich zu lenken, aber ich ließ mich nicht darauf ein. Ich als Neuzugang war nur zu offensichtlich Gegenstand größeren Interesses als die Dauergäste, aber ich spürte die damit verbundenen Gefahren. In Zukunft werde ich nicht mehr an diesen grauenhaften sogenannten Mahlzeiten teilnehmen, sondern auswärts essen. Ich kann es mir leisten. Der wachsende Druck meines Geldgürtels bestätigt es mir fortwährend.

Daher ließ ich mich auf eine etwas stockende Unterhaltung mit dem ziemlich mürrischen Mann mittleren Alters rechts neben mir ein, ohne freilich etwas über mich zu verraten. Wie sich herausstellte, war er ein kleiner Angestellter, der in einem Gaswerk in der Nähe arbeitete. Er hatte einen lahmen Fuß und war unverheiratet, ohne daß er mir deswegen leid getan hätte. Der alte Militär am anderen Tischende fuhr in seinem albernen Monolog fort und warf mir von Zeit zu Zeit bedauernde Blicke zu, aber ich entzog mich weiterhin seiner unerwünschten Aufmerksamkeit, bis er schließlich aufgab.

Sobald ich konnte, entfernte ich mich aus dieser fürchterlichen Essensrunde, und als ich aus der erdrückenden Pensionsatmosphäre in die frische Luft und den wäßrigen Sonnenschein hinaustrat, der die Dächer vergoldete, war es, als würde ich wieder zum Leben erwachen. Ein Glas Bockbier, das ich mir in einem Biergarten genehmigte, sobald ich einen der großen Verkehrsknotenpunkte der Stadt erreicht hatte, weckte meine Lebensgeister vollends und verscheuchte die letzten Spuren des miserablen Essens von meinen Geschmacksknospen. Ich blieb eine Weile und beobachtete die Menschen um mich herum in scheinbar absichtsloser Muße, während ich in Wirklichkeit einen ganz bestimmten Zweck damit verfolgte. Ich hatte Angela nicht vergessen und hielt nach einem ganz bestimmten Frauentyp Ausschau. Aber die Stunde, die ich an diesem Ort sorgloser Zerstreuung und nichtssagenden Geplauders verbrachte, war vollkommen vergeudet.

Entweder befanden sich die Frauen, die diesem Typ entsprachen, in einer größeren Gruppe oder in Begleitung eines jungen Mannes, oder sie kamen nicht in Frage. Es war fast so schlimm wie bei Frau Mauger, und manchmal wollte ich schier verzweifeln an der, wie es schien, absoluten Vergeblichkeit meiner Suche. Und um die Wahrheit zu gestehen: ich war auch gar nicht für mein Vorhaben gerüstet. Ich verfüge gegenwärtig nicht über das Handwerkszeug meiner Profession, denn meines letzten Instrumentariums mußte ich mich in einem aufgelassenen Brunnen außerhalb Kölns entledigen, in dem es sicher nie gefunden wird. In Düsseldorf war es sogar noch schlimmer, dort konnten ich nichts finden, was mich zufriedenstellte. Bleibt nur noch Berlin. Das ist die Stadt, in der ich alles finden werde, was ich brauche: die Frau oder – wenn ich Glück habe – Frauen, und die Instrumente, die für mein Vorhaben erforderlich sind. Hier wird mir bestimmt gelingen, was ich mir vorgenommen habe, und mein Name wird in aller Munde sein.

Dann merke ich, daß sich der Kellner erwartungsvoll in

meiner Nähe herumtreibt, und bestelle noch ein Bockbier. Während ich auf seine Rückkehr warte, mache ich mir auf einem Kuvert ein paar Notizen. Als er das Glas vor mir auf den Tisch stellt, sehe ich hinter ihm die vertraute Gestalt des Mädchens an dem Gitterwerk vorbeigehen, das den Eingang des Biergartens einfaßt. Doch als sie mir ihr Profil zuwendet, stelle ich fest, daß ich mich wieder einmal getäuscht habe. Vor Wut setze ich mein Glas mit solcher Wucht auf den Tisch, daß eine ältere Dame in meiner Nähe zu mir herübersieht. Das Mädchen, dem ich gefolgt bin, läßt mich nicht mehr los; ich muß unbedingt lernen, mich zu beherrschen. Langsam bekomme ich mich wieder in den Griff und betrachte das Treiben um mich herum abwesend.

Später. Ich habe mehrere Stunden in einem der großen Museen verbracht, wo es mir vor allem die Gemälde unbekannter alter Meister mit ihren überzeichneten Menschendarstellungen angetan haben. Was für ein berauschendes Gefühl muß es gewesen sein, im Mittelalter zu leben. Damals konnte man machen, wonach einem der Sinn stand, vorausgesetzt, man war kein Bauer!Die Privilegien ausgekostet zu haben … Das muß herrlich gewesen sein! Dann merke ich, daß mich eine der Museumsangestellten neugierig beobachtet und entferne mich schleunigst. Auf keinen Fall darf sich jemand zu sehr für mich interessieren. Ich bin natürlich ganz passabel gekleidet, ich bin sauber rasiert, und mein Haar ist ordentlich gebürstet. Aber ich habe mich in meinem Zimmer im Spiegel betrachtet und weiß, daß meine Augen zu leuchten beginnen, wenn ich erregt bin. Ich muß meine Lider halb geschlossen halten, um nicht zu viel Aufmerksamkeit auf mich zu lenken.

4

Mittwoch

Welch ein Tag! Ich habe sie wieder gesehen. Entweder sie arbeitet in einem der Geschäfte an der schmalen Straße, in der das Café liegt, oder sie wohnt dort. Und sie heißt Anna! Ein schöner Name, nicht wahr? Als ich heute nachmittag nach dem Mittagessen die breite Durchgangsstraße hinunterging, befand sie sich in Begleitung eines unansehnlichen, gar nicht einnehmenden Mädchens, und ich schnappte Bruchstücke ihrer Unterhaltung auf, als ich ihnen in dichtem Abstand folgte. Allerdings achtete ich immer darauf, daß sich mindestens zwei oder drei Leute zwischen mir und den beiden befanden. Daß sie gute Freundinnen sind, versteht sich wohl von selbst, da sie sich die Arme um die Taille geschlungen hatten, wie das bei Busenfreundinnen häufig der Fall ist.

Leider verlor ich sie auf einem Markt aus den Augen. Deshalb kehrte ich in den Biergarten zurück, wo ich mich diesmal mit Wein tröstete und mir die Zeit damit vertrieb, die Passanten und die Leute an den Tischen ringsum sorgfältig zu studieren. Eine faszinierende Beschäftigung, die mir nie langweilig wird. Dummerweise bekam der Kellner mit, wie ich mir, wie ich das gelegentlich tue, mit meinem Taschenmesser die Fingernägel schneide. Es ist ziemlich groß, und ich habe die Klinge immer schön scharf geschliffen. Das leichte Unbehagen im Blick des Mannes gab mir zu denken. Ich steckte das Messer weg, als ob nichts wäre, doch meine Fingerspitzen auf der Tischplatte zitterten.

Sichtlich erleichtert wendet sich der Kellner ab, und als er im Restaurant verschwunden ist, trinke ich den letzten Rest Wein und begebe mich in einen anderen Teil des riesigen Biergartens, für den andere Bedienungen zuständig sind, und bestelle ein zweites Glas. An meinem neuen Platz bin ich hinter einer Topfpalme verborgen; außerdem befindet sich zwischen mir und dem anderen Teil des Biergartens eine niedrige Buchsbaumhecke, und von dem Kellner, dessen Neugier mir zu denken gegeben hat, ist nichts zu sehen. Aber in Zukunft muß ich vorsichtiger sein, obwohl ich sicher bin, daß an meiner Kleidung oder meinem Verhalten nichts Auffälliges ist, das mich aus der Menge hervorheben würde. Mittlerweile bin ich wieder guter Stimmung und genieße den wohlig wärmenden Wein.

In der Ferne spielt eine Militärkapelle eine alte Walzermelodie, und entlang der breiten Allee ist die Luft erfüllt vom Duft der Lindenblüten. Während die Musik der Blaskapelle näherkommt, merke ich, wie die Leute um mich herum die Ohren spitzen. Ah! Da ist sie endlich! Die Kapelle eines Husarenregiments. Und wie die Instrumente im fahlen Sonnenschein funkeln, wie die Federbüsche der Offiziere im Wind wippen, als sie in ihren schmucken roten und blauen Uniformen vorüberziehen. Was für ein Anblick! Er versetzt das Blut in Wallung, und wie viele andere in meiner Umgebung erhebe ich mich. Mädchen lächeln und winken mit ihren Taschentüchern, als die Kapelle vorbeimarschiert, angeführt von einem Reiter auf einem Schimmel; auf den Wangen mehrerer alter Männer, die neben mir Habachtstellung eingenommen haben, sehe ich Tränen schimmern.

Doch meine innere Erregung hat sich rasch wieder gelegt. Die sich entfernenden Regimentsmusiker und der wehmütige Glanz in den Augen der alten Kriegsveteranen erinnern mich nur zu lebhaft an den unangenehmen alten Hauptmann in der Pension, und der Nachmittag scheint sich zu bewölken, obwohl die Sonne scheint wie eh und je. Als die Musik verklungen ist, setze ich mich wieder und entdecke mehrere große Käfer, die unter meinem Metallstuhl herumkrabbeln. Auch sie widern mich an, aber ich verzichte darauf, sie zu zertreten, da mir alles Leben außer dem der verabscheuten Menschen heilig ist. Ich ertappe ein junges Mädchen dabei, wie es mich leicht besorgt ansieht, worauf ich mich sofort am Riemen reiße. Der Tag scheint mir grau und staubig, und ich verlasse den Biergarten.

Als ich schließlich am Nachmittag meine Unterkunft wie üblich durch den Seiteneingang betrete und die schwach erleuchtete Treppe hinaufsteige, höre ich eine Diele knarzen. Dann sehe ich Frau Mauger in der Nähe meines Zimmers stehen. Mein Argwohn gegen sie verdichtet sich. Und wird noch weiter erhärtet, als ich sehe, wie sie hastig einen großen Schlüsselbund hinter ihrem Rücken verschwinden läßt. Ich weiß, worum es sich dabei handelt, weil ich ihn bereits an ihrer Hüfte habe hängen sehen. Als ich oben ankomme, setzt sie ein Lächeln auf.

»Ah, das sind Sie ja«, sagt sie mit einem Anflug von Verlegenheit. »Ich habe schon nach Ihnen gesucht. Wie Sie wissen, ist heute abend die Miete fällig.«

Ich bin noch keine Woche hier, aber ich verkneife mir die Antwort, die mir auf der Zunge liegt. Ich nicke bloß, hole meine Brieftasche heraus und gehe damit ins hintere Ende des Flurs, zu der am weitesten entfernten Gaslampe. Für den täglichen Bedarf habe ich immer ein paar Geldscheine bei mir. Ich ziehe den kleinsten heraus, gebe ihn ihr und sage, das sei für die nächsten vierzehn Tage. In ihrem Mienenspiel kämpft Gier mit Freude.

Sie wird mir eine Quittung ausstellen, sagt sie; ich möchte bitte bei ihr vorbeikommen, wenn ich Abendessen gehe. Im letzteren Teil des Satzes schwingt unüberhörbarer Sarkasmus mit, weil sie ganz richtig festgestellt hat, daß ich nicht das Bedürfnis verspüre, an ihren sogenannten Tafelfreuden teilzunehmen. Aber ich setze ein dünnes Lächeln auf und warte, bis sie mit hart raschelndem Rock die Treppe hinuntergestiegen ist. Erst dann schließe ich meine Zimmertür auf und mache die Lampe an, denn in mein Zimmer kommt nur wenig Licht. Ich lächle still in das Halbdunkel hinein, weil der Lampenschirm noch warm ist. Sie war also im Zimmer.

Ich drehe den Docht hoch, schließe die Tür wieder ab und untersuche gründlich meine wenigen Habseligkeiten. Sofort sehe ich, daß mein Koffer ganz leicht aus seiner ursprünglichen Position verrückt worden ist. Ich untersuche die Schlösser. Alles in bester Ordnung. Ich bin überzeugt, niemand könnte den Koffer öffnen, ohne entweder die Schlösser mit roher Gewalt aufzubrechen oder das Leder aufzuschneiden. Was die anderen Dinge angeht, ist nichts Belastendes darunter. Meine schriftlichen Unterlagen, einschließlich meiner Tagebucheinträge, habe ich ständig bei mir.

Ich wasche mich, verlasse das Zimmer und schließe die Tür sorgfältig ab. Außerdem befeuchte ich ein Haar von meinem Kragen an beiden Ende mit Spucke und klebe es über den Türspalt. Auf dem Weg nach draußen bleibe ich vor der Tür von Frau Maugers Salon stehen. Ich kann ganz schwach das Klimpern von Münzen hören. Ich trete im selben Moment ein, in dem ich an die Tür klopfe. Fast springt die Frau auf von dem Tisch, auf dem eine rostige Blechschachtel, ein Bündel Geldscheine und ein Berg Münzen liegen. Aus ihren Augen blitzt mir Wut entgegen, aber ich erkläre ihr in ruhigem, knappem Ton, daß ich vor dem Eintreten geklopft habe. Sie macht kein Hehl daraus, daß sie diese Lüge als das erkennt, was sie ist, murmelt etwas und schiebt mein Wechselgeld zusammen mit einem auf ein Stück fleckiges Papier gekritzelten Beleg über den verblichenen grünen Filzstoff. Ich sage nichts weiter und verlasse den Raum ohne Gegengruß. Die staubige Luft auf der Straße schmeckt besser als die abgestandenen Gerüche der Pension.

Ein, zwei Stunden lang wandere ich ziellos durch die Straßen und erfreue mich an dem geschäftigen Treiben und dem frischen Wind, der mir das Haar zerzaust. Gleichzeitig fasse ich jede attraktive Frau, die an mir vorbeikommt, genauestens ins Auge. Die meisten sind ärmlich gekleidet. Vermutlich sind es arme Näherinnen oder Mädchen, die in Büros oder ausbeuterischen Betrieben arbeiten, aber hin und wieder erregt auch eine attraktive Frau aus höheren Gesellschaftsschichten, elegant gekleidet, mit einem Funkeln im Auge und einer federnden Leichtigkeit im Gang, meine hingerissene Aufmerksamkeit, die ich jedoch gut zu verbergen weiß, indem ich in ein Schaufenster blicke und nur ihr Spiegelbild betrachte. In dieser Kunst bin ich ein wahrer Meister und wurde deshalb auch noch nie ertappt. Mit einer Ausnahme ... Aber aufgrund der intimen Natur jenes Vorfalls bin ich nicht bereit, darüber zu schreiben.

Selbstverständlich halte ich nach Anna Ausschau, aber sie scheint heute nicht auszugehen. Wirklich schade, weil ich finde, daß es langsam Zeit wird, mich ihr vorzustellen. Unter einem falschen Namen natürlich. Auf gar keinen Fall werde ich ihr meine wahre Identität enthüllen. Das wäre viel zu ... beinahe hätte ich gesagt, belastend, doch das wäre ein völlig falsches Wort. Enthüllend vielleicht? Aber auch das ist nicht das richtige Wort. Ich werde an dieser Stelle einfach etwas Platz lassen   Genau! Wenn es mir einfällt, kann ich es später einsetzen. Ha! Ha! Ich bin heute ungewöhnlich heiterer Stimmung und richtig abenteuerlustig.

Zum Glück habe ich dank dieses Trottels von Handlungsreisendem genügend Geld. Wenn ich weiter so sparsam damit umgehe wie bisher, müßte es noch weitere zwei Monate reichen. Wenn es einen Gott gibt, danke ich ihm für den unerschöpflichen Vorrat an Trotteln beiderlei Geschlechts, die mir immer wieder über den Weg zu laufen scheinen.

Ich betrete mein Stammlokal, vielleicht mit dem Hintergedanken, Anna vorbeigehen zu sehen, und einer der Kellner begrüßt mich, als wäre ich ein alter Bekannter. Fürs erste bestelle ich ein Bockbier und sehe mir unter dem Schutz einer der Zeitungen, die der Wirt seiner Kundschaft freundlicherweise zur Verfügung stellt, die anderen Gäste näher an. So früh am Abend sind es nur ein halbes Dutzend Leute – das ist der Grund, warum ich schon jetzt hierher gekommen bin –, und da sie allesamt mehrere Tische von mir entfernt sitzen, kann ich sie in Ruhe beobachten. Ein alter Junggeselle mit einem samtenen Käppchen auf dem Kopf ist in einen politischen Artikel vertieft, während er auf seine Bestellung wartet.

Warum ein Junggeselle? Oder vielmehr ein Witwer, was auf dasselbe hinausläuft. Weil er eine verblichene schwarze Binde um den linken Ärmel seiner dunkelgrünen Samtjacke trägt. Ich richte meine Aufmerksamkeit nun auf zwei gutaussehende Frauen, die sich in der hintersten Ecke angeregt unterhalten. Offensichtlich Lesben, weil die jüngere, ein hübsches, auf seine Art sehr feminines blondes Mädchen, ein tief ausgeschnittenes Abendkleid und falschen Diamantenschmuck trägt; ich weiß, daß er aus Straß ist, denn mit so etwas kenne ich mich aus, aber er ist dennoch geschmackvoll und paßt gut zu ihrer Kleidung.

Ihre Begleiterin, sicher ihr ›Mann‹, ist ähnlich auffallend; Ende dreißig, das üppige dunkle Haar wie ein Mann geschnitten, trägt sie ein strenges Jackett aus dunklem Stoff, ebenfalls ein Herrenschnitt, und dazu ein weißes Seidenhemd und eine rote Krawatte. Mir entgeht auch nicht, daß beide Eheringe tragen und sich beim Reden gelegentlich über den Tisch hinweg an den Händen fassen. Sie faszinieren mich, und ich beobachte sie lange, bis ihnen der Kellner schließlich bringt, was sie bestellt haben. Dadurch wird ihre Aufmerksamkeit wieder auf ihre Umgebung gelenkt, und sie bemerken mein Interesse, woraufhin ich mich den anderen Gästen in dem geräumigen Lokal zuwende.

Sie beschäftigen mich nicht lange: zwei Männer, vermutlich Arbeiter, in derber Kleidung und mit einem lauten Lachen; und in einer Ecke ein traurig aussehender, offenkundig gutsituierter Herr – mit silbergrauem Haar, einem langen weißen Bart und melancholischen Augen. Er hat einen Gedichtband vor sich liegen und liest mit gespieltem Interesse darin, während er über seinem Teller Suppe von Zeit zu Zeit verstohlen zu den Lesben hinüberspäht. Sein dunkler Hut und sein rot gefüttertes Cape hängen an einem Mahagonikleiderständer hinter seinem Tisch, und in seinen tiefliegenden Augen scheint alles Leid der Welt vereint.

Woher weiß ich, daß er Gedichte liest? Weil ich außergewöhnlich gut sehe, wenn ich mich wirklich für jemanden oder etwas interessiere, und außerdem ist ihm einmal beim Umblättern das Buch entglitten; als er danach griff, wurde das Vorsatzblatt sichtbar, auf dem in großen schwarzen Lettern der Titel stand. Es war Baudelaires *Les Fleurs du Mal*, eines meiner Lieblingsbücher, das ich in der Stille meines Zimmers viele Male in Übersetzung gelesen habe. Ein göttliches Werk, das jeder Mann – und jede Frau – besitzen sollte.

Doch nun kommt mein Essen, und ich lege meine Notizen beiseite. Ein seltenes Gericht – um nicht zu sagen, ein esoterisches. Es besteht aus verschiedenen Arten von Würsten, auf allerlei ungewöhnliche Arten zubereitet, und dazu gibt es gebratene Zwiebeln und zart gebackene Kartoffeln. Wie die Deutschen ihre Würste lieben! Ich habe gehört, es gibt in diesem Land nicht weniger als achthundert verschiedene Sorten. Das mag eine Übertreibung sein, aber ich habe im Laufe meiner Reisen in Läden und Restaurants gewiß sehr viele der unterschiedlichsten Wurstsorten gesehen. Plötzlich machten sich bei mir erste Anzeichen von Hunger bemerkbar, und ich begann unverzüglich mit dem Essen.

Es war während dieser Phase meiner Mahlzeit, daß sich eine kleine Tragödie ereignete. Ich war gerade dabei, einen kräftigen Schluck Bockbier zu nehmen, als ich am Fenster ein bekanntes Gesicht vorbeihuschen sah. Es war Anna, doch bis mir das richtig zu Bewußtsein kam, war die Erscheinung bereits wieder verschwunden. Jetzt war ich mir nicht sicher, ob sie es tatsächlich gewesen war, und sorgte deshalb für einiges Aufsehen, als ich zum Eingang des Lokals stürzte. Aber bis ich mich durch eine verdutzte Gruppe von Leuten gedrängt hatte, die gerade hereinkamen, war sie verschwunden. Ernüchtert kehrte ich an meinen Tisch zurück und versicherte dem besorgten Kellner, mein überstürzter Aufbruch habe nichts mit der Güte des Essens und der Bedienung zu tun.

Dieser kleine Zwischenfall ging mir so nahe, daß mir die ganze Freude am Essen verdorben war und ich den Rest in ziemlich finsterer Stimmung verzehrte. Doch bis ich zu meinem Kaffee einen abschließenden Cognac getrunken hatte, war meine gute Laune wiederhergestellt, und als ich mich schließlich unter die Flanierenden auf der Straße mischte, ließ ich mich wie ein Stück Treibgut hierhin und dahin treiben, bis ich in einem Park landete. Das Kurkonzert, das dort unter bunten Lichtergirlanden abgehalten wurde, war ganz vorzüglich und befand sich noch in vollem Gange, als ich mich gegen elf Uhr auf den Heimweg machte.

Nach meinem Streifzug durch die Stadt erschien mir mein Zimmer bei Frau Mauger um so trister, und in dieser Nacht saß ich im Schein der Lampe lange über meinen Aufzeichnungen; ich zählte wieder meine Barschaft und stellte fest, daß ich genügend Geld hatte. Wenn ich weiter so anspruchslos lebte, würde es noch mehrere Monate reichen. Ich lachte leise in mich hinein; ich habe fast mein ganzes Leben lang extrem anspruchslos gelebt und gerade in den letzten zehn Jahren am eigenen Leib erfahren, was wirkliche Armut bedeutet; doch dann habe ich gelernt, meinen Verstand zu gebrauchen und mir von der Gesellschaft zu nehmen, was mir zusteht.

Im Augenblick bin ich jedoch hinsichtlich meines weiteren Vorgehens gespalten; auch wenn ich Anna ins Visier genommen habe, scheint es inzwischen, als sei sie schwerer zu fassen, als ich angenommen habe. Sonst interessiert mich im Moment niemand. An diesem Punkt mache ich meinen trübsinnigen Gedanken ein Ende und öffne meinen Koffer. Ich habe zu erwähnen vergessen, daß ich mir meine Zimmertür sehr genau angesehen hatte. Das daran angebrachte Haar

war unangetastet, daher brauchte ich mich nicht zu vergewissern, daß niemand meinen Koffer angerührt hatte. Ich
sah mir seinen Inhalt eine ganze Weile an. Es scheint, ich
brauche ein paar neue Instrumente für mein Vorhaben. Aber
ich habe ja genügend Geld und Muße, um mich zum gegebenen Zeitpunkt darum zu kümmern. Es ist Anna, die mich
die ganze Zeit beschäftigt. Ich denke immer noch an sie, als
ich zu Bett gehe.

5

Donnerstag

Letzte Nacht hatte ich einen entsetzlichen Traum. Er verfolgt mich immer noch. Möglicherweise ist der Grund dafür
meine unterbrochene Mahlzeit. Ich werde gelegentlich von
Verdauungsstörungen geplagt, aber dennoch hat sich bisher
noch nie eine derart entsetzliche Abfolge von Bildern meines Bewußtseins bemächtigt wie in diesem Fall. Es begann
mit einer Art hauchdünnem Gazevorhang, der vor mir hin
und her wallte. Er machte Annas Gesicht Platz, auf dem ein
trauriger, gequälter Ausdruck lag. Dann war ich bei Frau
Mauger und irrte durch die staubigen, ungepflegten Gänge
der Pension. Ich ging auf die neue Toilette. Insgesamt gibt es
davon nur zwei im ganzen Haus, und die andere gehört
Frau Mauger.
  Das weiß ich von einem der anderen Logiergäste; er ist
ein alter Mann, aber woher er diese Information hat, ist mir
nicht bekannt. In diesen Aborten gibt es übrigens sanitäre
Einrichtungen aus Porzellan. Ich war in meinem Traum gerade im Begriff, die intimste zu benutzen, als aus dem Wasser blitzartig Tausende aufgedunsener schwarzer Spinnen
geschwärmt kamen – oder zumindest sahen die Wesen wie
Spinnen aus. Ich versuchte zu schreien, aber meine Zunge
schien an meinem Gaumen festgeklebt. Dann sprangen
diese abscheulichen Lebewesen durch die Luft; sie waren
überall, auf meinen Armen und Schultern, in meinen Haaren und dann in meinem Mund.
  An diesem Punkt verlor ich die Beherrschung. Ich
merkte, ich hatte etwas in der Hand – vielleicht war es ein

Besen oder ein Mop, den ich in meiner Raserei an mich gerissen hatte –, und begann, mit dem Gegenstand blindlings um mich zu schlagen und auf die Lebewesen unter
meinen Füßen einzustampfen. Sie gaben ekelhafte Geräusche von sich, als ich sie zerquetschte, und es breitete sich
ein zutiefst widerwärtiger Gestank aus. Ich, der ich alle
Tiere und Insekten liebe, zerstörte gerade die Dinge, deren
Erhaltung ich mein Leben gewidmet habe! Daher mischte
sich Scham in mein Entsetzen. Blinde Wut hatte meine hu-
manitären Instinkte verdrängt. Zum Glück für meine gei-
stige Gesundheit wachte ich schließlich in der mitternächt-
lichen Stille meines Zimmers auf. Nur meine Laken waren
schweißdurchnäßt.

Ich hatte das Gefühl, laut geschrien zu haben, aber vielleicht hatte ich in meinem schlafwandlerischen Zustand nur
einen unterdrückten Schrei ausgestoßen. Jedenfalls wurden
auf dem Gang weder herbeieilende Schritte noch besorgte
Stimmen laut. Doch das Grauen in meinem Traum war so
stark gewesen, daß Blut aus den Stellen sickerte, wo sich
meine Fingernägel in meine Handflächen gegraben hatten.
Als ich die Lampe anzündete, stellte ich fest, daß es mehrere
Flecken in der Bettwäsche hinterlassen hatte. Ich war eine
halbe Stunde damit beschäftigt, sie mit einem nassen Handtuch zu säubern, bis alle Spuren entfernt waren, und dann
band ich zwei Taschentücher um meine Handflächen, um
weitere Blutungen zu verhindern – nicht ohne Schwierigkeiten, sollte ich vielleicht hinzufügen.

Am nächsten Morgen, als ich mich wieder fest im Griff
hatte, mußte ich notgedrungen, wenn auch nicht ohne einen
Anflug von Ironie, feststellen, daß ein überzeugter Atheist
wie ich das äußere Erscheinungsbild eines religiösen Eiferers
angenommen hatte – mit anderen Worten, ich wies die typischen Stigmata auf! Die Ironie des Ganzen wäre jemandem,
der nicht über meine Intelligenz verfügt, sicher entgangen.
Allerdings ist heute etwas passiert, das ganz erheblich zur
Stabilisierung meiner Gemütsverfassung beigetragen hat.
Diesmal habe ich Anna richtig gesehen. Aber sie hat mich
nicht gesehen, da sie ganz in ein Gespräch vertieft war, als
sie am Fenster meines Stammlokals vorbeiging, in dem ich

mir einen Vormittagskaffee und ein Butterhörnchen genehmigte, etwas, woran ich mich rasch gewöhnen könnte.

Sie befand sich in Begleitung desselben Mädchens, mit dem ich sie schon einmal gesehen hatte, und da ich meine Rechnung bereits bezahlt hatte, trank ich meinen Kaffee aus und folgte ihnen, bis sie durch den Angestellteneingang eines Damenbekleidungsgeschäfts verschwanden. Einer Messingtafel, die neben dem Ladeneingang an die Wand geschraubt war, entnahm ich, wann das Geschäft schloß. Zweifellos waren die Mädchen unterwegs gewesen, um etwas abzugeben, denn sie trugen große Kartons, auf die der Name des Geschäfts gedruckt stand. Für mich war das ein richtiger Glücksfall, und ich beschloß, mich in der Nähe des Geschäfts aufzuhalten, wenn es am Abend schloß.

Damit blieben mir jedoch noch sieben Stunden, die es hinter mich zu bringen galt. Ich beschloß, spät zu Mittag zu essen, damit mir der Tag nicht so lang erschiene. Sobald ich diesen Entschluß einmal gefaßt hatte, trugen mich meine Schritte zu einer der eleganteren Prachtstraßen der Stadt.

In einer kleinen Seitenstraße machte ich in einem Antiquariat einen erstaunlichen Fund. In einer abgelegenen Ecke des großen Geschäfts entdeckte ich einen alten, modrigen Band mit dem Titel *Die Freuden des Schmerzes,* einen Privatdruck eines obskuren deutschen Gelehrten. Ich war fasziniert und fest entschlossen, mir einige der wichtigsten Passagen aufzuschreiben. Während der Inhaber des Ladens gerade von potentiellen Käufern umringt war, borgte ich mir das dicke Buch und trug es unter meiner Jacke nach draußen, um es in Ruhe lesen zu können. Ich habe ihm wertvolle Anregungen zu verdanken, und es hat mir völlig neue Bereiche des Denkens erschlossen, von denen ich mir bis dahin nicht einmal etwas hätte träumen lassen.

Einer meiner Mitbewohner bei Frau Mauger ist ein kleiner Verwaltungsangestellter in einem der größten Schlachthöfe der Stadt, und da ich noch sechs Stunden hinter mich zu bringen hatte, bevor ich Anna begegnen würde, nahm ich ein geeignetes öffentliches Verkehrsmittel, das nur zwei Straßen weiter vorbeikam. Mein Bekannter war etwas überrascht, mich zu sehen, entsprach aber meiner Bitte sofort. Wie ich bereits an einer früheren Stelle angedeutet habe, ist mir jede Form von Grausamkeit gegen Tiere zuwider, und ich verspürte nicht das geringste Bedürfnis, mir an diesem Ort anzusehen, wie Tiere geschlachtet wurden, aber ich interessierte mich für die Methoden, mit denen man ihr Fleisch zerkleinerte und verarbeite. Mein Mitbewohner führte mich auf eine Eisengalerie, von der man eine riesige Halle überblicken konnte, in der die Körper der toten Tiere an Ketten hingen und von hünenhaften Männern in blutigen Schürzen mit Beilen und Messern zerlegt wurden.

Voller Bewunderung für die erstaunliche Geschicklichkeit, mit der sie dabei vorgingen, blieb ich eine halbe Stunde und beobachtete sie fasziniert bei der Arbeit. Ich beschloß, meinen Bekannten an einem der nächsten Abende auf ein Glas Wein einzuladen und verabschiedete mich auf dem Weg nach draußen höflich von ihm. Zurück im Stadtzentrum fand ich rasch einen Spielzeugladen, in dem ich mehrere weibliche Puppen eines bestimmten Typs erstand. Wieder auf der Straße, spürte ich erste Anzeichen von Hunger und betrat das nächstbeste Restaurant, um dort gemütlich zu Mittag zu essen. Als ich das Lokal verließ, wandte ich mich in die andere Richtung und entdeckte einen kleinen Hof, in dem es mehrere Spezialgeschäfte gab.

Ich hatte ihn zur Hälfte überquert, als ich wie angewurzelt stehenblieb! Hier gab es einen Laden, wie ich ihn bisher vergebens gesucht hatte. Blitzende Klingen schimmerten im staubigen Sonnenlicht, das durch die Bäume drang! Blitzende Klingen! Hat nicht ein Dichter irgendwo geschrieben: »Wie mich dieses Blitzen gefangennimmt!« Ein medizinisches Fachgeschäft für Operationsbestecke und sonstigen chirurgischen Bedarf. Die Schaufenster waren voll davon. Warum war ich darauf nicht schon früher gekommen? Hatte ich nicht Medizin studiert, bevor die bereits erwähnte Tragödie meinem Studium ein Ende setzte? Und ich war sicher, daß ich meine Rolle noch immer überzeugend spielen könnte.

In der Scheibe des Schaufensters betrachtete ich mein Spiegelbild. Ich sah ganz passabel aus. Und ich konnte mich noch an die meisten Kurse erinnern, die ich belegt hatte; ich hatte Chirurg werden wollen, obwohl ich natürlich erst das Medizinstudium hätte abschließen müssen, um mich weiter spezialisieren zu können. Etwas zaghaft betrat ich den Laden, in dem der unverkennbare Krankenhausgeruch von Medikamenten und Chemikalien in der Luft hing. Doch meine Besorgnis war unbegründet. Der dunkelhaarige junge Mann, der aus dem Dunkel im hinteren Teil des Ladens trat, wirkte genauso unsicher, wie ich mich fühlte, und das machte mir Mut.

Ich sagte, was ich wollte, und wurde in eine Art Flur geführt, wo mir in samtausgeschlagenen Schubladen blitzende Operationsbestecke gezeigt wurden. Küretten, schlanke Skalpelle und verschiedene größere Instrumente für drastischere Eingriffe. Rasch und selbstbewußt wählte ich fünf aus und grinste über das fachsimpelnde Geplauder, mit dem sie mir der Verkäufer einpackte. Nachdem ich gezahlt und die Quittung entgegengenommen hatte, trat ich gut gelaunt und voller Zuversicht auf den Gehsteig hinaus. Nun konnte ich alles weitere ganz deutlich vor mir sehen. Natürlich hatte ich einen falschen Namen und eine falsche Adresse angegeben, und der Verkäufer hatte keinen Ausweis verlangt. Daher war ich sicher, keine Spur hinterlassen zu haben.

Zurück in meinem Zimmer schließe ich erst die Tür ab, dann öffne ich den Koffer und nehme verschiedene Dinge heraus. Ich lege sie zu meinen Neuerwerbungen auf den Tisch; sie bieten einen herrlichen Anblick, wie sie blitzend in den versprengten Strahlen fahlen Sonnenlichts funkeln, die sich mühsam einen Weg durch das Oberlicht des Fensters bahnen. Als ich meine neuen Instrumente zur Genüge bewundert habe, spüle ich sie sorgfältig mit Wasser ab und trockne sie dann mit derselben Sorgfalt. Ich habe festgestellt, daß selbst die besten chirurgischen Instrumente nur dann Optimales leisten, wenn keine Fremdkörper wie Staubkörnchen, Schmutzteilchen oder Fussel an den Zähnen der Sägen oder den Schneiden der Klingen kleben. Und tatsächlich stelle ich beim Säubern dieser Prachtexemplare fest, daß Partikel einer Substanz wie Sägemehl oder Packpapier an ihnen haften.

Als alles zu meiner Zufriedenheit ist, lege ich die Puppen auf dem Tisch aus und entferne als erstes ihre Kleidchen. Natürlich haben sie keinerlei Ähnlichkeit mit den Kadavern im Schlachthof – oder mit menschlichen Wesen –, aber sie sind zumindest besser als nichts. In konzentriertem Schweigen mache ich mich daran, sie zu sezieren; mir ist nichts von meiner früheren Geschicklichkeit abhanden gekommen, und nach kurzem ist der Tisch übersät mit Sägemehl, Glasaugen und an den Gelenken abgetrennten Armen.

Naturgemäß ist ein Großteil dieser Puppenkörper aus Porzellan, und da ich nicht riskieren will, die Schneide der Instrumente an ihnen zu erproben, kann man nicht von einer richtigen Simulation sprechen. Aber sie erfüllt dennoch ihren Zweck. Sobald ich aufgeräumt und alles lose Material in den Kartons verstaut habe, in denen der Verkäufer die Instrumente verpackt hat, bin ich mehr oder weniger bereit.

Dann suche ich die Gegenstände aus, die ich für mein bevorstehendes Vorhaben benötige, und schließe den Rest weg. Als ich die Pension verlasse, trage ich die ausgewählten Instrumente in einer Art Lederschürze bei mir, die unter meiner Jacke und meinem Mantel an meinem Gürtel befestigt ist. Die letzten Stunden sind wie im Traum vergangen, und ich nehme kaum wahr, wohin mich meine Schritte führen. Bis zu meinem Rendezvous mit Anna ist es immer noch eine halbe Stunde, und ich postiere mich in der Richtung, aus der sie kommen muß, in einem verlassenen Hauseingang. Zumindest hat sie mit ihrer Freundin immer diesen Weg eingeschlagen, wenn ich sie durch das Fenster meines Stammlokals gesehen habe. Das einzige, was mich an der Durchführung meines Plans hindern könnte, wäre, wenn ihre Freundin sie begleiten würde. Ich muß abwarten und sehen.

Ich begegne Anna. Daß sie überrascht ist, mich zu sehen, daran besteht kein Zweifel. Aber ich stelle mich vor und erinnere sie daran, wir uns schon einmal gesehen haben. Wir sprechen eine Weile. Dann verlasse ich sie in einer schmalen Gasse und kehre in euphorischer Stimmung in die Pension zurück. Aber ich habe einen schrecklichen Alptraum; ich bin in meinem Zimmer, und es regnet Blut. Ich bin nackt, und es tropft von der Decke. Ich schaue in den Spiegel und sehe die Tropfen meinen Rücken hinunterlaufen. Dann schreie ich und merke, daß ich wach bin. Aber ich bin naß und klebrig. Meine Panik wächst. Irgendwie gelingt es mir, mich im Bett aufzurichten und die Lampe anzuzünden.

Ich bin so entsetzt, daß ich zunächst meine Augen nicht öffnen kann. Ich erwarte, mich von Blut überströmt zu sehen. Aber da ist keines! Es ist bloß Schweiß, der mein Gesicht und meinen Körper hinabströmt und mein Nachtgewand durchnäßt. Vor Erleichterung sinke ich zu Boden. Nach einer Weile rapple ich mich wieder hoch. Mir ist kalt, und meine Zähne beginnen zu klappern, vor innerer Erregung nicht weniger als vor Kälte. Dann schleiche ich zur Tür und lausche. Doch draußen auf dem Flur herrscht tiefe Stille. Demnach hat niemand den schrecklichen Lärm gehört, den ich gemacht habe und der mich geweckt haben muß. Außer es war ein stummer Schrei, ähnlich dem, den ich bei meinem letzten Alptraum ausgestoßen habe. Ein Schrei, den ich gewissermaßen nur geträumt habe; ein Schrei, der nur für mich hörbar war und nicht für den Rest der Welt. Dafür muß ich dankbar sein. Ich schleppe mich zu meinem Bett und schlafe bis Tagesanbruch unruhig.

6

Freitag

Heute morgen muß etwas passiert sein. Auf der Straße herrscht hektisches Getriebe, und es dringen aufgeregte Schreie zu meinem Zimmer herauf. Ich öffne das Fenster. Um nach unten sehen zu können, stelle ich mich auf einen Stuhl. Auf der Gasse unter mir stehen mehrere größere Gruppen von Menschen herum, so als ob etwas Schreckliches passiert wäre. Dann kommt in rasendem Tempo ein von Pferden gezogener Krankenwagen vorgefahren. Die Leute auf der Straße weichen zurück, um ihm Platz zu machen. Ich lasse das Fenster offen, während ich meine Morgentoilette beende. Als ich wieder hinuntersehe, haben sich die Leute zerstreut, und die Straße sieht wieder wie gewohnt aus.

Ich mache mich zum Ausgehen fertig und bin gerade dabei, die Tür von außen abzuschließen, da spüre ich etwas Klebriges am Türgriff. Als ich die Hand zurückziehe, ist sie rot. Das versetzt mir einen gewaltigen Schock. Zum Glück ist niemand auf dem Flur, und es ist noch nicht Zeit zum Frühstück, deshalb eile ich in mein Zimmer, befeuchte mein Taschentuch am Wasserhahn und wische den Türgriff sauber. Ich merke, daß ich so stark zittere, als hätte ich Schüttelfrost. Aufmerksam gehe ich den Flur entlang, kann aber weiter nichts entdecken. Ich kehre in mein Zimmer zurück und wasche mein Taschentuch in kaltem Wasser aus, bis kein Blut mehr zu sehen ist.

Dann lasse ich das Waschbecken auslaufen, wringe das Taschentuch aus, schlage es in ein frisches ein, das ich aus meinem Koffer nehme, und stecke beide in meine Hosentasche, wo das feuchte rasch trocknen wird. Ich sehe mich scharf um, als ich die Treppe hinabsteige und auf die Straße hinaustrete, kann aber nichts Belastendes entdecken. Also mache ich mich auf den Weg zu dem Biergarten, in dem ich kürzlich war, und bestelle Kaffee und Brötchen. Für Wein ist es viel zu früh, und ich muß einen klaren Kopf behalten.

Der Kellner, der mich bedient, ist geschwätzig und möchte mir offensichtlich unbedingt irgendeine Neuigkeit mitteilen, aber mein abweisendes Verhalten hält ihn davon ab. Später bedient er am Nebentisch ein Paar, und ich bekomme die wesentlichen Punkte ihrer Unterhaltung mit. In einer Straße in der Nähe wurde ein totes Mädchen gefunden. Offensichtlich ist sie ermordet worden. Aus irgendeinem Grund erfaßt mich eine heftige innere Unruhe. Sie ist sogar so stark, daß ich fast gehe, ohne zu zahlen. Aber der Kellner fängt meinen Blick auf und kommt mit der Rechnung. Unerklärlich nervös lasse ich mich in meinen Stuhl zurücksinken. Ich habe Mühe, zusammenhängend zu sprechen. Der Kellner sieht mich fragend an. Er erkundigt sich, ob ich mich nicht wohl fühle. Ich weiß, er meint es nur gut, und entgegen meiner sonstigen Art danke ich ihm und versichere ihm, es sei nur eine vorübergehende Unpäßlichkeit.

Beruhigt entfernt er sich mit dem Schein, den ich ihm gegeben habe, und als er mit dem Wechselgeld zurückkommt, fühle ich mich so merkwürdig, daß ich ihm wesentlich mehr Trinkgeld gebe, als ich es sonst täte. Er stammelt ein paar Worte des Danks, und als er sich entfernt hat, um andere Gäste zu bedienen, stehe ich auf und verlasse den Biergarten. Mein Zustand ist jedoch ernster, als ich dachte, denn ich habe ganz weiche Knie. Doch wenn ich mich jetzt auf einen anderen Platz setze, käme nur ein anderer Kellner, um eine neue Bestellung entgegenzunehmen, deshalb bleibe ich einen Moment stehen, während ich wieder zu Kräften und zur Besinnung zu kommen versuche.

Beinahe taumle ich aus dem Biergarten, aber zum Glück ist fast direkt gegenüber ein Park. Irgendwie schaffe ich es, die Straße zu überqueren und im fahlen Sonnenschein eine freie Bank zu finden. Dort bleibe ich, während mir der kühle Wind das Haar zerzaust, lange sitzen, bis ich mich einigermaßen in der Gewalt habe. Als ich schließlich auf die Uhr sehe, ist es fast Mittag, und bestürzt merke ich, wie viel Zeit vergangen ist. Inzwischen fühle ich mich allerdings wieder besser, und nachdem ich meine Krawatte geradegerückt und meine Kleidung in Ordnung gebracht habe, mache ich mich auf den Weg zu einem ziemlich noblen Restaurant in einer der großen Prachtstraßen und nehme dort in aller Ruhe ein ausgiebiges Mittagessen zu mir.

Mittlerweile ist es früher Nachmittag, aber alles in mir sträubt sich dagegen, zu Frau Mauger zurückzukehren. Statt dessen verbringe ich ein paar Stunden im Zoologischen Garten, wo ich fasziniert zusehe, wie die großen Raubkatzen mit riesigen Fleischstücken gefüttert werden; darüber vergesse ich ganz meine frühere Erregung. Ihr tiefes, zufriedenes Knurren dringt auch noch durch das schrille Kreischen tropischer Vögel, als ich in das kreisende Chaos eisenbeschlagener Kutschenräder hinaustrete. Ich bin sehr erleichtert, als ich endlich in das relativ ruhige Viertel komme, in dem sich die Pension befindet.

Die Schatten auf dem Boden sind lang, als ich das Haus

durch den Seiteneingang betrete. Leise gehe ich auf die Treppe zu, doch dann stelle ich fest, daß die Tür von Frau Maugers winzigem Büro offen ist und ein dünner Streifen Lampenlicht nach draußen dringt. Auf das Geräusch meiner Schritte hin kommt sie mit besorgter Miene an die Tür. Ein Mann ist hier gewesen, sagt sie, und hat alle ihre Mieter befragt. Sie hofft, es ist nichts passiert. Er hat mit allen gesprochen, außer mit mir und einem jungen Angestellten. Ohne mir meine Bestürzung anmerken zu lassen, frage ich, was der Mann wollte. Frau Mauger hebt die Schultern. Er hat gesagt, eine reine Routineangelegenheit, antwortet sie. Ich bitte sie, den Mann zu beschreiben. Wieder hebt sie die Schultern. Ein ganz normal aussehender Mann: um die fünfzig, in einem schwarzen Ledermantel, mit einem grünen Homburg. Er hat gesagt, er würde morgen noch einmal vorbeikommen, um auch noch die restlichen Mieter zu befragen, fügt sie hinzu.

Mein Herz schlägt wie wild. Ein Kriminalpolizist! Diesen Typ kenne ich nur zu gut. Ich hoffe, mein innerer Aufruhr ist mir nicht anzusehen. In dem schwachen Lampenlicht, das durch die Tür fällt, erscheint Frau Maugers Miene neutral. Ich sage ihr, daß ich mich morgen nachmittag in meinem Zimmer zur Verfügung halten werde, und das scheint sie zufriedenzustellen. Sie zuckt ein drittes Mal mit den Schultern, geht nach drinnen und schließt die Tür. Mit einem Gefühl, das einer Panik gefährlich nahe kommt, steige ich die Treppe hinauf. Ich habe vergessen, meine reizende Hauswirtin zu fragen, ob der Mann eins der Zimmer durchsucht hat. Dafür ist es jetzt zu spät. Mit dieser Frage zu ihr zurückzukehren, würde nur ihren Argwohn wecken. Zum Glück scheint mein Zimmer unangetastet. Ich weiß jetzt, was ich zu tun habe, mache noch einmal einen Kassensturz und treffe meine Vorbereitungen.

Meinen Koffer ziehe ich unter dem Bett hervor. Ich füge seinem Inhalt verschiedenes hinzu und beende den Vorgang des Packens, indem ich meine wenigen im Raum verteilten Habseligkeiten darin verstaue. Als ich fertig bin, lösche ich die Lampe und sitze wie ein gehetztes Tier mit klopfendem

Herzen im Halbdunkel, bis ich den Gong zum Abendessen und die langsamen, schleppenden Schritte der hoffnungslosen Insassen dieses trostlosen Gefängnisses der Unterschicht höre, als sie sich in den schmuddeligen Speiseraum begeben. Dann stehe ich auf, blicke mich ein letztes Mal um und vergewissere mich, daß ich alles habe, einschließlich meiner wichtigen Tagebuchaufzeichnungen.

Ich schlüpfe in meinen Mantel, lege den Schlüssel auf den Tisch, gehe nach draußen und schließe langsam und vorsichtig die Tür. Ich schaffe es, die Treppe hinunterzusteigen, ohne daß jemand auf mich aufmerksam wird, und erreiche die Seitentür. Inzwischen ist es fast dunkel, und niemand würdigt mich eines Blickes, als ich mich in den dünnen Strom der vorbeieilenden Passanten einordne. Sobald ich mich ein Stück von der Pension entfernt habe, beschleunige ich meine Schritte. Jedes Zögern wäre fatal. Ich werde heute nacht im Bahnhof schlafen. Auch was ich morgen tun muß, weiß ich. Ich kann alles ganz deutlich vor mir sehen.

7

Später

Ich bin in London. Es erscheint mir schmutzig und elend. Darüber hinaus ist es trotz der Jahreszeit feucht und neblig, ein Zustand, der durch den Rauch aus Fabrikschloten und ärmlichen Behausungen noch verdeutlicht wird, wenn der Wind aus einer bestimmten Richtung kommt. Ich bin in einer billigen Pension in einer der kleinen Seitenstraßen abgestiegen, die von der Straße, die Strand heißt, abgehen. Die Herberge ist ein fast exaktes Abbild von Frau Maugers Pension, außer daß das Essen noch schlechter ist. Ich habe die Zeitungen vom Kontinent studiert, die man in einem der großen Bahnhöfe kaufen kann, aber es stand nichts darin. Das zumindest ist mir eine Erleichterung.

Ich habe auch meine Reichsmark in englisches Geld umgewechselt und war verärgert über den unverschämten Wechselkurs. Um jedoch keine unnötige Aufmerksamkeit auf mich zu ziehen, ließ ich die Sache auf sich beruhen. Zum

Glück hatte ich eine gute Überfahrt. Weder in Calais noch auf dem Dampfer fiel mir irgend etwas Verdächtiges auf. Besonders vorsichtig war ich bei meiner Ankunft in Dover und unternahm alle nur erdenklichen Vorsichtsmaßnahmen, um einer genaueren Überprüfung meiner Person zu entgehen, aber weder bei der Einreise noch im Zug nach London entdeckte ich irgendwelche Anzeichen, daß ich beobachtet wurde. Dennoch war ich ziemlich erleichtert, als ich meine gegenwärtige Unterkunft fand, zumal die englischen Hotels und Pensionen im Gegensatz zu ihren Pendants auf dem Festland nicht der gefährlichen Gepflogenheit frönen, ihre Gäste polizeilich registrieren zu lassen. Das ist etwas, worin die Briten ihre Überlegenheit sehr schön unter Beweis stellen.

Mein Zimmer hier ist sehr sicher; es hat ein starkes Schloß und nicht weniger als zwei Riegel an der Tür. Für meine Zwecke ideal. Am Abend nach meiner Ankunft breitete ich meine Instrumente aus, um sie für ihren ersten größeren Einsatz zu waschen und zu polieren. Mein Vorhaben wird mich auf eine Stufe mit den Großen dieser Welt stellen. Welch herrlich blitzende Klingen! Dieses Zimmer ist sonnig, beziehungsweise könnte es sein, wenn das Wetter klar wäre; man blickt auf das braune, schlammige Wasser der Themse hinaus, und das geschäftige Rattern und Klappern des Verkehrs auf den Uferstraßen bildet einen beruhigenden Hintergrund für meine Gedanken.

Ich habe das Gefühl, daß das Schicksal auf meiner Seite ist. Heute abend packe ich die Instrumente ein, die sich für mein Vorhaben eignen, und schließe die anderen weg. Ich habe jede nur erdenkliche Vorsichtsmaßnahme getroffen. Gummihandschuhe aus einem Haushaltswarenladen, unauffällige Kleidung. Allerdings glaube ich nicht, daß jemand Notiz von mir nehmen wird, so abscheulich ist das Wetter. Zumindest im Hinblick darauf, daß es Sommer ist.

Aber wir sind ja hier in England, ein Punkt, den ich immer wieder vergesse. Und es ist für meine Zwecke ideal. Ich sitze im Zwielicht am Fenster und warte auf das Hereinbrechen der Dämmerung. In diesen Breiten wird es sehr spät dunkel. Es ist fast zehn Uhr abends, bis ich es für unbedenklich halte, meine Unterkunft zu verlassen; entlang der Uferstraße leuchten die Gaslaternen schwach und geisterhaft durch den Nebel.

Gestern habe ich eine kleinere Tasche gekauft, die den Mappen sehr ähnelt, wie sie Büroangestellte der mittelloseren Sorte bevorzugen. Ich bin sicher, niemand wird Notiz von mir nehmen, vor allem nicht bei diesem Wetter. Ich habe in der Pension und am nahegelegenen Bahnhof mit verschiedenen Leuten gesprochen und eine Reihe wichtiger Auskünfte von ihnen erhalten. Ein letztes Mal sehe ich mich in meinem Zimmer um und schicke mich an, zu meinem großen Abenteuer aufzubrechen. Auf dem fleckigen Kalender, der über meinem Tisch an der Wand hängt, hake ich einen Tag ab. Es ist der 6. August 1888.

Niemand bemerkt mich, als ich die Eingangstür öffne, die die ganzen Nacht nicht abgeschlossen wird. Auf der dunklen Straße mische ich mich unter die vorbeigehenden Menschen. Die Instrumente in meiner Tasche klirren leise. Blitzende Klingen! Sogar im Dunkeln. Aber in Zukunft muß ich daran denken, sie fest mit Stoff zu umwickeln, damit sie kein Geräusch machen. In der rasch hereinbrechenden Dunkelheit wende ich meine Schritte nach Osten. Meine Bekannten haben mir versichert, daß es da, wo ich hingehe, Huren im Überfluß gibt. Mein Informant hat mir genau beschrieben, wo ich eine Droschke finden kann, die mich nach Whitechapel bringt ...

Hansons Radio

»Ich kann beweisen, daß noch kein Mensch einen Fuß auf den Mond gesetzt hat«, drang die Stimme von der anderen Seite der Straße herüber. »Mir liegen Fotos von einem Gebiet in der Nähe von Fort Colt, Arizona, vor, das bis ins kleinste Detail mit den sogenannten offiziellen Fotos von den Astronauten auf der sogenannten Mondoberfläche übereinstimmt.«

»Sam?« kam Inas Stimme aus dem Bett. »Sam? Warum schläfst du nicht? Tut dir dein Bein weh?«

»Es tut nicht weh«, sagte Sam Melish zu seiner Frau. »Es juckt nur fürchterlich unter diesem bescheuerten Gips.«

»Mal angenommen«, sagte der Midnight Rider, »jemand hat in der Wüste ein paar Felsen versetzt und ein Stück Land in Arizona so gestaltet, daß es genau wie die Landestelle auf dem Mond aussieht. Mit anderen Worten, woher soll ich wissen, daß nicht *Ihre* Fotos Fälschungen sind und die offiziellen echt?«

»Komm wieder ins Bett«, redete ihm Ina gut zu.

Aber Sam Melish achtete nicht auf sie und lauschte weiter dem Radio, das aus der Wohnung auf der anderen Straßenseite plärrte. Anscheinend hatte Hanson, der Mann, der dort wohnte, beim Schlafen ein Nachtlicht an. Sam konnte die gedrungenen Umrisse der verhaßten Stereoanlage erkennen – eins von diesen tragbaren Dingern, die nicht ohne Grund auch Wummerkisten genannt wurden. Länglich und dunkel stand die Anlage auf dem Tisch; in der Mitte, wo die Leuchtanzeigen Melish wie mit bösen Augen anzustarren schienen, wies sie einen leichten Buckel auf.

»Sam?«

»Sei still, Ina. Bitte! Ich kann einfach nicht anders; ich muß diesem lärmenden Monster da drüben zuhören. Laß du mich wenigstens in Frieden.«

Aber er wußte, das konnte sie nicht. Seit im städtischen Amt für Abfallverwertung, wo er als Buchhalter arbeitete, eine Aluminiumpresse auf ihn gefallen war und er sich das Bein gebrochen hatte, saß er in ihrer winzigen Wohnung fest, weil sein rechtes Bein in einem sperrigen Gips steckte. Die Umhüllung bestand jedoch nicht wie früher aus echtem Gips, sondern aus irgend so einer Plastikmasse. Und er mußte das blöde Ding ständig tragen. Das hieß, es würde so lange an seinem Bein dranbleiben, bis der Bruch geheilt war und der Arzt den Gips abnahm. Im Moment juckte sein Bein wieder wie verrückt, und er konnte sich nicht kratzen.

Dieses quälende Jucken war jedoch nicht schlimmer als die ohnmächtige Wut, die ihn fast aus der Haut fahren ließ und gegen die ebenfalls kein Kratzen nützte. Dieser rücksichtslose Hanson, der direkt gegenüber im vierten Stock wohnte, ließ seine Wummerkiste ständig mit voller Lautstärke laufen. Buchstäblich ständig! Rund um die Uhr!

Tagsüber hatte er meistens Musik an, alles mögliche, aber für gewöhnlich Rock und Rap. Nachts hörte er zum Teil ebenfalls Musik, zum Teil aber auch Sender, auf denen vierundzwanzig Stunden blödes Zeug gequatscht wurde. Melish konnte sich dem Lärm nicht entziehen. Er hatte es mit Ohrstöpseln versucht, aber davon bekam er nur schreckliche Kopfschmerzen, ohne daß sie die Phonstärke nennenswert verringerten. Meditative Konzentration half auch nichts. Im Verlauf der schrecklichen letzten Woche hatte Melish nicht nur auf die Musik einen fürchterlichen Haß entwickelt, sondern auch auf die gestörten und dubiosen Leute, die bei solchen Sendungen wie der des Midnight Rider anriefen.

»Wollen Sie damit sagen«, fragte der Anrufer ungläubig, »daß Sie der Regierung mehr glauben als mir?«

Aber der Midnight Rider war zu schlau, um in diese Falle zu tappen. »Was ich damit sagen will, Bill – Sie heißen doch Bill, oder?«

»Ja.«

»Ich will damit nur sagen, daß in diesem Fall die Beweise für eine Mondlandung mehr Gewicht haben, als Ihre Beweise, Bill. So einfach ist das.«

Doch so leicht ließ sich Bill nicht überzeugen. »Jeder, der

der Regierung mehr vertraut als einem x-beliebigen Bürger, sollte dieses Land verlassen und in ...«

»Schluß!« brüllte Melish. »*Schalten Sie endlich Ihren blöden Kasten ab!*« Leicht schwankend stand er mit seinen Krücken am Fenster und starrte durch das leere Dunkel über der Straße.

Nach einigen Sekunden kam Hanson, ein großer, breitschultriger junger Mann mit struppigem blonden Haar ans Fenster und sah stumm zu ihm herüber. Melish konnte nur seine Silhouette erkennen, eine Gestalt, so reglos und starr wie eine Statue.

»*Aus!*« schrie Melish. »*Auf der Stelle!*« Er humpelte auf seinen Krücken näher ans Fenster, als wollte er gleich über die Straße fliegen und Hanson wie ein Racheengel im Dienste wohltuender Stille niederstrecken.

»Sam, mein Gott, was soll denn das?« Ina stand hinter ihm und packte ihn an den Schultern, um ihn zurückzuhalten.

Melish sah die dunkle Gestalt gegenüber langsam eine Hand heben und das Rollo herunterziehen.

»Als nächstes werden Sie mir erzählen«, fuhr der Midnight Rider mit unverminderter Lautstärke fort, »daß der Mond in Wirklichkeit aus ...«

»*Gonna tell the man, gonna make my* stand, *gonna do it* grand, *gonna ...*«

Hanson hatte auf einen Sender mit dröhnender Rap-Musik umgeschaltet.

Fix und fertig ließ sich Melish aufs Bett zurückfallen. Die Klimaanlage am Fenster funktionierte nicht, und sein Schweiß tränkte die Laken, ließ den Schlafanzug an seiner Haut kleben und stach in seinen Augenwinkeln.

»Soll ich die Polizei anrufen, Sam?« fragte Ina voller Mitgefühl, obwohl sie beide wußten, wie seine Antwort lauten würde.

»Wozu?« fragte Melish. »Damit sie erst mal eine Stunde lang nicht kommen? Und wenn sie irgendwann kommen, dreht Hansen den Kasten kurz leiser, um ihn gleich wieder voll aufzudrehen, sobald sie weg sind.«

Ina knipste die Nachttischlampe an und betrachtete ihn.

Sie war gerade vierzig geworden und wirkte jetzt auf eine Art attraktiv, wie sie es als jüngere Frau nicht gewesen war. Ihre hageren Züge hatten in letzter Zeit etwas Weicheres bekommen. Ihre großen braunen Augen, seit jeher sanft, blickten jetzt weise. Sie strahlte eine innere Ruhe aus, die Melish nicht ganz verstand und von der er wußte, daß er sie nie erlangen würde.

»Sieh dich doch mal an, Sam«, sagte sie, als er zu ihr hochsah. »Sieh dich doch mal an, wie du dich von diesem Lärm hast fertigmachen lassen.«

»Er macht mich tatsächlich ganz fertig«, gab er zu.

»*Gonna do it* right, *gonna make my* fight, *gonna see some* fright, *gonna ...*«

»Sie ist so aggressiv, diese Musik«, sagte Ina. »Warum hört er so was?« Es schien sie tatsächlich zu interessieren.

»Warum hört er überhaupt irgendwas?« fragte Melish. »Oder alles? Er spielt Country and Western, Klassik, Talkshows, Rock and Roll, Rap, alles, was gerade gesendet wird. Ich glaube, das tut er nur, um mich zu ärgern. Er weiß, daß ich mir das Bein gebrochen habe; ich habe gesehen, wie er durchs Fenster hier rübergeschaut hat. Ist einfach nur dagestanden und hat zu mir rübergeglotzt. Wir wohnen im vierten Stock, ohne Lift, er weiß also, daß ich hier mit meinem gebrochenen Bein festsitze. Ich kann mich nicht die Treppe runterquälen und dann wieder hoch. Ich habe keine Wahl! Ich muß zuhören!«

Sie antwortete nicht. Statt dessen knipste sie die Lampe aus, und er hörte und sah ihre schemenhafte Gestalt auf ihre Seite des Betts hinübergehen. Die Federn quietschten, und die Matratze bewegte sich, als sie sich neben ihm niederlegte.

»Versuch ein bißchen zu schlafen, Sam.«

»Du hast gut reden. Du konntest immer schlafen, egal, was war. Bei Feuer, Krieg ... Für dich ist Schlafen ein Abwehrmechanismus.«

Sie berührte ihn sanft an der Schulter, und er wußte, daß sie traurig über die Richtigkeit seiner Worte lächelte – und dann einschlief.

»*Gonna smoke some* grass, *gonna kick some ...*«

Melish legte sich das schweißnasse Kissen um den Kopf, dann schlang er seine Arme um das Kissen und drückte seine weiche Fülle mit aller Kraft gegen die Ohren.

Stunden später schlief er zu den Klängen von Händels *Messias* ein.

Am nächsten Morgen wehte ein warmer Lufthauch durchs Fenster, als Melish und Ina an ihrem kleinen Holztisch saßen und mit fettarmen Getreideflocken, Toast und Kaffee frühstückten. Ina hatte ihren Toast mit Erdbeerkonfitüre bestrichen. Melish aß seinen ohne alles. Dr. Stein hatte Melish eingeschärft, unbedingt auf sein Gewicht, seinen Blutdruck und seinen Cholesterinspiegel zu achten. Das war an dem Tag gewesen, bevor er sich das Bein gebrochen hatte.

Hansons Radio schmetterte gerade die Meldung eines Verkehrsüberwachungshubschraubers hinaus. »Auf den Straßen in Richtung Brücken mehrere Kilometer Stau«, versuchte eine Frauenstimme die Hubschrauberrotoren zu übertönen, die über ihr die Luft peitschten. »Direkt unter uns sind wegen eines Unfalls sämtliche Fahrspuren in westlicher Richtung blockiert. Die Fahrer der Unfallfahrzeuge sind aus ihren Wagen gestiegen, und es sieht so aus, als prügelten sie sich.«

»Diese Stadt«, sagte Melish mit dem Mund voll trockenem Toast, »ist die reinste Hölle geworden.« Er spülte den Toast mit brühend heißem Kaffee hinunter, der ihm die Zunge verbrannte.

»Früher hast du die Stadt geliebt, Sam«, sagte Ina.

»Das tue ich immer noch, aber sie ist die reinste Hölle geworden.«

»Das kommt dir nur wegen deines Beins so vor.«

Vielleicht hat sie recht, dachte Melish. Sein Bein juckte wie verrückt unter dem Gips, so, als ob an einer Stelle, die er nie erreichen würde, ein Tausendfüßler in den letzten Zügen läge. Bevor sie seine Aufmerksamkeit auf das Bein gelenkt hatte, hatte er nicht daran gedacht, und jetzt juckte es.

Er legte sein ganzes Gewicht auf eine der Krücken, wuchtete sich in den Stand hoch und schob sich die andere Krücke unter den Arm. Gegenüber sah er Hanson am Fenster stehen und nach draußen schauen. Als Hanson merkte, daß er beobachtet wurde, zog er sich langsam in das Dunkel im Innern der Wohnung zurück, wo er nicht mehr zu sehen war – wie eine Erscheinung, die sich in eine andere Dimension verflüchtigte.

»Hansen hat uns schon wieder beobachtet«, sagte Melish. »Ich glaube, er spioniert uns hinterher.«

»Das ist doch Unsinn, Sam. Jedesmal, wenn du *ihn* hier rüberschauen siehst, schaust *du* auch zu ihm rüber. In diesen Wohnungen gibt es nur ein Fenster auf die Straße raus, und seines und unseres liegen sich direkt gegenüber.«

»Willst du damit sagen, ich leide an Verfolgungswahn?«

»Nein«, sagte Ina. »Du bist bloß furchtbar gereizt.«

Gereizt, dachte Melish. Wer wäre an meiner Stelle nicht gereizt?

Hansen schaltete von Lokalnachrichten, Wetterbericht und Verkehrsmeldungen auf einen Sender, der frenetische Salsamusik spielte.

»Du meinst, er macht das nicht, um mich zu ärgern?« fragte Melish.

Ina lächelte. »Doch, er weiß, daß du gerade nicht in der Verfassung bist, einen heißen Mambo aufs Parkett zu legen, Sam, und das macht dich ganz fertig.«

Melish merkte, daß das zu nichts führte. Er griff nach der *Times*, die Ina von unten mitgebracht hatte, und versuchte zu lesen. Sie brachte hauptsächlich Meldungen über Lateinamerika, so daß er sie beiseite legte.

Es dauerte nicht lange, bis Hansen die Salsamusik satt bekam und auf eine Talkshow umschaltete, in der ein Mann behauptete, der Präsident habe einmal Sex mit einer Außerirdischen gehabt, und darauf hinwies, daß diese Behauptung vom Präsident nicht ausdrücklich dementiert worden sei.

Eine Viertelstunde später schaltete Hansen auf einen Sender mit Rap. Melish erkannte den Sänger; es war ein junger Bursche, der sich Mr. Cool Rule nannte.

»*She be a police* snitch, *gotta off that* bitch ...«

Melish versuchte, nicht hinzuhören. Er sah zu, wie Ina zu Ende abwusch und das Geschirr zum Trocknen in den gelben Plastikkorb stellte. »Wieso sollte jemand mit einem Außerirdischen schlafen wollen?« fragte er.

»Keine Ahnung, Sam.«

»Da könnte man sich mit einer unbekannten Geschlechtskrankheit anstecken.«

Ina trocknete sich mit einem Geschirrtuch die Hände ab, hängte das Geschirrtuch über den Griff des Backrohrs und sagte: »Ich gehe jetzt.«

»Und ich werde langsam endgültig verrückt«, knurrte Melish.

»Wir brauchen für heute mittag was zu essen. Möchtest du was Bestimmtes?«

»Nein«, sagte Melish. »Ich kann sowieso nichts tun, was mir Spaß macht, da ist es auch egal, was ich esse.«

Ina sah ihn an und schüttelte den Kopf. Dann ging sie.

Melish hörte, wie sich der Schlüssel im Schloß drehte und der Riegel zuschnappte, als sie ihn aus Sicherheitsgründen einschloß. Er hievte sich hoch und humpelte auf den Krücken an das Fenster, das auf die Straße hinausging. Nach ein paar Minuten sah er tief unter sich Inas perspektivisch verkürzte Gestalt aus dem Haus kommen und in Richtung Second Avenue und Fleigle's Market losgehen.

Gerade wollte er zu seinem Sessel zurückkehren, als er auf der anderen Straßenseite eine Gestalt bemerkte. Hansen. Da hatte dieser Kerl seine Stereoanlage mit voller Lautstärke laufen und war nicht mal in seiner Wohnung! Unter Melishs Blicken begann Hansen auf der anderen Straßenseite in derselben Richtung wie Ina loszugehen.

Als sich Melish vom Fenster abwandte, spürte er, daß er noch wütender wurde. Da saß er hier fest, konnte sich nicht bewegen und wurde mit Lärm beballert, und dieser Hansen trieb sich nach Lust und Laune auf der Straße herum.

Er griff wieder nach der *Times,* da er dachte, inzwischen wäre er in der Lage, etwas über Lateinamerika zu lesen, aber sofort stieg ihm erneut die Galle hoch, und er knallte die Zeitung auf den Tisch. Er humpelte zum Kühlschrank, nahm den Orangensaft heraus und trank gleich aus dem Glaskrug einen Schluck. Es war ein angenehmes Gefühl, wie die kühle Flüssigkeit seine Kehle hinunterlief; auch seine verbrannte Zunge fühlte sich danach besser an.

»*She the* mother *that* cook *my* brother ...«

Der Krug glitt Melish aus der Hand und zerbrach auf dem Fliesenboden. Glassplitter flogen durch die Luft, und eine riesige Woge Orangensaft schwappte unter die Spüle.

Ganz automatisch wollte sich Melish bücken, um das, was von dem Krug noch übrig war, aufzustellen und die Orangensaftflut zu stoppen. Doch wegen der abrupten Bewegung verlor er das Gleichgewicht. Er konnte sich zwar an der Spüle festhalten, stieß sich dabei aber schmerzhaft den Ellbogen an und rutschte mit einem Fuß im Saft aus, so daß seine Schlafanzughose bis zum Knie seines heilen Beins naß wurde.

Er war außer sich vor Wut, zum einen auf sich, daß er so ungeschickt gewesen war, zum anderen auf das erbarmungslose Sperrfeuer aus Lärm, das wie ein Hagel spitzer Speere über die Straße flog und ihn in seinen eigenen vier Wänden attackierte.

Als Melishs Vater vor drei Jahren das Zeitliche gesegnet hatte, war unter dem wertlosen Zeug, das ihm seine Geschwister angedreht hatten, ein altes Jagdgewehr gewesen. Melish hatte nicht gewußt, daß sein Vater auf die Jagd gegangen war; nie hatte er ihn das Gewehr, das immer im Keller des elterlichen Hauses weggeschlossen gewesen war, benutzen sehen. Sein Vater hatte das Gewehr selbst geschenkt bekommen, und jetzt gehörte es Melish, weil er der einzige Nachkomme ohne Kinder war, für die eine Schußwaffe im Haus eine potentielle Gefahr dargestellt hätte. Melish hatte das Gewehr schon vor Jahren ganz hinten in einem Schrank verstaut und völlig vergessen, daß es noch da war.

Jetzt fiel es ihm wieder ein.

Und ihm fiel auch wieder ein, daß er die kleine Schachtel mit Munition in die Schublade mit den alten Pullovern gelegt hatte, die wegzuwerfen er noch nicht über sich brachte.

Er bewegte sich erstaunlich gelenkig mit seinen Krücken, als er das Gewehr herunterholte und die Patronen suchte. Seine Hände, seine Finger waren flink und geschickt, als er das Magazin lud. Hansen hatte seine Wohnung verlassen, so daß keine Gefahr bestand, einen Menschen zu verletzen. Jetzt hieß es: Melish gegen das Radio. Nein, Höflichkeit gegen Chaos. Rücksichtnahme gegen Kaltschnäuzigkeit. Zivilisation gegen Anarchie.

Melish war auf jeden Fall im Recht.

Er zog den Verschluß zurück und ließ eine Patrone in den Lauf gleiten.

Nachdem sein Entschluß feststand, bewegte er sich fast wie ein Roboter. Den rechten Daumen über die Querstrebe seiner Krücke gehakt, humpelte er ans Fenster. Mit den restlichen Fingern hielt er das Gewehr am Lauf und schleifte den hölzernen Schaft auf dem Boden hinter sich her. Es war eine kleinkalibrige Waffe, die nicht viel mehr Krach machen würde als ein kräftiger Hammerschlag. Ein Geräusch, das kaum auffallen würde in einer Stadt, die so ruppig und rüde geworden war, so aufgestaut mit plötzlich und unerwartet ausbrechender Gewalt. Bei dem Getöse, das Hansens Radio machte, würde den Schuß niemand hören.

Melishs Herz klopfte wie wild, als er das Gewehr an die Wand lehnte. Er zog sich einen Küchenstuhl heran und stellte ihn vor das Fenster. Dann setzte er sich darauf, nahm das Gewehr und legte seinen Lauf auf das Fensterbrett.

Zielte sorgfältig.

»*She the one that* tell, *so she goin' to* hell ...«

Melish drückte ab.

Der Schuß hörte sich an, als klatschte jemand mit der Hand auf eine glatte Oberfläche. Die bucklige Stereoanlage auf dem Tisch schien sich ein bißchen zu bewegen.

»*Throw the* switch *on the* bitch ...«

Melish gab noch einen Schuß ab. Stille.

Wohltuende Stille.

Frieden.

Noch bevor er die Wohnungstür öffnete, wußte Hansen, daß etwas nicht stimmte.

Die Stereoanlage lief nicht mehr, und das hieß, daß die Dämonen, die sie mit ihrem Lärm in Schach hielt, sie irgendwie zum Schweigen gebracht hatten. Da sie nicht mehr länger durch die lebensrettenden Schallwellen zurückgedrängt worden waren, hatten sie es geschafft, in die Wohnung einzudringen, an den Ort, an dem Hansen lebte. Jetzt beschützte ihn kein Geräusch mehr. Es gab keinen Platz mehr, an den er sich zurückziehen konnte.

Keinen Frieden.

Gott hatte ihn verlassen und sich auf die Seite der Verwaltung geschlagen.

Hansen ließ sich auf die Bettkante sinken und begann mit den Nägeln der rechten Hand die Haut seiner linken aufzukratzen. Wut, Schmerz und Hoffnungslosigkeit ergriffen von ihm Besitz.

Er begann zu schluchzen.

»Das ist doch Wahnsinn«, sagte Ina, nachdem ihr Melish erzählt hatte, was ihm eingefallen war.

»Ich mußte es einfach tun«, sagte Melish.

Doch jetzt, nachdem er sich beruhigt hatte, nachdem er dank der Stille endlich wieder einen klaren Gedanken fassen konnte, spürte er erste Anflüge von Bedauern. Er hatte die Beherrschung verloren. Hatte sich aufgeführt wie ein wildes Tier, das sich gegen einen Angreifer zur Wehr setzt. Doch er lebte hier in einer zivilisierten Gesellschaft, in der das Zusammenleben der Menschen durch feste Normen und Gesetze geregelt wurde. Er wußte, er hätte das Gewehr nicht benutzen dürfen.

»Du hättest den armen Kerl töten können«, sagte Ina, während sie das Schlamassel beseitigte, das Melish mit dem Saftkrug veranstaltet hatte.

»Er war nicht zu Hause«, sagte Melish. »Sonst hätte ich nie geschossen. Ich habe aus dem Fenster geschaut und ihn auf der Straße stehen sehen. Er ist dir gefolgt.«

»Er ist mir gefolgt?«

»Jedenfalls ist er in die gleiche Richtung gegangen wie du.«

Angst huschte über ihre Augen, wie ein Schatten. »Warum um alles in der Welt sollte er mir folgen?«

»Keine Ahnung. Außerdem weiß ich nicht, ob er dir tatsächlich gefolgt ist. Ich habe nur gesagt, daß er in die gleiche Richtung gegangen ist wie du.«

»Also, ich finde, du solltest dich lieber bei ihm entschuldigen.«

»Das meinst du doch nicht im Ernst? Ich werde einfach so tun, als ob nichts gewesen wäre, und hoffen, daß er es genauso hält.«

»Er wird sich bestimmt denken, was passiert ist.«

Melish wußte, daß sie wahrscheinlich recht hatte. Man mußte kein Ballistikexperte sein, um rauszukriegen, wer Mr. Cool Rule und dem Midnight Rider den Garaus gemacht hatte.

In dieser Nacht war es vollkommen still, als er neben Ina im Bett lag, aber er konnte trotzdem nicht schlafen.

Am Morgen, diesmal ohne das übliche Getöse von Nachrichten und Verkehrsmeldungen, schaute er über die Straße und sah Hansen am Fenster stehen und zu ihm herüberstarren.

Melish starrte zurück, dann hob er zur Entschuldigung die Schultern und artikulierte stumm die Worte: »Tut mir leid.«

Hansen sah ihn noch ein paar Momente niedergeschlagen an, dann ließ er das Rollo herunter.

Warum hatte dieser Melish die Stereoanlage kaputtgeschossen? Hansen konnte sich nur einen Grund denken: Melish war von den Dämonen besessen und war ihr Agent geworden.

Und Ina, die Frau, die mit Hansen geschlafen hatte? War sie auch eine Besessene?

Sie hatten schon seit mehreren Monaten ein Verhältnis miteinander. Zuerst hatten sie sich nur von Fenster zu Fenster angesehen, und dann waren sie sich eines Tages zufällig auf der Straße begegnet. Als sie sich so nahe gegenüberstanden, war die Anziehung, die sogar die Entfernung zwischen ihren Fenstern überbrückt hatte, noch stärker geworden, und keiner von beiden hatte sich ihr widersetzt, obwohl Hansen wußte, daß sie Melishs Frau war. Eine Leidenschaft, wie von Gott gesandt, hatte von ihren Körpern und Seelen Besitz ergriffen, so daß Hansen die Schuldgefühle Inas nie hatte verstehen können.

Er wußte, sie hielt ihn für sonderbar. Und gefährlich. Insgeheim hatte sie Angst vor ihm, aber das gefiel ihr auch. Er war so anders als Melish, der genau wie die üblichen Männer war. Einmal hatte sie Hansen heiser ins Ohr geflüstert, er sei exotisch. Das war Melish nicht. Vom Vorsitzenden der Baukommission und vom Vorsitzenden der Stadtwerke und von den Dämonen hatte ihr Hansen allerdings nichts erzählt. Er wußte sehr genau, daß sie das nicht nur ein bißchen exotisch fände; dann bekäme sie noch mehr Angst vor ihm und würde sich nicht mehr mit ihm treffen wollen. Und dieser Gedanke war ihm unerträglich.

Wenn Melish in der Arbeit war, gingen sie in ihre Wohnung und fielen im Bett oder manchmal auch auf dem Boden schwitzend und keuchend übereinander her. Sie roch dann immer nach ungezügelter Wildheit und gab wie ein Tier kehlige Laute von sich, die er trotz des durch das offene Fenster dringenden Lärms seiner Stereoanlage hören konnte.

Doch dann hatte sich Melish das Bein gebrochen und mußte den ganzen Tag zu Hause bleiben, ein Gefangener seiner eigenen vier Wände.

Aber Ina konnte weg. Diesen Morgen war ihr Hansen, wie sie erwartet hatte, gefolgt, und sie waren zusammen im Park gewesen. Melish hatte keine Ahnung, wessen seine Frau fähig war.

Doch jetzt war Hansen klar, was passiert war und daß sich die Dämonen, die bisher das Nachsehen gehabt hatten, über ihn lustig machten. Sie hatten Ina dazu benutzt, ihn zu verführen und aus der Wohnung zu locken. Es hatte zum Plan der Dämonen gehört, daß er den Blick nicht hatte losreißen können von der glatten Haut der Frau, von ihren warmen braunen Augen und dem sanften Schwung ihrer Hüften. Richtig hinterhältig. Und vor allem auch sehr raffiniert! Die Dämonen hatten es ganz gezielt darauf angelegt, daß er sie durchs Fenster beobachtete, bis er schließlich förmlich verzehrt wurde vor Verlangen nach ihr. Sie hatten von ihr Besitz ergriffen und sie dazu benutzt, ihn zu überlisten. Und dann waren sie auch in Melish gefahren und hatten ihn veranlaßt, den Lärm abzustellen, der Hansens einzige Rettung gewesen war.

Er überlegte, ob er eine neue Stereoanlage kaufen oder stehlen sollte, wußte aber, das würde nichts mehr helfen. Die Dämonen waren jetzt in der Wohnung und würden sie nicht mehr verlassen. Sie waren von der Verwaltung geschickt worden, und sie würden ihre tödliche Aufgabe erfüllen. Es war alles politisch, aber es war tödlich und auf einer bestimmten Ebene extrem persönlich. Und wenn er in eine andere Wohnung zöge, würden sie ihm folgen. Sie waren inzwischen in seinen Kleidern und unter seiner Haut und in seinem Gehirn, wie bösartige Tumore, und sie warteten und schmiedeten Pläne. Es war zu spät. Sein Schicksal war besiegelt.

Aber für Ina und Melish, die ebenfalls Opfer der Dämonen waren, war es noch nicht zu spät.

Sie konnten von ihnen befreit werden.

Es wäre eine Tat der Nächstenliebe.

Hansen ging in die Küche, öffnete die Schublade unter der Spüle und nahm ein langes Tranchiermesser und ein Hackmesser mit einem hölzernen Griff heraus. Wegen der Hitze schwitzte er so stark, daß das T-Shirt auf seiner Haut klebte, aber er schlüpfte trotzdem in das grüne Sportsakko, das er von der Heilsarmee bekommen hatte, und schob das Hackmesser den rechten Ärmel hoch, das Tranchiermesser den linken. Wenn er die Arme an den Seiten herunterhängen ließ, brauchte er nur den Mittelfinger jeder Hand zu krümmen, und die beiden Messer waren nicht mehr zu sehen; allerdings grub sich die Spitze des Tranchiermessers schmerzhaft in seinen Finger und brachte ihn wahrscheinlich zum Bluten. Aber das zählte jetzt nicht mehr. Es war das Schicksal, das nun in Gestalt Hansens zur Tat schritt. Er würde dem Mann und der Frau den erlösenden Tod bringen, als Wohltat, Vergeltung und Geschenk, und dann würde er sie zerteilen, ihr von den Dämonen verdorbenes Fleisch essen und sich schreiend dem Höllenfeuer anheimgeben.

Damit das Hackmesser nicht aus seinem Ärmel rutschte, nahm er eine leicht gebückte Haltung ein und winkelte den rechten Unterarm an, als er die Tür öffnete und auf den Flur hinaustrat.

Dann ließ er seine Arme wieder an den Seiten hinabhängen, so daß die Waffen der Furcht und der Freiheit unter seinen Jackenärmeln verborgen waren, als er nach unten ging und auf die Straße hinaustrat.

Inzwischen befanden sich die Stimmen zwischen seinem Hirn und seinem Schädel und schrien alle gleichzeitig auf ihn ein. Es war wie beim Turmbau zu Babel. Doch Hansen würde sich der Strafe und dem Blitzstrahl Gottes nicht entziehen; er würde die Klinge führen und dann das Feuer umfangen und einatmen. Das Feuer, das Feuer das Feuer das Feuer das Feuer ...

Zufällig schaute Ina aus dem Fenster und sah ihn kommen.

»Da kommt Hansen«, sagte sie. »Er geht gerade über die Straße, Sam. Ich glaube, er will zu uns.« Sie sank auf den Stuhl, von dem sie gerade aufgestanden war, und verschränkte die Hände in ihrem Schoß.

Melish hörte die Angst in ihrer Stimme und schämte sich wieder für seine Tat. Aber vielleicht war es gut, daß Hansen kam. Dann konnten sie miteinander reden. Er, Melish, würde sich entschuldigen und ihm erklären, daß er wegen der Hitze und des Lärms und seines gebrochenen Beins, das ständig unter dem Gips juckte, die Nerven verloren und sich zu dieser Unbedachtsamkeit habe hinreißen lassen. Er würde Hansen anbieten, ihm eine neue Stereoanlage zu kaufen, wenn er ihm verspräche, sie nicht mehr so laut aufzudrehen. Vernünftige Menschen waren bereit und fähig, zu lernen. Solche Dinge ließen sich klären.

Melish und Ina sahen sich an, als sie die Schritte hörten, erst auf der Treppe, dann auf dem Flur vor der Tür.

Das Klopfen war behutsam und wirkte nicht wütend.

Ina wollte bereits von ihrem Stuhl aufstehen, aber Melish bedeutete ihr, sitzen zu bleiben.

Er hievte sich mühsam hoch, stützte sich auf seine Krücken und humpelte zur Tür. Dort löste er die Kette und drehte am Knopf des Riegels; er dachte, in der Stille, in der ruhigen Atmosphäre könnten er und Hansen miteinander reden und sich einigen, wie zwei vernünftige Menschen eben. Nachbarn sollten miteinander reden und sich kennenlernen. In dieser Stadt mußten alle zusammenleben, mußten alle lernen, rücksichtsvoll und irgendwann vielleicht sogar freundlich miteinander umzugehen. Es war möglich.

Man durfte die Hoffnung nicht aufgeben.

Als er die Tür öffnete, stellte er zu seiner Erleichterung fest, daß Hansen lächelte.

»Mr. Hansen«, sagte er. »Ich bin froh, daß Sie kommen. Ich finde, wir sollten miteinander reden.«

»Es ist doch richtig, daß Sie für die Verwaltung arbeiten«, entgegnete Hanson.

DAVID J. SCHOW

Der Himmel im Kühlschrank

Das Licht ist himmlisch. Mehr als schön. Garrett sieht das Licht und läßt die Ehrfurcht ungehindert aus sich herausströmen.

Garrett hat keine Möglichkeit, das Licht *nicht* zu sehen. Seine Lider sind fest aufeinandergepreßt; aus den schmerzenden Schlitzen an beiden Augenwinkeln sickern Tränen. Das Licht spürt die Augenwinkel auf und dringt durch sie ein. Es ist so grell weiß, daß es Garretts Wahrnehmung der feinen Äderchen auf der Innenseite seiner überforderten Augenlider auslöscht.

Er versucht, das Verstreichen der Zeit mit Hilfe seines Herzschlags zu messen; vergeblich.

Das Licht war schon immer bei ihm, scheint es. Es ist ewig, allmächtig. Garrett schnappt nach Luft, aber nicht vor Schmerz, nicht vor *echtem* Schmerz – nein, denn das Licht ist eine höhere Macht, und er schuldet ihm sein Staunen. Es ist so viel *mehr*, als er ist, so intensiv, daß er *hören* kann, wie es seinen Körper liebkost und seine verborgenen Stellen, seine Organe, seine Gedanken aufspürt und jede Windung und Furche seines Gehirns ausleuchtet.

Garrett schlägt die Handflächen über die geschlossenen Augen und staunt, daß das Licht völlig gleichgültig ist und keine Gnade kennt. Garrett kommt sich jämmerlich vor; das Licht, spürt er, ist vollkommen klar und rein.

Garrett hat in das Licht geblickt und ist zu einer neuen Verstellung von Gott gelangt. Er fühlt sich geehrt, daß unter allen Sterblichen ausgerechnet ihm gestattet wurde, einen Blick auf das Göttliche zu werfen. Sein Verstand faßt das Licht als heiß auf, obwohl er das erwartete Verbrennen der Haut nicht spürt. So rein, so allumfassend ...

Nie ist er in seinem erbärmlichen, endlichen Leben Zeuge eines solchen Schauspiels geworden.

Schließlich wird ihm das Licht zuviel. Garrett muß den Blick abwenden, aber er kann nicht. Egal, in welche Richtung er den Kopf dreht, das Licht ist überall und läutert ihn von allen Überlegungen, Schuldgefühlen und menschlichen Eigenheiten, von den Fehlern der Vergangenheit und von falschen Vorstellungen der Zukunft. Das Licht, es ist für immer in Garretts Kopf.

Er versucht, Worte zu finden, die er dem Licht darbieten könnte, aber ihm fallen lediglich beschränkte menschliche Begriffe wie Liebe ein.

Eine Frau liegt mit ihrem Mann im Bett. Sie haben sich gerade geliebt, und die Augen der Frau sind im Halbdunkel verschleiert und blau, mit diesem ganz speziellen Glanz – einem Strahlen, das dem Mann zu verstehen gibt, er ist alles, was sie im Moment sieht, beziehungsweise sehen will.

Sie sagt ihm, daß sie ihn liebt. Unnötigerweise. Die im Dunkeln gesprochenen Worte sind dennoch Balsam für seine Seele.

Vorsichtig legt sie die Fingerspitze auf seine Nase und fährt damit langsam nach unten. Dich. Liebe ich.

Er weiß es.

Schon will er etwas entgegnen, und sei es auch nur aus dem Grund, weil er sie in der warmen, postkoitalen Stille, die sie umhüllt, nicht mit ihren Liebesbekundungen auflaufen lassen will. Zum Beweis, daß ihm etwas an ihr liegt, versucht er, sich etwas Erotisches und Geistreiches und aufrichtig Liebevolles einfallen zu lassen.

Er liegt auf dem Rücken, und sie hat eines ihrer Beine, das an der empfindlichsten Stelle des Innenschenkels warm und feucht ist, um das seine geschlungen. Du gehörst mir, sagt die Umarmung. Du bist alles, was ich will.

Der Mann ringt immer noch nach Worten, die nicht kommen wollen. Er verpaßt seine Chance. Wenn man den richtigen Augenblick verpaßt, drängen sich andere Kräfte dazwischen, um das Vakuum aufzufüllen, und selten hat man Kontrolle über diesen Vorgang.

Später denkt der Mann, wenn er nur etwas gesagt hätte, wäre vielleicht nichts von den schlimmen Dingen passiert.

Plötzlich ertönt lauter Lärm, und ehe sich der Mann versieht, beginnt seine Frau zu schreien, und er selbst liegt auf dem Bauch und wird mit dem Gesicht grob in den Teppich gedrückt. Seine Frau schreit Fragen heraus, auf die sie in diesem Leben keine Antworten mehr bekommen wird.

Dem Mann werden auf dem Rücken Handschellen angelegt. Als er nackt daran hochgezogen wird, gehen im Schlafzimmer die Lichter an.

Er dreht den Kopf herum, versucht etwas zu erkennen. Einer der Eindringlinge schlägt ihm mit dem Handrücken sehr fest ins Gesicht. Er erhascht nur einen kurzen Blick auf seine ebenfalls nackte Frau, die von einem Mann in einem engsitzenden Anzug, der ihr eine Hand um die Kehle gelegt hat, gegen die Wand gedrückt wird. Mit seiner freien Hand hält ihr der Mann im Anzug eine Automatik unter die Nase und macht ihr ganz unmißverständlich klar, wenn ihr ihr Leben lieb sei, solle sie lieber den Mund halten.

Wie in einem schlechten Gangsterfilm, denkt der Mann.

Das alles nimmt er in einem Achtel einer Sekunde wahr. Und dann, *peng,* schlägt er wieder auf den Boden und spürt die Nässe von frischem Blut aus einer aufgeplatzten Augenbraue fließen.

Er wird an den Fußgelenken gefesselt – mit einer dieser Plastikschlingen, wie sie auch die Polizei verwendet. Dann wird er mit baumelndem Penis hochgehoben und wie ein erlegtes Tier aus seinem Schlafzimmer getragen.

Verzweifelt versucht er einen Blick auf seine Frau zu erhaschen, bevor ihn die Eindringlinge nach draußen schaffen. In diesem Moment wird der Wunsch, sie ein letztes Mal zu sehen, das dringendste Bedürfnis, das er je gehabt hat.

Als er weggetragen wird, sagt er, daß er sie liebt. Er kann nicht feststellen, ob sie es hört. Er kann sie nicht sehen, als er die Worte ausspricht. Am Ende gehen ihm die Worte leicht von den Lippen.

Er sieht seine Frau nie wieder.

Donnelly neigte den Kopf nach Steuerbord und machte ein komisches Gesicht, als er den Kasten ansah. Er zog kräftig an seiner Zigarette, so daß ein halber Zentimeter Glut entstand, dann zuckte er mit den Schultern, wie ein Komiker, der *weiß,* daß er gerade einen tollen Gag gebracht hat ... nur ist das Publikum zu blöd, um ihn zu kapieren.

»Was hat der Typ denn *angestellt?*« fragte er mit gespielter Beiläufigkeit.

»Das ist geheim«, sagte Cambreaux. »Geht dich jedenfalls nichts an. Hättest du eigentlich wissen müssen, Chester, daß das eine dumme Frage ist.«

»Das Ganze war doch nur ein Test«, sagte Donnelly. »Ich soll Klugscheißer wie dich immer wieder mal auf die Probe stellen, um ganz sicherzugehen, daß es kein Sicherheitsleck gibt. Also, was hat er getan?«

»Soviel ich mitbekommen habe, ist er Reporter. Er war zum richtigen Zeitpunkt am falschen Ort und hatte auch noch eine Kamera und ein Tonbandgerät dabei, die wir allerdings beide noch nicht finden konnten.« Cambreaux schluckte vier kodeinüberzogene Aspirin, als wären es Zuckerstücke. »Noch weitere Fragen?«

»Was hat er gesehen? Was hat er gehört?«

»Darf ich vielleicht erst *dich* was fragen: Möchtest du deinen Job behalten? Möchtest du, daß ich *meinen* Job verliere?«

»Das sind zwei Fragen.« Donnelly nahm ihn auf die Schippe.

»Du hast als erster zwei Fragen gestellt.«

»Ja, aber deine Antworten sind cooler. Möchtest du eine Zigarette?«

»Nein.« Cambreaux hätte wirklich gern eine geraucht, aber er fand, daß er sich in diesem Punkt etwas mehr beherrschen sollte. Es gab eindeutig zu wenige Dinge, die man in diesem kleinen, abgeschotteten Raum hier unten mit seinen Händen tun konnte, und er war froh, daß ihm Donnelly in dieser Schicht Gesellschaft leistete. »Sie haben diesen Typen vier Tage in eine Zelle gesperrt, das übliche eben, wenn sie jemand weich kriegen wollen. War aber nichts aus ihm rauszubekommen. Fehlanzeige. Darauf haben ihn die Jungs von *Menschlicher Faktor* nach allen Regeln der Kunst in die Mangel genommen; immer noch nichts. Sie haben einen dieser mit Eisenspänen gefüllten Leinwandschläuche benutzt.«

»Hm.« Donnelly rauchte seine Zigarette zu Ende und sah

sich nach einem Aschenbecher um. Schließlich drückte er den Stummel an der Sohle seines Schuhs aus. »Bis auf ein paar blaue Flecken hinterläßt so ein Ding keine äußeren Spuren, aber deine Organe sind hinterher nur noch Matsch.«

»Ich weiß. Ein Telefonbuch haben sie auch hergenommen.«

»Und er hat das Telefonbuch gelesen und gesagt: ›Jede Menge tolle Figuren, aber die Handlung läßt ein bißchen zu wünschen übrig.‹«

»Mann, Typen von der Sorte gibt's doch zu Millionen. Und sie sind einer wie der andere zum Kotzen.«

»Danke.« Donnelly klopfte seine Taschen nach einer Zigarette ab. Das mußte er sich unbedingt abgewöhnen. Das Abklopfen, nicht das Rauchen. »Und dann?«

»Was dann? Sie brachten ihn in die Medizinische. Versuchten es mit Sodium Pentothal; keine Chance. Dann psychedelische Substanzen und schließlich Elektroschocks. Immer noch Fehlanzeige. Und jetzt sind wir an der Reihe.«

Donnelly mußte zweimal hinsehen. Ja, was auf Cambreaux Kontrollpult stand, war tatsächlich ein Küchenwecker. Donnellys Frau hatte auch so ein Ding – mit rundem Zifferblatt, bis sechzig Minuten einstellbar. Sie benutzte ihn, um den Kaffee genau richtig aufzubrühen; bestimmte Dinge, wie zum Beispiel Kaffeekochen, nahm sie sehr genau. Donnelly deutete auf den Wecker, dann auf den großen Kasten. »Läßt du ihn da drinnen gerade schmoren?«

»Ja. Aber er ist noch nicht ganz durch.«

Der würfelförmige Kasten hatte eine Seitenlänge von etwa einem Meter fünfzig und sah aus wie ein großer Kühlschrank. Er war weiß emailliert, stahlverstärkt und hatte bis auf einen von diesen großen Schraubverschlüssen, wie sie Donnelly aus seiner Dienstzeit auf einem Flugzeugträger kannte, keine Armaturen. Von dem Kasten schlängelten sich dicke 220-Volt-Kabel zu Cambreaux Kontrollpult.

»Sie haben dich angeschmiert«, sagte Donnelly. »Keine Eismaschine.«

Cambreaux machte das Gesicht, das er immer bei einem von Donnellys Witzen machte. Donnelly stellte – nicht zum erstenmal – fest, daß Cambreaux Kopf vollkommen rund aussah, ein Mondgesicht mit einem Haarkranz in Augenbrauenhöhe, akzentuiert von einer Verrückter-Wissenschaftler-Brille mit blau und golden gesprenkeltem Gestell.

»Neue Brille?«

»Ja, die alte war zu eng. Eine richtige Tortur. Hat mich halb wahnsinnig gemacht, genau hier.« Cambreaux deutete auf seine Schläfen. »Die reinste Folter. Ich kann dir sagen, wenn du aus mir mal was rauskriegen willst, brauchst du mir bloß meine alte Brille aufsetzen, und ich bringe eigenhändig meine Kinder um.«

Donnelly schlenderte einmal ganz um die Kiste herum. »Wie nennen wir das Ding da eigentlich?«

»Den Kühlschrank. Wie sonst?«

»Ein *Reporter*? Komisch. Die meisten Journalisten haben nicht den Mumm für so einen Marathon.«

»Wenn er geredet hätte, wäre er nicht hier.«

»Da hast du allerdings recht.«

»Was glotzt du denn so, Chester?«

»Ich finde es toll, jemandem zuzusehen, dem die Arbeit Spaß macht.«

Cambreaux zeigte ihm den Finger. »Willst du den ganzen Nachmittag hier rumstehen und mich bewundern, oder kann ich dich vielleicht dazu überreden, frischen Kaffee aufzusetzen?«

Cambreaux' Küchenwecker machte *bing*.

»Eigentlich wollte ich nur sehen, was passiert, wenn unser Reporter durch ist«, sagte Donnelly.

»Das kannst du gleich haben.« Cambreaux nahm den Wecker und stellte ihn wieder auf sechzig Minuten.

Donnelly sah ihn mit zusammengekniffenen Augen an. »Meine Güte. Wie lange bist du heute schon hier?«

»Sechs Stunden. Laut den neuen Bestimmungen müssen wir jetzt acht Stunden machen.«

»Oh. Milch und Zucker?«

»Von beidem nur ein ganz klein wenig. Gerade so viel Milch, daß sich der Kaffee verfärbt.«

»Du hörst dich ja schon fast wie meine Frau an.«

»Probier bloß nicht, mich anzufassen – dann schieß ich dir die Eier ab.«

»Ist wahrscheinlich eine blöde Frage ...«

»Wenn sie von dir kommt, garantiert.«

»... aber soll ich dir auch was für deinen Reporterfreund mitbringen?«

Als sich Cambreaux von der Konsole zurückstieß, hallte das Rattern der Rollen unter seinem Stuhl laut und hohl durch den Raum, wie das metallische Ticken des Küchenweckers. Er schob seine Finger unter die Brillengläser und rieb sich die Augen, bis sie rosa waren.

»Hab ich vorhin gesagt, daß dieser Typ Reporter ist. Das stimmt nicht ganz. Er *war* Reporter. Wenn der aus dem Kühlschrank kommt, ist er wunschlos glücklich. Wenn der noch irgendwas braucht, dann höchstens eine Gummizelle. Oder einen Sarg.«

Donnelly starrte weiter auf den Kasten. Ganz schön komisch das Ding, genau die Sorte von Anomalie, von der man den Blick nicht losreißen kann.

»Wie wär's, wenn ich ihm eine kleine Dosis Zyankali aus Regierungsbeständen mitbringe?«

»Das hat noch etwas Zeit.« Cambreaux faßte seinen Timer an, als erhoffte er sich von ihm eine Inspiration. Dann notierte er sich etwas auf einem grauen Block. »Aber nicht mehr lange, mein Freund.«

Die vergangene Zeit hat aufgehört, von Bedeutung zu sein, und das ist gut für Garrett.

Eine richtige Erlösung. Er ist frei von allem, was früher Schranken waren, und von den Banalitäten des Alltags. Hier gibt es keinen Tag, keine Nacht, keine Zeit. Er ist befreit worden. Elementarste Reize und die Grenzen seiner körperlichen Gestalt wurden zu seiner einzigen Realität. Er hat einmal gelesen, der nächste Schritt in der menschlichen Evolution sei möglicherweise ein körperloser Intellekt, ewig, fast kosmisch, unsterblich, unendlich, transzendent.

Wenn das Licht Gott gewesen ist, dann ist die Kälte Schlaf. Neue Regeln, neue Gottheiten.

Zu einer fötusartigen Kugel zusammengerollt wie ein geprügeltes Tier, liegt er unkontrolliert zitternd da, während sich sein erleuchtetes Bewußtsein mit der Frage herumschlägt, wie er seinem neuesten Gott die gebührende Verehrung entgegenbringen kann.

Seine *Knochen* fühlen sich kalt an, seine Hände und Füße weit weg und taub. Der Atem ist ein Messer aus Eis, das sich in ihn bohrt, um beide Lungen gleichzeitig zu durchlöchern. Deshalb schluckt er die Luft, in der Hoffnung, seine wunde Speiseröhre möge wenigstens etwas Stoffwechselwärme an sie abgeben, bevor sie erbarmungslos in sein Lungengewebe eindringt.

Er ist noch immer sterblich.

Er weiß, die Kälte wird ihm nicht mehr als ein paar kritische Grade seiner Basistemperatur stehlen. Die Kälte wird ihn nicht umbringen; sie stellt ihn auf die Probe, lädt ihn ein, seine Grenzen kennenzulernen. Garrett zu töten, wäre zu einfach – und sinnlos. Er hat das Licht nicht überlebt, bloß um an der Kälte zu sterben. Die Kälte sorgt sich genauso um ihn, wie es das Licht getan hat und wie sich ein gleichgültiger Gott angeblich um die Herde kümmert, die verkrüppelt, gequält und getötet wird, nur, um neu erweckten Glauben zu bekennen.

Die Kälte ist auf eine Art intim, die über den bloßen Körper hinausgeht.

Seine Finger und Zehen sind inzwischen ferne Satelliten vergessener Gefühle. Um immer nur einen Lungenflügel zu beanspruchen, rollt sich Garrett von einer Seite auf die andere. Dies dient dem Zweck, das Quantum an frostigem Schmerz zu verringern und es auf verkraftbare Portionen zu reduzieren.

Er gestattet der Unter-Null-Umgebung, durch die inadäquaten Wände seiner Haut zu dringen, anstatt sie dagegen anrennen zu lassen. Er denkt an den gefällten Baum im Wald. Er ist da, damit die Kälte einen Sinn hat. Er ist der Beweis für den Klang im stillen, verschneiten Wald; die eiskalte Luft braucht ihn genauso sehr, wie er sie braucht, um seine Existenz zu bestätigen.

Zusammengekrümmt und zitternd, immer noch nackt, sein Blut nur noch ein zähflüssiges Kriechen in vereisten Adern, gibt sich Garrett der Kälte hin. Er begrüßt ihre direkte, penetrante Art.

Garrett schließt die Augen. Voller Wonne. Lächelnd, mit zusammengebissenen Zähnen, schläft er.

Auf dem schmutzigen Couchtisch vor Alvarado waren verschiedene Gegenstände von Interesse: Eine Flasche Laphroaig-Scotch, ein großer Fotoapparat, ein kurzläufiger Revolver und ein ungeöffneter Brief.

Der Fotoapparat war eine Autofokus-Kamera mit hochempfindlichem 1600 ASA-Farbfilm und einem schallgedämpften Schnellaufzug für lautloses Fotografieren. In wenigen Sekunden waren einundzwanzig Aufnahmen gemacht worden. Der Laphroaig war sehr mild und zur Hälfte getrunken. Die Schußwaffe war eine Charter Arms, 44er Bulldog, aus der noch kein Schuß abgefeuert worden war.

Jedesmal wenn in dem Gebäude um ihn herum ein leises nächtliches Geräusch ertönte, fuhr Alvarado zusammen, und sein Herz schlug vor Aufregung rascher. Von Augenblick zu Augenblick war er sicher ... obwohl der nächste Augenblick sein letzter sein konnte.

Er hatte eigens den weiten Weg ins San Fernando Valley hinaus auf sich genommen, um die bereits adressierten Pakete mit den Kopien seiner wertvollen Bänder und Fotos aufzugeben. Jetzt war seine Rückendeckung perfekt, sein Beweismaterial unangreifbar, und ihm fiel nur ein Grund ein, warum er immer noch in der Wohnung herumsaß: Er fühlte sich dem Tod geweiht. Irgendwie beschmutzt.

In seiner Kamera warteten neue Beweise. Konkreteres, noch brisanteres Material, das seine ohnehin schon bestens fundierte Beweisführung noch unangreifbarer machte.

Alvarado nahm den Umschlag und las zum tausendsten Mal die Adresse. Es war eine Fernsehrechnung für Garrett, seinen Wohnungsnachbarn. Alle heiligen Zeiten mal hatten die Götter, die Computer-Adressenlisten führten, Schluckauf und brachten ihre Daten durcheinander. Statt den Irrtum mit fruchtlosen Anrufen zu korrigieren, waren Alvarado und Garrett seit fast einem Jahr stillschweigend dazu übergegangen, sich die falsch adressierten Briefe einfach unter der Tür durchzuschieben, wenn der andere nicht zu Hause war. Beide waren sie oft verreist.

Garrett war Anzeigenvertreter eines Verlags. Mit einem Koffer voller Neuerscheinungen klapperte er die Buchhandlungen in seinem Gebiet ab. Alvarado war Redaktionsmitglied der *Los Angeles Times* gewesen, bevor er im Zuge zeitbedingter Rationalisierungsmaßnahmen, auf die dann auch noch ein auf die letzte Rezessionsphase zurückgeführter Einstellungsstop folgte, aufs Abstellgleis geschoben worden war. Bis er wieder eine Chance bekam, schlug er sich als ›Freier‹ durch; er war schon lange genug in dieser Branche tätig, um an karmische Arbeitsrhythmen zu glauben. Seine freiberufliche Tätigkeit hatte ihn in einige ziemlich schräge Tätigkeitsbereiche katapultiert. Alternative Zeitungen. Boulevardblätter. Popmagazine.

Investigativer Journalismus, in Eigeninitiative.

Wenn jetzt seine Hintermänner richtigen Gebrauch von den Kopien der Bänder und Fotos machten, die inzwischen mit der Post unterwegs waren, käme er wieder ins Geschäft, und zwar ganz groß. Das Warten war zwar nicht das Schlimmste, aber es hatte sein Leben während der letzten Tage unerträglich spannend gemacht.

Manchmal wurden Journalisten wegen ihrer Berichterstattung ermordet. Auch wenn die Öffentlichkeit kaum einmal etwas davon erfuhr, kam es immer wieder vor. Deshalb hatte sich Alvarado eine entsprechende Rückendeckung verschafft.

Manchmal passierte Reportern *Schlimmeres,* als umgebracht zu werden. Darum die Schußwaffe, ja, geladen, und die stumme Wacht in seinem dunklen Zimmer.

Es war vor vier oder fünf Tagen passiert. Genauer, vor einer Woche. Die ständige Alarmbereitschaft hatte Alvarados Tagesablauf und insbesondere seine Schlafenszeiten total auf den Kopf gestellt.

Vor einer Woche hatte er nachts Lärm gehört. Damals hatte er die belastenden Fotos und Bänder noch nicht kopiert und verschickt gehabt. In einem ruhigen Moment war er von einem Nickerchen auf dem Sofa hochgeschreckt, sofort hellwach. Erst dachte er, der Lärm rühre von einem simplen Ehekrach her – wahrscheinlich hatten Garrett und seine Frau oder Freundin, wie das bei Paaren manchmal vorkam, mitten in der Nacht eine kurze, aber lautstarke Auseinandersetzung.

Alvarados Verstand entschlüsselte die Geräusche, die er hörte. Das war kein Streit.

Er erinnerte sich, wie er sich seine Kamera gegriffen hatte und auf den Balkon hinausgegangen war. Nach kurzem Zögern war er auf Garretts Balkon geklettert und hatte sofort gemerkt, daß es in Garretts Wohnung hart auf hart ging.

Das meiste bekam er durch den Kamerasucher mit, den er auf den schmalen Streifen Licht richtete, den die Vorhänge vor Garretts Schiebetür durchließen. Er sah, daß Garrett nackt war und von einem sehr effizient vorgehenden Einsatzkommando in bester Secret Service-Manier überwältigt und gefesselt wurde. Garretts Frau oder Freundin, ebenfalls nackt, wurde im hinteren Ende des Schlafzimmers beschimpft und bedroht. Die Männer gingen ganz schön zur Sache.

Einundzwanzig Schnellfeuerfotos später war Garrett weg, entführt, verschwunden ... und Alvarado war in einer älteren, nicht weniger beängstigenden Angelegenheit zum Briefkasten unterwegs. Er mußte sich um seine eigene Zukunft kümmern.

Jetzt saß Alvarado da und starrte auf die an Garrett adressierte Fernsehrechnung. Die er bekommen hatte. Und Garrett hatte nächtlichen Besuch bekommen, der eigentlich seinem Wohnungsnachbarn galt.

Er hat *mir* gegolten, das wußte Alvarado.

Es war ein fast göttlicher Zufall, der Alvarado zur nötigen Zeit verhalf, sein Material in Sicherheit zu bringen. Garrett mußte die Suppe auslöffeln, und das war vielleicht der Grund, warum er, Alvarado, noch auf freiem Fuß war.

Im Handumdrehen war sein Leben ein schlechter *film noir* geworden. Da saß er nun, trank Whisky, fummelte an seinem Revolver herum und dachte über die unvermeidliche Konfrontation nach. Peng, peng, und *alle* kämen mit Glanz und Gloria in die Zeitung.

Posthum.

Vorausgesetzt, die Gorillas irrten sich diesmal nicht in der Adresse.

Wenn das Licht Gott war und die Kälte Schlaf, dann war das Geräusch Liebe.

Garrett kommt zu der Überzeugung, daß er für eine ganz bestimmte Aufgabe oder Mission gestählt und verfeinert wird. Er verspürt Stolz und Genugtuung. Er kann nicht für nichts und wieder nichts so vieler Offenbarungen teilhaftig geworden sein und deshalb achtet er sehr genau auf die Anweisungen, die ihm das Geräusch erteilt.

Als angehender Gott in Ausbildung ist er ganz Ohr.

Die Extreme, denen er standhält, sind die Wegmarken seiner Evolution. Begonnen hat er als ganz normaler Mensch. Jetzt wird er mehr.

Ein erhebendes Gefühl.

Gespannt wartet er auf Hitze und Stille und Dunkelheit und was er sonst noch braucht.

»Willst du einen wirklich guten Witz hören?« fragte Cambreaux. Donnelly hatte das Gefühl, daß er ihn nicht sonderlich lustig finden würde. »Wenn einer in diesem Loch Witze erzählt, dann ich.«

»Aber nicht so gute wie diesen: Kannst du dich noch an unseren Reporter erinnern? Heute früh um drei hat ihn die Hausmeisterei abgeholt. Wir haben eine Woche lang den Falschen im Kühlschrank gehabt.«

Donnelly lachte nicht. Er lachte nie, wenn sein Magen wie ein Lift mit gerissenem Halteseil in die Tiefe sauste und auf seiner Höllenfahrt seine Eier streifte. »Soll das heißen, der Typ ist *unschuldig?*«

Es war nicht Cambreaux' Art, Verlegenheit oder sonst irgendwelche Gefühle zu zeigen. »Das würde ich nicht sagen.«

»Jeder hat sich in irgendeiner Weise schuldig gemacht. Ist es das, was du damit sagen willst?«

»Nein. Ich würde nur nicht sagen, daß unser Freund im Kasten unschuldig ist. Das ist alles.«

Sie sahen beide den Kühlschrank an. Man hatte den Mann, der darin eingesperrt war, extremen Belastungen ausgesetzt, denen sonst nicht einmal die widerstandsfähigsten Agenten standhielten. Sein Hirn mußte inzwischen

Matsch sein. Und er hatte nicht das geringste getan ... außer unschuldig zu sein.

»Das sieht diesen Trotteln von der Hausmeisterei ähnlich«, schnaubte Donnelly. »Bauen ständig Scheiße.«

»Ein einziger Haufen hirnloser Haudrauftypen«, bestätigte Cambreaux. Es war immer besser, die Schuld einer anderen Abteilung in die Schuhe zu schieben.

»Du ... läßt ihn also raus?«

»Das liegt nicht in meiner Entscheidung.« Sowohl er wie Donnelly wußte, daß der Mann im Kühlschrank freigelassen werden mußte, aber keiner von ihnen würde etwas unternehmen, solange nicht die richtigen Papiere im richtigen Fach landeten.

»Womit wird er jetzt gerade behandelt?«

»Mit Hochfrequenzschall. Eingestellt auf ... Verdammte Scheiße!«

Donnelly sah Cambreaux von seinem Stuhl aufspringen, den Küchenwecker packen und durch den Raum schleudern. Er zersprang in lauter kleine Stücke. Dann legte Cambreaux hektisch mehrere Schalter um und drehte Regler zurück.

»Der Scheißtimer ist kaputtgegangen! Ist einfach stehengeblieben!«

Donnelly warf sofort einen Blick auf den Kühlschrank.

»Er war zu lange zu hoch eingestellt, Chet! Nur wegen diesem Scheißtimer!«

Beide fragten sich, was sie zu sehen bekämen, wenn die Klappe geöffnet wurde.

Zu guter Letzt hat Garrett das Gefühl, daß ihm zu viel abverlangt wird, daß er einen zu hohen Preis zahlen muß.

Er hält durch, weil er es muß. Er treibt am Rand eines menschlichen Jahrtausends dahin. Er ist der erste. Er muß die Veränderung mit offenen Augen miterleben.

Das Geräusch hat alles aus Garretts Welt entfernt.

Doch nicht zu spät sagt Garrett: *Ich liebe dich.*

Er muß es schreien. Nicht zu spät.

Dann platzen seine Trommelfelle.

Zerknirscht, mit hängenden Schultern, die Ellbogen auf die Knie gestützt, trank Cambreaux im Aufenthaltsraum Kaffee.

»Kennst du den mit der selbstsichernden Sicherung schon?« fragte Donnelly. »Die Sicherung, die sich selbst sichert und statt dessen deine ganze Stereoanlage durchknallen läßt?« Keine Reaktion. »Ich habe vorhin gesehen, daß der Kühlschrank offen ist. Wann haben sie unseren Freund geholt?«

»Heute morgen. Ich war am Kontrollpult, als die Anweisung endlich kam.«

»He – deine Hände zittern ja.«

»Chet, mir ist zum Heulen zumute, fast jedenfalls. Ich hab' gesehen, wie der Typ aus dem Kühlschrank gekommen ist. So was habe ich noch nie erlebt.«

Donnelly setzte sich neben Cambreaux. »Schlimm?«

»Schlimm.« Er lachte giftig. Eigentlich war es mehr ein Husten oder Bellen. »Wir haben die Kiste aufgemacht. Und dieser Typ sah uns an, als hätten wir ihm gerade die Seele gestohlen. Er war am ganzen Körper voll Blut, hauptsächlich kam es aus seinen Ohren. Und er fing zu toben an. Chet, er wollte nicht rausgeholt werden.«

Das hörte sich gar nicht gut an, vor allem, wenn es von einem Profi wie Cambreaux kam. Um seinen rasenden Stoffwechsel zu entlasten, atmete Donnelly tief aus.

»Aber ihr habt ihn trotzdem rausgeholt.«

»Klar haben wir das. Befehl von oben. Doch als wir ihn dann endlich raus hatten, drehte er durch, kratzte sich selbst die Augen aus und erstickte an seiner Zunge.«

»Allmächtiger …«

»Die Hausmeisterei hat ihn mitgenommen.«

»Müllbeseitigung ist das einzige, wovon diese Idioten was verstehen.«

»Hast du eine Zigarette?«

Donnelly gab ihm eine und zündete sie ihm an. Sich selbst steckte er auch eine an. »Chet, hast du mal ›Die Grube und das Pendel‹ gelesen?«

»Den Film habe ich gesehen.«

»Die Geschichte handelt im wesentlichen von einem Mann, der tagelang von der Inquisition gefoltert wird. Gerade bevor er endgültig in die Grube fällt, wird er von französischen Truppen befreit.«

»Eine Geschichte eben.«

»Ja, mit Happy-End und allem. Wir haben das gleiche gemacht. Bloß wollte der Typ nicht raus. Irgendwas hat der Kerl da drinnen gefunden, Chet. Etwas, von dem du oder ich keine Ahnung haben. Und wir haben ihn rausgeholt, weg von dem, was er entdeckt hat …«

»Und er ist gestorben.«

»Allerdings.«

Gemeinsam schwiegen sie mehrere Minuten. Keiner von ihnen war sonderlich religiös; sie waren Männer, die dafür bezahlt wurden, ihre Arbeit zu tun. Doch keiner von beiden konnte sich der Frage entziehen, was Garrett in der Kiste gesehen haben könnte.

Keiner von beiden würde in die Kiste steigen, um es herauszufinden. Dagegen sprachen zu viele Gründe. Tausende.

»Ich habe ein Geschenk für dich«, sagte Donnelly.

Er gab Cambreaux einen nagelneuen Timer. Einen mit Garantie. Das entlockte Cambreaux ein Grinsen. Ein schwaches.

»Mach dich wegen dieser Geschichte mal nicht verrückt, Alter. Der Ruf der Pflicht. Zu trinken genehmigen wir uns später was.«

Cambreaux nickte und ließ sich von Donnelly freundschaftlich auf die Schulter klopfen. Er hatte sich nichts vorzuwerfen. Schließlich hatte er nur seine Pflicht getan.

Als Donnelly den neonerhellten Flur entlangging, war er sich sehr deutlich bewußt, daß er nicht den Weg nahm, der an dem Raum vorbeiführte, in dem sich der Kühlschrank befand. Er wollte ihn nicht ausgerechnet jetzt offenstehen sehen.

Doch nahm er sich vor, diese Geschichte von Poe mal zu lesen. Er stand auf spannende Geschichten.

Ro Erg

Die Uhr im Flur schlug acht mal, als Ronald Rosenberg die Tür seines Hauses öffnete. Mit einem schwachen Lächeln nickte er sich selbst zu. *Pünktlich wie immer.* Langsam nahm er Hut, Mantel und Wollschal ab und hängte alles ordentlich in den Schrank in der Diele. Mittlerweile kam die Stimme seiner Frau Marge aus der Küche.

»Bist du's, Schatz?« rief sie. Immer die gleiche Frage, Abend für Abend, Monat für Monat, Jahr für Jahr. Gestellt, ohne zu überlegen, ohne sich über die damit verbundene Unsinnigkeit Gedanken zu machen. Als ob ein Einbrecher was anderes antworten würde. Es war Teil ihres Alltagstrotts. Bestandteil ihres ewig gleichen, langweiligen und vorhersehbaren Zusammenlebens.

»Ja, Liebling«, sagte er mit einem stummen Seufzer. »Ich bin's.«

Einmal, nur ein einziges Mal wollte er sagen: »Nein, es ist ein Einbrecher, der dir das Geld klauen und den Schädel einschlagen will, du blöde Kuh.« Aber er tat es nicht. Marge wäre entsetzt über solch rüde Worte, und dann müßte er sich den ganzen Abend bei ihr entschuldigen und ihr immer wieder versprechen, nie mehr so etwas Häßliches zu sagen. Und sich in aller Ausführlichkeit anhören, wie sehr sie sich bemühte, ihm das Leben so angenehm wie möglich zu machen, ohne daß er es zu schätzen wisse. Die Erfahrung hatte ihn gelehrt, solche Gedanken für sich zu behalten.

»In fünf Minuten ist das Essen fertig!« rief Marge. »Heute gibt's eins deiner Lieblingsgerichte, Gulasch mit Kartoffeln.«

Ron nickte resigniert. Donnerstagabend gab es immer Gulasch. Genau, wie es am Dienstag immer Spaghetti und am Freitag immer Hühnchen gab. Marge machte alles stur nach Schema F. Organisation war für sie das halbe Leben. Sobald sie sich einmal auf einen Speiseplan eingeschossen hatte, wich sie monatelang nicht mehr davon ab. Die einzige Abwechslung in ihren Mahlzeiten gab es sonntags, wenn sie essen gingen. Und selbst dann, egal, welches Restaurant sie besuchten, bestellte Marge immer Truthahnbraten. Mit Soße, Süßkartoffeln und Salat. Ein Glas Weißwein. Und zum Nachtisch Apfelkuchen.

In Marges Leben war alles geplant, vorprogrammiert und perfekt. Sie wußte, was sie mochte und wie sie es mochte. Jede Abweichung von der Norm war falsch, die Einhaltung eines Schemas richtig. Selbst ihr Sexualleben wurde von einer Reihe komplizierter Regeln und Richtlinien bestimmt, die, argwöhnte Ron insgeheim, dem Zweck dienen sollten, ihm die Freude an der Sache zu verleiden. Schon mehr als einmal hatte er sich gefragt, ob er eine Frau geheiratet hatte oder einen Roboter.

Achselzuckend nahm er die Post, die ihm Marge auf den Lampentisch im Flur gelegt hatte. Wie üblich hatte sie alle Umschläge aufgeschlitzt. Ihren Inhalt durchzusehen, überließ sie jedoch ihm. Die Post war seine Aufgabe. Das Geschäft war Männersache, der Haushalt Frauensache. Feministin war Marge eindeutig nicht.

Die meisten Briefe – Werbung, Postwurfsendungen und in aufrichtigen Worten abgefaßte Bitten um Spenden für die eine oder andere wohltätige Organisation – wanderten in den Papierkorb. Eine kurze Nachricht seines Bruders, in der er über seine jüngsten Geldprobleme klagte, las Ron zweimal, beide Male mit einem Stirnrunzeln. Chris war ein miserabler Geschäftsmann und ein Verschwender. Daß er ständig in finanziellen Schwierigkeiten steckte, war kein Wunder. Auch daß er erwartete, Ron möge ihm aus der Klemme helfen, war kein Wunder. Ron steckte den Brief in seine Hemdtasche und nahm sich vor, seinen Bruder nach dem Essen anzurufen.

Die Gas- und die Stromrechnung wanderten in dieselbe Tasche. Er würde sie auf seine Kommode legen, um sie am nächsten Morgen zu bezahlen. Auch wenn es Ron nur ungern zugab, war er in vielen Dingen genauso ein Gewohnheitstier wie seine Frau.

Blieb noch ein Brief, den er neugierig ansah. Er war von einem Kreditkarteninstitut. Irgend etwas über eine neue Kreditkarte, für die er nichts weiter tun mußte, als das beiliegende Formular zu unterschreiben. Ron hatte bereits eine Karte von Visa, MasterCard und American Express. Er sah keinen Grund, sich noch ein Stück Plastik zuzulegen. Warum machten sie sich überhaupt die Mühe, bei ihm anzufragen?

Als er auf der Vorderseite des Umschlags nach einer Erklärung suchte, stellte er verärgert fest, daß der Antrag nicht einmal an ihn adressiert war, sondern an einen Mr. RO ERG. Mit zusammengekniffenen Augen starrte er den Brief an. Die Adresse stimmte. Es war seine. Aber der Name stimmte eindeutig nicht. In diesem Haus lebte niemand namens RO ERG. Doch dann ging ihm plötzlich ein Licht auf.

RO ERG war er. Der Computer des Kreditkarteninstituts hatte die zwei Anfangsbuchstaben seines Vornamens und die drei letzten Buchstaben seines Nachnamens genommen, um eine neue Person ins Leben zu rufen. Der Name RO ERG paßte überhaupt nicht zu ihm, dachte er grinsend. Ihm haftete etwas Wildes, Ungebändigtes an. Aber er gefiel ihm. Er gefiel ihm sogar sehr. Ohne zu wissen, warum, steckte Ron Rosenberg den Antrag für Ro Erg zu den Rechnungen in die Hemdtasche.

»Essen ist fertig«, verkündete seine Frau und riß ihn aus seinen Gedanken. »Komm bitte, bevor es kalt wird.«

Den Rest des Abends blieb der Antrag unangetastet – bis spät nachts, als ihm Marges ruhiger, tiefer Atem verriet, daß sie fest schlief. Leise schlüpfte Ron aus dem Bett. Nicht, daß das nötig gewesen wäre. Er war derjenige, der einen leichten Schlaf hatte. Millionen kleiner Sorgen und Ärgernisse ließen ihn stundenlang wach liegen. Marge tat alles, was keine unmittelbare Bedrohung darstellte, als unwichtig ab. Nicht einmal ein Erdbeben könnte ihren Schlummer stören.

Ron setzte sich auf die Toilette, öffnete vorsichtig den Umschlag und studierte den Antrag darin. Es war genau so, wie er vermutet hatte. Das Ganze war ein Mailmerge-Brief, den ein hirnloser Computer ausgespuckt hatte. An drei verschiedenen Stellen war von ihm als ›Mr. Erg‹ die Rede. Vor allem der Teil des Schreibens, in dem seine erstaunliche Zahlungsmoral hervorgehoben wurde, entbehrte in Rons Augen nicht einer gewissen unfreiwilligen Komik. Obwohl er sich einiges darauf zugute hielt, daß er keine seiner Kreditkarten überzog, hätte Ron dennoch nicht damit gerechnet, seine Korrektheit in Geldangelegenheiten könnte einer imaginären Person zu einem Dispokredit in Höhe von 10 000 Dollar verhelfen.

»Zehntausend Dollar«, flüsterte er, und plötzlich begannen ihm die Zahlen durch den Kopf zu schwirren. Das war eine Menge Geld, eine ganze Menge Geld sogar. Er schloß die Augen und fühlte sich plötzlich so eigenartig. Er war richtig aufgeregt. »Zehntausend Dollar.«

In Gelddingen war Ron extrem vorsichtig. Schließlich hatte er eine Frau zu ernähren, die Hypothek für das Haus abzuzahlen und die Raten für ihre zwei Autos abzustottern. Und außerdem mußte er noch etwas fürs Alter zurücklegen. Gewöhnlich blieb von seinem Gehaltsscheck am Monatsende nicht viel übrig. Nicht, daß Marge sonderlich erpicht darauf gewesen wäre, abends groß auszugehen. Auf einem Leihvideo einen Film anzusehen war in etwa das, was sie sich unter einem aufregenden Abend vorstellte.

Rons Gesicht glühte vor unterdrückter Erregung, als er in die Küche ging. Sein ganzes Leben lang hatte er immer nur das getan, was richtig, was anständig war. Jetzt konnte er zur Abwechslung mal etwas Verrücktes tun, und kein Mensch würde davon erfahren. Die Plastikkarte interessierte ihn nicht. Er würde sie nie benutzen. Doch sie zu beantragen war ein harmloser, aber dennoch bedeutsamer Akt der Rebellion. Das war der entscheidende Punkt.

Er nahm den magnetischen Stift vom Kühlschrank und unterschrieb den Antrag mit ›Ro Erg‹. Damit er es sich nicht noch anders überlegen konnte, steckte er das Formular sofort in den vorfrankierten Umschlag und legte ihn zur restlichen Post.

»Kann schließlich nicht schaden«, murmelte er, als er sich wieder ins Bett legte. »Ich schicke ihn nur ein, um zu sehen, ob sie tatsächlich so blöd sind, eine Kreditkarte an diese Adresse zu schicken. Das ist der Grund. Der einzige Grund.«

Und obwohl er diesen Satz immer wieder von neuem vor sich hin murmelte, bis er schließlich einschlief, wußte er tief in seinem Innern, daß er sich etwas vormachte.

Zwei Wochen später kam die Karte, zusammen mit der Bewilligung eines Dispokredits in Höhe von zehntausend Dollar und der Zusicherung, seine Geheimnummer werde ihm binnen weniger Tage zugeschickt, damit er auch von Geldautomaten Bargeld abheben könne. Lässig steckte Ron die Kreditkarte in seine Brieftasche und versteckte das Schreiben mit den Vertragsbedingungen unter einem Stoß alter Rechnungen. Daß er eine Geheimnummer bekäme und mit der Karte Bargeld abheben könnte, hätte er nie gedacht. Plötzlich begann sein harmloser Akt der Rebellion ein Eigenleben zu führen.

Die Geheimnummer wurde ihm drei Tage später zugeschickt. Drei lange Tage später, von denen einer aufgrund des monatlichen Besuchs seines Bruders fast gar kein Ende mehr zu nehmen schien. Chris, groß und gutaussehend, hatte breite Schultern und ein gewinnendes Lächeln, und Ron fühlte sich in seiner Gegenwart immer extrem unwohl. Sein Bruder verkörperte all das, was Ron nicht war. Chris war wild und unbekümmert und sehr attraktiv. Außerdem war er strohdumm und stolz darauf.

Für Chris schien Geld etwas zu sein, das so schnell wie möglich unter die Leute gebracht werden mußte. Das war eine Einstellung, die Ron total auf die Palme brachte. Obwohl sie Brüder waren, fand Ron seinen Bruder unerträglich.

Zu allem Überfluß war Marge der Meinung, daß Chris ganz reizend sei und meinte, es wäre nur eine Frage der Zeit, bis er endlich ›erwachsen‹ würde. Und es war auch Marge, die ständig darauf bestand, daß Ron seinem Bruder Geld lieh – Geld, das spurlos verschwand und natürlich nie zurückgezahlt wurde. Ron war schon vor langem klargeworden, daß seine Frau sehr leicht herumzukriegen war.

Zum Glück kam Chris immer schon am Nachmittag, wenn Ron noch in der Arbeit war, und verabschiedete sich unmittelbar nach dem Abendessen. Wobei er weitere 100 Dollar von Rons sauer verdientem Geld mitnahm.

»Dieser verfluchte Blutsauger«, schimpfte Ron, als sein Bruder in einem Wagen wegfuhr, der wesentlich teurer als seiner war.

»Ronald«, wies ihn Marge scharf zurecht. »Er ist dein Bruder. Du mußt nur etwas Geduld mit ihm haben. Ich bin sicher, eines Tages wird er dir das Geld zurückzahlen.«

Sicher. *Wenn die Hölle zufriert,* dachte Ron. Aber er verzichtete wohlweislich darauf, diesen Gedanken laut auszusprechen. Das hätte nur wieder Streit gegeben. Und Ron haßte Streit. Marge bekam davon Kopfschmerzen, und dann gab's an diesem Abend keinen Sex. Und für Ron war Sex eins der wenigen Dinge, die das Leben erträglich machten.

Das alles war rasch vergessen, als am nächsten Abend ein weiterer an RO ERG adressierter Brief unter der Post war. Er riß den Umschlag auf und überflog das beiliegende Schreiben. Es enthielt seine persönliche Geheimnummer und die entsprechenden Anwendungshinweise.

Mit einer Mischung aus Freude und Erleichterung lachte er leise in sich hinein. Der Besuch seines Bruders hatte das Faß zum Überlaufen gebracht. Irgendwann hatte auch seine Geduld ein Ende. Bisher war RO ERG nicht mehr als ein Mittel gewesen, die Intelligenz des Kreditkarteninstituts zu testen. Die Geheimnummer verlieh dem Ganzen eine völlig neue Dimension. Endlich bot sich Ron eine Möglichkeit, seinen Bruder Chris mit dessen eigenen Waffen zu schlagen. Und er war fest entschlossen, von dieser Möglichkeit Gebrauch zu machen.

»Gute Neuigkeiten, Schatz?« fragte Marge aus der Küche.

»Ja Liebling«, antwortete Ron. »Sehr gute sogar.«

Am Nachmittag des nächsten Tages rief er Marge an und teilte ihr voller Bedauern mit, er könne erst etwas später zum Abendessen kommen; er habe im Büro noch ein paar wichtige Dinge zu erledigen. Ron war sicher, seine Frau würde keinen Verdacht schöpfen. Er hatte schon oft Überstunden gemacht. Es gab also keinen Grund, weshalb sie ausgerechnet heute vermuten sollte, er könnte ihr etwas vormachen. Das tat sie auch nicht.

Nachdem er seinem Chef gesagt hatte, er wolle sich den Nachmittag frei nehmen, um einen Freund im Krankenhaus zu besuchen, ging Ron schnurstracks zum nächsten Geldautomaten. Nervös steckte er die RO ERG-Karte in den

Schlitz, gab seine Geheimnummer ein und hob 1000 Dollar ab. Der ganze Vorgang dauerte keine Minute. Ron war leicht schwindlig, als er sich mit zehn Hundertdollarscheinen in der Tasche von dem Geldautomaten abwandte.

»Eintausend Dollar«, murmelte er, als er die Straße hinunterging. »Und sie gehören alle mir – bloß weil ich auf ein paar Knöpfe gedrückt habe!«

Das war der Moment, in dem er seine erste Offenbarung über das moderne Leben hatte. Die Gesellschaft kümmerte sich nicht mehr um den persönlichen Hintergrund eines Menschen. Die Leute zogen so oft um, daß niemand mehr so etwas wie einen Heimatort hatte, in dem er fest verwurzelt war. Verwandte, Schulkameraden, alte Freunde, das alles bedeutete kaum noch etwas. Man war nicht mehr durch seine Vergangenheit definiert. Was heute noch zählte, war lediglich der Name der Kreditkarten, die man hatte. Die kleinen Plastikdinger verhalfen einem zu der einzigen Identität, die man brauchte.

Die Leute im Büro und in der Nachbarschaft kannten ihn als Ron Rosenberg. Aber der Bankkassier, der für sein Konto zuständig war, der Kreditinstitutsangestellte, der seine Rechnungseingänge bearbeitete, der Posthelfer, der seine Post sortierte, ihnen allen war er unter dem Namen Ro Erg bekannt. Er war nicht mehr nur eine Person. Er war zwei verschiedene Personen geworden, die sich denselben Körper teilten – Ron Rosenberg und Ro Erg.

Noch ganz verwirrt von diesen neuen Einsichten, versuchte Ron, seine Aufmerksamkeit naheliegenderen Fragen zuzuwenden. Er mußte sich überlegen, was er mit dem Geld machen wollte. Nahm er es nach Hause mit, würde es Marge bestimmt entdecken – und bekäme damit auch die Geschichte mit Ro Erg heraus.

Das wollte Ron mit allen Mitteln verhindern. Ro Erg war sein Geheimnis. Und das sollte es auch bleiben. Aufgeregt winkte er einem Taxi. Er brauchte dringend etwas zu trinken. Aber nicht in dieser Gegend, nicht in der Nähe seines Büros, wo ihn vielleicht jemand sah, den er kannte.

»Fahren Sie mich zum Flughafen«, forderte er den Taxifahrer mit leicht zitternder Stimme auf. »Dort gibt's doch eine Bar. Ich vergesse ständig, wie sie heißt. Sie wissen schon, welche ich meine. Richtig schön ruhig und gemütlich. Wo man ungestört was trinken und in Ruhe nachdenken kann.«

»Aber sicher, Chef«, sagte der Taxifahrer lachend. »Sie meinen bestimmt Max's Bar. Richtig?«

»Richtig«, sagte Ron und ließ sich in den Sitz zurücksinken. »Genau die meine ich.«

Max's Bar hieß in Wirklichkeit The Red Garter und entpuppte sich als eine ziemlich üble Spelunke mit schummriger Beleuchtung und einem Dutzend holzverkleideter Sitznischen an der Rückwand. Ihr einziges Plus war, daß es keine Musikbox gab. Außer einem alten Mann, der am Ende des Tresens auf eine wesentlich jüngere Frau einredete, waren keine Gäste da. Es war genau die Sorte Bar, nach der Ron im Augenblick war.

»Einen Scotch on the rocks«, sagte er zu dem einsamen Barkeeper. »Am besten gleich einen Doppelten.«

Ohne zu überlegen, bezahlte Ron den Drink mit einem zerknüllten Hunderter, den er aus der Tasche zog. Der Barkeeper sah den Schein kurz an, dann zuckte er mit den Schultern und gab mit einem lauten Husten heraus. Es war, als wollte er jemand auf das Geld aufmerksam machen.

Ron war so in seine Gedanken über das Problem der Identität vertieft, daß er nur ganz am Rande mitbekam, wie ein paar Minuten später der alte Mann am Ende der Bar halb von seinem Hocker fiel und, wüste Beschimpfungen murmelnd, aus dem Lokal wankte. Ebensowenig nahm er von der Begleiterin des Mannes Notiz – bis sie sich auf den Barhocker neben ihm setzte.

»Na, wie sieht's aus?« säuselte sie verführerisch. »Würdest du mir vielleicht einen Drink spendieren?«.

»Klar«, entgegnete Ron achselzuckend. Er fühlte sich von dem Scotch schon leicht benebelt. »Bestell dir einfach, was du möchtest.«

»Einen Gin«, sagte die Frau zum Barkeeper. »Pur.«

»Und für mich noch einen Scotch«, meinte Ron und deutete auf das Wechselgeld auf dem Tresen. »Nehmen Sie sich einfach davon.«

»Ich bin Ginger«, stellte sich die Frau vor und trank einen Schluck aus ihrem Glas. »Und wer bist du?«

Mißtrauisch drehte sich Ron zur Seite und sah die Frau an. Was ihren Beruf anging, gab es wenig Zweifel. Sie hatte ein enges rotes Kleid an, das der Fantasie wenig Spielraum ließ. Dazu trug sie schwarze Netzstrümpfe und hochhackige schwarze Stiefel. Der Saum ihres Rocks war fast bis zu ihrem Schenkelansatz hochgerutscht, aber sie machte keine Anstalten, ihn nach unten zu ziehen.

Ihr Gesicht war gar nicht so übel, obwohl ihr zu viel Lippenstift, Rouge und Eyeliner etwas Billiges verliehen. Und die Härte in ihren Augen konnte nichts kaschieren.

Ron Rosenberg hätte ihr klargemacht, sie solle ihn in Ruhe lassen. Er sei verheiratet und lasse sich nicht auf Nutten ein. Ron ging keine Risiken ein, schon gar nicht mit Frauen wie Ginger. Aber es war nicht Ron, der antwortete.

»Ich bin Ro«, sagte er zögernd. »Ro Erg.«

»Freut mich, dich kennenzulernen, Ro«, erwiderte Ginger mit einem Kichern, das verführerisch klingen sollte. Sie akzeptierte seinen Namen ohne eine Frage. »Ein bißchen einsam siehst du aus. Möchtest du dich mit mir unterhalten?«

»Ich versuche …«, begann Ron, doch dann verschlug es ihm die Sprache. Ginger hielt ihr Glas in der rechten Hand, und die linke streckte sie ganz beiläufig aus und legte sie ihm auf den Oberschenkel. Sie zwinkerte ihm lächelnd zu und drückte leicht sein Bein.

Ron Rosenberg hätte mit Panik reagiert. Frauen, die selbst die Initiative ergriffen, machten ihm angst. Aber Gingers Hand lag nicht auf Rons Bein. Verzweifelt klammerte er sich an diesen Gedanken. Für die Nutte war er Ro, nicht Ron. Ro Erg.

»Was haben wir denn da?« murmelte sie ein paar Sekunden später, als ihre nach oben wandernden Finger seine Erektion ertasteten. »Du hast ja vielleicht eine Latte. Was hältst du davon, wenn wir es uns in einer der Nischen da hinten bequem machen? Dort können wir uns ganz ungestört *unterhalten*.«

Ro leckte sich die Lippen und nickte. Er wußte, was er tat, war verrückt, aber es war ihm egal. Außerdem würde niemand etwas davon erfahren. Das alles passierte nicht Ron Rosenberg. Er war Ro Erg.

Ro nahm das Wechselgeld vom Tresen, ließ einen Fünfer für den Barkeeper liegen und folgte Ginger zur hintersten Nische. Sie winkte ihn auf die Sitzbank, so daß sie beide der Bar den Rücken zukehrten. »Hier sieht niemand was«, flüsterte sie, als sie neben ihn rutschte. »Wir sind ganz allein.«

»Aber – aber«, protestierte Ren, dessen benebelter Verstand sich verzweifelt Gehör zu verschaffen versuchte, »wir sind doch hier von allen Seiten zu sehen. Der Barkeeper könnte jederzeit zu uns kommen.«

»Harry?« sagte Ginger lachend. »Der weiß genau, was hier läuft. Und er kriegt seinen Anteil.«

Ohne ihm Zeit für weitere Proteste zu lassen, machte sich Ginger mit beiden Händen an seinen Kleidern zu schaffen. Im Handumdrehen hatte sie seinen Hosenknopf geöffnet und den Reißverschluß nach unten gezogen. Vor Erregung stöhnte er laut auf, als sie in seine Hose griff und seinen steifen Schwanz herausholte.

»Mmmm«, gurrte sie und veränderte etwas ihre Haltung, so daß ihr Kleid über ihre Hüften hochrutschte. Es überraschte Ron nicht besonders, daß sie nichts darunter trug.

»Einen blasen kostet fünfzig«, sagte sie sachlich, als sie mit den Fingern sein steifes Glied zu massieren begann. »Richtig ficken macht hundert. Beides zusammen hundertfünfundzwanzig.«

»Das kann doch nicht wahr sein.« Fassungslos schüttelte Ron den Kopf. »Das kann einfach nicht wahr sein.«

»Was wetten wir, Süßer?« Ginger beugte sich rasch vor, und ihre Lippen schlossen sich vorsichtig um seine Eichel. Sie begann behutsam daran zu nuckeln. Ein-, zwei-, dreimal fuhr sie auch mit der Zunge darüber. Dann sah sie grinsend zu ihm hoch. »Ist das etwa kein Sex? Ist das etwa nicht wahr? Wie viel ist dir das wert?«

Das war der Moment, in dem Ren, von Sex und Whisky benebelt, seine zweite Offenbarung hatte. Das einzige, was zählte, war Geld. Ginger war es völlig egal, ob er Ron oder Ro oder Dreck hieß. Sie war eine Hure, die sich schnelles Geld verdienen wollte, indem sie einem Freier zu Diensten war. Sein Name, seine Persönlichkeit, seine Geschichte interessierten sie nicht. Verheiratet oder ledig, reich oder arm, Heiliger oder Sünder – Ginger war das alles egal. Alles, was zählte, war Geld. Ein Stück Plastik verhalf Ro Erg zu einer Identität. Geld verlieh ihm Macht. Das waren die entscheidenden Tatsachen des modernen Lebens, die einzigen Tatsachen, die zählten.

Ron Rosenberg hätte zu viele Gewissensbisse gehabt, um – weiterzumachen; er hätte sich zuviel Sorgen gemacht, Marge könnte irgendwie etwas von dieser Begegnung erfahren. Aber es war nicht Ron gewesen, der die tausend Dollar abgehoben hatte. Das Geld gehörte nicht ihm. Es gehört Ro Erg. Ginger hatte nicht mit Ron gesprochen. Sie hatte Ro gefragt. Und Ro antwortete:

»Ich nehme beides zusammen.« Seine Stimme war ganz heiser vor Geilheit. Er fischte ein paar Scheine aus seiner Tasche und gab Ginger einen Hunderter und zwei Zwanziger. »Aber laß dir schön Zeit«, sagte er. »Den Rest kannst du behalten.«

Zufrieden, daß er die richtige Entscheidung getroffen hatte, machte es sich Ro Erg auf der Bank bequem und überließ alles weitere Ginger.

Für hundert Dollar mietete sich Ron Rosenberg, der praktisch veranlagte, umsichtige Planer, bei einer Agentur in der Nähe seines Büros ein Schließfach und eine Postadresse. Und in dieses Schließfach wanderte, zusammen mit der Brieftasche, in der sich die Kreditkarte befand, der Rest von Ro Ergs tausend Dollar. Hier war das Geld wesentlich sicherer als zu Hause, wo es möglicherweise seine Frau entdeckt hätte.

Nach seiner Begegnung mit Ginger war Ron klargeworden, daß es kein Zurück mehr für ihn gab. Er war jetzt ein Mann mit zwei Identitäten – Ron Rosenberg und Ro Erg. Ron kümmerte sich um den üblichen Alltagskram, während Ro die Früchte seiner Arbeit genoß. Das war eine sehr befriedigende Arbeitsteilung.

Ros neue Adresse erwies sich bald als äußerst hilfreich. In der Kreditkartenbranche verbreiten sich gute Neuigkeiten sehr schnell. Ein paar Monate, nachdem Ro Erg seine erste Karte beantragt hatte, erhielt er Anträge für zwei weitere zugeschickt. Auch mit diesen gingen ein Dispokredit über zehntausend Dollar und eine Geheimnummer einher, und alles, was er dafür zu tun hatte, war zu unterschreiben. Er schickte beide Anträge ab.

Gleichzeitig wurden Ro die Augen für die erstaunliche Macht des Plastikgelds geöffnet. Um von einer großen Kaufhauskette eine Kreditkarte ausgestellt zu bekommen, brauchte er nur seine andere Kreditkarte als Ausweis vorzulegen. Mit Hilfe dieser zwei Plastikkarten wiederum konnte er einen neuen Bibliotheksausweis beantragen. Mit diesem und unter Vorlage einer Postanschrift war es ihm möglich, ein neues Bankkonto zu eröffnen. Das verhalf ihm zu weiteren Kaufhaus-Kreditkarten und Erweiterungen seiner neuen Identität. Ro Erg wurde von Tag zu Tag realer. Bis Jahresende hatte Mr. Erg ein Dutzend Kreditkarten und nahezu 50 000 Dollar Schulden.

Ron, der in Gelddingen immer sehr gewissenhaft war, paßte auf, daß Ro nie zu weit in die roten Zahlen geriet. Geschickt jonglierte er das Geld zwischen den einzelnen Konten hin und her. Zum Beispiel hob er mit einer Karte Geld ab, um die Mindestgebühr für eine andere zu zahlen. Dann benutzte er den Dispokredit, der mit einer dritten Karte einherging, um die Mindestschuld auf der zweiten zu begleichen. Er schuldete allen Instituten etwas, achtete aber immer darauf, daß er keinem zu viel schuldete. Wurde es finanziell trotzdem einmal eng, leitete er etwas Geld von Ron Rosenbergs Gehaltsscheck auf Ros Konten um, so daß diese nie zu weit überzogen wurden. Ron wußte, daß er diesen Schwindel mit Hilfe seines raffiniert ausgeklügelten Schneeballsystems über Jahre hinweg durchziehen konnte, solange sein Alter ego nicht zu viel Geld ausgab oder seine Dispokredite überzog.

Währenddessen mauserte sich Ro Erg immer mehr zu einer eigenständigen Persönlichkeit. Er war die unterdrückte wilde Seite von Rons Wesen, der Teil von ihm, der förmlich danach gierte, das Leben in vollen Zügen zu genießen, ohne Rücksicht darauf, ob das, was er tat, richtig oder falsch war. Es war der Teil seiner Persönlichkeit, der von seiner dominanten Frau unterdrückt worden war. Ro Erg dagegen scherte sich einen Dreck um Marge Rosenberg.

Wenn er nachts wach im Bett lag, führten die zwei Hälften seiner Persönlichkeit, Ron und Ro, lange, ernste Gespräche, in denen es meistens darum ging, was sie als nächstes tun sollten. Der umsichtige und gewissenhafte Ron wollte sein bisheriges geregeltes Leben möglichst beibehalten. Der wilde und dickköpfige Ro haßte Marge und die Stabilität, für die sie stand. Er wollte den vollständigen Bruch mit der Vergangenheit. Aber das ließ Ron nicht zu. Und obwohl Ro triftige Gründe verbrachte, warum es nicht mehr länger so weitergehen könne wie bisher, weigerte sich Ron beharrlich, die andere Seite seines Wesens die Kontrolle übernehmen zu lassen.

Im Lauf der Wochen und Monate spitzte sich dieser Konflikt zwischen den zwei Seiten seiner Persönlichkeit immer mehr zu. Ro Erg gab sich nicht mehr damit zufrieden, lediglich der ungezähmte Aspekt von Rons Persönlichkeit zu sein. Er wollte selbst bestimmen können. Tag für Tag kämpfte Ro erbitterter um die Kontrolle über den Körper, den er sich mit Ron teilte.

Als Schlupfwinkel diente ihnen ein billiges Apartment, für das die Miete auf monatlicher Basis in bar bezahlt wurde. Dorthin brachte Ro die Nutten, die er auf der Straße oder in irgendwelchen Bars aufgabelte. Ginger war nur die erste in einer langen Reihe von Prostituierten, die ihm sexuelle Befriedigung verschafften. Aus dem einen Abend in der Woche, an dem er länger im Büro bleiben mußte, wurden zwei und manchmal sogar drei. Marge beklagte sich nie. Wenn überhaupt etwas, schien sie eher zufrieden über seinen Arbeitseifer. Das hätte Ron hellhörig machen sollen. Aber es war ihm einfach nicht vorstellbar, seine biedere und langweilige Frau könnte etwas anderes sein, als er glaubte. Es war eine Nutte nötig, um ihm die Augen zu öffnen.

»Du trägst ja einen Ehering«, bemerkte eines Abends Candy, eine Wasserstoffblondine mit riesigen Brüsten und kunstfertiger Zunge, als sie Ros hundert Dollar einsteckte. »Was ist denn los, Süßer? Läßt dich dein Frauchen nicht oft genug drüber?«

»Sie ist eine frigide, blöde Kuh«, sagte Ro. »Fünf Minuten vögeln sind für die schon eine Strapaze.«

»Schon möglich«, sagte Candy mit einem sarkastischen Lachen. »Aber du solltest ihr lieber mal ein bißchen genauer auf die Finger sehen. Oft liegen die Dinge ganz anders, als man denkt. Bist du wirklich sicher, daß sie nicht selber auch einen Lover an der Hand hat? Wäre nicht das erste Mal, daß ein fremdgehender Ehemann merkt, daß ihn seine Frau betrügt. Du würdest dich wundern, wie viele Frauen meiner Freier sich's vom Milchmann besorgen lassen.«

»Wir kriegen keine Milch ins Haus geliefert«, brummte Ron. Doch dann kam ihm plötzlich ein Gedanke. Er ballte die Fäuste und begann vor Wut zu zittern. Die Wahrheit traf ihn wie ein Hammerschlag mitten ins Gesicht.

»Allerdings«, knurrte Ro Erg, »ist da auch noch dieser Scheißkerl von Bruder.« Das Blut schoß ihm in den Kopf, und sein Gesicht lief dunkelrot an. Candy leckte sich nervös die Lippen und wich zurück.

»Ich muß jetzt los, Süßer«, murmelte sie, griff sich ihre Handtasche und verließ fluchtartig den Raum. Ro bekam es kaum mit.

»Dieser faule Stinker«, zischte Ro. »Nicht genug, daß er mich um mein sauer verdientes Geld bringt, er bumst auch noch meine Frau.«

Ungläubig schüttelte Ro den Kopf. Jahrelang hatte Marge mit ihrer Pingeligkeit das Leben für Ron schwer gemacht. Daß sie die ganze Zeit mit seinem Bruder gevögelt haben sollte, war kaum zu glauben. Aber instinktiv wußte er, daß es so war. Das war so sicher wie das Amen in der Kirche. Und es reichte, um einen Mann rot sehen zu lassen.

»Die sollen mich mal kennenlernen.« Seine Stimme war heiser vor Wut. »Die werden noch schnell genug merken, daß man Ro Erg nicht dumm kommt.«

Zwei Tage später teilte Marge beim Frühstück Ron mit, daß Chris zum Abendessen vorbeikäme. Er nickte und lächelte still in sich hinein, als erinnerte er sich gerade an einen guten Witz.

»Ich komme gegen sieben heim«, versprach er, als er seine Frau zum Abschied brav auf die Wange küßte. »Mach dir einen schönen Tag.«

»Ganz bestimmt«, erwiderte sie gut gelaunt, und die Art, wie sie das sagte, bestätigte seine schlimmsten Befürchtungen.

Ron Rosenberg kochte vor unterdrückter Wut, als er aus dem Haus ging. Es war jedoch Ro Erg – kühl, ruhig, gefaßt –, der zu der Bar im Norden der Stadt fuhr, um die 45er Automatik abzuholen, die er am Abend zuvor über dunkle Kanäle bestellt hatte.

»Geladen ist sie bereits«, brummte der Barkeeper, ein großer, vollbärtiger Mann namens Jacksen, als er Ro die Waffe zusammen mit einer Schachtel Munition aushändigte. »Sie brauchen nur noch abzudrücken. Wissen Sie, wie man mit so einem Ding umgeht?«

»Ich war zwei Jahre beim Militär«, sagte Ro und überprüfte die Waffe sorgfältig. »Ich kenne mich mit diesen Dingern aus.«

Und dann, um erst gar keinen Verdacht aufkommen zu lassen, fügte er hinzu: »Ich arbeite in einer ziemlich unsicheren Gegend. In letzter Zeit sind dort jede Menge Überfälle passiert, und ich habe nicht vor, mich von irgendeinem Junkie ausrauben zu lassen.«

»Sicher.« Aus Jacksens Ton ging hervor, daß ihm völlig egal war, was Ro mit der Automatik vorhatte. »Und nicht vergessen: Immer ruhig Blut.«

»Keine Sorge«, sagte Ro.

Den Rest des Vormittags und den frühen Nachmittag verbrachte er damit, von einer Bar zur nächsten zu ziehen. Ein Drink hier, ein Drink da, und die ganze Zeit über bewahrte er ruhig Blut und ließ die Wut in seinem Bauch vor sich hinsieden. Ron Rosenberg gelang es nur hin und wieder, zu Wort zu kommen und die unvermeidliche Frage zu stellen: »Bist du dir auch wirklich sicher? Bist du tatsächlich fest davon überzeugt, daß das, was wir vorhaben, richtig ist?«

»Hundertprozentig«, sagte Ro.

Um zwei, nachdem er ein Roastbeef-Sandwich und eine Portion Pommes frites gegessen hatte, fuhr er nach Hause. Wie nicht anders erwartet, sah er den Wagen seines Bruders in der Einfahrt stehen. Er holte tief Luft, parkte sein Auto einen Block weiter und ging zu Fuß zu seinem Haus zurück.

Die Eingangstür war abgeschlossen. Ron versuchte so wenig Lärm wie möglich zu machen, als er den Schlüssel vorsichtig ins Schloß steckte und umdrehte. Die Mühe hätte er sich sparen können. Diele und Wohnzimmer waren leer. Aber er hatte keine Schwierigkeiten festzustellen, wo sein Bruder war. Das ganze Haus hallte wider von Chris' lustvollem Gestöhne, das aus dem Schlafzimmer kam.

Eiskalt zog Ro die Waffe und checkte sie ein letztes Mal. Tief in seinem Innern brach Ron in haltloses Schluchzen aus. Ro schenkte ihm keine Beachtung. In ihm war kein Funken Mitleid. Ron hatte sich von Marge das Leben ruinieren lassen. Ro würde nicht zulassen, daß sie auch das seine zerstörte.

Nachdem er sich vergewissert hatte, daß die Automatik entsichert war, schlich er auf Zehenspitzen den Flur entlang. Die Tür zum Schlafzimmer stand halb offen, so daß Ro in den Raum sehen konnte, ohne selbst von dem Paar darin entdeckt zu werden. Obwohl er mit dem Schlimmsten gerechnet hatte, wurde ihm bei dem Anblick, der sich ihm dort bot, vor Wut schwarz vor den Augen.

Chris saß nackt auf der Bettkante. Das Gesicht hatte er zur Decke gewandt, die Augen fest geschlossen. »Ja, ja, ja!« schrie er erregt. Die Hände hatte er um Marges Kopf gelegt, die Finger in ihr Haar verkrallt. Seine Beine waren weit gespreizt.

Marge kauerte auf allen vieren vor Chris. Sie war ebenfalls nackt und lutschte eifrig an der Erektion ihres Schwagers. Ihr Körper bewegte sich im selben Takt wie ihr Kopf, während sie Chris' steifes Glied immer tiefer in den Mund zu bekommen versuchte. Ihr Hintern, der Ro zugewandt war, schwankte mit jeder Bewegung hin und her.

Ros Kopf fühlte sich an, als würde er jeden Moment explodieren. Seit sie verheiratet waren, hatte sich Marge beharrlich geweigert, Ron oralen Sex zu spendieren. Mehr als einmal hatte sie ihm zu verstehen gegeben, wie abscheulich sie das fand. Und jetzt nuckelte sie vollkommen hingerissen an Chris' Schwanz.

Außer sich vor Wut sah Ro in den Spiegel an der Schranktür direkt gegenüber von Marge. Sie warf alle paar Sekunden einen Blick hinein, um ihren wild hin und her ruckenden Kopf zu betrachten und dann ihre Anstrengungen zu verdoppeln, als erregte es sie noch mehr, sich selbst in Aktien zu sehen. Der doppelte Anblick von Marge und ihrem Spiegelbild, die beide seinem Bruder einen bliesen, vertrieb auch noch den letzten Gedanken an Gnade aus Ros Kopf.

»Ich komme!« stöhnte Chris und schob seinen Unterleib nach vorn, so daß sein Glied in voller Länge in Marges Mund verschwand. »Jetzt, jetzt, *jetzt!*«

Chris stieß einen ekstatischen Schrei aus und begann am ganzen Körper heftig zu zucken. Dabei hielt er Marges Kopf immer noch mit den Händen fest. »Ich komme, ich komme!« brüllte er, und als sein Schwanz in ihrem Mund explodierte, riß Marge plötzlich verdutzt die Augen auf. Halb stöhnend, halb würgend versuchte sie, zu schlucken.

Ganz im Rausch der Lust gefangen, merkten die beiden nicht, daß Ro lautlos den Raum betrat. Chris hatte die Augen fest geschlossen und gluckste selig, als Marge weiter leidenschaftlich an seinem langsam erschlaffenden Schwanz lutschte. Daß etwas nicht stimmte, wurde ihm erst klar, als ihm Ro den kalten Stahl der Pistolenmündung an die Stirn drückte. Entsetzt riß Chris die Augen auf, aber bevor er den Mund aufmachen konnte, um Gnade zu erflehen, drückte Ro ab.

Das Krachen der Pistole hallte von den Wänden des Schlafzimmers wider. Chris' Kopf zerplatzte wie ein reifer Kürbis, der mit einer Axt zertrümmert wird. Nach dem aufgesetzten Schuß aus der 45er war von seinem Schädel nicht mehr viel übrig. Blut spritzte über seinen und Marges Körper und tränkte die Bettlaken und den Teppich mit leuchtendem Rot.

Marges Blick war immer noch glasig, als sie zu Ro aufsah. Entsetzt begann sie zu schreien, aber es war niemand da, ihr zu helfen.

»Bitte, Ron«, schluchzte sie. »Verzeih mir! Bitte!«

»Tut mir leid, Marge, aber da wendest du dich an den falschen«, sagte Ro, zielte mit der Automatik zwischen ihre Augen und drückte ab. Er feuerte dreimal, bis von ihrem Gesicht nicht mehr viel übrig war.

Ro grinste. Er fühlte sich gut, richtig gut. Sie hatten den Tod verdient. Der Gerechtigkeit war Genüge geleistet. Jetzt war es Zeit zu gehen, bevor die Polizei kam.

Er sah sich im Zimmer um. Es gab nichts, was ihn mit den Morden in Verbindung bringen konnte. Marge war Rons Frau, nicht seine. Folglich war Chris ein Fremder für ihn. Ro Erg hatte nichts zu befürchten. Er hatte kein Mordmotiv, und es gab keinen Tatzeugen.

In diesem Moment sah er im Spiegel Rons Gesicht. Er schaute ihm tief in die Augen und entdeckte die Angst, die in seinem Blick lauerte. Er sah, wie Ron auf die zwei auf dem Boden liegenden Körper hinabblickte und wie es ihn vor Angst schauderte. Das war der Moment, in dem Ro klarwurde, daß Ron nicht mehr zu trauen war. Solange er am Leben war, konnte sich Ro nicht mehr sicher fühlen. Dagegen half nur eins.

Langsam, in aller Ruhe, hob Ro die Pistole, die er immer noch in der Hand hielt. Und während sie sich Zentimeter um Zentimeter seinem Kopf näherte, legte sich blankes Entsetzen über Rons Züge, denn plötzlich begriff er, was Ro vorhatte. Aber er konnte nichts tun, um ihn daran zu hindern. Mit einem zufriedenen Nicken hielt Ro die blutige Mündung der Automatik an Rons Stirn. Und drückte ab.

Untergang

Blythe hatte fast das Schalterhäuschen erreicht, als ihm klar wurde, daß er das Geld hätte schicken sollen. Hinter den Schalterhäuschen rückte eine weitere Phalanx von Marschteilnehmern, von denen einige Spruchbänder trugen und einige nicht viel anderes, auf den Tunnel unter dem Fluß hindurch zu. Den Umschlag einzustecken, hatte er zwar versäumt, aber sein Telephon ließ er nie zu Hause, und bei dem Tempo, in dem die Marschteilnehmer in den Tunnel gelassen wurden, der wegen des Jubiläumsmarsches für den Autoverkehr gesperrt worden war, blieb ihm sicher genug Zeit, noch einen Anruf zu tätigen, bevor er den weiten, halbkreisförmigen Betonschlund erreichte, der in der Julisonne noch weißer als sonst leuchtete. Während er die Antenne des Handy heraus zog und die Nummer seines Hausanschlusses eintippte, begannen die Männer neben ihm auf der Stelle zu treten, und der Mann links von ihm atmete heftig prustend aus. Nach fünfmaligem Läuten meldete sich der Anrufbeantworter mit Blythes eigener Stimme.

»Valerie Mason und Steve Blythe. Wir sind gerade mit etwas beschäftigt, was uns davon abhält, ans Telefon zu kommen. Hinterlassen Sie uns also bitte Ihren Namen und Ihre Nummer sowie Tag und Uhrzeit, und wir werden Sie zurückrufen und Ihnen erzählen, was wir getrieben haben ...« Obwohl die Ansage mit Valeries Kichern am Ende keine sechs Monate alt war, hörte sie sich vom zu häufigen Abspielen abgenutzt an. Sobald nach viermaligem Klicken der Pfeiften ertönte, begann Blythe zu sprechen:

»Val? Valerie? Ich bin's. Ich bin gerade auf dem Weg zum Start des Jubiläumsmarschs durch den Tunnel. Tut mir leid wegen unseres Streits, aber ich bin trotzdem froh, daß du nicht mitgekommen bist. Du hattest vollkommen recht. Ich sollte ihr die Unterhaltszahlung schicken und dann Einspruch erheben. Besser, sie sollen sich vor Gericht rechtfertigen müssen und nicht ich. Bist du in der Dunkelkammer?

Komm raus und sieh nach, wer anruft. Und nimm bitte ab, wenn du hörst, daß ich es bin. Sei fair.«

In diesem Moment trabte eine ziemlich große Gruppe zwischen den Schalterhäuschen durch, und der Mann links neben Blythe prustete zuerst noch einmal triumphierend, bevor er dem Teilnahmekartenverkäufer ›Aidshilfe‹ entgegenposaunte. Blythe drehte den Kopf mit dem Telefon zur Seite, um die Frau hinter sich vorbeizuwinken. Hörte er nämlich länger als ein paar Sekunden zu sprechen auf, nahm der Anrufbeantworter an, er hätte aufgelegt. Doch ein Funktionär streckte seinen Kopf, der aussah, als wäre er von seiner Mütze plattgedrückt worden, aus dem Schalterhäuschen und rief: »Ein bißchen Beeilung. Da sind noch massenhaft Leute hinter Ihnen!«

Um Blythe Beine zu machen, fiel die Frau in einen raschen Laufschritt, so daß die zwei prallgefüllten Körbchen unter ihrem weiten roten Trikot zu hüpfen begannen. »Jetzt aber los, Schätzchen. Gönnen Sie Ihren Aktien doch mal eine Pause.«

Ihre Begleiterin, die sich versehentlich für ein Zwergen-T-Shirt entschieden zu haben schien, machte nun ebenfalls bei dem Jogging-Wettbewerb mit, so daß ihr ausladender Bauch wie wild zu wabbeln begann. »Stecken Sie das Ding lieber wieder ein, oder Sie kriegen noch einen Herzinfarkt.«

Wenigstens hinderten ihre Stimmen den Anrufbeantworter am Abschalten. »Geh dran, wenn du zu Hause bist, Schatz. Ich hoffe, du sagst mir gleich, daß alles o. k. ist.« Mit zwei Fingern fischte Blythe einen Fünfer aus der anderen Hosentasche. »Ich bin gerade am Schalterhäuschen.«

Der Kartenverkäufer runzelte mißbilligend die Stirn, und während Blythe überlegte, welcher Organisation er sein Startgeld zugutekommen lassen sollte, atmete er heftig in den Hörer. »Glauben Sie wirklich, Sie packen das?« fragte ihn der Kartenverkäufer.

Blythe bekam Angst, er könnte aufgrund schlechter körperlicher Verfassung von der Teilnahme am Marsch ausgeschlossen werden, obwohl es doch für ihn der mit Abstand schnellste Weg nach Hause war. »Bestimmt eher als Sie. Sie hocken doch sowieso nur den ganzen Tag in Ihrem Häuschen herum.« Das hörte sich nicht ganz so locker an, wie er es gern gehabt hätte. Er strich den Fünfdollarschein auf der Theke glatt. »Für mich bitte ›Bedürftige Familien‹.«

Der Kartenverkäufer trug den Betrag und den Spendenempfänger so langsam in ein Formular ein, als überlegte er immer noch, ob er Blythe teilnehmen lassen sollte, und Blythe begann wieder heftiger zu atmen. Als der Kartenverkäufer schließlich eine Teilnahmekarte von einer Rolle riß und auf die Theke knallte, fiel Blythe ein Stein vom Herzen, aber der Mann mußte trotzdem noch eine Spitze loswerden. »Mit ihrem Handy kommen Sie da drin nicht weit, junger Mann.«

Bisher hatte das Telefon überall, wohin er es mitgenommen hatte, funktioniert – genau, wie vom Verkäufer versprochen. Außerdem war er noch zweihundert Meter vom Tunneleingang entfernt, in den Funktionäre die Marschteilnehmer mit Megaphonen hineindirigierten. »Mußte mir gerade meine Karte kaufen, Val. Hör zu, du hast noch jede Menge Zeit, den Scheck wegzuschicken, fast eine Stunde. Aber ruf mich bitte zurück, sobald du meine Nachricht hörst, damit ich weiß, daß du's getan hast, ja? Gehört hast, meine ich. Natürlich nur für den Fall, daß du nicht drangehst, bevor ich auflege, aber das machst du doch hoffentlich, drangehen, meine ich, deshalb quatsche ich ja auch ständig weiter. Vielleicht sollte ich dir noch sagen, daß der Umschlag in der Innentasche meines blauen Besuchsanzugs steckt, nicht in den Büroklamotten, sondern in denen, die signalisieren, hier ist Ihr Steuerberater, der voll für Sie da ist, warum bemühen Sie sich also nicht ein bißchen, Ihre Buchführung ordentlich zu machen. Hörst du wirklich nicht, daß ich dran bin? Du bist doch nicht ausgegangen, Val?«

Mittlerweile war seine ganze Aufmerksamkeit auf das Handy konzentriert, so daß er erst, als er im Eingang des Tunnels zum Stehen kam, merkte, daß sich die zunehmende Eindringlichkeit seiner Worte auch in seinen Schritten niedergeschlagen hatte. Erhitzte nackte Arme streiften ihn im Vorbeigehen, und die Megaphone begannen auf ihn einzuplärren. »Immer schön in Bewegung bleiben«, dröhnte es blechern, und ein anderes setzte nach: »Jetzt wird bis zum Ende des Tunnels nicht mehr stehengeblieben.« Einem älteren Paar kamen Bedenken, und nach kurzer Zwiesprache kehrte es zu den Schalterhäuschen zurück – eine Möglichkeit, die Blythe nicht mehr hatte. »Sie da, Sie mit dem Handy sind gemeint«, dröhnte ein drittes Megaphon los.

»Ich weiß, daß ich gemeint bin. Ist ja sonst niemand mit einem zu sehen.« Das hätten die Leute in Blythes Nähe lustig finden sollen, aber niemand zeigte eine entsprechende Reaktion. Keineswegs zum erstenmal, seit er Valerie kennengelernt hatte, wünschte er sich, er hätte bestimmte Dinge nicht gesagt. »Jetzt geht's los mit dem Marsch. Bitte, es ist mir ernst, ruf mich sofort zurück, sobald du das hörst, okay? Ich schalte jetzt ab. Wenn ich in einer Viertelstunde nichts von dir gehört habe, rufe ich wieder an.« Sobald er das gesagt hatte, war er im Tunnel.

Das Dunkel in seinem Innern schlug ihm wie eine kalte Wand entgegen, und sein Körper wußte nicht, ob er trotz der Hitze, die im Tunnel herrschte, frösteln sollte. Zumindest war er noch ruhig genug, um seine Umgebung genau in Augenschein nehmen zu können. Das war etwas, was er immer tat, wenn er in eine ungewohnte Situation geriet, auch wenn er schon fast zwanzig Jahre lang mehrere Male die Woche durch den Tunnel gefahren.war. Auf den zwei Fahrspuren fanden jetzt fünf Personen mehr oder weniger bequem nebeneinander Platz. Zwei Meter über ihnen erstreckte sich auf beiden Seiten ein mit einem Geländer versehener Gehweg für die Arbeiter, die für die Wartung des Tunnels zuständig waren. Blythe hatte jedoch noch nie eine Treppe oder Leiter gesehen, die dort hinaufführte. In den sechs Meter über ihm befindlichen Scheitel der Tunnelwölbung waren einen Meter lange Leuchtstreifen eingelassen. Wahrscheinlich brauchte er sie nur zu zählen, wenn er berechnen wollte, wie weit er bereits gegangen war oder noch zu gehen hatte, aber im Moment brachte der Anblick mehrerer hundert Köpfe, die gemächlich auf die erste Kurve zupendelten, seine Zukunftsaussichten recht anschaulich auf den Punkt. Abgesehen vom nicht ganz synchronen Getrappel unzähliger Sohlen und ihren Echos, war es bis auf das Plärren der Megaphone vor dem Eingang und den einen oder anderen hörbaren Atemzug fast völlig still im Tunnel.

Die zwei Frauen, die Blythe am Schalterhäuschen angesprochen hatten, trabten in gegenläufigem Rhythmus vor ihm her. Vielleicht waren sie einmal genauso schlank gewesen wie seine Frau Lydia, dachte er; das hieß aber nicht, daß von dem Mann, den sie einst geheiratet hatte, noch viel übriggeblieben war, und wenn doch, war es unter unzähligen Schichten der Person verborgen, die jetzt aus ihm geworden war. Der Anblick der Frauen, ihr üppiges, sonnenbankgebräuntes Fleisch, ihr aufdringliches Parfüm und ihre satinumhüllten wackelnden Hintern, das alles erinnerte ihn an zu viele Dinge, an die er lieber nicht erinnert werden wollte, und wäre von hinten nicht permanent geschoben worden, hätte er sich wahrscheinlich von ein paar Marschteilnehmern überholen lassen. Statt dessen beschleunigte er jedoch sein Tempo, und gerade als er seinen Rhythmus gefunden hatte, begann es in seiner Hosentasche zu zwitschern.

Mehr Leute, als ihm lieb war, starrten ihn an, und er fühlte sich bemüßigt, zweimal »Nur mein Telefon« zu sagen. So viel zu der Warnung des Kartenverkäufers, das Handy würde im Tunnel nicht funktionieren. Ohne aus dem Tritt zu kommen, holte es Blythe aus der Tasche, zog die Antenne heraus und hielt es sich ans Ohr. »Hallo, Liebling. Danke, daß du ...«

»Das Gesülze kannst du dir sparen, Stephen. Die Zeiten, als du damit noch was erreicht hast, sind längst vorbei.«

»Oh.« Er stutzte und mußte überlegen, welchen Fuß er als nächsten voransetzen sollte. »Lydia. Entschuldige bitte. Ich dachte ...«

»Schon als wir noch zusammen waren, hatte ich die Nase voll von deinen Entschuldigungen und von dem, was du dachtest.«

»Das bringt unser Verhältnis ganz gut auf den Punkt, findest du nicht auch? Rufst du an, um mir auch noch was anderes mitzuteilen, oder ist das schon alles? Und faß dich bitte kurz, ich warte auf einen Anruf.«

»Immer noch dieselben alten Tricks, hm? Kann sie es auch nicht ausstehen, daß du nirgendwo ohne dieses blöde Ding hingehst? Wo bist du gerade? In einem Pub, um dich wie üblich abzuregen?«

»Für mich besteht überhaupt kein Grund, mich abzuregen. Ich bin vollkommen ruhig.« Blythe sagte das, als könnte es der Wirkung, die sie auf ihn hatte, entgegenwirken. »Nur damit du Bescheid weißt: Ich nehme an dem Wohltätigkeitsmarsch durch den Tunnel teil.«

War das ironischer Applaus hinter ihm? Bestimmt galt er nicht ihm, auch wenn er sich so wenig beeindruckt anhörte wie Lydia, die erklärte: »Aber vorher, da hast du dir doch bestimmt noch irgendwo einen reingezwitschert, oder etwa nicht? Hat das dein reizendes Frauchen auch schon gemerkt? Hat sie bestimmt schon rausgefunden!«

Hätte es keine wichtigeren Themen gegeben, wäre er bereit gewesen, sich Lydias rüde Sprache zu verbitten. »Dem entnehme ich, daß du gerade mit ihr gesprochen hast.«

»Habe ich nicht und habe ich auch nicht vor. Du und die Freuden, die mit dir einhergehen, seien ihr von Herzen gegönnt, aber sie soll bloß nicht meinen, daß ich sie auch noch bemitleide. Um herauszubekommen, wo du bist, mußte ich nicht eigens bei ihr anrufen.«

»Aber du hast dich doch getäuscht, oder etwa nicht? Und was Valerie angeht, sollten du und dein Freund, dieser saubere Anwalt, euch vielleicht langsam klar darüber werden, daß sie wesentlich weniger verdient als er, seit er Sozius in seiner Kanzlei ist.«

»Vorsicht.«

Das kam von der breitarschigeren der zwei Frauen. Da sich seine Aggressivität auf seine Gangart übertragen hatte, war er ihr fast auf die Fersen getreten. »Entschuldigung«, sagte er und fügte, ohne lange nachzudenken, hinzu: »Damit warst nicht du gemeint, Lyd.«

»Untersteh dich, mich noch mal so zu nennen. Mit wem hast du über seine Kanzlei gesprochen? Das ist also der Grund, warum ich diesen Monat meinen Scheck noch nicht bekommen habe. Dann sollte ich dir vielleicht folgendes von ihm bestellen: Wenn dieser Scheck nicht heute noch abgeschickt wird, wanderst du wegen unterlassener Unterhaltszahlungen ins Gefängnis. Darauf kannst du Gift nehmen.«

»Also, das ist das erstemal ...« Vor lauter Wut hatte sie jedoch bereits aufgelegt, so daß er nur noch ein Summen hörte. Heißes Plastik klebte an seiner Wange, und er drückte schnell die Freitaste. Inzwischen trottete er um die langgezogene Kurve, so daß er Tausende von Köpfen und Schultern das leicht abschüssige Stück zu dem fast eine Meile entfernten Punkt hinunterruckeln sah, von dem an sich die Marschteilnehmer, dichter und dichter gedrängt, im Schneckentempo wieder aufwärts quälten. An manchen Tagen bildete sich an dieser Stelle in der Mitte des Tunnels eine dichte Abgaswolke, doch heute war die zusammengequetschte Menschenmenge bis auf ein leichtes Wabern, das vermutlich auf die Hitze zurückzuführen war, deutlich zu erkennen; wegen der Parfümschwaden roch es nicht einmal ansatzweise nach Benzin. Er tippte mit dem Fingernagel auf die Ruftaste und wischte sich mit dem Handrücken über die Stirn, als Schweißtropfen vor seinen Augen das fluoreszierende Leuchten der Zahlen auf der Tastatur anschwellen ließen. In seiner Wohnung begann es gerade zu läuten, als eine laute Männerstimme sagte: »Sind doch alle gleich, diese Typen mit ihren Handys. Können einfach nicht mehr ohne diese blöden Dinger leben.«

Für Blythe bestand bestimmt kein Grund, sich angesprochen zu fühlen. »Heb schon ab, Val«, murmelte er. »Ich hab doch gesagt, ich rufe zurück. Die fünfzehn Minuten sind schon fast um. Du kannst doch nicht immer noch machen, was du gerade gemacht hast. Komm schon endlich, ich bin's.« Aber wieder begrüßte ihn eine Stimme und leierte ihre Ansage herunter; am Schluß kam Valeries Kichern, von dem er im Augenblick fand, daß er es eindeutig einmal zu oft gehört hatte. »Bist du wirklich nicht zu Hause? Ich habe gerade mit Lydia telefoniert; sie lag mir wegen der Unterhaltszahlungen in den Ohren. Sie meint, wenn der Scheck nicht heute noch losgeschickt wird, bringt mich ihr Anwaltsfreund hinter Gitter. Ich schätze, theoretisch ist er dazu wahrscheinlich sogar in der Lage, wenn du also dafür sorgen könntest … Ich weiß, das hätte eigentlich ich tun sollen, ich weiß, du hast es mir gesagt, aber wenn du das trotzdem für mich erledigen könntest, für uns beide, dann geh doch eben mal kurz los und schmeiß diesen Scheißbrief ein.«

Gegen Ende zu war er immer lauter geworden, und die

drei Reihen vor ihm sahen sich nach ihm um. Allerdings spiegelte lediglich das Gesicht der Frau, deren T-Shirt ein gutes Stück über ihrem Bauchnabel endete, eine gewisse Anteilnahme wider, als sie ihn anschaute. »Alles in Ordnung, alter Knabe?«

»Ja ... das heißt, nein ... doch, doch.« Er schüttelte seine freie Hand so heftig, daß er die Schweißtropfen davonstieben sehen konnte. Obwohl diese Handbewegung eher dem Zweck gedient hatte, seine momentane Verwirrung zu verscheuchen und nicht ihre Anteilnahme, machte sie ein finsteres Gesicht, bevor sie ihm wieder ihre ausladende Hinteransicht präsentierte. Er hatte jedoch keine Zeit, sich Gedanken darüber zu machen, ob sie beleidigt war, obwohl sie ihm, wie das auch Lydia immer getan hatte, mit ihren Pobacken zu verstehen gab, daß dem so war. Der Kartenverkäufer hatte doch recht gehabt. Wegen des Tunnels war der Empfang inzwischen so stark gestört, daß nur noch ein schwaches, fernes Winseln aus dem Hörer drang.

Vielleicht war es nur eine vorübergehende Störung. Er drückte so fest auf die Wahlwiederholungstaste, daß er dachte, sie müsse sich in seinen Daumen bohren. Als er die hinter ihm Kommenden an sich vorbeizuwinken versuchte, protestierte eine inzwischen sattsam bekannte Stimme: »Nicht stehen bleiben. Hier gehen auch Leute mit, die nicht mehr ganz so rüstig sind wie Sie.«

»Wenn Sie so alt wie mein Vater wären, fänden Sie es wahrscheinlich auch nicht besonders lustig, ständig stehenbleiben und wieder losgehen zu müssen.«

Jeder der beiden Männer hinter ihm hätte der Handyhasser sein können. Sie schienen beide einige Zeit und vermutlich auch Mühe für die Produktion ihrer Muskeln aufgewendet zu haben, und zwar nicht nur von den Schultern abwärts. Energisch legte Blythe den Kopf auf die Seite und überhörte dabei fast das Klingelzeichen, das seinen geschwächten Ton an seinem Ohr wiederholte. »Kümmern Sie sich nicht um mich, sondern gehen Sie einfach um mich rum. Seien Sie so gut, ja?«

»Stecken Sie endlich das blöde Ding da weg und machen Sie endlich das, weswegen wir hier sind«, legte ihm der ältere Drängler nahe. »Wir möchten nicht, daß wir Sie noch tragen müssen.«

»Kümmern Sie sich nicht um mich. Machen Sie sich meinetwegen keine Gedanken.«

»Wir machen uns aber Gedanken um die vielen anderen Leute, die Sie aufhalten und behindern.«

»Wir sind Ihre Trainer, bis wir alle durchs Ziel gehen«, erklärte das jüngere Muskelpaket.

»Ihr könnt mich mal«, murmelte Blythe und setzte sich wieder in Bewegung. Im Hörer war immer noch ganz schwach das Klingelzeichen zu hören, und dann kam plötzlich seine Stimme. »Valerie Mason und Steve Blythe ...«, brachte das Telefon noch hervor, bevor es abrupt den Geist aufgab.

Die geballte Hitze des Tunnels schlug ihm entgegen. Er spürte, wie ihm schwindlig wurde, und obwohl er sich wieder fing, fühlte er sich weiterhin wacklig auf den Beinen. Der grauenhafte Gestank, der ihm so zu schaffen machte, rührte trotz der Dunstwolke, in die die Marschteilnehmer vor ihm dahintrotteten, bestimmt nicht von irgendwelchen Autoabgasen her. Er mußte zu der Stelle zurückgehen, hinter der sein letzter Anruf nicht mehr durchgekommen war. Hastig nahm er den schweißnassen Hörer von seinem Ohr, doch als er sich umdrehte, walzte eine Masse aus Körpern auf ihn zu, die so breit und lang war wie die langgezogene Kurve des Tunnels. Er konnte hören, wie von den drängelnden Megaphonen immer mehr Körper in die nicht mehr sichtbare Tunnelöffnung getrieben wurden. Jeder der unzähligen Köpfe, die sich über der Masse aus Leibern auf ihn zuschoben, sah so aus, als würde er bedenkenlos über ihn hinwegtrampeln, wenn er nicht weiterginge. Genausogut hätte er versuchen können, sich durch eine Betonwand einen Weg zu bahnen. Aber das war gar nicht nötig. Sobald er an einer Leiter vorbeikam, würde er den Gehweg für die Tunnelarbeiter benutzen.

Ein weiterer Hitzeschwall, so massiv wie die Drohung, von der Flut menschlicher Leiber mitgerissen zu werden, schlug ihm entgegen und veranlaßte ihn, den rhythmisch wabbelnden Frauen hinterherzutrotten. So weit sein Auge reichte, war nirgendwo eine Leiter zu sehen, die zu den Gehwegen hinaufführte, aber die Tatsache, daß er nie eine bemerkt hatte, wenn er mit dem Auto durch den Tunnel gefahren war, bedeutete nicht, daß es keine solchen Leitern gab; bestimmt blieben sie ihm wegen einer perspektivischen Überschneidung verborgen. Er kniff die Augen zusammen, bis er das Zucken seiner Lider auf den Augäpfeln zu spüren begann und sein Kopf stärker schmerzte als seine Füße. Erneut drückte er die Wahlwiederholung und hielt das Handy hoch über seinen Kopf. Vielleicht kam so eher eine Verbindung zustande, aber noch bevor es in seiner Wohnung zum zweitenmal läutete, gab das Gerät in seiner Hand so abrupt den Geist auf, als wäre es vor Hitze erstickt oder im Schweiß seiner Faust ertrunken. Als er den Arm mit dem Handy sinken ließ, ertönte weiter vorne im Tunnel das Läuten eines Telefons.

»Die Dinger vermehren sich wie die Karnickel«, knurrte der alte Mann hinter ihm. Aber Blythe kümmerte sich nicht darum. Etwa dreihundert Meter weiter vorne sah er am Kopf einer Frau, deren Haare so blond waren wie die Lydias, eine Antenne aus der Menge ragen. Egal, warum bei ihm keine Verbindung zustande kam, weiter vorne im Tunnel machte sich die Störung offensichtlich nicht bemerkbar. Er sah, wie die Frau mindestens hundert Meter zurücklegte und wie dabei die Antenne die ganze Zeit im Takt ihres Gesprächs mitwackelte. Während er auf die Stelle zumarschierte, wo die Frau zu sprechen begonnen hatte, zählte er die Lichtstreifen über sich, von denen einige wegen des Hitzedunstes zu verschwimmen schienen. Auch wenn die Hitze noch so erdrückend war, hatte er inzwischen nur noch halb so weit zu gehen. Es mußten seine Augen sein, die so eigenartig zuckten: unmöglich konnten es so viele Lichter sein, wie es für ihn den Anschein hatte. Er brauchte nicht zu warten, bis er die fragliche Stelle im Tunnel erreichte. Endlich wollte er bestätigt bekommen, daß Valerie seine Nachricht erhalten hatte. Mit dem Daumen drückte er auf den Knopf und preßte den Hörer an sein Ohr. Der Signalton, der ihn zum Wählen aufforderte, war kaum ertönt, als er bereits wieder verstummte.

Jetzt bloß keine Panik. Es lag nur daran, daß er die Stelle noch nicht erreicht hatte, wo die Handys wieder funktionierten, mehr nicht. Während er weiterging, versuchte er die träge zurückweichende Wolke von Körperausdünstungen zu ignorieren, die zusehends mehr nach Abgasen roch. Statt dessen konzentrierte er sich darauf, mit dem Pulk Schritt zu halten, obwohl ihn beim Anblick der zwei Mitmarschierer links von ihm das Gefühl beschlich, alles doppelt zu sehen. Jetzt war er an der Stelle angelangt, wo das Telefon der Frau funktioniert hatte; sie befand sich unter zwei kaputten Lampen, zwischen denen eine war, die noch brannte und aussah, als hätte sie ihr Licht den beiden anderen gestohlen. Wieder drückte er auf den Knopf, preßte den Hörer an sein Ohr, brach sich an dem Knopf einen Fingernagel ab und zerquetschte fast seine Ohrmuschel … aber ganz gleich, was er tat, das Freizeichen ertönte immer nur gerade so lange, daß er sich ärgern konnte.

Am Handy selbst konnte es nicht liegen. Das Telefon der Frau hatte funktioniert, und seines war ein ganz neues Modell. Ihm fiel nur eine Erklärungsmöglichkeit ein: Der Störfaktor mußte in seiner Nähe sein, und das wiederum hieß, es konnte nur an der Menschenmenge liegen, daß keine Verbindung zustande kam. Wenn er wegen Lydias Klage vor Gericht gestellt wurde, kostete ihn das bestimmt Aufträge, wahrscheinlich auch das Vertrauen vieler Mandanten, denn sie gelangten dann bestimmt zu der Überzeugung, daß er sich um ihre Finanzen kaum besser kümmern würde als um seine eigenen. Und falls er sogar ins Gefängnis käme … Weil das Plastik und seine Hände immer schlüpfriger wurden, hielt er das Handy mit beiden Händen fest umklammert und versuchte erst gar nicht daran zu denken, wie es wäre, wenn er sich durch die Menge zwängen müßte. Da waren schließlich immer noch die Gehwege, und vermutlich war es das Vernünftigste, einfach so lange weiterzugehen, bis er einen der Zugänge zu ihnen fand. Bei jedem Schritt verspürte er einen dumpfen Schmerz, der durch seinen erhitzten, verschwollenen, von zu viel durchnäßtem Stoff umhüllten Körper in seinen leeren Kopf hochstieg und dort nach einem Schmerzpunkt suchte. Er war noch nicht weit gegangen, als das Telefon läutete.

Das Geräusch wurde durch seine Hände so stark gedämpft, daß er einen Moment dachte, es wäre gar nicht seines. Ohne auf das genervte Stöhnen des muskelbepackten Duos zu achten, drückte er auf den Knopf und preßte das feuchte Plastik an seine Wange: »Steve Blythe. Bitte schnell! Ich weiß nicht, wie lange das Ding funktioniert.«

»Alles in Ordnung, Steve. Ich wollte nur hören, wie es dir geht. Klingt ganz so, als wärst du schon weit im Tunnel. Hauptsache, du gönnst dir endlich mal ein paar Stunden Pause. Du kannst mir ja alles erzählen, wenn du nach Hause kommst.«

»Val. Warte, Val. Bist du noch dran, Val?« Als Blythe einen Schritt aussetzte, spürte er, wie ein Hitzeschwall von fast greifbarer Körperlichkeit von hinten gegen ihn prallte. »So sag doch was, Val.«

»Nur keine Hektik, Steve. Ich bin ja noch da, wenn du zurückkommst. Schone lieber deine Kräfte. Du hörst dich an, als bräuchtest du sie.«

»Ich komme schon klar. Sag mir bloß, ob du meine Nachricht bekommen hast.«

»Welche Nachricht?«

Die Hitze kam wieder auf ihn zu – er konnte nicht sagen, aus welcher Richtung sie kam oder wie schnell er dahinwankte. »Die Nachricht, die ich dir vorhin auf den Anrufbeantworter gesprochen habe, weil du nicht ans Telefon gegangen bist.«

»Ich mußte kurz weg, um ein paar Schwarzweißfilme zu kaufen. Dann muß mit dem Anrufbeantworter was nicht stimmen. Als ich vorhin nach Hause kam, waren keine Nachrichten drauf.«

Blythe blieb so abrupt stehen, als wäre er am Ende einer unsichtbaren Telefonschnur angelangt. Die Mitmarschierer verschwammen vor seinen Augen zu einer unstrukturierten Masse, doch dann klärte sich sein Blick wieder, und er sah alles wieder einigermaßen perspektivisch. »Das macht nichts«, stieß er hastig hervor. »Es ist ja noch genügend Zeit. Ich wollte bloß …«

Eine Schulter, wesentlich härter als ein menschlicher Körper eigentlich sein durfte, stieß gegen seinen herausstehenden Ellbogen. Der Stoß ließ seinen Arm nach oben schnellen, gleichzeitig öffnete sich von dem stechenden Schmerz seine Faust, und im selben Moment flog das Handy auch schon in hohem Bogen durch die Luft, prallte gegen das Geländer des rechten Gehwegs und segelte etwa zehn Meter weiter vorne auf die Marschteilnehmer herab. Arme schlugen danach wie nach einem Insekt, dann verschwand es.

»Was soll das?« schrie er den alten Mann neben ihm an. »Warum haben Sie das getan?«

Sofort drängten sich von der anderen Seite das Gesicht des Sohnes so dicht an ihn heran, daß seine Wange mit Schweiß befleckt wurde. »Schreien Sie meinen Vater nicht so an! Er hat ein krankes Ohr. So, wie Sie plötzlich stehengeblieben sind, können Sie von Glück reden, daß Sie nicht niedergetrampelt wurden. Aber das kann Ihnen immer noch passieren, wenn Sie sich mit meinem Dad anlegen.«

»Kann bitte jemand mein Handy aufheben?« brüllte Blythe, so laut er konnte.

Die zwei Frauen direkt vor ihm fingen nun zu ihrem gewohnten Gewabbel auch noch zu zucken an und hielten sich die Ohren zu, aber sonst schenkte ihm niemand Beachtung. »Mein Telefon«, flehte er. »Steigen Sie nicht drauf! Kann es jemand sehen? Halten Sie bitte alle danach Ausschau, ja? Bitte, geben Sie es mir zurück.«

»Hab ich nicht grade gesagt, daß mein Dad ein krankes Ohr hat«, polterte der Mann links von ihm los und hob einen Hammer von Faust, die er vorläufig jedoch nur dazu benutzte, sich den Schweiß von der Stirn zu wischen. Als Blythe ein paar Meter weiter vorne eine Hand hochkommen und mit dem Finger nach unten deuten sah, wo vermutlich das Handy lag, verstummte er. Wenigstens lag es in der Fahrbahnmitte, direkt vor ihm. Nach ein paar schmerzhaften Schritten erhaschte er zwischen den Schenkeln der Frau mit dem Achselhemd hindurch einen Blick auf die Antenne, die wie durch ein Wunder noch ganz war. Ohne seine Schritte zu verlangsamen, bückte er sich und streifte dabei mit dem Kopf ihre linke Pobacke. Mit Daumen und Zeigefinger bekam er die Antenne zu fassen und zog sie zu sich heran – aber nur die Antenne. Während er noch in dieser gebückten Haltung weiterstolperte, sah er, daß der größte Teil des Apparats von einem Fuß nach links weggestoßen wurde und mehrere andere Plastikteile seitlich davonschlidderten.

Als er sich aufrichtete, legten sich zwei Hände, so warm und weich wie menschliches Fleisch, aber so fest wie ein Schraubstock, um seinen Kopf. Die Frau im Achselhemd hatte sich zu ihm umgedreht. »Was glauben Sie, in wessen Hintern Sie da eigentlich gerade gebissen haben?«

Ihm fielen jede Menge hysterischer Antworten ein, aber er konnte sich gerade noch beherrschen. »Darum ging es mir doch gar nicht; ich habe es nur auf das da abgesehen.« Diese Worte waren nicht sehr glücklich gewählt, zumal in diesem Moment die Antenne in seiner Hand zwischen ihren Beinen hochwanderte, als würde sie von ihrem Unterleib magnetisch angezogen. Er konnte sie gerade noch rechtzeitig zurückreißen, bevor ihm von dem Druck auf seinen Kopf schwarz vor Augen wurde. »Sehen Sie sich das mal an!« brüllte er los. »Wer war das? Wer hat mein Telefon kaputtgemacht? Sie sind wohl nicht mehr ganz bei Trost!«

»Was sehen Sie da uns so an?« entgegnete die Frau mit dem zunehmend nackteren und verschwitzteren Bauch, und der Sohn reckte sein schweißtriefendes Gesicht vor das von Blythe und fauchte: »Wenn Sie auch so ein Ohr kriegen wollen wie mein Dad, dann machen Sie ruhig so weiter.« Aber plötzlich interessierten sie ihn nicht mehr. Er ließ die Antenne zu Boden fallen. Zumindest ein funktionierendes Telefon gab es im Tunnel noch.

Sobald er jedoch versuchte, sich durch die Menge zu drängen, drehten sich alle Köpfe in seiner unmittelbaren Umgebung zu ihm herum. Augen blinzelten Schweiß beiseite, Münder keuchten ihm heißen Atem entgegen, und es setzte ein vielstimmiges Gemurmel und Geschimpfe ein: »Immer mit der Ruhe. Warten Sie mal ab. Wir wollen alle da hin. Halten Sie Abstand. Hier sind schließlich auch noch andere Leute.« Und von hinten tönte es: »Wo will er denn jetzt plötzlich hin? Hat wohl Angst, ich zeige ihn an, weil er auf meinen Hintern losgegangen ist.«

Die Versuche, ihn am telefonieren zu hindern, standen kurz davor, in physische Gewaltanwendung auszuarten, wenn es ihm nicht bald gelang, dieser Entwicklung entgegenzuwirken. »Ein Notfall«, murmelte er mit Nachdruck in die nächsten zwei nicht zusammengehörenden Ohren, und tatsächlich teilten sich die zu ihnen gehörenden Körper, um ihn durchzulassen. »Entschuldigen Sie bitte. Ein Notfall. Entschuldigung«, stammelte er mit zunehmendem Nachdruck und überholte auf diese Weise so viele Marschteilnehmer, daß er nicht mehr weit von der Handybesitzerin entfernt sein konnte. Welcher in der Gruppe blonder Frauenköpfe war ihrer? Der hier mußte es sein. »Entschuldigung«, sagte er. Als er jedoch merkte, daß sich das nur so anhörte, als wollte er sich vorbeidrängen, packte er eine unerwartet magere und knochige Schulter. »Sie haben doch gerade telefoniert? Ich meine, Sie ...«

»Lassen Sie mich los!«

»Natürlich, Entschuldigung. Was ich sagen wollte, Sie haben doch eben ...«

»Lassen Sie mich los!«

»Ich habe Sie doch längst losgelassen. Meine Hände stecken in meinen Hosentaschen, sehen Sie? Was ich sagen wollte ...«

Die Frau wandte ihr scharfes Gesicht wieder ab. »Das war nicht ich.«

»Ich bin sicher, daß Sie's waren. Nicht mit meinem Handy, nicht mit dem, das kaputtgetreten wurde. Aber Sie haben doch vorhin telefoniert? Wenn das Telefon nicht Ihnen gehört ...«

Sie war umringt von Frauengesichtern, die ihn alle mit herausfordernder Ausdruckslosigkeit anstarrten. Plötzlich riß sie den Kopf ohne Vorwarnung so heftig herum, daß ihm ihr Haar ins rechte Auge peitschte. »Wo hat man Sie denn freigelassen? Welches Irrenhaus hat jetzt schon wieder dichtgemacht?«

»Entschuldigung, ich wollte doch nur ...« Unmöglich, alles in so kurzer Zeit in Worte zu fassen, zumal nur zu offensichtlich war, wie sie das unfreiwillige Zwinkern seines rechten Auges interpretieren würde. »Wissen Sie, hier handelt es sich um einen Notfall. Wenn Sie tatsächlich nicht selbst telefoniert haben, könnte Ihnen doch wenigstens aufgefallen sein, wer eben ein Handy benutzt hat. Die Frau muß irgendwo hier sein.«

Daraufhin brachen die Köpfe, die sie umringten, in einstimmiges Hohngelächter aus, bevor sie sich des Kopfs der Frau bedienten, um zu sprechen. »Was Sie nicht sagen. Ein Notfall? Wahrscheinlich sieht dieser Notfall so aus, daß Sie dringend eingeliefert werden müssen. Warten Sie einfach, bis wir hier rauskommen und mit jemand reden können.«

Das veranlaßte Blythe, auf seine Uhr zu sehen. War es ein Schweißtropfen oder eine Träne aus seinem brennenden Auge, was die Ziffern verschwimmen ließ? Er mußte sein Handgelenk zweimal schütteln, bevor er erkennen konnte, daß er den Tunnelausgang auf keinen Fall rechtzeitig erreichen würde, um draußen ein Telefon zu finden. Die Menge hatte ihn besiegt – oder vielleicht doch noch nicht? Alles hing jetzt davon ab, ob bereits jemand nach draußen durchgegeben hatte, daß er aufgehalten werden mußte. »Notfall, Notfall«, sagte er mit einer Stimme, der die Hitze jede Schärfe zu nehmen schien. Erst als er sich von der Frau, die ihn für verrückt erklären wollte, weit genug entfernt zu haben glaubte, verlieh er seiner Verzweiflung lautstärkeren Ausdruck. »Ein Notfall. Ich muß dringend telefonieren. Hat jemand ein Telefon? Ein Notfall.« Jedesmal wenn ihm zwischen den endlosen Reihen von Köpfen hindurch ein neuer Hitzeschwall entgegenschlug, begann sein rechtes Auge heftig zu blinzeln und zu brennen. Er wollte gerade versuchen, seiner Stimme einen amtlicheren und autoritäreren Klang zu verleihen, als er plötzlich verstummte. Ganz vorne war die dichtgedrängte Menschenmenge unter den flackernden Lichtern gänzlich zum Stehen gekommen.

Hilflos mußte er mit ansehen, wie der Stillstand auf ihn zukroch, sich Reihe um Reihe wabernden Fleisches vor ihm ausbreitete. Schlimmer hätte es gar nicht kommen können. Vom Ausgang des Tunnels her kam ein lauter werdendes Murmeln. Angespannt versuchte er zu verstehen, was es bedeutete. Er fühlte sich plötzlich ziemlich ruhig – wie lange, konnte er jedoch nicht sagen –, als sich in dem Stimmengewirr die ersten verständlichen Wörter unterscheiden ließen. Bevor er sie jedoch zu einer Nachricht zusammenfügen konnte, waren sie bereits an ihm vorbeigerauscht. »In der Mitte des Tunnels ist jemand zusammengebrochen. Sie machen einem Krankenwagen Platz.«

»Scheißkerl«, zischte Blythe, ohne sagen zu können, ob er damit den Zusammengebrochenen oder die Menge oder den Krankenwagen meinte. Im selben Augenblick wurde ihm jedoch klar, daß er niemanden beschuldigen sollte, weil ihn der Zwischenfall vielleicht vor der Zukunft bewahrte, die er schon fast auf sich herabgewünscht hatte. Er begann, sich durch die Menge zu zwängen. »Ein Notfall. Machen Sie bitte Platz. Vorsicht!« Inzwischen hatte sein Tonfall etwas entschieden Amtliches, aber als ihm trotzdem nicht schnell genug Platz gemacht wurde, begann er zu rufen: »Lassen Sie mich bitte durch! Ich bin Arzt!«

Er brauchte deswegen kein schlechtes Gewissen zu haben. Der Krankenwagen kam bereits – er konnte sehen, wie es am Ende des Tunnels bläulich zu flackern begann. Er behinderte die Rettung des Verunglückten also nicht. Der Krankenwagen war seine einzige Hoffnung. Wenn er sich weit genug zu ihm vorgekämpft hatte, würde er so tun, als hätte er sich verletzt, damit sie ihn ebenfalls mitnahmen und aus dem Tunnel brachten. »Ich bin Arzt!« rief er immer wieder und wünschte sich, er wäre tatsächlich einer und unverheiratet außerdem, obwohl er wieder alles unter Kontrolle hatte und sein Leben in geregelten Bahnen verlief. »Ich bin der Arzt!« rief er inzwischen. Das erwies sich als noch wirksamer, um die Fleischmauern vor ihm zu teilen und die Stimmen, die über ihn sprachen, auszublenden. Oder wichen sie ihm nur aus, um ihn zu verwirren? Die Stimmen mußten Echos sein, denn in einer erkannte er die Stimme der Frau wieder, die so getan hatte, als besäße sie kein Telefon. »Was redet er jetzt wieder für wirres Zeug?«

»Er behauptet, er wäre Arzt.«

»Hab ich's doch gewußt. Das tun alle Verrückten.«

Er brauchte sich ihretwegen keine Gedanken zu machen; in seiner Nähe schien niemand auf sie zu hören – vielleicht fischte sie mit ihrer Stimme nach ihm. »Ich bin der Doktor!«

schrie er weiter, und dann sah er, wie der Krankenwagen langsam auf ihn zukam. Einen Augenblick lang dachte er, der Wagen würde blau angelaufene Menschen, deren Blut sich von den Abgasen verfärbt hatte, gegen die Tunnelwände quetschen, aber in Wirklichkeit wichen sie natürlich nur aus, um ihm Platz zu machen. Seine Rufe hatten zur Folge, daß sich aus der Menschenmasse unter den trüben, schweißfleckigen Lichtern mehrere Stimmen lösten. »Was hat sie gesagt – was hat er gesagt? Daß er Arzt ist?«

»Vielleicht wollte er deinen Allerwertesten untersuchen.«

»Ich weiß schon, was für eine Sprechstunde ich mit dem halten würde. Genau so ein Kurpfuscher ist schuld daran, daß das Ohr von meinem Dad noch schlechter geworden ist.«

Konnte die Menge um Blythe herum die Stimmen wirklich nicht hören, oder stellten sie sich alle dumm, bis sie ihn da hatten, wo sie ihn haben wollten? Machten sie ihm nicht langsamer Platz, als sie eigentlich hätten Platz machen können, und verbargen sie die Verachtung, die sie für seine Anmaßung verspürten, nicht allzu offensichtlich? Die spöttischen Stimmen bedrängten ihn immer mehr und verdichteten die Hitze, die ringsum fleischliche Gestalt annahm. Er sollte einen der oberen Gehwege benutzen. Jetzt, wo er so schnell wie möglich den Krankenwagen erreichen mußte, war er auch zu ihrer Benutzung berechtigt. »Ich bin der Doktor«, wiederholte er energisch, falls sich jemand erdreisten sollte, ihn zur Rede zu stellen, und spürte schon, wie seine linke Schulter vordrang. Fast hatte er den linken Gehweg erreicht, da trat ihm eine Frau in einem Gymnastikanzug – ihre Muskeln kamen ihm genauso eigenartig vor wie ihre tiefe Stimme – in den Weg. »Wo wollen Sie hin, mein Bester?«

»Da hoch. Helfen Sie mir doch bitte mal kurz.« Selbst wenn sie Krankenschwester oder Anstaltswärterin war, hatte er Vorrang. »Ich werde da vorne gebraucht. Ich bin Arzt.«

Alles, was sich bewegte, war ihr Mund, und auch der bewegte sich nicht viel. »Da oben hat aber niemand was zu suchen, außer er arbeitet im Tunnel.«

Er mußte da raufklettern, bevor sich die Hitze wieder in schweißtriefende Stimmen verwandelte und ihn festhielt. »Das tue ich doch. Ein Marschteilnehmer ist zusammengebrochen, und jetzt brauchen sie mich da vorne.«

Er hatte schon Bauchredner gesehen, die ihren Mund mehr bewegt hatten. Ihre Augen waren total starr, obwohl sich auf den Wimpern ihres rechten Auges ein Schweißtropfen sammelte. »Was reden Sie da überhaupt?«

»Schon gut, Schwester. Es erwartet ja auch niemand von Ihnen, daß Sie es verstehen. Aber helfen Sie mir bitte da hoch.« Blythe sah, wie der Tropfen auf ihrem reglosen Augenlid größer wurde, so groß, bis er nichts anderes mehr sah. Wenn sie real war, dann mußte sie jetzt blinzeln, dann konnte sie ihn nicht noch länger so anstarren. Die Masse aus Leibern hatte sie hervorgebracht, um seine Pläne zu durchkreuzen, aber sie hatte die Rechnung ohne ihn gemacht. Er stürzte sich auf die Frau, grub seine Finger in ihr borstiges Haar, stützte sich ab und sprang mit aller Kraft, die seine Arme aufbringen konnten, an ihr hoch.

Fast bekam er seine Absätze auf ihre Schultern, sie rutschten jedoch wieder auf ihre Brüste hinunter. Dort fand er dann genug Halt, um mit einer Grätsche über sie hinwegsetzen zu können. Er streckte die Hände nach dem Geländer aus und bekam es zu fassen. Seine Füße hakten sich um den Rand des Fußwegs, und dann schwang er seine Beine über das Geländer. Die Krankenschwester unter ihm faßte sich an die Brüste und gab einen Laut von sich, den er jedoch, falls es ein Schmerzensschrei sein sollte, nicht sehr überzeugend fand. Vielleicht war es auch eine Warnung, denn kaum hatte er auf dem Gehweg ein paar Schritte gemacht, versuchten ihn mehrere Händepaare zu packen.

Zuerst dachte er, sie wollten ihm Verletzungen beibringen, damit ihn der Krankenwagen mitnähme, doch dann merkte er, daß er sich gründlich getäuscht hatte. Inzwischen konnte er den Krankenwagen, der sich weiter seinen Weg durch die Menschenmenge bahnte, deutlich sehen. Sein Blaulicht zuckte genauso, wie er es in seinem Kopf zucken spürte, und das weiße Tunnelgewölbe über ihm flackerte genauso bläulich, wie es in seinem Kopf flackerte. Nichts deutete darauf hin, daß jemand zusammengebrochen war. Natürlich, der Krankenwagen war wegen Blythe geholt worden; sie hatten nach draußen durchgegeben, daß es ihnen gelungen war, ihn in den Wahnsinn zu treiben. Aber was in ihren Köpfen vorging, konnten sie nicht vor ihm verbergen. Es stieg in heißen, erstickenden Wellen zu ihm hoch, und hätte er nicht gemerkt, daß sie sich selbst verraten hatten, hätte man es auch für Scham halten können: sie konnten ihm nicht mit solcher Verachtung begegnen, solange sie nicht mehr über ihn wußten, als sie zu wissen vorgaben. Er trat nach den grabschenden Fingern und sah sich verzweifelt nach einem rettenden Strohhalm um. Er befand sich hinter ihm. Die Frau, deren Haare wie die Lydias aussahen, hatte inzwischen aufgehört, so zu tun, als hätte sie kein Telefon. Er mußte nur die Antenne ihres Handys zu fassen bekommen.

Als er zu ihr zurückrannte, hielt er sich am Geländer des Gehwegs fest und trat nach jedem, der ihm zu nahe kam. Seine Füße trafen jedoch so selten etwas, daß er nicht sagen konnte, wie viele der Hände und Köpfe real waren. Es erfüllte ihn mit stiller Genugtuung, als die Frau, die immer noch so tat, als hätte er sie an den Brüsten verletzt, heftig zusammenzuckte. Wenn sie wollten, konnten sie und der Rest der Meute sich also durchaus bewegen; sie waren bloß für ihn nicht dazu bereit gewesen. Die hin und her wankende Antenne lenkte seinen Blick auf das Gesicht, das daran baumelte. Die Frau ließ ihn keinen Moment aus den Augen und sprach mit solchem Nachdruck, daß ihre Lippen jede Silbe einzeln formten. »Da kommt er«, artikulierte sie.

Offensichtlich sprach sie mit dem Krankenwagen. Natürlich, sie war Krankenschwester und hatte vorhin nur telefoniert, um den Krankenwagen anzufordern. Wenn sie nicht wollte, daß es ihr noch schlimmer erging, als es ihrer Kollegin angeblich ergangen war, sollte sie das Telefon lieber freiwillig herausrücken. »Und ob ich komme!« brüllte er, und dann hörte er, wie die ganze Meute seine Worte wiederholte. Vielleicht war es auch nur das Echo des Tunnels, der in seinem Kopf war. Je länger er auf die Frau zurannte, desto breiter wurde der Tunnel. Sie war zu weit vom Geländer des Gehwegs entfernt, um ihr das Telefon über die Köpfe der Menge hinweg entreißen zu können. Wenn sie aber dachten, sie hätten ihm damit eins ausgewischt, hatten sie sich gründlich getäuscht. Er schwang sich über das Geländer und rannte einfach über die Masse aus Körpern.

Sie war nicht ganz so fest, wie er angenommen hatte, aber es würde reichen. Die Glut ihrer Verachtung stieg zu ihm hoch, wurde vom feuchten Beton seiner Schädelwände zurückgeworfen. Verachteten sie ihn wegen dem, was er tat, oder weil er nicht gehandelt hatte, als es noch möglich gewesen wäre? Plötzlich kam ihm ein Gedanke, so schrecklich, daß er fast das Gleichgewicht verlor: Was war, wenn sich, sobald er der Frau das Telefon entriß, herausstellte, daß sie mit Valerie gesprochen hatte? Das konnte nicht sein, das kam ihm nur wegen der Hitze in den Sinn. Trittsteine drehten sich ihm entgegen und gaben unter seinen Füßen nach – mehrere Zähne mußten dran glauben, und hier, dem Nachgeben nach zu schließen, auch ein Auge –, aber egal, wie viele Hände nach ihm griffen, er trampelte weiter auf das Telefon zu.

Und dann, gerade als er nach der Antenne greifen wollte, schnellte sie zurück wie eine Angelrute, an der ein Fisch angebissen hat. Die Hände zerrten ihn in die Verachtung der Masse hinab, aber sie hatten kein Recht, ihn zu verurteilen – er hatte nichts getan, was sie nicht genauso täten. »Ich bin ihr!« schrie er und spürte, wie die Schultern, auf denen er kauerte, weiter auseinanderwichen, bis er die Beine spreizen mußte. Er fuchtelte mit den Armen durch die Luft, aber das war kein Traum, in dem er davonfliegen konnte. Zu spät merkte er, warum die Frau seinetwegen den Krankenwagen angefordert hatte. Vielleicht hätte er ihr seinen Dank zugebrüllt, aber er konnte keine Worte aus den Lauten bilden, die unzählige Hände aus seinem Mund zerrten.

Verborgen

Corrine schrie nicht. Es klang mehr wie ein tremolierendes Stöhnen, dem ein kurzes Schluchzen folgte, als sie die Treppe hinunterrannte. Richtig zu schreien fing sie erst an, als sie zur Tür hinaus war. Das hatte sie sich aufgespart, bis sie sicher war, daß sie jemand hören würde.

Ich hatte in dem Moment auf die Aufnahmetaste des Tonbandgeräts gedrückt, als sie ins Haus gekommen war. Sie hatte vier Minuten gebraucht, um ihre Arbeitskleidung anzuziehen und im Erdgeschoß auf die Toilette zu gehen.

Einmal hatte sie gerufen: »Mrs. Wainwright?«

Das Zimmer meiner Eltern machte sie immer als erstes sauber. Das war diesen Dienstag nicht anders als an den Dienstagen der vergangenen vier Jahre. Sie brauchte zehn Minuten, um im Zimmer meiner Eltern sauberzumachen. Hätte sie gedacht, meine Mutter wäre zu Hause, hätte sie eine halbe Stunde benötigt.

Als nächstes kam mein Zimmer dran.

In dem Moment, als sie die Tür öffnete und hereinkam, gab sie diesen komischen Laut von sich und rannte weg.

Gewissermaßen war der erste richtige Schrei draußen vor dem Haus nur die laute Fortsetzung dieses Stöhnens. Dieser Schrei war es auch, der auf der Straße widerhallte und durch die offene Eingangstür zu mir hochdrang.

Das war kurz nach neun. Kurz vor vier frühmorgens war ich mit dem Wagen meines Vaters nach Gorbell's Woods gefahren, war auf der Highland ungefähr eine halbe Meile zu Fuß nach Norden gegangen und hatte die Lieblingsmütze meines Vaters am Straßenrand liegengelassen. Als ich darauf die zwei Meilen zu unserem Haus zu Fuß zurückging, achtete ich darauf, daß mich niemand sah; und wenn mir in Paltztown diesbezüglich überhaupt Gefahr drohte, dann höchstens von jemandem, der nicht schlafen konnte und in Ermangelung eines besseren Zeitvertreibs aus dem Fenster schaute.

Inzwischen schrie Corrine fast pausenlos, aber ihre Schreie waren nicht mehr so laut. Wahrscheinlich rannte sie gerade die Straße hinunter, und die Nachbarn schauten aus dem Fenster, ob die Zugehfrau der Wainwrights vielleicht einen über den Durst getrunken hatte.

Da kannten sie Corrine allerdings schlecht. Sie war eine Wiedererweckte. Ein Trampel. Sie hatte mindestens eine verheiratete Tochter, Alice. Vor etwa zwei Jahren, ich war damals zwölf, war Alice einmal mitgekommen, um ihrer Mutter zu helfen. Alice muß ihrem Vater nachgeschlagen sein. Corrine war eine fette Pflunze; Alice eine magere Bohnenstange. Ich hatte Mühe, mir vorzustellen, wie Corrines Mann, der Teilzeit-Reverend, wohl aussah.

Der erste Nachbar, der fünf Minuten später ankam, war Mr. Jomberg; zwei Häuser weiter, pensioniert, schwaches Herz. Daß es Mr. Jomberg war, fand ich erst später heraus, und es wundert mich, daß er keinen Herzinfarkt bekam, als er die Tür aufmachte.

Ich habe Mr. Jombergs ›Heilige Scheiße‹ und die Schritte, mit denen er auf wackligen Beinen die Treppe hinuntertaperte, auf Band.

Kann Scheiße heilig sein? Warum nicht? Wieso sollte Gott sie davon ausschließen? Würde sie Gott bewußt einbeziehen? Schon mit zehn bin ich zu der Überzeugung gelangt, daß Gott, wenn es ihn gibt, sich mächtig ins Zeug gelegt haben muß, als er das Universum und die Menschen schuf, und als es dann an die kleinen Dinge, die Details ging, sagte Gott bloß: »Zum Teufel damit.« Und Gott hatte eine Menge zu tun. Jede Minute entstehen da draußen neue Welten. Und neue Sterne. Und alte Sterne vergehen. Irgendwo am Firmament hat er immer zu tun. Ich war ein vergessenes Detail, ein Zum-Teufel-damit. Auch das wurde mir mit zehn klar, als ich fast im Pool ersoffen wäre. Sie hätten mich nicht allein lassen sollen. Ich hatte schon fast ein Jahr keinen Anfall mehr gehabt und befand mich am seichten Ende, aber sie hätten mich trotzdem nicht allein lassen sollen. Ich spürte, wie es losging, spürte, was Dr. Ginsberg ›die Aura‹ nennt. Ich muß wohl Panik gekriegt und den Durchblick verloren haben, als mein Hirn abzuschalten begann. Denn anstatt zu versuchen, an den Beckenrand zu gelangen, machte ich einen Schritt ins Tiefe.

Als ich im Krankenhaus wieder zu mir kam und die Augen aufschlug, fing meine Mutter mit ihrem ›Gott sei Dank‹ an, obwohl sie nie in die Kirche ging und viele Unterlassungssünden beging. Mein Vater war auch da und gab einen tiefen Seufzer von sich. Er berührte mich an der Wange. Meine Schwester Lynn, ein Jahr älter als ich, war aus dem Haus ihrer Freundin mitgeschleppt worden.

»Alles okay?« fragte sie gelangweilt.

Ich nickte.

»Ab jetzt wird nicht mehr allein geschwommen«, sagte mein Vater.

Meine Mutter hätte eigentlich auf mich aufpassen sollen, wenn ich im Wasser war. Aber weil das Telefon geklingelt hatte, war sie ins Haus gegangen. Als sie wieder rauskam, war ich fast tot.

Damals merkte ich, daß ich eine Zum-Teufel-damit-Person war.

Vielleicht denken Sie, das müßte einen Zehnjährigen ziemlich deprimieren. Sollte das allerdings auch nur ein paar Sekunden lang so gewesen sein, kann ich mich nicht mehr daran erinnern. Ich kann mich nur erinnern, daß ich dalag und dachte: Wenn es keinen Gott gibt, können mich nur Menschen für das bestrafen, was ich tue. Und wenn es einen Gott gibt, ist es ihm egal, was aus mir wird.

Das war mein letzter Anfall.

Soviel für all jene, die, wenn sie das hören, sagen werden: »Das war der kritische Moment. Mit diesem traumatischen Erlebnis hat alles angefangen. Wenn er bloß eine Therapie bekommen hätte. Aber jetzt wissen wir, was mit ihm los ist. Wir haben eine Schublade für das Ganze und können Paul Wainwright vergessen. Sogar sein Name ist leicht zu vergessen.«

Die Polizei kam acht Minuten und zwanzig Sekunden, nachdem Mr. Jomberg durchdrehte. Ich stellte mir vor, wie er und Corrine im Vorgarten schreiend im Kreis herumsprangen. Wenn sie das Ganze verfilmen, werde ich ausdrücklich darauf dringen, daß sie diese Tanzszene einfügen, zumindest in Form einer Fantasievorstellung.

Es waren zwei Polizisten, ein Mann und eine Frau. Für den Fall, daß aus der Bandaufnahme nicht eindeutig hervorgeht, wer jeweils spricht – es war sie, die sagte:

»Ahh, o Gott.«

Er sagte:

»Allmächtiger. Verständige die Zentrale.«

»O Gott«, wiederholte die Frau.

»Billie, verständige die Zentrale«, sagte der Mann mit zitternder Stimme. »Ich ich sehe mich mal im Haus um.«

Sie verließen beide mein Zimmer. Ich hatte Hunger, langte in die Schachtel neben mir und nahm zwei Scheiben Brot heraus. Das Sandwich belegte ich mit Käsescheiben und warf die Plastikverpackung in den Plastikbehälter. Dann ließ ich den Behälter leise zuschnappen.

Es ist jetzt kurz nach ein Uhr nachts. Ich kann das ganze Geflüster mit dem Mikrophon aufnehmen.

Ich habe alles sorgfältig geplant. Ich habe an alles gedacht.

In der Decke meines begehbaren Kleiderschranks befindet sich eine kleine Klappe. Als meine Eltern das Haus kauften, war das der einzige Zugang zum Speicher. Doch dann bauten sie das Dach aus und machten ein riesiges Zimmer für Lynn daraus. Mir machte das nichts aus. Ich mag kleine Räume. Einmal fuhr ich mit meiner Mutter und meiner Schwester im Zug nach Baltimore. Wir taten das, glaube ich, um meine Tante Jean zu trösten, als ihr Sohn starb, aber sicher bin ich nicht. Ich war damals noch sehr klein, vielleicht drei. Meine Mutter und meine Schwester beklagten sich darüber, wie wenig Platz in unserem kleinen Privatabteil wäre, vor allem, wenn man zwei Betten ausklappte. Ich lag im oberen. Obwohl ich erst drei war, hatte ich kaum genug Platz, um mich umzudrehen. Ich fand das toll. Von der Dunkelheit eingehüllt.

Die Klappe in meinem Kleiderschrank. Ich hatte sie nicht vergessen. Im Speicher wurden entlang der Dachschrägen Wände hochgezogen, damit er mehr nach einem Zimmer aussah. Durch diese Wände entstanden unzugängliche Zwischenräume. Schmale Gänge, die von der Vorderseite zur Rückseite des Hauses führten. Außer mir hatten alle vergessen, daß es die Klappe gab. Fast jede Nacht schloß ich meine

Zimmertür ab und kletterte nach oben. Damit mich Lynn nicht hörte, machte ich keinen Lärm. Ich lagerte in den Zwischenräumen alle möglichen Sachen und machte dort oben im Dunkeln kurze Nickerchen. Eines Nachmittags, als ich allein zu Hause war, bohrte ich ein kleines Loch in die Wand, ein sehr kleines Loch, aber es reichte aus, daß ich den größten Teil des Raums überblicken konnte. Dann ging ich in Lynns Zimmer und entfernte mit dem Handstaubsauger aus der Küche die wenigen Holzspäne, die beim Bohren des Lochs entstanden waren.

Ich denke an alles. Ich plane im voraus. Ich habe einen kompletten Vorrat an unverderblichen Konserven und Getränken hier oben und einen verschließbaren Plastikeimer für die Abfälle. Ganz bewußt habe ich mich für Nahrungsmittel entschieden, deren Geruch kaum festzustellen ist. Ich habe Decken und zwei Kissen, und einen Meter weiter sind meine Kleider zu einem sauberen Stapel aufgeschichtet. Ich habe den kleinen batteriebetriebenen Fernseher, den meine Eltern im Schlafzimmer hatten. Und ich habe Ersatzbatterien. Mit einer Taschenlampe suchte ich mein Versteck schon Wochen vor dem Morgen, an dem ich meine Eltern und meine Schwester umbrachte, nach Insekten ab. Der Kriechspeicher ist sauber.

Das Schwierigste, das, worauf ich besonders stolz bin, ist das doppelte Deckbrett, das genauso groß ist wie die Decke des begehbaren Schranks. Es sitzt perfekt. Ich habe es in meinem Zimmer gemacht und getestet, ob das Ganze funktioniert und wie es aussieht. Wenn ich durch die Klappe in den Speicher klettere, kann ich die doppelte Decke, die ich immer auf meine Kleiderablage lege, problemlos erreichen. Ich lange nach unten, ziehe das Deckbrett an der Feder und dem Griff, die ich daran festgeschraubt habe, hoch und befestige es mit der Feder und einem Riegel an der Klappe. Wenn jemand in meinen Schrank schaut, sieht er bloß eine Decke. Gefährlich könnte es nur werden, wenn jemand auf eine Leiter steigt und gegen die fast drei Meter hohe Decke drückt. Das ist an sich ziemlich unwahrscheinlich, aber wenn trotzdem jemand hochklettert, geriete die Decke ein bißchen ins Wackeln.

Wahrscheinlich fände das der Betreffende etwas eigenartig, aber das wäre auch schon alles.

In meinem Kriechspeicher gibt es jede Menge Luft. Lynns Zimmerwände bestehen aus holzverkleideten Gipsfaserplatten oder so was ähnlichem. Zwischen den einzelnen Gipsfaserplatten ist ein Zwischenraum, nur ein schmaler Spalt zwar, aber das genügt vollauf.

Aber zurück zu heute morgen.

Zwanzig Minuten später, nach dem Eintreffen weiterer Polizisten und eines Arzts:

»So was hab ich noch nie erlebt.«

»Der Fall Walter, vor sieben, acht Jahren. Eine fünfköpfige Familie. Es war der Vater. Axt, Hammer, Zähne. Die Körper, einzelne Teile davon, über die ganze Wohnung verteilt.«

»Das war vor meiner Zeit, Barry.«

»Der Vater ist immer noch in der Klapsmühle, glaube ich. Mein Gott, sieh dir das mal an.«

»Ist schwerlich zu übersehen, Judd.«

Ich weiß, was Sie jetzt denken. Aber ich kenne da keine falsche Scham. Ich werde ganz offen darüber sprechen. Sicher fragen Sie sich, wie ich mich behelfe, wenn ich auf die Toilette muß. Auf zweierlei Weise. Für Notfälle habe ich einen Plastiktopf, einen großen, mit einem dicht sitzenden Deckel. Wenn ich es den ganzen Tag aushalte, klettere ich am Abend nach unten, heute abend tue ich das, und benutze meine eigene Toilette. Ich habe an alles gedacht. Eine Checkliste hilft mir dabei. Ich habe sie bei mir, zusammen mit einer kleinen Taschenlampe und einem Vorrat an Batterien und sogar an Ersatzbirnchen. Für tagsüber habe ich Bücher. Alle möglichen Bücher, jede Art von Büchern, nichts, das Teil eines Puzzles bilden könnte, das ein einfaches Psychogramm ergäbe.

»Er liest Krimis. Das erklärt alles.«

»Er liest Liebesromane. Das erklärt alles.«

»Er liest geschichtliche Werke. Das erklärt alles.«

»Er liest Rittersagen. Das erklärt alles.«

Und dann, von unten, deutlich zu hören, der Mann mit der rauhen Stimme: »Das ist das Zimmer des Sohns.«

»Keine Spur von ihm – es sei denn, einige dieser Körperteile sind von ihm. Kein Kopf, nichts, das nach einem halbwüchsigen Jungen aussieht.«

»Hast du genügend Fotos gemacht? Wenn du mich nicht unbedingt brauchst, würde ich gern gehen.«

»Willst du in der Diele warten? Warte in der Diele. Ich möchte nicht, daß mir nach einem Jahr irgendein Anwalt dumm kommt. Das wird eine Riesensache.«

»Entweder, wir finden in der nächsten Stunde den Körper des Jungen, oder er war es.«

»Intuition?«

»Erfahrung. Um Him ... Was hat er denn damit angestellt, Doc?«

»Ganz schön übel, James. Lassen Sie mich nur hier machen. Suchen Sie lieber nach dem Jungen. Ob Sie irgendwelche Spuren finden. Stören Sie mich jedenfalls nicht mehr bei der Arbeit, damit ich hier endlich fertig werde und die Leichen fortgeschafft werden können.«

Zwei Männer verließen das Zimmer. Um nach Spuren von mir zu suchen. Der Doktor, der allein zurückblieb, sprach mit sich selbst, vermutlich in ein Tonbandgerät. Ich hörte das Klicken. Es ist auf meinem Band. Er sagte, es sei eine vorläufige Bestandsaufnahme, eine ›Vor Ort‹-Autopsie. Er sprach langsam. Entweder zwang er sich, langsam zu sprechen, oder er hatte Mühe, Luft zu bekommen: »Alle drei Opfer sind nackt. Voraussichtliche Todesursache der Frau, Alter schätzungsweise Mitte vierzig, massive Eviszeration. Alles Haar, am Kopf und im Schambereich, abrasiert, wahrscheinlich nach Eintritt des Todes. Enthauptet. Körper auf dem Boden. Kopf auf dem Bett. Voraussichtliche Todesursache des Mannes, gleiches Alter, wiederholte massive Schläge auf das Kranium, schwerer Gehirnschaden. Mehrere Stichwunden. Voraussichtliche Todesursache des Mädchens, Alter fünfzehn bis zwanzig, wiederholte traumatische Penetration. Keine Spuren von Schußwunden an einem der Opfer, aber der Zustand der Leichen erfordert eine gründliche Obduktion.«

Mit einem Klicken schaltete er das Gerät aus und sagte:

»Tierisch. Tierisch.«

Ein paar Minuten später wieder der Mann mit der rauhen Stimme und ein oder zwei andere Männer.

»Herr im Himmel«, entfuhr es jemand.

»Das sagen sie alle. Sehen Sie sich das mal an. Nehmen Sie es auf. Tun Sie Ihre Arbeit. Kein Blut in der Diele oder sonst irgendwo. Sie wurden hier drinnen umgebracht. Ich würde sagen, sie wurden zunächst erschossen.«

Der Rest der Unterhaltung war schwer zu verstehen. Jemand benutzte in meinem Zimmer ein Gerät, das sich wie ein Staubsauger anhörte. Ich glaube, sie sagten: »Die Nachbarn haben keine auffälligen Geräusche gehört, aber ...«

»Sie meinen, nachdem er den ersten umgebracht hat, kam der nächste rein, sah die Leiche und ließ sich ...«

»Oder die nächste ...«

»Wahrscheinlich hat er den Mann als erstes umgebracht. Mit den Frauen war leichter fertigzuwerden.«

»Was ist das für ein Junge, der in so einem Zimmer lebt?«

»Jetzt hören Sie aber mal – was für ein Junge tut so was?«

»Sieht aus wie in einer Mönchszelle. Keine Bilder an den Wänden, nichts, was auf dem Tisch rumliegt. Schwarze Decke, schwarze Kissen. Wetten, daß in seinem Kleiderschrank peinliche Ordnung herrscht?«

Das Geräusch der sich öffnenden Schranktür.

»Na, was hab ich gesagt?«

Jetzt zog jemand direkt unter mir eine Schublade heraus. Ich hielt den Atem an.

»Hätte ich doch gewettet«, sagte der Mann mit der rauhen Stimme direkt unter mir. »Es war der Junge.«

Eine neue Stimme, zitternd:

»Sergeant, der Wagen für die Leichen ist unterwegs. Können wir sie schon in die Säcke tun?«

»Das müssen Sie den Doktor fragen«, sagte der Mann mit der rauhen Stimme und schloß die Tür des Schranks, so daß ich nur noch ganz schwach hören konnte, was in meinem Zimmer vor sich ging. Die geschlossene Tür hatte allerdings einen Vorteil. Sie hielt den größten Teil des Gestanks ab.

»Eben ist von Commer und Styles eine Meldung reingekommen. Sie haben eins der Autos der Wainwrights gefunden. Identifiziert haben sie es anhand der Sachen im Handschuhfach. Drüben in Gorbell's Woods, nicht weit von der Highland. Fahrertür offen. Einen halben Block weiter, in Richtung Norden, haben sie am Straßenrand eine Mütze gefunden. Eine Art griechische Fischermütze mit dem Namen des Vaters im Schweißband.«

»Er verläßt die Stadt? Zu Fuß?«

»Warum die Mütze? Warum hat er sie genommen? Warum hat er sie weggeworfen? Warum hat er den Wagen stehengelassen?« fragte der Sergeant mit der rauhen Stimme.

Lauter gute Fragen.

»Können wir jetzt gehen, Sergeant? Ich meine, nach unten.«

»Gehen Sie nur. Ich bleibe noch eine Weile hier.«

Schritte, die den Raum verließen. Das ferne Geräusch einer Krankenwagensirene. Wozu die Sirene? Wozu die Eile?

Der Sergeant atmete so schwer, daß ich es durch den Boden und die Tür hören konnte. Er sagte etwas, so leise, daß ich es nicht verstand, aber es klang wütend. Ich werde mir das Band später anhören, vielleicht erst in ein paar Wochen, wenn ich es lauter stellen kann. Ich bin neugierig. Können Sie mir das verdenken?

Im Erdgeschoß waren Leute. Sie redeten, debattierten, benutzten unser Telefon. Auf der anderen Seite der Wand, einen halben Meter von mir entfernt, gingen zwei Paar Füße in Lynns Zimmer herum. Ich hielt mein Auge an den schmalen Spalt zwischen den Gipskartonplatten und erhaschte einen Blick auf einen Frauenkörper in einer blauen Uniform.

»Hübsches Mädchen«, sagte die Stimme eines jungen Mannes.

Ich war sicher, er sah sich die Fotos von Lynn und ihren Freundinnen an, die auf ihrer Frisierkommode standen.

Ich konnte weder ihn noch die Polizistin sehen, die antwortete:

»Gewesen.«

Sie blieben nicht lang in Lynns Zimmer. Keine Minute

nachdem sie gegangen waren, drangen aus meinem Zimmer neue Stimmen herauf.

»Allmächtiger ...«

»Sie haben dich gewarnt, Nate.«

»Schon, aber ...«

Schritte, die die Treppe heraufkamen.

»Wir haben die Säcke fertig. Wir haben die Bahren fertig. Wir ...«

»Das Zimmer ist nach Fingerabdrücken abgesucht worden und Staub gesaugt«, sagte der Doktor. »Dieser Rumpf und dieser Kopf kommen in einen Sack. Das Mädchen und die Hand kommen in einen anderen. Die Frau in der Ecke ... Warten Sie, ich helfe Ihnen.«

»So was hab ich noch nie gemacht«, sagte der Mann, der Nate hieß. »Ich hab zwar schon alles mögliche erlebt, Russ: alte Leute, die im Schlaf gestorben sind. Ein junger Kerl, der erschossen wurde. Ein Mann, der seine Frau ..., aber so was noch nie. Nicht in dieser Stadt.«

»Helfen Sie mir mal.« Die Stimme des Doktors.

Das Geräusch eines Reißverschlusses. Lebwohl, Dad?

Ich sah mir die 11-Uhr-Nachrichten an, paßte sehr genau auf. Richtig saubermachen werden sie das Zimmer erst in ein, zwei Tagen. Sobald die Leichen weg sind, werden sie die Tür zu meinem Zimmer abschließen und plombieren, vielleicht auch das ganze Haus. Polizisten, wahrscheinlich sogar Nationalgardisten des Staates South Carolina und FBI-Männer, werden dann später das Klebeband wieder entfernen, Türen öffnen, weitere Fotos machen, das Blut untersuchen und nach Hinweisen fahnden, wohin ich verschwunden sein könnte.

In meiner Kommode, in der zweiten Schublade von oben, rechts unter meinen Pullovern, werden sie meine Unterlagen und Stadtpläne von New York City finden. Mit verschiedenfarbigen Markern habe ich mehrere Viertel eingekreist und mir Notizen gemacht, wo es Sehenswürdigkeiten gibt und wo ich eine Wohnung finden kann. Ich war nie in New York City, will da auch nicht hin. Es ist gefährlich. Es ist schmutzig. Dort sollten sie nach mir suchen.

Meine kurzfristigen Pläne: Vorsichtig sein. Die Toilette

nur nachts benutzen, wenn ich sicher bin, daß das Haus leer ist.

Meine langfristigen Pläne: Wenn mir in etwa drei bis vier Wochen Essen und saubere Kleider ausgehen, klettere ich nachts nach unten, klebe die doppelte Decke mit Krazy Glue fest und hole mein in eine Plastikplane eingeschlagenes Fahrrad aus seinem Versteck unter der Veranda der Klines, fünf Blocks weiter. Ich warte bis zum Morgen und radle dann mit Helm und Brille, nur mit einer Wasserflasche ausgerüstet, aus Paltztown los, esse auf dem Weg nach Jacksonville in einem Fast Food-Lokal, kaufe mir etwas zum Anziehen, hier ein Hemd, da eine Jeans. In meiner Geldbörse sind 2356 Dollar. Das meiste davon habe ich mit meinem Job bei Kash and Karry verdient. Der Rest stammt aus der Handtasche meiner Mutter und aus der Brieftasche meines Vaters. Ich weiß sogar, wie ich einen neuen Ausweis, eine Sozialversicherungskarte und einen Führerschein bekommen kann. Wie man das macht, weiß ich aus dem Fernsehen, außerdem habe ich zwei Bücher darüber gelesen.

Alles verlief ziemlich genau nach Plan. Ungefähr drei Tage lang wimmelte es im Haus nur so von Polizisten. Dann rückten mehrere Frauen an, Polinnen oder Russinnen, irgendwas in der Art, und machten in meinem Zimmer sauber. Nach dieser Putzaktion nahm die Zahl der Besuche beständig ab, bis schließlich niemand mehr kam. Ich las Tag und Nacht und sah mir im Fernsehen mit Kopfhörern Game Shows, Talkshows, Filme und Nachrichtensendungen an. In den Channel Seven-Nachrichten wurde meine Tat, nachdem der Anchorman in Washington vorher in aller Sachlichkeit darüber berichtet hatte, als ›abscheulich‹ und ›unfaßbar‹ bezeichnet. Die Menschen in Paltztown verrammeln ihre Türen und schlafen aus Angst, ich könnte mich nachts immer noch herumtreiben, mit ihren Schußwaffen auf dem Nachttisch. Es gibt Fotos – von mir und von meinen Eltern und Lynn. Ich grinse darauf dämlich in die Kamera. Meine Eltern und Lynn sehen aus wie die Nachbarn von Rob und Laura Petrie.

Am zweiten Tag nahm der Sergeant mit der rauhen

Stimme an einer Pressekonferenz teil. Er sah fett und abgeschlafft aus. Sein Haar war lockig und grau, und sein Sportsakko und die nicht dazu passende Hose hätten auf der Stelle verbrannt gehört.

Auch der Bürgermeister sprach auf der Pressekonferenz, zu der Journalisten und Fernsehteams bis aus Charleston und Raleigh angereist waren. Er versicherte den Fernsehzuschauern, »die Person oder die Personen, die dieses grauenhafte Verbrechen begangen haben, werden in Kürze gefaßt sein.« Der Polizeichef äußerte sich auf die Frage eines Reporters, ob es schon Verdächtige gebe, sehr vorsichtig. Er sagte, ich sei auf jeden Fall der Hauptverdächtige, aber ich könnte auch das vierte Opfer sein, das irgendwo im Wald vergraben oder, wie er anklingen ließ, von den Tätern zu ihrem Vergnügen entführt worden sei. Ein Fernsehreporter von Channel Seven fragte: »Und wenn ihm jemand dabei geholfen hat?«

»Es liegen keinerlei Meldungen vor, daß in der Stadt jemand vermißt wird«, antwortete der Polizeichef mit einem wissenden Grinsen.

»Dann könnte die Person, die ihm geholfen hat, noch in der Stadt sein«, sagte der Reporter. »Eins unserer eigenen Kinder.«

»Das halte ich für sehr unwahrscheinlich«, entgegnete der Polizeichef. »Wir glauben eher, daß sich Paul Wainwright in New York aufhält oder demnächst dort eintrifft.«

»Woher wissen Sie das?«

»Warum ausgerechnet New York?«

»Das schließen wir aus verschiedenen Aufzeichnungen, die wir im Zimmer des Verdächtigen gefunden haben«, sagte der Sergeant mit der rauhen Stimme. Wie sich herausstellte, hieß er James Roark.

»Was für Aufzeichnungen?«

»Hat er ein Tagebuch zurückgelassen?«

»Was er zurückgelassen hat, war seine Familie«, krächzte Roark. »Tot, nackt und in lauter kleine Teile zerstückelt.«

An dieser Stelle schaltete Channel Seven zu Elizabeth Chanug ins Studio zurück. Laut Elizabeth gab es ›offensichtlich zuverlässige‹ Meldungen, denen zufolge die Polizei mit Sicherheit wußte, daß ich bereits in New York war, weshalb sie die Suche auf bestimmte Teile der Stadt konzentriert hatte.

Am besten gefiel mir, was sie auf Channel Ten brachten, obwohl ich es fast versäumt hätte. Sie interviewten Leute, die mich kannten.

Der Schulleiter Mr. Honeycutt, mit dem ich höchstens zweimal flüchtig gesprochen habe: »Ein stiller Junge. Ganz hervorragende schulische Leistungen. Nicht viele Freunde.«

Miß Terrimore, die Schulpsychologin, eine aus dem Leim gehende Fettqualle, die sich mit maßgeschneiderten Kostümen zusammenzuhalten versuchte: »So ziemlich alles, was ich über ihn sagen kann, ohne irgendwelche Geheimnisse auszuplaudern, ist: er war ein intelligenter und introvertierter Junge, der eindeutig Probleme hatte.«

Sie hatte zweimal mit mir gesprochen, und beide Male hatte sie Menthol-Hustenbonbons gelutscht und kaum von dem Formular aufgesehen, das sie ausfüllte. Es war in ihrem Büro gewesen: »Wie geht's dir so? Sehr schön – der nächste bitte.« Ich hätte ihr mit einer Maschinenpistole vor der Nase rumfuchteln können, und sie hätte sich die Nase geputzt und gefragt: »Wie geht's dir so?«

Jerry ›Turk‹ Walters, Turk the Jerk, macht einen auf Rapper, ist aber eine taube Nuß: »Dieses Semester war Paul in zwei meiner Kurse, im letzten sogar in drei. Ich bin neben ihm gesessen, weil das nach dem Alphabet geht, wissen Sie. Und mein Name kommt gleich hinter seinem. Paul hat nicht viel geredet. Guter Schüler. Aber ein komisches Lächeln, da hat man richtig Gänsehaut von gekriegt. Keine engen Freunde. Keine richtig guten Freunde, soviel ich weiß. Aber er hat mir ein paarmal geholfen.«

Diese Hilfe hatte so ausgesehen, daß ich ihn ein ganzes Jahr lang regelmäßig die Hausaufgaben hatte abschreiben lassen.

Milly Rugello, hübsch, ganz in Gelb gekleidet, die Lippen für die Kamera leuchtend rot geschminkt, die leeren Augen voller geheuchelter weiblicher Teilnahme: »Ich würde nicht gerade sagen, wir waren befreundet. Im Grunde genommen habe ich nicht mal viel mit Paul gesprochen. Irgendwie war er mir ein bißchen unheimlich. Aber er ist nie aufdringlich geworden.«

Unheimlich? Hinterher haben alle Trottel immer schon alles gewußt. Ich war nie und nimmer unheimlich. Ich hatte strahlende Zähne und anständige Kleider, ich war total normal, lachte, wenn ich lachen sollte, schrieb Aufsätze, wie die Lehrer sie haben wollten, beklagte, allerdings voller Bedauern und nicht voller Wut, die Not der Hungernden auf der ganzen Welt, die zunehmende Ausbreitung von Aids, das immer stärkere um sich greifen der Heuchelei. Die Unmenschlichkeit der Menschen gegenüber ihren Mitmenschen.

Ich ging zu Basketball- und Footballspielen, nahm an allen möglichen Aktivitäten teil und begleitete meine Cousine Dorothea sogar zum Studentinnenball. Thema: Ein Hauch von Frühling.

> Milly Rugello,
> mit Lippen wie Jello,
> mal ganz in Yellow,
> sagt kaum mal ›hello‹.

Mr. Jomberg, schwer atmend, Herzprobleme und Emphyseme, für seinen Auftritt in abgewetzte Jeans und ein vorwiegend rotes und schwarzes Flanellhemd gekleidet, die Daumen in die Hosentaschen gehakt, Marke Bergfex, der typische urwüchsige, abgeklärte alte Mann aus der Nachbarschaft: »Die Wainwrights waren anständige Leute, haben einem immer einen Guten Morgen gewünscht. Das Mädchen war aufgeweckt, nett und höflich, wie es heute nicht mehr viele sind. Und der Junge?« Traurig schüttelte Mr. Jomberg den Kopf. »Richtig änigmatisch. Immer höflich, hat sich ein bißchen für meinen Garten interessiert, schien ganz gut mit meinem Hund auszukommen. Ein schrecklicher Schock.«

Änigmatisch? Rätselhaft? Hatte Mr. Jomberg im Wörterbuch nachgeschlagen? Hatte er eine bisher nicht zur Geltung gekommene Ader für blöde Klischees? Interesse an seinem Garten? Lebte Mr. Jomberg im Land der Träume? Und der Hund? Ich hatte ernsthaft mit dem Gedanken gespielt, diesem stinkenden Köter mit seinem blöden Geknurre und seinen verfaulten Zähnen den Bauch aufzuschlitzen.

Connie hielt man die Kameras vom Leib. Und das war gut so. Es wäre nicht viel mit ihr anzufangen gewesen, obwohl sie bestimmt ein gutes Wort für mich eingelegt hätte. Ich war immer nett zu Connie gewesen, ich war immer nett zu allen.

Von Tag zu Tag hatte Channel Seven weniger über mich und meine Tat zu berichten. Die landesweit ausgestrahlten Nachrichten hatten nach drei Tagen das Interesse an mir verloren. Channel Seven hat heute die Berichterstattung eingestellt. Es gab nichts Neues mehr über mich. Es gab nichts mehr zu berichten.

Jeden zweiten Tag kletterte ich gegen zwei Uhr morgens vorsichtig nach unten, lauschte, ob jemand im Haus war, ging auf die Toilette, spülte hinunter, was es hinunterzuspülen gab, wusch mich, trocknete die Schüssel mit Toilettenpapier aus, das ich von oben mitgebracht hatte, und zog mich rasch wieder in den Wandschrank zurück.

Als ich mich am dritten Tag zum ersten Mal nach unten wagte, war ich zugegebenermaßen ein bißchen aufgeregt. Aber Angst hatte ich keine. Abenteuer. Herausforderung. Gefahr. Ich blieb in der Mitte meines Zimmers stehen. Im Licht des fast vollen Monds konnte ich sehen, daß das Zimmer saubergemacht worden war. Aber das wußte ich bereits von den Geräuschen während des Tages. Das Bett an der Wand, nur noch ein Lattenrost. Die Kommode in der Ecke, ausgeräumt. Der Schreibtisch, leer.

Am Tag hatte der Polizist mit der rauhen Stimme, James Roark, meine Tante Katherine durchs Haus geführt. Ich hatte gehört, daß die Tür meines Zimmers aufging.

»Sie kommen doch sicher allein zurecht, Mrs. Taylor.«

Sie antwortete nicht. Sie muß den Kopf geschüttelt haben.

»Ich bleibe einfach hier und helfe Ihnen, wenn Sie mich brauchen.«

Ein Schaben. Eine Schachtel, die geöffnet wurde? Meine Fantasie. Schubladen, die herausgezogen wurden. Dinge, die in die Schachtel geschoben wurden, geräuschvoll gegen ihre Wände stießen. Tante Katherines schwerer Atem. Ihr

Mann, der Bruder meines Vaters, hatte sie und Dorothea verlassen, als ich noch klein war. Ich fragte mich, ob er etwas darüber lesen oder im Fernsehen sehen würde oder ob er schon tot wäre. »Tot wäre.« Man beachte den Konjunktiv. Erzählen Sie das Mr. Waldermere, wenn Sie es lesen. Sie waren mir ein guter Lehrer, Mr. W. Und ich war ein gelehriger Schüler. Glänzende Zukunftsaussichten, wie, Mr. W.?

Mein Zimmer sah aus wie ein Grab. Es war in tiefes Dunkel getaucht, genau der richtige Ort, um auf die Posaunen des Jüngsten Gerichts zu warten. Es wurde immer kleiner und drängte mich in eine Ecke, wo ich mich zusammenkrümmte wie ein Prä-Abort im Mutterleib.
Schnell klettert ich wieder nach oben und schloß mich ein.

Inzwischen sind zwei Wochen vergangen. Es ist Dienstagmorgen, zwei Uhr zwanzig. Eben habe ich einen grünen Müllbeutel voller schmutziger Wäsche und einen anderen grünen Müllbeutel mit Essen und Abfällen auf den Boden des Schranks hinabgeworfen. Dann habe ich die doppelte Decke gegen die Kleiderstange gelehnt, von der meine Kleider längst entfernt worden sind, und bin lautlos nach unten geklettert. Ich brauchte fünfzehn Minuten, um die doppelte Decke anzubringen, und war schweißgebadet. Es ist eine heiße Nacht, und die Klimaanlage ist nicht an. Warum auch? Fernseher, Radio und Bücher habe ich im gut getarnten Kriechspeicher zurückgelassen. Nur eine Taschenbuchausgabe von Lord Byrons Gedichten habe ich mitgenommen; sie steckt in meiner Gesäßtasche. Auch den Kassettenrecorder nahm ich mit. Ich möchte die Chronik meines weiteren Lebenswegs auf Band aufnehmen. Band um Band. Auf Hunderten, vielleicht sogar Tausenden von Bändern. Ich werde sie ganz offen aufbewahren, ordentlich katalogisiert. Besuchern werde ich erzählen, ich hätte vor, sie eines Tages zu veröffentlichen.

In drei Jahren, fünf Jahren, zehn Jahren, in einem halben Jahrhundert, wenn das Haus umgebaut oder abgerissen sein wird – falls man es nicht schon innerhalb der nächsten zwei

Monate abbricht, weil niemand es kaufen will –, wird vielleicht ein unfreiwilliger Archäologe die Spuren meines Täuschungsmanövers im Kriechspeicher entdecken.

Werden sie über meine Gerissenheit staunen oder mich lediglich für verrückt halten? Ich gebe mich, was die Menschen angeht, keinen Illusionen hin.

Ich stelle die knisternden Müllbeutel ab, um die Tür zu öffnen. Und dann geht es die Treppe hinunter, zur Hintertür hinaus, über den Hinterhof; die Müllbeutel landen im Abfallcontainer von Rangel and Page's Supermarkt. Müllabholung mittwochs früh. Etwas später, im ersten Morgengrauen, fährt ein Radfahrer mit gesenktem Kopf den Highway entlang, aber was ich wirklich bin, bleibt ...

... verborgen.

* * *

Vorsichtig tastete sich Paul Wainwright in fast völligem Dunkel die Treppe hinunter. In einer Hand hielt er den Kassettenrecorder, in der anderen die Müllbeutel, die er sich über die Schulter geworfen hatte. Die nahe Straßenlampe warf einen schmalen Streifen gefilterten Lichts durch die zugezogenen Vorhänge des Wohnzimmers.

Paul hatte vier Schritte in Richtung Küche gemacht, als er die Stimme seines Vaters hörte:

»Stell sie vorsichtig ab, Paul.«

Paul ließ die Müllbeutel fallen und drehte sich im dunklen Wohnzimmer um.

»Setz dich in den Sessel am Fenster«, forderte ihn sein Vater weiter auf.

Paul bekam weiche Knie. Eine Minute lang rührte er sich nicht von der Stelle, und dann kam aus dem Lieblingssessel seines Vaters wieder die Stimme:

»Setz dich, Paul. Sofort.«

Paul ging auf den Sessel am Fenster zu und sah im Dunkeln in die Richtung, aus der die Stimme seines Vaters kam.

»Ich möchte unbedingt wissen, warum du das getan hast«, sagte sein Vater müde.

»Sie sind nicht mein Vater«, sagte Paul.

»Dafür danke ich Gott«, entgegnete die Stimme.

»Sie sind Roark, James Roark. Sergeant James Roark.«

Roark war kurz vor dem Einnicken gewesen, als er das Geräusch über sich gehört hatte. Ein Klopfen, gefolgt von einem anderen Klopfen. Auf die Klopfgeräusche folgte ein Schlurfen und das Klatschen von Holz oder Plastik gegen etwas Hartes. Es hätte ein Einbrecher sein können, aber das glaubte Roark nicht.

In der ersten Woche nach den Morden hatte er immer nur zwei, drei Stunden pro Nacht geschlafen, und nicht einmal die am Stück. Seine Frau hatte ihn daran erinnert, daß sie in zwei Wochen ihre Tochter in Mount Holyoke besuchen wollten und daß er einen entsprechenden Urlaubsantrag stellen müsse. Er hatte ja gesagt und das Ganze vergessen, und dann, als es Zeit zum Packen und zum Wegfahren wurde, hatte er nein gesagt. Er mußte hier bleiben. Er mußte Paul Wainwright finden.

Seine Frau hatte nicht widersprochen. So hatte sie Roark erst einmal erlebt – als ihr erster Sohn noch vor seinem ersten Geburtstag gestorben war. Sie hielt es für das Beste, ihn in Frieden zu lassen. Damit er seine Wunden lecken konnte. Vielleicht hatte es ja denselben Effekt, den es vor mehr als fünfundzwanzig Jahren gehabt hatte.

Als seine Frau abgereist war, hatte sich Roark Urlaub genommen und tagsüber in seinem von Sonnenlicht überfluteten Zimmer geschlafen. Nachts war er zum Haus der Wainwrights hinausgefahren, hatte leise aufgeschlossen, sich ins Wohnzimmer gesetzt und gewartet – und gehofft, der Junge würde zurückkommen. Manchmal war er sicher, er würde zurückkommen, aber öfter dachte er, er würde es nicht tun. Er wußte allerdings genau, daß der Junge nicht in New York war. Die Hinweise waren zu offensichtlich, die Stadtpläne zu hastig angekreuzt, und das Blut auf der Ecke eines Plans stammte vom toten Vater des Jungen, was darauf hindeutete, daß die Stadtpläne erst nach der Ermordung des Vaters in die Schublade gelegt worden waren. Es gab keinerlei Hinweise, daß ein junger Mann, auf den Pauls Beschreibung zutraf, in einem Bus, Zug oder Flugzeug durch eine Stadt im näheren Umkreis von Paltztown gekommen war. Das zweite Auto der Familie stand noch in der Garage. Nein, aller Wahrscheinlichkeit nach hielt sich Paul Wainwright noch in Paltztown oder Umgebung auf. Sie hatten gesucht, gefragt und nichts gefunden, und deshalb hatte sich Roark an die Hoffnung geklammert, daß der Junge nach Hause zurückkäme, wenn er glaubte, er hätte nichts mehr zu befürchten – vermutlich, um sich ein paar Kleider oder verstecktes Geld zu holen oder einfach nur, um sein Zuhause ein letztes Mal zu sehen. Das war zwar nicht gerade viel, aber irgendein Gefühl sagte Roark, daß es so war. Bisher hatte ihn sein Gefühl meistens getäuscht, aber er hatte sonst nichts, woran er sich klammern konnte, und außerdem ein starkes Bedürfnis, die Nächte, die er im Wohnzimmer der Wainwrights verbrachte, zu rechtfertigen. Und nun wurde ihm klar, daß sich Paul Wainwright zwei Wochen lang zwei Stockwerke über ihm im Haus versteckt hatte. In dem schmalen Streifen Mondlicht, der durch das Fenster drang, sah der Junge weiß und dünn aus; sein dunkles T-Shirt bewegte sich im Takt seines Herzschlags.

»Was hast du da in der Hand?« fragte Roark. »Halt es hoch.«

Der Junge hielt einen kleinen Kassettenrecorder hoch.

»Stell ihn neben dir auf das Fensterbrett.« Roark rieb sich weiter seine stoppligen Wangen.

Paul stellte den Kassettenrecorder auf das Fensterbrett.

»Und jetzt«, sagte Roark, »schalt ihn ein.«

»Ich …«, begann Paul.

»Schalt ihn ein«, wiederholte Roark, und Paul drückte auf die Rückspultaste. Die zwei saßen da und lauschten dem leisen Surren, bis ein Klicken ertönte und Paul die Abspieltaste betätigte. Zwanzig Minuten später blieb das Band mit einem Klicken stehen.

»Das erklärt nicht sehr viel«, sagte Roark.

»Mehr gibt es aber nicht«, entgegnete Paul.

»Mir fehlt die Begründung«, sagte der Polizist. »Und ich will eine Begründung.«

»Als ich zehn war«, begann der Junge, »merkte ich, daß es niemanden gab, für den ich irgendwelche Gefühle empfand. Weder für meine Freunde noch für meine Eltern noch für meine Schwester. Sie bedeuteten mir absolut nichts. Ich mochte sie nicht. Ich hatte auch nichts gegen sie. Ich war bloß besser als sie, cleverer, weil die Klarheit meines Denkens nicht durch irgendwelche Gefühle getrübt …«

»Quatsch«, unterbrach ihn Roark.

»Nein. So ist es aber.«

»Herrgott noch mal, warum hast du deine eigene Schwester vergewaltigt, bevor – bevor du …?«

»Weil ich es konnte. Ich konnte alles tun. Es war einfach ungeheuer erregend, die Macht, das Blut.« Der Junge sprach ganz ruhig.

»Und deine Mutter! Mein Gott, Junge, womit hast du ihr das Herz herausgerissen, mit deinen bloßen Händen?«

»Und mit einem Messer.«

»Eine letzte Frage. Warum mußtest du auf deinen Vater nicht einmal, sondern sechsmal einstechen?«

»Fünfzehnmal«, sagte der Junge. »Ich habe fünfzehnmal auf ihn eingestochen.«

»Das auf dem Band ist doch alles gelogen, oder nicht? Du hast es doch richtig darauf angelegt, geschnappt zu werden, damit es sich jemand anhören würde. Wenn ich dich heute abend nicht erwischt hätte, hättest du eine andere Möglichkeit gefunden, geschnappt zu werden.«

Paul Wainwright versuchte zu lachen, aber es kam nur ein trockenes Würgen heraus.

»Niemand hat deine Schwester vergewaltigt, Paul, und niemand hat deiner Mutter das Herz herausgerissen. Nur in einem hast du recht. Dein Vater hatte fünfzehn Stichwunden.«

»Ich habe sie umgebracht«, sagte Paul mit brechender Stimme. »Und fast wäre ich ungestraft davongekommen.«

»Von wegen«, sagte Roark. »Nichts an deinem Leben paßt zu dem Jungen auf diesem Tonband oder zu dem, was in diesem Zimmer passiert ist. Willst du wissen, wie ich die Sache sehe?«

»Nein«, murmelte der Junge.

»Ich werde es dir trotzdem sagen. Montag vor einer Woche bist du am Abend von dem Tolliver-Spiel nach Hause gekommen. Es war niemand da als dein Vater. Er sagte etwas in der Richtung wie: ›Komm mal mit in dein Zimmer. Ich habe dir was zu sagen.‹ Du warst gut drauf, hast gedacht, es gibt irgendwelche guten Neuigkeiten, oder auch schlechte, egal. Du bist also mit ihm raufgegangen, hast die Tür aufgemacht und hast gesehen, was er deiner Mutter und deiner Schwester angetan hat. Vor Angst und Wut hast du durchgedreht. Du hast ihn mit der Lampe niedergeschlagen, und als er auf dem Boden lag, hast du ihm das Messer aus der Hand gerissen und auf ihn eingestochen, für jedes Jahr deines Lebens einmal.«

»Die doppelte Decke im Schrank«, setzte der Junge an. »Ich habe Wochen gebraucht ...«

»Hör mal, du bist ein junger Kerl. Meine Tochter hatte auch ein Versteck in einem Wandschrank. Wahrscheinlich bist du da schon jahrelang raufgeklettert – um dich zu verkriechen oder um deine Schwester heimlich zu beobachten.«

Paul wollte aufstehen.

»Setz dich wieder, mein Junge«, sagte Roark. »Und du stehst mir nicht eher wieder auf, als bis meine Fragen beantwortet sind. Warum du deinen Vater umgebracht hast, ist mir klar. Er war schon ein paar Jahre bei einem Therapeuten in Behandlung. Es gab jede Menge Anzeichen, daß er dringend Hilfe brauchte. Ganz unter uns gesagt, du könntest dir ohne weiteres einen guten Anwalt nehmen und diesen Therapeuten verklagen, weil er nicht gemerkt hat, wie schlimm es um deinen Vater stand.«

»Ich habe sie umgebracht«, wiederholte der Junge.

»Warum? Ich meine, warum bist du da hochgeklettert? Warum hast du das Band aufgenommen? Warum wolltest du, daß wir glauben, du hättest sie alle umgebracht?«

Inzwischen zitterte der Junge am ganzen Körper.

»Ich habe sie umgebracht«, wiederholte er.

»Jetzt beruhig dich erst mal. Ist dir kalt?«

Paul schüttelte den Kopf.

»Dann laß mich mal versuchen, ob mir vielleicht eine Erklärung dafür einfällt«, fuhr Roark fort. »Mein Vater lebt noch, und ich habe selber Kinder. Du wolltest den Namen deines Vaters schützen.«

»Ich hätte es kommen sehen sollen«, sagte Paul leise. »Die

vielen Kleinigkeiten, die er tat und sagte. Die Wutanfälle, die Weinkrämpfe. Ich hätte es ahnen müssen. Meine Mutter hätte es auch merken müssen, und meine Schwester auch, aber sie sind nicht … sie waren nicht …«

»So clever wie du«, sprach Roark für ihn zu Ende. »Du glaubst also, es war deine Schuld, daß er sie umgebracht hat? Weil du schlauer bist, als sie es waren, und weil du es hättest verhindern müssen?«

Paul sagte nichts. Er schlang die Arme um seinen Oberkörper und begann im gefilterten Licht der Straßenlampe hin und her zu schaukeln.

»Und wenn es nun seine Schuld war? Die deines Vaters?«

»Er war krank. Jemand hätte ihm helfen sollen. Er war ein guter Ehemann, ein guter Vater.«

»Eigentlich bin ich mit so was hoffnungslos überfordert«, sagte Roark. »Trotzdem will ich wenigstens einen Versuch starten, bevor ich die Leute ranlasse, die davon mehr verstehen als ich. Du hast einen Menschen getötet, deinen Vater, und zwar nachdem er deine Mutter und deine Schwester ermordet hat und dich zu ermorden versuchte. Du bist nicht verantwortlich für das, was er getan hat. Es gibt nichts, was du hättest tun können, um es zu verhindern, weil du unmöglich wissen konntest, daß er eines Tages durchdrehen würde. Es gibt massenhaft Leute, die zum Therapeuten gehen und sich ein bißchen eigenartig benehmen. Ich war jahrelang bei einem Therapeuten und habe meine Frau und meine Kinder angeschrien und mich – entschuldige bitte meine Ausdrucksweise – wie das letzte Arschloch aufgeführt.«

Der Junge schaukelte weiter, verschloß sich mehr und mehr allem und jedem gegenüber. Roark beobachtete das nicht zum erstenmal. Er stand auf und stellte sich neben ihn, sah auf ihn hinab. Obwohl es im Zimmer warm und schwül war, zitterte der Junge am ganzen Körper. Roark zog sein Sakko aus und legte es ihm um die Schultern.

»Komm, gehen wir«, sagte er dann, half dem Jungen hoch und nahm den Kassettenrecorder.

Paul leistete keinen Widerstand. Sie gingen an den zwei grünen Müllbeuteln vorbei.

216

»Ich dachte nur …«, setzte Paul an und sah sich im Zimmer um. »Ich dachte nur …«, wiederholte er, blickte hoch in das flächige irische Gesicht des Polizisten und versuchte mit tränenerstickter Stimme weiterzusprechen. »Es gibt bestimmte Dinge, bestimmte Dinge, die sollten lieber …« Der Polizist nahm den Jungen in die Arme und sprach den Satz für ihn zu Ende, »… verborgen bleiben.«

Prisma

Einige kamen hervor und sprachen mit ihr. Die anderen blieben tief im Innern ihres Kopfs und versteckten sich. Janie würde sie töten, wenn sie hervorkämen, und vielleicht tötete sie auch diejenigen, die jetzt zu sprechen wagten. Janie tötete vielleicht sogar sich selbst, wenn sie ihr zu nahe kamen und sie mit ihren Worten verletzten. Sie zog sich tiefer in einen dunklen Winkel ihres Gehirns zurück, um zu warten. Und zu beobachten.

»Böse Janie. Du warst heute ein böses Mädchen. Sehr, sehr böse. Dafür wirst du jetzt büßen.« Das gezahnte Messer sägte auf ihrem Handgelenk hin und her.

Janie spürte keinen Schmerz, als sie beobachtete, wie die winzigen Zähne des Messers die Haut aufrissen und Blut hervorquellen ließen – der Schmerz war Sache von jemand anderem. Sie verspürte keine Reue hinsichtlich ihrer heutigen Tat, nur Erbitterung darüber, daß sie von der selbstgerechten Tatum entdeckt würde.

Ganz bestimmt würde es Tatum erfahren, sie wußte alles. Und auch alle anderen würden es erfahren. Irgendwann.

Das Messer glitt zu Boden. Tatum machte keine Anstalten, es aufzuheben. Gut. Vielleicht war die Bestrafung beendet.

Janie zupfte an ihrem Sonntagsschulkleid, das sich über ihrer knospenden Brust spannte, und schmierte dunkles Blut auf zart grünen Veloursamt. Schneeflocken, von einem plötzlichen Windstoß aufgewirbelt, trieben durch das zerbrochene Küchenfenster herein, durch das man auf die Treppe aus rissigem Beton und die dunklen Bäume hinter dem Haus hinaussehen konnte, und ließen sich gemächlich auf ihren schwarzen Lederschuhen nieder.

Dann kam Tina, hockte sich hin wie ein Frosch, der auf einem Seerosenblatt balancierte, und beobachtete, wie die kleinen Flocken schmolzen. »Schau mal, Janie. Sind sie nicht schön? Das würde Mami bestimmt gefallen. Beau auch.« Ihr

Interesse verflog so schnell, wie es erwacht war. »Laß uns malen. Ich habe neue Wachsmalstifte.« Mürrisch, wie es ihre Art war, fügte sie dann hinzu: »Du kannst meine mitbenutzen.«

Für Janie war das kleine Mädchen kaum mehr als ein Baby, das außer ihren unmittelbaren eigenen Bedürfnissen wenig von dem wahrnahm, was um sie herum vorging. Sie schlang ihre Arme um sie. Die Kleine war eine von den Neuen. Und eine lästige noch dazu. Der durch das zerbrochene Fenster bedingte Temperaturrückgang ließ sie frösteln, und sie spürte, wie ihr Ärger wieder stärker wurde. Auch wenn sie sich nicht um ein quengelndes Kind kümmerte, das malen wollte, gab es genug zu tun.

»Würdest du dir vielleicht mal diese Schweinerei da ansehen? Sieh dir das nur an. Und der Sonntagsbesuch kann jeden Augenblick kommen.« Mit einem angewiderten Schnauben hob Betty Glassplitter auf und schleuderte sie in den Mülleimer unter der Spüle. Aus einem Haufen Pflanzenerde, der brockenweise über den Boden verstreut war, zog sie ein entwurzeltes Umsambara-Veilchen und hielt es anklagend hoch. »Und was soll das hier? Ist es das, was du unter Pflanzenpflege verstehst? Spar dir das lieber für diese Fernsehtante Hazel auf. Nichts als Arbeit hat man mit dir.« Sie packte einen marineblauen Stöckelschuh, eine zerrissene Jacke und eine zerschnittene Paisley-Krawatte und warf alles in den Kleiderschrank. »Bloß gut, daß deine Mutter und Beau dieses Durcheinander nicht sehen können.« Sie fuhr sich mit dem Daumen über die Kehle und zwinkerte. »Das würde ihnen gar nicht gefallen. Ganz und gar nicht. Ich würde also vorschlagen, das bleibt besser unser kleines Geheimnis.«

Sie wischte eine Handvoll Eiswürfel aus einem umgestürzten Trinkglas in ihre offene Handfläche, warf sie achtlos in Richtung Spüle über ihre Schulter zurück und sog prüfend die Luft ein. »Whisky. Und das am Tag des Herrn.« Der umgefallene Stuhl wurde aufgestellt und unter den Tisch geschoben. Er blieb stehen, kurz bevor er sich in einer Linie mit der Tischkante befand. »Natürlich ist es ihnen egal, ob so oder so. Wenn es Zeit ist, ist es Zeit. Und es ist immer Zeit.« Ein Schwall kalter Luft drang durch ihr grünes Veloursamtkleid. »Herrgott, ist das kalt.«

»Janie«, jammerte Tina, »mir ist kalt. Und ich will malen. Können wir jetzt malen?«

Tatum sagte in altklugem Ton: »Heute wird nicht gemalt, Tina. Janie war böse. Und wer böse war, bekommt, was er verdient hat. Und zwar reichlich.«

Janie sah auf das Messer hinab, das jetzt auf dem Boden lag. Vielleicht verdiente sie, bestraft zu werden, aber vielleicht auch nicht. Ein zaghaftes Lächeln spielte um ihre Lippen.

Kalter Wind pfiff durch den Raum und warf Ziergegenstände vom Küchenbüffet. Pflanzenerde kullerte über den rissigen Linoleumboden und saugte unter dem Tisch Blut von der Messerschneide auf.

Ihr Lächeln ging in ein Stirnrunzeln über. Wäre sie nicht gewesen, die besonnene, verantwortungsbewußte Janie, säßen sie immer noch in diesem Saustall. Alle miteinander. Irgend jemand mußte das Kommando übernehmen. *Sie* würde es ganz bestimmt nicht tun. Außer man wollte es ›etwas tun‹ nennen, wenn man sich wie ein Feigling verkroch.

Sie bezeichneten sie als kalt und unnahbar und hatten sich ihr gegenüber auch nie anders verhalten. Weil sie nichts Besseres verdienen würde, hatte ihr Tatum in ihrem dunklen Zimmer zugeflüstert, weil sie es nicht anders verdiente. Janie wälzte sich auf dem harten Boden herum und rollte sich, innerlich kochend vor Wut, zu einer Kugel zusammen.

Doch auf dem harten Boden zitterte jetzt *sie* unkontrolliert, und sie wußte, die Schmerzen in ihren Fußgelenken, Knien und Ellbogen bedeuteten, daß sie morgen blaue Flecken hätte. Noch ein paar mehr, die sie der größer werdenden Flickendecke hinzufügen konnte. Wenn sie bloß eine Decke hätte, nur eine kleine, oder ein Handtuch, um der Kälte etwas von ihrem Biß zu nehmen. Mutter und ihr neuer Liebhaber hatten jede Menge, aber sie hatte keine. Sogar der mitternächtliche Beutezug nach Wärme, einschließlich der Rückkehr zum Wäscheschrank vor Tagesanbruch, war ein Fehler gewesen. *Ihren* Augen entging nichts – »Dis-

ziplin«, hatte ihre Mutter gesagt, und Beau hatte ihr beige-
pflichtet –, und *ihre* Hände verschonten keine Stelle ihres
Körpers. Nur die Röntgenstrahlen brächten es jetzt an den
Tag, und das eindringliche Flüstern Tatums mit ihrem kalten »Ich hab's dir doch gesagt«.

Diese Lektion wurde ihr immer und immer wieder erteilt,
in Worten wie in Taten. Von den Erwachsenen und schließlich auch von Tatum.

Sie würde mit eiskaltem Wasser geweckt, das für ein Bad
aus dem Brunnen geschöpft wurde, und dann in den Kleidern vom letzten Sommer stundenlang unter die verschneiten Bäume hinausgeschickt. Steif vor Kälte und fühllos von
Tatums ständigen Sticheleien, würde sie für ein Abendbrot
aus gefrorenem Essen, das man ihr rasch und gleichgültig
hinwarf, nach drinnen gerufen. Alles, was sie zu fassen
bekam und festhalten konnte, gehörte ihr, bis ihnen ihre Er-
wachsenengeduld ausging und das tauende Essen weggeworfen wurde.

Damals war Tina zum erstenmal zu ihr gekommen. Die
Kleine hatte geweint und sich den leeren Bauch gerieben;
dann, als ihr Kinderzorn überschäumte, hatte sie mit dem
Fuß aufgestampft. Erwachsenenaugen beobachteten die
Szene, und ihre Hände schritten zur Tat. Sie schrie, als die
Schranktür geschlossen und verriegelt wurde und sie nur
ihr gedämpftes Lachen davor hören konnte. Tatum hatte mit
ihr gesprochen wie eine Mutter mit einem unartigen Kind.
»Ich hoffe, das wird dir eine Lehre sein. Du bist ein böses
Mädchen, und böse Mädchen werden immer bestraft.
Immer. Deine Mami und Beau mögen es nicht, wenn du
böse bist.« Danach machte sie eine Pause, um sicherzugehen, daß sie auch verstanden hatte. Plötzlich kam ihr ein Gedanke. »Dazu hat dich Janie angestiftet«, sagte sie mit
zusammengekniffenen Augen. »Habe ich's doch gewußt.
Immer steckt sie dahinter. Sie will einfach keine Vernunft
annehmen, aber das wird jetzt anders werden. Oder etwa
nicht, Janie?«

Janie ließ den Blick von der dunkler werdenden feuchten
Erde zu ihren Füßen zu der verschlossenen Schranktür wandern, und sie erinnerte sich wieder.

Tina krümmte sich zusammen. »Bitte nicht. Ich werde auch brav sein. Bestimmt. Es soll nie wieder vorkommen, Janie. Biiiitttte.« Ihr Jammern verstummte abrupt.

»Verdammt.« Betty stemmte die Fäuste in die Hüften. »Kaum dreht man euch den Rücken zu, sieht es hier aus, als wäre eine Bombe hochgegangen.« Sie gab ein langes Märtyrerseufzen von sich und nahm einen Besen aus dem Schrank. *Wisch-wisch-wisch,* fegten seine Borsten im Wettstreit mit dem Wind wie wild über den Boden. Betty stapfte an das zerbrochene Fenster und sah verächtlich auf den grauen Himmel hinaus. »Ich hasse den Winter, wißt ihr das? Ständig schmutzige Schuhe, ständig nasse Kleider, und man ist mit einem Haufen Tyrannen im Haus eingesperrt. Nie kann man sie zufriedenstellen. Ihre Augen sehen alles, lauter Dinge, die die meiste Zeit gar nicht da sind, wenn ihr mich fragt. Aber immerhin, ich habe ein Dach über dem Kopf.« Ihre Stimme war plötzlich nur noch ein Flüstern. »Ich habe nichts, wo ich sonst hinkönnte.« Mit einem feuchten Klatschen fuhr ihr Besen unter die Tischkante. »Trotzdem hasse ich es.« Mit einem letzten Blick zum Fenster hinaus wischte sie versuchsweise über den Boden, dann konzentrierte sie sich wieder voll auf ihre Arbeit. Sie bekam große Augen. Wo die Borsten über das Linoleum gestreift waren, sah man eine Blutspur. Ihre Lippen verzogen sich zu einem hämischen Grinsen. »Hab ich vorhin gesagt, das bleibt unser Geheimnis? Also, das kannst du vergessen, Schätzchen. Ich mag ja vielleicht die letzte sein, die's gemerkt hat, aber ich werd's als erste erzählen.« Plötzlich wurde ihr Gesicht ganz weich und nahm einen flehenden Ausdruck an. »Ich muß. Ich habe sonst nichts, wo ich hinkönnte.«

Tatum tauchte auf, lächelte wissend. »Du verdienst, was du bekommst. Das ist bei bösen Mädchen immer so. Gib mir dein Handgelenk.« Sie ließ den Besen fallen und suchte unter dem Tisch nach dem Messer.

Janie stand auf und legte das Messer vorsichtig auf den Tisch. Geronnenes Blut und Erde klebten daran wie Zuckerguß an einer Schokoladentorte. In ihrem Bauch breitete sich eine unbändige Wut aus, stieg die Wirbelsäule hoch und explodierte in ihrem Kopf. Was bildete sich Tatum eigentlich ein – ihr mit einer Strafe zu drohen und dann auch noch zu versuchen, sie zu verhängen? Das hatte sie nicht zu bestimmen. Und es war auch nicht Bettys Aufgabe, alles zu erzählen. Genau genommen, ging es sie einen Dreck an, was sie tat oder nicht tat. Wenn sie meinten, sie müßten sich einmischen, müßten ihr bei dem, was sie für richtig hielt, reinpfuschen, dann lag es an ihr, das zu verhindern. Sie daran zu hindern.

Verwirrung ergriff von ihr Besitz. Sie wußten, was sie vorhatte, und planten, sich zu wehren und selbst das Kommando zu übernehmen. Alle zusammen. Sie blinzelte, versuchte, ganz klar zu denken. Gedankenbruchstücke stiegen hoch und drohten, ihr die Kontrolle zu entreißen. Den Kopf schüttelnd versuchte sie, die Gedanken wieder in die dunklen, schummrigen Tiefen zurückzudrängen, aus denen sie gekommen waren.

Du mußt bestraft werden.

Ich mache schon sauber. Jetzt stell dich nicht so an.

Das war böse, Janie. Sehr, sehr böse.

Wer wird dein Zimmer saubermachen?

Das Messer, Janie. Gib mir das Messer.

Sie griff nach dem schmutzigen Messer, strich mit der Klinge über ihr grünes Samtvelourkleid und hielt es hoch, bis sich das Licht der Küchenlampe blitzend darin brach. Tief holte sie dann Luft und wurde ganz ruhig. Jetzt hatte sie das Sagen, sie war diejenige, die bestimmte. Und wenn sie auch nicht verantwortlich dafür war, daß sie lebte, konnte sie ihrer jämmerlichen Existenz doch ein Ende setzen.

Wer wollte sie daran hindern? Sicher nicht die, die sich immer verkroch. *Sie* lag zusammengekrümmt im dunkelsten Winkel ihres Bewußtseins und versuchte sich ganz klein und unbedeutend zu machen. Fast unsichtbar.

Es blieb nur eines, was sie noch tun konnte.

Sie stieß das Messer in ihren mageren Bauch.

Es kitzelte. Fast.

Ein schwaches Lächeln legte sich auf ihre Lippen, bevor ihr schwarz vor den Augen wurde.

Ein Klopfen. Da. An der Haustür. Ein beharrliches Klopfen, das sie langsam wieder zu sich kommen ließ.

Sie sprachen murmelnd miteinander, hämmerten gegen die Haustür, bis sie einen Sprung bekam, ohne jedoch aufzugehen, und schrien, daß doch endlich jemand antworten solle. Dann verließen Schritte die Veranda und rannten um das Haus zum Hintereingang.

Ihr Bauch schmerzte, ein stechender, brennender Schmerz. Tränen strömten über ihr Gesicht. Sie hob ganz leicht den Kopf und sah die zerfetzten, blutenden Körper unter dem Tisch an. »Mutter? Beau?« Sie drehte sich von ihnen fort und machte dem durchdringenden Schmerz ein Ende.

In dem zerbrochenen Fenster erschien ein Gesicht, dann noch eins. Das erste wandte sich würgend ab, das andere schrie um Hilfe.

Sie wimmerte. Jetzt war ihnen nicht mehr zu helfen, es war zu spät. Zu spät. »Mama?« Das Winseln wurde ein Heulen, eine Totenklage, die einer entsetzlichen Einsicht entsprang. Dann verstummte das Geräusch abrupt.

Das zuletzt dazugekommene, ein Baby, setzte sich auf. Mühsam das Gleichgewicht haltend, tastete es nach einer reglosen Hand, um Händepatschen zu spielen. Als sie nicht wollte, spitzte es schmollend die Lippen.

Sie war kalt. Jemand hatte sie kalt gemacht.

RICHARD LAYMON

Die Nixe

»Also, ich weiß nicht recht«, sagte ich.

»Was heißt da, du weißt nicht recht?« fragte Cody. Er saß am Steuer. Sein Wagen war ein Jeep Cherokee mit Allradantrieb. Wir holperten jetzt schon seit etwa einer halben Stunde auf einem Forstweg durch den Wald, draußen war es bis auf das Licht der Scheinwerfer höllisch dunkel, und ich wußte nicht, wie weit es noch bis zu diesem Lost Lake war, den wir erreichen wollten.

»Was ist, wenn mit dem Wagen was ist?« fragte ich.

»Was soll mit dem Wagen sein?«

»Es hört sich an, als würde er jeden Moment zusammenbrechen.«

»Mann, bist du vielleicht eine Schißbüchse«, sagte Rudy, der auf dem Beifahrersitz saß.

Rudy war Codys bester Freund. Die beiden waren ganz schön coole Typen. In gewisser Weise fühlte ich mich sogar geehrt, daß sie mich mitgenommen hatten. Aber ein bißchen nervös war ich auch. Vielleicht hatten sie mich nur deshalb gefragt, ob ich mitkommen wollte, weil ich der Neue in der Klasse war und weil sie einfach nett sein und mich näher kennenlernen wollten. Aber vielleicht hatten sie auch vor, mich aufs Kreuz zu legen.

›Aufs Kreuz legen‹ meine ich hier natürlich nur in einem Sinn. Nichts an Cody und Rudy deutete darauf hin, daß sie andersrum waren; außerdem hatten sie beide eine Freundin.

Rudys Mädchen war nichts Besonderes. Sie hieß Alice und sah aus, als hätte sie jemand an Kopf und Füßen gepackt und dann so lange auseinandergezogen, bis sie zu groß und zu dünn war.

Codys Freundin hieß Lois Garnett. An Lois war alles perfekt. Bis auf eines: sie *wußte,* daß sie perfekt war. Mit anderen Worten, sie war ganz schön hochnäsig.

Trotzdem war ich total weg von ihr. Wäre ja auch ein Wunder gewesen, wenn nicht. Man brauchte sie bloß anzusehen und wurde schon ganz kirre. Blöderweise hatte ich letzte Woche den Fehler gemacht, mich dabei erwischen zu lassen. Es war in der Chemiestunde. Ihr war der Bleistift runtergefallen, und als sie sich bückte, um ihn aufzuheben, konnte ich ihr vorne in die Bluse schauen. Sie hatte zwar einen BH an, aber mir blieb trotzdem die Spucke weg. Dann sah sie allerdings hoch, merkte, wo ich hin starrte, und zischte mich an: »Was gibt's denn da zu glotzen, du Arschloch?«

»Titten«, antwortete ich. Manchmal bin ich echt nicht auf den Mund gefallen.

Nur gut, daß Blicke nicht töten können.

Freunde können das aber schon. Und das war mit ein Grund, warum mir ein bißchen zweierlei war, als ich mit Cody und Rudy spät nachts durch den Wald fuhr.

Allerdings hatte niemand etwas von dem Zwischenfall erwähnt.

Bisher jedenfalls nicht.

Vielleicht hatte Lois ihrem Cody gar nichts davon erzählt, und ich machte mir umsonst Gedanken.

Andererseits …

Ich fand, die Sache war das Risiko wert. Ich meine, was konnte mir schon groß passieren? Es war jedenfalls ziemlich unwahrscheinlich, daß sie mich gleich umbringen würden, bloß weil ich Lois in den Ausschnitt gespechtet hatte.

Was sie *gesagt* hatten, daß sie vorhätten, war jedenfalls, daß sie mich mit einem Mädchen verbandeln wollten.

Als ich nachmittags gerade mein Lunchpaket auswickelte, kamen Cody und Rudy auf mich zu und fingen mit mir zu reden an.

»Hast du für heute abend schon was vor?« fragte Cody.

»Wie meinst du das?«

»Er meint«, sagte Rudy, »daß wir eine Braut kennen, die dich richtig heiß findet. Sie würde dich gern *kennenlernen,* wenn du weißt, was ich meine. Heute abend.«

»Heute abend? Mich?«

»Um Mitternacht«, sagte Cody.

»Seid ihr auch sicher, daß ihr mich nicht mit jemand anderem verwechselt?«

»Eine Verwechslung ist vollkommen ausgeschlossen.«

»Ihr meint wirklich mich, Elmo Baine?«

»Hältst du uns für beschränkt, oder was?« Rudy wurde langsam sauer. »Wir *wissen*, wie du heißt. *Jeder* weiß, wie du heißt.«

»Du bist der Typ, den sie meint«, sagte Cody. »Also, was ist?«

»Du meine Güte, ich weiß nicht.«

»Was heißt da, du weißt nicht?« fragte Rudy.

»Na ja ... wer ist sie überhaupt?«

»Das ist doch völlig egal«, sagte Rudy. »Mann, sie ist scharf auf dich. Wie viele Tussis gibt es schon, die scharf auf dich sind?«

»Also ... na ja, ich wüßte trotzdem ganz gern, wer sie ist, bevor ich mich entscheide.«

»Sie hat uns gebeten, es dir nicht zu sagen«, erklärte Cody.

»Es soll eine Überraschung werden«, fügte Rudy hinzu.

»Na schön, aber woher soll ich wissen, ob sie nicht irgendso eine ... na ja, ihr wißt schon ...«

»Ein häßlicher Besen?«

»Ja.«

Cody und Rudy sahen sich an und schüttelten den Kopf. Dann sagte Cody: »Das ist eine echt heiße Braut, Ehrenwort. So eine Chance kriegst du vielleicht nie wieder, Elmo. Das kannst du dir doch nicht entgehen lassen.«

»Na ja könnt ihr mir nicht trotzdem sagen, wer sie ist?«

»Nein.«

»Kenne ich sie?«

»Sie kennt dich«, erklärte Rudy. »Und sie will dich noch wesentlich besser kennenlernen.«

»So eine Gelegenheit kannst du dir doch nicht entgehen lassen«, redete mir Cody noch mal ins Gewissen.

»Hm«, sagte ich. »Vielleicht ... also gut.«

Danach besprachen wir, wo und wann sie mich mit ihrem Wagen abholen würden.

Ich fragte nicht, ob ›noch jemand‹ mitkäme, aber ich nahm

an, daß sie vielleicht mit Alice und Lois aufkreuzen würden. Dieser Gedanke machte mich ganz kribbelig. Im Lauf des Tages wurde ich immer sicherer, daß Lois mit von der Partie wäre und dachte deshalb kaum mehr an meine geheimnisvolle Verehrerin.

Auf jeden Fall schlich ich so zeitig aus dem Haus, daß ich bis zu unserem Treffen noch reichlich Zeit hatte. Als der Wagen auftauchte, saßen allerdings nur Cody und Rudy drin. Meine Enttäuschung war mir wahrscheinlich anzusehen.

»Ist irgendwas?« fragte Cody.

»Nein. Nichts. Ich bin nur ein bißchen nervös.«

Rudy grinste mich über seine Schulter an. »Gut riechen tust du jedenfalls.«

»Nur ein wenig Old Spice.«

»Die wird dich von oben bis unten abschlecken.«

»Laß den Scheiß«, sagte Cody.

»So«, sagte ich, »wohin fahren wir? Mir ist zwar klar, daß ihr mir nicht sagen sollt, wer sie ist, aber ich bin schon gespannt, wo ihr mich hinbringt.«

»Können wir es ihm sagen?« fragte Rudy.

»Schätze schon. Warst du schon mal am Lost Lake, Elmo?«

»Lost Lake? Nie gehört.«

»Dann hast du's jetzt«, meinte Rudy.

»Wohnt sie dort?« fragte ich.

»Dort will sie sich mit dir treffen«, warf Cody ein.

»Sie ist gern in der freien Natur«, erklärte Rudy.

»Und außerdem«, fügte Cody hinzu, »ist das ein toller Platz, um ein bißchen rumzumachen. Ein netter kleiner See, tief im Wald, und weit und breit kein Mensch, der einen stören könnte.«

Dieser bescheuerte Forstweg schien kein Ende nehmen zu wollen. Der Jeep schaukelte und ächzte. Ständig schrappten irgendwelche Zweige oder was an den Seiten entlang. Und dunkel war es vielleicht …

Wenn man erleben will, was wirkliche Dunkelheit ist, braucht man bloß mal nachts in einen Wald zu gehen. Vielleicht liegt das daran, daß die Bäume das Mondlicht abhalten. Es war, als führen wir durch einen Tunnel. Das Licht der Scheinwerfer fiel bloß auf das, was direkt vor uns war, und von den Rücklichtern war durchs Rückfenster nur ein roter Schein zu sehen. Alles andere war schwarz.

Zuerst hatte ich mir noch nichts dabei gedacht, aber dann wurde ich zunehmend unruhiger. Je weiter wir in den Wald hineinfuhren, desto mulmiger wurde mir. Sie versicherten mir natürlich, mit dem Wagen wäre alles in Ordnung, und Rudy hatte mich, bloß weil ich gefragt hatte, eine Schißbüchse genannt. Nach einer Weile faßte ich mir trotzdem erneut ein Herz und fragte: »Seid ihr auch sicher, daß wir uns nicht verfahren haben?«

»Ich verfahre mich nicht«, sagte Cody.

»Wie sieht's mit Benzin aus?«

»Bestens.«

»Was'n Schlappschwanz«, brummte Rudy.

Was'n Blödmann, dachte ich. Aber ich sagte es nicht. Ich sagte überhaupt nichts. Ich meine, wir waren hier irgendwo mitten in der Wildnis, und kein Mensch wußte, daß ich mit diesen Typen unterwegs war. Wenn sie aus irgendeinem Grund sauer auf mich waren, konnte es ganz schön happig für mich werden.

Natürlich war mir klar, daß dieser Ausflug also ziemlich dumm für mich enden konnte. Vielleicht war das Ganze eine Falle. Das hoffte ich zwar nicht, aber man kann nie wissen.

Das Problem ist, man kriegt nie Freunde, wenn man nicht ein gewisses Risiko eingeht. Mir kamen zwar langsam Zweifel, ob die Freundschaft mit Cody und Rudy ein solches Risiko wert war, aber ich hatte dabei auch ständig im Hinterkopf, daß ich durch sie Lois näher käme.

Ich konnte mir schon richtig vorstellen, wie wir vielleicht mal zu sechst was unternehmen würden: Cody und Lois, Rudy und Alice, Elmo und seine geheimnisvolle Verehrerin. Wir würden dicht zusammengequetscht in Codys Jeep durch die Gegend gurken. Wir würden gemeinsam ins Kino gehen. Wir würden Picknicks und Badeausflüge machen, vielleicht sogar zusammen zelten – und rummachen. Meine

Partnerin wäre natürlich meine geheimnisvolle Verehrerin, aber Lois wäre auch dabei, und ich könnte sie sehen, ihr zuhören … und vielleicht auch mehr. Vielleicht würden wir ab und zu Partnertausch machen. Vielleicht würden wir sogar Orgien feiern.

Es war nicht abzusehen, was passieren konnte, wenn sie mich in ihre Clique aufnahmen.

Um das rauszufinden, würde ich wahrscheinlich so ziemlich alles tun – notfalls sogar mit diesen Typen ans Ende der Welt fahren, selbst wenn sie mich dort vielleicht aussetzten oder verprügelten oder schlimmeres.

Ich hatte ganz schön Muffensausen. Je tiefer wir in den Wald kamen, um so unheimlicher wurde mir das Ganze. Aber seit mich Rudy einen Schlappschwanz genannt hatte, hielt ich den Mund. Ich saß auf dem Rücksitz, machte mir Sorgen und versuchte mir immer wieder einzureden, sie hätten keinen triftigen Grund, mich wirklich fertigzumachen. Was hatte ich schon getan, außer Lois in den Ausschnitt zu linsen?

»Da wären wir«, sagte Cody.

Wir waren am Ende der Straße angekommen.

Im grellen Licht der Scheinwerfer tauchte eine gerodete Fläche vor uns auf, etwa so groß, daß ein halbes Dutzend Autos darauf Platz hatte. Damit man wußte, wo man anhalten mußte, waren auf dem Boden Balken ausgelegt. Hinter dem Parkplatz sah ich eine Mülltonne, ein paar Picknicktische und eine gemauerte Feuerstelle zum Grillen.

Unser Wagen war weit und breit der einzige.

Außer uns niemand zu sehen.

»Sieht so aus, als wäre sie noch nicht hier«, sagte ich.

»Warte erst mal ab«, sagte Cody.

»Aber es sind keine anderen Autos da.«

»Wer sagt denn, daß sie im Auto kommt?« meinte Rudy.

Cody fuhr auf einen der Balken zu, hielt an und stellte den Motor ab.

Einen See konnte ich nirgendwo sehen. Fast hätte ich einen Witz gemacht, der Lost Lake wäre wohl tatsächlich verlorengegangen, aber mir war im Moment nicht zum Spaßen.

Cody schaltete die Scheinwerfer aus. Tiefes Schwarz sprang uns an, aber nur eine Sekunde lang. Denn im selben Moment schwangen beide Vordertüren auf, und die Innenbeleuchtung ging an.

»Kommt«, sagte Cody.

Sie stiegen beide aus. Ich auch.

Als sie die Türen zuschlugen, ging das Licht im Jeep aus. Aber wir standen auf einer Lichtung. Über uns wölbte sich der Himmel. Der Mond war fast voll, und es waren auch Sterne zu sehen.

Die Schatten waren undurchdringlich schwarz, aber überall sonst war es relativ hell, fast so, als ob alles mit einem schmutzigweißen Pulver bestreut worden wäre.

Der Mond war wirklich extrem hell.

»Hier lang«, sagte Cody.

Wir gingen über den Picknickbereich. Ich muß schon sagen, ich hatte ganz schön weiche Knie.

Gleich hinter den Tischen fiel das Gelände zu einer fahl schimmernden Fläche ab. Ein bißchen erinnerte sie mich an den Anblick von Schnee bei Nacht – nur daß sie mir etwas dunkler als Schnee vorkam. Ein Sandstrand? Mußte wohl so sein.

Hinter dem sanft gekrümmten Strand lag in tiefem Schwarz der See. Es sah sehr schön aus, wie der Mond einen silbernen Streifen über das Wasser warf. Das Silber kam vom anderen Ufer des Sees direkt auf uns zu. Es zog sich an der Seite einer kleinen, bewaldeten Insel entlang und reichte bis an den Strand heran.

Cody hatte gesagt, daß ›einen hier kein Mensch störte‹, und er hatte recht. Bis auf den Mond und die Sterne war nirgendwo Licht zu sehen: weder von irgendwelchen Booten auf dem Wasser noch von einer Anlegestelle am Ufer noch von einer Hütte in dem dunklen Wald, der sich rund um den See erstreckte. Wie es aussah, waren wir wahrscheinlich weit und breit die einzigen Menschen.

Mir wäre lieber gewesen, ich wäre nicht so nervös gewesen. Das hätte wirklich ein toller Platz sein können, wenn man sich nicht gerade mit zwei Typen hier aufhielt, die einem möglicherweise eine ordentliche Abreibung verpassen wollten. Ein toller Platz, um zum Beispiel mit einer richtig schnuckligen Maus rumzumachen.

»Sieht nicht so aus, als ob sie hier wäre«, sagte ich.

»Sei dir da mal nicht so sicher«, entgegnete Rudy.

»Vielleicht hat sie es sich anders überlegt. Ich meine, morgen ist doch Schule und überhaupt.«

»Es muß ein Abend sein, an dem am nächsten Morgen Schule ist«, erklärte mir Cody. »An den Wochenenden ist hier zuviel los. Schau dir das mal an, wir haben den ganzen See für uns allein.«

»Aber wo ist das Mädchen?«

»Meine Fresse«, stöhnte Rudy, »wann hörst du endlich mal mit diesem blöden Gejammer auf?«

»Ja«, sagte Cody. »Genieß doch den schönen Abend. Es gibt doch überhaupt keinen Grund, sich aufzuregen.«

Dann gingen wir auf den Sand hinaus. Doch schon nach ein paar Schritten blieben die beiden wieder stehen. Sie zogen ihre Schuhe und Strümpfe aus. Ich zog meine auch aus. Obwohl es ein warmer Abend war, fühlte sich der Sand unter meinen nackten Sohlen kühl an.

Als nächstes zogen sie ihre Hemden aus. Das war völlig in Ordnung; sie sind solche Typen, und die Nacht war warm, und es wehte ein laues Lüftchen. Trotzdem war mir so mulmig, daß ich einen richtigen Eisklumpen im Bauch bekam. Cody und Rudy hatten tolle Figuren. Und selbst im Mondschein konnte man sehen, daß sie knackig braun waren.

Ich zog das Hemd aus der Hose und knöpfte es auf.

Sie ließen ihre Hemden zusammen mit ihren Schuhen und Socken am Strand liegen. Ich behielt meines an. Keiner von beiden verlor darüber ein Wort. Als wir über den Sand zum Wasser hinuntergingen, war ich fast so weit, mein Hemd auszuziehen. Ich wollte wie sie sein. Und ich fand es toll, wie sich die Luft anfühlte. Aber ich konnte mich einfach nicht überwinden.

Am Wasser blieben wir stehen.

»Ist das nicht super?« meinte Cody. Er hob die Arme und reckte sich. »Spürt ihr den Wind?«

Rudy reckte sich auch, spannte seine Muskeln an und seufzte. »Mann, wenn jetzt die Mädchen hier wären.«

»Vielleicht fahren wir am Freitag noch mal her und nehmen sie mit. Du kannst auch mitkommen, Elmo. Bring deine neue Flamme mit, dann können wir hier so richtig einen draufmachen.«

»Echt?«

»Klar.«

»Super! Das wäre ... wirklich stark.«

Das war genau, was ich hören wollte! Meine Sorgen waren völlig unbegründet gewesen. Diese zwei waren die besten Kumpel, die man sich nur wünschen konnte.

Schon in wenigen Tagen würde ich zusammen mit Lois hier an diesem Strand sein.

Ich fühlte mich plötzlich großartig!

»Vielleicht sollten wir das Ganze erst mal abblasen«, sagte ich trotzdem. »Mein, äh, ihr wißt schon, Mädchen ... sie ist wohl nicht hier. Vielleicht sollten wir einfach wieder fahren, und dann könnten wir ja am Freitag *alle* herkommen. Ich kann gern so lang warten, bis ich sie kennenlerne.«

»Meinetwegen«, sagte Cody.

»Ich hätte auch nichts dagegen«, stimmte Rudy zu.

»Super!«

Doch dann lächelte Cody und legte den Kopf auf die Seite. »Bloß *sie* fände das bestimmt nicht so toll. Sie will dich heute nacht sehen.«

»Du hast vielleicht ein Schwein«, sagte Rudy und boxte mich.

Ich rieb mir den Arm. »Bloß daß sie nicht hier ist.«

Cody nickte. »Stimmt. Sie ist tatsächlich nicht hier. Sie ist nämlich *dort*.« Er deutete auf den See hinaus.

»Wie bitte?«

»Auf der Insel.«

»Auf der *Insel?*« Ich bin nicht besonders gut im Schätzen von Entfernungen, aber die Insel sah ziemlich weit weg aus. Mindestens ein paar hundert Meter. »Was macht sie dort?«

»Auf dich warten, Lover Boy.« Rudy boxte mich wieder.

»Hör auf.«

»Entschuldige.« Er verpaßte mir noch einen.

»Laß den Scheiß«, sagte Cody zu ihm. Zu mir sagte er: »Dort drüben will sie sich mit dir treffen.«

»Dort?«

»Ist doch super. Da brauchst du dir wenigstens keine Gedanken machen, daß euch jemand überrascht.«

»Sie ist auf der *Insel*?« Ich hatte ziemliche Schwierigkeiten, das zu glauben.

»Ganz richtig.«

»Wie ist sie da hingekommen?«

»Sie ist geschwommen.«

»Sie ist gern in der freien Natur.« Das hatte mir Rudy schon mal gesagt.

»Und wie soll *ich* da rüberkommen?«

»Genau wie sie«, sagte Cody.

»Schwimmen?«

»Du kannst doch schwimmen, oder nicht?«

»Klar. Ein bißchen.«

»Ein bißchen?«

»Na ja, besonders gut jedenfalls nicht.«

»Schaffst du es so weit?«

»Keine Ahnung.«

»Scheiße«, sagte Rudy. »Ich hab's doch gewußt, daß er ein Schlappschwanz ist.«

Blöde Sau, dachte ich. Am liebsten hätte ich ihm ins Gesicht gehauen, aber ich stand bloß da.

»Wir können unmöglich riskieren, daß er uns ersäuft«, sagte Cody.

»Er säuft schon nicht ab. Hör mal, bei dem vielen *Fett*.«

Halb wollte ich Rudy eine reinhauen, halb hätte ich am liebsten losgeheult.

»Wenn ich will, kann ich durchaus zu dieser Insel rüberschwimmen«, stieß ich hastig hervor. »Es ist nur so, daß ich nicht besonders scharf drauf bin. Außerdem gehe ich jede Wette ein, daß da drüben gar kein Mädchen ist.«

»Was soll das heißen?« fragte Cody.

»Das Ganze ist nur ein Trick«, sagte ich. »Ihr wißt ganz genau, daß da drüben kein Mädchen ist. Ihr erzählt mir das nur, daß ich zu der Insel rüberschwimme. Und dann fahrt ihr wahrscheinlich weg und laßt mich hier zurück oder so was.«

Cody sah mich an. »Kein Wunder, daß du keine Freunde hast.«

Rudy stieß ihn mit dem Ellbogen an. »Elmo hier hält uns für zwei richtige Arschlöcher.«

»Das habe ich nicht gesagt.«

»Ach ja«, maulte Cody. »Wir versuchen, nett zu dir zu sein, und du denkst, wir wollen dich reinlegen. Du kannst mich mal. Los, fahren wir wieder.«

»Was?« fragte ich.

»Wir fahren.«

Beide kehrten dem See den Rücken zu und gingen über den Strand zu der Stelle hoch, wo sie ihre Sachen gelassen hatten.

»Wir fahren?« fragte ich.

Cody sah zu mir zurück. »Das willst du doch, oder etwa nicht? Komm, wir bringen dich nach Hause.«

»Zu deiner Mami«, fügte Rudy hinzu.

Ich ließ mich nicht unterkriegen. »Halt!« rief ich. »Wartet. Nur einen Moment, ja? Ich möchte da was klarstellen.«

»Was soll denn das jetzt wieder?« brummte Cody. »Du bist wirklich ein Schlappschwanz.«

»Bin ich nicht!«

Sie gingen in die Hocke und hoben ihre Hemden auf.

»He, hört mal, es tut mir leid. Ich mach's. Okay? Ich glaube euch. Ich schwimme zu der Insel rüber.«

Cody und Rudy sahen sich an. Cody schüttelte den Kopf.

»Bitte!« schrie ich. »Gebt mir noch eine Chance!«

»Du hältst uns für zwei Lügner.«

»Nein, tue ich nicht. Ehrlich. Das Ganze ist nur alles ziemlich neu für mich. So was ist mir einfach noch nie passiert. Ich meine, das ist das erste Mal, daß ein Mädchen – wie soll ich sagen? – Was von mir haben will. Okay? Ich schwimme da rüber. Ich tu's.«

»Also gut, meinetwegen«, sagte Cody. Es hörte sich allerdings nicht sonderlich begeistert an.

Sie warfen ihre Hemden wieder hin, und als sie dann zu mir zurückkamen, schüttelten sie die ganze Zeit die Köpfe und sahen sich an.

»Wir wollen aber nicht die ganze Nacht hier bleiben«, sagte Cody zu mir. Er sah auf seine Armbanduhr. »Wir machen folgendes, wir geben dir eine Stunde Zeit.«

»Und dann fahrt ihr ohne mich?«

»Hab ich das gesagt? Wir fahren nicht ohne dich.«

»Er muß uns wirklich für totale Arschlöcher halten«, sagte Rudy.

»Überhaupt nicht.«

»Wenn du in einer Stunde nicht zurück bist«, sagte Cody, »schreien wir oder hupen oder machen sonst irgendwie Lärm. Nur, damit du schon mal weißt, daß du ungefähr eine Stunde Zeit hast.«

»Laß uns nicht warten«, warnte Rudy. »Wenn du sie bis zum Morgengrauen bumsen willst, bitte – aber dann können wir nicht mehr den Chauffeur für dich spielen.«

Bis zum Morgengrauen bumsen?

»Okay«, sagte ich, wandte mich dem Wasser zu und holte tief Luft. »Dann mal los. Sonst noch was, das ich wissen muß?«

»Willst du etwa deine Jeans anlassen?« fragte Cody.

»Klar!«

»Das würde ich nicht tun.«

»Die ziehen dich bloß runter«, warnte mich Rudy.

»Laß sie lieber hier.«

Das gefiel mir ganz und gar nicht.

»Ich weiß nicht …«, sagte ich.

Cody schüttelte den Kopf. »Wir nehmen sie dir schon nicht weg.«

»Wer würde die schon anfassen wollen?«

»Die Sache ist die«, fuhr Cody fort. »So eine Jeans saugt sich mit Wasser voll. Sie wird höllisch schwer.«

»So schaffst du es nie bis zur Insel«, sagte Rudy.

»Sie zieht dich bloß runter.«

»Oder *sie* …«

»*Was?*«

»Hör nicht auf Rudy. Er redet nur Scheiße.«

»Die Nixe«, sagte Rudy. »Sie kommt dich holen, wenn du nicht schnell genug schwimmst. Du kannst die Jeans unmöglich anbehalten.«

»Er will dir bloß angst machen.«

»Eine *Nixe?* In dem See gibt es eine Nixe, die mich unter Wasser ziehen und ertränken will oder so was ähnliches?«

»Nein nein nein«, sagte Cody und warf Rudy einen finsteren Blick zu. »Mußtest du unbedingt damit anfangen, du Idiot?«

»Hör mal, Mann – er will seine Jeans anbehalten. Wenn er sie anbehält, entkommt er ihr nie. Dann erwischt sie ihn hundertprozentig.«

»Diese Nixe gibt es doch gar nicht.«

»Und ob es sie gibt.«

»Wovon redet ihr da eigentlich?« stieß ich hervor.

Cody wandte sich mir zu und schüttelte den Kopf. »Die Nixe aus dem Lost Lake. Das ist nur so eine blöde Legende.«

»Letzten Sommer hat sie Willy Glitten geholt«, sagte Rudy.

»Willy hat einen Krampf gekriegt, mehr nicht.«

»Das denkst du.«

»Nein, das weiß ich. Er hat so eine idiotische Pepperonipizza verdrückt, bevor er ins Wasser ging. Das war schuld, nicht irgend so ein blöder Geist.«

»Die Nixe ist kein Geist. Da sieht man wieder mal, daß du keine Ahnung hast. Geister können einen nicht packen und ...«

»Das können Mädchen, die vierzig Jahre tot sind, auch nicht.«

»*Sie* schon.«

»Quatsch.«

»*Was redet ihr da eigentlich?*« stieß ich hervor.

Sie sahen mich beide an.

»Willst du's ihm erzählen?« fragte Cody seinen Freund.

»Mach du lieber.«

»Du hast damit angefangen«, sagte Cody.

»Und du behauptest, ich rede nur Scheiß. Deshalb erzählst du es jetzt. Ich sage kein Wort mehr über sie.«

»Könnte es mir vielleicht irgendeiner von euch erzählen?«

»Schon gut, schon gut«, sagte Cody. »Die Sache verhält sich so ... Es gibt da diese Geschichte über die Nixe vom Lost Lake. Ein Teil davon ist wahr, aber das meiste ist purer Quatsch.«

Rudy schnaubte.

»Wahr daran ist, daß vor ungefähr vierzig Jahren ein Mädchen im See ertrunken ist.«

»An dem Abend war Schülerball. Und als er aus war, fuhr ihr Freund mit ihr hier raus. Natürlich, um ein bißchen mit ihr rumzumachen, wenn du verstehst, was ich meine. Er hat den Wagen auf dem Parkplatz da hinten abgestellt und ging dann gleich mordsmäßig zur Sache. Aber ihr ging das wohl alles ein bißchen zu schnell.«

»Sie war noch Jungfrau«, flocht Rudy ein. »Deshalb heißt sie auch die Nixe.«

»Genau. Jedenfalls geht ihr der Typ eindeutig ein bißchen zu schnell an die Wäsche, und damit er sich wieder ein bißchen abkühlt, schlägt sie vor, im See zu schwimmen. Der Typ denkt natürlich, daß sie splitternackt im Wasser rumplanschen, und ist sofort voll dabei.«

»Sonst war niemand in der Nähe«, sagte Rudy.

»Dachte sie zumindest«, fuhr Cody fort. »Sie steigen also aus dem Auto und fangen an, sich auszuziehen. Der Typ zieht sich ganz aus. Aber sie nicht. Sie will unbedingt ihre Unterwäsche anbehalten.«

»BH und Höschen«, ergänzte Rudy.

»Sie schmeißen also ihre Klamotten ins Auto und laufen hier runter zum Strand und springen in den See. Sie schwimmen eine Weile. Blödeln rum. Spritzen sich gegenseitig naß und so. Dann umarmen sie sich und, na ja es wird wieder brenzlig.«

»Als sie noch im Wasser waren?« fragte ich.

»Ja. Da draußen, wo es noch nicht so tief ist.«

Ich fragte mich, woher er das alles wußte.

»Es dauerte nicht lange, und sie erlaubte ihm, ihr den BH aufzumachen. Es ist das erste Mal, daß er sie so weit hat.«

»Darf endlich mal ihre Titten befummeln«, sagte Rudy.

»Er ist schon so weit, daß er glaubt, er ist im Himmel. Und er glaubt auch, er kriegt sie noch ganz rum. Also versucht er, ihr auch das Höschen runterzuziehen.«

»Er wollte es ihr gleich im See besorgen.« Das kam von Rudy.

»Genau. Aber dann sagt sie ihm, er soll aufhören. Aber er hört nicht auf. Er macht einfach weiter und versucht, ihr das Höschen mit Gewalt runterzuziehen. Darauf fängt sie an, sich zu wehren. Du mußt dir das so vorstellen, der Typ ist splitternackt und hat wahrscheinlich eine Latte, mit der du Fische totschlagen kannst. Sie *weiß* also, was ihr blüht, wenn er ihr das Höschen runterzieht. Aber das will sie auf keinen Fall. Sie schlägt um sich und kratzt und tritt, bis es ihr schließlich gelingt, sich loszureißen und ans Ufer zu rennen. Doch dann, gerade als sie aus dem Wasser kommt, fängt ihr Freund zu brüllen an. Er schreit: ›Schnell, Jungs! Sie haut ab!‹ Und auf einmal kommen fünf Typen über den Strand auf sie zugerannt.«

»Das waren seine Kumpel«, erklärte Rudy.

»Richtig blöde Penner, die nicht mal auf dem Ball waren. Und dieser Typ, der Freund der Nixe? Er hat von jedem von ihnen fünf Dollar einkassiert und ihnen gesagt, was sie machen sollen. Sie sind schon früher am Abend zum See rausgefahren, haben ihren Wagen im Wald versteckt und dann gewartet und Bier getrunken. Bis der Typ schließlich mit dem Mädchen aufgetaucht ist, waren sie sturzbesoffen ...«

»Und so geil«, fügte Rudy hinzu, »daß sie ihren eigenen Hosenschlitz gevögelt hätten.«

»Das Mädchen hatte keine Chance«, fuhr Cody fort. »Sie erwischten sie, als sie den Strand hochrannte, und hielten sie fest, damit ihr Freund sie bumsen konnte. Das war Teil ihrer Abmachung – daß er als erster drüber durfte.«

»Wenn schon, denn schon«, lautete Rudys Kommentar.

»Nach ihm kamen die anderen dran.«

»Und sie kamen zwei- oder *drei*mal dran«, führte Rudy weiter aus.

»Das ist ja schrecklich«, murmelte ich. Es *war* brutal und entsetzlich – weshalb ich auch ein schlechtes Gewissen hatte, daß ich beim Anhören der Geschichte einen Steifen bekam.

»Bis sie mit ihr fertig waren, sah sie ziemlich übel aus«, fuhr Cody fort. » Allerdings wurde sie von ihnen nicht geschlagen. Sie waren zu viert oder fünf und haben sie die ganze Zeit festgehalten. Sie mußten sie also nie bewußtlos schlagen oder sonst was in der Art. Sie dachten, sobald sie sich gewaschen und angezogen hätte, wäre ihr nichts mehr anzusehen. Sie hatten es so geplant, daß sie ihr Freund nach Hause fahren sollte, als ob nichts gewesen wäre. Alle meinten sie, daß sie sich nicht trauen würde, etwas zu erzählen. Damals stand nämlich ein Mädchen gleich als Oberflittchen da, wenn sie von mehreren Typen vergewaltigt wurde. Hätte sie versucht, Ärger zu machen, wäre sie ruiniert gewesen.

Deshalb haben sie zu ihr gesagt, sie solle in den See gehen und sich waschen, und während sie noch denken, wie toll alles geklappt hat, stolpert sie ins Wasser und watet immer weiter in den See hinaus. Und ehe sie merken, was sie vorhat, schwimmt sie in Richtung Insel los. Sie wissen nicht, ob sie bloß abhauen oder ob sie sich selbst ersäufen will. Egal was, sie müssen was unternehmen. Also nichts wie ins Wasser und ihr hinterher.«

»Alle bis auf einen«, ergänzte Rudy.

»Ein Typ konnte nicht schwimmen«, erklärte mir Cody. »Deshalb blieb er am Ufer und sah zu, was passierte. Und passiert ist folgendes: das Mädchen ist nicht bis zur Insel gekommen.«

»Fast hätte sie es geschafft«, sagte Rudy.

»Sie hatte vielleicht noch fünfzig Meter, aber dann ist sie untergegangen.«

»O Gott«, murmelte ich.

»Und dann gingen die *Typen* unter«, fuhr Cody fort. »Einige schwammen schneller, und sie waren ziemlich weit auseinander. Der Typ am Ufer, er konnte sie im Mondschein sehen. Einer nach dem andern stießen sie einen kurzen Schrei aus und schlugen um sich, bevor sie untergingen. Als letzten hat es den Freund des Mädchens erwischt. Als er sah, wie seine Kumpel der Reihe nach untergingen, machte er kehrt und versuchte ans Ufer zurückzuschwimmen. Er schaffte es ungefähr bis zur Hälfte. Dann schrie er plötzlich: ›Nein! Nein! Laß mich los! Bitte! Es tut mir leid! Bitte!‹ Und weg war er.«

»Ist ja irre«, murmelte ich.

»Der Typ, der am Ufer zurückgeblieben war, sprang in eins der Autos und fuhr in die Stadt. Er war so betrunken und durcheinander, daß er einen Unfall hatte, als er auf die Hauptstraße kam. Er dachte, er müßte sterben, darum hat er alles gebeichtet, als sie ihn ins Krankenhaus brachten. Er hat alles erzählt.

Es dauerte ein paar Stunden, bis ein Suchtrupp zum See raus kam. Und weißt du, was sie gefunden haben?«

Ich schüttelte den Kopf.

»Die Typen. Den Freund und seine vier Kumpel. Sie lagen nebeneinander auf dem Strand. Alle nackt. Sie lagen auf dem Rücken, mit weit offenen Augen, und starrten zum Himmel hoch.«

»Tot?« fragte ich.

»Tot wie Karpfen«, sagte Rudy.

»Ertrunken«, sagte Cody.

»Du meine Güte«, sagte ich. »Und das soll die Nixe gewesen sein? Sie hat *alle* diese Typen ertränkt?«

»Von Typen konnte man da eigentlich gar nicht mehr sprechen«, meinte Cody.

Rudy grinste und machte dann mit den Zähnen eine Schnappbewegung.

»Sie *biß* ihnen die ...?« Ich brachte es nicht über mich, es auszusprechen.

»Mit Sicherheit kann niemand sagen, wer es war«, erklärte Cody. »Aber jemand oder etwas muß es gewesen sein. Und ich würde sagen, am ehesten kommt sie dafür in Frage, meinst du nicht auch?«

»Kann schon sein.«

»Jedenfalls haben sie das Mädchen nie gefunden.«

»Und auch die fehlenden Pimmel nicht«, fügte Rudy hinzu.

»Die Leute sagen, sie ist ertrunken, als sie zur Insel schwimmen wollte, und dann hat sich ihr Geist an diesen Typen gerächt.«

»Das war nicht ihr *Geist*«, widersprach Rudy. »Geister können überhaupt nichts. Es war *sie*. Und sie ist, du weißt schon, so eine Art lebende Tote. Ein Zombie.«

»Quatsch«, sagte Cody.

»Sie haust gewissermaßen auf dem Grund des Sees und wartet, bis ein Typ vorbeigeschwommen kommt. Und dann schnappt sie sich ihn. Genauso, wie sie es mit Willy Glitten und den anderen gemacht hat. Sie packt sie mit den Zähnen am Pimmel ...«

Cody stieß ihn mit dem Ellbogen an. »Macht sie nicht.«

»Macht sie doch! Und zieht sie daran unter Wasser.«

Plötzlich mußte ich lachen. Ich konnte einfach nicht anders. An sich fand ich die Geschichte ganz schön spannend, und im großen und ganzen hatte ich sie auch geglaubt – bis Rudy damit anfing, die Nixe hätte sich in irgendein pimmelfressendes Monster verwandelt. Ich mag ja manchmal ein bißchen naiv sein, aber total blöd bin ich auch wieder nicht.

»Findest du das etwa komisch?« fragte Rudy.

Ich hörte auf zu lachen.

»Du fändest es bestimmt nicht komisch, wenn du wüßtest, wie viele Typen schon ertrunken sind bei dem Versuch, zur Insel rüberzuschwimmen.«

»Wenn sie ertrunken sind«, sagte ich, »dann aber bestimmt nicht, weil sie die Nixe geholt hat.«

»Genau das sage ich doch schon die ganze Zeit«, meinte Cody.

»Wie ich vorhin schon erklärt habe, ist die ganze Geschichte nur zum Teil wahr. Also, daß das Mädchen vergewaltigt wurde und ertrunken ist, glaube ich schon. Aber alles andere also, wenn ihr mich fragt, dann hat sich das jemand ausgedacht. Ich glaube jedenfalls nicht, daß sie ihn den Typen *abgebissen* hat, als sie hinter ihr hergeschwommen sind. Das halte ich für totalen Blödsinn. Das hat sich nur jemand ausgedacht, der meint, es müßte unbedingt so was wie ausgleichende Gerechtigkeit auf der Welt geben.«

»Du kannst ja glauben, was du willst«, sagte Rudy. »Mein Großvater war dabei, als sie die Typen am Ufer gefunden haben. Und er hat es meinem Dad erzählt, und mein Dad hat es mir erzählt.«

»Ich weiß, ich weiß«, sagte Cody.

»Und er hat es mir nicht bloß erzählt, um mir angst zu machen.«

»Klar wollte er dir angst machen. Weil er genau weiß, dir wäre ohne weiteres zuzutrauen, auch so eine Nummer abzuziehen wie diese Wichser.«

»Ich hab in meinem Leben noch niemanden vergewaltigt.«

»Aber nur, weil du Schiß hast, daß dir der Zipfel abgebissen wird.«

»*Ich* gehe da jedenfalls nicht schwimmen«, sagte Rudy. Er streckte den Arm aus und deutete auf den See. »Kommt gar nicht in die Tüte. Du kannst ja glauben, was du willst, aber irgendwo da drunten liegt die Nixe auf der Lauer.«

Cody sah mich an und schüttelte den Kopf. »Daß sie noch irgendwo da draußen im See liegt, will ich ja gar nicht abstreiten. Ich glaube durchaus, daß sie damals ertrunken ist. Aber das ist jetzt vierzig Jahre her. Wahrscheinlich ist also nicht mehr viel von ihr übrig. Aber mit diesen anderen Ertrunkenen hat sie bestimmt nichts zu tun. Es kommt immer wieder mal vor, daß jemand ertrinkt. Du brauchst bloß einen Krampf zu kriegen ...« Er hob die Schultern. »Jedenfalls kann ich dir's nicht verdenken, Elmo, wenn du nicht mehr zu der Insel rüberschwimmen willst.«

»Ich weiß auch nicht.« Unsicher sah ich auf den See hinaus. Zwischen mir und dem Fleckchen bewaldetem Land lag eine Menge schwarzes Wasser. »Wenn hier tatsächlich schon so viele Leute ertrunken sind ...«

»So viele waren es auch wieder nicht. Nur dieser eine Typ letztes Jahr. Und der hat sich unmittelbar davor eine Pepperonipizza reingeschlungen.«

»Die Nixe hat ihn geholt«, murmelte Rudy.

»Haben sie seine Leiche gefunden?« fragte ich.

»Nein«, sagte Cody.

»Demnach wißt ihr also nicht, ob er ihm ... abgebissen wurde.«

»Da gehe ich jede Wette ein«, sagte Rudy.

Ich sah Cody in die Augen. Sie lagen im Dunkeln, so daß ich sie nicht erkennen konnte. »Aber *du* glaubst diese Geschichten über die Nixe nicht ... ich meine, daß sie da draußen im See auf der Lauer liegt und wartet, bis jemand vorbeigeschwommen kommt?«

»Für wie blöd hältst du mich eigentlich? Nur Idioten wie Rudy glauben solchen Quatsch.«

»Danke«, sagte Rudy.

Ich holte tief Luft und seufzte, schaute noch einmal zu der Insel hinüber und sah das viele Schwarz auf dem Weg dorthin. »Ich glaube, ich passe lieber«, sagte ich.

Cody stieß Rudy den Ellbogen in die Seite. »Da hast du's. Warum hast du dein blödes Maul nicht gehalten?«

»*Du* hast ihm die Geschichte erzählt!«

»*Du* hast damit angefangen!«

»Er hatte auch ein Recht darauf, es zu erfahren! Du kannst einen Typen nicht einfach auffordern, da rüberzuschwimmen, ohne ihn zu warnen! Und er wollte auch noch seine Jeans anbehalten! Die einzige Chance, die man gegen sie hat, ist, wenn man ihr einfach davonschwimmt. Aber mit einer Jeans an den Beinen schaffst du das nie.«

»Okay, okay«, lenkte Cody ein. »Ist ja auch egal. Er schwimmt jedenfalls nicht rüber.«

»Wir hätten ihn erst gar nicht herbringen sollen«, sagte Rudy. »Eigentlich war es von Anfang an eine ganz schön blöde Idee. Du-weißt-schon-wer ist zwar eine verdammt heiße Braut, aber daß man ihretwegen gleich *stirbt,* das ist sie auch wieder nicht wert.«

»Tja«, sagte Cody, »genau das ist es, was sie eigentlich rausfinden wollte.« Er wandte sich mir zu. »Das ist der Hauptgrund, warum sie sich ausgerechnet auf der Insel mit dir treffen wollte. Sie wollte dich auf die Probe stellen. Jedenfalls hat sie mir gesagt, wenn du nicht Manns genug bist, da rüberzuschwimmen, bist du auch nicht Manns genug, ihr Lover zu sein. Die Sache ist nur die, daß sie nicht damit gerechnet hat, daß dieser Blödmann da sein Maul nicht halten kann. Wegen der Nixe, meine ich.«

»Das ist es nicht«, sagte ich. »Du denkst doch nicht im Ernst, ich glaube diesen Quatsch? Aber weißt du, ich kann wirklich nicht so besonders schwimmen.«

»Schon gut«, sagte Cody. »Du brauchst dich nicht zu rechtfertigen.«

»Fahren wir dann jetzt?« fragte Rudy.

»Was sonst?« Cody wandte sich dem See zu, legte die Hände um den Mund und schrie: »Ashley!«

»Idiot!« fuhr ihn Rudy an. »Jetzt hast du ihren Namen genannt!«

»Mist.«

Ashley?

Ich kannte nur eine Ashley.

»Ashley Brooks?« fragte ich.

Cody nickte und zuckte mit den Schultern. »Es sollte eine Überraschung sein. Eigentlich hättest du es nicht erfahren sollen, falls du dich geweigert hättest, zu schwimmen.«

Mein Herz begann wie wild zu schlagen.

Nicht, daß ich ein Wort davon glaubte. Ashley Brooks konnte unmöglich scharf auf mich sein und auf dieser Insel auf mich warten. Sie war wahrscheinlich das einzige Mädchen, das genauso toll aussah wie Lois. Wunderschönes goldblondes Haar, Augen wie der Himmel an einem Sommermorgen, ein Traum von einem Gesicht, und ein Körper ... ein Körper, der gar kein Ende nahm. Und wie er erst *gebaut* war!

Aber in ihrer Art war sie ganz anders als Lois. Sie hatte etwas unschuldig Natürliches, als käme sie aus einer anderen Welt – fast zu schön, um wahr zu sein.

Ich konnte mir nicht mal vorstellen, daß Ashley auch nur wußte, daß es mich überhaupt gab.

Ein Mädchen wie sie war für mich unerreichbar.

»Es kann nicht Ashley Brooks sein«, sagte ich.

»Sie wußte, daß du schockiert wärst«, bestätigte mir Cody. »Das ist mit ein Grund, warum sie wollte, daß wir das Ganze geheim halten. Sie wollte dein überraschtes Gesicht sehen.«

»Ganz bestimmt.«

Cody wandte sich wieder der Insel zu und rief: »Ashley! Du kannst rauskommen. Elmo will nicht!«

»Das habe ich nicht gesagt!« stieß ich hervor.

»*Ashley!*« rief Cody noch einmal.

Wir warteten.

Etwa eine halbe Minute später wurde zwischen den Büschen und Bäumen an der Inselspitze ein weißer Lichtschein sichtbar. Er schien sich zu bewegen, und er war sehr hell. Wahrscheinlich kam er von einer dieser Gaslaternen, wie man sie beim Camping benutzt.

»Sie ist bestimmt furchtbar enttäuscht«, murmelte Cody.

Ein paar weitere Sekunden vergingen. Dann kam sie auf den steinigen Strand heraus. Sie hielt die Lampe seitlich weit von sich – wahrscheinlich, um sich nicht daran zu verbrennen.

»Und du dachtest, wir machen dir nur was vor«, sagte Rudy.

»Mein Gott«, murmelte ich und starrte über den See. Sie war so weit weg, daß ich kaum etwas erkennen konnte. Lediglich den Goldton ihres Haars. Und ihren Körper. Ihr Körper war wirklich unglaublich. Zuerst dachte ich, sie hätte irgend etwas Hautenges an – eine Strumpfhose oder einen Gymnastikanzug oder so was ähnliches. Wenn sie allerdings so was anhatte, mußte es dieselbe Farbe wie ihr Gesicht haben. Und es mußte da, wo ihre Brustwarzen hätten sein müssen, zwei dunkle Flecken haben und weiter unten eine goldene Pfeilspitze, die nach unten zeigte, auf ihre ...

»Ich werde wahnsinnig«, entfuhr es Rudy. »Sie ist splitternackt.«

»Nein«, sagte Cody. »Ich glaube nicht ...«

»Jede Wette!«

Sie hob die Lampe in die Höhe. Und dann kam ihre Stimme über den See. »Elll-mo? Kommst du?«

»Ja!« schrie ich.

»Ich warte auf dich!« rief sie. Dann drehte sie sich um und ging auf die Bäume zu.

»Sie ist tatsächlich nackt«, sagte Cody. »Ich krieg echt zuviel, Mann.«

Bis ich meine Jeans ausgezogen hatte, war sie nicht mehr zu sehen. Meine Boxershorts behielt ich an. Der Gummizug war ein bißchen ausgeleiert, darum zog ich sie mir hoch, als ich zum Wasser runter ging. Ich sah mich nach Rudy und Cody um. »Bis später.«

»Okay«, brummte Cody. Er hatte plötzlich so was Verträumtes an sich. Vielleicht wäre er jetzt gern an meiner Stelle da rübergeschwommen.

»Und beeil dich ein bißchen«, sagte Rudy. »Damit dich die Nixe nicht erwischt.«

»Klar«, sagte ich.

Als ich in den See watete, konnte ich immer noch das schwache Licht von Ashleys Lampe sehen. Ich wußte, sie war irgendwo unter den Bäumen, wo man sie nicht mehr sehen konnte, und wartete auf mich. Nackt.

Die Nacht war hell vom Mondlicht und den Sternen. Ein

laues Lüftchen strich über meine Haut. Das Wasser um meine Knöchel fühlte sich sogar noch wärmer an als der Wind. Es plätscherte leise um meine Beine, und in meinen weiten Boxershorts kam ich mir fast wie nackt vor.

Ich zitterte, als fröre ich, aber mir war überhaupt nicht kalt.

Vor lauter Aufregung.

Das kann einfach nicht wahr sein, dachte ich. Typen wie mir passiert so etwas doch nicht. Es ist einfach zu fantastisch.

Aber es passierte wirklich!

Ich hatte sie mit eigenen Augen gesehen. Als sich das warme Wasser um meine Schenkel legte und ich mir vorstellte, daß ich gleich ihre nackte Haut berühren könnte, spürte ich, daß ich einen Steifen bekam und daß er sich durch den Schlitz meiner Boxershorts schob.

Niemand kann was sehen, sagte ich mir. Es ist zu dunkel, und ich habe Cody und Rudy den Rücken zugekehrt.

Noch ein paar Schritte, und er war ganz vom Wasser des Sees umgeben. Sanfte, geschmeidige Wärme umfing ihn. Ich schauderte vor Wonne.

»Mach lieber schneller!« rief Rudy. »Gleich kommt die Nixe.«

Ich warf ihm über die Schulter einen finsteren Blick zu. Ich war sauer, weil er mit seinem Gebrüll die schöne Atmosphäre zerstört hatte. Er stand immer noch mit Cody am Ufer.

»Ihr braucht euch wirklich keine Mühe mehr machen, mir Angst einzujagen!« rief ich. »Ich weiß genau, ihr wollt bloß, daß ich kneife.«

»Sie ist viel zu gut für dich, du Saftsack.«

»Ha! Dann frag *sie* doch mal.«

Inzwischen ging mir das Wasser bis an die Schultern. Ich stieß mich mit den Füßen ab und begann zu schwimmen. Wie bereits gesagt, bin ich kein besonders guter Schwimmer. Kraulen kann ich praktisch überhaupt nicht, aber mein Bruststil geht einigermaßen. Man kommt zwar nicht so schnell vorwärts wie mit Kraulen, aber man kommt hin, wo man hin will. Und man wird nicht so schnell müde. Wenn man den Kopf hochhält, kann man außerdem sehen, wo man hinschwimmt.

Ich mag den Namen – Brustschwimmen. Aber am tollsten finde ich das Gefühl, scheinbar schwerelos durch das warme Wasser zu gleiten und sich am ganzen Körper von ihm umschmeicheln zu lassen.

Das heißt, man würde am ganzen Körper umschmeichelt, wenn man nichts anhätte.

Wie zum Beispiel Boxershorts. Inzwischen waren sie schon halb über meine Hüften gerutscht. Sie klebten an meinen Schenkeln und behinderten mich. Ich konnte nicht mal die Beine gescheit spreizen, um besser voranzukommen.

Ich spielte mit dem Gedanken, sie auszuziehen, traute mich dann aber doch nicht.

Außerdem, so stark behinderten sie mich auch wieder nicht. Mein Pimmel stand immer noch durch den Schlitz raus, und ich fand es toll, zu spüren, wie er durch das Wasser pflügte.

Die Nixe machte die Sache nur noch spannender.

Das Risiko.

Ihr einen Köder hinzuhalten.

Sie damit anzulocken.

Nicht, daß ich auch nur ein Wort von dem Unsinn über die Nixe geglaubt hätte, daß sie irgendwelche Typen unter Wasser zog und ihnen die Pimmel abbiß. Es war genau das, was Cody gesagt hatte: Quatsch. Aber die Vorstellung machte mich an.

Können Sie das verstehen?

Ich glaubte nicht an sie, aber ich konnte sie mir vorstellen. In meiner Fantasie glitt sie etwa drei Meter unter mir durch das Dunkel, ihr Kopf befand sich etwa auf Höhe meines Bauchs. Sie war nackt und schön – und sah so ähnlich aus wie Ashley oder Lois. Sie war da unten und glitt auf dem Rücken durchs Wasser. Zwar machte sie keine Schwimmbewegungen, fiel aber trotzdem nicht hinter mich zurück.

Die Dunkelheit störte nicht weiter; wir konnten uns trotzdem sehen. Ihre Haut war so hell, als leuchtete sie. Sie lächelte zu mir hoch.

Langsam begann sie höher zu kommen.

Zum Köder hochzusteigen.

Ich konnte sie nähergleiten sehen. Und ich wußte, sie würde nicht zubeißen. In diesem Punkt täuschten sich Cody und Rudy. Sie würde nuckeln.

Ich schwamm weiter und stellte mir vor, wie die Seejungfrau hochkam und anbiß. Cody und Rudy hatten mir mit der Geschichte Angst einjagen wollen. Das war ihnen auch gelungen. Aber der menschliche Verstand ist schon eine tolle Sache. Man kann Dinge umpolen. Mit einem bißchen gedanklichen Jonglieren hatte ich aus ihrem pimmelfressenden Zombie eine verführerische Nymphe gemacht.

Aber ich sagte mir, ich sollte besser aufhören, an sie zu denken. Nach allem, was dem vorangegangen war – der geilen Geschichte von dieser Ballnacht, dem Anblick der nackten Ashley, dem angenehm warmen Wasser –, war ich so erregt, daß ich mir nicht auch noch vorzustellen brauchte, wie die Nixe völlig nackt unter mir herschwamm, um mir gleich einen zu blasen.

Ich mußte an etwas anderes denken.

Was sollte ich zu Ashley sagen?

Bei diesem Gedanken wurde mir kurz mulmig, bis mir einfiel, daß ich wohl nicht viel sagen müßte. Zumindest nicht am Anfang. Wenn man zu einem Rendezvous mit einem nackten Mädchen auf eine Insel schwimmt, macht man nicht lange Konversation.

Als ich den Kopf etwas höher hob, sah ich das Licht der Lampe. Es schien nicht weit vom Ufer unter den Bäumen hervor.

Ich war gut vorangekommen. Mehr als die Hälfte hatte ich bereits geschafft.

Jetzt ging's ins Reich der Nixe.

Aber klar doch.

Komm doch und hol ihn dir, Süße.

»Hör auf, so rumzutrödeln!« brüllte Rudy. »Mach endlich zu!«

Aber klar doch.

»Sie kriegt dich! Ohne Scheiß!«

»Leg lieber einen Zahn zu!« brüllte Cody.

Cody?

Aber er glaubt doch gar nicht an die Nixe. Warum schreit er, ich soll schneller schwimmen?

»Ein bißchen dalli!« brüllte Cody. »Los, beeil dich!«

Sie wollen mir bloß angst machen, sagte ich mir.

Und es gelang ihnen auch.

Plötzlich fühlte sich das Wasser nicht mehr an wie eine warme Umarmung; mir wurde eiskalt. Ich war ganz allein auf einem dunklen See, in dem schon mehrere Menschen ertrunken waren, in dem verwesende Leichen lauerten und in dem die Nixe nach vierzig Jahren vielleicht immer noch nicht ganz tot war, sondern, von unstillbarem Rachedurst getrieben, mit ihren scharfen Zähnen Jagd auf die Penisse ahnungsloser Schwimmer machte.

Meiner schrumpelte zusammen, als wollte er sich verstecken.

Obwohl ich wußte, daß keine Nixe hinter mir her war.

Ich begann schneller zu schwimmen. Nicht mehr Brust. Ich entfachte einen regelrechten Sturm, strampelte wie ein Irrer mit den Beinen, schlug mit den Armen um mich, wirbelte das Wasser auf. Hinter mir hörte ich Rufen, aber wegen des wilden Gespritzes konnte ich nichts verstehen.

Mühsam hob ich den Kopf, blinzelte das Wasser aus den Augen.

Es war nicht mehr weit.

Ich schaffe es! Ich werde es schaffen!

Und dann berührte sie mich.

Ich glaube, ich schrie.

Als ich mich ihren Händen zu entwinden versuchte, glitten sie von meinen Schultern ab, und ihre Fingernägel fuhren über meine Brust und meinen Bauch. Es tat nicht weh. Aber es kitzelte, und ich begann mich zu winden. Ich hörte auf, Schwimmbewegungen zu machen, und langte statt dessen nach unten, um ihre Hände wegzustoßen. Aber ich war nicht schnell genug. Ihre Finger schürften meine Haut auf, als sie nach dem Gummizug meiner Unterhose griffen. Ich spürte, wie sie kräftig daran zog. Mein Kopf geriet unter die Wasseroberfläche. Ich begann heftig zu prusten, gab es auf, nach der Nixe zu greifen und streckte statt dessen die Arme nach oben – so, als versuchte ich mich an den Sprossen einer

Leiter festzuhalten, die an die Oberfläche, an die Luft führte. Meine Lungen stachen.

Die Nixe zog mich immer tiefer hinab.

Zog mich an meinen Boxershorts in die Tiefe.

Inzwischen waren sie auf meine Knie hinabgerutscht, dann auf die Knöchel, und schließlich waren sie ganz weg. Einen Augenblick lang war ich frei.

Ich strampelte zur Oberfläche hoch. Und erreichte sie. Keuchend schnappte ich nach Luft. Ich brauchte beide Hände, um mich über Wasser zu halten, und drehte mich um. Sah Cody und Rudy im Mondschein am Ufer stehen. »Hilfe!« schrie ich. »Hilfe! Die Nixe!«

»Ich hab's dir doch gesagt!« rief Rudy.

»Dein Pech!« schrie Cody.

»Bitte! *Tut* was!«

Was sie darauf taten, – sah aus, als höbe jeder von ihnen im Mondschein eine Hand und schnippte mich weg.

Im selben Moment griffen unter Wasser zwei Hände nach meinen Fußgelenken. Ich wollte schreien. Aber statt dessen holte ich tief Luft. Und dann wurde ich auch schon nach unten gezogen.

Jetzt ist es um mich geschehen! Sie hat mich erwischt! O Gott.

Ich hielt die Hände vor meine Genitalien.

Jeden Moment würden sich ihre Zähne …

Da stiegen Luftblasen hoch.

Ich hörte das blubbernde Geräusch, das sie machten, und es kitzelte ein bißchen, als ein paar von ihnen über meine Haut streiften.

Einen Moment dachte ich, bei den Blasen handle es sich um Gas, das aus dem verwesenden Leichnam der Nixe entwich. Bloß war sie schon vierzig Jahre tot. Der Verwesungsprozeß hätte längst abgeschlossen sein müssen.

Mein nächster Gedanke war – *Preßluftflaschen.*

Tauchausrüstung!

Ich hörte auf zu strampeln und krümmte mich statt dessen zusammen, langte zwischen meinen Füßen nach unten, machte mit beiden Händen eine rasche Greifbewegung und bekam etwas zu fassen, von dem ich annahm, es müßte ein Mundstück sein. Ich zog mit aller Kraft.

Sie muß wohl ziemlich Wasser geschluckt haben, weil alles weitere ziemlich einfach war. Sie wehrte sich praktisch überhaupt nicht.

So, wie sie sich anfühlte, war sie bis auf die Brille, die Flasche und den Bleigürtel nackt. Und eine Leiche war sie auch nicht. Ihre Haut war glatt und kühl, und sie hatte herrliche Titten mit großen, festen Brustwarzen.

Ich tat ihr ziemlich weh, noch draußen auf dem See.

Dann zog ich sie auf der Seite der Insel, wo mich Cody und Rudy nicht sehen konnten, ans Ufer und schleifte sie die paar Meter zu der Lichtung, wo sie die Lampe gelassen hatte.

Im Schein der Lampe sah ich, wer sie war.

Obwohl ich es mir natürlich schon gedacht hatte.

Nachdem sie ihre Ashley-Nummer abgezogen hatte, um mich auf die Insel zu locken, mußte Lois ganz schnell ihre Tauchausrüstung angelegt haben und für ihre Nixen-Nummer heimlich abgetaucht sein.

Sie sah toll aus im Lampenlicht. Glänzend standen ihre blassen Brüste zwischen den Haltegurten hervor. Die Taucherbrille hatte sie schon verloren. Ich nahm ihr Preßluftflasche und Bleigürtel ab, so daß sie völlig nackt war.

Hustend und würgend lag sie auf dem Rücken, und es sah klasse aus, wie sie dabei am ganzen Körper zuckte.

Eine Weile beobachtete ich nur dieses Schauspiel. Dann machte ich mich über sie her. Das war *das Beste.*

Am Anfang war sie noch zu sehr außer Atem, um viel Lärm zu machen. Aber ziemlich bald begann sie zu schreien.

Ich wußte, ihre Schreie hätten zur Folge, daß ihr Cody und Rudy zu Hilfe eilen würden. Deshalb holte ich mit dem Bleigürtel aus und verpaßte ihr damit eine hübsche Delle am Kopf. Das gab ihr den Rest.

Dann rannte ich zur Spitze der Insel. Cody und Rudy waren schon im Wasser und schwammen schnell auf die Insel zu.

Ich wollte ihnen auflauern, um ihnen beiden den Schädel einzuschlagen – aber wissen Sie was? Die Mühe konnte ich mir sparen. Sie kamen ungefähr bis zur Hälfte. Dann stießen sie, einer nach dem anderen, einen kurzen Schrei aus und gingen unter.

Ich konnte es nicht glauben.

Kann es auch jetzt noch nicht glauben.

Aber sie tauchten nie mehr auf.

Ich schätze, die Nixe hat sie geholt.

Warum sie und nicht mich?

Vielleicht hatte ich der Nixe leid getan, weil mir meine vermeintlichen Freunde so übel mitgespielt hatten. Schließlich waren wir beide von Kerlen, denen wir vertraut hatten, hintergangen worden.

Wer weiß? Vielleicht hatten Cody und Rudy auch plötzlich einen Krampf bekommen, und die Nixe hatte überhaupt nichts damit zu tun.

Jedenfalls verlief mein Ausflug zum Lost Lake wesentlich erfreulicher, als ich mir je hätte träumen lassen.

Lois war einsame Klasse.

Kein Wunder, daß alle Sex so toll finden.

Wie dem auch sei, zum Schluß versenkte ich Lois und ihre Ausrüstung im See. Ich fand das Kanu, mit dem sie auf die Insel gekommen sein mußte, und paddelte damit ans Ufer zurück. Dann fuhr ich mit Codys Cherokee fast bis nach Hause.

Um keine Fingerabdrücke zu hinterlassen, wischte ich innen alles sorgfältig ab. Dann zündete ich ihn sicherheitshalber auch noch an. Ich schaffte es problemlos nach Hause und hatte bis Tagesanbruch sogar noch etwas Zeit.

Ihr habt eure Probleme,
ich habe meine ...

Es geht mir nicht gut. Sie hätten mir diesen Job nie geben dürfen, aber das ist jetzt meine Tätigkeit. Ich gehe von Tür zu Tür und verkaufe Staubsauger.

Staubsauger! Einfach lächerlich, da muß es sich um ein Versehen handeln, ich bin noch immer nicht ganz gesund. Ich habe beim Geschäftsführer protestiert, aber er meinte, ich sei ein gut aussehender, unternehmungslustiger junger Mann und eigne mich bestens für diese Aufgabe.

Und dann, auf dem Weg nach draußen, kniff er mich in den Arsch.

Ich furzte.

Diese spezielle Arbeitsbeschaffungsmaßnahme war total ungeeignet für jemanden wie mich, gerade aus der Klapsmühle entlassen und kaum geheilt! Sie behaupteten, mit mir wäre wieder alles in Ordnung, sie sagten, ich würde keinem Menschen etwas antun.

Aber ich bin eindeutig das Opfer eines verwaltungstechnischen Fehlers, der irgendeinem Betonkopf von Bürohengst vor lauter Langeweile unterlaufen ist. Diese Idioten wollen mich auf die Menschheit loslassen, um Staubsauger zu verkaufen, dabei werde ich immer noch von schrecklichen Träumen geplagt, habe Visionen, höre Stimmen und benehme mich eigenartig. Manchmal überkommt es mich, und ich fange an, grundlos irgendwelches Zeug zu brüllen. Oder ich beginne, Grimassen zu schneiden, wenn ich mich unbeobachtet fühle. Oder ich ertappe mich dabei, daß ich so klein schreibe, daß ich mein Geschreibsel selbst nicht mehr lesen kann.

Ich bin nicht für diesen Job geeignet.

Ich brauche bloß Wasser zu sehen, und schon bekomme ich Angst, darin zu ertrinken. Ich brauche bloß Vögel zu sehen, und schon denke ich, sie könnten auf mich herabgesaust kommen, um mir mit ihren Schnäbeln die Augen auszuhacken und sie zu verschlingen. Wenn gelegentlich Leute mit mir reden, kann ich oft nicht verstehen, was sie sagen, so, als sprächen sie eine andere Sprache oder sehr undeutlich, und hinterher kann ich mich nicht mehr erinnern, was sie gesagt haben.

Manchmal bleibe ich einfach stehen und starre wie gebannt auf den Gehsteig, ohne zu wissen, was ich vor mir habe oder wie ich an diesen Ort gekommen bin.

Ich habe Angst, meine Füße könnten jeden Augenblick abfallen.

Wenn die einzelnen Vertreter unseres Teams zu den ihnen zugeteilten Verkaufsbezirken gebracht werden, brüte ich vor mich hin. Und haben wir schließlich mein Gebiet erreicht, beginnen mich böse Vorahnungen zu plagen. Ich steige aus dem Auto – bin plötzlich allein – und stehe auf dem Gehsteig. Das Auto fährt weiter, ich bin allein, und weit und breit ist keine Menschenseele zu sehen. Verwirrt schaue ich mich um.

Aus offenen Fenstern dringt Lärm, Radios und Fernseher; ein paar Straßen weiter fährt ein Auto vorüber. Am liebsten würde ich den Staubsauger auf den Boden werfen, damit er auf dem Pflaster zerspringt, aber irgendwie reiße ich mich zusammen.

Das erste Haus, ein alter, heruntergekommener Wohnblock, sieht nicht sehr vielversprechend aus. Dort gibt es vielleicht zwei oder drei Leute, die einen Staubsauger kaufen wollen. Ja, ich fände es toll, wenn ich am Ende des Tages mehr Abschlüsse vorweisen könnte als alle anderen. Während des Lehrgangs letzte Woche sagte ich wenig und war sehr still. Ich glaube, sie hatten keine Ahnung, daß ich ein Irrer bin, zumindest die meisten nicht, und ich wollte auch, daß es so bliebe.

Als hier nach dem Zweiten Weltkrieg diese Wohnungen gebaut wurden, zogen frisch verheiratete, optimistische Paare ein, die dreimal die Woche abends ins Kino gingen und jede Menge Schmorbraten aßen. Zwanzig Jahre später war das Viertel ein Slum. Inzwischen sind die Wohnungen renoviert worden, und es leben wieder junge, optimistische Paare darin.

Während der späten Nachmittagsstunden gleicht jeder Mietshausflur dem Flur eines Totenhauses. Und im Innern der Grabstätten hausen Geister, die Echos der Menschen, die in der Arbeit sind.

Im Gehen betaste ich die Tapete. Ich werde im obersten Stockwerk anfangen und mich nach unten vorarbeiten.

Aber im obersten Stockwerk scheint niemand zu Hause zu sein. Bis auf die letzte Wohnung. Eine nette, gut gelaunte Frau öffnet mir. Sie hat ein frisches Gesicht und freundliche Augen.

Bevor sie nein sagen kann, habe ich schon zu reden begonnen ...

»Guten Tag, wie geht's – wie geht's Ihnen heute – ein herrlicher Tag, finden Sie nicht auch – mein Name ist Ron (natürlich ist das nicht mein richtiger Name), und ich würde Ihnen gern unsere neue Keeno-Kirby-Turbo Haushaltshilfe vorstellen – vollkommen unverbindlich, versteht sich ...«

»Aber, Sir ... Entschuldigen Sie, Sir ...«

Ohne mich um ihre Proteste zu kümmern, rede ich sie mit meiner monotonen Leier nieder – ohne Punkt, Pause, Komma.

Sie versucht etwas zu sagen: »Es tut mir leid, Sir ...«

Ihre gute Laune ist rasch verflogen – und was spricht nun aus ihrer Miene? Melancholie? Angst? Bedauern? Ich rede immer schneller. Sie weicht vor mir zurück. Ihr Gesicht wirkt plötzlich so komisch, fast entsetzt. Sie legt ihre Hand an den Mund. Diesen Blick sehe ich nicht zum erstenmal. Irgend etwas stimmt nicht. Es macht mich nervös, wenn sie das tun; es bedeutet, daß etwas passieren wird, und zwar immer etwas Schlimmes ...

Ich rede weiter, wie ich es gelernt habe, und überschütte sie mit Worten. Stunden habe ich damit verbracht, sie auswendig zu lernen. Meine Worte sollen jeden ihrer Einwände schon entkräften, bevor sie überhaupt dazu kommt, ihn vorzubringen.

Während ich mich immer weiter in das Zimmer dränge, weicht sie immer weiter zurück. Wir durchqueren das Zimmer, sie auf dem Rückzug, ich immerfort redend dicht hinter ihr her.

Dann stolpert sie.

Ihre Füße verheddern sich nach unserem Marsch durch das Zimmer im Staubsaugerkabel ...

Oh! *Sie fällt aus dem Fenster!* Vor meinen Augen – mein Gott – ein großes Panoramafenster – kein Fliegengitter davor – *wir sind vier Stockwerke über der Straße* – Oh! Sie hält sich am Vorhang fest – der Vorhang reißt – ihr Hinterteil durch das weit offene Fenster – der Kopf schlägt oben an den Rahmen – verschwindet – o nein! Es ging alles so schnell ...

Ich gerate in Panik! Angst! Ein entsetzliches Gefühl. Ich schlage meine Hände seitlich an den Kopf – schreie: »Nein!«

Nein! Ich sehe aus dem Fenster nach unten. Sie liegt auf dem Gehsteig, offensichtlich tot, Arme und Beine grotesk verdreht wie die einer kaputten Puppe. Ein Rinnsal aus Blut sickert unter ihr hervor. So was Dummes, jetzt fühle ich mich wirklich mies ...

Oh, oh, was habe ich bloß getan, was habe ich da bloß getan?

Ich packe meinen Staubsauger und meine anderen Sachen und mache mich davon.

Auf der Ablage neben der Tür liegen ein Einkaufszettel und etwas Geld. Das wird sie jetzt bestimmt nicht mehr brauchen, denke ich und nehme mir das Geld.

Ich schließe die Tür hinter mir. Niemand wird etwas merken. Wie sollte auch jemand etwas merken, wenn ich einfach gehe ... Doch halt! Was ist, wenn sie noch lebt?

Ich renne die Treppe hinunter.

Unten auf der Straße muß ich mich erst einmal orientieren. Auf welcher Seite des Hauses bin ich?

Da liegt sie. Seh sich das mal einer an. Eine Blutlache, ihr Gehirn auf dem Pflaster. Nein ... sie ist tot.

Erst jetzt merke ich, wie hübsch sie war, jung und frisch. Ihre goldenen Locken hängen schief, ihr Kopf liegt auf der Seite, der Mund ist offen, die Augen starr.

In diesem Moment kommt mir ein schlimmer Gedanke. Wie wäre es, wenn ich ihr den Staubsaugerschlauch zwischen die Beine schöbe. Wie aus heiterem Himmel kommen mir in dramatischen oder gräßlichen Momenten wie diesem die komischsten Ideen.

Nein! Ich schlage mir den schrecklichen Gedanken aus dem Kopf. Ich schaudere vor Ekel darüber. Wie kann man so etwas Gräßliches tun?

Doch dann kommt mir ein anderer Gedanke: Wenn ich Cunnilingus mit ihr mache – manche Menschen haben noch Minuten, ja sogar Stunden nach ihrem Tod Empfindungen –, versüße ich ihr die letzten Augenblicke ihres Lebens und verhelfe ihr noch einmal zu Wonnen der Glückseligkeit. Ja!

Ich kenne sie kaum, und doch habe ich das Gefühl, sie jetzt zu kennen. Schnell lege ich den Staubsauger beiseite und schreite zur Tat. Eigentlich ist es schon etwas eigenartig, aber sie tut mir so leid. Mir kam nie der Gedanke, es könne nicht richtig sein. Sie sagen, das ist eins meiner Probleme: zwischen Gut und Böse zu unterscheiden. Manchmal fällt mir das wirklich schwer. Und was die Frau angeht Wenn sie tot ist, total tot, dann ist das, was ich gerade tue, sinnlos, vielleicht sogar lächerlich, aber was ist, wenn sie noch am Leben ist? Genießt sie diese letzten Momente wirklich? Oder denkt sie an eine Bluse, die sie sich kaufen wollte, oder an ihren jungen Mann, oder an irgendwelche Arbeiten, die sie im Haushalt noch erledigen müßte, oder an eine Seifenoper, die sie jetzt versäumen wird?

Plötzlich! Eine Stimme von oben!

»He, Sie! Was machen Sie da?« brüllt ein Mann aus einem Fenster auf mich herab.

Panik!

Erschrocken springe ich hoch!

Renne los!

Ich renne weg! Ich habe gar nicht richtig hochgesehen, nur aus dem Augenwinkel einen kurzen Blick nach oben geworfen. Ich renne und renne und …

Ich renne ziemlich lange. Durch alle möglichen Straßen, durch die ganze Stadt.

Mein flinker junger Körper trägt mich!

Meine Füße fliegen dahin!

Brummmm! Ich bin ein Düsenjäger!

Brummmm! Ich sause durch die Luft.

Ich bin weit gelaufen, ganze Stadtviertel liegen hinter mir. Außer Atem bleibe ich an einem Zaun stehen ... halte die Hand an meine Brust, spüre mein Herz schlagen ... ich bin in einem Vorort, befinde mich in der schmalen Durchfahrt, die an der Rückseite der Häuser entlangläuft. Die Häuser sind ordentliche Bungalows aus den vierziger und fünfziger Jahren, nicht wahnsinnig groß, aber gut in Schuß und meistens weiß gestrichen. Vor mir arbeitet ein Mann im Garten ...

»Na, junger Mann – alles in Ordnung?«

Er spricht mit mir. Seine Freundlichkeit bringt mich fast zum Heulen.

»Kommen Sie, setzen Sie sich erst mal ... fehlt Ihnen auch wirklich nichts?«

WENN ICH IHM SAGE: »*Ich – ich habe gerade eine Frau umgebracht*« – und er: »*Was?*« Und ich: »*Es war schrecklich – natürlich nur aus Versehen – aber ihr ... Hirn – ich habe ihr Hirn gesehen ...*« Und er: »*Ich habe noch nie ein Hirn gesehen, was hat es für eine Farbe?*« Nein, ich werde ihm nicht erzählen, daß ...* statt dessen sage ich: »Könnte ich bitte ein Glas Wasser haben ...«

Ich folge ihm ins Haus. Ich habe ihm gesagt, daß ich Randall heiße.

Das Glas, das er mir gibt, kommt mir sehr klein vor – kein richtiges Wasserglas, auf gar keinen Fall.

Ich sehe ihn mißtrauisch an.

Ich trinke das winzige Glas Wasser aus.

»Könnte ich noch was haben?«

»Wie?«

»Oh, Entschuldigung, *könnte ich* bitte *noch ein Glas Wasser haben?*« (Bitte und danke sind Zauberworte.)

Er wartet eine Minute, als müßte er erst überlegen. »Nein. Das ist leider alles, was Sie von mir kriegen.«

Ich raste aus ... Der Mann sieht aus, als wäre er in einem anderen Leben ein Specht. Wegen dieser unerfreulichen Wendung fühle ich mich verfolgt und verletzt. In meinem Kopf beginnt sich alles zu drehen, ich habe keine richtigen Gedanken mehr, nur noch Gefühle, die wie wild durcheinanderschwirren, rauf und runter, rein und raus.

Warum muß es immer so – so *beschissen* enden! Grrrr, knurre ich. Warum kann bei mir nie mal was glatt und normal verlaufen? Ich sehe ihn an, er schaut zurück, wachsam, abschätzend, ein derber Mann, kleiner als ich, dieser Pimpf, und dann noch seine blöde Visage und diese dämliche Küche!

Wortlos sehen wir uns gegenseitig an. Ich höre die Wanduhr ticken …

Deshalb – *womp!* – trete ich ihm auf den Fuß.

»Au! Hey!« Ich renne aus dem Haus … werfe die Tür zu. Renne …

Ich bin noch nicht weit, da fällt mir ein, daß ich meinen Staubsauger vergessen habe, hinten am Zaun …

Er ist noch im Garten. Wie ein Späher krieche ich auf dem Bauch … Mein neuer Anzug wird schmutzig …

Ein paar Kinder kommen auf Fahrrädern die schmale Straße entlanggefahren. Eins fährt mir übers Bein und lacht, aber ich krieche lautlos weiter …

Ja, ich möchte aufspringen und diesem Rotzlöffel nachrennen, ihn von seinem Rad stoßen – mir schießt der Gedanke durch den Kopf, daß ich den Kleinen umbringen möchte –, und mit diesem Wissen sehe ich mich nach ihm um. Aber ich mache weiter. Ich bin jetzt ganz bei der Sache.

Der Staubsauger. Ich habe ihn. So einfach war das. Ich bin für dieses Gerät verantwortlich.

Jetzt habe ich es, und der alte Mann kann nichts dagegen tun! Er arbeitet wieder im Garten. Ich stehe auf und brülle ihn über den Zaun hinweg an: »HEY!«

Erschrocken fährt er hoch und muß erst zweimal hinsehen! Triumphierend hebe ich den Staubsauger mit seinen scheppernden Schläuchen hoch! Der alte Mann hebt seine Hacke … Wie der Blitz bin ich weg und schaue nicht zurück.

Ein paar Straßen weiter bleibe ich stehen, um Atem zu schöpfen. Ich stelle den Staubsauger ab, beuge mich schwer atmend vor, stütze mich mit den Händen auf den Knien ab … puuuh!

Mich durchströmt wilde Freude. So viel Spaß habe ich den ganzen Tag nicht gehabt! Dieser komische alte Kauz! Wollte mir kein Wasser mehr geben, aber ich habe Glück gehabt, daß ich ihm entkommen bin, Mann …

Ein Stück weiter sehe ich einen Großmarkt. Er liegt an der

Ecke, an der die Seitenstraße in eine Hauptstraße mündet. Ich gehe los. Der Mann an der Kasse beäugt mich mißtrauisch, als ich reinkomme. Kaufe mir Kekse und einen Kakao und, ohne einen bestimmten Grund, ein paar Baseballkarten. Als ich klein war, hatte ich einen ganzen Schuhkarton voller Baseballkarten. Ich kann mich erinnern, daß ich einmal zum Kiosk an der Ecke ging, und da war ein Junge, der hatte von seiner Mutter einen Zwanziger gekriegt, um sich Baseballkarten zu kaufen. Er hatte Geburtstag und kaufte sich eine Tüte nach der anderen, zwanzig Tüten, einen Dollar das Stück, und er machte sie gleich vor dem Kiosk auf. Jetzt brauchte er bloß noch Ted Williams und Bob Friend, um alle komplett zu haben, und inzwischen standen jede Menge Kinder um ihn rum, und die Aufregung bei dieser Orgie, so viele Karten zu kaufen und sie aufzumachen, schlug auf uns alle über, und ich sah mir seine Kleider an, er hatte wohl reiche Eltern, und da stand auch ein dicker Schlitten, blitzblank und sauber, und ich weiß noch, daß ich dachte, das ist es wohl, was reiche Kinder an ihrem Geburtstag machen ...

Ich gehe mit meinem Staubsauger weiter, dann bleibe ich stehen und setze mich an den Straßenrand. Die Sammelkarten, die ich gerade gekauft habe, sind in so einer silbrigen Plastikfolie verschweißt, nicht in dem Wachspapier, das sie früher dafür verwendet haben. Schnell machte ich die Packung auf, und – *hallo!* – die Baseballspieler sehen auch anders aus, ziemlich normal und eher wie so Yuppies, ein bißchen steril. Ich weiß noch, wie häßlich und schräg die Typen 1963 aussahen, und die von heute haben überhaupt keine Ähnlichkeit mit ihnen. Da überkommt mich plötzlich dieses komische Gefühl – so ungefähr: was mache ich hier überhaupt? Ich komme mir ziemlich blöd vor und dann total allein, sehe auf den vorbeiströmenden Verkehr hinaus und auf winzige Autos, die ganz weit weg sind; ein paar Männer bessern ein Stück weiter ein Schlagloch aus, und die Sonne scheint, und ...

Und dann hielt ich mir das Päckchen unter die Nase und roch daran, es war dieser typische Baseballkartengeruch, eine Mischung aus Pappe und Druckerschwärze und Kaugummi und ... mmmmmm. Ich kehrte wieder auf die Erde zurück, und alles war okay.

Müde schleppte ich meinen Staubsauger über ein unbebautes Grundstück zu einer großen, schattigen Ulme und setzte mich an den Fuß ihres dicken Stamms. Es wehte ein laues Lüftchen. Ich warf den Kakaokarton weg, dann die Baseballkarten. Ich schleuderte sie, so weit ich konnte, durch die Luft, ohne auf irgend etwas Bestimmtes zu zielen – nur um zu sehen, wie weit sie fliegen würden ...

Doch dann überkommt es mich plötzlich! Ich stehe auf und gehe dorthin zurück, wo ich gerade hergekommen bin! Zuerst verstecke ich den Staubsauger unter ein paar Büschen. Bald komme ich zu der Stelle, wo der alte Mann im Garten arbeitet. Ich beobachte ihn aus einiger Entfernung. Dann schleiche ich auf den Zaun zu. Ohne Vorwarnung breche ich unter den Büschen hervor, brülle »Hey!«, so laut ich kann, und laufe lachend weg. Er erschrickt und wirft die Hacke in die Luft. Ich verstecke mich.

Zehn Minuten vergehen. Ein Stück weiter die Straße runter springe ich wieder hoch und brülle: »Hey!« Eine seltsame Erregung ergreift von mir Besitz, und der arme Mann weiß nicht, was er von diesem Guerillakrieg halten soll. Nach zwei weiteren »Heys!« geht er ins Haus.

Klammheimlich schleiche ich mich seitlich an das Haus heran. Er telefoniert. »Bei uns in der Nachbarschaft treibt sich so ein komischer Vogel rum ... benimmt sich ziemlich eigenartig ... ich glaube, er ist geistesgestört ... Ja, bitte schicken Sie jemand vorbei ...«

Die Polizei!

Nichts wie weg.

Aber noch bevor ich die Gegend verlassen kann, gerade biege ich um eine Ecke, fährt – *zack!* – ein *Streifenwagen* vorbei. Und sie sehen mich – glaube ich wenigstens. Nichts wie weg!

Wie Katz und Maus. Durch Gärten, Büsche, Garageneinfahrten, bäuchlings in einem Graben liegend, entkomme ich ihnen.

Ein paarmal erhaschen sie einen flüchtigen Blick auf mich, aber ich bin flink. Ein paarmal kommen sie an mir vorbei, während ich mich verstecke, und fahren langsam weiter. Sie suchen nach mir.

Nach einer Weile zieht die Polizei ab.

Zurück in dem Großmarkt – meinen Staubsauger habe ich mir inzwischen ebenfalls wieder geholt –, schlage ich im Telefonbuch den Namen des alten Mannes nach (ich habe ihn von seinem Briefkasten) und werfe einen Quarter ein. Es klingelt bei ihm.

»Hallo?«

»Hey!«

In dieser Nacht schlafe ich in dem Gewerbegebiet, in dem das Verkaufsbüro der Staubsaugerfirma liegt, im Gebüsch ...

Auf dem Weg dorthin komme ich durch unbekannte Stadtteile. Nachts schleiche ich. Die Nacht ist um mich. Die Nacht ist das Sirren von Käfern im Wald, der Tau, die Landschaft – die ganze Landschaft – die ganze Nacht – die ganze Zivilisation ist von Tau bedeckt – und jedes Blatt, jeder Stein auf der Straße, jedes Dach und jeder Fenstersims – und die Autos – man kann auf die Autos schreiben, Nachrichten hinterlassen – komische Autos fahren vorbei – wer ist in ihnen – was tun sie – Leute wandern mitten in der Nacht herum ... Es ist ein einziges Rätsel.

Am nächsten Morgen fühle ich mich erfrischt und munterer. Wirklich fit für die Arbeit. Natürlich sehe ich ein bißchen zerzaust aus, schließlich habe ich im Gebüsch geschlafen, auf Zedernnadeln, und vom Tau ist alles feucht, aber das ist noch lange kein Grund, mich auf der Stelle zu feuern. Mein Haar ist durcheinander und steht mir wirr vom Kopf, wie das eben so aussieht, wenn man gerade aufgewacht ist.

Die Teams bekamen ihre Gebiete zugeteilt, aber ich wurde übergangen. Mr. Bellows, der Boß, der Mann, den ich schon letztes Mal blöd angeredet hatte, würdigte mich keines Blickes. Ich konnte seine Aufmerksamkeit nicht auf mich lenken, deshalb hob ich die Hand.

»Ja bitte, Mr. McFadden?«

»Ich habe noch kein Gebiet zugeteilt bekommen, Mr. Bellows ...«

»Das werde ich gleich mit Ihnen besprechen, Mr. McFadden ...«

»Bin ich gefeuert? Wollen Sie …«

»Ich habe Ihnen doch gesagt, das besprechen wir …«

»Hören Sie mal! Sie können mich noch nicht rauswerfen! Ich habe ja noch gar keine Chance gekriegt!«

Ist es möglich, daß sie schon etwas von der Frau wissen, die aus dem Fenster gefallen ist, und von dem alten Mann mit dem Glas Wasser? Nein.

Wenn ich weiter widerspreche, hält er mir vor, ich sei betrunken.

Ich sage ihnen, ich hätte den Staubsauger an einem sicheren Ort versteckt und würde ihnen zur gegebenen Zeit verraten, wo er ist. Ich brülle und tobe und weiß nicht, was ich sage. Die Worte kommen mir über die Lippen, ohne daß ich mir Gedanken darüber mache. Mein Staubsauger liegt auf der anderen Seite des Raums. Er ist mit Blättern und Fichtennadeln und Zweigen und Erde geschmückt. Mr. Bellows sah ihn an, dann sah ich ihn an, und dann sahen wir uns in die Augen.

Als ich hinausstürme, werfe ich ihre blöde Lampe auf den Boden.

Draußen auf dem Parkplatz bleibe ich stehen und versuche mich zu beruhigen. Dann gehe ich los. Ich blicke mich um. Alle sehen mir durchs Fenster nach.

Eine Weile streife ich ziellos umher.

Gewerbezonen haben etwas sehr Künstliches an sich, vor allem, wenn man dort fremd ist und nicht weiß, was in all diesen Büros vor sich geht. Das kann einem ein Gefühl von Leblosigkeit vermitteln, von Stillstand und völliger Sinnlosigkeit, und das kann ziemlich beängstigend sein.

Am anderen Ende der Gewerbezone betrete ich ein Bürogebäude. Die Empfangsdame begrüßt mich mit gut gelaunter Stimme, sieht aber kaum von ihrem Computer auf. »Kann ich Ihnen behilflich sein, Sir …?«

Der Firmenname steht in Buchstaben aus poliertem Stahl an der Wand. Er lautet UTIMUM SYSTEMS, INC., und ich habe nicht die leiseste Ahnung, was sie hier machen.

Sie schaut auf. Ich muß wohl etwas durcheinander aussehen. Ihr Ton hört sich plötzlich besorgt an. »Fehlt Ihnen etwas …«

»Ja. Ähmmmm … mit meinem Kopf stimmt etwas nicht!«
Meine Stimme hat einen panischen Unterton …

Inzwischen sieht sie mich mit mehr Angst als Besorgnis
an. Vielleicht hat sie inzwischen mein heruntergekommenes
Äußeres und mein zerzaustes Haar bemerkt und daß ich
ganz naß bin, weil ich im Tau unter den Büschen geschlafen
habe.

Ich mache kehrt und gehe.

Ich bin sehr vorsichtig, als ich in meine Wohnung zurück-
kehre. Zuerst gehe ich an meiner Wohnungstür vorbei, um
mich zu vergewissern, daß die Luft rein ist. Ich kann nichts
Verdächtiges entdecken: Niemand wartet auf mich, und es
ist kein Zettel des Hauswirts an der Tür, daß ich in sein
Büro kommen soll – die Polizei war noch nicht hier.

Unter normalen Umständen kann ich mir drei ›Handlungen oder Zwischenfälle‹ leisten, bevor sie nach mir sehen
kommen. Wenn ich es so hindrehe, daß die ›Zwischenfälle‹
weit genug auseinander liegen, kann es auch erst nach dem
sechsten oder sogar neunten Mal sein, aber sie kommen
immer nach einem Vielfachen von drei. In der Welt der Parzen ist drei ein weit verbreiteter Nenner. Ich habe gelesen,
daß Computer auf einem binären System basieren, das heißt
auf zwei Ziffern, und die Parzen, die über das menschliche
Schicksal bestimmen, stellen gewissermaßen ein ›trinäres‹
System dar. Wenn unsere Computer zur Verwendung eines
trinären Systems übergehen, kommen sie vielleicht besser
mit dem Schicksal zurecht und können sich auf einer rein
wissenschaftlichen Ebene damit auseinandersetzen. Eines
Tages werden wir unser Schicksal meistern.

Ich lege mich auf mein Bett.

Die dünnen Vorhänge wehen im Wind.

Draußen höre ich, wie das Leben vorbeigleitet: Autos,
Bremsen, Verkehrsrauschen, Hupen … irgendwo in der
Ferne wummert eine Dampframme.

Das Leben geht ohne mich weiter, und das spüre ich jetzt.
Das Leben ist da draußen und geht ohne mich weiter. Ein
eigenartiges Gefühl.

Wenn ich nur mein Schicksal in den Griff bekäme! Sobald

die staatliche Mietpreisbindung ausläuft, wird mich dieses ›möblierte‹ Apartment 250 Dollar im Monat kosten. Billig, aber es liegt in einer schlechten Gegend, und die Einrichtung, also ein Stuhl, ein Tisch, ein quietschendes, durchgelegenes Bett, eine Kommode, deren Schubladen sich kaum rausziehen lassen und in die Mieter, die hier vor mir gewohnt haben, irgendwelche Worte oder ihre Initialen geritzt oder geschrieben haben. Die Klimaanlage am Fenster macht, wenn sie an ist, so viel Lärm wie ein Hubschraubermotor, der jeden Moment den Geist aufgibt.

Ich denke an die Nervenheilanstalt.

Dort haben sie mich nicht geheilt. Sie haben mich zu früh entlassen. Ob sie mich jemals heilen können? Nein. Damit habe ich mich inzwischen abgefunden.

Dieses neue medizinische Betreuungsprogramm ist für die Katz. Sie haben mich da bloß so lange eingeliefert, bis ich mich abreagiert hatte und irgendwelche Anforderungen erfüllte, und dann ließen sie mich im Rahmen dieser Arbeitsbeschaffungsmaßnahme wieder auf die Menschheit los.

Von Tür zu Tür zu gehen und Staubsauger zu verkaufen – daß ich nicht lache! Dieses medizinische Betreuungsprogramm ist eine einzige Katastrophe. Sie helfen einem überhaupt nicht, schleusen einen nur durch die ganze Maschinerie, verpassen einem einen Stempel aufs Krankenblatt und reichen einen an jemand anderen weiter.

Wie konnte man überhaupt auf so eine hirnrissige Idee kommen, der staatliche Verwaltungsapparat könnte ein vernünftiges Gesundheitssystem auf die Beine stellen? Die Leute in diesem Land verblöden immer mehr. Klar, sie gehen zur Schule und prägen sich Fakten und Zahlen ein, sie lernen, wie man Daten in einen Computer eingibt und wunderbare Berichte abfaßt, aber gesunder Menschenverstand und simple Logik werden immer seltener.

Wo die breite Masse früher in der Kirche Erlösung suchte, tut sie das jetzt beim Staat und bei den Ärzten. Es ist wie seit dieser ›Gott ist tot‹-Geschichte in den sechziger Jahren; die neue Religion heißt Medizin, und alles wird gut, sobald sie ihren Zauberstab hebt. Es wird Jahre dauern, bis sie das merken. Dieser Clinton hat sein Fett abgekriegt. Ich habe gelesen, daß er jetzt wieder zu Hause in Arkansas ist. Er muß seine Strafe durch die Ausübung einer gemeinnützigen Tätigkeit verbüßen, und fährt deshalb jetzt einen Bibliotheksbus. Das wäre übrigens der ideale Job für mich gewesen, aber ich bin sicher, nach dem letzten Regierungsdebakel stehen sie für diese bequemen Fahrerjobs kilometerlang Schlange.

Ich denke darüber nach, was ich heute getan habe. Und bin nicht stolz darauf. Ich kann die Frau und ihr Hirn vor mir sehen, den alten Mann mit seinem Glas Wasser, das Gesicht, das Mr. Bellow gemacht hat. In einer anderen Zeit wären wir vielleicht alle Freunde gewesen.

Manchmal kommen diese Gedanken aus dem Nichts in meinen Kopf. Dinge, die ich getan habe, verfolgen mich, und manchmal auch Dinge, die ich nicht getan habe! Peinliche Momente, Tragödien, Situationen, in denen ich mich daneben benommen habe. Man versucht, sie zu verdrängen ... Nein!

Das hätte ich nicht sagen sollen!

Das hätte ich nicht sagen sollen!

Nein, das hätte ich nicht tun dürfen!

Warum habe ich das gesagt – warum, warum habe ich diese schrecklichen Dinge getan – alle sehen mich an – das Gefühl, nicht mehr länger einer von ihnen zu sein – plötzlich ist das Spiel aus!

Ich war nie einer von ihnen. Vielleicht war ich es früher einmal ... vor langer, langer Zeit ... aber daran kann ich mich jetzt kaum mehr erinnern ... fast so, als wäre ich damals jemand anderer gewesen. Was ist mit mir passiert?

Die Dinge, die man getan hat, die schlimmen Dinge, sie schreien einem die Ohren voll ... was für Qualen, wenn diese Gedanken in meinem Kopf herumbrüllen! Ich brülle sie aus mir heraus – ich denke an etwas, durchlebe es in Gedanken noch einmal, sämtliche Details kommen wieder hoch, wie in einer Fernsehsendung, und ich schreie »Neieiein!« und verdränge es!

Manchmal, vor allem in der Öffentlichkeit, muß man etwas sagen, um die Gedanken aus dem Kopf zu verscheuchen und zu vertuschen! Wenn es zu viele werden, muß ich einfach singen!

In der Schlange im Lebensmittelladen: »Oh, welch ein herrlicher Morgen! Oh, welch ein herrlicher Tag!«

Man singt es zu laut, zu verrückt ...

Die Leute starren einen an, im Kopf beginnt sich alles zu drehen ...

Tja, ich werde eben einfach mein Schicksal selbst in die Hand nehmen müssen! Mich selbst heilen. So einfach ist das! Wenigstens bin ich nicht mehr in dieser blöden Nervenklinik. Jetzt muß ich mich bloß anpassen. Wie ich es beim Militär gelernt habe: sich seiner Umgebung anpassen, möglichst wenig auffallen ...

JA!

Ja! Genau! Ich kann mich selbst heilen! Scheiß auf diese Schwachköpfe und Nabobs! Ich werde mich besser heilen als diese Saftsäcke mit ihren Universitätsabschlüssen und ihren gelehrten Büchern und Fachausdrücken. Irgendwann werde ich zurückkommen und es ihnen zeigen. Dann werde ich einen dicken Wagen fahren, irgendeinen tollen restaurierten Schlitten aus den späten sechziger Jahren, jawoll! Ein Cabrio und schicke Kleidung, modisch und leger und einen scharfen Zahn am Arm und ... Im Fernsehen werden sie mich zeigen: »Moment mal! Ist das nicht der Typ, der ...«

Ich hole mir einen Löffel Erdnußbutter und esse ihn. Wenn ich hungrig bin, helfen mir manchmal ein, zwei Löffel über ein paar Stunden hinweg, ohne daß ich wieder Hungergefühle bekomme.

Einen Augenblick lang bin ich glücklich! Einen Augenblick lang fühle ich mich wieder gut. Irgendwie werde ich mich selbst heilen – nicht, um es ihnen zu zeigen, sondern für mich. Ich stehe vor dem Spiegel. Sehe mich selbst an. Das bin ich. Wenigstens sehe ich gut aus, sogar blendend.

Ich fühle mich wieder richtig energiegeladen, springe vom Bett hoch. Das Zimmer sieht nicht mehr so trostlos aus; ich dusche, spüle das Geschirr ab, putze die Kochnische – um das ganze Apartment sauber zu machen, reicht die Zeit nicht ...

Ich gehe zum Schrank und sehe mir die Kleider an.

Mit meinen Hemden ist nicht groß Staat zu machen, aber

ich habe einige erstklassige Hosen. Vor lauter Aufregung nehme ich alle Hosen heraus, entferne die Hosenspanner und lege sie auf dem Boden aus.

Ich trete zurück und betrachte meine aufgereihten Hosen. Fast platze ich vor Stolz.

An diesem Abend muß ich zu einer besonderen **Dinner Party** gehen. Ich kann mich nicht mehr genau erinnern, aber irgend jemand hat mich eingeladen, oder vielleicht habe ich auch irgendwo jemanden darüber sprechen gehört und mir alles aufgeschrieben.

Ich habe mein Bestes getan, mein Äußeres auf Vordermann zu bringen, denn es hat aufgrund der Umstände, unter denen ich die letzte Nacht verbracht habe, etwas gelitten.

Auf keinen Fall möchte ich mir das Essen entgehen lassen. Ich komme fast um vor Hunger.

Ich setze große Hoffnungen auf diese Einladung. Vielleicht lerne ich dort besser situierte Menschen kennen, möglicherweise sogar eine nette Frau mit guten Manieren und einer angenehmen Stimme. Ich überlege mir ein paar gute Gesprächsthemen: Wetter, Politik, Polo ... sicher spielen sie dort Polo. Das ist die Chance, auf die ich gewartet habe. Ich möchte mich unbedingt verbessern – und in den oberen etablierten Gesellschaftsschichten verkehren.

Auf der Party beäugten mich die Leute argwöhnisch, und ich blieb ziemlich in mich gekehrt. Alle waren besser gekleidet als ich. Jemand flüsterte seinem Nebenmann zu, die Ärmel meines Hemds hätten keine Manschetten und würden mit Klebestreifen zusammengehalten – und meine Hosenbeine hätten unten keinen Saum und wären ausgefranst.

Beim Essen sprach niemand mit mir. Irgendwann im Lauf der Unterhaltung fiel mir ein Witz ein, den ich mal irgendwo aufgeschnappt hatte.

Als ich den Witz erzählte, hörten mir die Leute erst zu, doch dann begannen sie nach und nach ihre Unterhaltungen fortzuführen, als interessierte sie meine Geschichte nicht ...

Binnen kurzer Zeit gingen alle wieder vollständig in ihrer

eigenen kleinen Welt auf … am liebsten wäre ich im Erdboden versunken.

Ich verstummte, bevor ich überhaupt zur Pointe kam!

Niemand kümmerte sich darum.

Ich sah meine Suppe an.

Ich war niedergeschlagen. Das würde kein gutes Ende nehmen. Ich wurde verdrossen, in mich gekehrt, und begann mich sehr betrunken zu fühlen.

Denen zeige ich es. Ich verschütte meine Suppe.

»Hoppla!«

»Hey!«

Alle glotzen. Sie sehen mich alle an. Jetzt merke ich, wie wenig ich diese Leute kenne. Ich mag diese Leute nicht, auch nicht die Art, wie sie mich ansehen, anstarren …

Die Gastgeberin muß mich schon die ganze Zeit beobachtet haben. Während die anderen eher schockiert scheinen, macht sie einen wütenden Eindruck und glotzt mich an wie Ben Turpin. Offensichtlich hat sie gemerkt, daß ich die Suppe absichtlich verschüttet habe, und dann legt sie los. Sie beginnt zu schreien, brüllt mich an. Sie hat gesehen, wie ich es getan habe, und weiß, es war kein Versehen. Und dann kann ich, wie immer, nicht mehr verstehen, was sie sagt, weil mein Verstand irgendwie abgeschaltet hat.

Jetzt ist sie aufgestanden und deutet mit puterrotem Gesicht auf die Tür. Sie hat gesehen, daß ich die Suppe absichtlich verschüttet habe! Sie weiß Bescheid!

Da haben wir's! Sie will mich vor allen Leuten blamieren. Mich hinauswerfen. Meine Stimmung sinkt in den Keller. Ich sehe auf die Suppenrinnsale hinab, die über das saubere weiße Tischtuch laufen.

Dann schleudere ich meinen Salatteller gegen die Wand und gehe.

Auf dem Weg nach draußen muß ich durch einen anderen Raum. Die Leute dort, die nicht gesehen haben, was passiert ist, sondern nur den Lärm gehört haben, starren mich an, als wäre ich ein wildes Tier in einem Käfig – eine Art zweiköpfiges Monster … Ich fand es widerlich.

Draußen blieb ich stehen und warf aus dem Augenwinkel einen verstohlenen Blick zurück. Ich konnte spüren, wie sie

drinnen über mich sprachen – »Wer war dieser Mann?«
»Wer hat ihn eingeladen?« –, denen werde ich es zeigen.

Eine Stunde später komme ich in einer ganz besonderen
Aufmachung zurück. Ich habe mich als Indianer verkleidet:
Lendenschurz, ein Stirnband mit zwei oder drei Federn,
Kriegsbemalung, Pfeil und Bogen, Mokassins. Zuerst spähe
ich durchs Fenster und beobachte sie. Sie amüsieren sich. Sie
sind mit dem Essen fertig, unterhalten sich angeregt – niemand scheint mich zu vermissen. Wie glücklich sie sind!

Im ersten Stock ist ein Schlafzimmerfenster offen. Ich
schieße einen Pfeil hinein. Es hält sich niemand darin auf,
denn ich höre nichts als das Scheppern des Pfeils, als er auf
dem Boden landet. Soll ich durch dieses Fenster ins Haus
eindringen? Ich versuche, an der Backsteinmauer hochzu-
klettern, aber es geht nicht.

Als nächstes schreibe ich alles mögliche an die Haus-
wände. Mit einer Tube Schminke schreibe ich Dinge wie:
»Nieder mit den pingeligen Arschlöchern, die sich nicht um
die Not anderer kümmern.« »Hier wohnen Arschlöcher.«
»Die Heuchler übernehmen die Macht.«

Ich war fast nackt, und ich fühlte mich wild und verrückt – und erregt. Als ich eine Erektion hatte, stolzierte ich
durch die Eingangstür ins Haus. Mein Auftreten hatte etwas
vom würdevollen Stolz eines edlen Indianerhäuptlings.

Da stand ich nun, inmitten des Partygewühls, und diese
wenigen Sekunden erschienen mir als einige der längsten,
die ich je erlebt habe.

Ich wollte einen Schluck Bowle.

Einige Frauen bemerkten den riesigen Steifen, der meinen
Lendenschurz zum Abstehen brachte, und hielten den Atem
an. Ein paar kicherten auch. Dann wurde es langsam still.
Mit der strengen Miene und der feierlichen Würde eines
stolzen indianischen Kriegers hob ich mein Glas Bowle an
die Lippen.

Dann erkannte mich die Gastgeberin und begann wieder
zu schreien und zu toben!

Ich wirbelte herum – zog einen Pfeil aus dem Köcher …

Und schoß blindlings in die Menge …

Das gab ein Durcheinander!

Rasch begann ich meine Pfeile abzufeuern!

Eine Frau, die neben der Gastgeberin stand, wurde am Auge getroffen und kreischte wie ein Huhn! Ahh, meine Freunde, war das ein wildes Durcheinander, das jetzt in dieser großen Behausung snobistischer Trottel ausbrach. Ich kann Ihnen sagen, großartig! Die Pfeile sausten nur so durch die Luft, bevor sie ihr Ziel trafen. Unter lautem Geschrei ergriff die ganze Bagage die Flucht und trampelte sich gegenseitig nieder, um meinem Zorn zu entfliehen. Als meine Pfeile verschossen waren, hatte ich noch mein Messer.

Ich zückte es! Stieß meinen Kriegsschrei aus! Und stürmte durch die Küche, wo eben noch Leute gestanden waren und sich unterhalten hatten. Durch die Hintertür entkam ich ins Freie, wo ich mit elegantem Schwung über Hecken und eine Mauer setzte. Ich erinnere mich an das Gesicht eines Nachbarn, das ich kurz hinter dem Fenster eines Hauses auftauchen sah, an dem ich vorbeiflitzte. Wie der Wind fegten meine Mokassins über die gepflegten Rasenflächen, denn ich war der letzte wilde Indianer auf der ganzen Welt, und das war der letzte große Sieg des edlen Wilden, das Massaker von Brentwood Estates, am 14. April im Jahr des Herrn 1996 …

Partygäste nehmen in ihren Autos die Verfolgung auf … ich höre das verräterische Geräusch eines großen, luxuriösen Detroitmonsters, das holpernd aus einer Einfahrt geschossen kommt. Sie sind hinter mir her! Inzwischen renne ich geduckt durchs Gebüsch. Sie suchen die ganze Gegend ab, treffen sich an den Kreuzungen und rufen sich mit weit entfernten, ernst klingenden Stimmen von Wagen zu Wagen zu.

Aber ich entkomme ihnen mühelos.

Später

Mein Zimmer! Was für ein Chaos – was für ein fürchterliches Chaos! Ich bin niedergeschlagen, und die Aussicht, aufräumen zu müssen, läßt mich kalt. Ich sehe meine Hosen noch genau so, wie ich sie hingelegt habe, auf dem Boden liegen und fühle mich wieder gut. Das erinnert mich daran, daß dieses Zimmer mir gehört. Trotz seiner nichtssagenden Standardeinrichtung trägt es jetzt meine unverkennbare Handschrift. Ich sehe mich in der Küche um. Sie ist blitzsauber. Ein schlampiges Haus, aber eine Traumküche, ja!

Zuerst verwirrt mich der Kontrast – dann ein Anflug von Verzweiflung – ein Gefühl von Beunruhigung – es ist mir peinlich – dann leuchten meine Augen auf – was für ein schönes Durcheinander!

Es herrscht ein perfektes Durcheinander, vollkommen willkürlich – alles verstreut …

So gut könnte ich es absichtlich nie hinkriegen, die planlose Art, in der die Dinge herumliegen: die Jeans, die aus dem Schrank auf den Boden hängt – die Socke, die aus einem Hosenbein hervorschaut – die Unterwäsche, die zum Teil noch in der Hose steckt – die Turnschuhe, die in zwei verschiedenen Ecken stehen, einer auf der Seite liegend – die Stapel mit Zeitungen und Zeitschriften neben dem Bett, total durcheinander, schief, kurz vor dem Umkippen.

Ich liebe diese Unordnung – liebe sie von ganzem Herzen – lasse mich aufs Bett plumpsen, mitten drauf, der Inbegriff von Unordnung – und ich genau im Mittelpunkt!

Vergnügt zerzause ich mir das Haar – lache – stelle einen blöden Fernsehsender ein, den ich sonst nie ansehe – lasse Speichel aus meinem Mundwinkel triefen – jetzt genieße ich meine Unordnung …

Später, spät nachts, lernte ich im Waffle House einen neuen Freund kennen. Donny war jemand, den ich in den zwei Wochen, seit ich auf freiem Fuß bin, schon mal gesehen hatte oder vage von irgendwoher kannte. Ich erkannte ihn wieder, als ich ihn am Tresen sitzen sah, konnte mich an seinen Namen erinnern und rief ihm zu. Hätte ich mich nicht an seinen Namen erinnern können, hätte der Abend vielleicht einen ganz anderen Verlauf genommen, und mein Leben und seines auch.

Wir setzten uns zusammen und unterhielten uns. Ihm gefiel der Job, den er hatte, auch nicht. Er arbeitete auf einem Friedhof, und als er hörte, daß ich meinen Job hingeschmissen hatte, wollte er seinen auch gleich hinschmeißen. Ich glaube, er ist geistig ein bißchen zurückgeblieben. Zumindest ist er etwas schwer von Begriff, aber er ist ehrlich und sagt jedem, der ihn fragt, die Wahrheit. Er ist ein ruhiger und stiller Bursche, und ich kann mir nicht vorstellen, daß viele Leute mit ihm reden. Wahrscheinlich hat er sich schon monatelang mit niemandem mehr richtig unterhalten.

Donny ist nicht sehr groß. Er trägt eine Latzhose, ein kariertes Hemd und Turnschuhe, die nicht zusammenpassen. Die Baseballkappe hat er tief in die Stirn gezogen, was ihm auf den ersten Blick ein finsteres Aussehen verleiht, aber bei genauerem Hinsehen läßt es ihn nur dämlich erscheinen. Er spricht langsam und stockend, wie Michael J. Pollard, und wenn mal jemand Donny auf der Leinwand verkörpern müßte, wäre Michael J. Pollard die Idealbesetzung.

Ich erzählte ihm ganz im Vertrauen, was mir an diesem Tag alles passiert war. Er fand die Geschichten super. Nicht mal im Traum wäre er auf die Idee gekommen, sich als Indianer zu verkleiden, aber er hielt es für eine prima Sache – zumindest, solange man es nur hin und wieder tat. Dann gestand er mir, daß es ihn oft sehr stark erregte, wenn er eine Pizza sah – oder sonst was Rundes –, und daß er ständig dagegen ankämpfte! Er sagt, es gebe einen weißen Flecken auf seinem Herz, aber die Ärzte wissen nicht, was es ist. Er glaubt, er wird nicht lange leben, aber vielleicht tut er's doch.

Es ist schon sehr spät, es ist überall geschlossen, und wir beschließen, in ein Puff zu gehen. Der Laden, den Donny kennt, hat die ganze Nacht geöffnet. Ins Puff, was für eine super Idee! Seiner Beschreibung nach liegt es in einer ziemlich schlechten Gegend, aber trotzdem, ich komme auf jeden Fall mit. Ich leihe ihm sogar mein Indianerkostüm, das ich noch in meiner Manteltasche stecken habe. Es ist eine tolle Verkleidung, weil es so wenig Platz einnimmt und sich überall verbergen läßt.

Auf dem Weg zum Bordell bleibt Conny am Abfallcontainer eines Blumenladens stehen und sucht ein paar weggeworfene Blumen heraus, um sie den Mädchen mitzubringen ... Im Weitergehen zupft er die toten Blütenblätter ab.

Er sagt, er kann sein Auto nicht reparieren lassen, weil er

zu oft ins Puff geht. Der arme Teufel. Sein Bedürfnis nach der elementarsten Form von Liebe, einer käuflichen Liebe, hat ihn in Schwierigkeiten gebracht.

Das Bordell befindet sich in einem alten Haus, das auf einem Hügel steht und von mehreren Wohnwagen umgeben ist. Ein architektonisches Chaos. Die alte Geschäftsführerin (die Puffmutter, schätze ich) taxierte erst Donny argwöhnisch, dann mich. Sie kannten Donny von früher. Donny nahm sich ein Mädchen, das er schon mal gehabt hatte. Er bekam einen Sonderpreis, weil sie so häßlich war, und er stülpte ihr eine braune Einkaufstüte aus Papier über den Kopf. Sie ließ es sich gefallen.

Eine Frau sah mich lächelnd an. Ihr fehlte ein Zahn, und wenn sie rülpste, roch sie nach Bier … Nein. Die nicht …

Ich entschied mich für ein Mädchen, das ziemlich hübsch war, aber zuviel redete und mir die ganze Zeit erzählte, was sie in ihrem Leben schon alles gemacht hatte. Ich mußte ihr sagen, eine Weile mit dem Reden aufzuhören. Wir gingen in ihr eigenes Zimmer, in dem es Teddybären, Jointkippen, leere Getränkedosen und Poster von Rockstars gab, von denen ich noch nie was gehört hatte. Es roch nach Shampoo und Leim. Was wir dann machten, ist meine Privatangelegenheit; ich bin im Moment nicht bereit, über solche Dinge zu sprechen.

Als ich fertig war, wartete ich im Aufenthaltsraum auf Donny.

Nach einer Weile überlegte ich, ob ich allein nach Hause gehen sollte, blätterte aber statt dessen in ein paar Zeitschriften.

Dabei muß ich irgendwann eingeschlafen sein.

Ich erinnere mich, inmitten eines lauten Tumults aufgewacht zu sein. Mehrere Stunden sind vergangen, es ist früher Morgen, durch die Fenster kommt Sonnenlicht, und ich war mit einer Ausgabe von *Geile Ritze* im Schoß eingeschlafen …

Aus dem Flur kam Gekreische und Gebrüll, und ich ging nachsehen. Es war Donny. Er mußte etwas getan haben, was die Nutte in ziemliche Wut versetzt hatte. Sie schlug mit Donnys Mütze auf ihn ein.

»*Sieh dir mal meine Titte an! Sieh dir mal an, was du damit an-gestellt hast. Du mieses Schwein! Sieh dir das mal an! Sieh es dir an!*« Die Frau schrie aus Leibeskräften.

Ihre linke Brust war verschrumpelt und ausgezutzelt und hing irgendwie komisch herunter. Sie war ausgelutscht wie eine gedörrte Zwetschge und hing schlaff nach unten. Der arme Donny steckte in der Klemme und sah ziemlich lächerlich aus in seinem Indianerkostüm. Die Federn waren von den Schlägen des Mädchens umgeknickt, und die Farbe war über sein ganzes Gesicht verschmiert. Er stand völlig bedripst da, wie Stan Laurel, und steckte Prügel ein. Seine Kriegsbemalung war auch über ihre Brust verschmiert, so daß sie noch entstellter und ausgezutzelter aussah. Ein großer, stämmiger Kerl, wahrscheinlich der Rausschmeißer, kam angerannt. Halb flehentlich, halb wütend schrie das Mädchen den Rausschmeißer an: »*Sieh dir mal meine Titte an! Sieh sie dir an! Dieser Scheißkerl ist mit meiner Titte im Mund eingeschlafen und hat die ganze Nacht daran genuckelt! Sie ist total ausgesaugt!*«

Andere Leute aus dem Puff erschienen im Flur. Donny stand bloß da, bedripst, verschlafen und etwas wacklig auf den Beinen, noch gar nicht richtig wach, aber er wußte, daß er wieder mal was falsch gemacht hatte. Er stand blöd rum und wurde mit seiner eigenen Mütze verprügelt!

»Vielleicht war es ja nur ein Versehen …«, meldete ich mich zu Wort.

Der Rausschmeißer sah mich an, als wollte er mich auf der Stelle umbringen! Ich verstummte und sah zur Seite!

Schließlich stahl ich mich davon. Ich muß etwas finden.

Ich ging den Flur hinunter. Aus einem Zimmer kam ein dünner, dunkelhäutiger kleiner Mann mit gewelltem, tiefschwarzem Haar und einem Laken um die Hüfte. Er hielt mich an und fragte: »Was ist los? Eine Razzia? Ist jemand gestorben? Kommt die Polizei?«

An seiner Stimme konnte ich erkennen, daß er Inder war … und dann sahen wir uns in die Augen … ich sah es in seinen Augen … er sah es in meinen …

Er war wie *ich* – nicht ganz richtig im Kopf …

Es gibt ein stillschweigendes gegenseitiges Verstehen unter

Wahnsinnigen. Dieses gegenseitige Verstehen im Wahnsinn ist heilig. Wir sind sofort Freunde und Brüder, wie zwei Freimaurer oder zwei Geheimagenten in einem fremden Land.

Das verraten mir seine Augen.

»Hören Sie, ich muß ein Ablenkungsmanöver veranstalten ...«

»Stecken Sie in Schwierigkeiten, Sir?«

»Mein Freund, er ...«

»Aber selbstverständlich! Ich helfe Ihnen sofort. Wenn Sie bitte einen Moment warten würden!«

Er verschwand in dem Zimmer. Als er wenig später wieder auftauchte, war er hastig angezogen und besser für einen Notfall gerüstet.

Und in seiner Hand ...

... eine *Handgranate!*

Schnurstracks ging er auf das Zentrum des Tumults zu, sah sich das Ganze kurz an und hielt dann die Handgranate wie eine Olympiafackel hoch. Ich war baff. Niemand sonst schien von ihm Notiz zu nehmen, bis er zu reden begann. Ich sah sprachlos zu.

»Bitte alles herhören! Zu meinem Bedauern muß ich Ihnen mitteilen, daß ich hier eine *Bombe* habe! Bitte hören Sie auf, diesen kleinen Mann zu belästigen!« Er hielt die Granate hoch und zog am Zünder; sie begann zu zischen.

Alle rennen davon. Der Rausschmeißer, die Hure mit der schlaffen, ausgezutzelten Brust, ein paar andere Huren und Freier, die das Ganze beobachtet haben, alle außer Donny!

»*Donny!*« schreie ich in plötzlicher Panik. Er dreht sich um und sieht mich. »Komm!« brülle ich ihm zu.

Donny rennt hinter uns her, hinter mir und meinem neuen Verbündeten. Plötzlich bleibt der Inder stehen, geht ein paar Schritte zurück und wirft die zischende Handgranate in einen Raum voll Wäsche.

Im Freien ducken wir uns, als über uns ein Fenster explodiert und zerfetzte Federkissen, brennende Laken, Handtücher und Unterwäsche über den Parkplatz fliegen. Schnell steigen wir in den Wagen des Inders.

»Meine Herren, gestatten Sie, daß ich mich vorstelle. Ich bin Professor Agar Boshnaravata!«

»Sehr erfreut, Herr Professor! Ich bin Carl, und das ist Donny!« Ich verwende sonst immer andere Namen, in meinem Führerschein steht zum Beispiel Ulysses McFadden, aber jetzt bin ich unter Freunden, und Carl ist mein richtiger Name.

Donny sagt: »Hi ...«

»Wie ich sehe, Donny, sind wir fast so etwas wie Stammesbrüder«, erklärt Agar. »Sie sind Indianer, ich bin Inder.«

»Was?« sagt Donny.

»Ach, nur ein kleiner Scherz, Donny ... äh, er hat das nur im Spaß gemeint ...«, sage ich.

Unterwegs zu neuen Abenteuern fahren wir in der strahlenden Morgensonne davon. Nach mehreren Wochen ohne einen einzigen Freund habe ich jetzt plötzlich zwei.

Aber befinden wir uns wirklich auf dem Weg zu wilden, aufregenden Abenteuern, oder sind wir auf der Straße, die geradewegs in die Hölle führt ...? Ich weiß es nicht, und es interessiert mich auch nicht. Ich halte lediglich meine Hand aus dem Fenster und spüre, wie die Luft im Morgenlicht vorbeizieht, sehe, wie der Asphalt vorbeisaust, sehe in der Ferne ein kleines Kind neben einer Schaukel stehen ...

GEORGE C. CHESBRO

Waco

Seltsamerweise war es Erbrochenes und nicht Blut, auf dem er ausrutschte, denn Virginia, eine der Abtrünnigen, hatte sich übergeben, als er die anderen drei, die zu entkommen versuchten, erschossen und dann ihr die Waffe an den Kopf gehalten hatte. Raymond glitten die Füße unter dem Körper weg, und er landete so hart auf Virginias Kopf, daß er ihr den Schädel brach und sich das Steißbein. Ein stechender Schmerz schoß sein Rückgrat hoch. Er schrie auf, und Tränen traten ihm in die Augen. Wie er das in Momenten des Schmerzes, der Trauer, der Wut, der Verwirrung oder des Selbstmitleids immer tat, senkte er den Kopf, um zu beten.

»Himmlischer Vater ...«

»*Ja.*«

Raymonds Kopf schnellte hoch. Er blickte sich um, sah aber niemanden. »Gott ...?«

»*Hier bin ich.*«

Raymond sah nach links, zum Fenster. Auf dem Fensterbrett hockte ein riesiger Geier. Der Vogel hatte seinen schwarzen und roten Kopf auf die Seite gelegt und betrachtete ihn mit gelben Augen.

Raymond hielt sich eine Hand vor die Augen, die andere streckte er aus. »Weiche von mir, Satan!«

Er wartete ein paar Sekunden, und als er leises Federrascheln hörte, spreizte er die Finger ein wenig und linste zwischen ihnen hindurch zum offenen Fenster. Der Geier schlug in einer Art Achselzucken mit den Flügeln und drehte sich um, als wolle er wegfliegen.

»*Ganz wie du meinst, du blöder Idiot. Aber warum rufst du mich dann überhaupt?*«

»Warte!«

Der Vogel verdrehte seinen langen, faltigen Hals und sah unter einem ausgestreckten Flügel hindurch zu Raymond zurück.

»*Was ist denn jetzt wieder, du Trottel?*«

»Bist du nicht ... der Satan?«

»*Meinst du diese Type aus der Hölle, an den einige von euch glauben?*«

»Äh ... ja.«

»*Was willst du denn mit dieser lächerlichen Frühgeburt? Der hat es doch nie aus dem Brutkasten geschafft. Andererseits, wie soll es so ein armer Teufel wie Satan auch lange machen, wenn ihm ständig die Schau gestohlen wird.*«

»Ich verstehe kein Wort.«

Der große schwarze Geier hüpfte herum, so daß er Raymond wieder zugewandt war. Auf einmal hatten die gelben Augen des Vogels etwas Beseeltes, fast Trauriges.

»*Es erstaunt mich immer wieder von neuem, wie sich jemand, der auch nur den blassesten Schimmer davon hat, was sich die Menschen auf dieser Welt Tag für Tag antun, sein armseliges Spatzenhirn darüber zerbrechen kann, ob er an einem anderen grauenhaften Ort landen könnte, der sich Hölle nennt. Einfach unbegreiflich.*«

»Ich will nicht in der Hölle schmoren!«

»*Meine Güte, Mann. Durchaus möglich, daß ich schlechte Nachrichten für dich habe. Aber daß du in der Hölle landen könntest, darüber mach dir mal keine Sorgen.*«

»Willst du etwa behaupten, es gebe keine Hölle?«

Der riesige Geier schüttelte langsam den Kopf.

»*Du bist ja noch blöder, als ich dachte, Raymond. Du hast überhaupt nichts kapiert.*«

»Wer bist du?«

»*Ob du's glaubst oder nicht: Ich bin Gott.*«

»Du kannst nicht Gott sein. Du bist ein Geier.«

»*Daß doch die Leute ständig was an einem rumzukritteln haben. Irgend jemand muß schließlich Ordnung in dem Chaos schaffen, das ihr angerichtet habt. Der Geier wurde von mir zum Vogel eures Planeten bestimmt. Wäre es dir vielleicht lieber gewesen, ich hätte diese alte Nummer mit dem brennenden Dornbusch abgezogen? Eines kannst du mir jedenfalls glauben: Die werden dir gleich wesentlich mehr Dampf unterm Arsch machen, als dir lieb ist.*«

»Wie meinst du das?«

»*In ungefähr fünf Minuten werden die Jungs vom ATF und*

FBI den Laden hier plattmachen, und dann wird euch euer durch-geknallter Anführer alle abfackeln.«

»Meinst du damit David?«

»Der Typ, den du mit deiner Frau und deiner Tochter Versteck-die-Wienerwurst hast spielen lassen.«

»Aber David ist dein Sohn!«

»Willst du mich verarschen, oder was?«

»David … ist nicht dein Sohn?«

»Dieser Knallkopf kann nicht mal gescheit Gitarre spielen. Glaubst du etwa, ein Sprößling von mir könnte nicht mindestens so gut spielen wie Hendrix?«

»Und was ist mit Jesus?«

»Der Typ hatte cojones so groß wie Wassermelonen. Er war wirklich schwer in Ordnung. Wir haben viel miteinander gespro-chen.«

»Aber Jesus war doch dein Sohn? Von der Jungfrau Maria?«

»Jetzt hör aber mal, du Oberschlauberger. Zuallererst – wenn ich vorhätte, mit einem von euch Menschen ein Kind zu ma-chen, dann wäre die Frau, die ich mir dafür aussuchen würde, hinterher bestimmt keine Jungfrau mehr. Wir Männer unter den Göttern stehen genauso auf eine heiße Nummer wie jeder x-be-liebige andere Typ. Aber ich hatte nie irgendwelche Kinder. Ich habe jede Menge Macken, und die wollte ich nicht unbedingt weitervererben. Ihr habt auch so schon genug Ärger. Es gibt zwar ein paar Götter, die sich hin und wieder mit einer Men-schenfrau verlustiert haben, aber die Nachkommenschaft, die dabei rauskam, kannst du vergessen. Das hat nicht hingehauen. Ich meine, wie viele Leute können schon vom Diskuswerfen leben?«

»Was für andere Götter?«

»Wir waren mal ganz schön viele. Wir haben uns die Arbeit ge-teilt. Einer war für die Ernten zuständig, einer für die Unwetter, einer für die Meere. Jeder war für irgendwas verantwortlich. Sogar so eine Art Waldaufseher gab es. Insgesamt waren es Tau-sende. Wenn man irgendwas Bestimmtes wollte, betete man zu dem Gott, der für diesen speziellen Bereich zuständig war. Zwar haben sich die Götter damals nicht mehr um diese Gebete geküm-mert, als ich das heute tue, aber zumindest hatte man so was wie einen Wahlkreisabgeordneten, an den man sich mit seinen Sorgen und Nöten wenden konnte.«

»Für was warst du damals zuständig?«

»Gebäudeaufsicht. Ich war der Aufseher für Gebäude und Anlagen. Die hohen Tiere wollten mir auf der Erde keine wichtigen Aufgaben überlassen. Sie meinten, ich wäre zu labil. Damit hatten sie natürlich nicht ganz unrecht. Wenn mir mal der Kragen platzt, kann ich ganz schön unangenehm werden.«

»Was ist aus den anderen geworden?«

»Ich habe sie umgebracht. Weil ich keine fremden Götter neben mir dulde.«

»Wie hast du sie umgebracht?«

»Ich habe sie von ihrer Glaubensversorgung abgeschnitten. Um einen halbwegs passablen Gott am Leben zu erhalten, sind eine Menge Gläubige nötig.«

»Du ... du hast ihnen die Glaubensversorgung abgeschnitten?«

»Ja. Es war zwar nicht einfach, aber ein Wort hier, ein Wort da, und das zu den richtigen Leuten, so was kann wahre Wunder wirken. Während die anderen schön brav ihren Pflichten nachkamen, trieb ich mich hier unten rum und erzählte allen möglichen Leuten, daß es nur einen Gott gäbe – mich. Vor allem mit Moses zu sprechen war die reinste Freude. Der Bursche stand vielleicht auf Klatsch – und eine Fantasie hatte der! Von dem konnte man wirklich was lernen. Und der Rest ist, wie es so schön heißt, Geschichte.«

»Aber einen Himmel gibt es doch?«

»Das reinste Paradies.«

»Und du bringst uns dorthin?«

»Neee. Da bist du auf dem Holzweg, Raymond. Das steht nicht in meiner Macht. Mit den Menschen bin ich noch nie besonders gut klargekommen. Deshalb haben sie mir ja auch Gebäude und Anlagen zugeteilt. Aber selbst wenn ich die Macht hätte, dich dorthin zu bringen, wo ich zu Hause bin, müßte ich ganz schön blöd sein, wenn ich das täte. Ab und zu mit dir zu quatschen ist völlig in Ordnung, aber wenn ich ständig mit dir zusammenleben müßte, würde ich noch verrückter, als ich sowieso schon bin. Also darauf kann ich gern verzichten!«

»Aber erschaffen hast du uns doch!«

»*Jetzt hör aber mal. Das lasse ich mir nicht in die Schuhe schieben. Ihr seid nicht nur eine blutrünstige, mordgierige Bande von Nestbeschmutzern. Eure Spezies hat auch einen schweren Konstruktionsfehler. Die breite Mehrheit von euch hat einen genetisch bedingten Hang zum Aberglauben. Um euer verrücktes Verhalten zu rechtfertigen, glaubt ihr an jeden nur erdenklichen Unsinn. Wahnsinn erzeugt Wahnsinn, weißt du. Nicht umsonst landet ihr immer genau in der Scheiße, die in euren Köpfen rumspukt.*«

»Wenn du uns nicht geschaffen hast, wer dann?«

»*Da bin ich überfragt. Fest steht nur, daß ihr mich geschaffen habt – und mich am Leben erhaltet. Ich glaube, ihr habt euch genauso entwickelt wie die anderen Dinge auf der Erde.*«

»Aber wohin komme ich, wenn ich sterbe?«

»*Du kommst nirgendwohin, Mann. Nach dem Tod heißt es einfach: Lichter aus. Endstation. Finitu la musica. Drum nennt man es ja auch Tod.*«

»Soll das heißen ... dieses Leben ist alles, was ich habe?«

»*Was du hattest. Was willst du außerdem mehr verlangen?*«

»Aber David sagt, die Welt geht unter, und wir werden die einzigen sein, die Erlösung finden!«

»*Quatsch. Euer durchgeknallter Anführer ist genauso bescheuert wie der Rest von euch. Ich dachte, das hätte ich dir inzwischen klargemacht. Zwischen euch besteht nur ein einziger Unterschied: er ist ein aktiver Irrer, und ihr seid passive Irre. Auf der Welt wird sich nur eins ändern, wenn er euch alle abgefackelt hat: die Leute werden sich alle möglichen Witze über die geschmorten Irren von Waco erzählen. Kennst du übrigens den schon ...?*«

»Was meinst du mit aktiven und passiven Irren?«

»*Damit verhält es sich ungefähr so wie mit dem Unterschied zwischen Weinstock und Traube. Als Ganzes betrachtet, ist eure Spezies absolut krank im Kopf. Nimm dich doch mal selbst. Du selber bist das beste Beispiel für das, was ich dir gerade klarzumachen versuche: Du sitzt mitten in einer riesigen Blutlache auf einer Frau, der du eben den halben Schädel weggepustet hast, und unterhältst dich mit einem Geier.*«

»Aber du hast behauptet, du bist Gott!«

»*Bin ich ja auch. Allerdings sprechen die meisten Leute immer dann mit mir, wenn ich gar nicht in der Nähe bin, um ihnen zuzuhören; nicht dann, wenn ich ihnen tatsächlich erscheine. Ich dachte eigentlich, du würdest einen Herzinfarkt kriegen. Sich mit einem Geier zu unterhalten, der sprechen kann, ist normalerweise kein Zeichen dafür, daß man noch alle Tassen im Schrank hat.«*

»Ich will hier raus!«

»Das ist das erste Vernünftige, was ich dich sagen höre. Vielleicht solltest du aus dem Fenster klettern – wie es diese vier Leute versucht haben, bevor du sie erschossen hast.«

»Ich kann mich nicht bewegen! Ich glaube, ich habe mir das Steißbein gebrochen.«

»Zu dumm. Aber, um noch mal auf deine Frage zurückzukommen: passive Irre wie du wissen nicht wirklich, was sie wollen, außer daß sie immer etwas anderes wollen als das, was sie gerade haben. Und sie erwarten von mir, daß ich es ihnen gebe. Das ist überall auf der Welt dasselbe. Im Gegensatz dazu wissen aktive Irre wie euer Anführer ganz genau, was sie wollen, und früher oder später gelingt es ihnen, genügend passive Irre um sich zu scharen und für ihre Ziele einzuspannen. Normalerweise wollen aktive Irre Macht oder Geld, oder möglichst viele Leute killen, die sie nicht mögen, oder über das Fernsehprogramm bestimmen. Alles, was dagegen dein spezieller aktiver Irrer jemals wollte, war, Rockstar zu werden; und dies aus dem einzigen Grund, dann möglichst viele Frauen zu bumsen. Daraus ist allerdings nichts geworden, weil es ihm am nötigen Talent fehlte. Deshalb hat er das Nächstbeste gemacht, was man in so einem Fall tut, sprich: Er scharte einen Haufen passiver Irrer um sich und mach ihnen weis, er wäre Gott, um wenigstens alle Frauen und Kinder aus diesem armseligen Haufen vögeln zu können. Es wird dich zwar sicher nicht freuen, das zu hören, aber Tatsache ist, daß dein Boß, wie das bei aktiven Irren nun mal der Fall ist, keine große Leuchte ist. Der Schaden, den er anderen Menschen zugefügt hat, ist relativ gering. Ich bin hier, um dir zu sagen, daß auf der Welt zur Zeit ein paar Typen ihr Unwesen treiben, die sind ein ganz anderes Kaliber.«

»Ich will nicht verbrennen!«

»Dann erschießt du dich am besten.«

»Ich habe keine Munition mehr!«

Plötzlich wurde eine Etage tiefer ein lautes Knirschen hörbar, und das ganze Gebäude begann zu zittern. Der Geier verdrehte den Hals und sah nach unten.

»*Es geht los. Die Bullen sind da. Die werden jetzt gleich so richtig die Sau rauslassen. Adios, Matschkopf.*«

»Hilf mir! Ich will nicht sterben!«

»Raymond, mit wem sprichst du eigentlich?«

Raymond drehte den Kopf in Richtung Tür. Sein Anführer stand da. In einer Hand hielt er eine Pistole, in der anderen einen Benzinkanister. Das lange, helle Haar fiel ihm in fettigen Locken ins Gesicht, seine Augen leuchteten.

»David, sie sind hier!«

»Ich weiß«, sagte der Mann und grinste. »Aber es wird nicht lange dauern. Es ist Zeit, daß die Verblendung und die Welt ein Ende nehmen – genau, wie ich es prophezeit habe. Mann, denen wird es noch leid tun, daß sie sich mit mir angelegt haben. Aber ich habe dich eben gefragt, mit wem du gesprochen hast.«

Raymond deutete auf den riesigen Vogel, der immer noch auf dem Fensterbrett hockte. »Das ist Gott, David! Ich habe mit Gott gesprochen!«

»Was, bist du verrückt? Das ist bloß ein Geier.«

»Vater, sprich zu ihm!« schrie Raymond den Geier an. »Sag ihm, was du mir gesagt hast!«

»*Er kann mich nicht hören, Raymond. Er glaubt an diesen Scheiß, den er verzapft. Er denkt, er ist Gott.*«

»David, ich habe eine Vision gehabt! Ich habe auch jetzt noch eine Vision! Ich finde, du solltest dir vielleicht noch mal überlegen, wie du weiter vorgehen willst. Könnten wir uns darüber nicht mal unterhalten?«

Die Reaktion des Manns mit den leuchtenden Augen bestand darin, daß er seine Pistole hob und drei Schüsse abfeuerte. Der Kopf des Geiers explodierte in einem Schwall aus Blut, und sein großer gefiederter Körper fiel mit einem dumpfen Knall vom Fensterbrett auf den Boden. »Was ist eigentlich los mit dir, Raymond? Wir bereiten uns hier darauf vor, in den Himmel zu kommen, und du hockst hier blöd rum und redest mit einem Geier. Aber daß du die anderen gerettet hast, finde ich wirklich gut. Sie werden dir schon in wenigen Minuten dankbar dafür sein.«

»David, mir sind ernste Bedenken gekommen, ob wirklich richtig ist, was wir hier tun. Gott hat gesagt, daß die Welt nicht untergehen kann, und das einzige, was sich ändern wird, ist, daß die Leute Witze über uns reißen werden.«

Der Mann ging auf Raymond zu und blieb über ihm stehen. »Hiev endlich deinen Arsch hoch, Raymond, und hilf mir.«

»Ich kann nicht, David! Ich hab mich am Steißbein verletzt!«

»Dann machst eben du als erster den Abgang«, sagte der Mann mit den leuchtenden Augen und schüttete Raymond Benzin über Kopf und Körper. »*Wir hauen hier ab!*«

Gehetzt

Langsam weicht alles Leben aus mir ... es wird mir von meinem jämmerlichen Dasein ausgesaugt wie von einem Vampir, der sich an mir festgebissen hat. Nein, sagen wir lieber, von einer Spinne. Eine Spinne ist genauso schlimm – sie sitzt in ihrem Netz, lauert auf ihre Beute, und wenn ihr etwas ins Netz gegangen ist, saugt sie ihr armes Opfer aus, bis nur noch seine äußere Hülle von ihm übrig ist.

Genauso geht es mir ... bald ist nur noch die äußere Hülle von mir übrig.

Ich betrachte mich im Garderobenspiegel und entdecke winzige Fältchen um meine Augen, die vor ein paar Monaten noch nicht da waren. Mein Haut wirkt trocken verbraucht. Ich könnte zehn – fünfzehn Jahre älter sein, als ich tatsächlich bin.

Trocken ... vertrocknen ... vertrocknet ... Staub ...

Beim Durchsehen der Post zittern meine Hände, und ich hole röchelnd Luft. Ich brauche die amtlich aussehenden Schreiben nicht zu öffnen, um zu wissen, was in ihnen steht.

Fällig.

Fällig.

Fällig.

»Sie sind X Monate mit der Zahlung im Verzug.«

»Hiermit teilen wir Ihnen mit, daß sämtliche auf Ihr Konto eingehenden Beträge automatisch eingezogen werden.«

»Leider haben Sie sich nicht mit uns in Verbindung gesetzt ...«

»Wir sehen uns gezwungen ...«

Und das bei den lächerlichen 38 Dollar auf meinem Girokonto.

Abrupt zerknülle ich die Umschläge, dann streiche ich die Schreiben glatt.

Ich weiß nicht, ob ich heulen oder fluchen soll. Ich habe in den Monaten, seit Jack abgehauen ist, beides versucht.

Es hat beides nichts geholfen.

Ich habe massenweise Briefe an meine Gläubiger geschrieben und ihnen erklärt, ich wolle mich keineswegs um die Begleichung meiner Schulden drücken und hätte wirklich vor, alles zurückzahlen, sei dazu aber nur nach und nach in der Lage. Und eine Woche später fangen sie dann wieder an, mich anzurufen, und im Briefkasten häufen sich die schriftlichen Mahnungen. Mittlerweile sind die Anrufe so schlimm geworden, daß ich das Telefon die meiste Zeit ausgesteckt lasse. Mein Anschluß wurde in den letzten paar Monaten zweimal gesperrt, und die Elektrizitätsgesellschaft droht damit, mir den Strom abzuschalten.

Zähneknirschend werfe ich die Post zusammen mit den anderen ungeöffneten Briefen, einschließlich denen von Jack, auf den Tisch in der Diele.

Ich streiche mir eine Haarsträhne aus der Stirn, nehme das Gemälde, meine Schlüssel und die Handtasche und verlasse unter lautem Türenschlagen das Haus. Die Glasscheiben in der Tür scheppern.

Ich habe noch jede Menge Zeit, bis ich zur Arbeit muß. Darum bringe ich vorher noch das Bild zum Rahmen. Es ist ein Ölgemälde, das schon vor Monaten bei mir bestellt wurde und das ich letzte Woche fertig bekommen habe. Eigentlich ist es noch nicht ganz trocken – dafür war das Wetter zu regnerisch –, aber ich kann nicht mehr länger warten; ich brauche das Geld. Ich habe immer wieder neu damit angefangen, aber irgendwie ist das Bild nie so geworden, wie ich wollte. Ich bin nicht ganz glücklich damit, aber ... Gern hätte ich mehr Zeit und Energie für meine Kunst, aber ich habe sie nun mal nicht; ich kann froh sein, daß ich wenigstens jedes Wochenende ein bißchen zum Arbeiten komme. Und es ist nicht leicht, kreativ zu sein, wenn man die ganze Zeit deprimiert ist.

Meine Freunde raten mir, mich nicht unterkriegen zu lassen, und das versuche ich auch; ich versuche, optimistisch zu sein und zu hoffen, daß es irgendwann wieder aufwärts geht ... aber es ist schwer ... verdammt schwer.

An der Ecke fahre ich nach links. Vor einem Stoppschild hat sich eine Schlange von Autos gebildet. Es gibt keinen Grund für diesen Stau – es herrscht kaum Verkehr, und kein Fußgänger überquert die Straße. Ich trommle mit den Fingern aufs Lenkrad, spiele mit den elektrischen Fensterhebern, lasse erst das eine, dann das andere Fenster hochgleiten, dann wieder nach unten. Ich verstelle den Sitz, den Rückspiegel und die Seitenspiegel, und gerade als ich auf die Hupe drücken will, rollt das Cabrio vor mir ein paar Meter nach vorn. Ich schließe auf und lasse den Fuß auf der Bremse. Meinen Rücken rollt eine Schweißperle hinunter, und um mir etwas Kühlung zu verschaffen, beuge ich mich vor. Ich würde gern die Klimaanlage einschalten, aber dann wird der Motor zu heiß. Diese Woche herrscht eine fürchterliche Hitze; keine Aussicht auf Regen, und sie haben noch für mindestens eine Woche Temperaturen über dreißig Grad vorausgesagt.

Plötzlich bekomme ich von hinten einen heftigen Stoß. Im ersten Moment blinzle ich verdutzt.

Dann begreife ich: irgendein Idiot ist mir hinten reingefahren. Ich springe aus dem Wagen, um mir den Schaden anzusehen.

Der andere Fahrer, eine ältere Frau mit dünnem weißen Haar, steigt langsam aus ihrem Jaguar. Ihre Unterlippe zittert, als sie auf mich zukommt, und sie bricht in Tränen aus.

»Entschuldigen Sie bitte vielmals. Ich wollte Sie nicht anfahren. Ich dachte nur, Sie würden weiter vorfahren. Es tut mir furchtbar leid. Wirklich.« Sie ringt die Hände, Hände, die mit Altersflecken übersät sind, Hände, auf denen die Adern deutlich hervortreten.

Ich muß an das letzte Mal denken, als ich meine Mutter gesehen habe – ihre Finger waren knotig, und die Adern standen sehr stark hervor; als ich ihre Hand ergriff, war sie kalt gewesen, eiskalt. Ich spüre heftige Wut in mir aufsteigen und fahre die Frau an: »Sie blöde Kuh, warum passen Sie nicht besser auf, wo Sie hinfahren? Warum geben Sie nicht acht, statt an Ihrem Radio oder an Ihrer bescheuerten Frisur rumzufummeln? Sie können wirklich von Glück reden, daß ich mein Baby nicht dabei hatte.«

Zornig stapfe ich zu meinem Wagen zurück, und weil die Autos vor mir weg sind, fahre ich los. Als ich zitternd einen Blick in den Rückspiegel werfe, sehe ich, wie sich die alte Frau gegen den Jaguar sinken läßt. Ich beiße mir auf die

Lippe. Warum nur bin ich so hochgegangen? Meine Stoß-
stange ist nicht beschädigt, und nur ihr Wagen hat ein paar
Kratzer abbekommen. Sie tat mir leid, als sie zu weinen begann, aber irgendwie machte mich das erst richtig wütend
und weckte den Wunsch in mir, gemein zu sein.

Und warum habe ich das mit dem Baby gesagt? Ich habe
keines.

Ich schaudere. Vielleicht liegt es an der Hitze. An der
Hitze und der Luftfeuchtigkeit.

Weil ich vor dem Rahmengeschäft keinen Parkplatz finde,
parke ich ein Stück weiter. Als ich zum Laden zurückgehe,
komme ich kräftig ins Schwitzen. Der Asphalt unter meinen
Sohlen klebt vor Hitze, der Gehsteig ist von den verfaulen-
den Früchten eines Baums übersät.

Der Mann hinter dem Ladentisch würdigt mich kaum
eines Blickes, als ich den Laden betrete. Er telefoniert, und
der Art nach zu schließen, wie er bei meinem Eintreten die
Stimme gesenkt hat, spricht er nicht mit einem Kunden. Ich
warte eine Minute, dann zwei, dann drei. Als ich schließlich
über fünf Minuten herumstehe, räuspere ich mich.

»Ich muß jetzt aufhören. Ruf mich in einer Minute noch
mal an.«

Ich glaube, daß unsere Transaktion länger dauern wird,
sage aber nichts.

»Ja?« sagt der Angestellte, als er auf mich zukommt. Sein
Ton ist mißmutig; er betrachtet einen Kunden eindeutig als
Störung.

»Ich habe vor ein paar Tagen angerufen – übrigens hatte
ich ziemliche Schwierigkeiten durchzukommen; das Telefon
war ständig besetzt.« Da ich inzwischen weiß, woran das
gelegen hat, starre ich ihn finster an. »Ich möchte dieses
Gemälde rahmen lassen, und der Herr, den ich am Apparat
hatte, meinte, es würde nur ein paar Tage dauern.«

»Tja, Dave ist leider nicht hier.«

»Wer ist Dave?« frage ich verdutzt.

»Der Mann, der die Bilder rahmt. Ich weiß nicht, wann er
wieder kommt.«

»Können Sie mir nicht wenigstens ungefähr sagen, wie
lang es dauern wird?«

»Ich mache keine Rahmen.«

Sie scheinen auch sonst nicht viel zu machen, wollte ich schon sagen. »Ich meine, haben Sie denn nicht wenigstens einen Terminplan oder so was?«

»Doch.«

Wie kann ich mich nur erdreisten, von diesem Kerl zu erwarten, *irgend etwas* zu tun?

Als er mir das Bild abnimmt, schlage ich ihm auf die Hand. »Nicht auf die Leinwand fassen. Das gibt Flecken.«

»Ich habe saubere Hände.«

»Das macht nichts. Selbst wenn Sie saubere Hände haben, kann es Flecken geben.«

Als er das Bild wieder hochheben will, wieder mit den Fingern auf der Leinwand, entreiße ich es ihm. Er faßt nach und fährt dabei mit einem Fingernagel über die Farbe, so daß ein zwei Zentimeter langer Kratzer entsteht.

Die ganze Mühe ... »Sie Idiot. Sehen Sie, was Sie angestellt haben.« Mir treten Tränen in die Augen, als ich das Bild an mich drücke. »Jedenfalls können Sie das Ganze vergessen. Sagen Sie Dave oder wie der Mann sonst heißt, daß ich in ein paar Tagen noch mal vorbeikomme. Aber nicht, um mein Bild rahmen zu lassen, sondern um mich über Sie zu beschweren.«

»Sie können mich mal.« Als er sich abwendet, streckt er bereits die Hand nach dem Telefon aus.

Ich stürme aus dem Laden und kehre zu meinem Auto zurück. Unter dem Scheibenwischer klemmt etwas amtlich Aussehendes, das ich fassungslos anstarre. Ein Strafzettel.

Aber warum?

Ich sehe mich um, und erst jetzt fällt mein Blick auf den Hydranten. Ich stöhne auf. Er ist mir beim Einparken nicht aufgefallen. Ich greife nach dem Strafzettel, reiße ihn dabei fast entzwei und stecke ihn in meine Handtasche. Dann setze ich mich in den Wagen und starre das Bild an.

Der Schaden läßt sich bestimmt beheben; es ist nicht so schlimm, aber aber es ärgert mich. Warum mußte sich dieser Kerl so dumm anstellen? Warum hat er nicht auf mich gehört? Warum hat *Jack* nicht auf mich gehört? Ich nehme mein Schweizer Messer heraus und streiche mit der Breitseite der Klinge über die aufgeschürfte Farbe, um zu sehen, ob sie sich ein bißchen glätten läßt. Es sieht schlimmer aus als zuvor. Plötzlich bekomme ich eine ungeheure Wut auf den Kerl im Rahmengeschäft, auf das, was er getan hat, auf das Gemälde. Ich stoße das Messer in die Leinwand und lächle, als sie reißt. Immer wieder steche ich auf das Bild ein, bis es praktisch nur noch aus Fetzen besteht; dann werfe ich es auf den Rücksitz.

Das Haar hängt mir ins Gesicht, und ohne an das offene Messer zu denken, streiche ich es mir mit beiden Händen zurück. Als die Spitze der Klinge meine Schläfe streift, lasse ich das Messer los, und es fällt auf den Boden. Ich lecke meine trockenen Lippen.

In letzter Zeit frustriert mich alles; Kleinigkeiten häufen sich und belasten mich. Jemand braucht nur ›Buh‹ zu sagen, und schon breche ich entweder in Tränen aus oder werde wütend. Ich muß mich wieder unter Kontrolle bekommen, ich muß mich zusammenreißen, nur weiß ich nicht mehr, wie man das macht, und ich weiß auch nicht, was ich tun könnte, um mein Leben wieder in den Griff zu kriegen. Früher verlief es in sehr geordneten Bahnen, aber jetzt erscheint es mir wie das reinste Chaos; es gleicht einer endlosen Fahrt in der Achterbahn, die allerdings fast ausschließlich bergab zu gehen scheint. Unaufhaltsam abwärts.

Es ist nicht so tragisch … ich kann das Bild noch mal machen. Diesmal werde ich mir mehr Mühe geben. Ich kann immer noch Geld dafür kriegen; nur das zählt.

Ich lasse den Motor an und zucke zusammen – er droht wieder abzusterben. Als ich aus der Lücke rangiere, fährt mir jemand in einem roten ausländischen Wagen unter lautem Gehupe ganz dicht auf. Während mich der Wagen überholt, zeigt mir das junge Ding am Steuer den Vogel.

Was ist eigentlich mit mir los, frage ich mich. Das Auto war doch gar nicht zu sehen, als ich ausgeschert bin.

Als ich den Wagen auf dem Parkplatz vor meinem Büro abstelle, merke ich, daß meine Hände zittern. Ich hebe das Taschenmesser vom Boden auf, klappe es zu und stecke es in meine Handtasche zurück. Beim Betreten des Gebäudes schlägt mir ein Schwall klimatisierter Luft entgegen. Vielleicht wird mich das abkühlen, denke ich – und zwar in mehr als nur einem Sinn. Ich grüße die üblichen Leute in den Büros im Eingangsbereich. Die meisten nicken bloß oder behalten den Kopf ganz unten. Meine Haut prickelt. Was stimmt da nicht?

Kaum sitze ich an meinem Schreibtisch, als das Telefon klingelt. Es ist mein Chef; er will mich sprechen. Ich sehe auf meine Uhr; ich habe mich nur eine Minute verspätet. Das ist nicht weiter tragisch; darüber haben wir schon mal gesprochen, und er hat gesagt, es macht ihm nichts, wenn ich ab und zu ein paar Minuten zu spät komme, weil er weiß, ich hole es am Ende des Tages nach.

Ich streiche mein Haar glatt, pudere mir die Nase, gehe dann langsam den Flur zu seinem Büro hinunter und warte vor geschlossener Tür. Mit Vickie, seiner weißhaarigen Sekretärin im Vorzimmer versuche ich ein Gespräch anzuleiern, aber sie entschuldigt sich abrupt, sie müsse mal auf die Toilette.

»Kommen Sie rein, Carol«, sagt Dick, als er schließlich den Kopf zur Tür herausstreckt. Sein Ton ist nicht jovial – er ist höflich, nicht mehr. Ich trete ein. Der Personalchef ist auch da und mehrere Abteilungsleiter.

Es gibt keinen Stuhl, auf den ich mich setzen könnte. Niemand von den anderen sieht mich an.

Ich bleibe stehen, während Dick die Tür schließt.

Er geht hinter seinen Schreibtisch, setzt sich und nimmt einen Brieföffner in Form eines kleinen juwelenbesetzten Dolchs auf. Seine Miene ist finster. »Es tut mir leid, Carol, aber wir sind nicht zufrieden mit der Arbeit, die Sie für uns geleistet haben.«

Ich sehe ihn blinzelnd an. »Nicht zufrieden? Aber Sie haben mir doch erst letztes Jahr eine Gehaltserhöhung gegeben.«

»Ich weiß, aber danach sind verschiedene Probleme aufgetreten.«

»Warum haben Sie nichts gesagt? Ich hätte versuchen können, mich mehr anzustrengen oder bestimmte Fehler zu vermeiden oder was Sie sonst eben gestört hat. Das wäre auch jetzt noch möglich.« Ich versuche, nicht zu flehentlich zu klingen; ich möchte nicht den Anschein erwecken, als kröche ich zu Kreuze, obwohl ich genau das tue.

Jetzt fängt er an, über den Brieföffner zu streichen, und ich hoffe, er schneidet sich und blutet seine über alles geliebten Bilanzen voll. »Es tut mir leid, Carol, aber wir sind einfach nicht zufrieden mit Ihren Leistungen. Sie haben im letzten Jahr nicht die erwartete Steigerung gebracht; Sie sind nicht so dynamisch, wie wir dachten. Und dann wäre da auch noch die Sache mit Ihren familiären Problemen. Sie haben Sie offensichtlich so stark in Anspruch genommen, daß Ihre beruflichen Leistungen dadurch beeinträchtigt wurden.«

Beeinträchtigt? Meine familiären Probleme? Daß ich nicht lache: die ›Sache‹ mit Jack hat mein ganzes Leben in ein einziges Chaos verwandelt. Nicht ›beeinträchtigt‹! Warum kann der Kerl nicht mal Klartext reden? Als das Ganze losging, hatte mich Dick in sein Büro gerufen und mir versichert, wie leid ihm das Ganze täte und daß sie alle Verständnis hätten und daß sie es auch verstehen würden, wenn ich ab und zu einen oder zwei Tage frei nehmen möchte usw. Er war so freundlich, so herzlich gewesen ... so doppelzüngig.

»... und deshalb müssen wir uns leider von Ihnen trennen.«

»Von mir trennen?« Irgendwie werde ich aus diesem Gerede nicht schlau. Ich merke, ich habe andere Dinge, die er gesagt hat, nicht mitbekommen, aber die zählen jetzt nicht. Nur seine letzten Worte zählen.

Ich fahre mit der Zunge über meine Lippen und spüre, wie trocken sie sind, wie trocken meine Kehle ist.

Trocken ... vertrocknen ...

Dick räuspert sich. »Al wird gleich mit Ihnen in Ihr Büro gehen, und wenn Sie Ihren Schreibtisch ausgeräumt haben, begleitet er Sie aus dem Gebäude.«

»Einfach so? Ohne Vorwarnung? Ohne eine Möglichkeit der Bewährung? Sie setzen mich einfach vor die Tür? Sie haben mal gesagt, Sie hätten alle Verständnis für meine Situation, Sie haben gesagt, Sie würden schon mal ein Auge zudrücken, Sie haben gesagt ...«

»Carol, ich habe gesagt, daß wir schon eine ganze Weile nicht mehr …«

»Ich weiß, was Sie *gesagt* haben, Dick, aber warum haben Sie mich nicht schon früher darauf angesprochen, damit ich mich mehr hätte anstrengen können? Warum haben Sie so lange gewartet, um mich dann Knall auf Fall rauszuschmeißen? Warum?«

Er will wieder zu sprechen beginnen, und ich weiß, was er sagen wird: Wir sind schon eine ganze Weile unzufrieden, wir haben dies nicht, wir haben das nicht – alles, was er mir gerade vorgekaut hat, wird er immer weiter herunterleiern, als wäre er nur ein Tonband mit einer Endlosspule.

»Sie müssen uns Ihren Schlüssel geben.«

Am liebsten würde ich den kleinen Dolch-Brieföffner packen und ihm ins Herz stoßen. Falls er eines hat. Das täte ich liebend gern – nur um sein überraschtes Gesicht zu sehen, wenn er sich mir zu entwinden versuchte. Aber ich ließe ihm dazu keine Gelegenheit. Ich würde den Dolch in seiner Brust herumdrehen. Immer und immer wieder. Bis ich am ganzen Körper voll von seinem Blut wäre und mich nicht mehr so trocken fühlen würde.

Er sitzt da und sieht mich an.

Sie warten alle auf meine Reaktion. Sie warten, daß ich zu weinen anfange, um meinen Job bettle. Von wegen. Den Gefallen, mich weinen zu sehen, werde ich ihnen nicht tun. Außerdem ist mir auch nicht danach; ich glaube nicht, daß ich noch Tränen zu vergießen habe.

Wie betäubt reiße ich meinen Schlüsselbund heraus, hake den Büroschlüssel ab und schleudere ihn nach ihm; ich treffe ihn mitten auf der Brust. Meine Lippen verziehen sich zu einem schwachen Lächeln. Meine Fingern zittern so stark, daß ich die anderen Schlüssel nicht mehr an die Kette zurückkriege; deshalb werfe ich sie einfach in meine Handtasche.

Dann wirble ich herum und stürme aus dem Büro, rausche an Vickie vorbei, die inzwischen wieder zurückgekommen ist, und kehre halb gehend, halb taumelnd in mein Büro zurück.

Ich weiß, mein Gesicht ist rot, ich kann es richtig glühen

spüren, und ich sehe mich hektisch nach einer Schachtel um, in die ich meine Sachen packen kann. Aus dem Augenwinkel bekomme ich mit, daß Al in der offenen Tür lauert. Wahrscheinlich paßt er auf, daß ich nicht meinen Schreibtisch oder meinen Stuhl stehle. Absurd! Man hat mir immer vertraut, und jetzt das... diese Demütigung... diese Schande.

Wenige Augenblicke später kommt Nora aus der Buchhaltung mit einem Papierkarton herein. Das Ganze ist ihr sichtlich peinlich. Sie murmelt etwas von wegen, es tue ihr leid, knallt den Karton auf meinen Schreibtisch und verdrückt sich wieder.

Ich reiße die Schreibtischschubladen auf, leere ihren Inhalt in die Schachtel. Insgeheim warte ich darauf, daß Al mich wegen irgendwelcher Dinge, die ich dort aufbewahrt habe, zur Rede stellt. Ich nehme meine Kaffeetasse und werfe sie zu den anderen Sachen, dann stelle ich meine Handtasche oben drauf, packe den Karton und dränge mich an ihm vorbei nach draußen.

»Es tut mir wirklich leid ...«, beginnt Al.

»Das kann ich mir denken.«

Als ich durch das Gebäude gehe, bin ich mir sehr deutlich bewußt, daß mir inzwischen alle neugierig hinterhersehen und daß mir Al in einigem Abstand folgt. Was, fürchten sie, daß ich tun könnte? Unterwegs irgend etwas kaputt machen? In irgendein Büro verschwinden und mich verstecken?

Einfach lächerlich.

Aber eigentlich ist ja der ganze Laden lächerlich, ist es immer schon gewesen.

Al hält mir die Tür auf, und ohne ihm zu danken gehe ich nach draußen und zu meinem Wagen. Ich öffne den Kofferraum und stelle die Schachtel hinein. Knalle den Kofferraumdeckel zu. Mache ihn wieder auf, um meine Handtasche herauszuholen, knalle ihn wieder zu, steige ein und sitze da, starre das Gebäude an.

Hier und da kann ich ein paar Gesichter an den Fenstern sehen, und ich frage mich, ob auch Dick herunterschaut. Der gute alte Dick. Dick the Prick, haben wir ihn hinter seinem

Rücken genannt. Wie viel, frage ich mich jetzt, ist von all dem zu ihm durchgedrungen? Wenn ich nicht bald wegfahre, wird er dann die Polizei rufen und mich wegen Hausfriedensbruch anzeigen? Die Vorstellung hat fast was Komisches. Ein Teil von mir will dableiben und herausfinden, was er tun wird.

Ein anderer Teil von mir will den Wagen starten, sehr fest aufs Gas treten und mit aufheulendem Motor voll gegen das Gebäude rasen. Grinsend stelle ich mir vor, wie die Glasfassade in Millionen Teile zerspringt, wenn sie der Wagen durchbricht. Ich stelle mir das befriedigende Krachen vor, mit dem er gegen den Empfang donnert, stelle mir die durch die Luft wirbelnden Papiere vor und die erschrockenen Stimmen und die Trümmer aus Glas und Holz, die überall herumliegen.

Trümmer. Wie mein Leben. Ein einziger Trümmerhaufen. Jetzt spüre ich die Tränen, spüre sie warm meine Wangen hinunterfließen, und mit der geballten Faust dresche ich immer und immer wieder auf das Lenkrad, bis ich weiß, daß meine Hand von blauen Flecken übersät ist.

Ich wische mir die Tränen aus dem Gesicht und nehme verschwommen wahr, wie jemand auf den Parkplatz herauskommt. Da kommt die Geheimpolizei, sage ich mir und stoße ruckartig aus der Parklücke. Die Genugtuung, mich weinen zu sehen, werde ich ihnen nicht geben. Mit einem Papiertaschentuch trockne ich mir die Tränen, wische mir den Schweiß aus dem Gesicht und setze ein Lächeln auf.

Die Person, die nach draußen gekommen ist, verschwindet wieder. Niemand beobachtet mich mehr.

Sie sind Spinnen, alle zusammen. Sie haben mich ausgesaugt und rausgeworfen, genau so, wie sie es auch mit allen anderen in diesem Gebäude machen werden.

Ich trete auf die Bremse, hole mein Taschenmesser heraus und fahre zu Dicks Parkplatz zurück. Dort klappe ich die längste Klinge heraus und steche in einen seiner Reifen. Nichts passiert. Mit einem nervösen Blick in Richtung Tür versuche ich es noch einmal. Mir bleibt nicht viel Zeit, bis jemand nach draußen kommt. Der Reifen ist unverwüstlich.

297

Ich richte mich auf, blicke in den eleganten Continental – und grinse. Schnell öffne ich die Tür und streiche über den edlen Ledersitz.

Dann stoße ich das Messer hinein und schlitze den Sitz mit einem langen, sehr befriedigenden Schnitt auf.

Ich kehre zu meinem Auto zurück.

In der Ausfahrt halte ich an und überlege, wohin ich fahren soll. Nach Hause? Um was zu tun? Um bloß rumzusitzen und aus dem Fenster zu stieren und darüber nachzudenken, wie schlimm mein Leben ist und wie sehr ich im Moment alles und jeden hasse?

Nein.

Ich könnte auch nur ein bißchen rumfahren. Vielleicht beruhigt mich das wieder ein wenig.

Ich schalte das Radio an. Stirnrunzelnd höre ich das laute Rauschen, das die Musik überlagert. Na klar, es muß auch repariert werden.

Abrupt fahre ich auf die Straße hinaus und streife fast einen A&P Sattelschlepper. Aber inzwischen läßt mich das völlig kalt. Sollen sie mich doch abservieren. Das wird wenigstens nicht so teuer, denke ich bitter.

Kein Mann.

Kein Job.

Kein Geld.

Und wie zum Teufel soll ich die Hypothek abzahlen? Wie soll ich meine Lebensmittel zahlen? Wenigstens der alte Wagen ist abgestottert; das ist etwas, was sie mir nicht wegen Zahlungsunfähigkeit nehmen können. Hoffe ich zumindest.

Ziellos fahre ich durch die Gegend. Ich habe keine Ahnung, wohin ich fahre, und es ist mir auch egal. Ich fahre zu dem A&P Einkaufszentrum raus und drehe auf dem Parkplatz eine Runde. Ich überlege, ob ich in eins der Geschäfte gehen soll – einfach nur, um irgendwas zu tun. Aber die vielen Dinge, die es dort zu kaufen gibt, werden mich bloß daran erinnern, wie wenig Geld ich habe.

Schließlich fahre ich in Richtung Downtown und schleiche am Videoverleih und der Pizzeria und dem neuen chinesischen Restaurant vorbei. Ich war schon Monate nicht mehr essen – zu teuer. Und ich bin immer so gern beim Chinesen essen gegangen.

Dann komme ich wieder an dem Rahmengeschäft vorbei. Ich parke und sehe zu dem Getränkemarkt auf der anderen Seite hinüber. Dort könnte ich mir was kaufen. Eine Flasche Wein. Einen Weinkühler. Einen Sechserpack Bier. Irgendwas. Mir ist allerdings nicht nach Trinken, und das ärgert mich. Ich würde mich im Moment liebend gern betäuben.

Vielleicht ist es gar nicht so schlecht, daß sie mich gefeuert haben. Vielleicht ist das eine Chance, mich stärker auf meine Kunst zu konzentrieren. Ich werde mehr Zeit zum Malen haben; ich kann an allen möglichen Schwarzen Brettern in der Stadt meine Visitenkarte aushängen. Ich werde ein paar meiner alten Kontakte anrufen – sehen, ob sie irgendwas brauchen, meinetwegen auch für Werbeprospekte. Es gibt immer Möglichkeiten ... Dinge, die man tun kann. Die Lage ist noch keineswegs hoffnungslos. Ich darf nicht aufgeben. Noch nicht. In der Hülle ist immer noch Leben.

Ich beschließe wegzufahren und warte hinter einem Fahrzeug, das an einem Stopschild angehalten hat. Noch eins, denke ich und beiße mir auf die Lippe.

Die Frau hat einen schicken silbernen Kombi voller Kinder im High-School-Alter. Ständig dreht sie sich um, wohl um dem, was sie sagt, größeren Nachdruck zu verleihen. Sie scheint vergessen zu haben, daß sie eine Ausfahrt versperrt. Oder vielleicht ist es ihr auch egal. Ich warte, und gerade als ich schließlich auf die Hupe drücken will, springt die Frau aus dem Kombi, sieht sich um, ob niemand sie beobachtet, und schiebt eine platt gedrückte Blechdose unter einen der sorgfältig getrimmten Büsche. Dann steigt sie wieder in den Kombi und biegt rechts ab.

Was soll das denn? frage ich mich. Kann sie in ihrem kostbaren Kombi keine zerdrückte Dose mitnehmen? Ihr nagelneuer Wagen hat fast dreißigtausend Dollar gekostet und hat vermutlich ein funktionierendes Radio, und wahrscheinlich wird auch der Motor nicht zu heiß, wenn sie die Klimaanlage anstellt.

Ich beiße mir fester auf die Lippe, und sie blutet stärker.

Dann folge ich dem Kombi, der nach links in die Ryerson fährt. Ich biege ebenfalls links ab.

An einer roten Ampel hält der Kombi an. Ich auch.

Der Kombi fährt ungefähr eine Meile die Ryerson runter, und ich folge ihm, manchmal unauffällig, manchmal nicht. Es ist mir egal, ob mich die Frau sieht oder ob die Frau merkt, daß ich ihr folge. Es ist mir egal. Diese blöde Kuh hat massenhaft Geld und weiß nichts Besseres mit ihrem Leben anzufangen, als Kinder hin und her zu kutschieren, und ich bin mir sehr sicher, *sie* braucht sich keine Sorgen zu machen, daß ihr Telefon gesperrt werden könnte oder daß sie keinen Job und kein Geld haben könnte, um die Hypothek abzubezahlen oder Lebensmittel zu kaufen oder etwas Gescheites mit ihrem Leben anzufangen, und ich bin mir verdammt sicher, daß diese Frau in ihrem ganzen hirnlosen Vorstadtleben noch nie so etwas wie einen kreativen Drang in sich gespürt hat und ein Ölgemälde nicht von einem Aquarell unterscheiden kann, und was will sie überhaupt mit so einem schönen und angenehmen Leben, wenn sie es doch gar nicht verdient hat?

Inzwischen ist der Kombi auf der Main Street, und ich folge ihm. An der Maple hält die Frau, und eins der Kinder steigt aus und winkt. Ein anderer Autofahrer hupt. Ich hupe auch. Der Kombi fährt wieder los und hält einen halben Block weiter erneut. Noch ein Kind steigt aus.

Was? Der Lümmel kann nicht mal ein paar Meter zu Fuß gehen? frage ich mich ungläubig, ohne zu merken, daß mir von der Lippe Blut übers Kinn läuft.

Das nächste Mal hält die Frau vor einem Quik Check und rennt nach drinnen. Den Kombi läßt sie mit laufendem Motor am Straßenrand stehen. Ich parke ein Stück dahinter. Wenige Augenblicke später kommt die Frau mit einer kleinen Tüte in der Hand zurück. Sie wirft einen kurzen Blick auf mein Auto, wendet ihn aber sofort wieder ab.

Die blöde Kuh weiß Bescheid, denke ich. Und lächle.

Der Kombi fährt los, und ich folge ihm. Die Frau fährt zu den Straßen um den Country Club raus, und ich hänge mich an sie. Sie ist durch die ganze Stadt gefahren, merke ich, eine Straße rauf, die andere runter. Wie ein Insekt, das sich aus einem Spinnennetz zu befreien versucht.

Ich grinse.

Ich bin gar nicht die ausgesaugte Hülle, die unglückliche Beute im Netz, merke ich. Ich bin die Spinne. Ich warte nicht darauf, von irgendeiner menschlichen Spinne geschnappt zu werden – ich bin der achtbeinige Schrecken, der über die seidigen Fäden seines Netzes huscht, um es von Fliegen zu säubern, von all den wertlosen Dingen, welche die Welt überschwemmen. Genau so ist es.

Was bin ich doch für ein wilder Räuber! Ich jage nach Beute ... nach schwacher Vorstadtbeute. Als ich mir im Rückspiegel zugrinse, sehe ich überrascht das Blut auf meinem Kinn. Ich lecke es weg und konzentriere mich aufs Fahren, achte darauf, den Blinker früh genug zu betätigen und nicht zu dicht aufzufahren. Ich möchte nicht von der Polizei angehalten werden. Aber ich überlege, wie es wäre, wenn ich den Kombi ramme, nur ganz leicht, ihn bloß ein paar Zentimeter nach vorn schiebe, oder vielleicht auch einen halben Meter, oder vielleicht sollte ich ihm mit voller Wucht hinten reinfahren und ...

Ich möchte das Entsetzen in den Augen meiner Beute sehen.

Die Frau hält wieder einmal vor einem Haus. Es ist richtig nobel, und ich frage mich, ob es ihres ist. Nein. Sie fährt weiter. Die ›Fliege‹ scheint etwas schneller zu fahren als zuvor. Sollte sie ein bißchen nervös geworden sein? Gut. Soll sie sich ruhig den Kopf zerbrechen, was das Ganze soll. Soll sie sich ruhig ein bißchen Sorgen machen, wie ich mir ständig Sorgen machen muß.

Ich sehe auf die Uhr und stelle fest, daß ich der Frau schon über eine Stunde folge. Mein Grinsen wird breiter.

Ich jage diese Frau, jage diese hirnlose Kreatur, die über alle Zeit der Welt verfügt und trotzdem nicht weiß, wie es ist, eine herrliche Landschaft zu malen, die nicht weiß, wie es ist, von seinem geliebten Mann wegen irgendeiner dahergelaufenen Büroschlampe verlassen zu werden, die nicht schon frühzeitig vertrocknet ist und keine Ahnung hat, was richtiges Leben ist.

Leben. Ja, das ist richtiges Leben.

Ich grinse so breit, daß ich das Gefühl habe, mein Gesicht könne jeden Moment aufreißen. Ich lecke mir die trockenen Lippen, wische mir den Schweiß von der Stirn.

Jetzt wünsche ich mir, ich hätte eine Schußwaffe. Einen handlichen Revolver, den ich nur aus dem Handschuhfach zu nehmen bräuchte. Wie gern würde ich das Öl darauf riechen, seine kalte, metallische Härte spüren. Ich würde über den Lauf streichen, die Trommel checken, und dann würde ich ihn hochheben und mir vorstellen, was passieren würde, wenn ich abdrückte ...

... das Zerspringen der Windschutzscheibe ... das Krachen der Kugel, wenn sie das Metall der Karosserie durchschlägt ... der Aufprall des Geschosses, wenn es in die Frau eindringt ... der Schrei der Frau ... das Blut und ...

... das Blut ...

... das Blut unglücklicher Opfer, das Blut, das ihnen ausgesaugt wird ...

... Blut ...

Ich schmecke etwas Kupfriges auf meinen Lippen – Blut, merke ich – und blinzle. Erst starre ich auf das Heck des Kombi, dann auf die Uhr im Armaturenbrett. Eine weitere Stunde ist vergangen, und ich habe keine Ahnung, wo ich bin oder was mich hierhergebracht hat. Seit mir der Gedanke mit dem Revolver gekommen ist, kann ich mich an nichts mehr erinnern. An absolut nichts.

Als ich mir den Schweiß vom Kinn wische, ist meine Hand rot.

Wir befinden uns wieder auf der Maple, sehe ich. Ich runzle die Stirn. Ist das überhaupt derselbe Kombi? War der Kombi der Frau nicht silbern? Dieser ist blaugrau. Es ist nicht derselbe. Oder doch? Vielleicht eine optische Täuschung. Vielleicht ist der Kombi in Wirklichkeit blauer, als ich ursprünglich dachte.

Vielleicht.

Oder vielleicht ist es ein völlig anderer Kombi.

Stunden.

Stunden sind vergangen, Stunden meines Lebens.

Ich habe Stunden meines Tages vertan.

In meinen Augen brennen Tränen, und ich schlucke schwer.

Was ist los mit mir? Ich dachte, ich käme ganz gut klar, und dann gehe ich her und mache so was Dummes. Ich wische mir die Tränen aus dem Gesicht, halte an und stoße ein Stück zurück. Ich muß nach Hause fahren. Langsam fange ich an durchzudrehen, und das macht mir angst.

Am Stopschild warte ich, bis die Straße frei ist. Als hinter mir ein roter ausländischer Wagen hält, sehe ich kurz in den Rückspiegel. Endlich ist die Straße frei, und ich biege ab.

Ich will nicht mehr an Spinnen und Spinnennetze und Beutetiere denken.

Ich werde nach Hause fahren und ein Bad nehmen – nein, eine Dusche; das ist erfrischender – und ich werde mir sogar die Haare waschen, und ich werde mir frische Sachen anziehen, und dann setze ich mich mit Bleistift und Papier an den Eßzimmertisch und mache eine Liste mit den Möglichkeiten, die ich habe. Ich kann mich arbeitslos melden, mir Lebensmittelmarken besorgen, meine Mutter um Geld bitten, mich für einen dieser Kurse anmelden, die sie für im Stich gelassene Frauen anbieten – jedenfalls kann ich eine Menge vernünftigerer Dinge tun, als mich in Selbstmitleid zu ergehen.

Als ich von der Maple in die Main biege, ist der rote Wagen immer noch hinter mir. Er fährt weder zu schnell noch zu langsam, und die Fahrerin scheint mich aufmerksam zu beobachten.

Ich biege in die Ryerson; der ausländische Wagen folgt mir. Ich fahre auf den Parkplatz des A&P. Der rote Wagen bleibt hinter mir.

Ich zwinge mich, nicht in den Spiegel zu sehen, nicht an das andere Auto zu denken, und fahre nach Hause.

Doch als ich in die Einfahrt biege, sehe ich in den Rückspiegel. Der rote Wagen beschattet mich immer noch und wird langsamer.

Ich steige aus, und gerade als ich ins Haus gehe, höre ich das Schlagen einer Autotür.

Jack hatte eine Schußwaffe, aber er hat sie mitgenommen. Das macht nichts. Es gibt andere Gegenstände im Haus ... in

meiner Höhle ... ein Messer, ein Hammer, wo ist da schon
der Unterschied – ich weiß mit ihnen allen umzugehen.

Es klingelt an der Tür.

Reglos stehe ich in der Diele.

Es klingelt noch einmal, und jemand klopft.

Geduld.

Die Tür ist nicht abgeschlossen. Früher oder später wird
sie es versuchen.

Komm nur herein ...

Barbara

»Man überfällt grundsätzlich keine Typen, nicht mal irgend-welche alten Knacker. Diese Wichser sind alle total waffen-geil, Amigo; da denkst du, du hast irgend so einen harmlo-sen alten weißen Knacker vor dir, und peng!, nietet er dich um.« Das sagt VJ zu Reebok, als sie am späten Nachmittag unter dem Unterstand an der Bushaltestelle stehen und die Leute auf dem Parkplatz des Einkaufszentrums beobachten. Kalifornischer Frühlingswind bläst Müll vorbei, ein paar Pappbecher von Taco Bell.

»Meinst du, der hat eine AK-4O in seinen Krücken?« wit-zelt Reebok. Er ist gerade mit der High-School fertig. Immer noch der Klassenclown, denkt VJ.

»Du wirst lachen, aber einige von diesen alten Knackern sind wirklich schwerbewaffnet. Da hat doch so ein verkalk-tes altes Arschloch Harolds Hund abgeknallt, und das bloß, weil der blöde Köter auf seine Veranda gelaufen ist. Die haben alle diese M16's; wenn du mit so einem Ding eine übergebrannt kriegst, kannst du einpacken.«

»Du meinst also … wir sollten uns Frauen vorknöpfen?« sagt Reebok nachdenklich und kratzt dabei mit dem Haus-schlüssel sein Markenzeichen in die Plexiglaswand des Un-terstands. Mit dem Schlüssel für das Haus seiner Großmut-ter. Seine Mutter ist mit diesem weißen Typen aus der Stadt abgehauen.

»Frauen können auch bewaffnet sein. Wenigstens haben die meisten so ein Pfefferspray einstecken, aber wenn du schlau bist, läßt du es erst gar nicht dazu kommen, daß sie es benutzen; du nimmst es ihnen weg und verpaßt ihnen selber eine Ladung, voll in die Fresse.« VJ nickt sich selbst zu. »Aber wie will sie dann am Geldautomaten noch was abheben, wenn sie vor lauter Pfeffer in den Augen nichts mehr sieht?«

»Jetzt reg dich mal nicht auf, Mann. Wir packen die Tussi einfach von hinten, mehr nicht, und nehmen ihr das Spray weg. Später können wir ihr ja immer noch eine überbraten.«

»Wann soll's losgehen?« fragt Reebok.

»Hey! Wie wär's mit der da?«

Sie weiß, Avery liebt sie. Das steht völlig außer Frage. Wenn er sagt, »Barbara, ruf nicht mehr an ...« heißt das: »Barbara, ruf noch mal an; gib nicht auf, Barbara.« Es war ganz deutlich zu hören, an der stockenden Art, mit der er gesprochen hat. Ging einem wirklich zu Herzen, wie Avery litt. Er kann unmöglich meinen, was er sagt, nicht mit diesem Drachen von Frau, nicht mit diesem Miststück Velma, die ihm die Hölle heiß macht. Die ihn regelrecht kastriert, wenn Sie bitte meine Ausdrucksweise entschuldigen wollen. Die seine Männlichkeit nicht zur Entfaltung kommen läßt. Seine unterdrückte Männlichkeit. Avery hätte Velma unter keinen Umständen im Büro anstellen sollen.

Als Barbara noch im Büro war, war es sehr schön; sie teilten alle möglichen kleinen Freuden, und er lächelte sie immer auf eine Art an, die besagte: *Ich will dich, auch wenn ich es nicht sagen kann, und du weißt, daß es so ist, und ich weiß, daß es so ist, ich will dich.* Es war einfach wundervoll, wie das alles aus einem einzigen Lächeln sprach! So war Avery. Aber Velma hatte ihn an der Leine, als wäre er eins dieser Schoßhündchen mit auftoupiertem Haar über den Augen, über diesen kleinen braunen Augen, die aussahen wie die von Avery.

Als Barbara aus dem Einkaufszentrum kommt, hat sie das Geschenk für Avery in ihrer Strohtasche, dieser rustikalen italienischen Einkaufstasche, die sie in dem Cost Plus-Laden gekauft hat, und sie denkt, vielleicht hätte sie die Uhr doch zahlen sollen, denn das war ganz schön riskant, sie hat noch nie etwas gestohlen, fast noch nie und jedenfalls nichts so Teures, und vielleicht ist ihr jemand aus dem Einkaufszentrum gefolgt und wartet jetzt nur darauf, daß sie eine bestimmte rechtlich festgelegte Grenze überschreitet, und es ist ja nicht so, daß jemand sie verstehen würde. *Die Liebe hat dafür bezahlt,* könnte sie als Erklärung anführen, aber das verstünden sie genausowenig wie Velma. Velma war es gewesen, die Avery dazu gedrängt hatte, sie zu feuern.

Barbara fummelt eine Weile mit dem Schlüssel herum, bis sie das Auto aufbekommt. Dann wird ihr plötzlich eiskalt. Ein Mann spricht sie an, in sehr scharfem Ton, und sie ist sicher, es ist ein Kaufhausdetektiv. Sie dreht sich um und sieht, es ist ein Schwarzer, sehr jung, ganz gut aussehend. Will wahrscheinlich etwas Geld. Wahrscheinlich wird er ihr erzählen, ihm wäre das Benzin ausgegangen und er bräuchte nur etwas Geld für Benzin oder sonst so ein Lügenmärchen.

»Ich habe leider kein Geld einstecken«, sagt sie. »Und außerdem gebe ich prinzipiell niemandem Geld. Das hilft den Leuten auch nicht weiter.«

»Die Alte hat nicht zugehört«, sagt der größere der beiden. Wie alt sind sie? Vielleicht zwanzig, so in etwa.

»Schau«, sagt der andere, der mit dem blauen Ski-Anorak, und dann schlägt er den Anorak auf, so daß seine Hand zum Vorschein kommt. Sie liegt um den Griff einer Pistole, die im Bund seiner Jeans steckt. »Ich hab gesagt: Steig ein und schrei nicht, sonst schieß ich dich ins Rückgrat.«

Ins Rückgrat, sagt er. Ich schieß dich ins Rückgrat.

Wie sich herausstellt, heißen sie VJ und Reebok. Reebok redet ständig davon, wie er sie dazu bringen könnte, ihm einen zu blasen. VJ sagt ein paar ganz schön gemeine Dinge über ihr Aussehen und ihr Alter, obwohl sie erst achtunddreißig ist und nur etwa fünfzehn Kilo Übergewicht hat.

VJ sagt: »Jetzt reg dich erst mal ab. Sie bläst dir schon einen. Aber beruhige dich erst mal.«

Barbara sitzt am Steuer des Accord, VJ neben ihr, Reebok auf dem Rücksitz. Er hat auch eine Waffe, so eine überdimensionale Pistole mit einem länglichen Metallkasten für die Patronen. Er nennt die Pistole eine Mac.

Wie es wohl wäre, seinen Penis in den Mund zu nehmen? Ob er sauber ist? Er macht einen sauberen Eindruck. Sie kann riechen, daß sie beide Rasierwasser aufgetragen haben. Wenn er sauber ist, hat sie nichts dagegen.

Sie wundert sich, daß sie nicht mehr Angst hat. Vielleicht, weil sie so einen lächerlichen und amateurhaften Eindruck machen. Im Grunde genommen wissen sie gar nicht, was sie eigentlich wollen. Dieses Amateurhafte könnte sie allerdings noch gefährlicher machen; das hatte mal ein Polizist in einer TV-Serie gesagt.

Fast fährt sie an ihrer Bank vorbei. Sie muß sie darauf aufmerksam machen, obwohl sie ihnen ja *gesagt* hat, welche es ist. »Da ist meine Bank, wenn ihr wollt, daß ich halte.«

»Und ob du da halten sollst.«

Sie wechselt ziemlich abrupt die Fahrspur und fährt auf den Parkplatz, so daß ein anderer Autofahrer, den sie geschnitten hat, wütend hupt. Vor dem Geldautomaten hält sie.

»Steigt ihr beide mit aus?« fragt sie, als sie den Gang herausnimmt.

»Du hältst am besten die Klappe und läßt uns machen«, sagt VJ. Er sieht Reebok an.

»Ich weiß nicht. Steigen wir beide aus? Das könnte so aussehen, als ob ...«

»Das könnte so aussehen ...«

»Keiner von euch braucht auszusteigen«, sagt Barbara. Sie wundert sich über ihre eigene Chuzpe. »Macht doch folgendes: ihr bleibt einfach im Wagen sitzen, mit der Waffe im Schoß und am besten mit einer Jacke drüber, ihr beobachtet mich, und wenn ich versuche, wegzulaufen oder zu schreien oder sonst was, erschießt ihr mich. Nein, halt – das ist doch totaler Quatsch! Ich gebe euch einfach meine Geheimnummer!«

Sie sehen sie mit leicht offenem Mund an, als sie in ihrer Handtasche wühlt und schließlich eine Versateller-Karte und einen Eyelinerstift herausholt. Die Nummer schreibt sie auf die Rückseite einer Quittung und gibt sie VJ zusammen mit der Kreditkarte. »Ich warte mit Reebok im Wagen. Er kann auf mich aufpassen.«

»Woher weißt du meinen Namen?« fragt Reebok mit einem schneidenden Unterton, der sie zusammenfahren läßt.

»Da brauchst du mich doch nicht gleich so anzuschnauzen. Ich weiß eure Namen, weil ihr euch damit angesprochen habt.«

»Oh.« Er sieht seinen Partner an. »Jetzt mach schon.«

VJ steigt aus. Dann dreht er sich um und zieht die Schlüssel ab. »Keine Dummheiten, mein Kumpel hat auch eine Knarre.«

»Ich weiß. Ich hab sie gesehen. So eine große.«

Einen Moment sieht er sie verständnislos blinzelnd an. Dann steigt er ausgeht auf den Geldautomaten zu. Er steckt die Karte in den Schlitz – sie kommt wieder raus. Er steckt sie noch mal rein – sie kommt wieder raus. Sie kurbelt das Fenster runter.

»Hey; du Schnalle!« fährt sie Reebok vom Rücksitz an. »Was soll der Scheiß?«

»Ich will ihm bloß erklären, wie so ein Geldautomat funktioniert.« Sie streckt den Kopf aus dem Fenster. »VJ? Du hast die Karte verkehrt rum reingesteckt.«

Er dreht sie richtig herum und steckt sie wieder hinein. Diesmal bleibt sie drinnen. Er sieht auf den Bildschirm, tippt die Zahlen ein. Wartet.

Barbara denkt nach. Laut sagt sie: »Warst du schon mal in jemanden verliebt, Reebok?«

»Was?«

»Ich bin in Avery verliebt; er ist in mich verliebt. Aber wir können uns nur selten sehen. Manchmal treffe ich mich vor seinem Haus mit ihm.«

»Was redest du da für einen Scheiß? Halt deine blöde Klappe.«

VJ kommt mit finsterer Miene zurück und steigt ein.

»Nichts auf dem Konto als lausige vierzig Mäuse.« Er hält die zwei Zwanziger hoch.

»Hast du nachgesehen, wie viel sie auf dem Konto hat?« fragt ihn Reebok.

»Vierzig Dollar.« Er sieht Barbara durchdringend an. »Hast du noch ein anderes Konto?«

»Nein. Das ist alles, was ich noch habe. Mir wurde vor ein paar Monaten gekündigt. Ihr wißt ja, wie das ist.«

»Von wegen.« Er durchforstet eifrig ihre Handtasche.

»Leer am besten einfach alles aus«, sagt sie. »Es ist ziemlich schwer, in diesem Chaos irgendwas zu finden, wenn du sie nicht ausleerst.«

Er sieht sie finster an und brummt etwas. Dann leert er

den Inhalt der Tasche in seinen Schoß. Er findet das Scheck-heft, vergleicht die Nummer mit dem Beleg aus dem Geld-automaten. Dieselbe Kontonummer. Keine Kreditkarten. Keine anderen Kontokarten.

»Ihr könnte meine Wohnung durchsuchen«, schlägt sie vor. »Ganz in der Nähe.« Sie sieht Reebok an. »Dort wäre es wesentlich gemütlicher. Ich habe auch noch etwas kalte Pizza zu Hause.«

»Hör mal zu, gute Frau«, sagt VJ in einem anderen, ge-duldigen Ton, als spräche er mit einer geistig Behinderten. »Wir haben dich entführt. Das ist eine Entführung, hast du verstanden? Wir wollen keine Scheißpizza essen. Wir haben dich entführt.«

»Ihr könntet den Wagen auseinandernehmen«, schlägt sie vor, »und die einzelnen Teile verkaufen.«

»Hast du irgendwelchen Schmuck zu Hause?«

»Ihr könnt gern nachsehen, aber ich habe keinen, nein, nur so billigen Krempel. Alles, was ich habe, ist eine Katze und etwas kalte Pizza. Ich könnte auch Bier holen gehen.«

»Die Schnalle hat einen Schlag«, sagt Reebok.

»Wenn hier einer halbwegs klar denkt, dann ich«, erklärt Barbara ruhig. Sie breitet die Hände aus und fügt hinzu: »Wenn ihr mich vergewaltigen wollt, solltet ihr es besser bei mir zu Hause tun. Dort ist es am sichersten. Den Wagen könnt ihr meinetwegen gern auseinandernehmen. Aber wir sollten nicht länger hier stehenbleiben, weil sonst noch je-mand Verdacht schöpft, wenn wir die ganze Zeit vor dem Automaten halten.«

VJ sieht Reebok an. Ein Blick, aus dem sie nicht schlau wird.

Sie findet, es ist Zeit, damit rauszurücken. »Ich weiß, wo es Geld zu holen gibt. Eine Menge Geld. Es ist zwar in einem Safe, aber wir können trotzdem rankommen.«

Avery weiß, daß es schön wird, weil seine Handflächen feucht sind. Für so etwas hat er ein sehr feines Gespür. Er sieht auf die Uhr auf seinem Schreibtisch. In fünf Minuten wird Velma hier sein, in den Sachen, die er ihr aus diesem Laden in Los Angeles mitgebracht hat, und er spürt, wie sich sein Pimmel bereits an seinem Oberschenkel zu regen beginnt; er hat ein Gefühl darin, als verliefe ein heißer Draht bis hinunter in seine Hoden, und seine Handflächen sind noch feuchter, und die Haare in seinem Nacken stellen sich auf, und das alles nur, weil er nicht daran zu denken versucht, wie sie mit diesen Sachen unter ihrem Mantel in sein Büro kommt. Manchmal konnte sie ihm das Leben ganz schön zur Hölle machen, keine Frage, aber was diese kleinen Spielchen anging, um sein Blut in Wallung zu bringen, war sie wirklich einsame Spitze. Inzwischen beschränkten sie sich auf – wie oft? – vielleicht zweimal im Monat, aber das war eigentlich genau richtig. Er ging langsam auf die fünfzig zu und mußte deshalb in diesem Punkt mit seiner Energie ein bißchen haushälterisch umgehen. Um auf Touren zu kommen, brauchte er diesen zusätzlichen Reiz, und für eine Frau Mitte vierzig konnte sie einen weiß Gott ganz schön …

Das Telefon klingelt. »Beecham Immobilien«, sagt Avery in den Hörer.

Am anderen Ende der Leitung ist eine Frau, die sich über seine Mietobjekte informieren will. Was *du* wohl für Unterwäsche trägst, fragt er sie in Gedanken. Laut sagt er: »Ich kann Velma bitten, Ihnen das Haus morgen früh zu zeigen. Eine tolle Gelegenheit … nein, heute nachmittag ist es terminlich etwas eng …«

Die Frau will gar nicht aufhören, ihm von ihren ›Wünschen‹ zu erzählen. Ihren Mietwünschen. Während er so tut, als hörte er ihr zu, träumt er davon, einmal bei so einem ganz jungen Früchtchen zu landen und ihr zu extrem günstigen Konditionen ein Haus zu vermieten, damit sie ihn gelegentlich drüberläßt. Das Problem ist nur, daß Velma ein sehr scharfes Auge auf die Mieteinnahmen hat. Die Diskrepanz fiele ihr bestimmt sofort auf. Es gibt immer einen Haken an der Sache, und immer ist es die eigene Alte. Aber an sich war Velma ganz okay. Sie war immer für irgendwelche Spielchen zu haben, vorzugsweise im Büro, am hellichten Tag. Solange nur die Jalousien runtergelassen waren.

Er dachte an das Mädchen auf den Philippinen, damals, als er bei der Navy war. Zwei Tage nachdem sie ihm gesagt hatte, daß sie schwanger wäre, hatte er sich aus dem Staub

gemacht. Eben ein kleiner Betriebsunfall, diese Schwangerschaft. Aber was für eine Möse. Eine richtig schnuckelige,
goldbraune Möse. Und er denkt an die Lampions, die sie
von einem japanischen Matrosen bekommen hatte. An das
bunte Spiel der Lichter an der Wand, wenn die Lampions in
der leichten Brise, die durch den Mangobaum strich, hin
und her schaukelten, während er sich über ihre goldbraune
Muschi hermachte. Mann o Mann.

Ein Piepen sagt ihm, daß noch ein Anruf reinkommt; er
wimmelt die erste Anruferin ab (»werde Ihren *Wünschen*
selbstverständlich gern nachkommen«) und nimmt den
zweiten Anruf entgegen. Sein Anwalt ist dran, dieser
schwanzlutschende Blutsauger. »Wie viel berechnen Sie mir
für diesen Anruf, Heidekker?« fragt Avery und sieht aus
dem Fenster, ob Velmas Wagen schon auf dem Parkplatz
steht. Nirgendwo zu sehen. Dieser gelbe Accord, wem
gehört der gleich wieder? Die Kiste kennt er doch.

»Für diesen Anruf berechne ich Ihnen gar nichts«, sagt
Heidekker. »Die Sache ist folgende …«

»Ich kann Ihnen nur sagen, langsam habe ich es satt, jedesmal eine Rechnung von Ihnen zu kriegen, bloß weil Sie
in meinem Beisein im Lift einen fahren ließen.«

»Hören Sie, Sie müssen mir nur diesen Antrag auf eine gerichtliche Verfügung unterschreiben, weil ich ihn in einer
Stunde Richter Chang vorlegen möchte …«

»Dann unterschreiben Sie den Wisch doch einfach für
mich. Machen Sie die Sache nicht so kompliziert.« Verdammte Scheiße, jetzt hat ihn Heidekker an Barbara erinnert, und natürlich fängt sein Schwanz prompt zu schrum-
peln an. Er versucht, nicht an Barbara zu denken, es macht
ihn total nervös, wenn sie sich vor seinem Haus rumtreibt,
ihn vom Parkplatz aus beobachtet …

»Dazu bin ich nicht ermächtigt, da müssen Sie schon
selbst unterschreiben. Wenn Sie mir bei Gelegenheit eine
Vollmacht erteilen wollen, wäre das sicher nicht schlecht,
und wir können gern mal darüber reden …«

»Nein, kommt nicht in Frage, kommt überhaupt nicht in
Frage, sehen Sie nur …« Da, Velmas Fiat fuhr gerade auf den
Parkplatz. »Kommen Sie aber erst in einer halben Stunde

vorbei. Ich muß in der Zwischenzeit nämlich noch mal weg. Und dieser Wisch macht dem Spuk tatsächlich ein Ende?«

»In dieser Verfügung ist alles eingeschlossen – sie darf Ihnen nicht folgen, darf Sie nicht beobachten und nicht anrufen, die ganze Latte. Sie darf nicht näher als fünfhundert Meter an Sie rankommen. Inzwischen gibt es Gesetze gegen Belästigung, und wir können sie anzeigen, wenn sie dagegen verstößt. Am Ende landet sie noch im Gefängnis – was möglicherweise nicht das Schlechteste für sie wäre, weil die sie dort bestimmt zu einem Psychiater schicken. Haben Sie die Schlösser im Büro schon ausgewechselt?«

»Nein, das lasse ich aber morgen früh machen. Möglicherweise hat sie einen Schlüssel, ein Duplikat. Frank meint, ich sollte mich geschmeichelt fühlen. Also, nicht durch die Art von Aufmerksamkeit, die mir die Tante erweist, kann ich Ihnen sagen.«

»Das kriegen wir schon geregelt. Ich muß jetzt Schluß machen, Avery ...«

»Einen Moment noch, nur einen Moment ...« Hinter dem Versuch, seinen Anwalt am Auflegen zu hindern, steht der Wunsch, von Velma bei einem geschäftlichen Gespräch unterbrochen zu werden. »Ich wollte noch mal über die Rechnung mit Ihnen reden, die Sie mir letzten Monat geschickt haben, also, ich finde Ihre Forderungen wirklich grotesk, Heidekker ...«

»Wir können gern alles Posten für Posten durchgehen, aber ich muß Ihnen nun mal die Zeit berechnen, die dafür nötig ist, um diese ...«

Die Tür geht auf; Velma füllt fast die ganze Öffnung aus, als sie ihren Mantel aufknöpft. Ihr langes, rotes Haar fällt über ihre weißen, sommersprossigen Schultern, sobald sie aus dem Mantel schlüpft. Sogar auf ihren schlaffen weißen Titten, die von einem schwarzen Spitzenkorsett gehalten werden, hat sie Sommersprossen, und ihre Schenkel sind vielleicht ein bißchen üppig, aber wen stört das schon, wenn sie einen roten Spitzenslip mit offenem Schritt trägt. Um die tief liegenden grünen Augen hat sie zentimeterdick Make-up aufgetragen. Mag sein, daß sie ein paar Krähenfüße hat; mag sein, daß ihr Hintern schon ein bißchen hängt. Aber so, wie das Korsett alles in schwarzer und roter Spitze zusammenhält und wie ihre rosa Schamlippen aus dem rotgoldenen Wuschel hervorspitzen, wen zum Teufel, wen zum Teufel, wen zum Teufel stört es da schon groß ...

»Ich rufe Sie später an, Heidekker«, sagt Avery in den Hörer und legt auf.

»Es muß einfach sein. Ich bin ganz wild nach dem kleinen Kerl da in deiner Hose, Av. Ich hab schon an mir rumgespielt und dabei an dich gedacht, und dann hab ich's einfach nicht mehr ausgehalten, es mußte einfach sein. Ich konnte nicht mehr länger warten.« Das alles sagt sie mit ihrer rauchigen Stimme. »Ich will deinen kleinen großen Kerl.« Sie fährt mit der Zungenspitze über ihre kirschroten Revlon-Lippen.

»Man kann sich in Avery leicht täuschen«, sagt Barbara. Sie sitzen in ihrem Wagen, auf dem Parkplatz vor dem Gebäude, in dem Averys Büro ist. »Avery ist immer so brummig. Es ist richtig süß, wie brummig er ist. Ich habe ihm mal einen Teddybären geschenkt, mit einer Karte, auf der stand: »Für meinen süßen, alten Brummbär!« Er redet nicht viel und ist manchmal ganz schön kurz angebunden, und seine Wortwahl läßt auch einiges zu wünschen übrig, wenn ihr wißt, was ich meine, aber er ist trotzdem richtig süß, und manchmal ist er ...«

»Gibt es da irgendwo Geld?« unterbricht sie VJ und sieht durch die Windschutzscheibe auf das kleine sienarote Bürogebäude. Einer dieser Bauten aus den frühen siebziger Jahren, mit diesen Steinen auf dem Dach, irgend so ein Quatsch, der irgendwie isolierend wirken soll. »Ich glaube, du willst uns was vormachen, Alte. Wenn du mich fragst, gibt es da einen Dreck zu holen.«

Zumindest, denkt sie, bin ich schon mal von *Schnalle* zu *Alte* befördert worden. »Er hat eine Menge Geld in seinem Safe. Ich glaube, es ist lauter Schwarzgeld. Irgendwelche Bestechungsgelder für ...«

»Wie viel?« unterbricht sie Reebok.

»Vielleicht fünfzig-, vielleicht auch hunderttausend Dollar. Jedenfalls eine Menge Geld. Ich habe mir eigentlich nie groß Gedanken darüber gemacht, bis ...«

»Ziemlich schrottige Bude das, sieht nicht so aus, als ob da jemand groß Kohle macht.«

»Zwei Firmen, die in dem Gebäude Büros hatten, sind vor kurzem an den Folgen der Rezession eingegangen. Es ist nicht sehr groß, und Avery ist der einzige, der noch übrig ist; ihm gehört das Gebäude auch, und er will es renovieren – für so was hat er wirklich ein Händchen, er hat immer große Pläne ...«

»Halt endlich deine Scheißklappe!« fährt sie Reebok an. »Ich will kein Wort mehr über dieses blöde Arschloch hören!«

»Wie du meinst. Aber nicht vergessen: daß ihr mir nicht plötzlich rumzuballern anfangt, wenn wir da jetzt reingehen, ich will nämlich auf keinen Fall, daß Avery was passiert ...«

»Was soll der Scheiß eigentlich, Schnalle – wir machen, was wir wollen, schließlich haben wir die Scheißknarren ...«

»Ihr seid auf mich angewiesen. Nur ich kenne die Kombination des Safes.«

Reebok auf dem Rücksitz richtet seine Waffe auf sie. »Und ich weiß, wie man mit so einer Knarre umgeht, du blöde weiße Fotze!«

»Dann erschieß mich doch«, sagt sie achselzuckend und wundert sich schon wieder über sich selbst. Aber sie meint es ernst. Es ist ihr wirklich ziemlich egal. Velma hat Avery, und alles, was zählt, ist Avery. Das ist es, was niemand verstehen kann. Avery und sie gehören zusammen, er ist der Eckstein, er ist der Mann, und sie ist die Frau, und daran gibt es nichts zu rütteln, und das sollte doch eigentlich zu verstehen sein. »Es ist mir wirklich ziemlich egal«, fährt sie achselzuckend fort. »Foltert mich. Bringt mich um. Wenn wir es nicht so machen, wie ich sage, mache ich nicht mit.«

VJs Kiefermuskeln treten hervor. Er richtet die Waffe auf ihr Gesicht.

Sie sieht VJ in die Augen. »Drück doch ab. Wirf das Geld weg.«

VJ sieht sie geschlagene zehn Sekunden lang an. Dann läßt er die Pistole sinken, langt nach hinten und drückt auch Reeboks Waffe nach unten.

Mitten auf dem Schreibtisch. Er besorgte es ihr mitten auf dem Schreibtisch, und er sagte ihr, daß er sie liebte. Er hatte ihre Beine auseinandergespreizt, hielt ihre knochigen Knie in seinen großen, rauhen Händen, seine Hose war ihm auf die Knöchel hinabgerutscht, und sie hatte Pickel auf den Oberschenkeln und trug diese Nuttensachen und ...

Er sagte ihr, daß er sie liebte.

Dann fuhr Averys Kopf herum, und er sah die Eindringlinge. Sein offener Mund schnappte vor Anstrengung nach Luft, sein Gesicht war fleckig, die Stirn schweißüberströmt, und er glotzte sie blinzelnd an. »Sie hat die Bürotür doch abgeschlossen ...« entfuhr es ihm. Dann fiel sein Blick auf Barbara, und Ihm wurde klar, daß sie sich wahrscheinlich einen Schlüssel hatte nachmachen lassen.

Erst jetzt – sie kann es an seinem Gesichtsausdruck ablesen – merkt er, daß er mit runtergelassener Hose dasteht und seinen Penis noch in Velma stecken hat, die mit gespreizten Beinen auf dem Schreibtisch sitzt, und daß zwei fremde Schwarze hinter Barbara stehen und ihn ansehen.

»Heilige Mutter Gottes«, stößt er hervor, als er zurückfährt und nach seiner Hose greift. Velma macht die Augen auf, sieht Barbara und Reebok und VJ und fängt zu schreien an.

In Panik rutscht sie vom Schreibtisch und geht dahinter in Deckung. Avery drückt auf den Alarmknopf, aber er funktioniert nicht; Barbara hat ihn abgestellt.

Als kleines Mädchen bekam Barbara in Florida einen Hurrikan mit. Sie war auf der Orangenplantage ihres Großvaters. Ihre Großmutter hatte Hühner, und Barbara sah durch ein Astloch in der Bretterwand des Sturmunterschlupfs, wie ein Huhn die Flügel ausbreitete, vom Sturm erfaßt und durch die Luft gewirbelt wurde und dann am Himmel verschwand. Barbara hat ein Gefühl, als würde sie jetzt von einem heftigen Windstoß erfaßt und in die Mitte des Raums geschleudert; nur tobt der Sturm in ihr, und sie tut alles, was er von ihr will, und wie ein Wirbelwind treibt er sie um den Schreibtisch herum, immer und immer wieder um den Schreibtisch herum, und dann bricht es aus ihr hervor: *»Genau so hält sie dich unter ihrer Fuchtel, Avery! Genau so stellt* *sie es an! Sie zieht sich an wie eine Nutte, und das paßt ja auch, weil sie nämlich eine Hure ist, sie ist eine* HURE, *die dich mit ihrer Möse krallt, sie ist eine böse, böse* HURE!«

Avery zieht seine Hose hoch, und als er Reebok und VJ in den Raum kommen sieht, faßt er in die Schreibtischschublade. Barbara wird von dem Sturm, der in ihr tobt, auf den Schreibtisch zugetrieben; sie schlägt die Schublade knallend zu und klemmt ihm die Hand ein. »Nein!«

Vor Schmerzen schreit Avery auf, und als sie das hört, gibt irgend etwas in ihr nach; in ihrem Innern öffnet sich eine Schleuse, und sie denkt, *ich habe ganz vergessen, was für ein Gefühl es ist, sich gut zu fühlen.* So gut hat sie sich nicht mehr gefühlt, seit sie ein kleines Mädchen war, seit bestimmte Dinge passiert sind.

Jetzt richtet sich ihre Aufmerksamkeit auf das Geräusch, das Velma macht: Leise schluchzend rennt Velma auf die Seitentür zu, die in ihr Büro führt, um von dort bei der Polizei anzurufen.

Barbara sieht VJ an und zischt: »Laß sie nicht entwischen, sie hat das Geld. *Schieß sie in die Beine!«*

VJ reißt seine Kanone raus – und zögert. Velma hat die Hand am Türknopf.

»Barbara, Herrgott noch mal!« brüllt Avery und hält sich seine anschwellende Hand auf den Bauch.

»VJ!« schreit Reebok. »Halt sie doch einfach fest, verdammte Scheiße!«

»Nein, schieß sie in die Beine, sonst geht uns das Geld durch die Lappen!« schreit Barbara, mit *Nachdruck,* und die Stimme bricht mit der Gewalt eines Sturmes aus ihr hervor.

Dann wie ein Donnerschlag: die Waffe in VJs Hand geht los.

Velma schreit auf, und Barbara spürt, wie sie erneut eine Welle von Wohlbehagen durchströmt, als Velmas Kniescheibe splittert und Blut über den Teppich spritzt. Avery stürzt zur Tür, und Barbara, die sich wie eine griechische Göttin vorkommt, deutet auf ihn und befiehlt Reebok: »Verwunde diesen Verräter mit deiner Waffe! Verletze ihn! Er stiehlt alles, was uns gehört! *Halt ihn auf!«*

Reebok scheint überrascht, als sich aus der Waffe in seiner

Hand ein Schuß löst – vielleicht war es mehr ein erschrockenes Fingerzucken als eine bewußte Entscheidung zu schießen –, und auf Averys Rücken wird ein von kleinen roten Blütenblättern eingefaßtes Loch sichtbar, wie ein rotes Gänseblümchen, und dann noch eines ...

Mit einem lauten Aufschrei wirbelt Avery herum; den Mund hat er weit aufgerissen, seine Augen sehen aus wie die eines kleinen Jungen, der sich vor einem bellenden Hund fürchtet. Avery versucht die Kugeln mit seinen fleischigen Fingern abzuwehren – ihr ist bisher nie aufgefallen, wie fleischig sie sind –, und dann streckt Barbara den Arm aus und packt Reeboks Hand und richtet die Waffe auf Averys Penis, der plötzlich sichtbar wird, als ihm die offene Hose nach unten rutscht. Sie drückt ab, und die Spitze seines Penis verschwindet – des Penis, den sie vorher nur ein einziges Mal gesehen hat, unbeschnitten, mit dieser komischen kleinen Schlauchspitze vorne dran – und sie brüllt: *»Jetzt bist du beschnitten Avery du Verräter diese Hure zu ficken du Schwein!«*

Reebok und Avery schreien im selben Moment und fast auf dieselbe Art.

Dann merkt sie, daß Velma in haltloses Schluchzen ausgebrochen ist. Barbara geht auf Velma zu und nimmt im Vorbeigehen etwas vom Schreibtisch; was es ist, wird ihr erst so richtig bewußt, als sie neben Velma, die wegzukriechen versucht, niederkniet und ihr den Papierdorn in den Hals stößt, einen dieser Dorne, wie sie die Kinder im Werkunterricht basteln, mit einer kleinen Holzscheibe unten dran; auf diesem hier stecken noch ein paar Quittungen, die ganz blutig werden, als der Nagel, *plopp,* dreimal hintereinander in Velmas Hals fährt, und dann noch ein viertes Mal, und Avery schreit immer lauter und lauter, so daß ihn VJ anbrüllt: *»Halt endlich dein blödes Maul!«*, und ihm im selben Moment die Schädeldecke wegpustet, in dem Barbara wieder mit dem Dorn auf Velma einsticht, und diesmal dringt der Nagel direkt hinter ihrem Ohr ein, und Velma pißt sich voll und hört auf, zappelnd um sich zu schlagen, und sackt abrupt zusammen ...

»Verfluchte Scheiße«, stöhnt Reebok, und Barbara steht

auf. Sie bewegt sich wie in einem wohlig-warmen Nebel, als sie in die Ecke des Raums geht, auf den Aktenschrank deutet, in dem der Safe versteckt ist, und sagt: »Einundvierzig, fünfunddreißig ... sieben.«

Erst als sie im Auto sitzt und die Auffahrt zum Freeway hinauffährt, merkt Barbara, daß sie sich ebenfalls vollgepinkelt hat, genau wie Velma. Das ist eigenartig. Es überrascht sie, daß es ihr ziemlich egal ist. Sie wundert sich schon den ganzen Tag über sich selbst. Es ist ein tolles Gefühl; es ist wie bei *Oprah*, wo diese Frauen von Dingen erzählen, von denen sie dachten, sie könnten sie nie tun, von denen die Leute sagten, sie könnten sie nie tun, und wie gut sie sich danach fühlten.

Aber sie muß ihren Rock wechseln. Sie will nicht riskieren, zu sich nach Hause zu fahren, aber sie wird VJ in einen Ross oder sonst so einen Laden in diesem neuen Einkaufszentrum draußen im Osten vor der Stadt schicken ... Denn sie hat sich entschlossen, nach Nevada zu fahren, Mexiko wäre zu naheliegend. In dem Laden kann er ihr mit dem Geld aus dem Safe – es sind fast hunderttausend Dollar – ein paar Sachen besorgen ... Eigentlich müßten sie jetzt nicht mehr auf den Preis achten, sie könnten auch zu Nordstrom's gehen.

Das einzige Problem war Reebok. Sein ständiges Geflenne. »Sieh besser zu, daß er sich langsam beruhigt«, sagt sie zu VJ. »Inzwischen ist sicher schon die Polizei angerückt, wegen dem ganzen Lärm, und sie starten bestimmt eine Fahndung, vielleicht kriegen sie sogar von jemand eine Beschreibung des Wagens, obwohl ich es nicht glaube, weil niemand in der Nähe war, aber selbst wenn sie keine Beschreibung haben ...« Sie merkt, daß sie ohne Punkt und Komma vor sich hin redet, als wäre sie auf Diätpillen, aber das macht nichts, es muß einfach aus ihr raus. Irgendwann muß es einfach aus jedem raus. »... selbst wenn sie keine Beschreibung haben, werden sie sehr genau nach allem Verdächtigen Ausschau halten, und so wie dieser Schlappschwanz flennt und ständig mit seiner Kanone rumfuchtelt ...«

»VJ«, stößt Reebok zwischen zwei atemlosen Schluchzern heiser hervor, »schau bloß mal, in was uns diese bescheuerte Kuh da reingeritten hat … schau mal, was sie getan hat …«

»Ich hab euch in hunderttausend Dollar reingeritten.« Achselzuckend überholt sie einen Ford Taurus. »Aber ich finde, er sollte nichts von dem Geld bekommen, VJ. Ich mußte ihm die halbe Arbeit abnehmen, und am Ende macht er sich noch in die Hosen und verpfeift uns.« Sie benutzt gern diesen Ausdruck aus den alten Filmen, *verpfeifen.* »Ich finde, am besten schmeißt du ihn einfach irgendwo raus, dann können wir nach Nevada fahren und dir einen neuen Wagen kaufen, VJ, und ein paar neue Klamotten, vielleicht auch eine echte Goldkette statt dieser falschen, und du kannst die Uhr aus meiner Tasche haben, die Uhr, die ich für Avery gekauft habe, und ein paar Mädchen, wenn du möchtest, das ist mir egal. Aber du kannst auch mich haben. So oft du willst. Dann müssen wir uns Gedanken darüber machen, wie wir noch mehr Geld kriegen können. Ich habe schon über Banken nachgedacht. Neulich habe ich einen Artikel über die ganzen Fehler gelesen, die Bankräuber machen. Wie sie nicht oft genug den Ort wechseln und alle möglichen anderen Fehler, und ich glaube, wir würden es etwas schlauer anstellen.«

VJ nickt wie betäubt.

Reebok sieht ihn blinzelnd und mit offenem Mund an. »VJ?«

VJ deutet auf eine Ausfahrt. »Die da.« Für ihre Zwecke ist die Stelle ideal: Caltrans führt hier umfangreiche Bauarbeiten durch, aber die Arbeiter haben schon alle Feierabend gemacht, und die vielen Bulldozer und das ganze Bauholz bieten ihnen ausreichend Deckung, daß sie bei dem, was sie vorhaben, nicht von den Autofahrern, die auf dem Freeway vorbeikommen, gesehen werden können, und es gibt auch mehrere Stellen, wo die Erde aufgegraben ist und wo man die Leiche verstecken kann. VJ hat die Stelle gut gewählt – er ist der schlauere von den beiden, schlauer auch, als sie ist, findet sie, aber das macht nichts, weil sie in gewisser Hinsicht stärker ist als VJ. Nur das zählt.

Während ihr diese Gedanken durch den Kopf gehen, nimmt sie die South Road-Ausfahrt und fährt in eine Baustelleneinfahrt, irgendwo mitten auf dem Land, wo kein Mensch in der Nähe ist, und die Baustelle liegt zwischen der Straße und dem Freeway.

An einer guten Stelle hält sie. Reebok sieht sie an, und dann springt er aus dem Auto und rennt los, und sie sagt: »VJ, du weißt doch, daß er alles erzählen wird, er hat zu viel Angst.« VJ schluckt und nickt und steigt aus, und die Kanone in seiner Hand kracht, und Reebok gerät ins Wanken und fällt zu Boden. VJ muß noch mal schießen, bevor sich Reebok nicht mehr rührt. Währenddessen beobachtet Barbara, wie der Wind irgendwelchen Müll vorbeiwirbelt, ein paar Servietten von einem Burger King ... einfach Müll, der vorbeiweht ...

Ein letzter Schrei. VJ hat einen letzten Schuß auf Reebok abgegeben ...

Sie sieht blinzelnd zum Himmel hoch, beobachtet einen Falken, der im Aufwind kreist.

Jetzt übergibt sich VJ. Danach wird er sich besser fühlen. Aber man hat immer einen schlechten Nachgeschmack im Mund, wenn man sich übergeben hat.

Sie fragt sich, wie VJs Penis schmecken wird. Wahrscheinlich ganz okay. Er macht einen sauberen Eindruck.

Außerdem ist VJ ziemlich clever, und attraktiver als Avery und viel jünger, und sie weiß, sie gehören zusammen, sie kann es deutlich spüren. Es ist richtig süß, wie VJ es zu verbergen versucht, aber wenn er denkt, sie beobachtet ihn gerade nicht, kann sie es an seinen Augen sehen: Er liebt sie. Ganz bestimmt.

Hymenoptera

Die Wespe erschien am Morgen im Salon. Es war Frühlings-
anfang und ungewöhnlich kalt. Die Fensterscheiben waren
von Eisblumen überzogen, und auf dem Gras lag Rauhreif.
Linderstadt versuchte auf dem Sofa eine bequemere Haltung einzunehmen. Er hatte nichts als Hemd und Socken an
und kämpfte sowohl gegen die Kälte als auch gegen einen
Traum an. Am Abend zuvor hatte er mit Camille, seinem
Lieblingsmodel, gestritten und sie ein paar kleiner Betrüge-
reien beschuldigt, die sie jedoch nicht begangen hatte. Nachdem sie verschwunden war, hatte er sich bis zur Besinnungslosigkeit betrunken, war von einem Arbeitsraum zum
anderen getorkelt, hatte Kleiderpuppen umgestoßen, Kleider von den Bügeln gezogen, Hüte auf den Boden gefegt. Er
war wütend über seine Kleinlichkeit, über die Armseligkeit
seiner neuesten Kollektion, über seinen persönlichen Bank-
rott. Hätte er in einem dieser engsitzenden Korsetts gesteckt,
hätte er sich schwerlich beengter fühlen können. Bald
bekam er keine Luft mehr, alles verschwamm ihm vor den
Augen, und er war blind für die offenkundigsten Wahrhei-
ten. Und das sollte der Mann sein, der erst vor einer Woche
wieder einmal als König der Mode bezeichnet worden war,
der wegen seiner Liebe zum Detail, zu Ärmel, Taille und
Figur, längst eine lebende Legende war und dessen überir-
dische Kleider in den höchsten Tönen gepriesen, kopiert
und gestohlen wurden? Linderstadt, das Genie! Der große
Meister! Linderstadt, der Säufer, der sich mit seinem Impe-
rium aus Taft, Guipurespitze und Satin herumschlug und
dem Erfolg hinterherhechelte wie ein Hund hinter den Git-
terwänden eines Zwingers.

Der Morgen dämmerte, und Sonnenlicht erschien an den
Rändern der mit schweren Vorhängen verhängten Fenster
und tauchte den Salon in gedämpftes, pfirsichfarbenes Licht.
Die Couch, auf der Linderstadt lag, stand auf der einen Seite
des Raums; sie war mit der Schleppe eines Brautkleids dra-

piert, die er aus einem der Ateliers geholt hatte. Die Wespe wartete auf der anderen Seite. Sie hatte ihm ihre Breitseite zugewandt und verhielt sich vollkommen still. Die Flügel hatte sie gegen den Körper gelegt, und den langen Hinterleib hatte sie wie ein Komma nach unten gekrümmt. Ihre zwei Fühler waren grazil nach vorn gestreckt, aber ansonsten waren auch sie so starr wie Bambus.

Eine Stunde verging, und dann noch eine. Als an Schlaf nicht mehr zu denken war, rappelte sich Linderstadt von der Couch hoch, um auf die Toilette zu gehen. Er kehrte mit einem Glas Wasser in den Salon zurück, und das war der Moment, in dem er die Wespe zum erstenmal bemerkte. Von seinem am Gelbfieber gestorbenen Vater, der Hobby-Entomologe gewesen war, wußte Linderstadt einiges über Insekten. Dieses siedelte er irgendwo in der Familie der Sphecidae an, zu denen unter anderem auch alle vorwiegend allein lebenden Wespen gehörten. Die meisten Wespenarten legten ihre Nester in Erdhöhlen oder natürlichen Holzvertiefungen an, und er war ein wenig überrascht, das Tier in seinem Salon zu sehen. Zugleich wunderte ihn aber auch, daß er sich überhaupt an etwas erinnern konnte, was Insekten betraf. Seit er sich nämlich vor vierzig Jahren ganz der Welt der Mode verschrieben hatte, war er kaum mehr dazu gekommen, sich mit Insekten zu beschäftigen. Er hatte auch kaum mehr an seinen Vater gedacht und sich lieber an seine Mutter, Anna, erinnert, den ruhenden Pol der Familie, die Näherin, nach der er sein erstes Geschäft und sein berühmtestes Kleid benannt hatte. Aber seine Mutter war nicht hier, die Wespe dagegen war unübersehbar. Linderstadt trank das Glas Wasser aus und zog sich die Schleppe des Brautkleids wie ein Tuch um die Schultern. Dann ging er auf die Wespe zu, um sie sich anzusehen.

Die Wespe reichte ihm etwa bis zur Brust und war gut zwei Meter lang. Linderstadt sah die kurzen Haare an ihren Beinen, die ihn an die Bartstoppeln am Kinn seines Vaters erinnerten, und dann fiel ihm auch ein, daß die Vorderfühler die starken Kiefer des Insekts dirigierten, wenn sie Nahrung abzupften. Die Taille der Wespe war bleistiftdünn, die Flügel durchsichtig. Ihr Chitinpanzer, den Linderstadt immer als ihren Mantel betrachtet hatte, war schwärzer als die schwärzeste Seide, schwärzer als Kohle. Sie schien alles Licht zu absorbieren und an der Stelle, wo sie stand, ein Stück kalter Nacht zu verbreiten. Nigricans. Ihm fiel der Name der Wespe wieder ein. Ammophila nigricans. Er war versucht, sie zu berühren, die Beschaffenheit ihres Lebens zu erfühlen. Instinktiv wanderte sein Blick über ihren Hinterleib zu dem spitzen Stachel, der wie ein Schwert an seinem Ende hervorstand. Er rief sich in Erinnerung, daß der Stachel gleichzeitig eine Röhre war, durch die das Weibchen seine Eier in seine Beute legte, damit sie sich dort zu Larven entwickelten und dann nach draußen durchfraßen. Die Männchen hatten auch so eine Röhre, stachen aber nicht. Als Junge hatte er immer Schwierigkeiten gehabt, die Geschlechter zu unterscheiden, und als er das Geschöpf nun in dem fahlen Licht betrachtete, fragte er sich, ob es weiblich oder männlich war. Er fühlte sich leicht fiebrig und schrieb dies den Nachwirkungen des Alkohols zu. Sein Mund war immer noch wie ausgedörrt, aber er wollte den Salon nicht verlassen, um mehr Wasser zu holen, weil er fürchtete, die Wespe könnte nicht mehr da sein, wenn er zurückkam. Darum blieb er hier, fröstelnd und durstig. Die Stunden vergingen, ohne daß es im Raum wärmer wurde. Die Wespe rührte sich nicht. Sie hielt sich stiller als Martine, sein ruhigstes und geduldigstes Model. Stiller als der Kronleuchter und die Damastvorhänge vor den Durchgängen zu den Umkleideräumen. Linderstadt war der einzige, der sich bewegte. Um sich warm zu halten, schritt er auf und ab. Um seinen Durst zu löschen, schluckte er seinen Speichel hinunter, aber schließlich trieb ihn das Verlangen nach Wasser doch aus dem Raum. Er kehrte so schnell wie möglich zurück, inzwischen in Schuhen und Pullover. Außerdem hatte er Stifte, einen Block und einen großen Krug mit Wasser dabei. Die Wespe hatte sich nicht von der Stelle gerührt. Hätte Linderstadt nichts über die Physiologie der Insekten gewußt, hätte er vielleicht gedacht, das Tier wäre aus Stein gemeißelt.

Im schwächer werdenden Licht begann er zu zeichnen, rasch und gekonnt, mit zügigen, entschlossenen Strichen. Er arbeitete von verschiedenen Blickwinkeln aus, skizzierte Hals, Schultern und Taille der Wespe. Er stellte sich das Geschöpf im Flug vor, mit starren, feingeäderten Flügeln. Er zeichnete es beim Fressen, Ruhen, kurz vor dem Zustechen. Er experimentierte mit verschiedenen Stellungen, einige gravitätisch und elegant, andere spleenig und verrückt. Bald stellte er fest, daß er inzwischen davon ausging, daß die Wespe weiblich war. Das waren bisher alle seine Sujets gewesen. Auch Anouk, sein erstes Model, das griechische Mädchen, das seine Mutter nach Hause mitgebracht hatte, um das erwachende Talent ihres heranwachsenden Sohnes auf die Probe zu stellen. Tatsächlich – er fühlte sich noch genauso agil wie damals, geistig noch genauso rege und erfinderisch wie eh und je.

Linderstadt arbeitete bis in die frühen Morgenstunden, um sich dann kurz so lange hinzulegen, bis ihn die Kirchenglocken weckten. In seiner Jugend war er sehr religiös gewesen, und in seinen frühen Kollektionen hatten sich viele religiöse Anspielungen gefunden. Aber nach und nach war seine Frömmigkeit einer immer weltlicheren Einstellung gewichen, und inzwischen war es dreißig Jahre her, daß er einen Fuß in eine Kirche gesetzt hatte. Was blieb, waren die Sonntagsglocken, denen Linderstadt mit einem Anflug von Nostalgie und schlechtem Gewissen lauschte. Das war eine seiner Gewohnheiten, und er war ein Mann, der an Gewohnheiten festhielt.

Der Morgen brachte keine Besucher, und er hatte den Laden für sich allein. Es war sogar noch kälter als am Tag zuvor. Die Wespe blieb reglos, und als die Temperatur bis Mittag nicht gestiegen war, hatte Linderstadt keine Bedenken, wegzugehen. Seine Zeichnungen waren fertig, und nun galt es, eine geeignete Form zu finden, auf der er seine Entwürfe realisieren konnte. Er besaß Hunderte von Torsos mit allen möglichen Proportionen; einige davon trugen den Namen einer bestimmten Kundin, andere waren nur mit einer Nummer gekennzeichnet. Im Lauf der Zeit hatte er seiner Sammlung auch andere Formen hinzugefügt: Körbe, Zylinder, Pilze, Dreiecke. Solange ein Objekt dreidimensional war, konnte es sich Linderstadt an einer Frau vorstellen.

Oder genauer, er konnte sich die Frau in dem Objekt vorstellen, als seine Bewohnerin gewissermaßen, die ihm seine ganz spezifische eigene Form und Substanz verlieh und jeder Tangente und Schnittlinie Weiblichkeit einhauchte. Im Grunde seines Herzens war er Pantheist und rechnete nicht damit, daß es mit ernsthaften Schwierigkeiten verbunden sein könnte, für die Wespe etwas Passendes zu finden. Doch da war nichts, was ihm spontan ins Auge fiel; nicht ein Gegenstand aus seiner umfangreichen Sammlung schien dem Körperbau und Charakter dieses Geschöpfs auch nur annähernd gerecht zu werden. Es hatte etwas zutiefst Geheimnisvolles. Er würde direkt am Tier selbst arbeiten müssen.

Er kehrte in den Salon zurück und näherte sich seinem Sujet. Für einen Mann, der an die wundervolle Formbarkeit des menschlichen Körpers gewöhnt war, stellte die panzerartige Härte und Starre des Chitinpanzers der Wespe eine echte Herausforderung dar. Jeder Schnitt müßte perfekt sitzen, jeder Saum haargenau stimmen. Da gab es keinen Busen, der zart eine Stoffwölbung ausfüllte, keine Hüfte, die einer schlanken Taille Form verlieh. Es wäre, als arbeitete er am Knochen selbst, als kleidete er ein Skelett ein. Linderstadt war fasziniert. Er trat auf die Wespe zu und berührte ihren Körper. Er war kalt und hart wie Metall. Als er mit einem Finger über einen ihrer Flügel strich, rechnete er halb damit, sie mit seiner nervösen Energie zum Leben zu erwecken. Eine Berührung hatte bei ihm immer extrem starke Emotionen hervorgerufen, weshalb er bei seinen Models stets einen Zeigestab benutzte. Vielleicht hätte es nicht geschadet, diesen Stock auch bei der Wespe zu verwenden, denn seine Haut begann schon bei der leisesten Berührung zu prickeln, und einen Moment befiel ihn ein seltsames Schwindelgefühl. Seine Hand fiel auf eins der Beine der Wespe. Es war gar nicht so anders als ein menschliches Bein. Die Haare waren weich wie menschliche Haare; Haare, die seine Models sorgfältig bleichten oder rasierten oder mit Wachs entfernten. Das Knie und das Fußgelenk waren auf ähnliche Weise strukturiert, die Kralle so spitz und knochig wie ein Fuß. Er wandte seine Aufmerksamkeit der Taille des

Tieres zu, bei einem Menschen die Schnittstelle zwischen Beinen und Oberkörper. Bei der Wespe war sie tiefer und wesentlich schmaler als bei einem Menschen. Sie war so dünn wie ein Pfeifenstiel, ein Wunderwerk der Schöpfung, das er problemlos mit Daumen und Zeigefinger umspannen konnte.

Er zog ein Maßband aus der Tasche und begann, Maß zu nehmen – Ellbogen bis Schulter, Schulter bis Flügelspitze, Hüfte bis Klaue – und notierte sich alles auf einen Block. Von Zeit zu Zeit hielt er inne, um zurückzutreten und sich ein bestimmtes Detail vorzustellen, einen speziellen Look, einen Puffärmel, einen Rüschenkragen, einen Volant. Manchmal notierte er sich etwas, dann wieder machte er eine flüchtige Skizze. Als es Zeit wurde, den Brustumfang zu messen, mußte er sich unter der Wespe auf den Rücken legen. Von dieser Stelle hatte er einen guten Blick auf ihren haarlosen, gepanzerten Torso und auf ihren Stachel, der wie ein Spieß über ihm hing und genau zwischen seine Beine zeigte. Nach kurzem Zögern drehte er sich herum und maß auch ihn. Dabei fragte er sich beiläufig, ob das wohl eine jener Wespen war, die starben, wenn sie gestochen hatten, und wenn ja, ob es eine Möglichkeit gäbe, Anklänge an diese Selbstopferung in einem Kleid zum Ausdruck zu bringen. Dann kroch er unter der Wespe hervor und sah sich seine Zahlen an.

Die Wespe war symmetrisch, fast vollkommen sogar. Seine ganze Laufbahn lang hatte sich Linderstadt bemüht, diese Symmetrie zu zerstören und statt dessen die feinen Abweichungen im menschlichen Körperbau herauszuarbeiten, die natürlichen Unterschiede zwischen links und rechts. Es gab immer etwas zu betonen, eine Hüfte, die höher war, eine Schulter, eine Brust. Sogar ein Auge, dessen Iris vielleicht in einem etwas anderen Blauton gesprenkelt war als sein Nachbar, konnte in der Farbe des Kleides darunter eine bestimmte Veränderung bewirken. Zu einem erheblichen Teil beruhte Linderstadts Erfolg auf seiner geradezu unheimlichen Fähigkeit, solche Asymmetrien aufzudecken, aber die Wespe stellte ihn vor ein Problem. Es gab nichts, was die eine Seite von der anderen unterschied, fast so, als wollte das Tier dem Gedanken der Asymmetrie, der Individualität und implizit damit auch Linderstadts gesamtem Erfolg spotten. Mit einem Mal kam ihm der Gedanke, er könnte sich getäuscht haben: daß sein Streben in Wahrheit gar nicht der Einzigartigkeit der Form galt, sondern ihrer Konstanz und somit ihrer Wiederholbarkeit und Erhaltung. Vielleicht war es das Schablonenhafte, was von Dauer war; vielleicht waren die Maße, die er in Händen hielt, unvergänglich.

Linderstadt ging mit seinem Notizblock ins Hauptatelier, um mit der Arbeit an seinem ersten Kleid zu beginnen. Er hatte beschlossen, mit etwas Einfachem anzufangen, einem Futteralkleid aus Samt mit kleinen Öffnungen für Flügel und Beine und mit einer weißen Tüllrüsche am Ende, um den Stachel zu verbergen. Da er keine Zeit für eine Musselinanprobe hatte, arbeitete er gleich mit dem richtigen Material. Normalerweise übernahmen solche Arbeiten die Assistenten, aber der Meister war noch immer sehr geschickt im Umgang mit Nadel und Faden. Die Arbeit ging ihm rasch von der Hand, und kurz bevor er mit dem Nähen fertig war, fiel ihm die Bezeichnung für die Ordnung ein, zu der diese Wespe gehörte. Hymenoptera, nach *ptera* für Flügel und *hymeno* für den griechischen Hochzeitsgott, letzteres eine Anspielung auf die miteinander verbundenen Vorder- und Hinterflügel der Wespe. Er selbst hatte nie geheiratet, hatte außerhalb seiner beruflichen Tätigkeit nie eine Frau berührt und schon gar nicht intim. Einige meinten, er fürchte sich vor jeder Intimität, aber eher fürchtete er wohl, die Reinheit seiner Vision auf die Probe zu stellen. Seine Frauen waren Kleinode, Juwelen, die es wie alles Schöne und Hehre zu bewundern galt. Er kleidete sie, um sie anzubeten. Er kleidete sie, um sie im Palast seiner Träume zu behalten. Doch jetzt, nachdem er den Körper der Wespe berührt hatte, nachdem er von einem Wesen inspiriert worden war, das ihm ebenso unähnlich war wie eine Frau dem Mann, begann er sich zu fragen, ob er vielleicht in all den Jahren nicht doch etwas versäumt hatte. Fleisch zog es zu Fleisch. Konnte so ein lebenslanges Versäumnis wiedergutgemacht werden?

Er machte das Kleid fertig und eilte in den Salon. Die Wespe leistete keinen Widerstand, als er ihr die Klauen hochhob, um ihr das dunkle Futteralkleid überzustreifen. Dabei trat ihm plötzlich ein Bild seines Vaters vor Augen, wie er geschickt die Flügel eines Schmetterlings auseinanderfaltete und auf seiner Steckplatte aus Samt festheftete. Wie es schien, hatten die Linderstadt-Männer ein Faible für Tiere. Er zupfte das Oberteil zurecht und zog den Reißverschluß auf dem Rücken des Kleids zu. Dann trat er zurück, um sein Werk zu betrachten. Wie er erwartet hatte, mußte die Taille etwas enger gemacht und eine Schulter neu ausgerichtet werden. An der Wahl der Farbe und des Materials gab es dagegen nicht das geringste auszusetzen. Schwarz auf Schwarz, Nacht gegen Nacht. Ein guter Anfang.

Linderstadt nahm die Änderungen vor, dann hängte er das Kleid in einen der Ankleideräume und kehrte in den Arbeitsraum zurück. Das nächste Outfit war ein weites Cape aus zitronengelber Guipurespitze mit einer Goldkette als Verschluß, das in auffallendem Kontrast zum pechschwarzen Panzer der Wespe stand. Er machte eine passende Toque, an der er in einer Reminiszenz an die Fühler der Wespe lackierte Stäbe anbrachte. Im Atelier war es so kalt wie im Salon, und er arbeitete in Mantel, Schal und Kinderhandschuhen, deren Fingerspitzen er mit einer Schere abgeschnitten hatte. Sein Gesicht war unbedeckt, und die beißende Kälte an seinen Wangen erinnerte ihn an die bitterkalten Winter seiner Kindheit, als er, so war es ihm jedenfalls erschienen, stundenlang hatte stillstehen müssen, wenn ihn seine Mutter für die Kleider, die sie nähte, als Kleiderpuppe brauchte. Sie hatten kein Geld zum Heizen gehabt, und Linderstadt hatte sich eine Unempfindlichkeit den Elementen gegenüber angeeignet. Die Kälte erinnerte ihn an den Wert von Disziplin und Selbstbeherrschung. Aber noch mehr erinnerte sie ihn daran, wie er gelernt hatte, Gefallen daran zu finden, wenn die Kleider auf seiner Haut angepaßt und zusammengeheftet wurden. Er war hellauf begeistert gewesen, wenn seine Mutter eine Taille gestrafft oder einen Ärmel enger gemacht hatte. Das Gefühl des Eingeengtseins hatte die wildesten Fantasien in ihm wachgerufen, so, als ob er gleichzeitig umhegt und befreit würde. Was er von der Kälte darüber hinaus noch in Erinnerung hatte, waren nicht das taube Gefühl in seinen Fingern, sein beschlagener Atem oder die Gänsehaut auf seinen Armen. Es war schlicht und einfach das Gefühl von Macht, so daß Linderstadt die Heizung auch jetzt noch nicht anmachte, obwohl er längst mehr als genug Geld hatte, um seine Räume so aufzuheizen, daß dort Temperaturen wie im Dschungel herrschten. Die Kälte war sein Pläsier. Sie war ihm Feuer genug.

Er arbeitete die ganze Nacht durch, um das Cape fertig zu bekommen. Als der Montagmorgen näherrückte, verschloß er die Türen des Salons und schickte die Näherinnen, Lageristinnen, Verkäuferinnen und Models nach Hause, als sie zur Arbeit kamen. Sogar Camille und Broussard, letzterer sein langjähriger Freund und Berater, verwehrte er den Zutritt. Hinter dem Vorhang hervor, der vor die Glasscheiben der Tür gezogen war, erklärte er ihnen, die Kollektion sei fertig, und er wolle ganz allein die letzten Änderungen vornehmen. Er ging zu seiner Geldkassette und kam mit Bündeln von Scheinen zurück, die er Broussard durch den Briefschlitz schob, damit er sie an die Angestellten verteilte. Allen versicherte er, das Haus Linderstadt stehe bestens da, und lud sie ein, in einer Woche zur Vorführung der Kollektion wieder zu kommen. Dann ging er.

Zurück in der Werkstatt, begann er mit seiner nächsten Kreation, einem schulterfreien Abendkleid aus blauem Moiré mit einem voluminösen, schleifenverzierten Rock. Was er mit der Maschine nähen konnte, nähte er mit der Maschine, aber die Schleifen mußten von Hand gefertigt werden. Er nähte wie seine Mutter, ein Knie über das andere gelegt, den Kopf gesenkt, den kleinen Finger abgespreizt, als tränke er eine Tasse Tee. Für den Rock brauchte er einen ganzen Tag, und er machte nur eine einzige Pause, um auf die Toilette zu gehen. An Essen verschwendete er nicht einen Gedanken, wobei es ihm in dieser Hinsicht wie der Wespe zu gehen schien. Das Tier zeigte weder Anzeichen von Hunger noch von Durst. Gelegentlich zuckte einer seiner Fühler, doch Linderstadt schrieb dies subtilen Veränderungen im Turgor seines Bluts zu. Er nahm an, die Wespe befände sich immer noch im Klammergriff der Kälte, obwohl er nicht umhin konnte, sich zu fragen, ob ihre übernatürliche Reglosigkeit nicht einem tieferen Plan entsprang. Unwillkürlich mußte er an seinen Vater denken, der nach außen hin absolut gewöhnlich gewirkt hatte, aber unter der Oberfläche vollkommen unergründlich gewesen war. Hatte er die Zeit dazu, verbrachte er ganze Tage mit seinen Insekten, stellte gewissenhaft seine Schautafeln zusammen, die winzigen Etiketten mit den Namen der einzelnen Exemplare beschriftet, und katalogisierte seine Funde. Linderstadt hatte die Geduld und Hingabe seines Vaters nie so recht verstehen können. Seine Mutter hatte immer behauptet, ihr Mann verkrieche sich, aber was konnte ein Kind schon mit so einer Auskunft anfangen? Bis er auf die Idee kam, ihn selbst zu fragen, war sein Vater schon Jahre tot.

Das Wetter hielt sich, und um zum Arbeiten nicht von der Seite der Wespe weichen zu müssen, rollte Linderstadt am Mittwoch eine Nähmaschine aus dem Atelier in den Salon. Von der Straße drangen Stimmen herein, Neugierige, die alle möglichen Gerüchte verbreiteten und vergeblich versuchten, einen Blick nach drinnen zu erhaschen. Das Telefon läutete unablässig, ständig kamen Anfragen von besorgten Freunden, Kunden und Journalisten. Monsieur Jesais, sein Therapeut, rief Tag für Tag mit zunehmend düstereren Prognosen an. Linderstadt ließ sich nicht davon beeindrucken. Er hörte nur eine einzige Stimme, und sie bewahrte ihn vor jeder Ablenkung. Er fragte sich, warum es ihm so lang nicht möglich gewesen war, sie zu hören.

Er stickte einen Ärmel und dann noch einen. Vierzig Jahre Erfolge hatten ihn an diesen Punkt gebracht, Nadel, Faden, Röhren aus Stoff, zusammengesetzt wie Artefakte einer Zukunftsarchäologie. Es war kaum eine Woche her, daß er geglaubt hatte, am Ende zu sein. Er hatte Gespenster zu sehen begonnen, Geister ehemaliger Models, verstorbener Freunde, seiner Eltern. Je mehr er versucht hatte, seine

Vision einzufangen, desto mehr hatte sie sich ihm entzogen. Julia in Satin, Eva im Pelz, die Namenlose Königin, herrisch und hochnäsig in steifem Brokat. Sirenen von unglaublicher Schönheit, neue Triumphe wirrer Männersehnsüchte. Der Erfolg, schien es, beruhte auf der Kunst, den Menschen etwas vorzumachen. Das war die traurige Lektion, die ihn seine Karriere gelehrt hatte. Und nach vierzig Jahren hatte er die ständige Verstellung satt. Er hatte zu viele Camilles, zu viele Martines und Anouks gesehen. Gesehen und nicht gesehen. Ohne jemanden war er besser dran.

Doch jetzt war die Wespe da. Die Wespe war anders. Die Wespe hatte das gewisse Etwas. Chitin war kein Fleisch, sechs nicht dasselbe wie zwei, sechs Beine und Klauen, sechs Beugungen und Winkel; Linie, Kraft. Und Flügel, Flügel, die stärker und schöner waren als der Erzengel Gabriel selbst – von einem Gemälde des Engels hatte sich Linderstadt zu seiner 84er Kollektion inspirieren lassen. Auch Augen, Facettenaugen, die weiß Gott was sehen konnten. Und Fühler, um damit die unsichtbaren Freuden der Welt zu kosten. Linderstadt versuchte, sich Camille als ein Insekt vorzustellen, das posierend über den Laufsteg kroch. Camille auf vier Beinen, auf sechs, Camille auf dem Bauch, sich wie eine Raupe vorwärts schiebend. So betrachtet, waren seine Kleider nichts weiter als Kokons, unvollkommene Abbilder einer höheren Wirklichkeit. Seine Vision vom Leben krankte an zu großer Engstirnigkeit und Arroganz. Seine Bewunderung für Frauen war blanker Hohn, seine hehren Ideale von Anmut und Schönheit Sophisterei. Die Sprache seines Herzens war einfacher und direkter. Sie war tief in seinem Innern verwurzelt, genau so, wie die Wespe hier in seinem Raum verwurzelt war.

Linderstadt mußte wieder an seinen Vater denken. Wie er sich zur Arbeit anzog, seine marineblaue Postbotenjacke mit der gelben Paspelierung an den Manschetten zuknöpfte. Wie er über eine Motte sprach, die er gefunden hatte und deren Körper genau wie eine Frau aussah. Sprach er mit Linderstadts Mutter? Linderstadt konnte sich nicht erinnern. Es lag eine gewisse Spannung in der Luft, daran konnte er sich erinnern. Und an noch etwas. Entzücken?

Er wurde mit dem letzten Saum fertig und hielt das Kleid hoch. Der schimmernde Moiré erinnerte ihn an ein Meer, das sechsbeinige Kleid an ein Geschöpf von köstlicher Freiheit. Für einen weniger Begabten wären die Ärmel ein Alptraum gewesen, aber unter Linderstadts Fingern fügten sie sich mühelos an das Oberteil. Jeder von ihnen war mit einem gerüschten Abschluß und, um ihn besser überstreifen zu können, mit einem Reißverschluß versehen. Sobald das Kleid richtig saß, trat Linderstadt zurück, um sein Werk zu begutachten. Die Paßform war geradezu unglaublich, so, als hätte eine unsichtbare Hand die seine geführt. So war es von Anfang an gewesen. Inzwischen gab es fünf Kleider. Fünf in fünf Tagen. Noch eines, dachte er, noch eines, um die Kollektion komplett zu machen. Das Brautkleid, sein Markenzeichen. Vierzig Jahre lang hatte er jede Präsentation mit einem Brautkleid beendet. Bräute symbolisierten Leben. Sie symbolisierten Liebe und Schöpferkraft. Gab es eine bessere Möglichkeit, seiner eigenen Wiedergeburt Gestalt zu verleihen?

Für das Brautkleid brauchte er zwei Tage. Das wußte Linderstadt nur, weil er irgendwann in der Arbeit innegehalten hatte, um den Sonntagsglocken zu lauschen. Im Moment arbeitete er gerade am Schleier, einem herrlichen Stück aus Organza, das aussah wie Nebel, und beim Nähen dachte er, es wäre doch eigentlich schade, das exquisite Gesicht der Wespe zu verhüllen. Und deshalb entwarf er ein neuartiges Design aus einander überlappenden Stoffbahnen, welche das Gesicht gleichzeitig verbargen und enthüllten. Nach dem Schleier begann er mit der Schleppe, für die er drei Meter eierschalenfarbenen Chiffon benutzte, den er wie Gischt in sanften Wellen raffte. An der Stelle, an der er ihn am Rock befestigte, brachte er ein Loch für den Stachel an, das er mit Blumen umgab. Das eigentliche Kleid war aus glänzendem Satin und hatte einen Imperialkragen und lange Spitzenärmel. Königin, Mutter, Braut. Das Kleid war ein Triumph von Fantasie, Können und Willenskraft.

Am Sonntagabend war er fertig damit und hängte es zu den anderen Kleidern in den Ankleideraum. Dann zog er

Mantel und Schal an und legte sich auf der Couch schlafen. Am Montagmorgen wollte er früh aufstehen, um die letzten Vorbereitungen zu treffen, bevor er sein Publikum einließ.

In dies er Nacht ging die Kältewelle zu Ende. Aus dem Süden zog eine Warmfront hoch und fegte die Kälte weg wie ein Spinnennetz. Im Schlaf knöpfte Linderstadt seinen Mantel auf und zog sich den Schal ab. Er träumte vom Sommer: wie er mit seinem Vater am Strand einen Drachen steigen ließ. Als er aufwachte, war es fast Mittag. Der Raum dampfte vor Hitze. Vor dem Atelier hatte sich bereits eine große Menschenmenge versammelt. Die Wespe war verschwunden.

Er suchte in den Werkstätten, im Lager, in den Büros. Er stieg aufs Dach und sah im Keller nach. Schließlich kehrte er verwirrt und leicht benommen in den Salon zurück. In der Nähe der Stelle, wo die Wespe gestanden hatte, entdeckte er eine Papierkugel von der Größe eines kleinen Stuhls. Eine Seite der Kugel war offen, und in ihrem Innern befanden sich mehrere Schichten sechseckiger Zellen, alle aus demselben papierartigen Material wie die Außenhülle. Linderstadt begann ein Licht aufzugehen, und als er merkte, daß seine Kleider verschwunden waren, wurde er sich seines Fehlers bewußt. Die Wespe war keineswegs eine Sphecida gewesen, sondern eine Vespida, eine Papierwespe. Sie ernährte sich von Holz, Blättern und anderen Naturfasern. Sie hatte seine Kleider aufgefressen.

Linderstadt betrachtete die Reste seiner Arbeit. Das Nest war von einer ganz eigenen Schönheit, und einen Augenblick lang überlegte er, ob er es an Stelle der Kollektion zeigen sollte. Doch dann fiel sein Blick auf ein Stück unverdauten Stoff, das unter der papierartigen Kugel hervorsah. Es war der Brautschleier, und er folgte ihm um das Nest. Der Schleier stand da wie eine in der Luft gefrorene Fontäne aus Dampf. Er war zwar nicht mehr am Kleid befestigt, schien aber ansonsten unversehrt. Draußen bat die wartende Menge um Einlaß. Linderstadt zog die Vorhänge zurück und hob den hauchdünnen Schleier hoch. Die Sonne schien ihn in Brand zu stecken. Wie ein winzig kleines Erinnerungsfragment holte das Stück Stoff mit einem Schlag alle anderen Erinnerungen zurück. Er legte sich den Schleier auf den Kopf. Um seine Lippen spielte ein Lächeln, das erste seit Monaten. Seine Augen leuchteten. Jetzt, wo alles weg war, gab es nichts mehr zu verbergen. Stolz richtete sich Linderstadt auf und ging die Türen öffnen.

ED GORMAN

Worauf alles hinausläuft

Manchmal gibt es nur eins,
was schlimmer ist, als eine Frau zu verlieren:
eine Frau zu gewinnen.
Französisches Sprichwort

Nimm das Schicksal in deine Hände.
Französisches Sprichwort

Als erstes sollte ich Ihnen, glaube ich, das mit der Schönheitsoperation erzählen. Ich habe nämlich nicht immer so
gut ausgesehen. Im Gegenteil, wenn Sie mein Foto im Col-
lege-Jahrbuch sähen, würden Sie mich nicht erkennen. Ich
war dreißig Pfund schwerer und hatte so fettiges Haar, daß
man damit mehrere Hektar dürres Ackerland hätte frucht-
bar machen können. Und die Brille, die ich damals trug,
wäre ohne weiteres für die Teleskope in der Sternwarte von
Mt. Palomar geeignet gewesen. Meine Unschuld wollte ich
schon in der zweiten Klasse verlieren, von dem Tag an, als
ich Amy Towers zum erstenmal sah. Allerdings verlor ich
sie erst mit dreiundzwanzig, und auch dann ging es nicht
ganz ohne Probleme. Es war mit einer Prostituierten, und in
dem Moment, in dem ich mich mit ihr vereinigte, sagte sie:
»Entschuldige, ich muß mir wohl einen Virus oder so was
eingefangen haben. Ich muß kotzen.« Und das tat sie dann
auch.

Und so verlief mein Leben weiter, bis ich zweiundvierzig
wurde – wie das Leben eines Mannes eben, über den fiese
Leute grinsen und nette Mitleid empfinden. Ich war der
Onkel, auf den niemand Ansprüche erhob. Ich war der *blind
date,* von dem Frauen noch Jahre später sprachen. Ich war
der Typ im Plattenladen, bei dessen Anblick das hübsche
Mädchen an der Kasse regelmäßig die Augen verdrehte.
Aber trotz alledem schaffte ich es irgendwie, eine attraktive
Frau zu heiraten, deren Mann in Vietnam gefallen war;
gleichzeitig erbte ich einen Stiefsohn, der hinter meinem

Rücken ständig mit seinen Freunden über mich tuschelte. Immer wenn ich in der Nähe war, kicherten sie geheimnisvoll. Die Ehe hielt elf Jahre und endete an einem regnerischen Dienstagabend, nur wenige Wochen, nachdem wir unser nobles, neues Tudor-Haus im begehrtesten Yuppie-Viertel der Stadt bezogen hatten. Nach dem Abendessen – David rauchte oben in seinem Zimmer Gras und hörte eine Prince-CD – sagte Annette: »Bist du sehr böse, wenn ich dir sage, daß ich mich in jemanden verliebt habe?« Kurz danach waren wir geschieden, und ich zog nach Südkalifornien, weil ich dachte, dort müßte es für Außenseiter wie mich jede Menge Platz geben. Jedenfalls mehr Platz als in einer Stadt in Ohio mit 150 000 Einwohnern.

Von Beruf war ich Börsenmakler, und zu diesem speziellen Zeitpunkt standen jemandem, der wie ich eine eigene Firma gehabt hatte, in Kalifornien Tür und Tor offen. Das Problem war nur, daß ich es satt hatte, acht andere Broker zu motivieren, ihr Monatssoll zu erfüllen. Ich fand eine alte und renommierte Agentur in Beverly Hills und trat dort eine Stelle als einfacher, unbehelligter Broker an. Es dauerte zwar ein paar Monate, aber schließlich war ich so weit, daß ich mich nicht mehr davon blenden ließ, alle möglichen Filmstars als Klienten zu haben. Eine große Hilfe war mir dabei, daß sich die meisten als ziemliche Kotzbrocken erwiesen.

Um auch mein Liebesleben nicht ganz zu vernachlässigen, klapperte ich der Reihe nach sämtliche Single-Bars ab, die mir meine besser aussehenden Freunde empfahlen, und studierte in den Zeitungen, die es in L.A. im Überfluß gibt, die Kontaktanzeigen. Aber ich fand nichts nach meinem Geschmack. Keine der Frauen, die sich als hetero und topfit beschrieben, erwähnte auch nur ein einziges Mal das Wort, das ich vor allem hören wollte – Liebe. Sie sprachen von Wandern und Radfahren und Surfen; sie sprachen von Symphonien und Filmen und Kunstausstellungen; sie sprachen von Gleichberechtigung und Emanzipation und Selbstverwirklichung. Aber nie von Liebe, und Liebe war das einzige, was mich interessierte. Natürlich gab es auch andere Möglichkeiten. Aber obwohl ich Homosexuelle und Bisexuelle bedauerte und all jene verabscheute, die sie diskriminierten, wollte ich auf keinen Fall einer von ihnen sein; und so sehr ich auch versuchte, für Sadomasochisten, Transvestiten und Transsexuelle Verständnis aufzubringen, hatten sie, so traurig das Ganze war, in meinen Augen auch etwas Komisches und für mich Unbegreifliches an sich. Von Prostituierten ließ ich aus Angst vor Ansteckung die Finger. Die Frauen, mit denen ich in normalen Alltagssituationen in Berührung kam – im Büro, im Supermarkt, im Waschraum meines teuren Apartmenthauses –, begegneten mir, wie das die meisten Frauen taten, mit unermüdlicher schwesterlicher Freundlichkeit.

Doch dann lieferten sich eines Tages auf dem San Diego Freeway ein paar Irre eine wilde Schießerei, die meinem Leben eine völlig neue Wende verlieh.

Es war an einem smogreichen Freitagnachmittag. Ich fuhr gerade müde von der Arbeit nach Hause, wo mich ein langes, einsames Wochenende erwartete, als plötzlich links und rechts von mir zwei Autos auftauchten, deren Insassen sich gegenseitig unter heftigen Beschuß nahmen, was sicher darauf zurückzuführen war, daß sie eine schwere Kindheit gehabt hatten. Jedenfalls schien es sie nicht im geringsten zu kümmern, daß ich mich genau zwischen ihnen befand. Meine Windschutzscheibe zersprang. Meine zwei Hinterreifen platzten. Ich kam schleudernd vom Freeway ab, raste eine Böschung hinauf und krachte auf halber Höhe gegen den Stamm einer recht stabilen Zwergkiefer. An alles weitere kann ich mich nicht erinnern.

Es dauerte fünf Monate, bis ich wieder auf die Beine kam. An sich wäre es wesentlich schneller gegangen, wenn nicht eines schönen Tages ein plastischer Chirurg hereingeschneit gekommen wäre und mir erklärte hätte, was man tun müsse, um mein Gesicht wieder in seinen alten Zustand zu versetzen. Worauf ich sagte: »Ich will es aber nicht mehr in seinem alten Zustand.«

»Wie bitte?«

»Ich will nicht mehr so aussehen wie früher. Ich möchte richtig gut aussehen. Wie ein Filmstar.«

»Aha«, sagte er, als hätte ich ihm gerade erklärt, ich wolle fliegen können. »Da sollten wir vielleicht mal mit Dr. Schlatter sprechen.«

Auch Dr. Schlatter sagte: »Aha«, als ich ihm erzählte, was ich wollte, aber es war nicht ganz wie das ›Aha‹ des ersten Doktors. In Dr. Schlatters ›Aha‹ schwang zumindest ein Funke Hoffnung mit.

Dr. Schlatter erklärte mir schon im voraus alles ganz genau, und er machte es sogar richtig interessant: daß zum Beispiel schon die alten Ägypter so etwas wie plastische Chirurgie gekannt hatten und daß die Italiener schon im 15. Jahrhundert höchst erstaunliche Veränderungen an ihrem Äußeren vorgenommen hatten. Er zeigte mir Skizzen, wie ich aussehen würde, er machte mich mit einigen der chirurgischen Instrumente vertraut, damit ich es nicht mit der Angst zu tun bekäme, wenn ich sie sähe – Skalpell und Retraktor und Meißel –, und er erklärte mir, wie ich mich auf mein neues Gesicht vorbereiten könnte.

Sechzehn Tage später sah ich in den Spiegel und stellte zu meiner Freude fest, daß ich nicht mehr existierte. Nicht mein früheres Ich jedenfalls. Chirurgische Eingriffe, Diäten, Fettabsaugungen und Haartönungen hatten einen Mann geschaffen, den ein breites Spektrum von Frauen attraktiv finden sollte – aber nicht, daß mir das so wichtig war. Mich interessierte nur eine Frau, mich hatte schon die ganze Zeit nur eine Frau interessiert, und während ich im Krankenhaus lag, dachte ich ständig an sie und schmiedete Pläne für unsere gemeinsame Zukunft. Ich würde mir mein attraktives Äußeres nicht für irgendwelche Amouren zunutze machen, sondern es dafür einsetzen, die Hand und das Herz von Amy Towers Carson zu erobern, in die ich seit der zweiten Klasse unsterblich verliebt war.

Es vergingen fünf Wochen, bis ich ihr begegnete. Die Zeit davor hatte ich damit zugebracht, in einer Brokerfirma Fuß zu fassen, ein paar Kontakte zu knüpfen und zu lernen, mit einem neu entwickelten Telefonanschluß umzugehen, über den man jederzeit die jüngsten Börsenkursanalysen abfragen konnte. Gar nicht so übel für eine kleine Stadt in Ohio wie die, in der ich aufgewachsen war und mich unsterblich in Amy verliebt hatte.

Wenn ich frühere Bekannte traf, war das immer recht amüsant. Die meisten glaubten mir nicht, wenn ich sagte, ich sei Roger Daye. Ein paar von ihnen lachten nur und meinten, Roger Daye könne unmöglich so gut aussehen, egal, was mit ihm passiert sei.

Da meine Eltern nach ihrer Pensionierung nach Florida gezogen waren, hatte ich unser altes Haus – einen schönen weißen Kolonialstilbau in einem typischen Mittelstandsviertel – ganz für mich allein. Zu Übungszwecken lud ich auch ein paar Frauen dorthin ein. Es war wirklich erstaunlich, wie viel Selbstvertrauen mein neues Ich meinem alten verlieh. Ich ging ganz selbstverständlich davon aus, daß wir im Bett landen würden, und so kam es dann auch praktisch jedes Mal. Eine Frau flüsterte mir sogar ins Ohr, sie habe sich in mich verliebt. Fast wollte ich sie schon bitten, das auf Band zu wiederholen. Nicht mal meine Frau hatte mir je gesagt, daß sie mich liebte, jedenfalls nicht wortwörtlich.

Zwei Tage vor Thanksgiving, auf einem Ball im Country Club, begegnete ich schließlich Amy wieder.

Ich saß an meinem Tisch und beobachtete Paare aller Altersstufen, die auf der Tanzfläche schwoften. Jede Menge Abendkleider. Jede Menge Smokings. Und jede Menge Saxophonmusik von der acht Mann starken Kapelle. Da nur die Bühne beleuchtet war, wurden die Tänzer in intimes Schummerlicht getaucht. Und Amy war immer noch schön. Zwar sah sie nicht mehr so jung aus, aber trotzdem hatte sie noch diese beharrliche, hoheitsvolle Schönheit und diesen zierlichen, schlanken Körper, der zehn- bis zwanzigtausend meiner sehnsüchtigen Jugenderektionen inspiriert hatte. Ich verspürte wieder dieses erregende Prickeln längst vergangener High-School-Zeiten, das eine Mischung aus Schüchternheit, Geilheit und Verliebtheit war, wie sie nur F. Scott Fitzgerald – mein Lieblingsautor – verstanden hätte. In Amys Armen würde ich die Erfüllung all meiner Träume finden. Das spürte ich seit all diesen neblig trüben Herbstnachmittagen, an denen ich in der dritten, vierten und fünften Klasse nach der Schule mit ihr nach Hause gegangen war. Ich spürte es immer noch.

Sie war mit Randy da. Es wurde schon lange gemunkelt, ihre Ehe sei nicht glücklich und werde früher oder später ganz in die Brüche gehen. Randy, ein ehemaliger Big Ten-Wide Receiver und Rose Bowl-Star, war in den achtziger Jahren einer der erfolgreichsten Unternehmer der Stadt gewesen – Eigentumswohnungen zu bauen, war seine Spezialität –, aber gegen Ende des Jahrzehnts war sein Stern immer mehr gesunken, und inzwischen hieß es, er suche Trost im Whisky und bei Huren.

Trotzdem sahen die beiden immer noch wie der Inbegriff eines glücklichen Paares aus, und mehr als einer der Tänzer nickte ihnen aufmunternd zu, als die Kapelle ein Bobby Vinton-Medley anstimmte und Randy beim Tanzen eine Mordsschau abzuziehen begann. Viele grinsten, und einige applaudierten sogar. Amy und Randy wären das Traumpaar jedes Balls geworden. Selbst wenn ihre Gebisse beim Sprechen klapperten und Randy wegen seiner Prostatabeschwerden jede halbe Minute vor Schmerzen zusammengezuckt wäre, würde sich das Spotlight unweigerlich auf sie richten. Und reich waren sie außerdem – Randy entstammte einer alteingesessenen Stahldynastie und war einer der reichsten Männer des ganzen Bundesstaats.

Als Randy auf die Toilette mußte – wandte er sich nach rechts, hieß das Bar; wandte er sich nach links, hieß das Toilette –, ging ich zu ihr.

Sie saß allein am Tisch, keß und mondän und gedankenverloren. Zuerst bemerkte sie mich nicht, doch als sich unsere Blicke trafen, lächelte sie.

»Hi.«

»Hi«, sagte ich.

»Sind Sie ein Freund von Randy?«

Ich schüttelte den Kopf. »Nein, ich bin ein Freund von dir. Von der High-School.«

Einen Moment machte sie ein verdutztes Gesicht. Dann sagte sie: »O mein Gott. Betty Anny hat mir erzählt, sie hätte dich gesehen und … ist ja nicht zu glauben.«

»Roger Daye.«

Sie sprang auf, kam auf mich zu, stellte sich auf die Zehenspitzen, nahm mein warmes Gesicht in ihre kalten Hände und sagte: »Du siehst großartig aus.«

Ich lächelte. »Ich, hab mich ziemlich verändert, hm?«

»Na ja, so übel ...«

»Doch, doch, ich war so ziemlich das Letzte, ein richtiger ...«

»Aber nicht unsympathisch.«

»O doch, ein richtiger Unsympath.«

»Nicht total.«

»Aber mindestens zu fünfundneunzig Prozent.«

»Vielleicht zu achtzig Prozent, aber ...« Sie machte kein Hehl aus ihrer Wiedersehensfreude; ihre bloßen Schultern waren in dem weinroten Abendkleid sehr anziehend und sexy »... der Junge, der mich immer nach Hause begleitet hat ...«

»Bis zur zehnten Klasse, als du ...«

»Als ich Randy kennengelernt habe.«

»Genau. Randy.«

»Es tut ihm wirklich leid, daß er dich damals verprügelt hat. Ist dein Arm wieder ordentlich verheilt? Wahrscheinlich haben wir uns damals aus den Augen verloren, nicht?«

»Der Bruch ist problemlos verheilt. Hättest du Lust, mit mir zu tanzen?«

»Ob ich Lust hätte? Mein Gott, nichts lieber als das.«

Wir tanzten. Ich versuchte nicht an die vielen Male zu denken,, die ich von diesem Augenblick geträumt hatte, Amy in meinen Armen, schön und ...

»Toll in Form bist du ja«, sagte sie.

»Danke.«

»Bodybuilding?«

»Bodybuilding und Joggen und Schwimmen.«

»Mein Gott, super. Beim nächsten Klassentreffen werden die Frauen ja nur so dahinschmelzen.«

Ich drückte sie fester an mich. Ihre Brüste berührten meine Brust. Meine Hose spannte ein strammer Steifer. In meinem Kopf begann sich alles zu drehen. Am liebsten hätte ich sie in eine Ecke gezerrt und mich auf der Stelle über sie hergemacht. Wie betörend dieser Duft von wundervoll reiner weiblicher Haut, wie betörend dieses strahlende Lächeln und die straffen, gebräunten Wangen.

»Dieses Aas.«

Ich war so in meinen Träumen versunken, daß ich nicht sicher war, ob ich richtig gehört hatte.

»Wie bitte?«

»Sie. Da drüben. Dieses verdammte Luder.«

Bevor ich die Frau bemerkte, sah ich Randy. Einen Kerl, der einem vor den Augen des Mädchens, das man liebte, den Arm gebrochen hat, vergißt man nicht so schnell; er hatte wirklich ein paar verdammt gemeine Griffe draufgehabt.

Doch sobald ich die Frau gesehen hatte, verschwendete ich keinen Gedanken mehr an Randy.

Ich hätte nicht gedacht, jemand könnte Amy in den Schatten stellen, aber genau das tat die Frau, die gerade mit Randy tanzte. Es ging etwas von ihr aus, das wichtiger war als ihr gutes Aussehen, eine Mischung aus Selbstbewußtsein und Intelligenz, die mich sogar aus der Entfernung sofort in ihren Bann schlug. In ihrem weißen, trägerlosen Abendkleid sah sie so umwerfend aus, daß die Männer sie anstarrten, als wäre sie ein UFO oder sonst irgendein übernatürliches Phänomen.

Randy begann sie genauso herumzuwirbeln, wie er es mit Amy getan hatte, aber diese junge Frau – sie konnte nicht viel älter als zwanzig sein – war eine weitaus bessere Tänzerin. Sie bewegte sich mit solch geschmeidiger Eleganz, daß ich mich fragte, ob sie Ballettunterricht gehabt hatte.

Die nächsten drei Tänze hielt Randy sie in seinen muskulösen Armen gefangen.

Weil dieses Mädchen Amy so offensichtlich in Rage versetzte, versuchte ich sie nicht anzusehen – nicht einmal mit einem verstohlenen Blick. Aber es war nicht einfach.

»Dieses kleine Aas«, zischte Amy.

Und zum erstenmal in meinem Leben tat sie mir leid. Ich hatte immer zu ihr aufgesehen wie zu einer Göttin, und nun plagte sie etwas so Ungöttinnenhaftes wie Eifersucht.

»Ich brauche was zu trinken.«

»Ich auch.«

»Wärst du dann vielleicht so lieb, uns was zu holen?«

»Aber natürlich«, sagte ich.

»Einen Black and White bitte. Pur.«

Als ich mit den Drinks zurückkam, saß sie an ihrem Tisch und rauchte eine Zigarette. Sie blies langgezogene, fransige Rauchwolken in die Luft.

Randy und seine Flamme waren noch auf der Tanzfläche.

»Sie hält sich für absolut unwiderstehlich«, sagte Amy.

»Wer ist sie?«

Aber bevor Amy antworten konnte, verließen Randy und die junge Frau die Tanzfläche und kamen an unseren Tisch.

Randy schien nicht sonderlich begeistert, mich zu sehen. Er sah zuerst Amy an, dann mich und sagte: »Sie haben bestimmt gute Gründe, weshalb Sie an unserem Tisch sitzen.«

Da schwofte dieser Kerl vor den Augen seiner Frau mit seiner jüngste Eroberung herum, und dann war er sauer, daß ein Mann bei ihr am Tisch saß.

Amy grinste süffisant. »Ich habe ihn erst auch nicht erkannt.«

»Wen hast du nicht erkannt?« knurrte Randy.

»Ihn. Diesen gut aussehenden Herrn da.«

Inzwischen sah ich keinen von beiden mehr an. Ich starrte auf die junge Frau. Aus der Nähe war sie sogar noch bezaubernder. Wir älteren Semester schienen sie zu amüsieren.

»Kannst du dich noch an Roger Daye erinnern?« fragte Amy.

»Dieser Schleimscheißer, der dich immer nach Hause begleitet hat?«

»Randy! Darf ich dir Roger Daye vorstellen?«

»Das kannst du jemand anderem erzählen«, sagte Randy. »Das ist nicht Roger Daye.«

»Ob du's glaubst oder nicht, er ist es.«

Ich machte erst gar keine Anstalten, ihm die Hand zu reichen. Er hätte sie mir nicht geschüttelt.

»Ist hier eigentlich irgendwo ein Kellner?« fragte Randy. Erst jetzt merkte ich, daß er betrunken war.

Trotz des Lärms, der im Saal herrschte, war seine Stimme deutlich vernehmbar.

Gerade als ein Kellner erschien, setzten er und die junge

Frau sich. »Wurde auch langsam Zeit«, fuhr Randy den älteren Mann mit dem Tablett an.

»Entschuldigen Sie, Sir, aber wir haben heute abend ziemlich Betrieb.«

»Ist das etwa mein Problem?«

»Randy, bitte!« zischte Amy.

»Ja, bitte, Dad«, flüsterte die bezaubernde junge Frau.

Zuerst dachte ich, das sollte vielleicht ein Witz sein, eine Anspielung auf Randys Alter. Aber sie lächelte nicht, und Randy oder Amy taten es ebenfalls nicht.

Vermutlich saß ich fürs erste bloß da und überlegte, warum Randy seiner eigenen Tochter den Hof machte, als wäre sie seine jüngste Eroberung, und warum Amy so eifersüchtig war.

Nach sechs Drinks und einigen Geschichten aus Südkalifornien – die Leute aus dem Mittelwesten sind genauso verrückt nach Geschichten aus Südkalifornien, wie die Leute eines Tages nach Geschichten von Jupiter und Pluto verrückt sein werden – fragte Randy: »Hab ich dir nicht mal den Arm gebrochen?« Er war der einzige Kerl, der sogar den Macker rauskehren mußte, wenn er gemütlich dasaß.

»Leider ja.«

»Geschah dir auch ganz recht. Dich so an Amy ranzumachen.«

»Randy!« zischte Amy.

»Daddy!« zischte Kendra.

»Aber so ist es doch, Roger, oder etwa nicht? Du warst damals scharf auf Amy und bist es wahrscheinlich immer noch.«

»Randy!« zischte Amy.

»Daddy!« zischte Kendra.

Aber ich wollte gar nicht, daß er damit aufhörte. Er war eifersüchtig auf mich, und das war ein tolles Gefühl. Randy Carson, der Rose Bowl-Star, war auf mich eifersüchtig.

»Möchten Sie tanzen, Mr. Daye?«

Ich gab mir große Mühe, ihr keine Aufmerksamkeit zu schenken, denn ich wußte, wenn ich ihr nur ein wenig schenkte, würde ich ihr sehr viel schenken. Dann wäre ich nicht mehr in der Lage, meine Blicke oder mein Herz von

ihr loszureißen. Sie brachte einen richtig zum Dahinschmelzen, dieses zauberhafte junge Geschöpf.

»Gern«, sagte ich.

Ich wollte gerade aufstehen, als Amy ihre Tochter ansah
und sagte: »Diesen Tanz hat er aber schon mir versprochen,
Liebling.«

Und bevor ich überlegen konnte, wie ich reagieren sollte,
ergriff Amy meine Hand und führte mich auf die Tanzfläche.

Lange sagte keiner von uns ein Wort. Wir tanzten nur.
Einen richtig schönen Schieber. Wie in der siebten Klasse.

»Ich weiß, du wolltest eigentlich mit ihr tanzen«, sagte
Amy.

»Sie ist ganz bezaubernd.«

»Herr im Himmel, das hat mir gerade noch gefehlt.«

»Habe ich was Falsches gesagt?«

»Nein – es ist nur, daß mich niemand mehr beachtet. Ich
weiß, es ist gemein, so etwas über meine Tochter zu sagen,
aber so ist es leider.«

»Du bist eine sehr schöne Frau.«

»Für mein Alter.«

»Jetzt hör aber mal.«

»Aber nicht mehr so frisch und so voller Leben wie Kendra.«

»Ein toller Name – Kendra.«

»Ich habe ihn ausgesucht.«

»Wirklich sehr schön.«

»Inzwischen wäre es mir lieber, ich hätte sie Judy genannt
oder Jake.«

»Jake?«

Sie lachte. »Bin ich nicht fürchterlich? So über meine
eigene Tochter zu sprechen? Dieses kleine Luder.«

Bei den letzten drei Worten geriet sie leicht ins Lallen.
Sie hatte ihre Drinks – Black and White pur – ganz
schön schnell runtergekippt, und jetzt forderten sie ihren
Tribut.

Wir tanzten noch eine Weile. Ein paarmal stieg sie mir auf
die Füße. Ab und zu ertappte ich mich dabei, wie ich zu unserem Tisch hinüberlinste, um einen Blick auf Kendra zu er-

haschen. Mein ganzes Leben lang hatte ich darauf gewartet, so mit Amy Towers zu tanzen. Und jetzt ließ es mich auf einmal ziemlich kalt.

»Ich war ein böses Mädchen, Roger.«

»Tatsächlich?«

»Ja, das war ich wirklich. Was Kendra angeht, meine ich.«

»Kleine Rivalitäten zwischen Mutter und Tochter sollen hin und wieder vorkommen.«

»Wenn es nur das wäre. Letztes Jahr habe ich mit ihrem Freund geschlafen.«

»Ach.«

»Du solltest dein Gesicht sehen. Dein extrem attraktives Gesicht. Du bist schockiert.«

»Weiß sie es?«

»Das mit ihrem Freund?«

»Mhm.«

»Natürlich. Ich habe es sogar ganz bewußt darauf angelegt, daß sie uns dabei überraschen würde. Ich wollte ihr bloß klarmachen – na ja, daß mich sogar einige ihrer eigenen Freunde attraktiv finden.«

»Du hattest deswegen bestimmt ein schlechtes Gewissen, oder?«

»O nein. Ganz im Gegenteil. Natürlich erzählte sie es Randy, und er machte ein Mordstheater – zertrümmerte ein paar Möbel und schlug mich ins Gesicht. Es war herrlich. Ich fühlte mich wieder jung und begehrenswert. Kannst du das verstehen?«

»Eigentlich nicht.«

»Aber sie haben es mir heimgezahlt.«

»Ja?«

»Sicher. Hast du sie heute abend tanzen gesehen?«

»Das ist doch alles nur halb so wild. Schließlich ist sie seine Tochter.«

»Dann hast du dich wohl in letzter Zeit nicht mit dem guten alten Randy unterhalten.«

»Wie bitte?«

»Er hat in *Penthouse* einen Artikel gelesen, daß Inzest eigentlich ein ganz natürliches Bedürfnis ist und daß es völlig in Ordnung ist, mit seinen Familienangehörigen etwas zu haben, wenn es in gegenseitigem Einverständnis geschieht und wenn man Safer Sex praktiziert.«

»Jetzt mach aber mal einen Punkt.«

»Also läuft sie seit neuestem praktisch nackt durchs Haus, und er knufft und knuddelt sie, was das Zeug hält.«

»Und sie hat nichts dagegen?«

»Das ist es doch! Sie haben sich gegen mich verbündet. Um mir heimzuzahlen, daß ich mit Bobby geschlafen habe.«

»Bobby ist vermutlich ...«

»Ihr Freund. Oder genauer – Ex-Freund.«

Beim nächsten Tanz kamen Kendra und Randy auf die Tanzfläche zurück. Falls Amy und mir irgend jemand Aufmerksamkeit geschenkt haben sollte, richteten sich nun aller Augen auf Kendra und Randy. Doch diesmal zogen die beiden nicht wieder die große Show ab, sondern machten auf intim. Hätte nur noch gefehlt, daß Randy in den Hüften zu kreisen begann, als wollte er mit Kendra gleich mitten auf der Tanzfläche eine Nummer abziehen, wie das die Kids bei Schülerbällen machten, sobald die Lichter heruntergedreht wurden.

»Einfach ekelhaft, die beiden«, sagte Amy.

Und ich mußte ihr mehr oder weniger recht geben.

»Sie wird versuchen, dich zu verführen«, fuhr Amy fort.

»Jetzt hör aber mal.«

»So naiv kannst du doch nicht wirklich sein., Sie möchte dich so schnell wie möglich ihrer Sammlung einverleiben.«

»Sie ist wie alt? Zwanzig? Einundzwanzig?«

»Zweiundzwanzig. Aber denkst du, das tut etwas zur Sache? Warte nur. Dann wirst du schon sehen.«

Zurück an unserem Tisch, trank ich noch zwei Gläser. Es war alles ganz anders gekommen, als ich es mir vorgestellt hatte. Nichts von wegen: der schöne Roger kommt in seine Heimatstadt zurück und erobert endlich seine Jugendliebe. Kitsch hoch hundert. Das hier war was ganz anderes, düster, absurd, verrucht und fast ein bißchen unheimlich. Ich konnte sehen, wie Roger seine fast nackte Tochter am ganzen Körper betatschte, und ich konnte sehen, wie sich Amy – nicht weniger peinlich – einem knackigen Studenten, der sich auf Hormone spezialisiert hatte, an den Hals warf.

Mein Gott, eigentlich hatte ich doch nur vorgehabt, einem anderen Mann die Frau auszuspannen ... und nun sehen Sie sich mal an, in was ich da reingeraten war.

Kendra und Randy kamen zurück. Randy beschimpfte erst ein paar Kellner, bevor er zu mir sagte: »Bei all den Schönheitsoperationen, die du gehabt hast, wundert es mich richtig, daß du dich nicht gleich in eine Frau hast umwandeln lassen. Nichts für ungut, aber du hattest doch schon immer was Tuntiges.«

»Randy!« zischte Amy.

»Daddy!« zischte Kendra.

Aber für mich war es das schönste Kompliment, das ich mir denken konnte. Randy ›Big Ten‹ Carson war schon wieder auf mich eifersüchtig.

Ich war nicht sicher, wohin Kendra wollte, als sie aufstand, aber auf einmal stand sie neben mir und fragte: »Können wir jetzt tanzen?«

»Roger ist sicher müde, Liebling«, sagte Amy.

Kendra lächelte. »Für einen Tanz werden seine Kräfte bestimmt noch reichen, oder etwa nicht, Mr. Daye?«

Als ich Kendra – sexy, sanft, süß, zärtlich, raffiniert und die Gefaßtheit in Person – auf der Tanzfläche in den Armen hielt, sagte sie: »Sie wird versuchen, Sie zu verführen, wissen Sie das?«

»Wer?«

»Amy. Meine Mutter.«

»Falls Sie es noch nicht gemerkt haben sollten: sie ist verheiratet.«

»Als ob das einen Unterschied machen würde.«

»Wir sind alte Freunde. Mehr nicht.«

»Ich habe ein paar Ihrer Liebesbriefe gelesen.«

»O Gott, sie hat sie aufgehoben?«

»Alle. Von allen Jungen, die in sie verliebt waren. Sie hat sie alle oben im Speicher. In Schachteln. Alphabetisch geordnet. Immer wenn sie sich alt zu fühlen beginnt, holt sie die Briefe raus und liest sie. Als ich klein war, las sie sie mir laut vor.«

»Meine waren bestimmt furchtbar schmalzig.«

»Nein, Ihre waren richtig süß. Wirklich.«

Unsere Blicke trafen sich, wie es in Romanen immer so schön heißt. Aber das war nicht alles, was sich traf. Irgendwie war sie mit dem Handrücken über meinen Hosenlatz gestreift, und ich bekam eine Erektion, um die mich sogar der sexhungrigste Fünfzehnjährige beneidet hätte. Dann kehrte ihre Hand wieder in die korrekte Tanzposition zurück.

»Sie sehen wirklich klasse aus.«

»Danke. Aber haben Sie mal ein Vorher-Foto von mir gesehen?«

Sie lächelte. »Wenn Sie damit Ihr Foto im High-School-Jahrbuch meinen, ja. Ich muß gestehen, das Nachher-Aussehen gefällt mir etwas besser.«

»Sie verstehen wirklich was von Diplomatie.«

»Das ist nicht das einzige, wovon ich was verstehe, Mr. Daye.«

»Wie wär's, wenn Sie mich Roger nennen?«

»Gern.«

Am liebsten würde ich jede Erinnerung an den Rest des Abends im Country Club auslöschen, aber das geht leider nicht. Als Kendra und ich an den Tisch zurückkamen, waren Amy und Randy so betrunken, daß sie schon unzusammenhängendes Zeug redeten. Ich verschwand eine Weile auf die Toilette, und als ich zurückkam, sah ich Amy draußen auf der Terrasse mit einem Mann sprechen, der ganz nach einem sehr erfolgreichen Gigolo, Marke Macho, aussah. Später erfuhr ich, daß er Vic hieß. Der gute Randy beschimpfte indessen weiter die Kellner und drohte mir damit, mich zusammenzuschlagen, wenn ich ›meine Scheißpfoten‹ nicht von seiner Frau und seiner Tochter ließe, aber er lallte bereits so stark, daß die Drohung etwas von ihrer Wirkung einbüßte, zumal er auch noch so heftig mit seinem Glas herumzufuchteln begann, daß es ihm entglitt und auf dem Tisch zerbrach.

»Vielleicht sollten wir langsam gehen«, sagte Kendra und machte sich an die schwierige Aufgabe, ihre Eltern zu deren neuem Mercedes hinauszulotsen, den dann aber zum Glück sie fuhr.

Bevor sie verschwanden, sagte Kendra zu mir: »Vielleicht

sehen wir uns ja später noch.« Und ich stand da, sah dem Wagen hinterher und fragte mich, was ›später‹ wohl genau bedeutete.

Nach einer Dusche, einem Schlaftrunk, dem größten Teil der David Letterman-Show und einem kurzen Nickerchen fand ich heraus, was sie mit ›später‹ gemeint hatte.

Hinter dem lauten Klopfen in der windigen Nacht steckte niemand anderer als Kendra. Sie trug einen London Fog-Trenchcoat, der, wie ich bald feststellte, alles war, was sie anhatte.

Sie sagte nichts, sondern spitzte nur ihre wundervollen Lippen, stellte sich auf die Zehenspitzen und wartete darauf, daß ich sie küßte. Ich tat ihr den Gefallen, schlang einen Arm um sie und zog sie nach drinnen, auch wenn ich etwas verlegen war, weil ich nur Schlafanzug und Bademantel trug.

Wir schafften es nicht bis ins Schlafzimmer. Behutsam bugsierte sie mich in einen der großen Ledersessel vor dem flackernden Kamin und ließ sich vorsichtig auf mich nieder. Das war der Moment, in dem ich merkte, daß sie unter ihrem Trench nackt war. Ihre geschickten, liebevollen Finger hatten mich rasch erregt, aber in dem lustvollen Aufstöhnen, mit dem ich in sie eindrang, schwang auch Angst mit.

Ich kann mir vorstellen, so müssen sich Heroinsüchtige fühlen, wenn sie sich zum erstenmal einen Schuß setzen — einerseits das unbeschreibliche Glücksgefühl, das mit so einem Kick einhergeht, andererseits aber auch die Angst, einer Sache, über die man keinerlei Kontrolle hat, total ausgeliefert zu sein.

Daß ich mich unsterblich in Kendra verliebt hatte, wurde mir in dem Moment klar, in dem ich ihren zarten, süßen Atem schmeckte und die seidenweiche Wärme zwischen ihren Schenkeln spürte.

Nachdem wir uns das erste Mal geliebt hatten, legte ich Feuerholz nach und holte Wein und Käse, und dann kuschelten wir uns unter dem Trenchcoat aneinander und sahen in die Flammen, die im Kamin prasselten.

»Mein Gott, ich kann es noch immer nicht recht glauben«, sagte sie.

»Was kannst du nicht glauben?«

»Wie gut ich mich mit dir fühle. Nein, wirklich.«

Ich sagte lange nichts. »Kendra?«

»Ich weiß, was du mich fragen willst.«

»Es betrifft deine Mutter.«

»Genau das habe ich mir gedacht.«

»Wenn du nur mit mir geschlafen hast, weil ...«

»... weil sie mit Bobby Lane geschlafen hat?«

»Richtig. Weil sie mit Bobby Lane geschlafen hat.«

»Möchtest du, daß ich ganz ehrlich bin?«

Eigentlich wollte ich es nicht, aber was sollte ich schon sagen? Nein, ich möchte nicht, daß sie ehrlich war. »Natürlich.«

»Wahrscheinlich war es wirklich das, was mich ursprünglich auf die Idee gebracht hat. Ich meine, zu dir zu kommen und mit dir zu schlafen.« Sie lachte. »Meine Mutter ist ganz weg von dir. Ich habe sie heute abend beobachtet. Wow. Jedenfalls dachte ich, das wäre eine gute Möglichkeit, es ihr heimzuzahlen. Indem ich mit dir schlafe, meine ich. Aber gegen Ende des Abends ... also, es ist wirklich verrückt, Roger, aber ich habe mich richtig in dich verknallt.«

Ich wollte ihr sagen, daß es mir genauso ginge. Aber ich konnte es nicht. Nach außen hin mag ich vielleicht wie ein neuer Mensch erscheinen, aber in meinem Innern bin ich noch immer ganz der alte – schüchtern, unsicher und voller Angst, daß jemand mein Herz durch den Fleischwolf dreht.

Bis zum Morgengrauen hatten wir dreimal miteinander geschlafen, das letzte Mal in meinem großen Bett. Auf dem Fensterbrett saßen ein Eichelhäher und ein Rotkehlchen und sahen uns zu, während der Morgenwind leise in den Fichten rauschte.

Nachdem wir zum dritten Mal zum Höhepunkt gekommen waren, lagen wir etwa zwanzig Minuten eng umschlungen da, bis sie plötzlich sagte: »Leider muß ich gleich ganz unromantisch werden.«

»Tu dir keinen Zwang an.«

»Gänsehaut.«

»Gänsehaut?«

»Und Blase.«

»Und Blase?«

»Und Morgenatem.«

»Ich kann dir leider nicht folgen.«

»A, mir ist kalt. B, ich muß dringend wohin. Und C, darf ich deine Zahnbürste benutzen?«

In den nächsten drei Wochen verbrachte sie mindestens ein Dutzend Nächte bei mir, und an den Abenden, an denen einer von uns oder wir beide anderweitige Verpflichtungen hatte, führten wir diese langen Telefongespräche, wie sie frisch Verliebte immer führen. Eigentlich ist es ganz egal, was man sagt, Hauptsache, man hört die Stimme des anderen.

Nur ab und zu bekam ich es mit der Angst zu tun, ich könnte sie verlieren und nie mehr über diesen Verlust hinwegkommen. Ich war vollkommen erfüllt von ihrem Geschmack und ihrem Geruch, von den Lauten, die sie machte, und der Art, wie sie sich anfühlte – und doch würde mir das alles eines Tages genommen werden, und dann wäre ich für immer allein und unsäglich traurig. Aber was sollte ich schon tun? Weglaufen? Ausgeschlossen. Sie war mein rettender Strohhalm, mein einziger Halt, und mir blieb gar keine andere Wahl, als mich so lange an ihr festzuklammern, bis mich die Kräfte verließen und ich ganz allein auf den dunklen Weiten des Ozeans trieb.

Der achte Dezember dieses Jahres war einer jener absurd sonnigen Tage, die in uns die trügerische Hoffnung wecken, der Frühling stünde vor der Tür. Am Nachmittag schnitt ich hinter dem Haus zwei Stunden lang Kaminholz und brachte es dann nach drinnen. Brennstoff für zärtliche Stunden. Als ich gerade wieder eine Ladung Holz ins Haus trug, klingelte es an der Tür. Ich spähte durchs Fenster nach draußen. Es war Amy. Sie sah sehr gut aus, wirklich viel besser als an dem Abend im Country Club. Bis auf ihr blaues Auge.

Ich öffnete ihr und fragte sie, ob sie eine Tasse Kaffee wolle, was sie verneinte. Sie setzte sich in den großen Ledersessel, den Kendra und ich noch gelegentlich benutzten.

»Ich muß mit dir reden, Roger.« Unter ihrer Kamelhaar-jacke trug sie einen weißen Turtleneck-Pullover und De-signer-Jeans. Sie hatte ein blaues Band in ihren blonden Haaren und sah auf ihre gediegene Art sehr sexy aus.

»Aber gern.«

»Und ich möchte, daß du ganz ehrlich zu mir bist.«

»Wenn du ehrlich zu mir bist.«

»Du willst bestimmt wissen, von wem ich das Veilchen habe.«

»Von wem?«

»Na, von wem schon? Von Randy. Neulich kam er be-trunken nach Hause, und weil ich nicht mit ihm schlafen wollte, schlug er mich. Er geht so oft fremd, daß ich richtig Angst habe, er fängt sich was.« Sie schüttelte den Kopf mit einem Ernst, den ich ihr nie zugetraut hätte.

»Macht er das oft?«

»Was? Fremdgehen?«

»Und dich schlagen.«

Sie hob die Schultern. »Ziemlich oft. Beides, meine ich.«

»Warum verläßt du ihn nicht?«

»Weil er mich umbringen würde.«

»Ich bitte dich, Amy, das ist doch lächerlich. Du kannst jederzeit einen Antrag auf eine entsprechende gerichtliche Verfügung stellen.«

»Du glaubst doch nicht im Ernst, eine gerichtliche Verfü-gung würde gegen Randy was nützen? Vor allem, wenn er was getrunken hat?« Sie seufzte. »Ich weiß nicht mehr wei-ter.«

Das war die Frau, die ich hatte entführen wollen, aber jetzt wollte ich sie nicht mehr entführen. Ich wollte sie nicht mal ausleihen. Sie tat mir bloß leid, und das war ein ziem-lich komisches Gefühl.

»Und jetzt möchte ich, daß du mir erzählst, was eigentlich mit dir und Kendra ist.«

»Ich liebe sie.«

»Na, großartig, Roger. Wirklich großartig.«

»Ich weiß, ich bin wesentlich älter als sie, aber ...«

»Um Himmels willen, Roger, das habe ich damit doch nicht gemeint.«

»Nicht?«

»Natürlich nicht. Komm und setz dich.«

»Neben dich?«

»So habe ich mir das jedenfalls gedacht.«

Ich ging zu ihr und setzte mich. Neben sie. Sie roch fantastisch. Das gleiche Parfüm, das Kendra verwendete.

Sie nahm meine Hand. »Roger, ich möchte mit dir schlafen.«

»Also, ich weiß nicht, Amy.«

»Du warst die ganzen Jahre verliebt in mich. Das ist nicht fair.«

»Was ist nicht fair?«

»Du hättest mich weiter lieben sollen. So sollte es doch eigentlich sein?«

»Was sollte so sein?«

»Du weißt schon: wenn man sich sein ganzes Leben lang liebt. Wir sind beide Romantiker, Roger, du und ich. Kendra ist mehr wie ihr Vater. Bei ihr dreht sich alles nur um Sex.«

»Du hast mit ihrem Freund geschlafen.«

»Nur, weil ich mich so einsam und allein fühlte. Randy hatte mich gerade übel verprügelt. Ich fühlte mich schrecklich verletzlich. Ich brauchte einfach ein bißchen Bestätigung – du weißt schon, daß ich eine Frau bin, daß ich noch begehrenswert bin.« Sie nahm meine beiden Hände, führte sie an ihre Lippen und küßte sie zärtlich. Ich konnte mich nicht dagegen wehren. Sie begann die Wirkung auf mich zu haben, die sie auf mich haben wollte. »Ich möchte, daß du wieder in mich verliebt bist. Ich kann dir helfen, Kendra zu vergessen. Das kann ich wirklich.«

»Ich will Kendra aber nicht vergessen.«

»Im Grunde ihres Herzens ist sie wie Randy. Eine Hure. Sie wird dir das Herz brechen. Ganz bestimmt.«

Sie steckte sich zwei meiner Finger in den Mund und begann daran zu saugen.

Im Bett war sie ziemlich gut, technisch gesehen vielleicht sogar besser als Kendra. Aber sie war nicht Kendra. Das war das Problem.

Wir lagen im schwindenden Licht des grauen Nachmittags, und plötzlich kam Wind auf, ein rauher Winterwind, und sie versuchte mich ein zweites Mal in Fahrt zu bringen, aber es ging nicht. Ich wollte Kendra, und sie wußte, daß ich das wollte.

Irgendwie war das Ganze richtig traurig. Sie hatte recht. Wahre Liebe – zumindest die Bilderbuchversion von wahrer Liebe, von der ich träumte – hätte allen Widrigkeiten zum Trotz ewig Bestand haben sollen; so, wie es in F. Scott Fitzgeralds Erzählungen beschrieben wurde. Aber leider war es anders gekommen. Inzwischen war Amy nur irgendeine x-beliebige Frau für mich, mit mehr Falten, als ich gedacht hatte, und einem kleinen Bäuchlein, das sowohl süß als auch ein bißchen komisch war, und mit Adern, die sich wie blaßblaue Schlangen über die fahle Haut ihrer Beine zogen.

Und als sie schließlich zu weinen begann, konnte ich nichts für sie tun, als sie in die Arme zu nehmen, worauf sie noch mal an mir rumzumachen begann. Leider bekam ich keinen mehr hoch, doch sie suchte die Schuld nicht bei mir, sondern bei sich.

»Ich weiß beim besten Willen nicht, wie es überhaupt so weit kommen konnte«, sagte sie schließlich in die Dämmerung hinaus, die sich über die triste, kalte Landschaft des Mittelwestens wälzte.

»Meinst du, daß du mit mir im Bett gelandet bist?«

»Nein. Mit meinem ganzen Leben. Da bin ich nun, mit meinen zweiundvierzig Jahren, und muß mir von meiner eigenen Tochter den Mann wegschnappen lassen, der mich als einziger wirklich geliebt hat.« Und mit einem Blick, so eisig wie der Wintermond, fuhr sie fort: »Aber es könnte gut sein, daß nicht alles so glatt läuft, wie sie es sich vorstellt.«

Später erinnerte ich mich sehr lebhaft an das, was sie sagte, vor allem das mit dem Nicht-so-glatt-Laufen.

Kendra kam am selben Abend um neun. Die erste halbe Stunde liebten wir uns, und die zweite halbe Stunde versuchte ich mich zu entscheiden, ob ich ihr vom Besuch ihrer Mutter erzählen sollte.

Später, vor dem Kamin, bei einem großartigen alten *film noir* mit dem Titel *Wenig Chancen für morgen,* liebten wir uns ein zweitesmal, und dann, als ich in den süßen, kühlen Fesseln ihrer Arme lag und unsere Körpersäfte und -gerüche miteinander verschmolzen, sagte ich: »Amy war heute hier.«

Sie verkrampfte sich. Am ganzen Körper. »Warum?«

»Das ist nicht ganz einfach zu erklären.«

»Dieses Aas. Wußte ich doch, daß sie das tun würde.«

»Hierher kommen, meinst du?«

»Hierher kommen und dich anmachen. Das hat sie doch versucht, oder nicht?«

»Ja.«

»Aber du bist doch nicht ...«

Ich hatte sie bisher noch nie belügen müssen, und ihr die Wahrheit zu sagen, fiel mir wesentlich schwerer, als ich gedacht hatte.

»Manchmal passieren die verrücktesten Dinge ...«

»O Scheiße.«

»Damit will ich sagen, man möchte nicht, daß bestimmte Dinge geschehen, aber ...«

»O Scheiße«, sagte sie noch einmal. »Du hast mit ihr gevögelt, stimmt's?«

»... man hat die besten Absichten, und trotzdem ...«

»Hör endlich auf, so blöd rumzuschwafeln. Sag's schon. Sag, daß du sie gevögelt hast.«

»Ich hab mit ihr geschlafen.«

»Wie konntest du das tun?«

»Ich wollte es nicht.«

»Na wunderbar.«

»Und ich konnte nur einmal. Kein zweites Mal.«

»Wie edel von dir.«

»Und es hat mir sofort leid getan.«

»Amy hat mir erzählt, als du noch richtig häßlich ausge sehen hättest, wärst du einer der nettesten Menschen gewesen, die sie je gekannt hat.«

Sie stand auf, in ihrer ganzen herrlich erregenden Nacktheit, und ging in Richtung Schlafzimmer. »Du hättest dein häßliches Gesicht behalten sollen, Roger. Dann wäre deine Seele immer noch schön.«

Ich lag da und dachte kurz darüber nach, was sie gesagt hatte. Dann folgte ich ihr ins Schlafzimmer.

Sie begann sich hastig anzuziehen. Ihren BH hatte sie

noch nicht richtig an. Nur eine Brust befand sich bereits in ihrem Körbchen. Die andere sah einsamer und liebesbedürftiger aus als alles, was ich je gesehen habe. Ich wollte sie küssen und zärtlich auf sie einreden wie auf ein Baby.

Dann fiel mir wieder ein, warum ich ins Schlafzimmer gekommen war. »Du weißt genau, daß das Blödsinn ist.«

»Was ist Blödsinn?« Sie zog das andere BH-Körbchen hoch. Die Strumpfhose hatte sie bereits an, aber den Rock noch nicht.

»Dieser ganze Mist, daß ich mein häßliches Gesicht hätte behalten sollen, damit meine Seele schön geblieben wäre. Wenn ich diese Schönheitsoperation nicht hätte machen lassen, wärst weder du noch deine Mutter bereit gewesen, mich eines Blickes zu würdigen.«

»Das stimmt nicht.«

Ich lächelte. »Mein Gott, Kendra, mach dir doch nichts vor. Du bist eine schöne Frau. Du würdest nie mit irgendeinem häßlichen Kerl ausgehen.«

»So, wie du redest, mußt du ja wirklich eine sehr hohe Meinung von mir haben.«

»Kendra, sei doch bitte nicht kindisch. Ich weiß, ich hätte nicht mit Amy schlafen sollen, und es tut mir aufrichtig leid.«

»Mich wundert nur, daß sie mir noch nichts davon berichtet hat. Wahrscheinlich wartet sie noch auf den geeigneten Moment, um es mir so richtig genüßlich unter die Nase reiben zu können. Und bestimmt wird sie es so darstellen, daß du sie aufs Bett geworfen und vergewaltigt hast. Das hat ihr nämlich mein Vater damals an dem Abend erzählt, als sie uns miteinander erwischt hat: daß ich diejenige gewesen wäre, die es unbedingt wollte ...«

»Mein Gott, willst du damit sagen, ihr ...«

»Oh, es kam keineswegs zum äußersten. Sie gaben eine ihrer Country Club-Parties, und Randy und ich, wir waren beide ganz schön betrunken, und irgendwie landeten wir auf dem Bett und machten miteinander rum, und dann kam sie reingeplatzt und ... na ja, ich hatte es schon darauf angelegt, daß sie denken sollte, wir wären kurz davorgestanden, es zu tun, als sie reinkam, und ...«

»Ein tolles Verhältnis, das ihr beiden da habt.«

»Richtig krank, und du kannst mir glauben, das ist mir sehr wohl bewußt.«

Ich fühlte mich plötzlich müde, wie ich so im dunklen Schlafzimmer stand, nur im Licht des viertelvollen Dezembermonds, der über den zottigen Fichten hing.

»Kendra ...«

»Könnten wir uns nicht einfach zusammen hinlegen?« Auch sie hörte sich müde an.

»Gern.«

»Aber ohne was zu machen, meine ich.«

»Ich weiß, was du meinst. Und ich finde, es ist eine prima Idee.«

Wir müssen etwa sechs, sieben Minuten einfach dagelegen haben, bevor wir anfingen, uns zu lieben, und wir hatten uns noch nie mit solcher Heftigkeit geliebt – so, wie sie sich gegen mich warf und mir in gleichem Maß Schmerz wie Lust bereitete. Es war genau die Läuterung, die ich dringend brauchte.

»Sie war schon immer so.«

»Deine Mutter?«

»Mhm.«

»Daß sie dich als Rivalin betrachtet hat?«

»Mhm. Sogar, als ich noch ganz klein war. Wenn mir jemand ein Kompliment machte, wurde sie sauer und sagte: Für kleine Mädchen ist es ja auch nicht weiter schwer, gut auszusehen. Das Schwierige ist, schön zu bleiben, wenn man älter wird.«

»Ist das deinem Vater nie aufgefallen?«

Sie lachte bitter. »Meinem Vater? Soll das ein Witz sein? Er kam normalerweise spät nach Hause, und dann knallte er sich die Birne voll und schlüpfte zu mir ins Bett, um mich von oben bis unten zu betatschen.«

»Na, sauber.«

Ein bitterer Seufzer. »Aber inzwischen läßt mich das längst kalt. Die beiden können mich mal. In sechs Monaten bekomme ich mein Erbe – von meinem Großvater väterlicherseits –, und dann ziehe ich zu Hause aus, und sie können ihre kranken Spielchen allein spielen.«

»Ist das jetzt der richtige Zeitpunkt, um dir zu sagen, daß ich dich liebe.«

»Weißt du, was wirklich verrückt ist, Roger?«

»Was?«

»Daß ich dich auch liebe. Wirklich. Zum erstenmal in meinem Leben liebe ich jemanden wirklich.«

Sechs Wochen später, am Abend des 20. Januar, legte ich mich mit einem neuen Roman von Sue Grafton schlafen. Kendra hatte unsere Verabredung wegen einer Erkältung abgesagt. Aufgrund meiner hypochondrischen Ader war ich nicht allzu traurig, daß sie nicht kam.

Der Anruf kam kurz vor zwei Uhr früh, als ich schon lange eingeschlafen war und mich gerade in einer Phase befand, in der man nur schwer aufwacht.

Trotzdem stand ich auf und hörte mir des langen und breiten Amys Gejammer an. Ich brauchte einige Zeit, bis ich verstand, was sie mir mit ihrem Geschluchze mitzuteilen versuchte.

Das Begräbnis fand an einem kalten, düsteren Tag statt. Es schneite, und der Wind war so stark, daß die Sargträger ins Wanken gerieten, als sie den schimmernden Silbersarg vom Leichenwagen zum Grab trugen. Die Landschaft lag da, öde wie eine Tundra.

Später, im Country Club, wo ein kleiner Imbiß serviert wurde, kam ein ehemaliger High-School-Freund auf mich zu und sagte: »Jede Wette, daß sich herausstellt, es war ein Nigger.«

»Würde mich jedenfalls nicht wundern.«

»Also, ich bin mir da ganz sicher. Da schläft der arme Randy nichtsahnend in seinem Bett, und so ein Dreckskerl kommt rein und erschießt ihn, und dann geht dieses Schwein auch noch ein Zimmer weiter und schießt auch die arme Kendra über den Haufen. Die Ärzte sagen, sie wird nie mehr gehen oder sprechen können. Bloß in so einem bescheuerten Rollstuhl dahinvegetieren. Früher, in den sechziger und siebziger Jahren, war ich ja noch sehr liberal eingestellt, aber langsam kann ich diese Scheiße nicht mehr hören. Inzwischen steht mir dieser ganze Senf bis hier, kann ich dir sagen.«

Amy erschien spät. Unter anderen Umständen hätte man ihr vorwerfen können, sie täte es, um zu ihrem großen Auftritt zu kommen. Aber diesmal hatte sie berechtigte Gründe. Sie ging am Stock, und sie ging langsam. Der Einbrecher, der an besagtem Abend jeden, der ihm in den Weg gekommen war, niedergeschossen und Schmuck im Wert von über 75 000 Dollar gestohlen hatte, hatte sie in die Schulter und ins Bein getroffen und vermutlich in dem Glauben, sie wäre tot, liegen gelassen. Genauso, wie er auch von Kendra angenommen hatte, sie wäre tot.

In ihrem schwarzen Kostüm und dem Schleier sah Amy verteufelt gut aus. Das Schwarz verlieh ihrer Trauer etwas sehr Erotisches.

Die Trauergäste stellten sich in einer langen Reihe auf, und in der nächsten Stunde nahm Amy, wie sie das am Abend zuvor bereits im Bestattungsinstitut getan hatte, die Beileidsbekundungen der Menschen in dieser Reihe entgegen. Es gab Tränen und Geschwätz mit Tränen und Beschimpfungen mit Tränen. Die ganz Alten waren total konsterniert – sie verstanden die Welt nicht mehr; da war man reich und wohlhabend, und trotzdem brachen sie bei einem ein und brachten einen in seinem eigenen Bett um. Die mittleren Semester waren wütend (verdammte Nigger), und die Jugend war gelangweilt (Randy? War das nicht dieser geile alte Suffkopf, der ständig hinter den jungen Mädchen her war und sie in den Hintern kniff – wen kümmert es schon, daß er tot ist, diese perverse Sau?).

Ich war der letzte in der Reihe, und als Amy mich sah, schüttelte sie den Kopf und begann zu schluchzen. »Die arme, arme Kendra. Ich weiß, wie viel sie dir bedeutet, Roger.«

»Wenn es geht, würde ich sie heute abend gern besuchen. Im Krankenhaus.«

Sie schniefte noch eine Weile hinter ihrem Schleier vor sich hin. »Ich weiß nicht, ob das wirklich eine so gute Idee ist. Die Ärzte sagen, sie braucht dringend Ruhe. Und Vic meint, sie hätte heute morgen sehr müde gewirkt.«

Die Kugel war direkt unter ihrer linken Schläfe in den Kopf eingedrungen. Eigentlich hätte sie auf der Stelle tot sein müssen. Aber die Götter hatten sie aus einer Laune heraus am Leben gelassen – gelähmt.

»Vic? Wer ist Vic?«

»Unser Pfleger. Ach, ich habe ganz vergessen, dir davon zu erzählen. Du hast ihn wahrscheinlich noch gar nicht getroffen. Er hat erst am Sonntag angefangen. Eine richtige Perle. Einer der Chirurgen hat ihn mir empfohlen. Du wirst ihn sicher bald kennenlernen.«

Ich lernte ihn vier Abende später an Kendras Bett kennen.

Er war durch und durch arrogant, unser blonder Vic, ausgestattet mit einem Körper und einem Gesicht, wie sie sich mit noch so vielen Schönheitsoperationen und Bodybuilding nicht hinkriegen ließen, ein echter Tarzan im Vergleich zu einem getürkten wie mir. Er sah aus, als wollte er sich am liebsten auf der Stelle seinen teuren dunklen Anzug vom Leib reißen, um schnurstracks in den Dschungel davonzustürzen und ein paar Löwen zu vertrimmen. Außerdem war er der stolze Besitzer eines hämischen Grinsens, das keinen Deut weniger beeindruckend war als sein Äußeres.

»Roger, das ist Vic.«

Er gab sich große Mühe, mir die Hand zu zerquetschen. Ich gab mir große Mühe, keine Miene zu verziehen.

Dann sahen wir alle drei auf Kendra in ihrem Bett hinab. Amy beugte sich über sie und küßte sie zärtlich auf die Stirn. »Mein armer Liebling. Wenn ich ihr das bloß hätte ersparen können ...«

Vic berührte Amy, und aus der besitzergreifenden Art, mit der er es tat, wurde mir sofort klar, daß da etwas im Busch war. Er mochte ja durchaus Krankenpfleger sein, aber für Amy war er etwas wesentlich Spezielleres und Intimeres.

Die beiden mußten meine Aufmerksamkeit gespürt haben, denn Vic ließ seine Hand von Amys Schulter gleiten und stand plötzlich so brav da wie ein Meßdiener.

Amy warf mir ein kurzes Lächeln zu. Nur zu offensichtlich wollte sie herausbekommen, was in mir vorging.

Aber ich verlor rasch das Interesse. Es war Kendra, die ich

sehen wollte. Ich beugte mich über das Bett, ergriff ihre Hand und berührte sie mit meinen Lippen. Weil Amy und Vic dabei waren, fühlte ich mich zuerst ein wenig gehemmt, aber schon nach kurzem nahm ich einfach keine Notiz mehr von ihnen. Kendra war sehr blaß, ihre Augen waren geschlossen, und über ihrer Stirn lag ein dünner Schweißfilm. Um den Kopf hatte sie einen dicken weißen Verband, wie in diesem einen Bogart-Film oder in *Die Mumie* mit Boris Karloff. Als ich sie auf die Lippen küßte, hielt ich plötzlich abrupt inne, denn mit einem Mal wurde mir die Ungeheuerlichkeit des Ganzen bewußt. Da lag die Frau, die ich liebte, halb tot vor mir, wobei es angesichts ihrer schweren Verletzung ohnehin ein Wunder war, daß sie überhaupt noch lebte, und hinter mir stand ihre Mutter, deren Trauer mehr oder weniger nur Heuchelei war.

Ein Arzt kam herein und erzählte Amy von verschiedenen Untersuchungen, die an diesem Tag durchgeführt worden waren. Obwohl sie im Koma lag, schien Kendra auf eine Reihe von Reizen zu reagieren, auf die sie vergangene Woche noch nicht angesprochen hatte.

Vermutlich aus einer Art Dankbarkeit heraus, begann Amy zu weinen, und als uns der Arzt bat, ihn mit Kendra allein zu lassen, gingen wir auf den Flur, um zu warten.

»Vic wird bei uns einziehen«, eröffnete mir Amy. »Wenn Kendra aus dem Krankenhaus nach Hause kommt, wird er schon bei uns wohnen. Dann ist vierundzwanzig Stunden am Tag jemand für sie da. Geradezu ideal, findest du nicht?«

Vic behielt mich scharf im Auge. Aber dieses Grinsen wich keine Sekunde von seinen Lippen. Er machte ein Gesicht, als hätte er gerade gemerkt, daß er in ein Stück Hundedreck getreten war. Es war nicht einfach, ein großer blonder Gott zu sein. Sicherlich war es mit gewissen Schwierigkeiten verbunden, bescheiden zu bleiben.

»Sie kennen also Kendras Chirurg?« fragte ich Vic.

»Was?«

»Amy hat gesagt, der Chirurg hätte Sie ihr empfohlen.«

Die beiden sahen sich an, und dann meinte Vic: »Ach ja, natürlich, der Chirurg, sicher.« Er schnatterte drauf los wie eine Teilnehmerin an der Wahl zur Miss America, die eine Frage zum Thema Patriotismus beantwortet.

»Und Sie ziehen bei ihr ein?«

Sein Nicken sollte wohl feierlichen Ernst signalisieren. Wenn er nur dieses Grienen hätte abstellen können. »Ich möchte helfen, so gut ich kann.«

»Wie reizend.«

Falls er sich meines Sarkasmus bewußt war, ließ er sich nichts anmerken.

Der Arzt kam nach draußen und begann flüsternd auf Amy einzureden. Seine mit Fachausdrücken gespickten Ausführungen ließen sie erneut in Tränen der Dankbarkeit ausbrechen.

»Tja«, sagte ich, »dann werde ich mich mal verabschieden – damit ihr euch ungestört um Kendra kümmern könnt.«

Ich küßte Amy auf die Wange und schüttelte Vics ausgestreckte Hand. Sein Händedruck war inzwischen nicht mehr ganz so fest. Selbst Muskelpakete haben sentimentale Anwandlungen. Er unternahm sogar einen Anlauf, sich als Schauspieler zu versuchen, der gute Vic. »Das einzige Problem wird sein, sie dazu zu bringen, vor Mitternacht aus der Klinik nach Hause zu gehen.«

»Sie bleibt wohl sehr lange, wie?« sagte ich.

Wie es sich für eine Heilige, über die gerade gesprochen wird, gehört, hielt Amy den Blick gesenkt.

»Lange? Wenn wir sie ließen, bliebe sie die ganze Nacht im Krankenhaus. Man kann sie kaum von Kendras Bett loseisen.«

»Na ja, sie und Kendra hatten ja auch immer schon ein ganz spezielles Verhältnis.«

Amy entging die Ironie nicht. Die Wut, die in ihren Augen aufblitzte, verflog jedoch sofort wieder. »Ich möchte jetzt gern wieder zu ihr«, sagte sie, wie es Mutter Teresa nicht überzeugender hätte bringen können.

Ich fuhr mit dem Lift ins Erdgeschoß hinunter, dann ging ich im Treppenhaus wieder in den dritten Stock hoch und legte mich nicht weit von Kendras Zimmer in einer Nische im Flur auf die Lauer. Von dort war es mir möglich, Kendras Zimmertür im Auge zu behalten, ohne daß Amy und Vic mich sehen konnten, wenn sie nach draußen kamen.

Sie gingen zehn Minuten nach mir. Amy war wirklich kaum vom Bett ihrer Tochter loszueisen.

In den nächsten sechs Wochen erlangte Kendra das Bewußtsein wieder, lernte, mit ihrer rechten Hand stockend einen Bleistift zu führen, und hatte jedesmal, wenn ich zur Tür hereinkam, Tränen in den Augen. Allerdings war sie immer noch nicht in der Lage, zu sprechen oder ihre untere Körperhälfte und die linke Seite zu bewegen. Aber das konnte mich nicht daran hindern, sie mehr denn je zu lieben. Wie es schien, war ich nicht halb so oberflächlich, wie ich immer befürchtet hatte. Es ist ein gutes Gefühl, so etwas über sich in Erfahrung zu bringen – daß man mit vierundvierzig zumindest über das Potential verfügt, erwachsen zu werden.

Nach drei Monaten intensiver körperlicher Rehabilitationsmaßnahmen, begleitet von schweren Depressionen über ihr Schicksal, kam Kendra schließlich im Mai nach Hause, in einem Mai voller Schmetterlinge und Kirschblüten und Steakdüfte, die vom Grill in dem weitläufigen Garten hinter dem riesigen Tudor-Haus aufstiegen. Das herrliche Grundstück hatte insgesamt eineinhalb Hektar, und in dem dreigeschossigen Haus gab es acht Schlafzimmer, fünf Bäder, drei Duschen, eine Bibliothek und ein Solarium. Die lange, gerade Treppe, die von der Eingangshalle nach oben führte, hatte Amy mit Schienen versehen lassen, um Kendra in ihrem Rollstuhl auf und ab befördern zu können.

Wir gaben ein richtig lustiges Vierergespann ab, Kendra und ich, Amy und Vic. Vier oder fünf Abende die Woche kochten wir im Freien und gingen anschließend nach drinnen, um uns auf dem Großbildschirm im Partyraum einen Film anzusehen. Drei Krankenschwestern wechselten sich im 8-Stunden-Takt ab, so daß immer jemand da war, wenn Kendra, die in einer ihrer pastellfarbenen Steppmorgenmäntel stumm herumsaß, Hilfe brauchte. Mindestens zweimal am Abend veranstaltete Amy ein Mordsgetue mit Kendra – wohl, um mir zu beweisen, wie rührend sie um ihre Tochter besorgt war –, und Vic ging ab und zu irgend etwas

Unwichtiges für sie holen, wahrscheinlich, um mir weiszumachen, er wäre wirklich Krankenpfleger.

Immer häufiger fuhr ich schon früh von der Arbeit nach Hause, um den Rest des Tages mit Kendra in ihrem Zimmer zu verbringen. Sie machte mit der Nachmittagsschwester alle möglichen physiotherapeutischen Übungen, aber sie vergaß nie, mir etwas zu zeichnen und es mir wie ein kleines Mädchen, das ihrem Daddy eine Freude machen will, voller Stolz zu überreichen. Sie rührte mich immer, diese Geste, und ich stellte fest, daß ich Kendra mehr denn je liebte, obwohl ich anfänglich noch Zweifel hatte, ob ich ihr wirklich ein guter Ehemann sein könnte und sie nicht eines Tages wegen einer gesunden Frau einfach sitzenlassen würde – schließlich hatte ich mich diesen ganzen Schönheitsoperationen nicht umsonst unterzogen, oder? Die tiefe Zuneigung, die ich für Kendra empfand, erfüllte mich mit einem gewissen Stolz. Wieder einmal hatte ich das Gefühl, hoffen zu können, eines Tages doch noch erwachsen zu werden. Wir sahen zusammen fern, oder ich las ihr aus der Zeitung vor (ganz besonders mochte sie die Nostalgie-Features, die sie manchmal brachten), oder ich sagte ihr einfach, wie sehr ich sie liebte. »Nicht gut für dich«, schrieb sie eines Tages auf ihre Schreibtafel und deutete auf ihre gelähmten Beine, um dann in Tränen auszubrechen. Ich blieb eine geschlagene Stunde vor ihr knien, bis die Schatten lang und violett wurden, und dachte darüber nach, wie verrückt das Ganze doch war. Früher hatte ich immer Angst gehabt, von ihr verlassen zu werden – zu jung, zu schön, zu willensstark, und wahrscheinlich benutzte sie mich nur, um es ihrer Mutter heimzuzahlen –, und jetzt wurde sie von ganz ähnlichen Ängsten geplagt. Ich versuchte ihr auf jede nur erdenkliche Weise zu vermitteln, daß ich sie nie verlassen würde und daß ich sie auf eine Art liebte, die meinem Leben zum erstenmal so etwas wie einen Sinn und eine gewisse Würde verlieh.

Der heiße Sommer kam, das Gras verdorrte, und nachts flackerten die Feuer auf den dunklen Hügeln hinter dem Haus wie die Spuren eines Bombenangriffs. An einem solchen Abend – es war extrem heiß, Vic war nicht zu Hause, und ich hatte gerade Kendra zu Bett gebracht –, wartete Amy in meinem Wagen auf mich.

Sie trug strahlend weiße, superkurze Shorts, ein winziges Top, das kaum ihre vollen Brüste bändigte, und hatte es sich auf dem Beifahrersitz bequem gemacht. In einer Hand hatte sie einen Martini, in der anderen eine Zigarette.

»Du hast mich doch hoffentlich noch nicht ganz vergessen?«

»Wo steckt denn dein reizender Freund?«

»Du magst ihn nicht, wie?«

»Nicht besonders.«

»Er denkt, du hast Angst vor ihm.«

»Vor Klapperschlangen habe ich auch Angst.«

»Wie poetisch.« Sie nahm einen tiefen Zug von ihrer Zigarette und blies eine bläuliche Wolke in den mondhellen Himmel. Ich hatte im hinteren Ende des asphaltierten Bereichs unten bei der Dreiergarage geparkt. Dort war man durch die Fichten vor neugierigen Blicken geschützt. »Du magst auch mich nicht mehr, stimmt's?«

»Kann sein.«

»Warum?«

»Darüber möchte ich mich jetzt wirklich nicht näher auslassen, Amy.«

»Weißt du, was ich heute nachmittag getan habe?«

»Was?«

»Masturbiert.«

»Wie schön für dich.«

»Und weißt du, an wen ich dabei gedacht habe?«

Ich sagte nichts.

»Ich habe an dich gedacht. An den Abend damals bei dir zu Hause.«

»Ich liebe deine Tochter, Amy.«

»Ich weiß, daß du mich für eine lausige Mutter hältst.«

»Wie kommst du denn darauf?«

»Ich liebe sie eben auf meine Art. Mag sein, daß ich keine sehr gute Mutter bin, aber ich liebe sie.«

»Ist das der Grund, warum du sie nicht schminken willst? Sie sitzt die ganze Zeit in diesem Scheißrollstuhl, und du hast immer noch Angst, sie könnte dir die Schau stehlen.«

Sie überraschte mich. Statt es zu leugnen, lachte sie. »Du merkst aber auch wirklich alles.«

»Manchmal wäre es mir lieber, wenn nicht.«

Sie legte den Kopf in den Nacken und sah aus dem offenen Fenster. »Ich finde es schade, daß sie zum Mond geflogen sind.«

Ich sagte nichts.

»Sie haben alles kaputt gemacht. Der Mond war so was Romantisches. Er war Gegenstand unzähliger Mythen, und es machte einfach ungeheuren Spaß, davon zu träumen. Aber jetzt ist er nur noch irgend so ein blöder Gesteinsklumpen.« Sie nahm einen langen Schluck. »Ich bin einsam, Roger. Ich habe solche Sehnsucht nach dir.«

»Das würde Vic bestimmt nicht gern hören.«

»Vic hat andere Frauen.«

Ich sah sie an. Noch nie hatte ich sie echten Schmerz zeigen sehen. Das erfüllte mich mit schrecklicher Genugtuung. »Nach allem, was ihr beide, du und Vic, getan habt, habt ihr euch gegenseitig verdient.«

Sie fackelte nicht lange. Sie schüttete mir den Rest ihres Drinks ins Gesicht, sprang aus dem Auto und warf die Tür hinter sich zu. »Du Schwein! Glaubst du, ich wüßte nicht, was du damit sagen willst? Du glaubst, ich hätte Randy umgebracht, stimmt's?«

»Richtig. Und Kendra wolltest du auch umbringen. Aber dummerweise starb sie nicht, nachdem Vic auf sie geschossen hatte.«

»Du Schwein!«

»Eines Tages wirst du dafür büßen, Amy. Das verspreche ich dir.«

Sie hatte das Glas immer noch in der Hand, und nun schleuderte sie es gegen die Windschutzscheibe. Das Sicherheitsglas überzog sich mit einem Geflecht von Sprüngen. Sie stapfte an den Fichten vorbei zum Haus hoch, bis sie nicht mehr zu sehen war.

Es war nicht ich, sondern Kendra, die schließlich das Thema zur Sprache brachte. Ich hatte gehofft, sie würde nie darauf kommen, wer damals dieser Einbrecher gewesen war. Sie hatte es ohnehin schon schwer genug, und mit diesem Wissen leben zu müssen, würde alles nur noch schlimmer für sie machen.

Aber sie kam trotzdem darauf. Es war an einem kühlen Augusttag, und die ersten Vorboten des Herbsts lagen in der Luft, als sie mir etwas in die Hand drückte, von dem ich erst annahm, es wäre ihr täglicher Liebesbrief.

VIC
CHECK
STREIT
$

Ich sah den Zettel an, dann sie.

»Ich fürchte, ich verstehe nicht ganz. Möchtest du, daß ich Vic auschecke?«

Ihre blitzenden blauen Augen sagten nein.

Ich überlegte kurz: Vic, Check... Alles, was mir einfiel, war Vic auszuchecken. Doch dann: »Ach so, ein Scheck? Bekommt Vic einen Scheck?«

Die blitzenden blauen Augen sagten ja.

»Hatte Vic wegen eines Schecks Streit?«

Ja.

»Mit deiner Mutter?«

Ja.

»Wegen der Höhe des Schecks?«

Ja.

»Weil er nicht hoch genug war?«

Ja.

Und dann begann sie zu weinen, Und dann war mir klar, daß sie Bescheid wußte. Daß sie wußte, wer ihren Vater umgebracht hatte. Und wer es bei ihr versucht hatte.

An diesem Nachmittag blieb ich lange bei ihr. Irgendwann kam ein Rehkitz unter den Fichten hervor. Als Kendra es sah, versuchte sie es mit zärtlichen, aufgeregten Lauten anzulocken. Es wurde eine sternklare Nacht, und durch das offene Fenster konnten wir eine Eule hören und später einen Hund, der fast wie ein Kojote klang. Manchmal schlief sie, und manchmal erzählte ich ihr einfach die Geschichten, die sie gern hörte; ›Schneeweißchen und Rosenrot‹ oder ›Rapunzel‹, Märchen, die ihr weder von ihrer Mutter noch von ihrem Vater je vorgelesen worden waren, wie sie mir einmal anvertraut hatte. Aber in dieser Nacht war ich mit meinen Gedanken woanders, und ich glaube, sie spürte es. Ich wollte ihr unbedingt klarmachen, wie sehr ich sie liebte. Ich wollte ihr begreiflich machen, daß man, auch wenn es im Universum selbst ungerecht zuging, zumindest in unserem kleinen Winkel Gerechtigkeit finden konnte.

An einem regnerischen Freitagabend im September brach ein großer, kräftiger Mann, den zwei Nachbarn, die ihn flüchtig gesehen hatten, als einen Schwarzen beschrieben, in die Wohnung ein, die sich Vic Bailey hielt, um sich mit den von Amy erwähnten jungen Frauen treffen zu können, und erschoß ihn. Drei Schüsse, zwei davon in den Kopf. Danach verschwand der Einbrecher mit Bargeld und Reiseschecks im Wert von mehr als 5000 Dollar (Vic hatte in vier Tagen in Europa Urlaub machen wollen).

Natürlich erkundigte sich die Polizei bei Amy, ob sich Vic in letzter Zeit irgendwie auffällig benommen habe. Sie hatten gewisse Zweifel, daß sein Tod die Folge eines gewöhnlichen Einbruchs war. Polizisten sind von Natur aus mißtrauisch, aber leider waren sie in diesem Fall nicht mißtrauisch genug. Genauso, wie sie Randys Tod als Raub mit Todesfolge zu den Akten gelegt hatten, beließen sie es schließlich auch in diesem Fall bei der Erklärung, Vic wäre von einem Einbrecher umgebracht worden.

An dem Tag, an dem Amy von Vics Begräbnis zurückkam, hatte ich eine kleine Überraschung für sie – nur um ihr deutlich zu machen, daß von nun an einiges anders würde.

Am Morgen hatte ich eine Haarstylistin und eine Kosmetikerin ins Haus bestellt. Sie machten Kendra drei Stunden lang zurecht, und als sie fertig waren, sah sie so gut aus wie eh und je.

Wir begrüßten Amy, die wieder einmal Schwarz tragen mußte, an der Eingangstür. Als sie Kendra sah, schaute sie mich an und sagte: »Du bist dir doch hoffentlich im klaren darüber, daß sie zum Heulen aussieht.« Schnurstracks ging sie in ihr Zimmer, wo sie den größten Teil des Tages damit zubrachte, Scotch zu trinken und die Hausangestellten zu schikanieren.

Kendra zog sich weinend auf ihr Zimmer zurück und schrieb dort immer wieder die Wörter *zum Heulen* auf ihren Block. Ich hielt ihre Hand und versuchte ihr zu versichern, sie sähe großartig aus, was ja auch der Fall war.

Als ich mit Kendra auf ihrem Zimmer zu Abend gegessen hatte und nach Hause fahren wollte, wartete Amy wieder in meinem Wagen auf mich, und diesmal war sie sogar noch betrunkener als beim ersten Mal. Wie üblich hatte sie ein Glas in der Hand. Sie trug einen dunklen Pullover, weiße Jeans mit einem breiten, schärpenartigen Ledergürtel und sah wesentlich besser aus, als mir lieb war.

»Du Dreckskerl, du glaubst wohl, ich wüßte nicht, was du getan hast?«

»Willkommen im Club.«

»Ich habe ihn geliebt, Scheiße noch mal.«

»Ich bin müde, Amy. Ich will nach Hause.«

Die Nacht war erfüllt vom würzigen Duft der Fichten, und der silberne Oktobermond sah so alt und wild aus wie ein aztekisches Bildnis.

»Du hast Vic umgebracht«, sagte sie.

»Aber sicher. Und John F. Kennedy habe ich auch ermordet.«

»Du hast Vic umgebracht, du Schwein.«

»Vic hat auf Kendra geschossen.«

»Das kannst du nicht beweisen.«

»Und du kannst nicht beweisen, daß ich Vic erschossen habe. Also mach bitte, daß du aus meinem Auto kommst.«

»Das hätte ich dir echt nicht zugetraut. Ich habe dich immer für einen Schlappschwanz gehalten.«

»Steig bitte aus, Amy.«

»Wenn du meinst, du hast gewonnen, Roger, dann täuschst du dich gewaltig. Du bumst die falsche, glaub mir.«

»Gute Nacht, Amy.«

Sie stieg aus. Doch dann steckte sie noch mal den Kopf durch das offene Fenster. »Nur gut, daß es wenigstens eine Frau gibt, die du befriedigen kannst. Ich bin sicher, Kendra hält dich für einen tollen Liebhaber. Jedenfalls jetzt, wo sie gelähmt ist.«

Ich konnte einfach nicht anders. Ich stieg aus und ging durch das taunasse Gras auf sie zu, riß ihr das Glas aus der Hand, und sagte: »Du läßt Kendra und mich in Frieden, hast du verstanden?«

»Was für ein großer, tapferer Mann«, sagte sie. »Was für ein großer, tapferer Mann.«

Ich schleuderte das Glas ins Gebüsch und ging zum Auto zurück.

Am nächsten Morgen stand mein Entschluß fest.

Ich rief im Büro an und gab Bescheid, daß ich nicht zur Arbeit kommen könne. Danach telefonierte ich drei Stunden lang mit allen möglichen Ärzten und Firmen für medizinischen Bedarf und informierte mich genauestens, was ich brauchte und was ich tun mußte. Sogar einen vorläufigen Dienstplan für die Krankenschwestern stellte ich zusammen. Um sie bezahlen zu können, mußte ich zwar mein Erbe angreifen, aber das war mir die Sache wert. Dann fuhr ich in die Innenstadt und ging dort zu einem Juwelier und in ein Reisebüro.

Ich rief sie nicht an. Es sollte eine Überraschung werden.

Als ich vor dem Haus hielt, deckte der australische Gärtner gerade die Tulpen zu. Es war Frost angekündigt. »Tag«, grüßte er mich lächelnd. Wäre er nicht über sechzig gewesen und hätte er keinen Bauch und weiße Haare gehabt, hätte es mich nicht überrascht, wenn sich Amy auch an ihn herangemacht hätte.

Das Mädchen, das mir öffnete, sagte, Kendra sei auf der Terrasse hinter dem Haus.

Ich schlich von hinten auf sie zu, klappte das Etui mit den Ringen auf und hielt es ihr so hin, daß sie es sehen konnte. Sie gab einen entzückten Gurrlaut von sich, und ich stellte mich vor sie hin, bückte mich, gab ihr einen zärtlichen Kuß und sagte: »Ich liebe dich. Ich möchte dich auf der Stelle heiraten, und ich möchte, daß du zu mir ziehst.«

Als sie zu weinen begann, kamen auch mir die Tränen, Ich kniete neben ihr nieder und legte ihr den Kopf in den

Schoß, auf die kühle Oberfläche ihres gesteppten rosa Morgenmantels. Lange ließ ich ihn dort liegen und beobachtete, wie sich über uns ein dunkler, eleganter Vogel im Wind treiben ließ und durch den langen, sonnigen Herbsttag schwebte. Eine Weile nickte ich sogar ein.

Als es Zeit zum Abendessen wurde, schob ich Kendra ins Haus zurück, wo sich Amy mit einer dieser männlichen Barbie-Puppen unterhielt, mit denen sie sich neuerdings tröstete. Sie lallte bereits leicht. »Wir wollten dir nur sagen, daß wir heiraten werden.«

Der Schönling, der nichts über die höchst speziellen zwischenmenschlichen Beziehungen in diesem Hause wußte, legte gleich in bester Hollywoodmanier los: »Das ist ja super. Meinen herzlichen Glückwunsch.« Er prostete uns sogar mit seinem Martiniglas zu.

Amy sagte: »Eigentlich liebt er aber mich.«

Der Schönling sah erst mich an, dann Amy und schließlich Kendra.

Abrupt drehte ich den Rollstuhl herum und schob ihn in die Eingangshalle hinaus.

»Er ist schon seit der zweiten Klasse in mich verliebt und heiratet sie bloß, weil er weiß, daß er mich nicht kriegt!«

Als sie dann ihr Glas an die Wand schleuderte, trat erst einmal betretenes Schweigen ein, bevor der Schönling mit einem verlegenen Hüsteln sagte: »Ich werde dann besser gehen, Amy. Vielleicht sehen wir uns ja ein andermal.«

»Du bleibst, wo du bist«, herrschte ihn Amy an. »Und daß du dich nicht von der Stelle rührst.«

Für den unwahrscheinlichen Fall, daß uns Amy nachkäme, um sich zu entschuldigen, schloß ich Kendras Tür hinter uns ab.

Gegen zehn begann Kendra leise zu schnarchen. Die Schwester klopfte vorsichtig. »Lassen Sie mich bitte rein, Sir. Kendras Mutter ist oben und schläft.«

Ich beugte mich vor und küßte Kendra zärtlich auf den Mund.

Wir setzten den Hochzeitstermin zwei Wochen später an. Ich bat Amy nicht um Hilfe. Im Gegenteil, ich ging ihr so weit wie möglich aus dem Weg. Sie schien es genauso zu halten. Ich wurde immer von einem der Mädchen ins Haus gelassen.

Kendra wurde von Tag zu Tag aufgeregter. Die Trauung sollte ein Geistlicher, den ich aus dem Country Club flüchtig kannte, in meinem Wohnzimmer vornehmen. Ich schickte Amy eine handschriftliche Einladung, aber sie reagierte nicht darauf.

Vermutlich zählte ich nicht zur näheren Verwandtschaft. Vermutlich war das auch der Grund, warum ich es aus dem Radio erfuhr, als ich eines trüben Morgens zur Arbeit fuhr.

Wie es schien, hatte sich in einer der prominentesten Familien der Stadt schon wieder eine Tragödie ereignet – nachdem man erst vor einem Jahr bei einem Einbruch den Vater ermordet hatte, war nun die an den Rollstuhl gefesselte Tochter die Treppe des Familiensitzes hinuntergestürzt. Anscheinend war sie in ihrem Gefährt zu nahe an die Treppe herangekommen und hatte die Kontrolle darüber verloren. Genick war gebrochen. Die Mutter hatte einen schweren Schock erlitten und stand unter ärztlicher Aufsicht.

Ich muß Amy an diesem Tag mindestens zwanzigmal angerufen haben, aber sie kam nicht ans Telefon. Meistens nahm der australische Gärtner ab. »Wirklich schrecklich, diese ganze Geschichte. Und sie war so ein nettes Mädchen, wirklich. Mein aufrichtiges Beileid.«

Ich weinte, bis ich nicht mehr weinen konnte, und dann holte ich mir eine Flasche Black and White und rückte ihr im trostlosen Dämmerlicht meines Zimmers zu Leibe.

Der Alkohol dirigierte mich durch das ganze Gefühlsspektrum einer Wagner-Oper – verzweifelt, melancholisch, sentimental, wütend –, und zum Finale hing ich kotzend über meiner kalten, harten Kloschüssel. Ich war kein sehr standfester Trinker.

Als sie kurz vor Mitternacht anrief, stierte ich stumpfsinnig in den Fernseher. Es kamen gerade Nachrichten, aber bei mir blieb nicht das geringste davon hängen.

»Jetzt weißt du, wie mir zumute war, als du Vic umgebracht hast.«

»Sie war deine Tochter.«

»Was hätte sie im Rollstuhl schon für ein Leben gehabt?«

»Du warst schuld, daß sie gelähmt war!« Inzwischen war ich aufgesprungen. Ich begann, wie ein in Panik geratenes Tier im Zimmer auf und ab zu gehen und sie mit Beschimpfungen zu überschütten.

»Morgen gehe ich zur Polizei«, sagte ich.

»Meinetwegen. Aber dann werde ich ihnen das von Vic erzählen.«

»Du kannst mir nichts nachweisen.«

»Schon möglich. Aber ich kann sie sehr, sehr mißtrauisch machen. Deshalb würde ich mir das an deiner Stelle noch mal sehr gut überlegen.«

Sie legte auf.

Mittlerweile war es November, und im Radio kam ständig blechernes, verlogenes Weihnachtsgedudle. Ich ging einmal täglich auf den Friedhof, und wenn ich anschließend nach Hause kam, verschaffte ich mir mit Black and White und Valium die nötige Bettschwere. Ich wußte, diese spezielle Mischung war wie russisches Roulette, aber vielleicht hatte ich ja Glück und verlor.

Am Tag nach Thanksgiving rief sie wieder an. Seit dem Begräbnis hatte ich nichts mehr von ihr gehört.

»Ich fahre weg.«

»Na und?«

»Ich dachte nur, ich sage dir lieber Bescheid, falls du dich mit mir in Verbindung setzen willst.«

»Und weshalb sollte ich das?«

»Weil wir inzwischen gewissermaßen wie siamesische Zwillinge sind, mein Bester. Du kannst mich auf den Elektrischen Stuhl bringen, und ich dich.«

»Und was ist, wenn mir das scheißegal ist?«

»Jetzt übertreibst du aber. Wenn es dir wirklich egal wäre, wärst du vor zwei Monaten zur Polizei gegangen.«

»Du Aas.«

»Ich werde dir von meiner Reise eine kleine Überraschung mitbringen. Ein Weihnachtsgeschenk, sozusagen.«

Ich versuchte zu arbeiten, konnte mich aber nicht konzentrieren und nahm unbefristeten Urlaub. Der Alkohol wurde langsam zum Problem. Weil es in beiden Seiten meiner Familie Fälle von Alkoholismus gab, kam es wahrscheinlich nicht ganz überraschend, daß ich mich zunehmend häufiger bis zur Besinnungslosigkeit betrank. Immer seltener verließ ich das Haus. Ich lernte, daß man sich, angefangen von Lebensmitteln bis zu Schnaps, alles, was man zum Leben braucht, ins Haus bringen lassen kann, solange man nur genügend Geld hat. Einmal die Woche kam eine Putzfrau und räumte meinen Saustall auf. Ich sah mir im Kabelfernsehen alte Filme an und suchte vor allem in der Frivolität der Musicals Vergessen. Kendra wäre bestimmt begeistert von ihnen gewesen. Es kam immer häufiger vor, daß ich am Morgen auf dem Boden meines Zimmers aufwachte, weil ich es offensichtlich nicht mehr ins Bett geschafft hatte. Eines Morgens stellte ich sogar fest, daß ich in die Hose gemacht hatte. Es ließ mich allerdings ziemlich kalt. Ich versuchte, nicht an Kendra zu denken, und doch war sie das einzige, woran ich denken wollte. Ich muß sechs- oder siebenmal am Tag geweint haben. In zwei Wochen nahm ich fünf Kilo ab.

Am Heiligen Abend versuchte ich in einem Anfall von Sentimentalität einigermaßen nüchtern zu bleiben und mich ein bißchen zurechtzumachen. Ich sagte mir, ich täte es Kendra zu Ehren. Es wäre unser erstes gemeinsames Weihnachten gewesen.

Die Putzfrau war auch eine gute Köchin und hatte mir einen vorzüglichen Rinderbraten mit Gemüse und Kartoffeln im Kühlschrank gelassen. Ich brauchte das Ganze bloß in der Mikrowelle aufzuwärmen.

Gerade hatte ich den Eßzimmertisch gedeckt – neben mir stand auch ein Gedeck für Kendra –, da klingelte es.

Ich ging öffnen und sah in das Schneegestöber hinaus.

Ich weiß, ich stieß einen lauten, rauhen Laut aus, aber ob es tatsächlich ein Schrei war, könnte ich nicht sagen.

Langsam wich ich zurück und ließ sie eintreten. Sogar

ihren Gang hatte sie dem ihrer Tochter angepaßt. Auch ihre Kleider, der lange, zweireihige Kamelhaarmantel und die weinrote Baskenmütze, waren mehr Kendras Stil als ihrer. Das Empire-Kleid mit vier Knöpfen, das sie darunter trug, zeigte die gleiche Farbe wie die Baskenmütze – genau so ein Kleid hatte Kendra oft getragen.

Aber die Kleider waren nur schmückendes Beiwerk.

Es war das Gesicht, das ich wie gebannt anstarrte.

Der Schönheitschirurg hatte verdammt gute Arbeit geleistet, wirklich verdammt gute Arbeit. Die Nase war kleiner, das Kinn herzförmig, und die Wangenknochen waren stärker ausgeprägt und lagen vielleicht einen Zentimeter höher. Und dazu noch die tiefblauen Kontaktlinsen ...

Kendra. Sie war Kendra.

»Du bist zu Recht beeindruckt, Roger, und darüber bin ich wirklich froh.« Sie ging an mir vorbei zur Bar. »Das Ganze ging schließlich nicht ohne einige Schmerzen ab. Aber das weißt du ja aus eigener Erfahrung. Schließlich hast auch du schon einige Schönheitsoperationen hinter dir.«

Sie warf ihren Mantel über einen Sessel und schenkte sich etwas zu trinken ein.

»Du Miststück«, sagte ich und schlug ihr das Glas aus der Hand, so daß es an der Steineinfassung des Kamins zersprang. »Du bist ein richtiger Zombie.«

»Und wenn ich eine Reinkarnation von Kendra wäre?« erwiderte sie lächelnd. »Ist dir dieser Gedanke noch nicht gekommen?«

»Ich möchte, daß du auf der Stelle verschwindest.«

Sie stellte sich, genau wie Kendra es immer getan hatte, auf die Zehenspitzen und drückte mir einen Kuß auf die Lippen. »Mir war durchaus klar, daß du dich erst mal sträuben würdest. Aber das sollte sich mit der Zeit geben. Irgendwann wirst du neugierig werden. Ob ich anders rieche oder ob ich mich anders anfühle. Ob ich – Kendra bin.«

Ich griff nach ihrem Mantel, packte sie am Handgelenk, zerrte sie zur Tür und stieß sie in die schneekalte Nacht hinaus. Dann schleuderte ich ihr den Mantel hinterher und warf die Tür zu.

Zwanzig Minuten später klopfte es. Noch bevor ich öffnete, war mir klar, wer davorstand.

Der Alkohol floß in Strömen, mehrere Stunden lang, und dann, bevor ich wußte, wie mir geschah, und entgegen allem, was mir lieb und teuer war, landeten wir im Bett. Als sie im Dunkeln die Arme um mich schlang, sagte sie: »Du hast doch schon immer gewußt, daß ich mich eines Tages in dich verlieben würde, Roger, oder etwa nicht?«

LUCY TAYLOR

Hitze

Als die Feuerwehrautos unter lautem Sirenengeheul die Niwot Street hochgebraust kommen, ist der Mann, dessen Name ich vergessen habe, in mir.

Während die Sirenen die Stille durchschneiden, rammelt er mit emsiger Heftigkeit drauf los. Mein Nacken wird feucht und beginnt zu prickeln. In meinem Bauch habe ich ein Gefühl, als stieße eine Kugel aus Kälte, so groß wie eine Faust, gegen die Wände meines Uterus.

Tommy? Billie? Einer dieser Namen, die mit einem Y enden und jungenhaft klingen, auch wenn sein Träger ein stattlicher Teppichverkäufer mit einem verhaltenen Lächeln und einem Ehering ist.

Johnny? Jimmy?

Egal.

Er ächzt und zuckt. Vor Erregung bäume ich mich so heftig unter ihm auf, daß das Rammeln schmerzhaft wird, so, als versuchte man mit geschwollenen Lippen Wasser zu schlucken. Ich bin so kurz davor, zu kommen, die fürchterliche Kälte zu lindern, daß ich das Zucken und Ziehen eines bevorstehenden Orgasmus bis herauf in meinen Bauch spüren kann, aber ich schaffe es nicht, ich kann nicht ganz loslassen und in den Armen dieses Fremden dahinschmelzen, und währenddessen kommen die Sirenen immer näher, und ich denke: »Diesmal kommen sie mich holen.«

Sie wissen Bescheid.

Obwohl das natürlich nicht der Fall ist.

Noch nicht.

Nicht dieses Mal.

Der Mann, dessen Name ich vergessen habe, wirft sich ein letztes Mal zwischen meine Beine, wie jemand, der ein Jungfernhäutchen, so fest wie Leder, zu durchstoßen versucht. Ich spüre seinen zuckenden Samenerguß.

Da bin ich schon aus dem Bett; zu schnell für ihn, er ist noch kaum fertig.

»Jimmy«, sage ich. An seinem Gesicht kann ich sehen, daß ich den Namen falsch geraten habe. »Ich muß gehen. Das war ein Fehler. Ich kenne dich ja nicht mal. Entschuldige.«

Ein paar Minuten später bin ich angezogen und laufe zu meinem Auto. Noch ein Löschwagen saust vorbei, seine Sirene ist wie ein Blitz, der mein Rückgrat hinunterzuckt. Ich springe in den Volvo, fahre los und rase dem Feuerwehrauto hinterher.

Es führt mich zu einem Antiquariat in einem heruntergekommenen Block der East Colfax. Ich kann den Rauch schon von weitem sehen, eine flauschige Wolke, geformt wie ein Tornado auf staubiger Wüste.

Und dann die Flammen. Sie züngeln und flackern und prasseln aus den Fenstern und steigen von eingestürzten Mauerstücken auf. Das Feuer frißt das Gebäude von innen auf, und alles, was es erfaßt, stürzt schwarz und verkohlt in sich zusammen. Ich steige aus dem Auto und gehe so nahe an die Brandstelle heran, wie mich die Feuerwehrleute lassen, jedenfalls so nahe, daß ich die Hitze in der Luft so deutlich spüren kann wie die Gitterstangen eines geschmolzenen Käfigs. Fasziniert beobachte ich diesen herrlichen Brand, sehe zu, wie das Gebäude von den Flammen vergewaltigt wird, und mich überkommt eine unstillbare Sehnsucht, verzehrt zu werden, zu einem Häufchen Asche verbrannt zu werden.

Vom Feuer.

Von einem Mann.

Von einem Verlangen, das mich verzehrt, mich mit Haut und Haaren verschlingt.

»Hitze«, flüstere ich, und es ist ebensosehr ein Gebet wie eine Bitte.

Hitze.

Neulich machte ich meiner Freundin Shawna die Haare. Ich färbte sie ihr in dem intensiven Kupferton, der ihrem Mann Robbie so gut gefällt, und dann begann ich über Hitze zu reden. Wie sie sich anfühlt, wozu sie einen bringen kann, und über die Männer, bei denen ich sie spürte. In meinem ganzen Leben gab es unter meinen Hunderten von Liebhabern nur drei solcher Männer, und jedesmal wußte ich es spätesten zehn Sekunden, nachdem ich sie zum erstenmal gesehen hatte, wenn sich unsere Auras trafen und unsere Pheromone verschmolzen, wenn alles nur noch ein einziges Glühen und Knistern war.

Meine pathetische Ausdrucksweise brachte Shawna zum Lachen. Sie sagte: »Hört sich ja richtig schmerzhaft an. Wie löschst du dieses Feuer wieder?«

Ich sagte ihr, daß man es nie richtig löscht, daß man nur eine Art Harakiri des Herzens begehen kann, indem man sein brennendes Inneres austritt und eine Weile kalt und leer wird, bis man wieder einen Mann kennenlernt, der die Glut von neuem entfacht und einen am ganzen Körper lichterloh brennen läßt.

Shawna schüttelte den Kopf und verspritzte dunkelrote Hennatröpfchen. »So eine Hitze – die habe ich noch nie gespürt.«

Das versetzt mich immer wieder in Erstaunen. Es war, als hätte mir Shawna gestanden, sie wäre farbenblind und sähe leuchtendes Karmesinrot, samtenes Purpur, Indigo und Bernstein und Jade lediglich in Form eintöniger Grauabstufungen.

Hitze – wie konnte jemand überhaupt leben, ohne sie je gespürt zu haben? Und wie konnte jemand weiterleben, ohne sie zu spüren?

Was das für ein Gefühl ist? Es ist, als hätte man etwas Lebendiges, elektrisch Aufgeladenes angefaßt oder sich versehentlich eine Droge, halb Halluzinogen, halb Gift, gespritzt. Man wird ganz klar im Kopf. Der Körper fühlt sich seltsam schlaff an, aber man sinkt nicht in sich zusammen, weil die Erregung die Muskeln aufputscht und die Synapsen fast zum Durchknallen bringt, wie bei einem multiplen Orgasmus; die Glut, die man in seinem Bauch spürt, breitet sich langsam aus, in den Unterleib hinab und hinauf zum Herzen, um das es sich schlingt wie eine Art flammender Ring.

Inzwischen ist viel Zeit vergangen, seit ich diese Hitze zum letzten Mal gespürt habe. Mein Herz beginnt an Hypothermie zu leiden. Mir ist kalt, mein Körper fühlt sich wund und wie ausgedörrt an. Ich fahre von Denver nach Boulder, beobachte die Männer im Pearl Street-Einkaufszentrum, wie sie herumstehen, flanieren, stolzieren, Dutzende, Hunderte von ihnen, die unterschiedlichsten Typen mit allen nur erdenklichen Figuren, einige muskelbepackt, andere marathonläufermager, wieder andere stämmig und gut gepolstert, aber ich empfinde nichts – ihre Pimmel wären wie regennasse Strohhalme, ihre Berührungen lau, und die einzigen Gefühle, die sie in mir wecken würden, wären Ungeduld, Frustration und Enttäuschung.

Ich sehne mich nach dem, was ich schon einmal hatte, nach der Hitze, die auflodert und zerstört, die die Seele verzehrt und das Herz zum Schmelzen bringt, so daß es flüssig und scharlachrot nach unten strömt und sich glühend heiß in meiner Muschi sammelt.

In letzter Zeit sehe ich in meinen Träumen, wie sich das Feuer in einen Mann verwandelt. Lodernd und prasselnd wirft er sich auf mich und umschlingt mich mit einem sengenden Kuß. Dann wache ich allein in meinem Bett auf.

Ich kann hören, wie Colin in seinem winzigen Zimmer am Ende des Flurs unablässig auf seinem Keyboard tippt. Der Erfolgsautor, der bloß noch nicht entdeckt wurde. Der asketische und zölibatäre *artiste*.

Mein Gott, wie konnte es nur so weit mit uns kommen?

Wie konnten wir, die wir einmal so geglüht haben, so erkalten?

Dreimal habe ich in meinem Leben Hitze gespürt. Das erste Mal war es bei Zeke, einem Berufsboxer, drahtig, mit Muskeln aus Stahl unter der glatten Haut mit einer Farbe wie rauchiger Quarz. Er war mit einer Frau unten in Colorado Springs verheiratet und hatte vier Kinder, aber wir vögelten, als wären wir die einzigen Menschen auf der ganzen Welt, und lebten in einer Wohnung zusammen, die mir Zeke in der Zuni Street gemietet hatte.

An dem Tag, an dem mir der plastische Chirurg sagte, es seien zwei Operationen nötig, um den Schaden zu beheben, den Zeke meiner Nase und meinen Wangenknochen zugefügt hatte, packte ich eine Tasche mit meinen Sachen und zog eine Weile zu Shawna.

Der zweite war Neal, ein italienischer Dressman, den ich kurz zur Heterosexualität bekehrte, indem ich ihm zeigte, daß ich mit derselben Wildheit und demselben brutalen Einfallsreichtum ficken konnte wie jeder knackarschige gepiercte Stricher.

Ich verließ Neal, weil er Drogen bald mehr liebte als mich, weil er schnarchte und die Handtücher wie dampfende hellblaue Scheißhaufen auf dem Boden im Bad liegen ließ, weil ich sein Rasierwasser nicht ausstehen konnte und weil ich eines Abends nach Hause kam und einen halbwüchsigen Jungen in meinem Bett liegen sah, einen nackten Jungen mit einer Erektion, die ihm bis zum Nabel reichte, und der einzige Schwanz, den ich Neal zu bieten hatte, war derjenige, der mir bereits das Herz durchbohrt hatte.

Der dritte ist Colin.

Colin ist anders als Zeke und Neal. Colin ist der einzige, der mich verlassen hat, bevor ich ihm weglaufen konnte.

Er wohnt zwar noch in unserer Wohnung in der Pascal Street. Er ist beim Frühstück da, und er schafft es auch dann immer nach Hause, wenn er sich in einem dieser Etablissements, in denen nur Leute mit literarischen Ambitionen verkehren, bis zur Besinnungslosigkeit betrunken hat, aber er teilt das Bett nicht mehr mit mir. Statt dessen schläft er in dem Zimmer, das er sein Büro nennt, eine winzige sargähnliche Kammer, die er mit alten Zeitschriften, Zeitungen und Briefen vollgestopft hat. Colin hält sich für einen Schriftsteller. Er ist ständig am Recherchieren und Notizenmachen und hortet alles wie ein Eichhörnchen, das einen Wintervorrat anlegt. Er hat so viele Bücher und Zeitungen und Notizzettel, daß kaum Platz genug für das Klappbett ist, das er in eine Ecke seiner engen, überfüllten Höhle geschoben hat.

Bis spät in die Nacht hinein, solange, wie wir uns sonst geliebt haben, höre ich das leise Klicken der Tastatur, wie das Picken einer psychotischen Henne. Er schreibt über die Liebe, macht aber keine, er beschreibt Leidenschaft, hat aber die Fähigkeit verloren, sie zu empfinden. Das Schreiben hat ihm die Seele geraubt.

Im Bett war es absolute Spitze, bei Colin und mir. Es

war sogar so gut, daß wir fast nie auf die Spielchen zurückgriffen, die Zeke so gern mochte und auf denen Neal bestand – die Dreier, die Jagd nach frischem Fleisch, das bereit war, sich mit uns beiden einzulassen, und dann die vielen Hilfsmittel – die glänzenden Lederpeitschen, die Handschellen, die Goldketten an den Brustwarzenringen. Es dauerte fast ein Jahr, bis ich Colin bat, mich zu schlagen, und ihn anflehte, seine Hände um meinen Hals zu legen und mich im Takt seiner Stöße zu würgen. Doch wenn wir diese Dinge taten – wenn wir die Leidenschaft schließlich mit Schmerzen würzten –, war es, als gösse jemand Öl ins Feuer. Wir ließen uns davon verzehren, wir kehrten der Arbeit und unseren Freunden den Rücken, schotteten uns immer mehr ab und lebten nur noch in unserer eigenen Welt.

Und dann kam der Punkt, an dem sich Colin von mir zurückzog.

An dem er zu der Überzeugung gelangte, Schreiben sei mit Leidenschaft unvereinbar, Kunst und Sex schlössen sich von Natur aus gegenseitig aus. Das war der Punkt, an dem ich anfing, hinter Feuerwehrautos herzufahren und mich nach Flammen zu sehnen.

»Das Komischste, was heute passiert ist«, erzähle ich Colin, als ich den Kopf in seine winzige Höhle stecke, in der er vor seinem Apple hockt. »Ich habe in einer Bar in der Colfax einen Mann kennengelernt. Wir sind in ein Motel gegangen und haben gevögelt, und dann wußte ich seinen Namen nicht mehr. Ich habe ihn nicht mal gebeten, ein Kondom zu benutzen. Ich wollte sein Sperma noch in mir haben, wenn ich zu dir nach Hause komme.«

Colin zieht eine Augenbraue hoch, aber sonst verzieht er keine Miene. Er starrt auf das, was er geschrieben hat, beugt sich vor, um etwas zu korrigieren, kratzt sich am Kinn.

»Du schleppst deine Affären an wie eine Katze, die mit einem zerbissenen Vogel im Maul nach Hause kommt. Mag ja sein, daß du das für einen Beweis deiner Zuneigung hältst, aber mir wird davon bloß schlecht.«

Ich lehne mich gegen den Türstock und reibe meine Hüfte so fest daran, daß mein Seidenkleid aufreißt.

»Als du mir zugesehen hast, wie ich es mit diesem Mann getrieben habe, den ich drüben in der Crosstown Bar aufgegabelt hatte, ist dir da auch schlecht geworden? Oder was ist mit der Frau, die wir mal vom Larimer Square mit nach Hause nahmen? Oder mit deinem guten Freund Luke vom College? Oder deiner Ex-Freundin? Wie sensibel sind wir denn in unserer Enthaltsamkeit geworden, mein Teuerster?«

»Laß mich bitte in Ruhe«, sagt er mit eisiger Ruhe. »Du hast gesagt, was du mir sagen wolltest. Aber jetzt geh bitte.«

»Ich werde gehen«, sage ich, »aber du wirst vor lauter Verlangen nach mir nicht mehr schreiben können. Du wirst dir vorstellen, wie ich in den Armen dieses Fremden liege, und du wirst so scharf auf mich werden, daß du mir das Herz mit einem Teelöffel herausstechen willst. Du wirst mich *umbringen* wollen.«

Nachdem ich meinen Fluch gesprochen, den Bann verhängt habe, ziehe ich mich schmollend ins Wohnzimmer zurück, um Feuer zu machen.

Ich sitze vor dem Kamin und sehe zu, wie die Flammen aufflackern wie die orangefarbenen Flügelspitzen eines exotischen Papageis. Bedächtig reiße ich ein Streichholz an und lasse es niederbrennen, bis es mir die Finger versengt.

Einmal war ich diese Flamme. Ich brannte mit der gleichen wilden Glut und Colin mit mir. Wie konnte man so etwas für eine andere Geliebte oder Muse aufgeben? Wie konnte es dazu kommen, daß man die Flamme plötzlich fürchtete?

Colin fürchtet sich vor ihr.

Ich erinnere mich, wie ich einmal auf dem Schaffellteppich vor dem Kamin wieder zu mir kam und Colin wie von Sinnen schluchzte: »Gott sei Dank, Gott sei Dank, ich dachte schon, ich hätte dich erwürgt. O mein Gott, ich wußte plötzlich nicht mehr, was ich tat ... es war, als würde ich ohnmächtig ... ich stand ganz dicht davor, ich bin gekommen und habe dich immer weiter gewürgt, bis ich irgendwann merkte, daß du dich nicht mehr rührst und ... o mein Gott, ich dachte, du wärst tot.«

Ich versuchte ihn zu trösten, aber er zog sich von mir zurück.

Und das war das letzte Mal, daß er mich anrührte.

Ein paar Wochen später gestand er mir, was ich mir bereits gedacht hatte – daß seine Angst nicht so sehr daher rührte, daß er nicht mehr gewußt hatte, was er tat, sondern daher, daß er nicht mehr vergessen konnte, wie es gewesen war, als er mich gewürgt hatte, und daß er mich wieder würgen wollte, daß er sich, als er gespürt hatte, wie mein Puls unter seinen Händen schwächer wurde, einen schrecklichen Augenblick lang genausosehr danach gesehnt hatte, mich umzubringen, wie er sich danach gesehnt hatte zu kommen, damit Tod und Orgasmus in einer alles mit sich fortreißenden Woge der Lust eins würden.

Er hatte diesem Impuls jedoch widerstanden, und ich hatte überlebt.

Allerdings konnte er nie verstehen, warum ich nicht dankbar dafür war.

Was mich daran hindert, verrückt zu werden – soweit man hier überhaupt noch von geistiger Gesundheit sprechen kann: ausgiebiges Masturbieren und die Jagd nach Männern, die ich in ein Motel oder in einen Park abschleppe und bumse.

Und ich gehe zu Bränden. In der Wilson, nur eine halbe Meile von hier, ist eine Feuerwache. Manchmal, wenn ich schnell genug bin, kann ich den letzten Feuerwehrautos zur Brandstelle folgen. Das flackernde Züngeln der Flammen hat etwas seltsam Verführerisches. Ich würde gern wissen, ob es den Feuerwehrmännern genauso geht, ob sie, was sie sonst niemandem verraten, mit einer Erektion an der Brandstelle eintreffen.

Ich habe zugesehen, wie ein Kaufhaus, eine Lagerhalle, ein Wohnhaus niedergebrannt sind, und habe mir dabei vorgestellt, ich wäre diejenige gewesen, die den Brand gelegt hat, und daß es nicht nur sexuelles Verlangen war, was mich dazu getrieben hat, sondern schlichter Wahnsinn, eine unstillbare Liebe zum Feuer.

Und dann frage ich mich, ob das nicht dasselbe ist.

Der Schlaf ist noch eine weitere Möglichkeit, mich zu verbrennen.

Der Mann, dessen Gesicht aus Feuer ist, setzt meine Träume lichterloh in Flammen.

Er ist Zeke und Neal und Colin, er rührt den Punkt in mir an, der nie berührt worden ist, der selbst dann, wenn ich bis zur Besinnungslosigkeit gevögelt werde, nie den kalten Kern meines Innersten entzündet. Sein Schwanz ist eine Fackel, die mein Herz erreicht. Ich sehne mich danach, daß er mein Innerstes verbrennt.

Die Peitschen, die Schläge, die köstlichen und schmerzhaften Küsse von Faust und Peitsche waren nur ein Versuch, zu diesem eisigen Zentrum vorzudringen und diese kalte Stelle aufzutauen.

Aber es geht nicht mit jedem Mann. Nur mit diesen drei, meiner persönlichen erotischen Dreifaltigkeit. Nur mit diesen Männern, deren Feuer die gleiche Intensität hat wie meines und es irgendwie zu entfachen vermag. Mit diesen wenigen Männern ficke ich mit Herz und Seele, mit Kopf und Möse. Mit den anderen war es nur ein kurzes Einführen eines Penis, eines Stifts A in einen Schlitz B, das Ganze gut geschüttelt und umgerührt, und am Ende bitte nicht vergessen, die Tür zu schließen, wenn Sie gehen, Sir.

Das Feuer auf dem Rost erlischt.

Und Colin tippt weiter. Unaufhörlich. Bis spät in die Nacht hinein kann ich seine Finger auf der Tastatur hören.

Eine Woche später fahre ich nachts zu einem leerstehenden Gebäude, an dem ich auf dem Weg zur Colfax unzählige Male vorbeigekommen bin. Ich parke um die Ecke, schlüpfe nach drinnen. Am Tag sieht es hier verheerend aus, eine vergammelte Bruchbude in einer heruntergekommenen Gegend. In der Dunkelheit haftet dieser Abscheulichkeit jedoch eine seltsame, übernatürliche Schönheit an. Das Mondlicht, das durch die zerbrochenen Fensterscheiben fällt und von rissigen, abblätternden Mauern zurückgeworfen wird, überzieht alles mit einem gespenstischen Leuchten. Es erinnert mich an einen Unterwassertempel, verfallen und verlassen, doch voller Geheimnisse und Spuren verflossener Größe.

Es wird brennen wie ein ölgetränktes Stück Pappe, und ein solches benutze ich, um den Brand zu legen.

Ich bleibe in der Nähe der Brandstelle und ziehe mich erst zurück, als ich die Sirenen höre.

Das Gebäude stirbt in wenigen Minuten, seine schwachen Wände stürzen ein.

Was habe ich nur getan?

Als die Feuerwehrmänner die letzten Brandherde löschen, fühle ich mich wieder wie zuvor: die dunkle Stelle in meinem Bauch ist wie mit Eis überzogen, und die Kälte in meinem Bauch ist ein harter Klumpen, so greifbar wie ein totes Kind.

Ich fahre nach Hause.

Irgendwie muß ich Colin aus seiner Isolation befreien. Ich muß ihn dazu bringen, mich zu begehren. Ich muß ihn wieder zum Brennen bringen.

An der Tür empfängt mich Colin mit einem Glas in der Hand und den unverzeihlichen Worten:

»Mein Entschluß steht fest. Ich ziehe aus.«

»Das darfst du nicht! Was habe ich denn getan?«

»Nichts. Alles.« Er wirkt erschöpft. »Seit du mir von dem Mann in dem Motel erzählt hast, von dem Mann, an dessen Namen du dich nicht erinnern konntest – seitdem ist es, als hättest du mich verhext. Ich kann über nichts anderes mehr schreiben als über dich. Mit ihm. Mit anderen Männern. Es ist wie ein Zwang, der alles andere verdrängt. Ich muß mich von dir trennen.«

»Nein!« Ich ziehe ihn an mich, und einen kurzen Augenblick lang klammert er sich an mich, und ich kann seine Erektion spüren, doch als ich nach ihr greife, stößt er mich von sich.

»Du bist ja betrunken«, sage ich.

»Nicht betrunken genug.«

»Und wütend auf mich.«

»Ja.«

»Dann laß mich deine Wut spüren. Schlag mich. Alles, was du willst. Nur, daß ich irgendwas spüre.«

»Morgen«, sagt er, und einen Moment schöpfe ich wieder Hoffnung. Aber ich habe ihn falsch verstanden. »Morgen gehe ich«, sagt er. »Sobald ich ein bißchen geschlafen habe.« Und er wankt auf das Klappbett zu und läßt sich darauf fallen. Eiskalt, unerträglich.

Während Colin schnarchend auf dem Bett liegt, übergieße ich die Stapel mit Zeitungen und Manuskripten und die Zeitungen, die ich an der Tür ausgelegt habe, mit Benzin. Dann trete ich zurück und zünde ein Streichholz an.

Und werfe es in das Zimmer.

Es gibt ein explosionsartiges Fauchen, mit dem ich nicht gerechnet habe, und fast sofort schießen Flammen hoch. Colins Hemd entzündet sich auf der Stelle. Laut schreiend springt er auf und schlägt verzweifelt auf seine brennenden Kleider ein.

Als er aufblickt, sieht er gerade noch, wie ich ihm die Tür vor der Nase zuknalle.

Ich kann die Tür nur ein paar Sekunden gegen Colins verzweifelten Ansturm zuhalten, aber mehr ist nicht nötig. Die Zeitungen müssen sofort in Flammen aufgegangen sein, und mit ihnen das Klappbett und die Manuskripte. Er sitzt in der Falle, in einem mit Büchern ausgekleideten Ofen.

Ich spüre die Hitze auf der anderen Seite der Tür und Colins Schläge, die allmählich schwächer werden. Er brüllt etwas – meinen Namen –, und ich trete zurück und reiße die Tür auf.

Im Innern des lodernden Ofens sehe ich – den Mann aus züngelnden Flammen. Er springt und dreht sich, er schlägt um sich und windet sich – er ist ein verrückt gewordenes flammendes Gyroskop mit einer Krone aus feuerrotem Haar. Seine Kleider, sein Haar, ganze Teile seines Körpers flammen in feuriger Pracht auf.

Während ich dieses schaurige Schauspiel, diesen verzweifelten Todestanz beobachte, merke ich plötzlich, daß ich in meinem Innersten immer noch Eis bin. Schlimmer denn je. Nichts auf dieser Welt wird mich je wieder wärmen können.

Außer dem Feuer.

Mein kaltes Herz fühlt sich an wie zersprungenes Glas. Mit jedem Schlag bohren sich mehr Splitter in meine Kehle, in meine Lungen. Die Haare auf meinen Armen werden bereits versengt, aber trotz des Feuers friere ich.

Ich kann die Kälte nicht mehr ertragen. Nicht einen Augenblick länger.

Ich werfe mich durch die Tür, in die Arme des Manns aus Feuer.

Ich will ihn in mir spüren. *Sofort.*

NANCY A. COLLINS

Dünne Wände

In der Lebensgeschichte eines jeden Menschen gibt es bestimmte Meilensteine, die einem unauslöschlich im Gedächtnis bleiben. Einer davon ist die erste eigene Wohnung.
Sie liegen vielleicht schon auf der Pflegestation eines Alters-
heims, mit einem Schlauch in der Nase und einem anderen
im Arsch, Sie sind bis oben hin vollgepumpt mit Medikamenten, und Ihr Gehirn ist von der Alzheimerschen und rei-
henweise Schlaganfällen so im Eimer, daß Sie sich nicht mal
mehr an die Namen Ihrer Kinder erinnern können –, aber
aus irgendeinem perversen Grund ist Ihnen immer noch die
Farbe des Teppichbodens Ihrer Studentenbude gegenwärtig.
Überlegen Sie mal.

Was mich angeht, bin ich ganz sicher, daß ich meine erste
Wohnung nie vergessen werde. Auch wenn ich mich noch
so sehr anstrenge.

Der ganze Gebäudekomplex nannte sich Del-Ray Gar-
dens. Fragen Sie mich nicht, warum. Ich sah in den eineinhalb Jahren, die ich dort wohnte, nie etwas, das auch nur
annähernd Ähnlichkeit mit etwas Wachsendem hatte, ge-
schweige denn mit einem Garten, es sei denn, man rechnet
den tristen Hof mit dem rissigen Swimmingpool dazu, der
eine Brutstätte für Mücken und Dreck war.

Das Del-Ray war alt. Es war mindestens zehn bis zwanzig
Jahre vor meiner Empfängnis gebaut worden, zu einer Zeit,
als die Schule noch als simples staatliches College gedient
hatte. Zweifellos war das im Stil eines zweistöckigen Motels
angelegte Del-Ray mit seiner Zierputzfassade ursprünglich
für die Flut von verheirateten Studenten gedacht, die vor
dem Korea-Krieg dank der finanziellen Unterstützung
durch die GI Bill die Universität überschwemmten. Bis ich
dort allerdings im Herbst '79 einzog, war das einzige, was
für das Del-Ray sprach, seine Nähe zum Campus. Zu Fuß
war es buchstäblich nur ein Katzensprung zur Universität.
Und das war ideal für jemanden wie mich, der den Unter-

richtsbesuch als die bittere Pille betrachtete, die es zu schlucken galt, um in den Genuß der sonstigen Freuden des Studentenlebens zu gelangen.

Ich zog in meinem Junior Year ein. Als Freshman und Sophomore hatte ich in einem der Studentenheime gewohnt und die Nase gründlich voll, das Bad mit drei anderen Leuten teilen zu müssen und (offiziell) nach neun Uhr abends keinen Männerbesuch mehr auf dem Zimmer empfangen zu dürfen. Das Del-Ray lag in unmittelbarer Nähe der Uni und bei einer Monatsmiete von hundert Dollar plus Nebenkosten durchaus im Rahmen meiner finanziellen Möglichkeiten.

Den Umzug machte ich ganz allein – da ich nichts besaß als ein paar Milchflaschenträger voller Taschenbücher, eine Doppelmatratze (ohne Gestell), eine Schreibmaschine, einen Fön, einen Digitalwecker, einen tragbaren Schwarzweißfernseher und eine Popcornmaschine war das keineswegs eine herkulische Leistung. Was machte es da schon, daß ich keinen Stuhl zum Sitzen hatte? Hauptsache, ich war jetzt ein selbständiges Mädchen und hatte eine Bude ganz für mich allein! Was mich jedoch in meinem neuen Heim erwartete, sollte meine jugendliche Begeisterung rasch dämpfen.

Zum einen stellte ich fest, daß mein Vormieter ein halbes Dutzend Eier im Kühlschrank gelassen hatte, bevor er vor ungefähr einem Monat den Stecker herausgezogen hatte. Überflüssig, darauf hinzuweisen, daß ich die Aktion, den Kühlschrank sauberzukriegen, nie vergessen werde. Nachdem ich die Küche auf Vordermann gebracht hatte, ging ich zu dem Hit-N-Git an der Ecke und kaufte mir für meine erste Mahlzeit in meinem neuen Zuhause Makkaroni und Käse und ein paar Dosen Thunfisch. Meine Mutter hatte mir in weiser Voraussicht einige alte Töpfe und Teller vermacht, die sie nicht mehr brauchte, so daß es mit einem eigenartigen häuslichen Déjà vu verbunden war, als ich mein Abendessen von meinem alten Daffy Duck-Teller löffelte.

Ich saß im Schneidersitz auf dem Boden des Wohnzimmers, mit dem Rücken gegen die billige Sperrholzverkleidung gelehnt, und stellte mir zufrieden lächelnd vor, wie die Wände bald hinter Schwarzlichtpostern und Regalen voller SF-Paperbacks verschwänden und der Durchgang zum Schlafzimmer mit einem Glasperlenvorhang verhängt würde, während aus der Stereoanlage Alice Cooper und Kiss so laut dröhnten, daß die bröckelnde Zierputzfassade des Del-Ray noch mehr Risse bekäme. Ich stellte mir vor, wie alle meine Freunde mit den Köpfen nickten und die Einrichtung begutachteten, Gras rauchten, Bier tranken und anerkennend bemerkten: »Echt coole Bude, die du da hast«, oder wie ...

»Wer hat was davon gesagt, daß du auf einen anderen Sender schalten sollst, du mieser Wichser?«

Die Stimme war so laut und so *nahe*, daß ich richtig zusammenfuhr, weil ich dachte, es wäre jemand im Raum.

»Du hast doch gar nicht geschaut, verdammte Scheiße! Du hast gepennt, du blöde Sau!«

»Von wegen! Ich hab ferngesehen!«

»Einen Dreck hast du! Wie willst du fernsehen, wenn deine Scheißaugen zu sind?«

»Ich habe meine Augen bloß ein bißchen ausgeruht, du blödes Arschloch!«

Erst an diesem Punkt merkte ich, daß ich wirklich allein in meiner Wohnung war. Was ich hörte, kam aus der Wohnung nebenan. Es waren Männerstimmen, beide schon ziemlich angetrunken und beide anscheinend schon ältere Semester – etwa im Alter meines Vaters, wenn nicht älter. Der zur Debatte stehende Fernseher war zwar ziemlich laut gestellt, aber das war etwas, woran ich mich im Studentenheim gewöhnt und was ich zu ignorieren gelernt hatte. Woran ich allerdings nicht gewöhnt war, das waren Leute, die herumbrüllten, daß die Wände wackelten.

»Sag so was nie wieder zu mir, Dez! Das hab dir schon oft genug klargemacht!«

»Ich sag, was ich will, verdammte Scheiße!«

»Herrgott noch mal, Dez, halt endlich dein blödes Maul!«

»Halt du dein blödes Maul, du mieser schwanzlutschender Scheißhaufen!«

Ich schlich zur Wohnungstür und spähte auf den Hof hinaus. Zu meiner Verblüffung war kein anderer Mieter zu sehen. Sollte tatsächlich niemand sonst hören, was in der Wohnung neben meiner vor sich ging?

»*Halt dein blödes Maul, du alter Sack! Geh lieber schlafen!*«

»*Du mieses Stück Scheiße!*«

»*Du solltest wirklich ins Bett gehen, Dez!*«

»*Du kommst dir wohl fürchterlich schlau vor, wie!*«

»*Halt endlich dein blödes Maul und geh schlafen!*«

»*Rühr mich bloß nicht an, du perverse Sau! Ich bring dich um, wenn du mich anfaßt, du schwule Drecksau!*«

Plötzlich gab es einen dumpfen Knall, als hätte jemand einen Matchsack voller schmutziger Wäsche gegen die andere Seite der Wohnzimmerwand geworfen. Dann noch einen. Und noch einen.

Ich riß die Tür wieder auf und stürmte auf die gegenüberliegende Wohnungstür zu, um zu fragen, ob ich das Telefon benützen und die Polizei anrufen könnte. Mein Herz schlug wie wild, als ich an die Tür klopfte. Nach ein paar Sekunden hörte ich, wie der Riegel zurückgeschoben wurde; ein Mann, in dem ich einen Assistenten aus dem anglistischen Seminar erkannte, linste nach draußen.

»Entschuldigen Sie, wenn ich Sie beim Essen störe, aber könnte ich Ihr Telefon benutzen um ...«

Die Augen des Assistenten zuckten zu meiner offenen Wohnungstür hinüber. »Wohnen Sie in 1-E?«

»Ja. Ich bin erst heute nachmittag eingezogen. Könnte ich bitte bei der Polizei anrufen ...«

»Meinetwegen können Sie gern das Telefon benutzen, aber ich warne Sie jetzt schon – sie werden nicht kommen. Jedenfalls nicht sofort, und auch dann erst, wenn sich noch zwei oder drei weitere Leute beschwert haben.«

»Was soll das heißen?«

»Es sind wieder mal nur Dez und Alvin.«

»Sind Sie wirklich sicher? Ich meine, daß die Polizei nicht kommt?«

Der Assistent lachte wie mein Vater, wenn er übers Finanzamt spricht. »Glauben Sie mir, ich kenne das.«

Das war meine erste Begegnung mit meinen Wohnungsnachbarn Dez und Alvin.

Ich sollte im Lauf der nächsten Monate noch so einiges

mehr über sie erfahren, auch wenn ich nie herausbekam, wie sie mit Nachnamen hießen. Den größten Teil dieser Informationen erhielt ich unfreiwillig, da es keine Möglichkeit gab, ihren nächtlichen Streitereien nicht zuzuhören. Tagsüber waren sie normalerweise ruhig. Ich stellte rasch fest, daß ihre Wortgefechte zwar laut, aber in der Regel kurz waren und nach einem festen Schema abliefen. Sie begannen etwa mit den Abendnachrichten und erreichten ihren Höhepunkt meistens bei Johnny Carsons Monolog.

Blöderweise hatte ich einen Mietvertrag unterschrieben, und da mir klar war, daß ich nie etwas finden würde, was so nahe am Campus und so billig wie das Del-Ray war, biß ich die Zähne zusammen und beschloß, das Beste daraus zu machen. Sehr oft sah ich mir im Kino Double-Features an, die ich nach Möglichkeit so timte, daß ich erst nach Hause kam, wenn Dez und Alvin ihre alkoholisierte Kabuki-Vorstellung beendet hatten.

Obwohl ich sie täglich hörte, bekam ich Alvin und Dez erst in meiner zweiten Woche im Del-Ray zu sehen, und auch das nur rein zufällig.

Es war an einem Werktagnachmittag gegen zwei Uhr. Ich war zum Hit-N-Git gegangen, dem rund um die Uhr geöffneten Supermarkt, der ein Stück vom Del-Ray die Straße runter lag. Dort fiel mir ein großer, dünner Mann in einer lila Hose – so ein billiges, gürtellose Ding im Freizeitlook – und einem mit Segelbooten bedruckten Kunstseidenhemd auf.

Er versuchte, in der Mikrowelle einen Burrito warm zu machen und stank so nach billigem Parfüm, Knoblauch und Gin, daß ich ihn noch zwei Regalreihen weiter riechen konnte. Obwohl er wahrscheinlich erst fünfundvierzig war, sah er wesentlich älter aus als mein Vater. Sein Haar, das mal rot gewesen, inzwischen aber zu einem unansehnlichen Orangeton verblichen war, trug er nach der typischen Art älterer weißer Unterschichtschwuler: die eine Hälfte auftoupiert, die andere Marke Hahnenkamm. Als er an die Kasse ging, um seinen Burrito zu bezahlen, sah ich, daß er unter dem linken Auge einen blauen Fleck hatte, der mit flüssiger Make-up-Grundierung überdeckt war, die eine Spur dunkler schimmerte als seine Haut. Mir dämmerte plötzlich, daß ich eine Hälfte des berüchtigten Duos Dez und Alvin vor mir hatte. Vermutlich Alvin. Dez' Stimme war tiefer und rauher und schien einem wesentlich älteren Mann zu gehören.

An der Kasse kaufte Alvin noch eine Flasche Gin – die Marke mit dem gelben Etikett, auf dem in großen Druckbuchstaben nur GIN steht – und eine Flasche Wodka ähnlicher Machart. Dann schlurfte er nach draußen und ließ seinen Mikrowellenburrito an der Kasse liegen. Der Kassierer, ein pakistanischer Austauschstudent, zuckte nur mit den Schultern und warf den Burrito in den Müll.

Dez bekam ich erst am darauffolgenden Wochenende zu sehen, als ich den Fehler machte, ein paar Freunde in meine neue Bude einzuladen. Die letzten zwei Wochenenden waren Dez und Alvin ausgegangen, um sich in irgendeiner Bar vollaufen zu lassen, und daraus zog ich irrtümlicherweise den Schluß, sie täten das jedes Wochenende. Von wegen. Nur an den Samstagen, an denen Dez seinen Scheck von der Social Security und Alvin seine Sozialhilfe bekommen hatte.

Ich schaffte es, einen Küchentisch und genügend Stühle zu organisieren, um ein kleines Abendessen zu veranstalten, und lud George und Vinnie dazu ein. George und Vinnie waren ein schwules Paar, das ich seit meinem ersten Jahr an der Uni kannte. George studierte Bühnenbildnerei, Vinnie Architektur. Wirklich reizende, witzige Typen, mit denen es viel zu lachen gab.

Ich machte Spaghetti und Knoblauchbrot (eins der wenigen Dinge, die ich konnte), und George und Vinnie brachten eine Flasche Chianti mit. Gerade als ich das Geschirr abgeräumt hatte und wir uns über den neuesten Klatsch unterhielten, begann die Wohnzimmerwand so heftig zu wackeln, daß der Jägermeister-Spiegel, den ich am Tag zuvor in dem Spencer's im Einkaufszentrum gekauft hatte, herunterfiel und zerbrach.

»*Rühr meine Scheiße nicht an!*«

»*Ich rühr deine Scheiße nicht an! Kein Mensch hat deine Scheißscheiße angerührt!*«

»Du bist ein verlogenes Dreckstück, Alvin!«

»Halt dein blödes Maul, alter Saftsack!«

»Rühr mich nicht an, du schwule Sau! Rühr mich noch einmal an, und ich bring dich auf der Stelle um! Mir ist scheißegal, wer du bist! Ich bring dich auf der Stelle um, du mieses Stück Scheiße!«

»Halt dein blödes Maul!«

»Halt du dein Maul, du Scheißschwuler! Du bist nichts als ein Stück Scheiße, das bist du! Was sag ich, du bist nicht mal ein Stück Scheiße! Schwule sind keine Menschen!«

George schob seinen Stuhl zurück. Dabei wandte er den Blick nicht einen Moment von der Wohnzimmerwand ab. »Wir – äh – würden ja gern noch ein bißchen länger bleiben und quatschen, aber Vinnie und ich müssen jetzt wirklich nach Hause ...«

»Es tut mir wirklich leid, Leute. Ehrlich ...«

»Solche beschissenen Schwanzlutscher wie du können mir gestohlen bleiben! Ihr Scheißschwulen solltet alle verrecken! Damit wir normalen Leute Ruhe vor euch haben!«

»Halt's Maul, Dez! Der Scheiß, den du verzapfst, interessiert doch keinen Menschen!«

»Du kriegst gleich Prügel, daß du nicht mehr weißt, wo dir der Kopf steht!«

»Versuch's doch, du alter Schwachkopf!«

»Für dich tut uns das Ganze noch viel mehr leid«, hauchte Vinnie und folgte George überstürzt zur Tür. Dabei behielten beide argwöhnisch die Wand im Auge, als erwarteten sie, Dez und Alvin könnten jeden Augenblick wie dressierte Tiger, die durch einen brennenden Reifen springen, aus ihr hervorgeplatzt kommen.

Gerade als George die Tür aufmachte, fiel die von Alvin und Dez krachend zu. Wir stellten uns alle drei auf die Zehenspitzen und spähten auf den Flur hinaus. Ein kleiner, untersetzter Mann Mitte sechzig, der sein spärliches graues Haar in einem militärisch kurzen Bürstenschnitt trug, wackelte in Richtung Parkplatz los, wahrscheinlich, um sich in dem auch so spät noch geöffneten Hit-N-Git etwas zu trinken zu besorgen. Er trug ein kurzärmeliges Hemd und eine stark zerknitterte Hose, die von hinten aussah, als schmuggelte er gut genährte Bulldoggen.

»Wer – oder sollte ich sagen, *was* – ist das?« fragte George mit einem Bühnenflüstern.

»Das ist vermutlich Dez. Er lebt nebenan mit Alvin, dem Typ, mit dem er gestritten hat.«

»Ich habe ja schon von einigen verkappten Schwulen gehört«, sagte Vinnie. »Aber der hier ist bisher das schönste Exemplar.«

»Man denkt eigentlich nicht, daß er schwul ist, oder?« dachte ich laut nach. »Also, daß Alvin schwul ist, weiß ich … aber Dez sieht eher aus wie einer von den alten Kriegskameraden meines Dad. Vielleicht teilen sie sich bloß die Wohnung.«

George bedachte mich mit einem Blick, den er sich für besonders begriffsstutzige Heteros vorbehielt. »Gibt es in dieser Baracke überhaupt Wohnungen mit zwei Schlafzimmern?«

»Nein.«

»Außerdem habe ich schon alle möglichen Stories über dieses Paar gehört. Dabei war zwar nie davon die Rede, wie sie heißen oder wo sie wohnen, aber ich bin ziemlich sicher, es können nur diese beiden sein. Sie sind Vollalkoholiker und leben schon seit Anfang der sechziger Jahre zusammen.«

»Das glaubst du doch selbst nicht! Wie könnten zwei Typen, die sich auf den Tod nicht ausstehen können, so lange unter einem Dach wohnen?« Ich schauderte. Irgendwie konnte ich mir das einfach nicht vorstellen – ungefähr genauso wenig wie, daß meine Großeltern Sex miteinander hatten.

Vinnie hob die Schultern. »Meine Eltern haben in ihren letzten zehn Ehejahren zusammengelebt, als würden sie den Vietnamkrieg untereinander austragen, und nicht, als zögen sie in einer Vorstadt irgendwo im Grünen ein paar Kinder groß.«

»Mich erinnert das auch alles zu sehr an meine eigenen Eltern«, stimmte ihm George zu. »Irgendwie kann ich dieses Gezanke nicht ab. Komm doch das nächste Mal zu uns. Ich glaube nicht, daß ich mir das noch mal antun möchte – diese zwei keifenden, verkappten Schwulen.«

Wie Sie sich vielleicht denken können, war das mein erster und letzter Versuch, Freunde in meine neue Wohnung einzuladen. Dank Dez und Alvin kam ich, solange ich dort wohnte, kein einziges Mal dazu, eine dieser wüsten Studentenfeten zu schmeißen, von denen ich immer geträumt hatte. Die Aussicht, Dez und Alvin könnten in der Hoffnung, umsonst was zu trinken zu kriegen, die Party sprengen, genügte, um alle diesbezüglichen Pläne im Keim zu ersticken.

Es erstaunte mich, wie schnell Dez und Alvin Teil meines Lebens wurden, obwohl ich noch kein Wort mit ihnen gesprochen hatte und dazu auch keine sonderliche Lust verspürte. Ehrlich gestanden, machte mir Dez sogar eine Heidenangst. Soweit ich das beurteilen konnte, arbeitete keiner der beiden, und die Wohnung verließen sie nur, um im Hit-N-Git Schnaps und Zigaretten zu kaufen, ihre Schecks einzulösen oder in die Notaufnahme des Krankenhauses zu fahren. Mir wurde bald klar, daß die Bewohner des Del-Ray Dez und Alvin als Naturgewalten betrachteten, für die die Gesetze menschlichen Zusammenlebens keine Gültigkeit hatten. Eher hätte man das Wetter beeinflussen können als etwas an ihrem Verhalten zu ändern.

Allerdings fragte ich mich des öfteren, warum der Hausbesitzer Dez und Alvin nicht schon längst vor die Tür gesetzt hatte. Im Lauf der Jahre mußten sich doch jede Menge Leute über sie beschwert haben. Eine Antwort auf diese Frage erhielt ich, als Dez eines Tages fast das ganze Del-Ray niederbrannte.

Als ich nach der Uni nach Hause kam, standen mehrere Feuerwehrautos vor dem Gebäude, und es roch nach Rauch und Löschschaum. Um den gammligen Swimmingpool im Innenhof hatte sich eine Gruppe von Mitbewohnern geschart, die aus sicherer Entfernung beobachteten, wie aus 1-D ein paar Feuerwehrmänner in wasserdichter Schutzkleidung kamen.

Dez saß auf der Treppe, die zum ersten Stock hochführte, und sah aus wie ein eingelegter Fötus, der aus seinem Aufbewahrungsbehälter gekippt worden ist. Er blinzelte in die

Nachmittagssonne und schaute drein, als wüßte er nicht, wo er war. Sein Gesicht war rußgeschwärzt, aber nicht so stark, daß ich die Ginblüten auf seiner Nase und seinen Wangen nicht hätte sehen können.

»Wir haben die Brandursache entdeckt«, sagte einer der Feuerwehrleute und hielt ein rauchendes Trümmerstück hoch, das aussah wie ein Mittelding zwischen einer tiefgefrorenen Pizza und einem Eishockeypuck. »Anscheinend hat er es in den Ofen gesteckt, ohne es aus der Packung zu nehmen.«

In diesem Moment zwängte sich ein älterer Mann durch die Menge. Er hatte eine Hose und ein Golfhemd an und sah aus, als käme er geradewegs vom siebzehnten Loch. »Was geht hier vor? Ich bin der Besitzer, könnte mir vielleicht jemand sagen, was passiert ist ...?«

Als ihm der Feuerwehrhauptmann den Sachverhalt erklärte – und in Dez' Richtung deutete –, rieb sich der Mann, der behauptete, der Besitzer des Del-Ray zu sein, das Gesicht, wie das mein Onkel immer tat, wenn er sich in Gegenwart anderer Leute zu beherrschen versuchte. Kaum waren die Feuerwehrleute weg, stapfte der Besitzer auf Dez zu und begann ihn anzubrüllen, allerdings nicht annähernd mit der Lautstärke, deren Dez fähig war. Erst in diesem Moment – als sie sich direkt gegenüberstanden – merkte ich, daß sie nahe Verwandte sein mußten.

»Um Himmels willen, Dez, was hast du dir dabei bloß gedacht?! So treibst du doch die Versicherung für das Haus in astronomische Höhen. Ich hab' Ma versprochen, dafür zu sorgen, daß du immer eine Bleibe hast, aber langsam reicht es mir wirklich! Noch so eine Heldentat, und du sitzt auf der Straße, hast du gehört? Und für Alvin gilt das genauso!«

Ich erwartete, Dez würde ihm ordentlich herausgeben, aber zu meinem Erstaunen saß er nur da und kuschte. Sein Kopf begann hin und her zu wackeln, und er begann extrem schnell zu blinzeln. Ich weiß nicht, ob seine Augen wegen des Rauchs oder wegen der Standpauke tränten. Nachdem der Besitzer des Del-Ray gegangen war, stand Dez schwerfällig auf und schlurfte in seine Wohnung zurück. Ein paar Minuten später tauchte Alvin auf. Offensichtlich war er weg gewesen, um seinen Scheck von der Wohlfahrt einzulösen.

»O mein Gott! Was hast du denn da wieder angestellt, Dez?«

»Gar nichts hab ich angestellt, du blödes Stück Scheiße! Ständig wirfst du mir vor, ich hätte Scheiß gebaut, und dabei habe ich überhaupt nichts getan!«

»Mach mir doch nichts vor! Schau dir doch nur mal das Haus an! Schau es dir an! Was hast du gemacht, Dez? Was hast du diesmal wieder angestellt?«

»Weil du nicht hier warst, um mir was zu essen zu machen, hab ich mir selber was gemacht!«

»Du hast also das Essen versaut, ja? Und nicht nur deins, allen anderen hast du es auch vermiest! Siehst du jetzt endlich, was du angerichtet hast?«

»Halt's Maul, du schwanzlutschender schwuler Scheißsack!«

Der Streit wurde so heftig, daß Alvin in der Notaufnahme landete und Dez in einer Arrestzelle. Alvin kam nach zwei Tagen wieder aus dem Krankenhaus, aber Dez bekam dreißig Tage aufgebrummt, weil er sich seiner Festnahme widersetzt hatte, als die Polizei anrückte. Durch das ganze Del-Ray ging ein kollektiver Seufzer der Erleichterung, und für eine Weile kehrte dort relative Ruhe ein.

Bis Deke auftauchte.

Ich weiß nicht, wo Alvin Deke aufgegabelt hatte. Es würde mich nicht wundern, wenn er unter einem großen Stein auf ihn gestoßen wäre. Deke war erheblich jünger als Alvin und ein paar Jahre älter als ich. Er war schätzungsweise fünfundzwanzig, obwohl er nicht besonders jugendlich aussah, war mittelgroß und mager und hatte schulterlanges, fettiges Haar und einen hängenden Schnurrbart, der allerdings sein fliehendes Kinn nicht kaschieren konnte. Er hatte etwas Rattiges und die fahrig-nervöse Art eines typischen Junkie an sich. Eine dreckige, ausgefranste Jeans und eine Unmenge ärmelloser T-Shirts und Baseballkappen, die für Jack Daniels, Lynyrd Skynyrd, Copenhagen oder Waylon Jennings warben, schienen sein einziger Besitz zu sein.

War mir schon Dez ein bißchen unheimlich gewesen, bekam ich bei Deke eine richtige Gänsehaut. Bei Dez wußte ich wenigstens, daß er seine Wohnung nur in äußersten

401

Notfällen verließ, wenn etwa die Küche Feuer fing oder sein Wodkavorrat zu Ende ging. Dagegen konnte ich mir bei Deke sehr gut vorstellen, daß er plötzlich mitten in der Nacht mit einem langen Messer in der Hand in meinem Schlafzimmer auftauchte.

Eines Tages, ich kam etwas früher als sonst nach Hause, trieb sich Deke vor dem Del-Ray herum und wartete offensichtlich, daß Alvin aus dem Getränkemarkt zurückkäme. Als er mich sah, grinste er mich an, als fände er sich absolut unwiderstehlich.

»Hey, bist du nicht die Kleine, die neben Alvin wohnt?«

Ich murmelte etwas vage Bejahendes und versuchte ihn loszuwerden, aber er klebte an mir wie Klopapier an einem Stiefelabsatz. Als ich mit den Schlüsseln in der Hand vor der Eingangstür stehenblieb, pflanzte er sich bedrohlich neben mir auf und bleckte seine schiefen gelben Zähne zu einem beängstigend wölfischen Grinsen.

»Du bist mir schon aufgefallen, weißt du? Du lebst doch allein hier, oder? Hättest du vielleicht mal Lust, mit mir auszugehen oder sonst was ...?«

Ich nahm die Schlüssel so in die Hand, daß sie zwischen meinen Knöcheln vorstanden. Da es so aussah, als gäbe es keinen einfachen Ausweg aus meiner Lage, beschloß ich, den Stier sozusagen an den Hoden zu packen. »Was würde denn Alvin dazu sagen?« fragte ich ihn. »Hätte dein Freund nichts dagegen?«

Deke wurde rot und schnappte mindestens eine Minute lang nach Luft. »Ich stehe auf Frauen! Ich bin nicht so ein Scheißschwuler!«

»Da habe ich aber was anderes gehört«, entgegnete ich, fest entschlossen, die Tür nicht eher aufzuschließen, als bis Deke sich verdrückt hatte.

»Das ist eine Lüge! Das einzige, was ich die alte Schwuchtel tun lasse, ist, an meinem Schwanz zu lutschen!«

In diesem Moment wurde mir plötzlich klar, was Alvin an Deke fand. Zweifellos erinnerte er ihn an Dez, als der noch jung gewesen war.

»Deke!«

Deke zuckte zusammen, als wäre er gebissen worden.

Alvin kam mit einer Einkaufstüte in den Armen auf uns zu und schien gar nicht begeistert, Deke so nahe bei mir stehen zu sehen.

»Geh auf der Stelle rein«, zischte er, »und laß das Mädchen in Ruhe!«

Deke gehorchte sofort und ging vor Alvin nach drinnen. Alvin selbst blieb noch kurz an der Schwelle stehen, um mich mit einem giftigen Blick anzusehen.

In dieser Nacht fing ich an, mit einem Metzgermesser unter dem Kopfkissen zu schlafen.

Als Dez seine dreißig Tage Knast abgerissen hatte und Hause kam, nahm ich an, Deke würde verschwinden. Pech gehabt. Deke wohnte zwar nicht richtig bei ihnen (ich bin nicht sicher, ob Deke überhaupt irgendwo *wohnte*), aber er war auf jeden Fall sehr oft da. Und man muß Dez zugute halten, daß er Deke nicht besser leiden konnte als ich.

Zum einen zog Alvin den jungen Burschen ihm vor und richtete sich immer nach dessen Wünschen, wenn es darum ging, was sie im Fernsehen anschauen wollten oder – was wichtiger war – welche Sorte Schnaps sie tranken. Das war Dez offensichtlich ein ständiger Dorn im Auge. Dez stand auf Wodka, Deke dagegen trank mit Vorliebe Rye. Seit Dez' Entlassung aus dem Gefängnis fing praktisch jeder Streit so an:

»*Warum gibt es in diesem Haus schon wieder nichts zu trinken!*«

»*Fang nicht damit an, Dez! Du weißt sehr genau, daß eine Flasche Rye in der Küche steht!*«

»*Von wegen! Diese stinkende Pisse trinke ich nicht!*«

»*Dann trinkst du sie eben nicht! Ist mir doch egal! Außerdem habe ich sie nicht für dich gekauft, sondern für Deke!*«

»*Ich trinke keinen beschissenen Rye! Das ist nur was für miese, beschissene Schwanzlutscher!*«

»*Halts Maul, Dez!*«

»*Halt lieber du dein Maul, Scheißschwuler!*«

»*Paß auf, was du sagst, wenn Deke da ist!*«

»*Ich will meinen Wodka, verdammt noch mal! Richtige Männer, die normal sind und auf Frauen stehen, trinken Wodka – und keinen beschissenen Rye! Rye ist ein typisches Schwule-Schwanz-lutscher-Gesöff, du widerliches Stück Scheiße!«*

Und so weiter und so fort.

Es war kurz vor Semesterende, und die meisten Bewohner des Del-Ray waren schon in die Sommerferien gefahren, als das desolate Dreiergespann schließlich zerbrach. Ich wußte, die Geschichte würde ein böses Ende nehmen, aber trotzdem war ich ziemlich überrascht davon.

Ich hatte mit ein paar Freunden in einer Studentenkneipe einen draufgemacht, und es war fast drei Uhr früh, als ich nach Hause kam. Vor dem Del-Ray standen zwei Streifenwagen und ein Krankenwagen. Ihre Sirenen waren verstummt, aber die Blaulichter blinkten noch. Ich seufzte und verdrehte die Augen. Sicher wieder ein Streit um Rye und Wodka.

Die Tür zu 1-D stand weit offen, und auf den Hof fiel Licht hinaus. Um zu meiner Wohnung zu kommen, mußte ich an der von Dez und Alvin vorbei, aber ein stämmiger Streifenpolizist, dessen Walkie-Talkie unaufhörlich vor sich hin krächzte, versperrte mir den Weg.

»Entschuldigung, Miß, aber Sie können hier leider nicht durch.«

»Ich wohne eine Tür weiter. Ich will bloß in meine Wohnung, Officer.«

»Ach so.« Der Polizist trat zur Seite.

Ich fischte gerade die Schlüssel aus meiner Handtasche, als ich hörte, wie sich der Polizist räusperte. »Äh, entschuldigen Sie, Miß? Ich weiß, es ist spät, aber Detective Harris läßt fragen, ob Sie vielleicht einen Moment reinkommen könnten.«

Wenn es unbedingt sein mußte ... Achselzuckend folgte ich ihm in Dez' und Alvins Wohnung. Es war des erste und letzte Mal, daß ich sie betrat. Sie hatte genau den gleichen Grundriß wie meine, nur spiegelverkehrt. Die Einrichtung des Wohnzimmers beschränkte sich auf ein durchgesessenes rotes Veloursamtsofa, einen dicken Polstersessel, aus dessen aufgeplatzten Nähten Roßhaarbüschel quollen, und einen riesigen hölzernen Magnavox-Fernsehschrank, der aussah wie ein Sarg mit Bildröhre.

Dez hatte eine weite Khakihose und ein schmutziges Unterhemd an. Er saß in dem Sessel, starrte auf das Schneegestöber, das über den Bildschirm flimmerte, und brummte finster vor sich hin. Falls er sich bewußt war, daß sich in dem Raum lauter uniformierte Polizisten drängten, deutete nichts an seinem Verhalten darauf hin.

Aus der Küche kam ein müde wirkender Mann in einem zerknitterten Anzug und einem genauso zerknitterten Regenmantel mit einem Dienstabzeichen am Revers. »Entschuldigen Sie, Miß. Ich bin Detective Harris. Tut mir leid, wenn wir Sie um Ihren Schlaf bringen, aber ich brauche Ihre Hilfe.«

»Wenn ich Ihnen helfen kann, gern. Was gibt's? Wo ist Alvin?«

Detective Harris sah plötzlich noch müder aus als zuvor. »Er ist leider tot, Miß.«

»Oh.«

»Mein Beileid. War er ein Freund von Ihnen?«

»Nein. Ich glaube nicht, daß Alvin welche hatte.«

»Also, *einen* hatte er auf jeden Fall. Ich dachte nur, ob Sie uns vielleicht seinen Namen sagen könnten ...?« Detective Harris deutete auf die Schlafzimmertür. Ich öffnete sie und sah hinein. Zwei Sanitäter packten gerade ihre Sachen zusammen und unterhielten sich über die kommende Baseballsaison. Es stand nur ein Bett in dem Raum – und das war erstaunlich schmal. Zwei nackte Körper lagen darauf. Dekes Kopf sah aus wie ein Kürbis, den jemand hatte fallen lassen, und Alvin hatte ein Stromkabel um den Hals, das fester zugezogen war als eine Weihnachtsschleife.

»Wissen Sie zufällig, wie der jüngere Mann hieß?« fragte Detective Harris und zog einen viel benutzten Notizblock aus der Manteltasche.

Ich nickte stumm. Ich hatte noch nie zuvor eine richtige Leiche gesehen.

»Und?«

»Deke. Er heißt ... er hieß Deke.«

»Deke. Und wie noch?«

Ich blinzelte und sah weg. Mir wurde plötzlich ganz

schön komisch. »Das – das weiß ich nicht. Wenn von ihm die Rede war, dann immer nur als Deke.«

Detective Harris nickte und schrieb etwas auf seinen Block.

»Danke, Ma'am. Sie können jetzt gehen.«

»War es Dez?«

»Sieht so aus. Zuerst hat er dem jungen Mann mit einem Dampfbügeleisen den Schädel eingeschlagen und anschließend mit dem Kabel seinen Partner erdrosselt. Dann hat er bei der Polizei angerufen.«

Dieses Detail überraschte mich. Nicht, daß es Dez gewesen war; aber wer hätte gedacht, daß Dez und Alvin ein Bügeleisen besaßen?

Der stämmige Streifenpolizist begleitete mich nach draußen. Als wir am Fernseher vorbeigingen, hörte Dez plötzlich zu murmeln auf und schlug die Hände vors Gesicht. Erst jetzt sah ich, daß er Handschellen trug.

»Liebling.«

Es überraschte mich, wie seine Stimme bei normaler Lautstärke klang. Ein bißchen wie die von Walter Cronkite. Dez' blutunterlaufene Augen wanderten einen Moment über die Wände, bevor sie auf mir haften blieben.

»Er hat Liebling zu ihm gesagt.« Dez' fleischiges Ex-Marinegesicht sah aus, als würde es jeden Augenblick in sich zusammenfallen. Sein Blick bekam wieder etwas Abwesendes und begann unstet durch den Raum zu wandern. »Wer wird mir jetzt was zu essen machen?«

In dieser Nacht schlief ich zum erstenmal seit Wochen wieder ohne das Metzgermesser.

Alles weitere im Hinblick auf die Tragödie nebenan erfuhr ich aus der Zeitung. Dem Geständnis zufolge, das Dez der Polizei gegenüber abgelegt hatte, war er nach ein paar Flaschen Wodka vor dem Fernseher eingeschlafen, worauf Alvin und Deke sich ins Schlafzimmer zurückgezogen und dort Sex miteinander gehabt hatten. Dez wachte jedoch unerwarteterweise auf und ertappte die beiden auf frischer Tat. Anscheinend versetzte ihn der Anblick von Alvins und Dekes trauter Zweisamkeit im wahrsten Sinn des Wortes in eine Mordswut. Den Rest kannte ich bereits. In der Zeitung stand zwar nicht, ob Dez zu Protokoll gegeben hatte, er könne ›keine Schwulen ausstehen‹, aber ich bin sicher, er hatte nicht vergessen, im Verlauf der Vernehmung darauf hinzuweisen. In der Meldung wurden auch Dez' und Alvins Nachnamen genannt, die ich allerdings längst wieder vergessen habe. Außerdem konnte man dort lesen, daß sie schon seit 1958, also ein Jahr vor meiner Geburt, in derselben Wohnung zusammengelebt hatten. Unvorstellbar.

Alvin war noch nicht mal unter der Erde (oder eingeäschert, oder was die Stadtverwaltung sonst mit Leuten anstellt, die zu arm und unbeliebt sind, um in den Genuß eines richtigen Begräbnisses zu kommen), als ein paar Handwerker auftauchten, um die Wohnung im Auftrag von Dez' Bruder zu renovieren. Am Monatsende war bereits ein Rentnerehepaar in Dez' und Alvins alter Wohnung eingezogen. Sie waren wirklich reizend und sehr nett zueinander und tranken beide keinen Alkohol. Ein Dackel namens Fritzi, der ab und zu bellte, gehörte ihnen, aber ansonsten waren sie rücksichtsvolle, ruhige Nachbarn.

Als mein Mietvertrag auslief, beschloß ich auszuziehen. Es war einfach nicht mehr dasselbe. Das Ende einer Ära, könnte man sagen. Fest steht jedenfalls, daß ich meine künftigen Wohnungsnachbarn von nun an nach etwas anderen Maßstäben beurteilte.

Trotzdem kann ich nicht umhin, ab und zu über Dez und Alvin nachzudenken. Ich bin ziemlich sicher, daß sie vor langer Zeit mal so etwas wie Liebe füreinander empfunden haben müssen. Vielleicht lag diesem Gedanken zugrunde, daß die beiden trotz allen Gefluches und Geschimpfes so gut wie nie handgreiflich wurden. Und vor allem will mir das Bild dieses viel zu schmalen Betts nicht mehr aus dem Kopf. Trotz allen Hasses und Selbstekels muß sie etwas verbunden haben, und sei es auch nur die Kameraderie zweier abgewrackter Alkoholiker.

Ich kann mir gut vorstellen, wie es gewesen sein muß: Jahre, bevor ich geboren wurde, ging ein gutaussehender Marine in eine Bar, von deren Existenz richtige Männer, und erst recht Marines, eigentlich nicht einmal etwas hätten wissen dürfen, und lernte dort einen rothaarigen jungen Burschen kennen, der seine große Liebe werden sollte. Das ganze Leben lag noch vor ihnen, und alles, was zählte, war ihre Liebe. Alle Liebenden sind unverwundbar, denn ihre gemeinsame Leidenschaft schottet sie von den härteren Realitäten des Lebens ab. Am Anfang. Aber früher oder später findet die Gesellschaft mit ihren Konventionen immer eine Möglichkeit, diesen Schutzschild zu durchdringen. Und wenn man nicht aufpaßt, kann Liebe sehr schnell zu Wut und Ärger gerinnen und Glück zu Leid.

Ich hoffe sehr, Dez und Alvin haben etwas wie Glück kennengelernt, bevor sie zu zwei armseligen und verbitterten Witzfiguren wurden, die sich anfauchten und bekämpften wie zwei Tiere, die einen viel zu kleinen Käfig miteinander teilen müssen. Oder ein viel zu schmales Bett.

Mit der Liebe ist nicht zu spaßen. Sie macht aus uns allen Narren und Sklaven.

Aber allein und ungeliebt zu sein ist schlimmer.

Fragen Sie Dez und Alvin.

Weggesperrt

Es war ein kleines Goldmedaillon, spätviktorianisch, in Herzform, mit den typischen Verzierungen im Stil der Zeit an einer massiven Goldkette befestigt. Das Medaillon war Teil eines umfangreichen Schmucknachlasses, den Pandora gerade ersteigert hatte. Sie war sehr zufrieden mit ihrer Erwerbung, obwohl sie ziemlich viel dafür hatte bieten müssen. Sonst kaufte sie auf ihren Auktionstouren in der Regel günstiger ein.

Pandora Smythe – sie hatte wieder ihren Mädchennamen angenommen – besaß in Pine Hill, North Carolina, einen Antiquitätenladen. Die ehemals verschlafene Collegestadt hatte in jüngster Zeit einen erstaunlichen Aufschwung erlebt, der zum Teil auf die vielen aus dem Norden zugezogenen Rentner zurückzuführen war, zum Teil auf die Yuppies, die von den zahlreichen neu gegründeten High-Tech-Unternehmen angelockt wurden. Pandora, die selbst aus England stammte, hatte keinen Grund, sich über die Zugereisten zu beschweren, zumal diese gern zu viel Geld für Antiquitäten ausgaben, mit denen sie dann ihre neuen Stadthäuser und Eigentumswohnungen einrichteten, die man dort aus dem Boden gestampft hatte, wo vor einem Jahr noch Felder und Wiesen gewesen waren.

Ihr Laden hieß, nicht sonderlich überraschend, Pandora's Box. Das Geschäft ging gut, und sie beschäftigte drei Mitarbeiter/innen, von denen sie immer eine beziehungsweise einen auf ihre Einkaufstouren mitnahm. Blond und grünäugig, hatte Pandora Smythe eine Haut wie ein Pfirsich und kantige, aber attraktive Gesichtszüge; sie war ziemlich groß, ging auf die dreißig zu und joggte täglich, um sich fit zu halten. Ihr größtes Laster war eine ausgeprägte Schwäche für kitschige Liebesromane und alte Schwarzweißschnulzen, die sie sich auf Leihvideos ansah.

Sie wäre gern Bette Davis gewesen, aber statt dessen war sie eine tüchtige Geschäftsfrau, der in ihrem bisherigen

Leben nur zwei schwerwiegende Fehler unterlaufen waren: Sie hatte Matthew McKee geheiratet und es fast ein ganzes Jahr bei ihm ausgehalten, obwohl er sie ganz offen betrogen und öfters mal im Suff geschlagen hatte. Und sie hatte ein Medaillon gekauft.

Den Laden hatten an diesem Tag Doreen und Mavis beaufsichtigt, und das Geschäft war sehr gut gegangen. Auf die Einkaufstour war Derrick mitgekommen. Er hatte sich darum gekümmert, daß die sperrigeren Posten, die Pandora ersteigert hatte, für den Transport ordentlich verpackt wurden; es waren einige sehr schöne viktorianische Möbel und ein paar hervorragende naive Gemälde darunter, die bestimmt noch vor dem Wochenende in irgendwelchen Volvo-Kombis abtransportiert würden. Die Schmuckschatulle hatte Pandora selbst mitgenommen; allerdings machte sie sich insgeheim Vorwürfe, zu viel dafür bezahlt zu haben. Aber dummerweise war dieser Mistkerl Stuart Reading auch ganz wild darauf gewesen. Wären die Schmuckstücke einzeln versteigert worden, hätten sie vermutlich wesentlich mehr gebracht; allerdings hätte das viel mehr Zeit in Anspruch genommen, und außerdem war das meiste davon Modeschmuck, dessen Wert vor allem auf seinem Alter beruhte und nicht so sehr auf seinem Materialwert.

»Oh! Diese Jadeohrringe sind aber schön!« Mavis spähte Pandora über die Schulter, als diese den Inhalt der Schmuckschatulle auf ihrem Schreibtisch sortierte.

»Lassen Sie sie sich doch von Ihrem Gehalt abziehen.« Pandora taxierte sie kurz. »Für fünfzig Dollar gehören sie Ihnen. Jahrhundertwende. Im übrigen sie sind aus grünem Jaspis, nicht aus Jade.«

»Dann zahle ich aber nur dreißig Dollar dafür.«

»Vierzig. Sie sind aus echtem Gold.«

»Angestelltenrabatt. Dreißig Dollar. Und Sie können das Geld in bar haben.«

»Einverstanden.« Pandora gab Mavis die Ohrringe. Von einem Kunden hätte sie dafür ohne weiteres fünfzig Dollar bekommen, aber sie mochte ihre Angestellten, mochte Mavis, und außerdem waren mehr Schmuckstücke dabei, die einiges einbringen würden, als sie gedacht hatte. Stuart Reading würde sich in den Arsch beißen.

»Hier sind die dreißig Dollar.« Mavis war ihre Handtasche holen gegangen.

»Vermerken Sie es unter Verkäufe und legen Sie das Geld in die Kasse.« Pandora sortierte die Stücke aus, die besser von einem Juwelier geschätzt werden sollten. Das waren jedoch nur wenige.

»Da. Das hier finde ich wirklich schön.« Pandora hob das goldene Medaillon hoch. Seine lateinische Inschrift lautete: *Face Quidlibet Voles.*

Mavis sah es sich an. »Spätviktorianisch. Gold. Für zweihundert Dollar gehört es Ihnen.«

»Ich habe es bereits gekauft, Mavis.« Pandora machte an der Goldkette herum. »Helfen Sie mir doch mal mit dem Verschluß.«

Mavis machte ihr die Kette im Nacken zu. »Wollen Sie es selbst behalten?«

»Vielleicht trage ich es nur ein paar Tage. Wie sieht es aus?«

»Als ob Sie einen Reifrock dazu anziehen müßten.«

Pandora sah in einen antiken Spiegel und zupfte ihre Frisur zurecht. »Steht mir gut. Ich glaube, ich werde es eine Weile tragen. Wie Sie ganz richtig gesagt haben: es müßte mindestens zweihundert Dollar bringen. Massives Gold. Und sehen Sie sich mal die Arbeit an.«

Mavis spähte in Pandoras Ausschnitt. »Wissen Sie, was die Inschrift bedeutet? Face Quidlibet Voles?«

Pandora begutachtete sich im Spiegel. »Hört sich jedenfalls lateinisch an. Das Problem ist nur, ich habe seit der Schule nichts mehr mit Latein zu tun gehabt.«

»Öffnen Sie das Medaillon doch mal und sehen nach, ob irgendwas drinnen ist!« Mavis fummelte am Verschluß herum. »Wahrscheinlich eine Haarlocke oder ein altes Familienporträt.« Sie versuchte es noch einmal. »Mist, es geht nicht auf.«

»Hören Sie auf, so an der Kette zu ziehen!« beschwerte sich Pandora. »Zu Hause kriege ich es schon auf.«

Pandora duschte lang und ausgiebig, schlüpfte in einen Frotteebademantel, machte eine Kanne Tee, gab Sahne, zwei Zuckerstücke und einen Schnitz Zitrone in ihre Tasse, schaltete den Fernseher ein, machte es sich auf ihrer Lieblingscouch bequem, kuschelte sich unter eine Gänsedaunendecke und wartete, daß ihr Haar trocknete. Da es für ihren Geschmack zu glatt war, benutzte sie keinen Fön.

Das Fernsehprogramm war langweilig. Der Tee war gut. Sie probierte am Verschluß des Goldmedaillons herum – vor dem Duschen war sie nicht dazu gekommen, den Schmuck abzulegen. Was sie nicht geschafft hatte, war dem heißen Wasser von ganz allein gelungen. Das Medaillon war aufgeschnappt.

Es befand sich nichts darin. Pandora war etwas enttäuscht. Langsam begann die anstrengende Einkaufstour ihre Wirkung zu zeigen. Pandora konnte gerade noch die Teetasse beiseitestellen, bevor sie einschlief…

Sie trug eine Schuluniform. Zwei Nonnen hielten sie an den Armen und beugten sie über einen Schreibtisch. Eine dritte Schwester schlug Pandoras Kleid hoch und zog ihr den blütenweißen Baumwollschlüpfer nach unten. Dann zückte sie ein Holzlineal. Die anderen Mädchen im Klassenzimmer sahen ängstlich zu.

»Du bist dabei ertappt worden, wie du an dir rumgespielt hast«, sagte die Schwester.

»Ich bin eine erwachsene Geschäftsfrau! Wer sind Sie überhaupt?«

»Damit hast du es nur noch schlimmer gemacht.«

Das Lineal klatschte auf ihren Hintern. Pandora stieß einen lauten Schmerzensschrei aus. Immer und immer wieder sauste das Lineal auf sie herab. Pandora begann zu weinen. Ihre Klassenkameradinnen fingen an zu kichern. Das Lineal sauste immer weiter auf ihr gerötetes Gesäß herab. Pandora schrie und versuchte sich dem Griff der anderen zwei Schwestern zu entwinden. Die Schläge nahmen kein Ende.

Plötzlich bekam sie einen Orgasmus.

Als sich Pandora heftig atmend aufsetzte, stieß sie fast die Teetasse um. Benommen trank sie sie leer und merkte, daß das Medaillon zugeklappt war. Muß wohl im Schlaf passiert sein. Keinen starken Tee mehr vor dem Schlafengehen. Sie nahm das Handtuch von ihrem Kopf und bürstete ihr Haar aus. Komischer Traum. Sie hatte nie eine Klosterschule besucht. Ihre Eltern waren in der Church of England gewesen, und sie war, im gegenwärtig politisch korrekten Sprachgebrauch, eine weltliche Humanistin.

Ihr Gesäß schmerzte. Im Spiegel waren Striemen zu sehen.

Am nächsten Morgen waren sie fast verschwunden. Pandora schrieb das Ganze ihrer blühenden Fantasie und dem Umstand zu, daß sie auf dem zerknitterten Bademantel gelegen hatte. Während sich ihre Angestellten um den Laden kümmerten, ging sie die Verkaufsanzeigen und die Versteigerungsankündigungen durch. Doreen nahm siebenhundert Dollar für einen Kieferntisch ein, den Pandora für ein Zehntel dieses Betrags gekauft und nur notdürftig hatte restaurieren lassen. Langsam begann sich Pandora besser zu fühlen, ging aber trotzdem früh nach Hause. Sie stellte sich vor, Doreen und Mavis wären Bambi und Klopfer aus diesem James Bond-Film. Derrick war vielleicht James Bond. Sie konnten sich um den Laden kümmern.

Schnell schlüpft sie in ein rosa Baby Doll-Nachthemd – sie hatte ein Faible für die 50er Jahre –, legte sich ins Bett und begann *Brennendes Verlangen* von ihrem Lieblingsautor David Drake zu lesen. Dabei machte sie an ihrem Medaillon herum.

Es klappte auf …

Pandora trug einen weißen Bügel-BH und einen weißen Hüftgürtel, an dem mit Strapsen beige Strümpfe befestigt waren. Ihr Partykleid lag auf dem Rücksitz eines 56er Chevy, und sie kniete auf dem Rasen eines Friedhofs.

Biff und Jerry hatten es ziemlich eilig, weil in dieser Gegend immer Polizisten vorbeikamen und aufpaßten, daß keine Jugendlichen irgendwelchen Unsinn trieben. Sie hatten ihre Hosen runtergelassen und standen neben dem Wagen, um sich von Pandora einen blasen zu lassen.

Sie bekam sie nicht beide in ihren Mund. Deshalb schob sie

sich abwechselnd immer nur einen Schwanz ganz tief rein, um dann gleichzeitig an beiden Eicheln zu lutschen und sie mit der Zunge zu bearbeiten. Und als sie ihnen schließlich einzeln einen runterholte, befingerte sie ihre Möse durch den eng sitzenden Keuschheitsgürtel ihres Hüfthalters. Weil keiner der beiden Jungs daran gedacht hatte, Gummis zu kaufen, hatte sie gesagt, sie hätte ihre Tage.

Biff stöhnte: »Oh! Oh! Oh!«

Jerry fuhr ihn an: »Halt die Klappe, du Arschloch! Oder willst du uns die Bullen auf den Hals hetzen?«

Pandora sagte nichts, sondern gab nur saugende Schmatzlaute von sich; sie konnte die Lippen nicht richtig um beide Pimmel schließen.

Jerry stöhnte, und Biff stieß noch einmal »Oh!« hervor. Schneller, als Pandora es erwartet hatte, kamen sie beide – und ihr Orgasmus ebenfalls.

Würgend setzte sich Pandora im Bett auf. Den Liebesroman hielt sie immer noch in der Hand. Sie war nie in einem 56er Chevy gefahren und hatte im Grunde genommen keine Ahnung, wie einer aussah. Speichel lief ihr über Kinn und Wangen. Sie wischte ihn mit einem Papiertaschentuch weg. Er roch wie Sperma. Es war Sperma.

Das Medaillon war zugeklappt.

Am nächsten Tag war Pandora im Geschäft zu nichts zu gebrauchen. Sie klagte über die ersten Anzeichen einer Grippe und fuhr schon mittags wieder nach Hause. Ihre Mitarbeiter zeigten Verständnis: sie sähe auch wirklich nicht gut aus. Mavis erinnerte sie an die Auktion am kommenden Samstag, zu der Pandora Derrick hatte mitnehmen wollen; außerdem sagte sie ihr, Stuart Reading habe angerufen, bevor sie ins Geschäft gekommen sei. Pandora sagte, Stuart Reading könne ihr gestohlen bleiben, und fuhr nach Hause, um eine heiße Dusche zu nehmen. Vielleicht bekam sie wirklich eine Grippe.

Die Dusche tat ihr sehr gut; die dampfende Hitze löste ihre verkrampften Muskeln. Beim Abtrocknen streiften ihre Finger das Medaillon. Es schnappte auf …

Pandora stand in einer Männerumkleidekabine und hatte

nur ein Suspensorium an. Weiß, elastisch, ohne Wölbung saß es zwischen ihren Beinen. Nicht so bei den anderen im Raum: muskelbepackte, vor Schweiß triefende Männer mit mächtig gewölbten Suspensorien.

Pandora stieß einen spitzen Schrei aus, als ihr einer von ihnen mit einem zusammengedrehten Handtuch auf den Hintern schlug. »Wenn du mit den Jungs Football spielen willst, dann mußt du dich jetzt bücken.«

Sie zwangen Pandora, sich auf eine Bank zu knien. Sekunden später schob sich ein gut eingeseifter Schwanz zwischen ihre Beine. Pandora schrie auf, und von den anderen mit lauten Rufen angefeuert, begann sie der Mann gewaltsam zu stoßen. Pandora schnappte nach Luft, aber sie ertrug die Schmerzen. Nach ein paar Minuten spürte sie, wie der Schwanz zu zucken begann.

Beim zweiten Mann war es nicht mehr so schmerzhaft, und er kam schon nach wenigen raschen Stößen. Der dritte Schwanz war dick und lang; während die anderen brüllten, er solle sich beeilen, ging der Mann gemächlich zu Werke. Auch der vierte Mann schien ewig zu brauchen. Der fünfte war schon nach einer Minute wieder draußen. Der sechste ließ sich Zeit und trank zwischendurch ein Bier. Beim siebten fühlte sie sich wund und blutig. Der achte spielte an ihrer Klitoris herum. Beim neunten bekam Pandora schließlich einen Orgasmus.

Sie lag quer über dem Bett. Das Medaillon war zu. Zwischen ihren Beinen schmerzte es wie verrückt. Sie säuberte sich und zog ihr Suspensorium aus. Nie hatte sie ein Suspensorium gehabt. Jedenfalls nicht, soviel sie wußte.

Pandora rief ihre Therapeutin an und ließ sich für den nächsten Tag einen Termin geben. In den letzten Monaten ihrer gescheiterten Ehe war ihr Dr. Rosalind Walden eine große Stütze gewesen, und Pandora hatte das Gefühl, Dr. Walden könnte ihr vielleicht helfen, diese Alpträume zu verstehen – wenn es wirklich Alpträume waren.

Dr. Walden war eine schlanke Brünette mit ziemlich kurzen Haaren (einem Pagenkopf); sie war etwa so groß wie Pandora und sah mehr wie eine erfolgreiche Karrierefrau als wie eine Psychotherapeutin aus. An diesem Tag trug sie ein weites dunkles Leinenkostüm und schwarze Strümpfe. Pandora fühlte sich wohl in ihrer Gegenwart und ließ sich erleichtert auf die Couch fallen.

»Sie glauben also, Ihre Träume hängen mit diesem alten Medaillon zusammen?« sagte Dr. Walden, nachdem ihr Pandora alles erzählt hatte. »Warum werfen Sie es nicht einfach weg?«

»Ich glaube fast, ich empfinde diese Fantasien als lustvoll«, gestand Pandora.

»Sie haben eine gescheiterte Ehe hinter sich, in der sie Ihr Mann geschlagen und sexuell mißbraucht hat. Möglicherweise empfindet es ein Teil von Ihnen als lustvoll, Opfer zu sein. Wir müssen uns näher mit ihren verdrängten Wünschen befassen. Doch sehen wir uns erst mal das Medaillen an.«

Dr. Walden beugte sich über sie und machte sich an seinem Verschluß zu schaffen. Pandora gefiel es, wie ihre Hände dabei über ihren Busen streiften. »Ich bekomme es nicht auf.«

»Lassen Sie mich mal versuchen.« Pandora ließ das Medaillen aufschnappen ...

Rosalind hatte sich bereits über sie gebeugt. Nun neigte sie sich noch tiefer herab und küßte sie zärtlich auf die Lippen. Im nächsten Moment trafen sich bereits ihre Zungen.

Schwer atmend richtete sich Rosalind auf und zog ihren Slip aus. Überrascht stellte Pandora fest, daß sie einen schwarzen Hüftgürtel trug. Sie warf den schwarzen Spitzenslip neben der Couch auf den Boden, kniete sich rittlings über Pandoras Gesicht und sah ihr in die Augen, als sie ihren Rock hochzog. »Du bist scharf auf meine Möse. Du weißt ganz genau, daß du scharf auf meine Möse bist. Sag mir, daß du scharf auf meine Möse bist.«

Rosalind hatte ihr Schamhaar in Form eines Bikinihöschens rasiert. Es duftete nach Moschus und einem Hauch von Parfüm.

»Ich bin scharf auf deine Möse.«

»Sag es lauter! Denn gleich wirst du nicht mehr in der Lage dazu sein!«

Pandora schrie: »Ja! Bitte! Ich will deine Möse lecken!«

Rosalind ließ sich auf Pandoras Gesicht nieder und brachte sie mit einem Knebel aus weiblichem Fleisch zum Verstummen. Sie zog ihren Rock bis zu den Brüsten hoch, knetete während des Ritts auf Pandoras Gesicht ihre Brüste und rieb ihre Klitoris an ihrer Nase.

Pandora bekam kaum mehr Luft, wurde ungemein erregt und versuchte sich selbst zu stimulieren, aber Rosalind hielt mit den Beinen ihre Arme eingeklemmt, so daß sie nicht unter ihren Rock fassen konnte.

Bald darauf kam Rosalind mit solcher Intensität, daß auch Pandora einen Orgasmus erreichte.

Als sich Pandora schließlich auf der Couch aufsetzte, war das Medaillon zu.

Dr. Walden machte sich Notizen. »Verdrängte sexuelle Fantasien hat praktisch jeder von uns, und es ist keineswegs ungewöhnlich, daß der Therapeut eine Rolle in ihnen spielt, wenn der Patient sie auszuleben beginnt. Ach, möchten Sie übrigens eine Tasse Kaffee? Sie sind eben kurz eingeschlafen.«

»Nein, danke. Es geht schon wieder.«

»Sind Sie auch sicher, daß Sie fahren können? Ich habe Ihnen hier ein Mittel aufgeschrieben, damit Sie nachts besser schlafen. Höchstwahrscheinlich waren beruflicher Streß und die anstrengenden Geschäftsreisen schuld daran, daß Sie nicht genügend geschlafen haben, und dann sind in der REM-Phase diese unterdrückten Fantasien hochgekommen. Nehmen Sie das Mittel eine Woche lang. Wenn es hilft, dann bekommen Sie ein neues Rezept. Andernfalls sollten wir es eventuell mit einem Antidepressivum versuchen. Sie können mich jedenfalls jederzeit anrufen.«

»Danke.« Pandora hob ihre Handtasche auf, die neben der Couch auf dem Boden stand. Daneben lag ein schwarzes Spitzenunterhöschen. Während Dr. Walden das Rezept ausschrieb, steckte sie es rasch in ihre Handtasche.

Um sechs Uhr früh stand Derrick Sloane vor ihrer Tür. Pandora schlüpfte in ihren Morgenmantel und ließ ihn herein.

Derrick wirkte etwas verlegen. »Sie haben gesagt, ich

sollte um sechs vorbeikommen, und da ich in der Zwischenzeit nichts Anderweitiges von Ihnen gehört habe...
also, da wäre ich. Auf die Minute pünktlich. Sind Sie wieder einigermaßen auf dem Damm? So eine Grippe kann einem ganz schön zu schaffen machen. Wenn Sie sie lieber in Ruhe auskurieren wollen, kann ich auch Mavis aus dem Bett holen. Um den Laden kann sich ja Doreen kümmern, solange wir auf der Auktion sind.«

»Nein. Ich habe verschlafen, weil mir meine Therapeutin ein Schlafmittel verschrieben hat. Ich ziehe mich schnell an. Könnten Sie in der Zwischenzeit vielleicht Kaffee machen?«

»Ich hab gar nicht gewußt, daß Sie eine Therapeutin aufsuchen.«

Derrick kannte sich in ihrer Küche aus, und als Pandora angezogen war, hatte er eine Tasse Kaffee für sie fertig.

»Danke. Davon werde ich bestimmt gleich wach. Ich möchte diese Auktion auf keinen Fall versäumen.«

Derrick machte besseren Kaffee als Pandora selbst. Ihr Angestellter war größer als sie, Mitte zwanzig, kannte sich gut mit Antiquitäten aus und war sehr gut gebaut – genau richtig, um bei Auktionen die schweren Stücke zu verladen und sie im Laden herumzuhieven. Er war ein dunkler, gutaussehender Typ und gefiel Pandora sehr gut. Allerdings vermutete sie, daß er schwul war. Zumindest hatte er weder bei ihr noch bei einer ihrer Mitarbeiterinnen je einen Annäherungsversuch unternommen, und das, obwohl Mavis ganz verrückt nach ihm schien.

Es war ein strahlender Frühlingsmorgen, und nach dem Kaffee fühlte sich Pandora gleich wesentlich besser. Sie hatte eine verwaschene Jeans und abgetretene Reeboks angezogen, dazu ein T-Shirt, das zur Rettung der Wale aufrief, und eine Jeansjacke. Derrick hatte ihr einen Toast mit Butter gemacht, den sie aß, während sie mit ihrer Plastiktasse zum Kombi hinausging.

Derrick trug schwarze Dockers, ein Graceland T-Shirt und eine leichte schwarze Lederjacke. In letzterer würde ihm ziemlich heiß werden, sobald die Sonne etwas höher geklettert war. Pandora sah auf die Uhr. Sie waren zwar etwas im

Verzug, aber zu der Besichtigung vor der Auktion würden sie es noch rechtzeitig schaffen.

Derrick kam mit dem Kombi zügig voran. Pandora warf immer wieder bewundernde Blicke auf seine Schultern. Als sie ankamen, blieb ihnen noch reichlich Zeit bis zum Beginn der Besichtigung. Die Auktion fand in einem Farmhaus aus den achtziger Jahren des letzten Jahrhunderts statt, das die Erben mit dem gesamten Grundbesitz verkaufen wollten. Pandora wußte, daß das Haus eine wahre Fundgrube war.

Natürlich fehlte auch Stuart Reading nicht; er trieb sich unter den anderen Händlern und Interessenten herum. Als er Pandora entdeckte, kam er sofort auf sie zu. Er war schon über sechzig, mit schütterem Haar und einem Bauch, und stank ständig nach Pfeifentabak.

»Sie haben den Schmuck aus dem Beale-Nachlaß also schon gesichtet? Wie ich sehe, tragen Sie ihr Medaillon.«

»Wessen Medaillon?«

»Das von Tilda Beale. Weil ich nur an ein paar Stücken interessiert war, haben Sie mich leider überboten. Ich biete Ihnen für die Sachen, die ich gerne haben möchte, einen sehr guten Preis. Die Jaspisohrringe?«

»Jade. Schon verkauft.«

»Eigentlich sind sie aus Chrysolith. Haben Sie noch die Halskette aus Karneol und Blutstein? Und die dazugehörenden Ohrringe? Kommen Sie, überlassen Sie sie mir zu einem vernünftigen Preis, und ich biete bei dem handgedrechselten Bett, auf das Sie ein Auge geworfen haben, nicht gegen Sie. Ich habe schon einen Käufer für den Schmuck – sie bekommen das Bett zu einem günstigen Preis, und jeder von uns macht ein gutes Geschäft.«

Reading schielte auf das Medaillon und zog es sehr zu Pandoras Mißfallen von ihrem Busen weg. »*Face Quidlibet Voles.* Tu, was du willst. Aleister Crowley. Wo um alles in der Welt hatte sie das her? Sie hat es immer getragen. Wahrscheinlich das Familienmotto. Würden Sie es verkaufen?«

»Die Halskette und die Ohrringe können sie gern haben. Aber das Medaillon nicht. Was wissen Sie über Tilda Beale?«

»Wenn Sie in diesem Geschäft keinen Schiffbruch erleiden

wollen, sollten Sie künftig Ihre Hausaufgaben gründlicher machen, meine Beste. Tilda Beale war eine alte Jungfer, die nie auch nur einen unreinen Gedanken hatte. Eine wichtige Stütze unserer Kirchengemeinde.« Reading war Southern Baptist. »Verschied im gesegneten Alter von hundertunddrei Jahren. Eine wundervolle Frau, wie es sie heute schon lange nicht mehr gibt.«

»Keine unreinen Gedanken?«

»Falls sie je welche hatte, was ich sehr bezweifle, hat sie sie irgendwo tief in ihrem Innern weggesperrt. Oh, die Auktion geht gleich los. Was meinen Sie, können wir uns einig werden?«

Sie wurden sich einig, und triumphierend trugen Derrick und Pandora das handgedrechselte Bett davon.

Nachdem sie das Bett und die restlichen Neuerwerbungen Pandoras ausgeladen hatten, schlug Derrick vor, bei ihm zu Hause die Flasche Champagner zu trinken, die noch von der letzten Super Bowl übriggeblieben war, weil das von ihm favorisierte Team verloren hatte. Pandora war bestens gelaunt: die Auktion war ein voller Erfolg gewesen, und sie hatte Stuart Reading die Halskette und die Ohrringe zu einem exorbitanten Preis verkauft – sein Kunde hatte sie offensichtlich nicht alle.

»Super!« sagte sie. Wollte Derrick etwa doch einen Annäherungsversuch unternehmen? Vielleicht hatte sie sich in ihm getäuscht.

In Wirklichkeit hatte Derrick mehrere Flaschen Champagner im Kühlschrank. Sie tranken die erste ziemlich schnell und aßen dazu Ritz Cracker und Käse. Derrick entschuldigte sich die ganze Zeit, daß ihm die Erdnußbutter und der Velveta ausgegangen waren. Beide schüttelten sich vor Lachen. Derrick machte eine zweite Flasche auf.

»Dieses Medaillon«, sagte Pandora, die bereits einen leichten Schwips hatte. »Was halten Sie davon?«

»Tragen Sie es immer noch? Wahrscheinlich ist ein Frauenporträt und eine Haarlocke drin. Es ist mir letzte Woche bei der Auktion aufgefallen.«

»Es ist leer.«

»Tatsächlich? Auch nicht tragisch. Sehen wir mal.« Derrick begann am Verschluß herumzumachen.

»Lassen Sie mich«, sagte Pandora, und das Medaillon ging auf ...

Am Ende ihres ersten Kusses zog ihr Derrick bereits das T-Shirt aus. Sie half ihm aus seinem. Sie trug einen BH, er nicht. Er zog ihn ihr aus, dann kam ihre Jeans dran, sie folgte seinem Beispiel, und nach wenigen Handgriffen lagen ihre Sachen auf einem Haufen übereinander, und sie ebenfalls.

»Hast du was dagegen, wenn ich dich fessle?« fragte Derrick.

»*Was?*« Pandora war vom Champagner leicht benebelt.

»Nur ein bißchen fesseln. Ist ein geiles Gefühl. Das wird dir zu ungeahnten Wonnen der Lust verhelfen.«

Ein schlechter Spruch aus einer ihrer Liebesschnulzen, aber Pandora war inzwischen für alles zu haben. Derricks Penis begann sich aufzurichten, und sie merkte, sie hatte ihn zu Unrecht für schwul gehalten. Wenn sie noch ein bißchen nachhalf, brachte er es bestimmt auf fünfundzwanzig Zentimeter.

»Klar. Wenn du meinst.«

Derrick öffnete eine Schublade voller Seile und aller möglichen anderen Dinge. Gehorsam überkreuzte Pandora die Hände hinter dem Rücken, als er sie fesselte.

»Laß mal sehen, wie nahe die Ellbogen zusammengehen.«

»Das tut weh!« stieß Pandora hervor, als ein anderes Seil ihre Arme brutal zusammenzog. Ein weiteres Seil schlang sich um ihren Rücken und ihre Brüste und schnitt schmerzhaft in ihre Haut.

»Daran wirst du dich schnell gewöhnen«, sagte Derrick. Er hatte ihr ein Seil mehrmals um die Taille geschlungen und straff über ihre Möse und durch ihre Pofalte gezogen. »Deine Muschi wird schon feucht. Du weißt also, daß dir das Ganze Spaß machen wird. Und jetzt geh ins Schlafzimmer und leg dich aufs Bett.«

Dort band ihr Derrick Fußgelenke und Knie zusammen. Dann drehte er sie auf den Bauch und verband die Fesseln um ihre Hand- und Fußgelenke mit einem kurzen Seil, so daß Pandora die Arme schmerzhaft nach hinten gezogen wurden. Ihr Rücken war ebenfalls nach hinten gekrümmt, ihre Brüste ragten in die Höhe. Das war mehr als nur ›ein bißchen fesseln‹, aber nachdem sie sich einmal darauf eingelassen hatte, wollte sie keinen Rückzieher mehr machen.

»Wie willst du mich so vögeln?«

»Na, in den Mund natürlich, Süße. Mach ihn schön weit auf, du Luder, wenn du noch mal losgebunden werden willst.« Er stand neben dem Bett, und packte sie an den Haaren.

Pandora versuchte Derricks riesige Erektion in den Mund zu nehmen. Sie war vollkommen hilflos. Vielleicht war das Ganze ja wirklich nur Spaß.

Derrick war sehr erregt. Er kam schnell, packte ihren Kopf, rammte ihr Gesicht immer wieder gegen seinen Unterleib und brüllte dazu die wüstesten Obszönitäten.

Sie selbst bekam ebenfalls einen Orgasmus.

Das Medaillon war zu.

Wie betäubt erhob sich Pandora von Derricks Sofa.

Derrick kam mit einem Tablett ins Zimmer. »Ich hoffe, Sie mögen Kräutertee. Das hier ist meine Lieblingssorte. Nehmen Sie Honig dazu? Danach geht es Ihnen sicher gleich wieder besser. Sie haben über eine Stunde geschlafen. Vielleicht sollten Sie nächstes Mal lieber nicht mehr auf eine Auktion fahren, wenn Sie eine Grippe haben.«

Derrick hatte sich eine Schürze umgebunden. Er stellte das Tablett auf den Couchtisch und schenkte ihr Tee ein. »Ach, das ist übrigens mein Freund Denny. Er ist nach Hause gekommen, während sie schliefen.«

Denny war ein gut aussehender, muskulöser blonder Mann, nicht viel älter als zwanzig. Er sagte ein paar der üblichen Höflichkeitsfloskeln zu Pandora. Nachdem er eine Tasse Kräutertee von Derrick entgegengenommen hatte, fuhr er fort: »Derrick hat mir erzählt, daß Sie schon seit sechs Uhr früh auf den Beinen sind. Kein Wunder, daß Sie sich so kaputt fühlen.«

»Und das Glas Chablis hat auch noch das Seinige dazu beigetragen«, sagte Derrick und nahm einen Schluck Tee. »Außerdem hätte Pandora wirklich nicht darauf bestehen sollen, beim Tragen zu helfen – Emanzipation hin oder her. Aber sobald Sie ausgetrunken haben, bringe ich Sie nach Hause. Sie sollten sich wirklich ein paar Tage frei nehmen. Wir kümmern uns schon um den Laden. Wir machen uns wirklich Sorgen um Sie. So eine Grippe ist nicht das gleiche wie eine Erkältung.«

Derrick und Denny fuhren Pandora nach Hause. Pandora dankte ihnen, schloß die Tür ab, zog sich aus, betrachtete die Striemen auf ihrem Körper, nahm eine Schlaftablette und war auf der Stelle eingeschlafen.

Da es Sonntag war, schlief sie den ganzen Tag durch. In der Abenddämmerung schleppte sie sich im Bademantel in die Küche, wo sie mit einem Kaffee mit Brandy ein Aspirin hinunterspülte. Nachdem sie hinterher noch ein Glas Brandy pur getrunken hatte, sank sie völlig entkräftet auf ihr Lieblingssofa.

Wahrscheinlich hatte sie tatsächlich eine Grippe. Ihre Gelenke schmerzten. Als ob sie sehr straff gefesselt gewesen wäre. Grippe. Schweres Heben. Überarbeitung. Es wurde Montagmorgen. Vielleicht sollte sie Derricks Rat befolgen und noch einen Tag zu Hause bleiben, um ihre Grippe auszukurieren. Wahrscheinlich hatte sie sich ganz schön blamiert. Einfach auf seiner Couch einzuschlafen. Mehr Vitamine, mehr Joggen, kein Champagner. Chablis?

Sie hatte keinen Champagner getrunken. Derrick war nur kurz in seine Wohnung gegangen, um nach der Post zu sehen und die Katze zu füttern, und Pandora hatte währenddessen telefoniert. Ein Glas Chablis? Vielleicht.

Ein Filmriß. Oder vielleicht die Grippe. Überarbeitung. Streß. Nein – die Spuren der Fesseln waren zu deutlich.

»Du verdammtes Aas! Du scheinheiliges Baptistenaas!« Wie eine Verrückte riß Pandora an der Goldkette des Medaillons und taumelte ins Schlafzimmer.

»Du Miststück! Du hast deine ganzen sexuellen Fantasien in deinem Herzen weggeschlossen! Du verdammtes Miststück! Und dann hast du gewartet! Du mieses Aas!«

In ihrer momentanen Verfassung gelang es Pandora nicht, den Verschluß auf zubekommen, aber nach mehreren Anläufen schaffte sie es, die Kette durchzureißen. Allerdings schürfte sie sich dabei am Hals auf. Sie warf Kette und Medaillon auf den Boden. Das Medaillon schnappte auf. Gerade als sie es mit ihren bloßen Füßen zertreten wollte, sah sie, daß es ein ganz gewöhnliches Medaillon mit einer Haarlocke und dem Porträt einer jungen Frau darin aus einem früheren Jahrhundert war.

Pandora setzte sich aufs Bett und vergrub das Gesicht in den Händen. »Das warst gar nicht du. Das war ich selbst. Ich verliere langsam die Kontrolle über mich. Ich kann meine Fantasien nicht mehr im Zaum halten und will es auch gar nicht. Ich will nicht wie du werden.«

Pandora wusch das dünne Rinnsal Blut von ihrem Hals. Als sie in den Spiegel sah, blieb ihr Blick voller Bewunderung auf dem roten Herz haften, das auf ihrer linken Brust eintätowiert war. Sie hatte es total verdrängt, aber jetzt fiel es ihr wieder ein: sie war angetrunken an dem Tattoo-Workshop vorbeigegangen, und dann hatte es sie plötzlich überkommen und mit einem Mal war sie dagelegen und hatte gespürt, wie sich die Nadel in ihre Haut grub. Sie fragte sich, was in den Phasen, an die sie sich nicht mehr erinnern konnte, wohl sonst noch passiert war und wo die Fantasien angefangen hatten. Als sie ihr Mann zum letzten Mal verprügelt hatte, war sie anschließend drei Tage im Krankenhaus gelegen. Dr. Walden zufolge hatte sie eine schwere Gehirnerschütterung erlitten.

Es war schon spät, aber die Single-Bars waren noch offen, und dort war bestimmt einiges los. Pandora warf sich in Schale: schwarze Strümpfe und Strapse, schwarzer Slip und Stütz-BH und darüber ein schwarzes Kleid und hochhackige Schuhe mit spitzen Absätzen. Der tiefe Ausschnitt und der Stütz-BH brachten ihr Herz-Tattoo hervorragend zur Geltung. Es war ihr überhaupt nicht peinlich gewesen, als sie die Sachen gekauft hatte, fiel ihr jetzt ein. Im Gegenteil, sie hatte die Verkäuferin so herausfordernd angelächelt, daß die richtig verlegen geworden war.

Es war das erste Mal, daß Pandora dieses Set trug. Zumindest glaubte sie es.

Sie schminkte sich sorgfältig und bürstete sich das Haar, dann überlegte sie, was sie als nächstes tun sollte. Auf dem Saum ihres Kleids war ein kleiner Fleck, wie ein Stück Schorf. Aber sie bekam ihn mühelos ab. Vielleicht sollte sie lieber das rote Outfit tragen?

Dr. Walden hatte ihr angeboten, sie könne sie jederzeit anrufen. Vielleicht nach dem Besuch in der Single-Bar? Sie konnte Dr. Walden fragen, was sie davon hielt. Heute abend oder bei einer anderen Gelegenheit.

Sie öffnete eine Schublade, nahm das Klappmesser heraus und steckte es in ihre paillettenbesetzte Handtasche. Stirnrunzelnd nahm sie es noch einmal und drückte auf den Auslöseknopf: der Klappmechanismus war gut geölt und funktionierte tadellos, die Klinge war scharf und sauber. Zufrieden steckte sie das Messer in ihre Handtasche zurück. Sie erinnerte sich, es mit allen möglichen anderen Dingen bei einer Haushaltsauflösung gekauft zu haben. So ähnlich wie das Medaillon. Sie erinnerte sich, wie sie es von Blut gesäubert hatte, als sie es das letzte Mal in die Schublade gelegt hatte. Oder war das auch nur eine Fantasie gewesen?

Das Messer war real.

Mit Derrick machte es bestimmt Spaß. Später.

Und mit Mavis. Einfach fantastisch.

Endlich war sie kein Opfer mehr.

DOUGLAS E. WINTER

Der Streifen

You'd better hope and pray
That you'll wake one day
In your own world ...

Shakespeare's Sister

Sie kennen diesen Traum. Er nimmt Sie an der Hand und
führt Sie aus der Wildnis Ihres Büros, fort von dem mit
Papieren übersäten Schreibtisch und dem unablässig läu-
tenden Telefon, hinaus in den ersten der zahllosen Flure.
Ihre Sekretärin lächelt, aber sie lächelt nicht Sie an, sondern die Luft irgendwo links von Ihnen; den Telefonhörer
hat sie zwischen Ohr und Schulter geklemmt, und Sie
hören sie über Treffpunkte sprechen. Das Wochenende,
immer wird fürs Wochenende geplant: ein Zahnarztter-
min, das Fußballtraining eines Sohns, ein Stelldichein in
einem abgedunkelten Motelzimmer. Sie würden ihr gern
eine neue Ausrede auftischen, aber Ihr Handgelenk
schiebt die Rolex President unter dem gestickten Mono-
gramm auf der gestärkten weißen Manschette hervor, und
Sie werfen einen dieser gut geübten ungeduldigen Blicke
auf das Zifferblatt. Die Bank, eigentlich eine Sparkasse,
schließt um vier, und Sie sagen Ihrer Sekretärin, was Sie
ihr auch sonst sagen. Sie nickt, ohne daß ihr Lächeln ver-
fliegt, und redet weiter.

Auch die Flure kennen Sie zur Genüge. Von dem
Gemälde an der ersten Ecke flattert ein Schwarm Vögel auf.
Die offenen Türen, obwohl es nur wenige sind, bieten kurze
Einblicke in andere Büros, auf identische Möbel und Akten-
schränke, auf die immer gleichen in Goldrahmen zur Schau
gestellten Trophäen: Gediegenheit signalisierende Fotos von
Ehefrauen und Ehemännern, Diplome renommierter juristi-
scher Fakultäten, Zulassungsurkunden für die richtigen Ge-
richte. Dieser Flur führt zu einem anderen und dann wieder
zu einem anderen, und schließlich erreichen Sie den Emp-

fang und nicken der Empfangsdame zu, bevor Sie in die Herrentoilette verschwinden.

Sie erleichtern sich von den nachmittäglichen Tassen Kaffee, wohl wissend, daß noch mehr nötig sind, wenn Sie den Schriftsatz fertig bekommen wollen, der, mit etwas Glück, von der Wortverarbeitungsabteilung neu getippt werden muß. Aber Sie denken weit voraus – und das ist nie ein gutes Zeichen.

Sie dürfen das Kleenex nicht vergessen. Fünf, sechs Tücher ziehen Sie aus dem Spender, falten sie ordentlich zu einem Rechteck und stecken sie in die Innentasche Ihrer Paul Stuart-Anzugjacke.

Jetzt sind Sie bereit. Sie werfen einen letzten Blick in den Spiegel, rücken Ihren Krawattenknoten zurecht und holen so tief Luft, daß es Ihnen den Bauch zusammenzieht. Der Blick, den Ihnen der Mann entgegenwirft, wirkt müde, aber erfahren. Er hat sein Schicksal und das seiner Mandanten fest im Griff.

Die Zeit läuft ab, und Delacorte ist, wenn sonst schon nichts, pünktlich. Er hat eine halbe Stunde Zeit für sein Vorhaben, und auf seinem Schreibtisch warten genügend Unterlagen, um ihn die halbe Nacht nicht zur Ruhe kommen zu lassen. Er zieht sich einen Kamm durchs Haar, knöpft sich sorgfältig das zweireihige Jackett zu, beschließt, sich noch einmal die Hände zu waschen und wirft das zusammenknüllte Papierhandtuch quer durch den Waschraum, bevor er hinausgeht. »Bin gleich wieder zurück!« ruft er der Empfangsdame zu, sie winkt, und dann fährt er im Lift nach unten.

Die Straßen der Hauptstadt haben keine Namen. Diejenigen, die in Ostwest-Richtung verlaufen, werden durch die Buchstaben des Alphabets, ohne das J, gekennzeichnet, die in Nordsüd-Richtung verlaufenden haben Nummern. Zu verdanken haben wir das irgendeinem verrückten Franzosen.

Delacorte braucht keine streng geometrische, Straßenanordnung, keinen Stadtplan, keine Wegbeschreibungen. Im letzten Jahr hat er diese Pilgerfahrt fast jede Woche gemacht, und er fände den Weg auch mit geschlossenen Augen. Es ist schon lange kein Spaziergang mehr, sondern eine rituelle Wanderung auf einer genau festgelegten Route. Er geht die 13th Street an der Ostseite entlang und betritt gleich darauf den Franklin Park, wo das übliche Spießrutenlaufen zwischen gestrandeten Menschen beginnt: eingefallene Gesichter, ausgemergelte Körper, Flaschen in braunen Papiertüten. Eine ältere Schwarze in einem fleckigen DuRag schiebt ihren Einkaufswagen endlos im Kreis herum und bleibt nur ab und zu stehen, um die Zeitungen darin neu zu ordnen. Auf einer Bank in der Nähe des Springbrunnens sitzt ein Mann, den Delacorte nur als Ernie kennt, denn das ist der Name, der auf die Brusttasche des lila-grauen Texaco-Overalls genäht ist, der anscheinend sein einziges Kleidungsstück darstellt. Als Ernie ihn sieht, lächelt er und bittet ihn um etwas Geld für den Bus – immer die gleiche Frage, immer die gleichen Worte, wenn Delacorte vorbeikommt. Delacorte nimmt einen Dollar aus seiner Brieftasche und drückt ihn Ernie in die zitternde Hand: »Dann fahr mal nach Hause«, sagt er zu Ernie, der gleiche Rat, den er ihm auch sonst gibt, und Ernie nickt und setzt sich wieder auf seine Bank.

Auf der anderen Seite des Parks ist die 14th Street und dahinter wartet ein Mysterium aus Backsteinen, der Getränkemarkt mit seiner verwinkelten Durchfahrt, eines der letzten Relikte, das die Invasion von Spiegelglas und Marmorfassaden, ansonsten Stadtsanierung genannt, überlebt hat. Südlich davon befand sich einmal ein ganzer Block mit Bars und Varietés, Buchhandlungen und Modelstudios, eine Halbwelt, in der vor allem Frauen arbeiteten und vor allem Männer ihre Dienstleistungen in Anspruch nahmen. Jetzt gleicht das Ganze einer Furche aus hellem Beton, gesäumt von riesigen, vielstöckigen Monolithen. Im Innern dieser Gebäude sind Anwaltskanzleien und Lobbyisten untergebracht, Banker und Geschäftsleute, der unaufhörlich größer werdende Bienenstock emsiger Drohnen. Delacorte schaut nach links und nach rechts, bevor er die Straße überquert.

Aus den Schaufenstern springen ihn die sexuellen Fantasien der Bier- und Bikiniteams an, aber Delacorte kauft nichts. Die Zeit reicht gerade für drei Dollar, nicht mehr und nicht weniger. Er hält sich für unsichtbar und verschwindet

in der Durchfahrt, macht etwa zehn Schritte zu dem baufäl-
ligen Portikus an der Nordseite. Tritt durch die Tür, in das
Dunkel hinein.

Der Geruch erstaunt ihn jedesmal von neuem, eine Mischung aus schlechtem Atem, verschwitzten Achselhöhlen,
Scheuerpulver und Sperma. Während er wartet, daß sich
sein rebellierender Magen wieder beruhigt, blickt er die
Reihe mit Kabinen hinunter; eines Tages, da ist er ganz sicher, wird er hier jemandem begegnen, den er kennt. Den
stiernackigen Jamaikaner an der Kasse kennt er bereits; er
kennt ihn sogar ziemlich gut, auf eine Art, wie er auch den
Mann mit dem Namensschild Ernie auf dem Overall kennt.
Fast jeden Werktag gibt er den beiden Dollars.

Heute blättert Delacorte drei George Washington-Porträts
auf den Ladentisch und nimmt dafür drei Häufchen Viertel-
dollars entgegen. Elf der Münzen steckt er in seine Jackenta-
sche, die zwölfte hält er zwischen Daumen und Zeigefinger,
Während er dem Mann an der Kasse ein wortloses Danke
zunickt. Hinter dem Mann verrenkt sich auf einem Hoch-
glanzposter eine unter dem Namen Taylor Wayne bekannte
Frau in einer unglaublich aufreizenden Pose; sie ist fast le-
bensgroß und total nackt. Letzte Woche war es eine gewisse
PJ Sparxx, und die Woche davor eine gewisse Aja: immer
blond, immer nackt, immer willig. Sie lassen ihn kalt.

Seine Lieblingskabine ist die 7: wirklich eine Glückszahl,
denn hier hat er sie kennengelernt. Es ist schon Jahre her, zu
der Zeit, als es noch keine Videoschirme gab, als die Innenseiten der Türen noch mit kleinen Leinwänden ausgeschla-
gen waren, auf denen automatische Filmprojektoren ihre
Fünf- und Zehnminutenstreifen abspielten. Ton gab es damals noch keinen. Es muß 1978 oder 1979 gewesen sein – so
lange ist das nun schon her. Davor war er nur ein- oder
zweimal hier, aus Gründen, die er nicht einmal ansatzweise
hätte erklären können: aus einem Impuls, einem diffusen
Drang heraus, aus bloßer Neugier. Er betrachtete diese Besuche als eine Art vulgäres Dampfablassen, ähnlich der Art
von Sex, dem man gelegentlich mit einer Sekretärin frönte
und den man zwar brauchte, aber nicht sonderlich schätzte
– rasch und problemlos und schnell vergessen.

Aber *sie* konnte er nicht vergessen. Ein Blick, und er hatte ganz ihr gehört, genau so, wie sie eines Tages ganz ihm gehören würde. Auf den zerfledderten Überresten der Filmpackung, die mit Klebstreifen an der Tür von Kabine 7 befestigt war, stand kein Titel. Sie war auf keinem der reißerischen Fotos auf dem gewellten Karton zu sehen. Nicht einmal in der Besetzungsliste war sie aufgeführt; solche Rollen waren den längst Vergessenen und mittlerweile vielleicht schon Toten vorbehalten. Das Kernstück dieses Streifens war ein Dreier, ein Mann mit zwei Frauen, so blond und knackig braun und durchtrainiert, daß man sie kaum auseinanderkannte, wenn sie sich in einer wilden Pantomime auf einem von einem Spotlight erhellten seidenbespannten Podest wanden. Ringsum, nur als ineinander verknäulte Schemen erkennbar, lagen die Nebendarsteller dieser filmischen Orgie herum, tranken aus leeren Flaschen imaginären Wein und schoben sich Plastiktrauben in den Mund. Sie war nur eine von ihnen, ein Schatten unter unzähligen anderen – Staffage, nichts weiter als ein Hintergrund aus menschlichem Fleisch. Bis zu den Schlußsekunden des kurzen Streifens, in denen sich das Hauptdarstellertrio in momentaner Erschöpfung voneinander löst und sich die zwei Frauen zärtlich zu küssen beginnen, während ihr Adonis aufsteht und in das Dunkel greift, um eine Flasche zu nehmen. Im selben Moment erhebt sich ein stattlicher, grauhaariger Festteilnehmer von seinem schicklichen Werk, sein schlaffer Bleistift von einem Penis baumelt unter seinem behaarten Bauch hin und her, und wie es der Lichteinfall will, wird sie plötzlich aus der Menge herausgeschält, auf einmal nicht mehr nur etwas, sondern jemand: eine Person. Sie ist jung – aufgewachsen in irgendeiner gottverlassenen Gegend im Mittelwesten, in Nebraska oder Iowa, ausgerissen vor den üblichen Mißständen: eine Mutter, die trinkt, ein Stiefvater, der sie mißbraucht, und obendrein die Langeweile des Schulalltags. Sie ist zu dünn, ihre Hüften sind eckig und spitz, ihre Brüste klein und flach. Ihr blauschwarzes Haar ist kurz. Aber ihre Pose, ihr unentschlossener, verletzlicher Ausdruck: diese Pose hat ihre eigene Reinheit, ihre eigene Vollkommenheit. Sie zieht sich wieder ins Dunkel zurück, hilflos, abwartend, voller Sehnsucht nach Ihnen. Sie müssen in der engen Kabine aufstehen, die plötzliche Erektion ist eingezwängt und schmerzhaft.

Der Film wird vom Ende an den Anfang zurückgespult, und Sie werfen mehr Münzen in den Schlitz des Automaten und warten geduldig – die Bilder verschwimmen zu einer Art bedeutungsloser Wochenschau –, bis sie wieder erscheint und wieder und wieder, und hier, in diesem dunklen Beichtstuhl, besuchen Sie sie Tag für Tag, füttern den an der Sperrholzwand festgeschraubten Automaten mit Münzen, das metallische Klimpern eine Art Ouvertüre, ein Erwartungen weckendes Signal, das Körper und Geist mit einem Schlag hellwach macht, während Sie sich den grobkörnigen Zehn-Minuten-Streifen ansehen und doch nicht ansehen, bis Sie ihn in- und auswendig kennen, und vor allem auch *sie:* diese zeitlosen zwanzig Sekunden vom Dunkel zum Licht und wieder zurück ins Dunkel. Zuerst der schlaffe Kadaver ihres Partners, vorgebeugt, mit einer Flasche in der Hand, und in seiner grauen Heckwelle der schmale Silberstreif alabasterner Haut, der sich zu zwei Brüsten weitet und dann zum Oberkörper einer Frau, die den Kopf abgewandt hat und nicht in die Kamera blickt, sondern auf irgendeine Vision, die außerhalb der Leinwand ist, und dann ihr erster Atemzug, fast ein Seufzen, ihre Brustwarzen und ihre Schultern heben sich, ihr linker Arm bewegt sich nach hinten, ihre Hand, unsichtbar, sucht auf den Kissen unter ihr Halt, ihre Lippen teilen sich, begleitet von einem Blick, sowohl fügsam als auch verwundert, und dann, beim zweiten Atemzug, winkelt sie ein Bein an, und dann die Pose, die subtile Pose, und wieder Dunkelheit.

Sie sehen sie an, immer und immer wieder, und dann ist sie eines Tages weg. An der Tür von Kabine 7 wurde ein neuer Pappkarton befestigt, und dahinter, wenn Sie sich ungläubig, hoffend, betend gesetzt und eine blitzende Münze in den Schlitz gesteckt haben, spielt der Projektor einen neuen Film ab, einen anderen Film, einen Streifen mit dem Titel *Scharfe Nutten.* Sie sehen sich ihn zwar mit resigniertem Pflichtbewußtsein an, aber sie ist natürlich nicht da. Sie fragen den Mann an der Kasse – zum fraglichen Zeitpunkt ist es ein finster dreinschauender Filipino-Troll, dessen kehliges Lachen zu einem Husten zusammenfällt. »Weg«, sagt er. Sie bieten ihm sogar Geld, aber er weiß nichts über den Film, nichts als ›Weg, weg‹. Er macht eine fächelnde Handbewegung in Richtung Tür, als hätte sich die Filmspule aus eigener Kraft aus dem feuchten Dunkel der Kabine davongemacht.

Jahre später durchstöbern Sie die mit verstaubten Filmschachteln gefüllten Regale eines Ladens mit dem schönen Namen Top-Flite Video, der nicht weit vom Times Square im halbseidenen Dunstkreis des Port Authority Terminals liegt. Dabei stoßen Sie auf den ursprünglichen Super 8-Film und kaufen ihn, obwohl Sie keinen Projektor haben. Schon die Plastikspule zu berühren, genügt Ihnen, um die Vision zurückzuholen und mit ihr dieses ganz spezielle, völlig einzigartige Gefühl, das Sie aus dieser Welt in die ihre versetzt hat. Der Streifen, erfahren Sie, hieß *Roman Hands,* und auf dem gelben Karton sind zwar die Namen der Stars aufgeführt, aber der ihre ist nicht darunter. Aber inzwischen brauchen Sie ihren Namen nicht mehr zu wissen. Sie ist inzwischen berühmt.

Die Jahre sind mit zunehmender Intensität vergangen. Mittlerweile schreiben wir die achtziger, und Sie selbst gehen langsam, aber unaufhaltsam auf die vierzig zu und haben diese Jahre nach dem Geld bemessen. Sie sind voll und ganz in Ihrer Anwaltstätigkeit aufgegangen, haben unermüdlich auf eine Teilhaberschaft hingearbeitet, bis schließlich feststand, daß Sie einer der wenigen Auserwählten waren. Die Besuche im Peepland werden seltener, und während sich die Wochen zu Monaten multiplizieren, die Monate zu Jahren, machen Sie dieser pubertären Marotte, diesem letzten Atemzug Ihrer Jugend, wie Sie es inzwischen sehen, ein Ende. Es ist wie ein Besuch am Grab Ihrer Mutter, ein Bedürfnis, das im Lauf der Zeit zur Verpflichtung wird und zu guter Letzt jeder emotionalen Beteiligung entbehrt. Einmal verabreden Sie sich mit einer Frau, die Sie vage an sie erinnert, aber im Bett klappt ihr Körper unter Ihnen zusammen, und sie verwandelt sich nicht. Ihre Küsse sind hölzern, ihr Atem schal, Als Sie in sie eindringen, kommt es zu

Stöhnen, nicht zu Stille. Früher oder später müssen Sie sie mit ihrem Namen ansprechen: er lautet Jane oder Jean. Janine. Am Morgen, wenn Sie neben ihr aufwachen, würden Sie am liebsten weinen. Statt dessen laden Sie sie zum Frühstück ein. Und rufen sie nie mehr an.

Ein paar Monate später lernen Sie Melinda kennen, ihres Zeichens Investment Bankerin; Melinda mit den eleganten Kostümen und den Stahlrandbrillen; Melinda, die immer mit einem Glas Chardonnay anstößt und Sie dazu ermutigt, ihr den aschblonden Zopf zu lösen. Ihre Stimme füllt Ihr Schweigen, und, zumindest eine Zeitlang, rührt sie sogar an die Stille in Ihrem Innern, an den Ort in Ihrem Kopf, Ihrem Herz und Ihrem Bauch, wo nur die Bildermenschen leben und sich in stiller Dunkelheit lieben.

Melinda, die sich an einem regnerischen Nachmittag Ende April oder Anfang Mai in Ihr Leben geschlichen hat und sich fast vier Jahre später nicht annähernd so lautlos wieder daraus entfernt. Melinda mit der Eigentumswohnung in Georgetown; Melinda mit der Nordic Trac; Melinda mit der unerwünschten Schwangerschaft; Melinda mit der Karriere, die ihr über alles geht.

Melinda, von der Sie ein Foto brauchen, um Erinnerungen an Ihr Gesicht wachzurufen.

Melinda, Ihre erste Frau.

In Kabine 7 hat sich nichts verändert: vier Wände und eine Decke aus lackiertem Sperrholz, gegenüber dem Münzautomaten eine plastikbezogene, an der Wand verschraubte Sitzbank, eine Zelle von mönchischer Kargheit, in das kalte blaue Licht eines Bildschirms getaucht. Dort warten dieser Bildschirm und ihr erstes Video mit dem Titel *Fourplay* auf Delacortes Rückkehr. Wir schreiben den Sommer des Jahres 1983, und nach einem Drei-Martini-Mittagessen, bei dem ein Rechtsstreit beigelegt wurde, verschlägt es Delacorte auf der 14th Street unversehens nach Norden, und er sieht sich an, wie die alten Häuser dort der Abrißbirne zum Opfer fallen. Drei Etagen rote Backsteine und schmutzige Fenster, Heimstatt von Stripteaseshows und Massagesalons, werden eingerissen und zu Staub zermalmt. Als nächstes kommt ein

Sex-Shop an die Reihe, der letzte Dominostein, und dann ist der Häuserzug gesäubert, bereit, Heerscharen von Sekretärinnen und Börsenspekulanten zu beherbergen.

Egal, ob nun seine Schritte spontan oder schlichtweg unausweichlich erfolgt sind, er findet die Durchfahrt und flieht vor der Augustsonne in das wohltuende Dunkel des Peepland. Die alten Gewohnheiten stellen sich sofort wieder ein. Die zerknüllten Dollarscheine aus seiner Hosentasche verwandeln sich in Münzen, bevor er sich mit nervöser Gewißheit auf den Weg zu Kabine 7 macht: Wartet sie dort auf ihn, ist sie weg? Und je das Videoband die handlungslosen Episoden mit den zufälligen Kollisionen anonymer Körper in anonymen Räumen herunterspult, desto mehr macht sich Enttäuschung in ihm breit. Der männliche Hauptdarsteller, ein schnurrbärtiger Ron Jeremy, treibt mit einer Reihe lustloser Körper seine süffisanten Sexspiele, bis ein, zwei, drei, vier Dollar die Schlußszene erkaufen, in der sich der Gigolo und seine jüngste Eroberung, eine nuttige Amber Lynn, in einem Bett übereinander hermachen. Aus einem Winkel aus Licht kommt ein Zimmermädchen in schwarzen Netzstrümpfen und weißen Rüschen hereingehuscht und heuchelt mit stumm gespitzten Lippen Überraschung. Durch eine Lamellentür beobachtet sie das sich windende Paar, dessen Bewegungen sie veranlassen, ihre Brüste, ihren Bauch und schließlich die Stelle zwischen ihren Beinen zu befingern. Kein Zweifel, sie ist es. Das brünette Haar trägt sie in einem Stufenschnitt wie Jane Fonda in *Klute*, und sie ist nicht mehr mager, sondern schlank, ihr Auftreten locker, athletisch und ach so erfahren, als sie die fade Uniform aufknöpft und einen blühenden Körper entblößt, immer noch so jung, so blaß, so zerbrechlich und doch so willig: mit welch hingerissener Wonne nehmen zuerst ihr Mund und schließlich die Dunkelheit zwischen ihren Schenkeln ihre Finger auf.

Diesmal entkommt sie ihm nicht. Delacorte besteht darauf, das Video zu kaufen und verhandelt so lange mit dem Verkäufer, bis er es, nach einem Anruf, für hundert Dollar in bar herausrückt. Als Delacorte mit dem Video unter dem Arm auf die von der Sonne aufgeheizte Straße zurückkehrt, blinzelt er in das erbarmungslose Licht und weiß mit plötzlicher Gewißheit, wohin die in schwarzen Kassetten aufgespulten Visionen gelangen, wenn sie in den heruntergekommenen Sex-Shops, den Schmuddelkinos, den ehemaligen Gotteshäusern von der Leine gelassen und in die Wohn-, Schlaf- und Herrenzimmer der Vororte gehetzt werden, wo Tausende, nein, Millionen von Videogeräten ihr geheimes Leben publik machen werden.

Sie heißt Charli Prince. Der Name ist neu, ausgesucht für ihre Hauptrolle in der Vivid Video-Produktion mit dem Titel *Air Force Brat*. Vielleicht hat sie auch immer schon so geheißen, nur daß ihr Name erst jetzt, angesichts ihrer neuen Berühmtheit, einer Erwähnung für wert befunden wurde. Im ersten Film, in dem sie namentlich genannt wird, einem sieben Minuten langen Swedish Erotica-Streifen, in dem sie einem dunkelhäutigen Bauarbeiter einen bläst, heißt sie noch schlicht und einfach Cherie. Der Streifen lief im Winter 1980 fünf Wochen in Kabine 12 des Peepland. Das war das Jahr, in dem die Geiselnahme im Iran passierte, Reagan zum Präsidenten gewählt wurde und der erste Space Shuttle startete. Dem folgten mehrere Streifen für Pleasure Principle Productions, in denen sie an dritter oder vierter Stelle als Cheri Redd rangierte. Ihr Haar war lang und verrucht, eine feurig rote Mähne, die sie ekstatisch von einer Seite auf die andere warf, wenn sie einen oder zwei Männer gleichzeitig in den Mund und dann in die Vagina nahm und diese schließlich Perlenketten aus weißen Spermatropfen über ihren Hals und ihre Brust spritzten.

Als er zum erstenmal ihre Stimme hörte – ein halb erstickt hervorgestoßenes »Ja, ja ... *ja*«, das von so gequälten Seufzern durchbrochen war, daß sie genausogut gerade hätte erstochen werden können –, nannte sie sich Lotte Love. Er saß auf einem, wie er hoffte, sauberen Platz des Olympic Theatre in der 15th Street, über dessen Grab inzwischen ein Bankgebäude aufragt, und sah sich ihren ersten längeren Film an, bei dem Radley Metzger Regie führte und der den Titel *Carnal Souls* trug. Obwohl Metzgers Filme einen gewissen Bekanntheitsgrad erreicht haben, scheint dieser verschollen

435

zu sein, sieht man von einigen wenigen und gewöhnlich obskuren Erwähnungen in Filmographien ab. Jahrelang mußte sich Delacorte mit zwei verblaßten Werbefotos begnügen, die er in einem teuren Sammlerkatalog entdeckte; 1989, nachdem seine Biotech-Mandanten ihren Hauptkonkurrenten geschluckt hatten, kaufte er sich einen 16-mm-Projektor. Seine Erinnerungen an den Film, außer an die Szenen mit ihr, waren nach all den Jahren verblaßt, aber den Plot hatte er nicht vergessen. Eine Kirchenorganistin, von Kelly Nichols mit keuscher Perfektion gespielt, bläst dem stattlichen Pfarrer einen und stürzt damit eine kleine Stadt im Mittelwesten in Schimpf und Schande, um schließlich mit ihrem Auto von einer Brücke zu stürzen und den Tod zu finden. Als sie darauf im Fegefeuer erwacht, büßt sie durch eine Reihe nicht jugendfreier Begegnungen mit anderen verlorenen Seelen für ihre Sünden. Eine der reizenden Verstorbenen – keine geringere als Lotte Love – beklagt sich darüber, noch nie mit einer Frau geschlafen zu haben, und Kelly bleibt gar keine andere Wahl, als ihrem Wunsch nachzukommen.

Es ist eine seiner Lieblingsszenen. Sie macht sich über Kelly her wie eine halbverhungerte Löwin; sie schmeckt sie mehr, als daß sie sie küßt: vom Mund zu den Brüsten zur Möse und wieder zurück. Ihre Lippen sind jetzt voller, aufgeworfen, wie von einer Biene gestochen. Über ihren klaren Zügen liegt ein schöner Braunton, ob von der Sonne oder einer Höhensonne, sei dahingestellt, und ihre blauen Augen leuchten vor Verlangen. Das Rot ihrer Haare ist intensiver, von schwarzen Strähnen durchzogen. Sie dominiert die Szene; sie hat jede Geste, jede Bewegung unter Kontrolle, selbst wenn sie auf dem Rücken liegt und Kellys Finger in ihr sind.

Er erinnerte sich noch an ein Detail aus *Carnal Souls*. Es war an einem Abend in den frühen achtziger Jahren, als er in den Sex-Shop neben dem Olympic ging und sich die ersten Hefte kaufte. Allerdings nicht viele, jedenfalls anfangs nicht, nur eins oder zwei pro Monat: das *Adam Film Quarterly*, *Triple X World* und was sich sonst noch mit dem blühenden Pornofilmmarkt beschäftigte. Ständig war er auf der Suche nach Fotos von ihr, und er wurde immer wieder belohnt, wenn sie sich aus der Obskurität in sein begieriges Herz entkleidete, fummelte und vögelte. In *Gent* saß sie rittlings auf einem Footballspieler mit einem Suspensorium und machte mit ihren Cheerleaderpompons an seinem Steifen herum; in *Knave* nuckelte sie am spitzen Absatz einer Nazi-Gefängnisaufseherin. In *Bondage Life* waren ihre Handgelenke mit einem Seil gefesselt; in *Submission* kniete sie auf dem Boden, und ihr Hinterteil war von Striemen überzogen; im *Latex Lovers Guide* glänzte sie in rotem und schwarzem Gummi.

Im Januar-1986-Heft von *Gallery* schlüpfte sie aus der Haut von Lotte Love, um als Sherry Ellen Locke aus Missouri als ›Mädchen von nebenan‹ zu posieren – geboren am 6. 11. 64; besondere Vorlieben: Western, weiße Schokolade und die 500 Meilen von Indianapolis. Wäre die Pose auf Seite 103 nicht gewesen, hätte er sie vielleicht gar nicht erkannt: die Neigung ihrer Schultern, als sie sich über die Motorhaube eines alten Ford Mustang beugte, die nonchalante, aber gekonnte Art, wie sie Kinn, Brüste und Hüfte reckte. Nach dem zweiten Hinsehen gab es gar keinen Zweifel mehr, daß sie es war.

Ihr Haar war glatt und seidig, unglaublich blond, die Sorte blond, die eine Mischung aus Silber und Weiß ist; ihre Brüste waren zu reifen und unwahrscheinlich festen Grapefruits herangereift. Ihre knackig braune, von der kalifornischen Sonne geröstete Haut wurde durch den blauen Streifen eines Tanga zweigeteilt. Auf den folgenden Seiten ist sie einfach umwerfend; wenn sie sich in einem weißen Hüftgürtel und Strümpfen in Positur wirft oder bekleidet nur mit hochhackigen Schuhen und Sonnenöl auf einem Liegestuhl räkelt und dabei die Beine so breit macht, daß nichts der Fantasie überlassen bleibt.

Mit jedem neuen Heft, jedem neuen Video, jedem neuen Blickwinkel öffnet sie sich Ihnen und zeigt Ihnen ein bißchen Weisheit in einer Welt von Haut und Muskeln, Nylon und Seide, Latex und Gummi, Leder und Ketten, in der das, was man nicht wissen kann, durch den Flaum eines blonden Pfirsichgestrüpps, einen strammen Bauch, einen gespannten

Schenkel ausgedrückt wird. Sie ist makellos, und sie ist unbesiegbar, ein Engel ohne Flügel, von unerreichbarer Vollkommenheit – und sie ist unersättlich. Inzwischen heißt sie Sherilyn, was man erfährt, wenn man in einem Heft von *Video Xcitement* blättert, die Fingerspitzen voller frischer Druckerschwärze. Man bestellt sich ihr Solovideo von Southern Shore und sieht zu, wie sie sich auszieht und zu leisen Rock 'n' Roll-Klängen tanzt, während das Bild auf einen Sonnenuntergang überblendet und schließlich auf einen silbernen Dildo.

Wenn sie es in *Ultrafoxes* von Hollywood Video mit Jamie Gillis auf dem Teppich treibt, ist sie Cher Lucke. In *Naughty Night* und *Creampuffs 2* ist sie Cheri. In einem Video von B&D Pleasures ist sie Titelmaterial: *Sherri Bound.* Ihre Co-Stars sind Kiri Kelly, eine gefügige Unterwürfige mit gebleichter Mähne und ein Peitschenmeister namens Jay Dee, ein dickbäuchiger Graubart mit einer Schwäche für Reitstiefel und all die sonstigen Uraltklischees der Sadomaso-Unterwelt. Es ist zum Lachen, wenn er sie ›Sklavin‹ nennt, denn es gibt überhaupt keinen Zweifel, wer hier das Sagen hat; sie dominiert die Kamera und alles, was ihre Linse sieht.

Es ist der Videoverleih um die Ecke, der Sie Ihnen als Charli Prince ankündigt. Dort, in Leihvideos, versteckt zwischen den Deckeln eines Ringordners, wartet die erotische Elite, und mit Air Force Brat hat sie sich ihren rechtmäßigen Platz darin erkämpft. Am nächsten Abend suchen Sie sich ihr Stelldichein mit Tracy Adams und Tyffany Minx in *Flirtysomething* aus, einem Video von Insatiable Gold. Sie beobachten ihren Mund, ihre Augen und halten Ausschau nach einem Hinweis, einem wissenden Lächeln, einem Nicken oder Zwinkern, das Ihnen verrät, daß alles nur Spiel ist, daß sie weiß, Sie sehen voller Sehnsucht und Verlangen zu, wenn sie Ihnen ihr ›Ja, ja … ja‹, das inzwischen zu ihrem Markenzeichen geworden ist, entgegenhaucht und sich selbst und Sie zum Höhepunkt bringt.

Jedes neue Video, einige gekauft, andere geliehen oder kopiert, aber alle Bestandteil Ihrer Sammlung, ist eine Offenbarung: das verführerische Debüt auf Active Video mit der umwerfenden Blondine, von der man, wie von so vielen ihrer Kolleginnen, nur einen Namen kennt – in diesem Fall Savannah; die Intensität des gemischtrassigen Schamlippen-leckens mit Heather Hunter; und ihre verzweifelten Schreie in den letzten Momenten von *Deep into Charli*, bei denen es sich laut *Adult Video News* um ihren ›ersten Analverkehr‹ handelt.

Sie ertappen sich dabei, wie Sie in den unmöglichsten Momenten an sie denken, und das heißt natürlich nichts anderes, als daß Sie verliebt sind. Sie nehmen die beeidete Aussage einer finster dreinblickenden jungen Mutter ent-gegen, deren Kind das sabbernde, hirntote Opfer des mil-lionenschweren Fehlers eines Pharma-Kartells geworden ist, und gerade als Sie die Frau noch einmal fragen, ob sie irgendwelche Geschlechtskrankheiten hatte, müssen Sie plötzlich an diese tolle Szene aus *Ultimate* denken, dem Video, das Ihrer geheimen Liebe zu ihren ersten fünfzehn Minuten Ruhm verhalf und sie aus dem Dunkel ins Schein-werferlicht rückte. Plötzlich haben Sie wieder ganz deut-lich ihren hingebungsvollen Gesichtsausdruck vor Augen, als die fünf muskelbepackten, von der Natur auch sonst gut ausgestatteten Männer auf sie zukommen und sie sternförmig umringen. Zwei von ihnen dringen in sie ein, von vorne und hinten. Ein dritter steckt seinen Schwanz in ihren breiten, aufnahmebereiten Mund. Die erigierten Glie-der des vierten und fünften packt sie mit den Händen und bearbeitet sie in einem wilden Rhythmus, der wie ihr Kör-per zu pulsieren scheint und sich langsam von erwachen-der Lust über Leidenschaft zu ekstatischer Raserei steigert, während sie alle fünf Männer gleichzeitig zum Höhepunkt bringt.

Diese Szene – eigentlich ist es unmöglich, sie sich vorzu-stellen –, läuft auch an dem Abend wieder in Ihrem Kopf ab, an dem Sie Alice, die Schwester des Assistenten Ihres Ten-nispartners bei der Ex-Im Bank, herumkriegen, und in den folgenden neun Monaten Ihres Zusammenlebens gibt es kei-nen Moment mehr, den Sie so erfüllend finden. Später wun-dern Sie sich, warum Sie so lange gebraucht haben, Alices Makel zu entdecken, ihren kleinen Mangel zu verstehen. Vielleicht waren Sie abgelenkt. Es gab so viel Arbeit, als die

439

Fusionen und Aufkäufe in Pleiten und Firmenauflösungen endeten – und es gab noch so viel zu sehen.

Denn hier, in Kabine 7, gehört sie ganz Ihnen, und Sie gehören ganz ihr. Sie sieht sie vom flimmernden Bildschirm herunter an, leckt sich die willigen Lippen und lächelt ihr nie endendes Lächeln. »Ja, ja ... *ja.*« Sie lächelt auf dem Bett, dem Sofa, dem Diwan, dem Lehnsessel, dem Teppich, dem Parkettboden, dem Billardtisch, dem Küchentisch, dem Rasen, dem Laub, dem Wüstensand und sogar dem Asphalt eines Basketballplatzes. In einem Auto, auf Vorder- und Rücksitz; auf der Ladefläche eines Lkws; im Führerhaus eines Sattelschleppers; in der Wanne eines Betonmischers. Im Swimmingpool, im Whirlpool, in der Badewanne, in Ebbe und Flut. Unter der Dusche, aus Wasser und, ja, einmal aus Urin. »Ja, ja ... *ja.*« Sie lächelt, während sie fummelt und befummelt wird, sie lächelt, wenn Brustwarzen und Mösen und Schwänze in ihren Mund gesteckt und von ihren Händen ergriffen werden; sie lächelt, wenn ihr Handschellen angelegt und ein Knebel zwischen die Zähne gestopft, wenn ihr Peitschenstriemen über Gesäß und Rücken gezogen werden; sie lächelt, wenn Küsse an ihr auf und ab steigen, verharren; wenn rote Zungen lecken und lutschen. Wenn die Spritzszenen in Zeitlupe wiederholt werden, ist der bevorzugte Bildausschnitt ihr Gesicht, obwohl natürlich ihre Brüste und viele Male auch ihr Bauch mit der Lebensessenz ihrer Verehrer bedeckt sind.

Sie lächelt. Immer lächelt sie.

»Ja, ja ... *ja.*«

Delacorte fischt eine weitere Münze aus seiner Tasche. Das leise Rauschen des Bildschirms, nur Zentimeter von seinem Gesicht entfernt, dämpft die Geräusche aus der angrenzenden Kabine, wildes Gestöhne und dann eine blecherne Stimme, die »Ich komme ... ich komme« hervorstößt, während auf Delacortes Bildschirm, rot auf blauem Grund, ein Hinweis zu blinken beginnt und ihn auffordert, eine Münze einzuwerfen. Weil er wissen wollte, wie viel er für einen Vierteldollar bekommt, hat er einmal die Zeit gestoppt, die

Gabe von fünfundzwanzig Cents. Eigentlich war das Ganze sinnlos. In den Kabinen gibt es keine Inflation; seine Münzen kaufen ihm seine Ekstase so billig wie eh und je. Es ist die Ekstase, die eine Entwicklung durchgemacht hat, die aus dem Dunkel hervorgetreten ist, aus den grobkörnigen Filmstreifen, aus der sogenannten Pornographie, die etwas Neues und anderes geworden ist, etwas, das sich Unterhaltung für Erwachsene nennt. Dieser Entwicklung entsprang eine neue Form der Ekstase, eine seltsam gereinigte und sterile Ekstase, strahlende Momente orgiastischer Lust auf Videobändern von erstaunlicher Schärfe, aufgenommen von Kameras, die dem Geschehen aus jedem nur erdenklichen Blickwinkel aus nächster Nähe folgen. Eine Welt, in der die Liebenden – oder sollte er sagen: die Fickenden – Safer Sex praktizieren und keine Gewalt darstellen. Eine Welt, die sich Freunde, Geliebte, ja sogar Mann und Frau ansehen können. Eine Welt, in der sich eine Vision aus dem Dunkel löst und ins Licht tritt.

Im Jahr vor dem Unfall prangten einem Name, Gesicht und natürlich der vollkommene Körper von Charli Prince von unzähligen Magazinen, Videokassetten und Bildschirmen entgegen. Plötzlich war sie überall anzutreffen: keine Woche verging ohne einen neuen Seufzer von Charli Prince. Der neue Videoclip von Aerosmith. Der Titel von *Penthouse*. Dessous in *Elle*, Badeanzüge in *Inside Sports*. Ein kurzes Feature in *Entertainment Weekly*. Ein Kurzauftritt bei David Letterman. Brian De Palma wurde in *Daily Variety* dahingehend zitiert, er habe vor, Charli Prince in seinem nächsten Film eine Rolle zu geben.

Sie wurde nicht mehr gesehen, sondern vorgezeigt. Sie wurde mit Kleidern verhüllt. Ihre Lippen waren offen, aber sie formten Wörter – Wörter und Sätze.

Ob sie nun aus dem Licht dieser nackten Morgendämmerung geflohen oder vertrieben worden war, Charli Prince stahl sich rasch wieder in das Dunkel zurück und drehte ausgerechnet für den verrückten Italiener Gualtiere einen billigen Horrorfilm. Warum sie sich ausgerechnet für diese Rolle hergab, ist genauso ein Rätsel wie ihr Schicksal. In einer Randnotiz von *Hard Copy* und *Inside Edition* fand sich nur der betrübliche Hinweis, ein richtiger Kinofilm könne ihr zu einem neuen Dasein verhelfen, das ihr auf dem Pornosektor nicht offengestanden habe. Die versteckte Ironie, die schadenfrohe Hinterfotzigkeit dieser Bemerkung tat im Innersten weh. De Palma bekam nie seine Chance, mit Charli Prince zu arbeiten, sie mit seiner Steadicam zu verfolgen, sie zu seinem Opfer zu machen. Ganz gleich, aus welchem Grund – der Riecher eines Agenten, das Tallis-Drehbuch, ein ausstehender Gefallen – Giacomo Gualtiere war ein für alle Mal der erste und letzte.

Plötzlich war sie eine Göttin.

Und im nächsten Moment war sie tot.

Aber wahre Liebe vergeht nie. Wahre Liebe füllt den kleinen verschließbaren Wandschrank im Gästezimmer eines direkt am Fluß gelegenen viktorianischen Hauses in McLean; und dabei handelt es sich keineswegs um eine gewöhnliche Liebe, um eine Liebe der kleinen Aufmerksamkeiten, der Blumen und sentimentalen Grußkarten. Hier handelt es sich um eine Liebe, die auf harten Fakten beruht, die kategorisiert und gezählt werden kann: vierundfünfzig Videos, siebzig Filmrollen, Hunderte von Heften. Zwei Kalender, eine Mappe mit Promotionfotos, das Cover der Pearl Jam CD. Ein Poster, der berühmte nasse Bikini im Konferenzsaal, der den Zorn der Feministinnen entfachte und mit Sicherheit die Begierden zehntausender von Collegestudenten – es blickt auf dieses Vermächtnis einer Liebe herab.

Es ist alles da, angefangen von besagtem ersten Filmchen bis zu ihrem letzten Auftritt. Delacorte fand das Video in dem Blockbuster um die Ecke, nicht hinter einem Aktenordner versteckt, sondern ganz offen im Regal, damit es alle sehen und mieten konnten: *Death American Style*. Der lakonische Erzähler, der früher einmal Surferballaden sang und in einem fürs Fernsehen gedrehten NBC-Film die Hauptrolle spielte, läßt einen Sermon vom Stapel, strengere Waffengesetze und die Todesstrafe seien das Allheilmittel gegen einen ganzen Wust von Ungeheuerlichkeiten, von denen viele durchaus real, einige aber nur vorgeschoben sind. Dann kommt George Hollidays Amateurvideo von den

Handgreiflichkeiten gegen Rodney King – insgesamt sechsundfünfzig in einundachtzig Sekunden –, gefolgt von den Aufnahmen einer Überwachungskamera aus einem koreanischen Convenience Store, auf denen zu sehen ist, wie der Inhaber einem fünfzehnjährigen Mädchen in den Hinterkopf schießt. Mitten im Silvesterjubel brechen Hotelbalkone ab und stürzen in die Tiefe; Häuser religiöser Kommunen werden vom FBI in Brand gesteckt. Eine Maschine der United Airlines geht bei einer Bruchlandung in Sioux City, Iowa, in Flammen auf. R. Budd Dwyer, Finanzminister des Staates Pennsylvania, dem wegen Bestechlichkeit eine Gefängnisstrafe droht, gibt eine Pressekonferenz, steckt sich eine 357er Magnum in den Mund und pustet sich den Hinterkopf weg. Am Set von *Unheimliche Schattenlichter* wird Vic Morrow von einem abstürzenden Hubschrauber geköpft, und die zwei Flüchtlingskinder werden ihm – und uns – für immer entrissen. Leid und Schmerz, Feuer und Blut, Bilder ohne Zusammenhang, Morde ohne Grund oder Wirkung, Morde ohne einen Sinn als dem Moment ihres Sich-Ereignens, dem Moment ihres Aufgezeichnet-Werdens, dem Moment ihres Gesehen-Werdens.

Und dann – das Beste kommt am Schluß – der Ausschnitt aus *Bloody Roses.* Eine Klappe identifiziert Szene und Aufnahme, und im nächsten Moment sehen wir Charli Prince, sie lebt, und sie geht in hochhackigem Erstaunen auf die Kamera, auf Sie, zu. Es ist in einem Studio irgendwo in Salt Lake City, und es ist die letzte Drehwoche, das wissen Sie aus Ihrem Ordner mit Zeitungsausschnitten und Nachrufen, und Giuseppe Tinelli steht hinter der Kamera und nimmt sie in einer Nahaufnahme in den Sucher, wie sie sich einem großen, brutalen Italiener mit dem Künstlernamen George Eastman zu entwinden versucht, und von irgendwo außerhalb des Sucherausschnitts kommt der Täter und leuchtet plötzlich im Schein der Platzpatrone aus seiner Pistole auf, während sich ihre linke Hand um Eastmans Unterarm legt und ihn von sich schiebt, so daß sie sich wieder in Richtung Kamera dreht, der ultraheißen Entladung entgegen, die im Dunkeln aufflammt, während sie noch einen letzten Schritt macht, di-

rekt in die falsch geladene Platzpatrone hinein, deren Feu-
erstrahl aus dem Pistolenlauf hervorschießt und stumpfe
Metallsplitter in ihre plötzlich wogende Brust spuckt, sie
so schnell durch ihren Körper fahren läßt, daß es nicht einmal das wache Auge der Kamera aufzeichnet, und dann
treten sie an ihrem Rücken in einem Sprühregen aus Blut
und Fleisch wieder aus, reißen sie herum und schleudern
sie zu Boden, worauf der Kameramann unerklärlicher-
weise ganz nah an sie heranfährt, und man sieht, wie sich
ihre Lippen bewegen, und obwohl alles ganz still ist, obwohl es keinen Ton gibt, kann man ihre Stimme hören,
kann man hören, wie sie »Ja, ja ... ja« hervorstößt, bevor
sich ihr Mund mit Blut füllt und von einer Blutung aus
ihrer Nase alles rot wird, und währenddessen liegt sie zappelnd auf dem Boden, die Kamera läßt nicht von ihr und
hält weiter drauf, und ihre Lungen versuchen Luft einzu-
saugen, ihr Brustkorb hebt sich einmal und dann noch einmal und noch einmal und noch einmal, und plötzlich rührt
sie sich nicht mehr.

Delacorte kann einfach nicht anders; seine Hose spannt
sich. Er steht auf, greift nach der Fernbedienung, drückt auf
die entsprechenden Knöpfe, spult das Band an den Anfang
der Szene zurück.

Dann öffnet er den Reißverschluß seiner Hose und drückt
auf den Zeittlupenknopf.

In diesem Moment wissen Sie, Ihre Liebe wird nie enden.
Sie behalten das Leihvideo, bis die bestellte Kaufkassette
kommt, und Sie bezahlen die Säumnisgebühr mit einer Gold
Card und einem Lächeln. Sie erkundigen sich nach einer La-
serdisc von *Death American Style,* und der Verkäufer ist
skeptisch, obwohl er gehört hat, daß es den Film unter Umständen auf CD-ROM gibt. Er will sich erkundigen und
Ihnen Bescheid geben.

Sie sehen sich das Band wochenlang an, lassen die Blut-
bäder davor bis zur 90-Minuten-Marke im Schnellvorlauf
durchlaufen, um sich das fünfundfünfzig Sekunden lange
Drama anzusehen; Sie spielen es vorwärts und rückwärts
ab, in Zeitlupe, Bild für Bild und mit doppelter Geschwin-

digkeit, bis sie es mit all seinen Stärken und Schwächen in- und auswendig kennen, vor allem den komischen Licht- blitz, der an der 17-Sekunden-Marke in der linken oberen Ecke aufflackert; den schwarzen Fleck der Einschußstelle, der nach vierundzwanzig Sekunden erscheint und ihrer er- sten zuckenden Reaktion fast zwei Herzschläge vorangeht; jedes Einzelbild hat seine eigene Geschichte zu erzählen, und Sie sitzen da und sehen zu, bis es nichts mehr zu er- fahren gibt.

Dann stellen Sie das Band in den Schrank, und Sie warten und warten, aber Sie wissen nur zu gut, was passiert ist, und Sie brauchen keinen mürrischen Peepshow-Kassierer, der Ihnen sagt: »Weg.« Es ist endgültig vorbei, und nachts, wenn Sie zu schlafen versuchen, stellen Sie sich vor, wie die nächste Nacht enden wird und die Nacht danach, wie Ihnen eine endlose Reihe langbeiniger, schlanker Göttinnen jeden Wunsch erfüllen und wie keine von ihnen mehr da sein wird, wenn Sie am nächsten Morgen aufwachen und sich für einen neuen Arbeitstag bereit machen. Aber die nächste Nacht wird mit Sally verbracht, und am Morgen – sie riecht nach Schweiß, und ihr Lidschatten ist verschmiert – spricht sie mit Delacorte über Verantwortung, worauf er die nächste Nacht allein verbringt.

Nach Sally kommt Kate, die dabei gern Harry Connick- CDs laufen läßt und möchte, daß Sie ein Kondom benutzen; und nach Kate kommt die neue Kanzleigehilfin Alyson, und nach Alyson kommt es zu einer kurzen Unterredung mit Ihrem geschäftsführenden Teilhaber, der die Linie, die die Kanzlei bisher in puncto sexueller Belästigung gefahren ist, revidiert. Sie denken gerade an Alyson, an ihre kurz ge- schnittenen Fingernägel, an den Leberfleck auf ihrer linken Schulter und warum sie nie Lippenstift trägt, als Sie von dem Video hören. Das Ganze ist Teil einer beiläufig geführ- ten Unterhaltung, die Sie in einer Bar zufällig belauschen, ein Flüstern in Ihrem Rücken, ein Lachen, alles vor dem seichten Hintergrund oberflächlicher Gedanken und Anma- chen, aber Sie sitzen in einem Kreis aus Anzügen, reden über Steuerprobleme und können sich unmöglich umdrehen und fragen oder auch nur ein Wort sagen. Später zweifeln

Sie an dem, was Sie gehört haben. Sie versuchen, nicht daran zu denken, aber die Gedanken sind unerbittlich, sie hören nicht auf zu versprechen, daß es wirklich war. Nicht viel später sehen Sie die Wörter – oder etwas, das ihnen sehr nahe kommt – schwarz auf weiß. Die Underground-Zeitungen der Stadt sprechen sie laut und deutlich aus, in Form einer verächtlichen Schimpfkanonade auf die fehlenden Glieder in der Kette von Zeugnissen der amerikanischen Geschichte: Außerirdische in Hangar 18, Dillingers Penis, JFKs Hirn, nachgestellte Mondlandungen, tote, von Drogen zerstörte Popidole und, ja, natürlich, ein ganz bestimmtes Video.

Lauter wahre Lügen, Stoff für Revolverblätter und Talkshows und stark alkoholisierte Unterhaltungen. Trotzdem: Sie haben Geld, und Sie haben Zeit. Sie mieten ein Schließfach, Sie geben in verschiedenen Blättern Anzeigen auf, und Sie warten und warten, aber lange müssen Sie nicht warten.

Der Brief trägt den Poststempel von Rochester NY, aber die Telefonnummer ist aus einem Vorort von Pittsburgh. Sie glauben es nicht, Sie wissen, es ist ein Schwindel, aber Sie rufen trotzdem an, und nach dem Anruf kommen Ihnen Zweifel, und die Zweifel wecken ein Verlangen, und es ist ein Verlangen nach Liebe. Es dauert nicht lange, bis Sie ja sagen.

Es ist das teuerste Video, das Sie je gesehen haben: 200 Dollar fürs Ansehen und dazu der Flug nach Chicago, fast zweitausend Vierteldollar. Was Sie dafür bekommen, sind ein abgedunkeltes Motelzimmer nicht weit vom O'Hare Flughafen, ein Halbkreis von Sitzen vor einem Fernseher und ein flacher Hitachi-Videorecorder, dessen Uhr 12:00 blinkt; es ist das erste Mal, daß Sie nicht allein sind, wenn Sie sie betrachten. Sie händigen einer schemenhaften Gestalt das Geld aus und setzen sich auf den nächstbesten Stuhl. Ein älterer Mann, er könnte Großvater sein, kommt fünf Minuten zu spät; vor lauter Nervosität hustet er zu laut und windet sich unter seinem schäbigen Cordsakko. Die zwei anderen Männer sind Freunde oder Bekannte; wie Verschwörer drücken sie sich in die Ecke links von Ihnen; sie sehen ziemlich genauso aus wie Sie und weichen Ihren Blicken aus.

»Meine Herren«, sagt die Stimme der schemenhaften Gestalt. »Nehmen Sie bitte Platz.« Und Platz nehmen Sie, in einer Atmosphäre peinlicher Anspannung, die Sie besser von den anderen isoliert als die Sperrholzwände von Kabine 7. Während die schemenhafte Gestalt die Kassette in den Videorecorder schiebt, beugen Sie sich zum Bildschirm und dem grauen Dunstschleier darauf vor. Und dann gibt es nichts mehr für Sie zu tun als das, was Sie am besten können: zusehen.

Das Video hat keinen Ton, aber als das Bild über den Bildschirm läuft, sich stabilisiert, verschwimmt, sich erneut stabilisiert und scharf wird, atmet jemand deutlich hörbar ein, ob schockiert oder vor Erregung, können Sie nicht sagen. Das Bild ist körnig, schon vier- oder fünfmal überspielt, wie ein Signal von einem weit entfernten Sender, eine Übertragung vom Ende der Welt, und es ist schwarzweiß, aufgenommen von einem festen und sehr hohen Kamerastandpunkt. Zweifellos ist die Kamera an der Decke befestigt, und sie blickt von schräg links oben auf sie herab.

Denn sie ist es. Sie liegt vor ihnen, mit geschlossenen Augen, die Handflächen nach oben gedreht, die Beine einladend gespreizt – und nackt. Obwohl Sie die Augen zusammenkneifen, können Sie ihren Gesichtsausdruck nicht richtig erkennen, aber Sie sind sicher, daß sie lächelt. Dann ein abrupter Sprung, das Band ist geschnitten, und jetzt haben Sie die Nahaufnahme eines Blatts Papier vor sich, ein amtlich aussehendes Dokument, ein mit Kreisen und Kreuzchen ausgefülltes Formular, die Umrisse einer menschlichen Gestalt, Handschriftliches und eine Unterschrift. Sie achten nicht auf die Codes und Kommentare und suchen das Kästchen mit ihrem Namen: Charlotte Pressman. Ein kalter und anonymer Name, so kalt und anonym wie ihre Leiche.

Gerade als Sie die Wörter Ihre Lippen finden lassen, macht das Bild wieder einen Sprung. Der hoch gelegene Kamerastandpunkt kommt wieder zurück, und jetzt erkennen Sie sie, jeden Zentimeter von ihr, Sie erkennen ihre graue und fleckige Haut, ihre schlaffen Brüste, ihr zotteliges Haar, und dann tritt der Gerichtsmediziner mit seinem Skalpell auf sie zu, um den letzten Tanz mit ihr zu tanzen.

Der Fleisch-Striptease beginnt. Ein Schnitt von der linken Schulter nach schräg unten, dann von der rechten, und von der Schnittstelle fährt die Klinge in Form eines Y ihren Bauch hinunter. Die Hautlappen werden nach außen aufgeklappt und geben den Blick frei auf die darunter liegende Pracht: Muskelfasern, gelbe Fettpölsterchen, feucht schimmernde Knochen. In einem gefrorenen Moment Ewigkeit sondieren Mann und Metall das zerschmetterte Brustbein, eine Zange zieht und zerrt an ihrem gebrochenen Herz. Eine silbrige Kreissäge senkt sich herab, und als sie ihr Werk verrichtet hat, werden die schimmernden Organe eins nach dem anderen herausgezogen, untersucht, gewogen und katalogisiert. Gleichzeitig hören Sie die Stimme, die Stimme, die schon minutenlang spricht, die Sie aber erst jetzt bewußt wahrnehmen: Bauchspeicheldrüse, unauffällig; Nebennieren, unauffällig; Milz, unauffällig. Die Stimme ist neutral, so monoton wie das Tuten des Freizeichens – unauffällig, unauffällig –, und immer tiefer dringt er in sie ein, in Bereiche, die für Zungen und Pimmel unerreichbar sind, und nimmt sie mit jedem Mal weiter aus, bis sie schließlich nur noch eine leere Hülse ist. Aber es kommt natürlich noch mehr: rasch gleitet das Skalpell von Ohr zu Kinn zu Ohr, ihr Gesicht wird abgezogen, unansehnlich und vergessen, und dann beginnt sich die Kreissäge wieder zu drehen und trennt die Schädelplatte ab. Der graue Klumpen wird herausgehoben, gewogen – unauffällig, unauffällig – und das Schauspiel ist vorbei. Endlich haben Sie alles von ihr gesehen.

Sie stehen auf und gehen weg, aus dem Raum, aus dem Hotel, aus Chicago, und Sie hören die Stimme eines der Männer hinter Ihnen, der sich laut über den Preis einer zweiten Vorführung Gedanken macht. Aber es gibt keinen Preis, keinen, den Sie sich leisten können; Sie haben nur Ihre Quarter, und Sie werden sie immer haben:

Sie ist gesichtslos; sie ist namenlos; sie ist Fleisch.

Woche für Woche kehren Sie ins Peepland zurück; jede Woche des ersten Monats, ein-, zwei- oder dreimal wöchentlich, und inzwischen verlassen Sie sogar jeden Tag, jeden Nachmittag Ihren Schreibtisch und machen sich zu Fuß auf den Weg zu diesem winzigen Vorposten, dem letzten seiner Art in dieser Stadt. Dort tauschen Sie Ihre Dollarscheine gegen Münzen ein, und Sie finden Ihren Weg zu einer Kabine, meistens nicht zu dieser, der glückbringenden 7, und Sie sitzen im Dunkeln und blicken durch das Fenster des Bildschirms und sehen die Nackten, die Frauen und Männer, sehen sie rasen und rammeln, und Sie finden dort nichts für sich, absolut nichts, nur das schmale Gesicht Delacortes, das sich im Glas spiegelt und Ihnen entgegenstarrt.

Irgendwann wird der Streifen zu Ende sein, und Delacorte wird sich von der Sitzbank erheben, und er wird ins Büro zurückkehren und seinen Krawattenknoten zurechtrücken, um wieder an seinem Schreibtisch Platz zu nehmen und Anrufe zu tätigen und bis spät in die Nacht hinein seinen Schriftsatz zu überarbeiten. Aber Sie: Sie sind allein, und obwohl Sie warten und genau hinschauen, gibt es nichts mehr für Sie zu sehen.

Wenn das, was Ihnen Ihr letzter Quarter gekauft hat, zu einem blauen Flimmern und schließlich zu nichts wird, drücken Sie Ihre Stirn gegen den Bildschirm und spüren, wie sein Licht und seine Wärme sich in undurchdringlichem Schwarz auflösen. Ihre Augen, in dem verschwundenen Bild gefangen, starren in das Dunkel und bringen Ihre Bitte vor. Aber es gibt kein Entrinnen.

Sie sitzen in Kabine 7, und Sie starren auf den schwarzen Bildschirm und warten darauf, daß sich der Schatten bewegt, von Dunkel in Licht übergeht und dann nie mehr in das Dunkel zurücksinkt. Dann merken Sie, wie gerne Sie weinen würden, wie sehr Sie herausfinden möchten, wie Tränen entstehen, aber natürlich hat wie immer Ihr Schwanz für Sie geweint.

Sie nehmen das Stück Kleenex aus der Tasche, wischen zuerst die rote, angeschwollene Spitze Ihres Penis sauber, dann Ihre Hände. In dem Moment, bevor Sie aufstehen, um die Tür zu öffnen und in die Welt hinauszutreten, lassen Sie das Kleenex zu Boden fallen, und das Leben, das in Ihnen war, versickert in einem Riß im kalten Beton.

Für David J. Schow

ANGABEN ZU DEN AUTOREN

STEPHEN KING ist der Autor von dreißig Romanen und zahlreichen kürzeren Erzählungen. Er lebt mit seiner Frau, der Schriftstellerin Tabitha King, in Maine, kommt aber häufig nach New York. Wenn er im Gotham Café zu Mittag ißt, behält er das Besteck immer gut im Auge.

MICHAEL O'DONOGHUE wurde 1940 geboren und wuchs im Staat New York auf. Nachdem er Anfang der 60er Jahre das College verlassen hatte, ließ er sich in San Francisco nieder, wo er die von Bishop Pike finanzierte Zeitschrift *Renaissance* gründete und Autoren wie Charles Bukowski herausbrachte. Danach zog er nach New York, wo er für die *Evergreen Review* zu schreiben begann und die legendären *Phoebe Zeitgeist-Comics* schuf. Er trat im Electric Circus als Conferencier auf. Sein Buch *The Incredible Adventures of the Rock* öffnete dem Leserpublikum die Augen für das geheime Seelenleben der Steine und machte Christopher Cerf auf ihn aufmerksam, der ihn als Autor für den eben gegründeten *National Lampoon* engagierte. Von dort kam O'Donoghue zur *National Lampoon Radio Hour* und wurde schließlich zum wichtigsten Autor für die eben aus der Taufe gehobene Sendung *Saturday Night Live*, die bekanntlich die Spätunterhaltung im Fernsehen revolutionierte. Nach seinem Ausscheiden bei *Saturday Night Live* vertrieb er sich die Zeit damit, eine Vielzahl von Artikeln zu schreiben, Serienkillerandenken zu sammeln, den Kultfilm *Mr. Mikes Mondo Video* zu produzieren und Drehbücher für Filme wie *Die* Geister, *die ich rief* mit Bill Murray zu schreiben. Sein unerwarteter Tod im Jahr 1994 brachte eine der einflußreichsten Stimmen des postmodernen amerikanischen Humors zum Verstummen. Seine Story ›Der Irre‹ diente als Vorlage für einen Kurzfilm von Penn und Teller, den Meistern des Schwarzen Humors.

KATHE KOJA ist die Autorin von *Cipher* (1991), *Bad Brains* (1992), *Skin* (1993), *Strange Angels* (1994) und *Kink,* das 1996 bei Henry Holt herauskam. Ihre Kurzgeschichten sind in zahlreichen Anthologien erschienen. Sie lebt mit ihrem Mann, dem Künstler Rick Lieder, und ihrem Sohn im Großraum Detroit.

BASIL COPPER wurde 1924 geboren. Er hat sich in seiner langen Karriere als Autor in zahlreichen Genres versucht und kann mehr als achtzig Bücher vorweisen. Am bekanntesten wurde er vermutlich durch seine Mike Faraday-Krimis und seine Fortführung der Abenteuer des Detektivs Solar Pons (eine Figur, die von dem verstorbenen August Derleth geschaffen wurde). Seine Short Stories finden sich in Sammlungen wie *From Evil's Pillow, Voices* of *Doom* und *Here Be Daemons.* Die Mark Twain Society of America hat ihn für seine ›Beiträge zur modernen Literatur‹ zum Knight of Mark Twain ernannt.

JOHN LUTZ veröffentlichte seine erste Short Story 1966. Der Autor von über fünfundzwanzig Romanen und dreihundert Short Stories ist ehemaliger Präsident der Mystery Writers of America sowie der Private Eye Writers of America. Er ist der Schöpfer der Carver- und Nudger-Serien, und sein Thriller *SWF Seeks Same* diente als Vorlage für den Film *Weiblich, ledig, jung sucht ...* Die jüngsten Bücher des mehrfachen Edgar-, Shamus- und Trophee 18-Preisträgers sind der neue Nudger-Krimi *Thicker Than Blood* (St. Martins) und *Burn* (Henry Holt) mit dem in Florida beheimateten Carver. Sein Drehbuch für *The Ex,* das auf seinem nächsten Roman basiert, soll verfilmt werden.

DAVID J. SCHOW ist World Fantasy Award-Preisträger und Autor der Romane *The Kill Riff* und *The Shaft* sowie zahlreicher Short Stories, die unter anderem in *Twilight Zone Magazine, Night Cry* und *Weird Tales* erschienen sind. Zu seinen nichtliterarischen Arbeiten zählen *The Outer Limits Companion* (vor kurzem überarbeitet) und seine monatlich in *Fangoria* erscheinende Kolumne mit dem Titel

›Raving & Drooling‹. Aus seiner Feder stammen außerdem die Drehbücher für *Leatherface: Texas Chainsaw Massacre III* und *The Crow*. Sein letzter Erzählband heißt *Black Leather Required*.

ROBERT WEINBERG ist der einzige zweimalige World Fantasy Award-Preisträger, der zum Grand Marshal einer Rodeo Parade gewählt wurde. Er ist der Autor von sechs Sachbüchern, neun Romanen und zahlreichen Short Stories. Sein *Louis L'amour Companion* war ein Bestseller und kam kürzlich auch als Taschenbuch heraus. Sein jüngster Fantasy-Roman *A Logical Magician* wurde Anfang 1995 veröffentlicht. Außerdem zeichnet er als Herausgeber von nahezu hundert Anthologien und Erzählbänden.

RAMSEY CAMPBELL ist einer der wichtigsten Dark Fantasy-Autoren, die gegenwärtig in diesem Genre schreiben. Seinen ersten Band mit Short Stories, *The Inhabitant of the Lake*, veröffentlichte er bereits im zarten Alter von achtzehn Jahren bei Arkham House. In der Zwischenzeit hat er uns solch moderne Horrorklassiker wie *The Doll Who Ate His Mother*, *The Face That Must Die, Midnight Sun, Obsession, Incarnate, The Nameless* und *The Long Last* beschert. Der mehrfache World Fantasy-, British Fantasy- und Dracula Society-Preisträger ist auch als Filmkritiker für BBC Radio tätig. Er wohnt mit seiner Frau und seinen zwei Kindern in Merseyside.

STUART KAMINSKY ist der Autor von dreiunddreißig Romanen. Die Protagonisten seiner Krimiserien sind der russische Inspektor Porfiry Petrovich Rostnikow, Privatdetektiv Toby Peters, der im Hollywood der Wirtschaftskrise sein Unwesen treibt, und der sarkastische Abraham Lieberman. Für seinen Rostnikow-Roman *A Cold Red Sunrise* erhielt er den Edgar Award der Mystery Writers of America. Sein Buch *Exercise in Terror* wurde mit Meg Foster unter dem Titel *Hidden Fears* verfilmt, und *When the Dark Man Calls* diente als Vorlage für *Frequenz Mord* mit Catherine Deneuve. Neben seiner Lehrtätigkeit als Professor für Film, Fernsehen und elektronische Medien an der Florida State University schrieb Kaminsky auch die Dialoge für Sergio Leones Gangsterepos *Es war einmal in Amerika* sowie das Drehbuch für *A Woman in the Wind* mit Colleen Dewhurst.

WENDY WEBB ist eine in Atlanta ansässige Autorin, die zahlreiche Reisen in alle Erdteile unternommen und in China und Ungarn als Krankenschwester und Lehrschwester gearbeitet hat. Ihr Hang zur Schauspielerei brachte ihr Rollen in Filmen wie S. P. Somtows *The Laughing Dead* ein sowie Engagements am Atlanta Radio Theater. Ihre Short Stories sind in der *Shadows* Anthologienreihe erschienen sowie in *Women of Darkness, Confederacy of the Dead* und *Deathport*. Sie ist Mitherausgeberin der *Phobias*-Anthologien von Pocket Books und der in Kürze bei Tor Books erscheinenden Anthologie *Gothic Ghosts*.

RICHARD LAYMON ist der Autor von über fünfundzwanzig Horrorromanen und sechzig Short Stories. Für drei seiner Bücher *(Flesh, Funland* und *A Good, Secret Place)* wurde er für den Bram Stoker Award nominiert. Zu seinen jüngsten Romanen zählen *The Stake, Savage* und *Quake.* Laymon wurde in Chicago geboren, wohnt in Los Angeles und kann dank der Engländer von seiner Schriftstellerei leben.

BOB BURDEN schreibt inzwischen seit zwanzig Jahren entfremdete Literatur. Er ist Schriftsteller, Cartoonist, Dichter, Performance-Künstler und Meister des Bizarren. Seine schrägen Gruselgeschichten führen den Leser gekonnt aufs Glatteis und warten mit immer neuen unerwarteten Wendungen auf. In den 70er Jahren erfand er seine eigene literarische Form, die er ›Electra Fiction‹ nannte. In den 80er Jahren verlieh er dem Medium Comics mit seiner Kultfigur The Flaming Carrot surrealistische Züge, und in den 90er Jahren kreierte er den ersten dreiteiligen Anzug, der nur aus Gummibändern bestand. Halten Sie Ausschau nach seinen demnächst erscheinenden Werken *Wipe Out, Dinner in the Rain* und *Ninety Days Same as Cash.*

GEORGE C. CHESBRO ist der Schöpfer der Mongo Krimiserie. Sein letztes Buch ist *Bleeding in the Eye of a Brainstorm.*

KATHRYN PTACEK hat achtzehn Romane veröffentlicht und drei Anthologien herausgegeben (darunter das mit Kritikerlob überhäufte *Women of Darkness*); ihre Short Stories sind in zahlreichen Zeitschriften und Sammlungen erschienen. Sie schreibt Kritiken für *Cemetery Dance* und *Dead of Night* und ist Mitglied der Horror Writers Association, der Sisters in Crime und der Mystery Writers of America. Neben ihrer Vollzeitbeschäftigung als Schriftsetzerin beim *New Jersey Herald*, der Lokalzeitung von Newton, NJ, ist sie als Redakteurin und Herausgeberin des *Gila Queen's Guide to Markets* tätig, einem Newsletter für Autoren und Künstler. Außerdem erstellt sie Marktanalysen für HWA und *Horror Magazine*. Sie sammelt Teekannen und Schnurrhaare von Katzen.

JOHN SHIRLEY ist der Autor des Horrorromans *Wetbones* (Zeising, 1992), um hier nur seinen persönlichen Favoriten zu nennen. Darüber hinaus ist er als Drehbuchautor tätig. Er hat *The Crow* für den Film bearbeitet und arbeitet gegenwärtig an der Drehbuchadaption von Blake Nelsons *Girl*. Als einer der Gründerväter des Cyberpunk hat sich Shirley in den unterschiedlichsten Genres versucht. Seine Stories, die sich nur schwer in bestimmte Schubladen einordnen lassen, finden sich in Sammlungen wie *Heartseeker* (Scream Press, 1989), *New Noir* (Black Ice, 1993) und dem demnächst erscheinenden *Exploded Heart* (Eyeball Books).

MICHAEL BLUMLEIN ist Amerikas Antwort auf J. G. Ballard. Er ist der Autor von *The Movement of Mountains* und *X.,Y.,.* Seine Short Stories erschienen unter anderem in *The Mississippi Review, Omni, Full Spectrum* und *The Norton Anthology of Science Fiction.* Ein Band mit Kurzgeschichten, *The Brains of Rats,* soll 1996 bei Dell herauskommen. Im Moment arbeitet er an einem neuen Roman.

ED GORMAN hat mehr als ein Dutzend Romane und Bände mit Kurzgeschichten veröffentlicht. Unter anderem wurde er als der ›moderne Meister des hinterfotzigen Thrillers‹ *(Rocky Mountains News)* bezeichnet, als ›einer der größten Geschichtenerzähler der Welt‹ *(Britain's Million)* und als ›der Poet packenden Grusels‹ *(The Bloomsbury Review)*. Seine hier veröffentliche Erzählung wurde für eine Verfilmung vorgeschlagen.

LUCY TAYLOR ist hauptberufliche Schriftstellerin. Ihre Short Stories erschienen in *Little Deaths, Hotter Blood, Hot Blood: Deadly After Dark, Cemetery Dance, Pulphouse* und *The Mammoth Book of Erotic Horror*. Sie hat mehrere Bände mit eigenen Erzählungen veröffentlicht, darunter *Close to the Bone, The Flesh Artist* und *Unnatural Acts and Other Stories*. Ihr Roman *The Safety of Unknown Cities* ist vor kurzem bei Darkside Press erschienen. Ehemals in Florida ansässig, lebt sie inzwischen mit ihren fünf Katzen in der Nähe von Boulder, Colorado.

NANCY A. COLLINS (siehe nächste Seite)

KARL EDWARD WAGNER hat an der University of North Carolina School of Medicine studiert und kurz als Psychiater praktiziert, bevor er hauptberuflich als Schriftsteller zu arbeiten begann. Er ist Autor oder Herausgeber von über fünfundvierzig Büchern, darunter fünfzehn der *The Year's Best Horror Stories*, sechs Büchern der Kane-Serie und zwei Sammlungen mit zeitgenössischer Horrorliteratur. Wagner starb am 13. Oktober 1994 an Herzversagen. ›Weggesperrt‹ war eine der letzten Geschichten, die er geschrieben hat.

DOUGLAS WINTER wurde 1950 in St. Louis, Missouri, geboren und ist mittlerweile Sozius der internationalen Anwaltskanzlei von Bryan Cave sowie Autor beziehungsweise Herausgeber von neun Büchern, darunter *Stephen King: The Art of Darkness, Faces of Fear* und *Prime Evil*. Er hat über 200 Artikel und Short Stories veröffentlicht in so unterschiedlichen Publikationen wie *The Washington Post, The Cleveland Plain Dealer, The Book of the Dead, Harper's Bazaar, Cemetery Dance,*

Saturday Review, Gallery, Twilight Zone und *Video Watchdog*. Er ist World Fantasy Award-Preisträger und Mitglied des National Book Critics Circle und wurde für den Hugo und den Stoker nominiert. Zur Zeit arbeitet er an einer kritischen Biographie von Clive Barker und einer umfangreichen Anthologie apokalyptischer Erzählungen mit dem Titel *Millennium*. Er lebt mit seiner reizenden Frau Lynne und ihren beiden Pekinesen Happy und Lucky in einem der herrlichen Vororte Washingtons.

ZUR PERSON DER HERAUSGEBER

NANCY A. COLLINS ist die Autorin von *Paint It Black, Walking Wolf, Wild Blood, In the Blood, Tempter* und *Sunglasses After Dark*. Ihr Sonja Blue-Zyklus *Midnight Blue* kam Anfang 1995 bei White Wolf heraus. Sie gewann den Bram Stoker Award der Horror Writers of America für Erstlingsromane und den Icarus Award der British Fantasy Society. Darüber hinaus ist sie die Gründerin der International Horror Critics Guild. Gegenwärtig arbeitet sie an der Comic- und Drehbuchadaption von *Sunglasses After Dark*, dem vierten Band des Sonja Blue-Zyklus, *A Dozen Black Roses*, und einer düsteren Romanze mit dem Titel *Angels On Fire*. Sie lebt mit ihrem Mann, dem Anti-Künstler Joe Christ, und ihrem Hund Scrapple in New York.

EDWARD E. KRAMER ist Autor und Mitherausgeber von *Grails* (nominiert für den World Fantasy Award 1992 für die beste Anthologie), *Confederacy of the Dead, Phobias, Dark Destiny, Elric: Tales of the White Wolf, Excalibur, Tombs, Forbidden Acts* und zahlreichen weiteren noch im Entstehen begriffenen Werken. Eigene Arbeiten von ihm sind in einer Reihe von Anthologien erschienen. Sein Interesse beschränkt sich überdies nicht auf das gedruckte Wort. Schon mehr als zehn Jahre schreibt und fotografiert Kramer für die Musikindustrie und hat Hunderte von Artikeln und Fotos veröffentlicht. Er hat an der Emory University School of Medicine studiert und ist in Atlanta als Facharzt tätig. Nachgesagt wird ihm eine Schwäche für menschliche Schädel, exotische Schlangen und unterirdische Höhlen.

MARTIN H. GREENBERG hat sich als Herausgeber einen Namen gemacht und kann bereits mehr als sechshundert Bücher in den unterschiedlichsten Genres der Unterhaltungsliteratur vorweisen. Er ist an der UWGB Professor für Regionalanalyse, Politische Wissenschaften sowie Literatur und Sprache. Des weiteren wurde er zum Mitglied des International Institute for Strategic Studies in London sowie zum Fellow of the Consortium on Armed Forces and Society der University of Chicago gewählt. Er war im diplomatischen Dienst tätig und hat in dieser Funktion zahlreiche Reisen durch den Mittleren Osten unternommen. Schließlich war er Vizepräsident der Science Fiction Research Association und zeichnet als Herausgeber der Verlagsreihen der Southern Illinois University and Greenwood Press verantwortlich.

Dean Koontz

*»Er bringt die Leser
dazu, die ganze
Nacht lang weiter-
zulesen... das Zimmer
hell erleuchtet
und sämtliche Türen
verriegelt.«*

Eine Auswahl:

Heyne-Taschenbücher